EXCALIBUR

Herausgegeben von
Melissa Andersson
und
Gerd Rottenecker

Die Herren der Runen im Droemer Knaur Verlag:

1. Dunkel über Longmot (Band 70106)
2. Der Kreis aus Stein (Band 70107)
3. Schattenherz (Band 70147)
4. Die Bruderschaft der Wölfe (Band 70148)

David Farland

DIE HERREN DER RUNEN 1

Dunkel über Longmot

Ins Deutsche übertragen
von Caspar Holz

Knaur

Die amerikanische Originalausgabe erschien 1998
unter dem Titel »Runelords: The Sum of All Men,
Chapters 1–23« bei Tor Books, New York

Deutsche Erstveröffentlichung 8/1998

Umschlagkonzept: Melissa Andersson
Umschlaggestaltung: Agentur Zero, München
Umschlagillustration: Keith Parkinson, »The Gift«
Lektorat: Andreas Helweg
Satz: Ventura Publisher im Verlag
Druck und Bindung: Clausen & Bosse, Leck
Printed in Germany
ISBN 3-426-70106-5

4 5 3

KARTEN

Königreiche von Rofe
Nord-Crowthen
Heredon
Süd-Crowthen
Orwynne
Ghoratmeer
Oepazz
Fleeds
Kuhran
Hawat
Dharmad
Muttapa
Königreiche von Indhopal
Linah
Aven
Taif
Indhopal
Totes Meer

Internook
Ashoven
Eyremoth
Alnick
Eyremoth
Seward
Toom
Lonnock
Havesind
Carollmeer
Mystarria
lcairgebirge
Königreiche von Inkarra

Das südliche Heredon
Burg Sylvarresta
Burg Donveis
Wye
Tor Hollick
Tor Insell
Burg Emmit
Die Sieben Aufrechten Steine
Straße durch die Durkinberge
Burg Johnick
Durkinberge
Trummockberge
Hayworth
Schlucht des Leidens
Bannisferre
Trostberge
Orwindle
Orwynne
Cowforch
Süd-Crowthen
Kestrel
Ironton
Burg Longmot
Burg Groverman
Hobtown
Hazen
Burg Dreis
Gut Bredsfor
Dunnwald
Fleeds
1 Zoll = 20 Meilen

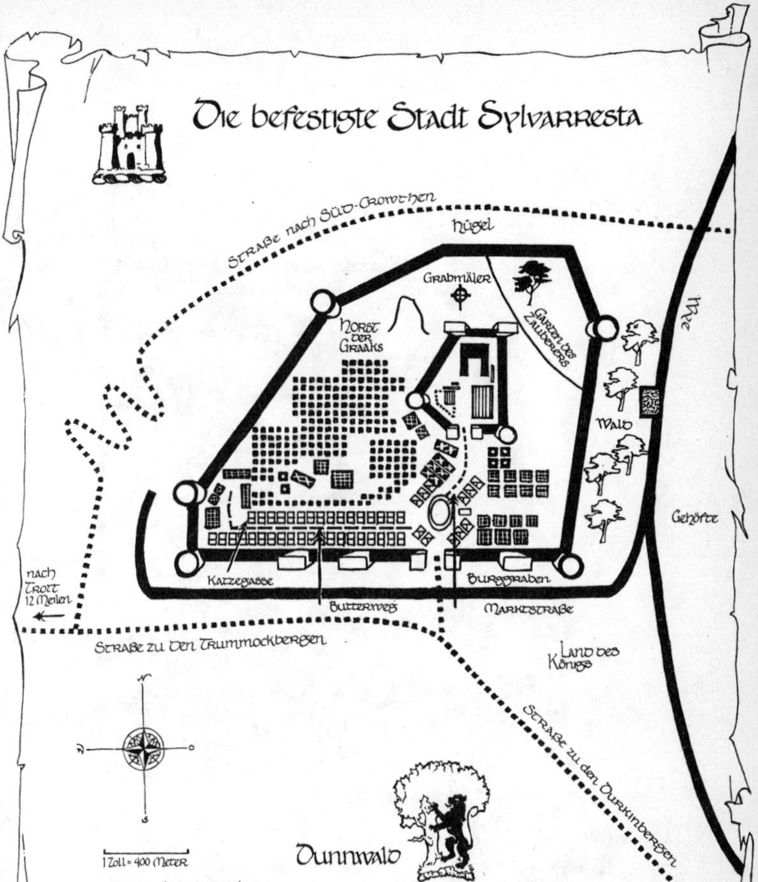
Die befestigte Stadt Sylvarresta
Straße nach Süd-Crowthen
Hügel
Grabmäler
Garten des Zauberers
Horst der Graaks
Wye
Wald
Gehöfte
nach Trott 12 Meilen
Katzegasse
Butterweg
Burggraben
Marktstraße
Straße zu den Trummockbergen
Land des Königs
Straße zu den Durkinbergen
Dunnwald
1 Zoll = 400 Meter
Armenviertel
Stadthäuser
Lagerhäuser und Werkstätten
Bürger und Kaufleute
Herbergen und Märkte

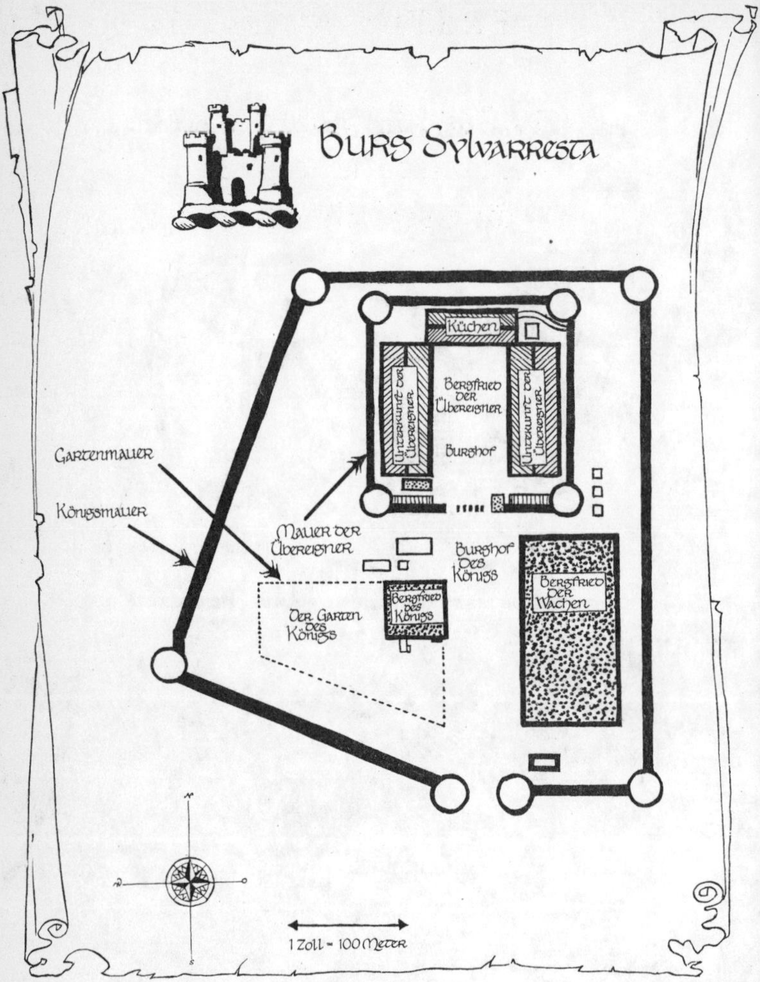

Burg Sylvarresta
Küchen
Unterkunft der Übereigner
Bergfried der Übereigner
Unterkunft der Übereigner
Burghof
Gartenmauer
Königsmauer
Mauer der Übereigner
Burghof des Königs
Bergfried der Wachen
Bergfried des Königs
Der Garten des Königs
1 Zoll = 100 Meter

ERSTES BUCH

Der 19. Tag im Monat der Ernte: Ein prachtvoller Tag für einen Hinterhalt

KAPITEL 1
Es beginnt in Dunkelheit

Bildnisse des Erdkönigs schmückten Burg Sylvarresta. Überall waren sie zu sehen – sie hingen unter Ladenfenstern, standen aufrecht an den Mauern bei den Stadttoren oder waren neben Türen angenagelt – überall dort, wo der Erdkönig Zutritt in ein Heim finden konnte.

Viele der Figuren waren derbe Gebilde aus Kinderhand – ein paar Zweige, zur Gestalt eines Mannes gebogen, oft mit einer Krone aus Eichenblättern im Haar. Draußen vor den Türen der Läden und Wirtshäuser jedoch fand man reicher verzierte Holzfiguren in voller Mannesgröße, oft kunstvoll bemalt und in elegante Reisekleidung aus grüner Wolle gekleidet.

In jenen Tagen hieß es, am Abend des Hostenfestes werde der Geist der Erde in die Bildnisse fahren, und der Erdkönig werde erwachen. Bei seinem Erwachen werde er die Familie für ein weiteres Jahr beschützen und dabei helfen, die Ernte einzubringen.

Es war eine festliche Zeit, eine Zeit der Freude. Der Vater spielte die Rolle des Erdkönigs, oder vielleicht ein Großvater oder Onkel, wenn die Familie vaterlos war. Im Morgengrauen des ersten Tages des Hostenfestes standen die Kinder auf und stellten fest, daß der Erdkönig Leckerbissen gebracht hatte – Backwerk und frisch geröstete Kastanien, Beutel mit Granatäpfeln oder Feigen aus

Indhopal, oder wilde Pilze und Kräuter. Für die Erwachsenen gab es jungen Wein in Flaschen oder kleine Fäßchen starken Bieres. Für die Mädchen brachte der Erdkönig aus Stroh geflochtene Spielzeugpuppen und Windblumen, während die Jungen vielleicht ein Schwert bekamen oder einen aus Eschenholz geschnitzten Ochsenkarren.

All diese vom Erdkönig gebrachten Schätze waren nur ein Beweis für seinen Reichtum – jenen unermeßlichen Hort der »Früchte des Waldes und der Felder«, aus dem er jene beschenkte, die, wie es in der Legende hieß, die Erde liebten.

Die Häuser und Geschäfte rings um die Burg waren also geschmückt an jenem Abend, dem 19. September, vier Tage vor dem Hostenfest. Sämtliche Läden waren sauber und wohl bestückt für den Herbstjahrmarkt, der in Kürze stattfinden würde.

Die Straßen lagen verlassen da, denn die Morgendämmerung stand kurz bevor. Tatsächlich waren, von der Stadtgarde und ein paar stillenden Müttern abgesehen, die Bäcker des Königs die einzigen, die so früh am Morgen Grund hatten aufzusein, und sie schöpften just in diesem Augenblick den Schaum vom Bier des Königs und mischten ihn unter ihren Teig, damit die Laibe bis zum Morgen gehen konnten. Sicherlich, die Aale waren auf ihrer jährlichen Wanderung im Fluß Wye unterwegs, und so hätte man sich vorstellen können, daß noch ein paar Fischer draußen waren, doch die hatten ihre Reusen aus Weide eine Stunde nach Mitternacht geleert und die Fässer mit den lebenden Aalen zum Häuten und Salzen

bereits vor zwei Uhr morgens bei den Metzgern abgeliefert.
Draußen vor den Stadtmauern waren die Wiesen südlich von Burg Sylvarresta voll mit dunklen Zelten, denn Karawanen aus Indhopal waren nach Norden gekommen, um die Sommergewürze der letzten Ernte zu verkaufen. In den Lagern draußen vor der Burg war es bis auf das gelegentliche Schreien eines Esels still.
Die Tore der Stadt waren geschlossen, und alle Fremden hatte man Stunden zuvor aus den Vierteln der Händler vor die Mauern geführt. Menschen ließen sich zu dieser Nachtzeit nicht auf den Straßen blicken – allenfalls ein paar rattenähnliche Ferrins auf der Suche nach Knochen zum Abnagen oder nach Stoff oder Haar, um ihre unterirdischen Nester auszupolstern.
Daher wurde niemand Zeuge dessen, was sich in einer dunklen Gasse zutrug. Selbst der Weitseher des Königs, der über die Gaben der Sehkraft von zwanzig Menschen verfügte und der im alten Horst der Graaks oberhalb des Bergfrieds der Übereigner Wache stand, hätte unten in den engen Straßen des Händlerviertels keine Bewegung ausmachen können.
Doch in der Katzengasse, gleich hinter dem Butterweg, kämpften zwei Männer in den Schatten um die Kontrolle über ein Messer.
Hätte jemand sie gesehen, er hätte sich an kämpfende Taranteln erinnert gefühlt: Arme und Beine verdrehten sich in heftiger Erregung, während das Messer plötzlich nach oben zuckte; Füße scharrten und suchten auf dem ausgetretenen Pflaster nach Halt, und die zwei

Männer ächzten angespannt in tödlicher Entschlossenheit.
Beide trugen schwarze Kleidung. Unterkommandant Dreys von der Garde des Königs trug die schwarze, mit dem silbernen Eber bestickte Tracht des Hauses Sylvarresta.
Sein Angreifer, ein kleinerer Mann, dessen Atem nach Anis und Curry roch, trug einen sackartigen schwarzen Baumwollburnus in einem Stil, wie er bei den Meuchelmördern aus Muyyatin beliebt war.
Obwohl Unterkommandant Dreys den Angreifer um fünfzig Pfund an Gewicht übertraf, die Gabe der Muskelkraft von drei Männern besaß und mühelos sechshundert Pfund über den Kopf stemmen konnte, befürchtete er, diesen Kampf nicht zu gewinnen.
Nur Sternenlicht erhellte die Straße, und herzlich wenig davon gelangte bis hierher in die Katzengasse. Sie war kaum sieben Fuß breit, die Häuser hier waren drei Stockwerke hoch und stützten sich auf absackende Fundamente, so daß die vorspringenden Partien ihrer Dächer ein paar Schritte über Dreys' Kopf fast aneinanderstießen.
Unterkommandant Dreys konnte hier unten so gut wie nichts erkennen. Alles, was er von seinem Angreifer sah, war das schwache Leuchten der Zähne und Augen des Mannes, des Perlenrings in seinem linken Nasenflügel und das Aufblitzen des Messers. Der Geruch des Waldes hing in seinem Baumwollhemd.
Nein, Dreys war nicht darauf vorbereitet, hier in der Katzengasse zu kämpfen. Er hatte keine Waffen bei sich und trug nur den leinenen Überwurf, der normalerweise

über seinen Kettenpanzer gehörte, dazu Hose und Stiefel. Man zieht nicht bewaffnet und gepanzert los, wenn man seine Liebste treffen will.
Er hatte die Gasse erst einen Augenblick zuvor betreten, um sich zu vergewissern, daß die Straße frei von Stadtgardisten war, als der Meuchelmörder zuschlug. Hinter einem Stapel gelber Kürbisse hatte er ein leises Rascheln gehört und geglaubt, er habe einen Ferrin bei der Mäusejagd aufgescheucht. Er hatte sich umgedreht, erwartet, die plumpe, menschenähnlich gewachsene Kreatur in Deckung huschen zu sehen, als der Kerl aus dem Dunkel vorgesprungen war.
Und nun bewegte sich der Meuchelmörder geschickt, hielt das Messer fest umklammert, verlagerte das Gewicht, verdrehte die Klinge. Sie blitzte gefährlich nahe an Dreys' Ohr auf, doch der Unterkommandant wehrte sie ab – bis der Arm des Mannes sich herumwand und nach seine Kehle stieß. Dreys gelang es, das Handgelenk des kleineren Mannes für einen Augenblick zurückzuhalten. »Mörder, ein verdammter Mörder!« rief Dreys.
Ein Spion! dachte er. Ich habe einen Spion gefaßt! Denn er konnte sich nur vorstellen, daß er den Kerl beim Aufzeichnen des Burggeländes gestört hatte.
Er bohrte seinem Gegner das Knie in die Leistengegend und hob ihn von den Füßen. Zog den Messerarm des Mannes zu voller Länge und versuchte ihn zu verrenken. Der Mann ließ das Messer mit einer Hand los und versetzte Dreys einen Schlag auf die Brust.
Dreys' Rippen brachen. Offenbar war der Meuchler ebenfalls mit dem Runenzauber der Macht gezeichnet wor-

den. Dreys schätzte, daß er die Muskelkraft von fünf Männern besaß, vielleicht mehr. Beide Männer waren zwar unglaublich kräftig, doch die Gabe der Kraft verstärkten nur Muskeln und Sehnen. Den Knochen verlieh sie keine erhöhte Festigkeit. Demzufolge artete die Auseinandersetzung rasch in etwas aus, das Dreys eine »Knochendrescherei« nannte.

Dreys hörte tiefe Stimmen rufen: »Da entlang, glaube ich! Dort drüben!« Sie kamen von links. Eine Straße weiter lag die Billigstraße, wo die eng aneinanderstehenden Häuser nicht so weit nach innen drängten und Sir Guilliam sein neues, vierstöckiges Stadthaus gebaut hatte. Die Stimmen mußten von der Stadtgarde stammen – ebenjener Wache, der Dreys aus dem Weg gegangen war – und die von Sir Guilliam bestochen wurde, damit sie häufiger unter dem Laternenpfahl vor seinem Tor ein Päuschen einlegte.

»In der Katzengasse!« schrie Dreys. Er mußte dem Meuchelmörder nur noch einen Augenblick länger Widerstand leisten und dafür sorgen, daß dieser ihn nicht erstach und nicht entkam.

Der Kerl aus dem Süden schlug ihn erneut gegen die Brust. Weitere Rippen brachen. Dreys spürte fast keinen Schmerz. Wenn man um sein Leben kämpft, neigt man dazu, derlei Ablenkungen zu ignorieren.

Verzweifelt riß der Meuchelmörder das Messer zurück. Plötzlich überkam Dreys eine ungeheure Angst. Er trat gegen den rechten Knöchel seines Gegners und spürte mehr, als daß er hörte, wie das Bein zersplitterte.

Der Mann versuchte mit blitzender Klinge einen Ausfall.

Dreys drehte sich zur Seite und verpaßte dem Kerl einen Stoß. Die Klinge verfehlte ihr Ziel und schlitzte Dreys den Brustkorb auf. Ein Kratzer.
Jetzt packte er den Ellbogen des Kerls und zog den Mann halb herum. Der Meuchler geriet ins Wanken, da er sich nicht mehr auf sein gebrochenes Bein stützen konnte. Dreys trat erneut gegen das Bein, um ihm den Rest zu geben, und stieß den Kerl zurück.
In der Dunkelheit suchte der Unterkommandant verzweifelt nach einem lockeren Pflasterstein. Hinter ihm befand sich ein Gasthaus mit Namen »Das Butterfaß«. Neben den blühenden Ranken und dem Bildnis des Erdkönigs in seinem vorderen Fenster stand ein kleines Butterfaß. Dreys wollte sich das Faß holen, um es seinem Gegner auf den Kopf zu hauen.
Er versetzte dem Meuchelmörder einen weiteren Stoß und glaubte, der kleinere Mann werde hinstürzen. Stattdessen wirbelte der Kerl herum, und eine Hand krallte sich in Dreys' Überwurf. Der Unterkommandant sah, wie sich die Messerklinge senkte.
Er hob einen Arm, um sie abzublocken.
Die Klinge drehte sich nach unten, traf tief, glitt durch seinen Bauch nach oben, vorbei an den zersplitterten Rippen. Ein ungeheurer Schmerz explodierte in Dreys' Unterleib, schoß durch Schultern und Arme – ein so allumfassender Schmerz, daß Dreys glaubte, die ganze Welt müsse ihn mit ihm empfinden.
Eine Ewigkeit lang stand Dreys da und sah an sich hinunter. Schweiß rann in seine aufgerissenen Augen. Der verdammte Mörder hatte ihn aufgeschlitzt wie einen

Fisch. Und trotzdem hielt der Meuchelmörder ihn noch immer fest – hatte ihm den Messerarm bis zum Ellbogen in die Brust gestoßen, schob die Klinge auf das Herz zu, während seine Linke nach Dreys' Tasche griff und tastend irgend etwas suchte.

Seine Hand griff krampfhaft nach dem Buch in Dreys' Tasche, betastete es durch den Stoff des Überwurfs. Der Mörder feixte.

Dreys staunte. Das ist es, was du willst? Ein Buch?

Als am vergangenen Abend die Stadtgarde die Fremden aus dem Händlerviertel hinausgeführt hatte, war ein Mann aus Tuulistan an Dreys herangetreten, ein Händler, der sein Zelt in der Nähe des Waldes aufgeschlagen hatte. Der Mann sprach wenig Rofehavanisch und hatte lediglich gesagt: »Ein Geschenk – für König. Du geben? Geben König?«

Dreys hatte unter reichlich förmlichem Genicke zugestimmt und das Buch zerstreut betrachtet. *Die Chronik von Vhindyn ibn Owatt, Emir von Tuulistan.* Ein dünner Band, in Schafsleder gebunden. Dreys hatte es abwesend eingesteckt, in der Absicht, es bei Tagesanbruch weiterzugeben.

Jetzt spürte er so entsetzliche Schmerzen, daß er nicht schreien, sich nicht bewegen konnte. Die Welt drehte sich. Er riß sich los, versuchte sich umzudrehen und zu fliehen. Seine Beine fühlten sich schwach an wie die eines jungen Kätzchens. Er stolperte. Der Meuchelmörder griff von hinten in sein Haar und zog sein Kinn nach oben, um Dreys' Kehle bloßzulegen.

Verdammt, dachte Dreys, hast du mich noch nicht

schlimm genug zugerichtet? In einem letzten verzweifelten Schritt zerrte er das Buch aus der Tasche und schleuderte es weit in die Straße hinein, in den Butterweg.
Dort, auf der gegenüberliegenden Straßenseite, kämpfte sich ein Rosenstrauch neben einem Stapel Fässer einen Baum hinauf. Gelbe Rosen an dunklen Ranken. Das Buch rutschte unter die Rosen.
Der Meuchelmörder fluchte in seiner fremden Sprache, stieß Dreys zur Seite und wankte dem Buch hinterher.
Dreys vernahm nichts weiter als ein dumpfes Summen, als er sich mit Mühe auf die Knie erhob. Am Straßenrand sah er eine Bewegung – der Meuchelmörder, der in den Rosen suchte. Drei größere Schatten kamen von links die Straße herunter geeilt. Gezogene Schwerter blitzten auf, Sternenlicht schimmerte auf den Eisenkappen. Die Stadtgarde.
Dreys kippte nach vorn auf die gepflasterte Straße.
In der vormorgendlichen Dämmerung kreischte ein Schwarm Gänse, als sie sich durch das silbrige Licht der Sterne ihren Weg nach Süden bahnten, und für alle Welt klangen ihre Stimmen wie das ferne Gebell eines Rudels Hunde.

KAPITEL 2
Die das Land lieben

An diesem Morgen, wenige Stunden nach dem Überfall auf Dreys und vielleicht einhundert Meilen südlich von Burg Sylvarresta, sah sich Prinz Gaborn Val Orden Schwierigkeiten gegenüber, die nicht ganz so schwer zu bewältigen waren. Dennoch hatte keine seiner Unterrichtsstunden im Haus des Verstehens den achtzehnjährigen Prinzen darauf vorbereitet, auf dem großen Markt in Bannisferre einer solch geheimnisvollen Frau zu begegnen.

Gedankenverloren hatte er am Stand eines Händlers auf dem Südmarkt geweilt und Weinkühler aus poliertem Silber bewundert. Der Händler bot viele hervorragende Braugefäße aus Eisen an, seine Prunkstücke jedoch waren drei Weinkühler – große Schalen für Eis mit dazugehörigen kleineren Krügen, die man hineinstellen konnte. Die Schalen waren von einer Qualität, die man sonst nur bei uralten Gefäßen duskinischer Machart fand. Seit Tausenden von Jahren jedoch war kein Duskiner mehr auf Erden gewandelt, und so alt konnten diese Weinkühler nicht sein. Jede Schale hatte die krallenbewehrten Füße eines Greifers und zeigte Szenen von Hunden, die durch einen Laubwald liefen. Die Krüge waren mit dem Bildnis eines jungen Lords auf seinem Pferd verziert, der, die Lanze bereit, auf eine Greifermagierin zuhielt. Wenn man die Krüge in ihre Silberschalen stellte, ergänzten die

Bilder einander – der junge Lord im Kampf mit der Greifermagierin, während die Hunde sie umzingelten.
Die Ornamente auf den Weinkühlern waren mit einer Methode hergestellt worden, die Gaborn nicht kannte. Die Kunstfertigkeit des Silberschmieds war atemberaubend.
Die Waren in Bannisferre waren so erstaunlich, daß Gaborn erst merkte, daß die junge Frau sich heimlich an ihn heranschlich, als er den Duft von Rosenblüten roch. (Die Frau neben mir bewahrt ihr Kleid in einer mit Rosenblättern gefüllten Lade auf, registrierte er unbewußt.) Selbst jetzt war er noch so sehr von den Weinkühlern in Anspruch genommen, daß er sich vorstellte, sie sei nur eine Fremde, die die Schalen und Krüge ebenfalls ehrfürchtig betrachtete. Er blickte erst in ihre Richtung, als sie seine Hand ergriff und so seine Aufmerksamkeit auf sich lenkte.
Sie nahm seine linke Hand mit ihrer rechten, verschränkte locker die Finger und drückte zu.
Die Sanftheit ihrer Berührung elektrisierte ihn. Er zog die Hand nicht zurück.
Vielleicht dachte er, verwechselt sie mich mit einem anderen. Er warf ihr einen Seitenblick zu. Sie war groß gewachsen und wunderschön, vielleicht sechzehn, ihr dunkles Haar war mit Perlmuttkämmen verziert. Ihre Augen schimmerten schwarz, und selbst das Weiß darin war so dunkel, daß es blaßblau wirkte. Sie trug ein schlichtes, wolkenfarbenes Seidenkleid mit fließenden Ärmeln – ein eleganter Stil, der in letzter Zeit bei den reichen Damen von Lysle beliebt war. Dazu trug die junge

Dame einen Gürtel aus Hermelin, der, hoch über dem Nabel, gleich unter ihren festen Brüsten, von einer silbernen Blume gehalten wurde. Der Ausschnitt war hoch und sittsam. Über ihren Schultern hing ein Tuch von tiefstem Karminrot, so lang, daß sein Saum über den Boden wischte.

Sie war nicht nur wunderschön, entschied er, sie war erstaunlich.

Sie lächelte ihn heimlich an, schüchtern, und Gaborn grinste zurück, verschlossen – voller Hoffnung und verwirrt zugleich.

Gaborn kannte sie nicht. In der ganzen, riesigen Stadt Bannisferre kannte er niemanden – was seltsam schien in einer so großen Stadt mit ihren hoch aufragenden Gesangshäusern aus grauem Stein und exotischen Bögen, den weißen Tauben, die am blauen, sonnenbeschienenen Himmel über den Kastanien ihre Kreise zogen. Trotzdem kannte Gaborn niemanden hier, nicht einmal einen unbedeutenden Händler. So weit war er von zu Hause fort.

Er stand am Rand des Marktes, nicht weit von den Hafenanlagen am breiten Ufer des Südarmes des Flusses Dwindell – einen Steinwurf von der Schmiedegasse entfernt, wo man an den Feuerstellen unter freiem Himmel das rhythmische Klirren der Hämmer und das Knarren der Bälge hörte.

Es bereitete ihm Sorgen, daß er sich von der Friedfertigkeit in Bannisferre so hatte einlullen lassen. Er hatte sich kaum die Mühe gemacht, einen Blick auf die Frau zu werfen, obwohl sie schon seit zwei Minuten neben ihm stand. Schon zweimal in seinem Leben hatten es Meuchelmörder auf ihn abgesehen. Sie hatten seine Mutter überwältigt, seine Großmutter, seinen Bruder und zwei Schwestern. Und doch stand Gaborn jetzt so sorglos da wie ein Bauer mit einem Bauch voll Bier.

Nein, entschied Gaborn rasch, ich habe sie bestimmt noch nie gesehen. Sie weiß, ich bin ein Fremder, und dennoch hält sie meine Hand. Äußerst verwirrend.

Im Haus des Verstehens, im Saal der Gesichter, hatte Gaborn die Feinheiten der Körpersprache studiert – wie Geheimnisse sich im Auge eines Feindes offenbarten, wie man Anzeichen der Sorge von denen der Verblüffung oder Ermüdung an den Zügen um den Mund einer Geliebten unterschied.

Gaborns Lehrmeister Jorlis war ein weiser Lehrer gewesen, und während der letzten langen Winter hatte Gaborn sich mit seinem Lerneifer hervorgetan.

Er hatte gelernt, daß alle, Prinzen, berittene Straßenräuber, Kaufleute und Bettler ihre Mienen und Körperhaltungen wie Teile einer allseits anerkannten Maske trugen, und die Kunst, nach Belieben eine dieser Masken überzustreifen, beherrschte Gaborn meisterhaft. Er konnte allein dadurch das Kommando über einen Raum voller Jungen übernehmen, daß er erhobenen Hauptes dastand; er konnte einen Händler mit einem ausweichenden Lächeln dazu bringen, mit dem Preis herunterzugehen. Eingehüllt in einen eleganten Reisemantel lernte Gaborn, auf einem geschäftigen Marktplatz den Blick zu senken und den Bettler zu spielen, der sich durch die Menge stiehlt, so daß, wer ihn beobachtete, nicht den Prinzen sah, sondern sich wunderte: Wo hat dieser Bettler nur einen so schönen Mantel gestohlen?

Gaborn verstand es also, den menschlichen Körper zu lesen, und doch bildete er für andere stets ein Rätsel. Dank zweier Gaben der Geisteskraft konnte er sich ein umfangreiches Buch in einer Stunde einprägen. Während seiner acht Jahre im Haus des Verstehens hatte er mehr gelernt als die meisten Bürgerlichen in ihrem ganzen Leben.

Als Runenlord besaß er drei Gaben Muskelkraft und zwei Gaben des Durchhaltevermögens, daher konnte er ohne Sorge die Waffen mit Männern kreuzen, die doppelt so groß waren wie er. Sollte ein Straßenräuber jemals wagen, ihn anzugreifen, würde Gaborn ihm zeigen, wie tödlich ein junger Runenlord sein konnte.

Dennoch galt er in den Augen der Welt wegen seiner Gaben der Anmut als wenig mehr denn ein überraschend gutaussehender junger Mann. Und in einer Stadt wie Bannisferre, mit ihren Sängern und Schauspielern aus allen Teilen des Reiches, war sogar eine Schönheit wie die seine nichts Ungewöhnliches.

Er betrachtete die junge Frau, die ihn festhielt, schätzte ihre Körperhaltung ab. Das Kinn erhoben, selbstsicher – und leicht zur Seite geneigt. Eine Frage. Sie stellt mir eine Frage.

Die Berührung ihrer Hand – schwach genug, um ein Zaudern auszudrücken, kräftig genug, um … Besitzansprüche anzuzeigen. Erhob sie etwa Anspruch auf ihn?

War dies der Versuch einer Verführung? fragte er sich. Aber nein – die Körperhaltung stimmte nicht. Wenn sie

ihn verführen wollte, hätte sie ihn im Kreuz berührt, an der Schulter, vielleicht gar am Gesäß oder an der Brust. Sie stand dagegen etwas entfernt, zögerte, ihm zu nahe zu kommen, und trotzdem hielt sie ihn fest.
Dann verstand er: ein Heiratsantrag. Sehr ungewöhnlich, selbst in Heredon. Für eine Frau von ihrem Rang hätte die Familie mühelos eine Hochzeit arrangieren können. Dann begriff Gaborn – aha, sie ist verwaist. Sie hofft, ihre Ehe selbst zu arrangieren!
Auch diese Antwort befriedigte ihn nicht. Wieso arrangierte nicht ein wohlhabender Lord die Ehe für sie?
Gaborn überlegte, für was sie ihn jetzt halten mußte. Für den Sohn eines Kaufmanns. Er hatte sich wie ein Kaufmann benommen. Obwohl bereits achtzehn, war sein Wachstum noch nicht vollkommen abgeschlossen. Gaborn hatte dunkles Haar und blaue Augen, also hatte er sich wie ein Geck aus Nord-Crowden angezogen, der mehr Reichtum als Geschmack besaß und durch die Stadt zog, während sein Vater wichtigere Geschäfte tätigte. Er trug grüne Strümpfe und Hosen, die oberhalb des Knies gerafft waren, zusammen mit einem eleganten weißen Baumwollhemd mit bauschenden Ärmeln und Silberknöpfen. Über das Hemd hatte er ein Wams aus dunkelgrüner Baumwolle gezogen, eingefaßt mit fein gearbeitetem Leder, verziert mit Süßwasserperlen. Ein breitkrempiger Hut, auf dem eine Bernsteinschnalle eine Straußenfeder hielt, rundete die Verkleidung ab.
Gaborn kleidete sich so, weil er sich auf seiner Mission, die Verteidigungsanlagen Heredons auszuspionieren und das wahre Ausmaß des Reichtums seiner Ländereien und

die Tapferkeit seines Volkes abzuschätzen, etwas im verborgenen halten wollte.
Nun blickte er kurz nach hinten, hinüber zu dem niedrigen Steinbogen über einer Herberge, zwanzig Schritt entfernt. Die Straßen hier waren voller Menschen und wurden durch die Stände der Händler eng. Ein muskulöser, bronzehäutiger junger Mann ohne Hemd und mit roter Hose trieb ein Dutzend Ziegen durch das Gedränge und schlug mit einer Weidengerte auf sie ein. Auf der anderen Straßenseite, neben der Tür zum Gasthaus, stand Gaborns Leibwächter Borenson und grinste breit über Gaborns mißliche Lage. Borenson war groß und breitschultrig, sein rotes Haar wurde bereits schütter, dazu hatte er einen dichten Bart und lachende blaue Augen.
Neben Borenson stand ein magerer Kerl mit blondem, kurzgeschnittenem Haar. Passend zu seinen kastanienbraunen Augen trug er das schmucklose, bräunliche Gewand eines Historikers. Er hatte eine mißbilligende, finstere Miene aufgesetzt. Der Mann, seinem Beruf nach einfach Days genannt, war eine Art Geschichtsschreiber – ein glühender Verehrer der Zeitlords –, der Gaborn seit dessen Kindheit nachgelaufen war und jede seiner Taten und Worte aufgeschrieben hatte. Seinen Namen leitete er vom Orden der »Days« ab. Wie jeder aus seiner Sekte hatte Days seinen Namen, seine Identität aufgegeben, als er seinen Geist mit einem anderen aus seinem Orden vereint hatte. Im Augenblick betrachtete er Gaborn durchdringend. Wachsam, mit hin und her zuckenden Augen. Prägte sich alles ein.
Die Frau, die Gaborns Hand hielt, folgte seinem Blick und

bemerkte den Leibwächter und den Days. Ein junger Kaufmannslord mit einem Leibwächter war normal. Einer, der von einem Days beschattet wurde, selten. Das kennzeichnete Gaborn als jemanden von Reichtum und Rang, vielleicht als den Sohn eines Gildemeisters. Gaborns wahre Identität konnte diese Frau jedoch unmöglich erkennen.

Sie zog an seiner Hand, lud ihn ein, ein Stück zu gehen. Er zögerte.

»Seht Ihr etwas auf dem Markt, das Euch gefällt?« fragte sie lächelnd. Ganz offensichtlich wollte sie wissen, ob sie ihm gefiel. Die Umstehenden jedoch würden denken, sie spreche von den Weinkühlern. Ihre liebreizende Stimme war so anziehend wie das mit Kardamom gewürzte Gebäck, das hier auf dem Markt feilgeboten wurde.

»Das Silber läßt ganz ordentliche Handarbeit erkennen«, erwiderte Gaborn. Dabei legte er eine leichte Betonung auf *Hand*. Sie würde denken, er habe im Haus des Verstehens im Saal der Hände studiert, wie es Kaufleute taten. Soll sie ruhig glauben, daß ich Kaufmann bin.

Der Verkäufer des Standes, der Gaborn bis jetzt geduldig übersehen hatte (da er einen jungen Mann nicht zu einem Kauf drängen wollte), kam plötzlich unter dem Schatten seines rechteckigen Schirms hervor und rief: »Möchte der Herr einen eleganten Weinkühler für die Dame erstehen?«

Zuvor schien Gaborn nur ein Kaufmannssohn gewesen zu sein, einer, der vielleicht zu seinem Vater gegangen wäre, um ihn auf einige interessante Waren aufmerksam zu machen. Jetzt hielt ihn der Händler möglicherweise für einen Jungvermählten mit einer jungen Frau, die weit hübscher war als er. Kaufmannslords verheirateten ihre Kinder oft jung, weil sie finanzielle Allianzen anstrebten. *Der Händler denkt also, ich muß das Silber kaufen, um meiner Frau eine Freude zu machen.* Natürlich hätte eine so reizende Frau ihren Haushalt fest in der Hand. Da der Händler sie nicht kannte, mußte sie folglich eine Fremde in Bannisferre sein. Eine Reisende aus dem Norden?

Die junge Frau lächelte den Straßenhändler freundlich an. »Heute nicht, glaube ich«, sagte sie neckend. »Ihr habt hier einige sehr schöne Kühler, aber wir haben zu hause zwei bessere.« Sie drehte ihm den Rücken zu und spielte ihre Rolle als Gemahlin hervorragend. *Genauso wäre es, wenn wir verheiratet wären,* schien ihr Verhalten zu verkünden. *Ich würde keine kostspieligen Ansprüche stellen.*

Das Gesicht des Händlers erschlaffte bestürzt. Unwahrscheinlich, daß mehr als ein oder zwei Händler im gesamten Königreich von Rofehavan einen so eleganten Weinkühler führten. Und bestimmt hatte keiner mehr als einen.

Sie zog Gaborn weiter. Plötzlich war Gaborn unbehaglich zumute. Tief unten im Süden trugen Damen aus Indhopal manchmal Ringe oder Broschen mit vergifteten Nadeln bei sich. Sie lockten wohlhabende Reisende in ein Gasthaus, um sie zu ermorden und auszurauben. Möglicherweise trug sich diese Schönheit mit finsteren Absichten.

Nur eigentlich bezweifelte er das. Ein rascher Blick ergab,

daß Borenson wohl eher amüsiert war denn besorgt. Er lachte und wurde rot, als wollte er fragen: »Und wo glaubt Ihr, geht Ihr hin?«

Auch Borenson hatte Körpersprache studiert – besonders die von Frauen. Was die Sicherheit des Lords anbetraf, ging er niemals ein Risiko ein.

Die Frau drückte Gaborns Hand, rückte ihre Hand wieder zurecht und hielt ihn jetzt noch entschlossener fest. Hatte sie es darauf abgesehen, seine Freundlichkeit auf eine noch härtere Probe zu stellen?

»Verzeiht, wenn ich übermäßig vertraulich erscheine, guter Herr«, sagte sie. »Habt Ihr jemals einen Menschen aus der Ferne gesehen und so ein Ziehen in Eurem Herzen verspürt?«

Ihre Berührung elektrisierte ihn, und Gaborn hätte gerne geglaubt, daß sie ihn tatsächlich von weitem bemerkt und sich in ihn verliebt hatte.

»Nein, so nicht«, antwortete er. Doch noch im selben Augenblick fühlte er, daß es gelogen war. Wahrscheinlich hatte er sich tatsächlich einmal aus der Ferne verliebt.

Die Sonne schien auf sie herab, der Himmel strahlte. Vom Fluß wehte warme, süße Luft herüber, die den Duft der Heuwiesen am anderen Ufer mit sich brachte. Wie konnte man sich an einem so herrlichen Tag anders als voller Lebenslust fühlen?

Das Pflaster der Straße hier war alt und abgetreten. Ein halbes Dutzend Blumenmädchen schlenderte barfuß durch die Menge und warb mit heller Stimme für seine Waren. Sie wehten vorüber, eine Brise, die ein Weizenfeld in wogende Bewegungen versetzt. Alle trugen ausgeblichene Kleider und weiße Schürzen. Letztere hatten sie zu einer Art Beutel gerafft, in dem sich bunte Farben mischten – leuchtend burgunderrote Mohnblumen und weiße Gänseblumen, langstielige Rosen in den tiefsten Rot- und Pfirsichtönen, Kornblumen und lieblich duftender Lavendel.

Gaborn sah zu, wie die Mädchen vorüberzogen, spürte, daß ihre Schönheit ebenso überwältigend war wie die von Lerchen im Flug, und wußte, ihr Lächeln würde er nie vergessen. Sechs Mädchen, alle mit blondem und hellbraunem Haar.

Sein Vater hatte mit seinem Gefolge nicht mehr als ein paar Stunden zu Pferd entfernt sein Lager aufgeschlagen. Selten ließ er Gaborn ohne schwere Bewachung umherstreifen, diesmal jedoch hatte sein Vater ihn angefleht, einen kleinen Abstecher zu machen. *Du mußt dir Heredon genau ansehen. Ein Land besteht aus mehr als aus seinen Burgen und Soldaten. In Bannisferre wirst du dich in dieses Land und seine Menschen verlieben, genau wie ich.*

Die junge Frau drückte seine Hand fester.

Besorgnis trat ihr auf die Stirn, während sie die Mädchen beobachtete. Gaborn erkannte, wer sie war, wie verzweifelt diese junge Frau ihn brauchte. Fast hätte er gelacht, denn nun wurde ihm bewußt, wie leicht sie ihn hätte in ihren Bann ziehen können.

Er drückte ihre Hand, herzlich, wie ein Freund, der sicher weiß, daß er nichts mit ihr anfangen wird und der ihr nur alles Gute wünscht.

»Mein Name ist Myrrima…«, sagte sie und ließ eine Pause, in der er seinen Namen hätte nennen können.

»Ein wunderschöner Name für ein wunderschönes Mädchen.«

»Und Ihr seid …?«

»Begeistert von solchen Spielchen«, antwortete er. »Ihr nicht?«

»Nicht immer.« Sie lächelte, eine Aufforderung, ihr seinen Namen doch noch zu verraten.

Zwanzig Schritte weiter hinten schlug Borenson mit der Scheide seines Säbels gegen einen vorüberfahrenden Ziegenkarren, ein Zeichen, daß er seinen Posten an der Tür der Herberge verlassen hatte und ihnen jetzt nachging. Der Days würde an seiner Seite sein.

Myrrima sah sich kurz um. »Ein gutaussehender Leibwächter.«

»Ein guter Mann«, gab Gaborn ihr recht.

»Ihr seid geschäftlich unterwegs? Gefällt Euch Bannisferre?«

»Ja und wieder ja.«

Plötzlich zog sie ihre Hand fort. »Ihr legt Euch nicht schnell fest«, sagte sie, und indes sie sich zu ihm umdrehte, wurde ihr Lächeln ein wenig unsicher, und in ihren dunklen Augen funkelte Wut. Vielleicht spürte sie jetzt, daß die Hetzjagd beendet war, daß er sie nicht heiraten würde.

»Nein. Niemals. Vielleicht eine Charakterschwäche von mir«, meinte Gaborn.

»Warum nicht?« fragte Myrrima, immer noch spielerisch, jedoch gewiß, daß ihre Jagd sich dem Ende näherte. Sie hielt an einem Brunnen an, mit einer Statue von Edmon Tillerman, der eine Kanne mit drei Zapfen in der Hand hielt, aus denen Wasser über die Gesichter dreier Bären lief.

»Weil es um Menschenleben geht«, antwortete Gaborn, unvermittelt ernst. Er saß auf dem Brunnenrand. Riesige Kaulquappen zappelten im grünlichen Wasser. »Wenn ich mich für jemanden entscheide, übernehme ich die Verantwortung für ihn. Ich biete mein Leben an, oder wenigstens einen Teil davon. Wenn ich mich an einen Menschen binde, erwarte ich als Gegenleistung nicht weniger als seine völlige Aufopferung – sein Leben. Diese wechselseitige Beziehung ist … sie muß mich bestimmen.«

Myrrima runzelte die Stirn, sein ernster Tonfall hatte sie verlegen gemacht. »Ihr seid kein Kaufmann. Ihr redet wie ein … *Lord!*«

Er konnte es sehen, sie überlegte. Sie wußte bestimmt, daß er kein Sylvarresta, kein Lord aus Heredon war. Damit wäre er also bloß ein ausländischer Würdenträger auf Reisen – und das in Heredon, einem abgelegenen Land, einem der am weitesten nördlich gelegenen Königreiche Rofehavans.

»Ich hätte es wissen sollen – bei Eurer Stattlichkeit«, meinte sie. »Ihr seid also ein Runenlord, der hergekommen ist, um unser Land zu studieren. Verratet mir, gefällt es Euch gut genug, um Prinzessin Iome Sylvarresta den Hof zu machen?«

Gaborn fand es bewundernswert, wie sie die richtigen Schlüsse zog. »Ich bin überrascht, wie grün Euer Land und wie stark Euer Volk ist. Viel reicher, als ich es mir vorgestellt hatte.«

»Wird Prinzessin Sylvarresta Euch akzeptieren?« Noch immer suchte sie nach Antworten. Nun fragte sie sich wohl, aus welcher armen Burg er stammte. Sie setzte sich neben ihn auf den Brunnenrand.

Gaborn zuckte die Achseln, täuschte mehr Besorgnis vor, als er empfand. »Ich weiß nur, was man sich über sie erzählt«, gestand er. »Vielleicht kennt Ihr sie besser als ich. Werde ich ihr gefallen?«

»Ihr seid durchaus hübsch anzusehen«, sagte Myrrima, derweil sie ganz unverhohlen seine breiten Schultern musterte, das lange dunkelbraune Haar, das unter seinem Federhut hervorwallte. Mittlerweile mußte sie gemerkt haben, daß er vom Haar her nicht dunkel genug war, um aus Muyyatin oder von einem der indhopalischen Stämme zu sein.

Dann stockte ihr der Atem, und ihre Augen wurden groß. Sie erhob sich rasch und trat zurück, unsicher, ob sie stehenbleiben und einen Hofknicks machen oder sich zu seinen Füßen niederwerfen sollte. »Verzeiht mir, Prinz Orden – ich, äh, mir ist die Ähnlichkeit mit Eurem Vater entgangen!«

Myrrima trat schwankend drei Schritte zurück, so als wünschte sie, sie könnte blindlings davonstürzen, denn jetzt wußte sie, daß er nicht der Sohn irgendeines armen Freiherrn war, der irgendeinen Steinhaufen seine Festung nannte, sondern daß er aus Mystarria selbst kam.

»Ihr kennt meinen Vater?« fragte Gaborn, der sich erhob, vortrat, erneut ihre Hand ergriff und ihr damit zu verstehen geben wollte, daß niemand beleidigt worden war.

»Ich – er ist einmal auf dem Weg zur Jagd durch die Stadt geritten«, erklärte Myrrima. »Ich war noch ein Mädchen. Ich kann sein Gesicht nicht vergessen.«

»Er hat Heredon immer gemocht«, sagte Gaborn.

»Ja ... ja, er kommt schließlich oft genug hierher«, meinte Myrrima, sichtlich aus der Fassung. »Ich ... verzeiht, wenn ich Euch belästigt habe, mein Lord. Ich wollte nicht vermessen sein. Oh ...«

Myrrima machte kehrt und fing an zu rennen.

»Bleibt stehen und dreht Euch um!« rief Gaborn ihr hinterher.

Sie hielt wie von einer Faust getroffen an und wandte sich zu ihm um. Wie auch mehrere andere in der Nähe. Auf den Befehl nicht vorbereitet, gehorchten sie, als käme er aus ihrem eigenen Kopf. Da sie sahen, daß seine Aufmerksamkeit nicht ihnen galt, gingen sie rasch weiter. Die Anwesenheit eines Runenlords in ihrer Mitte hatte ihnen angst gemacht.

Plötzlich befand sich Borenson hinter Gaborns Rücken, zusammen mit Days.

»Danke, daß Ihr stehengeblieben seid, Myrrima«, sagte Gaborn.

»Ihr – könntet eines Tages mein König sein«, antwortete sie, als hätte sie sich ihre Erwiderung gut überlegt.

»Glaubt Ihr?« wollte Gaborn wissen. »Glaubt Ihr, Iome wird mich nehmen?« Die Frage erschreckte sie. Gaborn fuhr fort. »Ihr seid eine scharfsinnige Frau und wunderschön. Ihr würdet Euch am Hof gut machen. Ich schätze Eure Meinung. Bitte, antwortet mir.«

Sie zögerte, und Gaborn hielt den Atem an und wartete auf ihre ehrliche Meinung. Sie konnte unmöglich wissen, wie wichtig ihm ihre Antwort war. Gaborn war auf diese Verbindung *angewiesen.* Er war auf das starke Volk aus Heredon angewiesen, seine uneinnehmbaren Festungen, sein weites offenes Land, das bereit war, genutzt zu werden. Sicher, sein Mystarria war ein reiches Land, dessen Märkte immer weiter wuchsen und langsam verwahrlosten – aber nach jahrelangen Kämpfen hatte der Wolflord Raj Ahten schließlich die Indhopalischen Königreiche erobert, und Gaborn wußte, daß er sich damit nicht zufriedengeben würde. Im Frühjahr würde Raj Ahten entweder in die unzivilisierten Reiche von Inkarra einfallen, oder er würde sich nach Norden wenden, den Königreichen Rofehavans zu.

In Wahrheit spielte es keine Rolle, wohin sich der Wolflord als nächstes wandte. Gaborn wußte, in den bevorstehenden Kriegen würde er sein Volk in Mystarria auf keinen Fall angemessen verteidigen können.

Obwohl Heredon seit vierhundert Jahren an keinem größeren Krieg mehr beteiligt gewesen war, waren die großen Festungsmauern intakt geblieben. Selbst die Festung am bescheidenen Tor Ingel, zwischen Klippen gelegen, ließ sich besser verteidigen als die meisten von Gaborns Besitzungen in Mystarria. Gaborn war auf dieses Land angewiesen. Er mußte Iome um ihre Hand bitten und sie bekommen.

Wichtiger noch, auch wenn er nicht wagte, es jemandem

einzugestehen, irgend etwas in seinem Innern sagte ihm, daß er Iome selbst brauchte. Ein seltsamer Zwang zog ihn hierher, gegen jeden gesunden Menschenverstand. Als hätte er eine ferne Stimme rufen hören. Seit Jahren hatte er gegen diesen Drang angekämpft, bis er sich ergeben hatte.

Myrrima betrachtete Gaborn erneut mit ihrer erstaunlichen Offenheit. Dann lachte sie unbekümmert. »Nein«, sagte sie. »Iome wird Euch nicht nehmen.«

In ihrer Antwort lag kein Zögern. Sie brachte es schlicht heraus, als hätte sie erkannt, daß es die Wahrheit war. Dann lächelte sie ihn verführerisch an. Aber ich will dich, verkündete ihr Lächeln.

»Ihr hört Euch sehr selbstgewiß an.« Gaborn versuchte, beiläufig zu klingen. »Sind es vielleicht nur meine Kleider? Ich habe passendere mitgebracht.«

»Ihr seid vielleicht aus dem mächtigsten Königreich in Rofehavan, aber … wie soll ich das ausdrücken? Eure Politik ist zweifelhaft.«

Eine freundliche Art, ihn der Unmoral zu beschuldigen. Gaborn hatte einen solchen Vorwurf befürchtet.

»Weil mein Vater übereifrig ist?« fragte Gaborn.

»Einige halten ihn für übereifrig, andere für zu … habgierig.«

Gaborn schmunzelte. »König Sylvarresta hält ihn für übereifrig … seine Tochter aber hält meinen Vater für gierig?«

Myrrima lächelte und nickte knapp.

»Dann wird sie mein Ansinnen also wegen meines Vaters zurückweisen.«

»Es hieß in Heredon stets, daß Prinz Orden ›seinem Vater sehr ähnelt‹.«

»Zu sehr vielleicht?« wollte Gaborn wissen. Ein durch Gerüchte überliefertes Zitat von Prinzessin Iome Sylvarresta? Es stimmte, Gaborn hatte seines Vaters Körperbau, sein Gesicht. Aber Gaborn war nicht sein Vater. Und sein Vater, glaubte Gaborn, war auch nicht so ›habgierig‹, wie Iome es ihm unterstellte.

Myrrima besaß genügend Takt, zu schweigen. Sie zog ihre Hand aus seiner.

»Sie *wird* mich heiraten«, widersprach Gaborn. Er war sicher, die Prinzessin gewinnen zu können.

Myrrima zog eine Augenbraue hoch. »Wie könnt Ihr das denken? Weil es praktisch wäre, sich mit dem reichsten Königreich in Rofehavan zu verbünden?« Sie lachte melodiös, amüsiert. Unter normalen Umständen, wenn ein Bauer ihn ausgelacht hätte, hätte Gaborn eine drohende Haltung angenommen. Er ertappte sich dabei, wie er in ihr Lachen einstimmte.

Myrrima ließ ein bezauberndes Lächeln aufblitzen. »Vielleicht werdet Ihr, mein Lord, wenn Ihr Heredon verlaßt, nicht mit leeren Händen gehen.«

Eine letzte Aufforderung. Prinzessin Iome Sylvarresta wird Euch nicht nehmen, aber ich.

»Es wäre töricht, die Hatz aufzugeben, bevor die Jagd begonnen hat, meint Ihr nicht?« fragte Gaborn. »Im Haus des Verstehens, im Saal des Herzens, sagte Lehrmeister Ibirmarle immer: ›Narren bestimmen sich durch das, was sie sind. Weise Männer durch das, was sie sein werden.‹«

Myrrima hielt dagegen: »Dann, fürchte ich, mein übereifriger Prinz, werdet Ihr alt und einsam sterben und gefangen in der Selbsttäuschung, daß Ihr eines Tages Iome Sylvarresta heiraten werdet. Guten Tag.«

Sie drehte sich um und wollte davon, Gaborn jedoch konnte sie noch nicht recht gehen lassen. Im Saal der Herzen hatte er gelernt, daß es manchmal das beste war, einer Eingebung zu folgen, daß ein Teil des Verstandes – jener, der träumt – oft zu uns spricht und uns befiehlt, auf eine Weise vorzugehen, die wir nicht begreifen. Als Gaborn ihr gesagt hatte, sie würde sich seiner Ansicht nach gut bei Hofe machen, war ihm das ernst gewesen. Er wollte sie an seinem Hof haben – nicht als seine Ehefrau, nicht einmal als Mätresse. Instinktiv fühlte er hingegen, daß sie eine Verbündete war. Hatte sie ihn nicht »mein Lord« genannt? Ebensogut hätte sie ihn mit »Euer Lordschaft« ansprechen können. Nein, auch sie spürte eine Verbindung zu ihm.

»Wartet, meine Dame!« rief Gaborn, und abermals wandte Myrrima sich um. Sie hatte seinen Tonfall bemerkt. Mit dem Ausdruck »meine Dame« wollte er seinen Anspruch auf sie unterstreichen. Sie wußte, was er erwartete: völlige Hingabe. Ihr Leben.

»Ja, mein Lord?«

»Zu Hause«, erkundigte sich Prinz Orden, »habt Ihr da zwei häßliche Schwestern, um die Ihr Euch kümmern müßt? Und einen einfältigen Bruder?«

»Ihr seid scharfsinnig, mein Lord«, erwiderte Myrrima. »Nur ist meine Mutter die Einfältige, nicht irgendein Bruder.« Gequält verzog sie das Gesicht. Sie hatte eine schwere Last zu tragen und einen hohen Preis für die

Magie zu zahlen. Es ist schwer genug, von jemandem eine Gabe der Muskel- oder Geisteskraft oder der Anmut zu erstehen und die finanzielle Verantwortung für diesen Menschen zu übernehmen. Aber noch schmerzhafter wird es, wenn dieser Mensch ein geliebter Freund oder Verwandter ist. Myrrimas Familie mußte in entsetzlicher Armut leben, in hoffnungsloser Armut, daß sie sich gezwungen fühlten, etwas Derartiges zu wagen – eine Frau mit der Schönheit von dreien zu beschenken und der Weisheit von zweien – und dann danach zu trachten, sie mit irgendeinem Reichen zu verheiraten, der sie alle aus der Verzweiflung retten soll.

»Wo habt Ihr nur das Geld für die Zwingeisen hergenommen?« fragte Gaborn. Die magischen Eisen, mit denen man einem Menschen Eigenschaften entzog und sie an einen anderen weitergab, waren überaus teuer.

»Meine Mutter hatte ein kleines Erbe – und wir haben hart gearbeitet, wir alle vier«, erklärte Myrrima. Er hörte die Angespanntheit in ihrer Stimme. Vor kurzem hatte sie vielleicht noch geschluchzt, wenn sie davon sprach, vor ein oder zwei Wochen, als sie gerade erst wunderschön geworden war.

»Ihr habt als kleines Mädchen Blumen verkauft?« fragte Gaborn.

Myrrima lächelte. »Auf der Wiese hinter unserem Haus wuchs sonst nur wenig, das uns ernährt hätte.«

Gaborn griff in seinen Geldbeutel und zog eine Goldmünze hervor. Auf der einen Seite war der Kopf von König Sylvarresta zu sehen, auf der anderen die Sieben Aufrechten Steine aus dem Dunnwald, die der Legende nach die Erde stützten. Mit der hiesigen Währung war er nicht vertraut, aber er wußte, daß die Münze wertvoll genug war, um ihre Familie ein paar Monate lang von allen Sorgen zu befreien. Er nahm ihre Hand und ließ sie hineingleiten.

»Ich habe … nichts dafür getan«, meinte sie und suchte seinen Blick. Vielleicht fürchtete sie ein unsittliches Angebot. Manche Lords nahmen sich Mätressen. Gaborn würde so etwas nie tun.

»Doch, doch, das habt Ihr«, sagte Gaborn. »Ihr habt gelächelt und mir dadurch das Herz froh gemacht. Bitte, nehmt dieses Geschenk an. Eines Tages werdet Ihr Euren reichen Kaufmann finden, und von all den Schätzen, die er hier auf den Märkten von Bannisferre vielleicht entdeckt, werdet Ihr wahrscheinlich der kostbarste sein.«

Sie hielt die Münze voller Scheu in der Hand. Nie rechnete jemand damit, daß ein so junger Mensch wie Gaborn sich mit solcher Gewandtheit ausdrückte, nach Jahren des Übens im Saal der Stimmen fiel ihm dies jedoch leicht. Sie sah ihm mit neuer Achtung in die Augen, so als erblicke sie ihn in Wirklichkeit zum erstenmal. »Danke, Prinz Orden. Vielleicht … ich sag es Euch jetzt … sollte Iome Euch tatsächlich akzeptieren, werde ich ihren Entschluß gutheißen.«

Sie machte kehrt und schlenderte durch die dichter werdende Menge davon, um den Brunnen herum. Gaborn betrachtete ihren elegant geschwungenen Hals, das Wolkenmuster ihres Kleides, die brennenden Flammen ihres Schals.

Borenson kam herbei, lachte in sich hinein und schlug

Gaborn vergnügt auf die Schulter. »Ah, mein Lord, was für eine süße Verlockung.«

»Ja, sie ist rundherum wundervoll«, stimmte Gaborn leise zu.

»Hat Spaß gemacht, Euch zuzuschauen. Sie blieb einfach ein Stück zurück und musterte Euch wie ein Kotelett auf dem Klotz des Metzgers. Fünf Minuten hat sie gewartet«, Borenson hielt seine Hand mit gespreizten Fingern in die Höhe, »darauf, daß Ihr sie bemerkt! Aber Ihr – Ihr tagblinder Ferrin! Ihr wart zu sehr damit beschäftigt, irgendeines Händlers Nachtgeschirr zu bewundern! Wie konntet Ihr sie übersehen? Wie konntet Ihr sie übergehen? Ah!« Borenson zuckte übertrieben mit den Achseln.

»Ich wollte niemanden kränken«, erwiderte Gaborn und blickte seinen Untergebenen an. Borenson war zwar sein Leibwächter und sollte deshalb stets nach Meuchelmördern Ausschau halten, doch in Wahrheit war der große Mann ein lebenslustiger Kerl. Er konnte durch keine Straße gehen, ohne jeder wohlgeformten Frau leise hinterherzuschmachten. Und wenn er nicht wenigstens einmal in der Woche herumhurte, schmachtete er sogar den Frauen hinterher, die keine bessere Figur hatten als ein Sack voll Pastinaken. Seine Kollegen und die Gardisten scherzten manchmal, daß kein Meuchelmörder seiner Aufmerksamkeit entgehen würde, der sich im Ausschnitt einer Frau verbarg.

»Oh, ich bin nicht gekränkt«, gab er Borenson zurück. »Ich bin erstaunt. Verblüfft. Wie konntet Ihr sie übersehen? Ihr müßt sie wenigstens gerochen haben?«

»Ja, sie riecht sehr gut. Sie bewahrt ihr Kleid in einer Lade voller Rosenblätter auf.«

Der Leibwächter verdrehte theatralisch die Augen und stöhnte. Sein Gesicht war gerötet, und eine ganz besondere Anspannung offenbarte sich in seinem Blick. Obwohl Borenson zu scherzen vorgab, konnte Gaborn erkennen, daß er in Wahrheit von dieser Schönheit aus dem Norden hingerissener war, als er zugeben wollte. Wenn es nach Borenson gegangen wäre, würde er dem Mädchen hinterherjagen. »Wenigstens hättet Ihr Euch durch sie von der quälenden Jungfräulichkeit kurieren lassen können, unter der Ihr leidet, mein Lord!«

»Das ist unter jungen Männern eine durchaus verbreitete Krankheit«, antwortete Gaborn, der sich beleidigt fühlte. Manchmal redete Borenson mit ihm wie mit einem Saufkumpan.

Der Leibwächter errötete noch heftiger. »Und so sollte es auch sein, mein Lord!«

»Außerdem«, fügte Gaborn hinzu, indes er sich überlegte, welchen Tribut ein uneheliches Kind manchmal von einem Königreich forderte, »ist die Kur oft schlimmer als die Krankheit.«

»Ich denke, diese Kur lohnt jeden Preis«, stellte Borenson sehnsüchtig fest.

Plötzlich keimte ein Plan in Gaborns Kopf. Ein großer Geometer hatte ihm einmal erzählt, wenn er die Lösung einer schwierigen Berechnung fand, wüßte er, ob sie richtig war, weil es dann bis in die Zehenspitzen kribbelte.

In diesem Augenblick, als Gaborn mit dem Gedanken

spielte, diese junge Frau heim nach Mystarria mitzunehmen, überkam ihn das gleiche Gefühl der Richtigkeit.
Er blickte Borenson an, um seine Ahnung bestätigt zu sehen. Der Mann stand neben ihm, mehr als einen Kopf größer als Gaborn. Seine Wangen waren gerötet, als brächten ihn seine eigenen Gedanken in Verlegenheit, und die lachenden blauen Augen des Soldaten erstrahlten in ihrem ganz eigenen Glanz. Seine Beine zitterten, dabei hatte Gaborn ihn noch in keiner Schlacht zittern sehen.
Am Ende der Gasse bog Myrrima um eine Ecke in eine schmale Marktstraße ein. Borenson schüttelte wehmütig den Kopf, als wollte er sagen: Wie konntet Ihr sie gehen lassen?
»Borenson«, flüsterte Gaborn, »lauft ihr hinterher. Stellt Euch freundlich vor, dann bringt sie zu mir zurück, aber laßt Euch bei der Rückkehr ein paar Minuten Zeit und unterhaltet Euch mit ihr. Schlendert zurück. Beeilt Euch nicht. Erklärt ihr, ich würde sie nur um einen kurzen Augenblick ihrer Zeit ersuchen.«
»Wie Ihr wünscht, mein Lord«, sagte Borenson. Er lief los, auf jene hurtige Art, die nur jene beherrschen, die eine Gabe des Stoffwechsels erhalten hatten. Die Menge teilte sich vor dem stattlichen Krieger.
Gaborn wußte nicht, wie lange Borenson brauchen würde, um die Frau zurückzuholen, also trat er in den Schatten des Gasthauses. Sein Days folgte. Da standen sie nebeneinander und wurden von Honigbienen belästigt. Die Vorderseite des Gasthauses hier besaß einen »Aromagarten« nördlichen Stils. Man hatte Blauwinden-

samen in das Dachstroh eingesät, und aus einer Unmenge von Blumenkästen wucherten Kletterpflanzen aller Art hervor – aus blassesten Heckenkirschen tropften goldene Tränen über die Mauern, Malven, winzigen Perlenstückchen gleich, flatterten in der sanften Brise über dem Hornkraut, riesige Mandevillae, rosig wie ein Sonnenaufgang, wurden fast vom Jasmin erdrückt. Davon ebenfalls durchsetzt waren die Kletterrosen, die jede Mauer hinaufwuchsen, pfirsichfarbene Punkte. Längs der Mauer hatte man grüne Minze gesät, Kamille, Zitronenmelisse und andere Gewürze.

Die meisten Gasthäuser im Norden waren mit solchen Blumen geschmückt. Das half, die unangenehmen Gerüche des Marktes zu überdecken, außerdem konnte man die in solchen Gärten gezogenen Kräuter als Tee und als Gewürz verwenden.

Gaborn trat wieder ins Sonnenlicht, fort von dem schweren Duft der Blumen. Seine Nase war zu empfindlich, als daß er hätte bleiben können.

Fünf Minuten später kehrte Borenson zurück, und seine große rechte Hand umfaßte sanft Myrrimas Ellbogen, so als wollte er sie stützen, falls sie auf dem Pflaster stolperte. Es war ein Bild voll Zärtlichkeit.

Als die beiden vor ihm standen, verbeugte sich Myrrima leicht. »Mein Lord wünscht mich zu sprechen?«

»Ja.« Gaborn nickte. »Um die Wahrheit zu sagen, ich war mehr daran interessiert, daß Ihr Borenson kennenlernt, meinen Leib.« Den Zusatz »Wächter« ließ er weg, wie es in Mystarria üblich war. »Er ist jetzt seit sechs Jahren mein Leib und Kommandant meiner persönlichen Garde.

Er ist ein guter Mann. Meiner Ansicht nach einer der besten in Mystarria. Ganz bestimmt der beste Soldat.«

Borensons Wangen röteten sich, und Myrrima blickte vorsichtig lächelnd zu dem großen Gardisten auf und musterte ihn. Ihr konnte unmöglich entgangen sein, daß er eine Gabe Stoffwechsel zu Buche stehen hatte. Die Heftigkeit seiner überdrehten Reaktionen und seine offenkundige Unfähigkeit zur Ruhe waren ein sicheres Zeichen.

»Borenson wurde vor kurzem in den Rang eines Barons erhoben und erhielt Ländereien und ein Gut in ... der Drewberry-Marsch.«

»Mein Lord, davon habe ich gar nichts ...«, setzte Borenson an, Gaborn jedoch bedeutete ihm mit einem Wink, zu schweigen.

»Wie ich sagte, fand die Beförderung erst vor kurzer Zeit statt.« Der Drewberry-Besitz war ein großes Pachtgut, mehr Land, als Gaborn normalerweise einem hervorragenden Soldaten für seine lebenslangen Dienste überlassen würde. Andererseits jedoch, so argumentierte er, würde dieser kleine Akt der Großzügigkeit Borenson um so ergebener machen – als geriete seine Ergebenheit je ins Wanken. »Wie auch immer, Myrrima, wie Ihr seht, verbringt Borenson eine Menge Zeit in meinen Diensten. Er braucht eine Frau, die ihm hilft, seinen Besitz zu verwalten.«

Es war eine Freude, den überraschten Ausdruck auf Borensons Gesicht zu sehen. Offensichtlich war der große Kerl von dieser Schönheit aus dem Norden hingerissen, und Gaborn hatte ihnen praktisch befohlen, zu heiraten.

Myrrima musterte das Gesicht des Leibwächters ganz offen, so als bemerkte sie zum erstenmal sein kraftvolles Kinn und die eindrucksvollen Muskelberge unter seinem Wams. Sie liebte ihn nicht, noch nicht. Vielleicht würde sie es nie tun. Es war eine arrangierte Ehe, und einen Mann zu ehelichen, der doppelt so schnell lebte wie man selbst, einen, der alt werden und sterben würde, während man sich selbst erst den mittleren Jahren näherte, konnte kein überwältigend attraktives Angebot darstellen. Nachdenklich überlegte sie sich die Vorzüge der Heirat.

Borenson stand sprachlos da, wie ein Junge, den man beim Äpfelklauen erwischt hatte. Sein Gesicht verriet, daß er sich diese Heirat erhoffte.

»Ich sagte Euch bereits, ich glaube, daß Ihr Euch bei Hofe gut machen würdet«, fuhr Gaborn fort. »Mir würde es gefallen, wenn es sich dabei um meinen Hof handelte.«

Die Frau verstünde gewiß, wie er dies meinte. Ein Runenlord konnte sie unmöglich heiraten. Das Beste, auf das sie hoffen konnte, war ein reicher, junger Kaufmann, den die Lust des Heranwachsenden plagte.

Gaborn bot ihr eine Machtposition – mehr, als sie normalerweise erwarten durfte – an der Seite eines ehrenvollen und anständigen Mannes, dessen Leben ihn zu einem merkwürdigen und einsamen Dasein verdammte. Ein Liebesversprechen war das nicht. Allerdings war Myrrima eine nüchtern denkende Frau, die die Schönheit ihrer Schwestern und die Klugheit ihrer Mutter erhalten hatte. Jetzt, da diese Gaben ihr gehörten, mußte sie auch die Verantwortung übernehmen. Sie kannte die Last der

Macht. Um einen Besitz in Mystarria zu führen, war sie die perfekte Frau.

Sie schaute auf, Borenson in die Augen, und die beiden blickten einander eine ganze Weile an, bis Myrrima schließlich versuchsweise die Hand ausstreckte und die seine ergriff.

Borenson legte nichts von der Unschlüssigkeit an den Tag, auf die sie bei Gaborn gestoßen war. Er umschloß ihre schlanke Hand mit beiden Fäusten.

»Ihr müßt verstehen, schöne Lady, ganz gleich, wie unerschütterlich meine Liebe zu Euch sein wird, meine oberste Ergebenheit wird immer meinem Lord gelten.«

»So wie es sein sollte«, erwiderte Myrrima leise und sah mit einem leichten Nicken zu Gaborn hinüber.

Gaborns Herz tat einen Sprung. Ich habe ihre Liebe ebenso sicher gewonnen, wie Borenson dies tun wird, dachte er.

In diesem Augenblick überkam ihn ein seltsames Gefühl – als hätte ihn eine große Macht gepackt. Er konnte diese Macht fühlen, wie einen drückenden Wind, der ihn einkreiste, unsichtbar, mächtig, beeindruckend.

Gaborns Puls raste. Er sah sich um, sicher, daß der Ursprung dieses Gefühls irgendeinen Grund haben mußte – eine Verschiebung in der Erde als Vorbereitung auf ein Erdbeben, ein heraufziehendes Unwetter. Nur bemerkte er nichts Außergewöhnliches. Die Umstehenden wirkten nicht beunruhigt.

Und doch fühlte er … wie die Erde sich darauf vorbereitete, sich unter seinen Füßen zu bewegen – wie die Felsen sich verschoben, oder atmeten oder schrien.

Es war ein entschieden seltsames Gefühl.
So rasch, wie dieses plötzliche Gefühl von Kraft aufgekommen war, so schnell war es wieder vorbei. Einem Windstoß gleich, der über eine Wiese weht und alles hinter sich sachte durcheinanderbringt.
Gaborn wischte sich den Schweiß von der Stirn; das Gefühl hatte ihn beunruhigt. Tausend Meilen bin ich gereist, um einem fernen, einem noch nie gehörten Ruf zu folgen. Und jetzt das hier. Es schien verrückt. Er fragte die anderen: »Habt Ihr – spürt Ihr auch etwas?«

KAPITEL 3
Von Rittern und Bauern

Als Chemoise davon unterrichtet wurde, daß ihr Verlobter während seines Wachdienstes überfallen und von irgendeinem Gewürzhändler ausgeplündert worden war, schien ihr die Morgensonne schwarz zu werden und alle Wärme zu verlieren. Ihr war, als hätte sie selbst sich in bleichen Ton verwandelt, als hätte ihre Haut alle Farbe verloren und sei nicht länger imstande, ihre Seele zu umhüllen.

Prinzessin Iome Sylvarresta sah Chemoise, ihre Hofdame und liebste Freundin, an und suchte verzweifelt nach einer Möglichkeit, sie zu trösten. Wäre Lady Jollene hiergewesen, sie hätte gewußt, was zu tun wäre. Doch die Wirtschafterin war für einige Wochen fortgerufen worden, um ihre Großmutter zu pflegen, die schwer gestürzt war.

Iome, ihre Days und Chemoise waren bereits im Morgengrauen auf den Beinen gewesen, hatten neben dem riesigen, U-förmigen Stein des Geschichtenerzählers im kunstvoll gestutzten Garten der Königin gesessen und die neuesten, romantischen Gedichte von Adallé gelesen, als Unteroffizier Clewes hereinplatzte und ihre Träumerei unterbrach.

Er brachte die Nachricht von einem Streit mit einem betrunkenen Kaufmann. Vor einer Stunde. In der Katzengasse. Unterkommandant Dreys. Kämpfte tapfer.

Ringt mit dem Tod. Vom Schoß bis zum Herzen aufgeschlitzt. Rief noch im Fallen Chemoises Namen.
Sie nahm die Nachricht gleichmütig entgegen, falls man Statuen Gleichmut unterstellen kann. Starr hockte sie auf der steinernen Bank, die haselbraunen Augen ins Leere gerichtet. Ihr langes, weizenfarbenes Haar bewegte sich sachte im Wind. Während Iome vorlas, hatte sie eine Kette aus Gänseblümchen geflochten. Die ließ sie nun in den Schoß sinken, auf ein Kleid aus korallenfarbenem Chiffon. Fünfzehn, und schon das Herz gebrochen. Sie hatte in zehn Tagen heiraten sollen.
Dennoch traute sie sich nicht, ihre Gefühle zu zeigen. Eine wahre Lady sollte in der Lage sein, solche Nachrichten mühelos zu verkraften. Sie wartete auf Iomes Erlaubnis, ihren Verlobten aufsuchen zu dürfen.
»Danke, Clewes«, sagte Chemoise, während der Unteroffizier vor ihr strammstand. »Wo ist Dreys jetzt?«
»Wir haben ihn draußen auf das Gemeindeland gelegt, vor den Turm des Königs. Ich wollte ihn nicht weiter transportieren. Die anderen wurden unten beim Fluß aufgebahrt.«
»Die anderen?« erkundigte sich Iome. Sie saß neben Chemoise und ergriff jetzt die Hand des Mädchens. Wie kalt sie geworden war, wie kalt!
Clewes war alt für seinen niedrigen militärischen Rang. Sein sauber gestutzter Bart lugte unter dem durchbrochenen Riemen seines eisernen Lanzenträgerhelms hervor.
»Nun, Prinzessin«, meinte er, und zum ersten Mal, seit er in den Garten hereingeplatzt war, dachte er daran, die

Prinzessin korrekt anzusprechen, »zwei Mann der Stadtgarde sind bei dem Kampf ums Leben gekommen. Poll, der Junker, und Sir Beauman.«

Iome drehte sich zu Chemoise um. »Geht zu ihm«, sagte sie.

Das Mädchen bedurfte keiner weiteren Aufforderung. Sie sprang auf und rannte den Pfad zu den Gärten mit den kunstvoll beschnittenen Bäumen bis zu dem kleinen, hölzernen Schloßhoftor hinunter, öffnete es und verschwand um die Ecke hinter der steinernen Mauer.

Iome wagte nicht, lang allein in der Gegenwart des Unteroffiziers zu bleiben, mit niemandem außer der Days bei ihr, die schweigend ein paar Schritte entfernt stand. Das wäre nicht schicklich. Dennoch gab es Fragen, die sie ihm stellen mußte.

Iome erhob sich.

»Ihr wollt Euch doch nicht etwa den Unterkommandanten ansehen, oder, Prinzessin?« fragte Clewes. Er mußte die Verärgerung in ihren Augen bemerkt haben. »Ich meine – es ist ein schlimmer Anblick.«

»Es wäre nicht das erste Mal, daß ich verwundete Soldaten sehe«, erwiderte sie unerschütterlich. Sie blickte hinaus über die Stadt. Der Garten, ein kleiner Flecken Gras mit beschnittenen Hecken und ein paar zurechtgestutzten Sträuchern, befand sich im Innern der Königsmauer, der zweiten von drei Mauern innerhalb der Stadt. Von hier aus konnte sie vier der Gardisten des Königs auf dem Wehrgang vor der Brustwehr erkennen. Im Osten jenseits davon lag der Stadtmarkt, gleich innerhalb der Außenmauer des Schlosses. Von hier aus sah die Marktgegend

aus wie das reinste Wirrwarr von Schieferdächern, manche auch bedeckt mit einer Schicht aus Sand und Blei. Dieser Teil der Stadt bildete ein Labyrinth verschlungener schmaler Straßenschluchten. Hier und da stieg Rauch auf. Vierzehn weniger bedeutende Lords besaßen Häuser innerhalb der Stadtmauern.
Iome blickte dorthin, wo sie die Katzengasse vermutete, eine enge Marktstraße, die unmittelbar vom Butterweg abging. Die sich mal hier-, mal dorthin neigenden Häuser der Händler waren kardinalrot, kanariengelb oder grün gestrichen, als könnten solch leuchtende Farben den allgemeinen Verfall von Gebäuden verdecken, die seit fünfhundert Jahren auf ihren schiefen Fundamenten ruhten.
Die Stadt wirkte nicht anders als gestern. Iome sah nichts als Dächer. Von Mördern keine Spur.
Außerhalb der Schloßmauern aber, hinter den Bauernhöfen und Heuwiesen, in den rötlichen Hügeln des Dunnwaldes nach Süden und Westen, stieg von den Straßen meilenweit in kleinen Wolken Staub auf. Menschen reisten aus fernen Königreichen zum Jahrmarkt an. Bereits jetzt waren draußen vor den Toren Dutzende bunter Seidenpavillons errichtet worden. In den nächsten Tagen würden nicht, wie gewöhnlich, zehntausend Menschen, sondern die fünf- oder sechsfache Anzahl die Stadt bevölkern.
Iome drehte sich zum Unteroffizier um. Clewes erschien ihr als ein recht kalter Bote für eine dermaßen schlechte Nachricht. Bei dem Kampf war viel Blut vergossen worden. Das konnte Iome sehen. Die Stiefel des Unteroffiziers

waren dunkelrot verschmiert, der silberne, auf den Rükken seiner Tracht gestickte Bär zeigte braunrote Spritzer. Der Unteroffizier mußte Unterkommandant Dreys persönlich auf das Gemeindeland getragen haben.

»Der Mörder hat also zwei Männer umgebracht und einen dritten verwundet«, stellte Iome fest. »Ein schwerer Blutzoll für einen einfachen Streit. Habt Ihr den Gewürzhändler eigenhändig ins Jenseits befördert?« Wenn ja, entschied sie, dann würde der Unteroffizier eine Belohnung erhalten. Vielleicht eine juwelenbesetzte Nadel.

»Nein, meine Dame. Äh, wir haben ihn ein wenig zurechtgestutzt, aber er lebt noch. Er ist aus Muyyatin. Ein Kerl namens Hariz Al Jwabala. Wir haben es nicht gewagt, ihn zu töten. Wir wollten ihn verhören.« Der Unteroffizier kratzte sich seitlich an der Nase. Daß sie den Händler am Leben gelassen hatten, gefiel ihm ganz und gar nicht.

Iome ging langsam auf das Tor zum Schloßhof zu, sie wollte Chemoise beistehen. Mit einem Nicken bedeutete sie dem Unteroffizier zu folgen, ebenso ihrer Days.

»Verstehe ...«, sagte Iome nachdenklich. Ein reicher Kaufmann also, von einem zweifelhaften Volk. Der wegen des Jahrmarktes nächste Woche in die Stadt gekommen war. »Und was hatte der Gewürzhändler aus Muyyatin vor Anbruch der Dämmerung in der Katzengasse zu suchen?«

Unteroffizier Clewes biß sich auf die Lippe, als wollte er die Antwort lieber für sich behalten, dann sagte er kühl: »Er hat spioniert, wenn Ihr mich fragt.« Seine Stimme erstickte vor Wut, und schließlich löste er den Blick von den steinernen Wasserspeiern hoch oben an der Mauer

des Hochturms und wandte ihn kurz Iome zu, um ihre Reaktion abzuschätzen.
»Ich frage Euch«, sagte Iome. Clewes entriegelte umständlich das Tor und ließ Iome und ihre Days durch.
»Wir haben die Gasthäuser überprüft«, erklärte Unteroffizier Clewes. »Der Händler hat gestern abend in keinem von ihnen getrunken, sonst wäre er Schlag zehn aus dem Händlerviertel hinausgeführt worden. Er kann sich also nicht innerhalb der Stadtmauern betrunken haben. Nun ja, ich bezweifle, ob er überhaupt betrunken war. Sein Atem roch nach Rum, aber nach herzlich wenig. Außerdem hatte er keinen Grund, nachts durch die Straßen zu schleichen, es sei denn, er wollte die Stadtmauern ausspionieren und die Gardisten zählen! Und als er dann gefangengenommen wird, was tut er da? Er gibt vor, betrunken zu sein, wartet, bis die Garde ganz nah ist – und dann zieht er das Messer!« Clewes schlug das Tor krachend zu.
Nachdem sie die Backsteinmauer hinter sich gelassen hatte, konnte Iome den Schloßhof einsehen. Ein Dutzend Männer der Königlichen Garde wartete bei den Toten und dem Sterbenden. Ein Arzt kniete neben Unterkommandant Dreys, und bei den beiden stand Chemoise, die Schultern hochgezogen, die Arme fest vor der Brust verschränkt. Frühmorgendlicher Nebel stieg vom Anger auf.
»Verstehe«, meinte Iome leise, klopfenden Herzens. »Dann verhört ihr den Mann jetzt?« Jetzt, da sie unter den Augen der Öffentlichkeit waren, blieb Iome an der Mauer stehen.

»Ich wünschte, das könnten wir«, erwiderte Unteroffizier Clewes. »Ich würde ihm persönlich eine Kohle auf die Zunge legen! Aber sämtliche Händler aus Muyyatin und Indhopal sind in Aufruhr. Sie bestehen auf Jwabalas Freilassung und drohen, den Jahrmarkt zu boykottieren. Das wiederum hat den Jahrmarktsmeister in Schrecken versetzt: Gildemeister Hollicks hat den König persönlich aufgesucht und die Freilassung des Kaufmanns verlangt! Könnt Ihr das glauben: einen Spion! Er will, daß wir einen mordenden Spion laufenlassen!«

Iome nahm die Neuigkeiten überrascht auf. Sie warf einen Blick über die Schulter. Ihre Days, eine winzige Frau mit dunklem Haar und stets fest zusammengepreßtem Kiefer, hörte zu. Stand reglos vor dem Tor zum Garten mit den kunstvoll gestutzten Bäumen und liebkoste ein langes, hageres Kätzchen, das sie im Arm hielt. Iome konnte vom Gesicht der Days keine Reaktion ablesen. Vielleicht ahnte die Days, wer dieser Spion war, wußte, wer ihn geschickt hatte. In politischen Angelegenheiten behielten sich die Days jedoch stets völlige Neutralität vor. Sie würden keine Fragen beantworten.

Iome dachte nach. Wahrscheinlich hatte Unteroffizier Clewes recht. Der Kaufmann war ein Spion. Ihr Vater hatte selbst seine Spione bei den indhopalischen Völkern. Aber wenn der Mörder ein Spion war, ließ sich das möglicherweise beweisen. Immerhin hatte er zwei Stadtgardisten umgebracht und Dreys verwundet, einen Unterkommandanten der Schloßgarde – und dafür sollte der Kaufmann, bei allem, was recht ist, mit dem Leben bezahlen.

In Muyyatin aber dürfte ein Mann, der im Zustand völliger Betrunkenheit ein Verbrechen begangen hatte, nicht hingerichtet werden.

Was bedeutete, daß, sollte ihr Vater die Todesstrafe aussprechen, sich die Muyyatin – und alle ihre indhopalischen Artgenossen – wegen der Ungerechtigkeit der Hinrichtung beleidigt fühlen würden.

Also drohten sie mit einem Boykott.

Iome dachte über die möglichen Folgen nach. Die Händler aus dem Süden brachten vornehmlich Gewürze aus ihrer Heimat hierher – Pfeffer, Muskat und Salz zum Einlegen von Fleisch, Curry, Safran, Zimt und andere für die Verwendung beim Kochen, medizinische Kräuter. Das allerdings war bei weitem noch nicht alles: Aus dem Süden kam auch Alaun für den Einsatz beim Färben und Gerben von Häuten, dazu Indigo und verschiedene andere Farbstoffe, die für Heredons Wolle benötigt wurden. Zudem lieferten die Händler weitere kostbare Waren wie Elfenbein, Seidenstoffe, Zucker, Platin, Blutmetall.

Wenn diese Händler zu einem Boykott des Jahrmarkts aufriefen, versetzten sie damit wenigstens einem Dutzend Gewerben einen fürchterlichen Schlag. Schlimmer noch, ohne die Gewürze zur Haltbarmachung von Lebensmitteln würden die Armen Heredons einen harten Winter vor sich haben.

Der diesjährige Vorstand des Jahrmarkts, Gildemeister Hollicks – dem als Meister der Färbergilde der Verlust eines Vermögens drohte, wenn dieser Fall tatsächlich eintrat –, versuchte also, eine Schlichtung zu erwirken.

Iome mochte Hollicks nicht. Zu oft schon hatte er den

König gebeten, die Einfuhrsteuern auf ausländische Stoffe zu erhöhen, um damit seinen eigenen Absatz zu erhöhen. Doch selbst Hollicks benötigte die Rohstoffe aus Indhopal.

Ebenso dringend waren die Kaufleute aus Heredon darauf angewiesen, daß sie ihre Wolle, ihr Leinen und ihren edlen Stahl den Fremden verkauften. Die meisten bürgerlichen Kaufleute besaßen große Geldsummen, mit denen sie Verleihgeschäfte betrieben. Würde ein Boykott durchgesetzt, gingen Hunderte wohlhabender Familien bankrott. Und gerade diese wohlhabenden Familien zahlten schließlich die Steuern für den Unterhalt der Ritter des Lords Sylvarresta.

Tatsächlich hatte Lord Sylvarresta bei vielen Geschäften selbst die Hand im Spiel. Nicht einmal er konnte sich einen Boykott leisten.

Iomes Blut fühlte sich an, als kochte es. Sie versuchte, sich ins Unvermeidliche zu fügen. Ihr Vater würde gezwungen sein, den Spion freizulassen und eine Schlichtung zu bewirken. Aber gefallen mußte ihr das nicht.

Denn auf lange Sicht, das wußte Iome sehr wohl, konnte sich ihre Familie solche Schlichtungen nicht leisten: Es war nur eine Frage der Zeit, bis Raj Ahten, der Wolflord aus Indhopal, Krieg gegen die vereinigten Königreiche von Rofehavan führen würde. Obwohl zur Zeit noch Waren aus Indhopal durch Wüsten und über Berge hierher gelangten, würde der Handel nächstes Jahr – oder spätestens im Jahr darauf – aufhören.

Warum dann den Handel nicht sofort einstellen? fragte sich Iome. Ihr Vater konnte die von den ausländischen

Händlern herbeigeschafften Waren beschlagnahmen – und auf diese Weise den Krieg heraufbeschwören, den er zu vermeiden gehofft hatte.
Nur wußte sie, daß er es nicht tun würde. Lord Jas Laren Sylvarresta würde keinen Krieg beginnen. Dafür war er zu anständig.
Arme Chemoise! Ihr Verlobter war dem Tode nahe und würde nicht gerächt werden.
Das Mädchen hatte niemanden. Chemoises Mutter war jung gestorben. Ihr Vater, ein unabhängiger Ritter, war auf einem Ritterzug nach Aven vor sechs Jahren gefangengenommen worden.
»Danke für die Neuigkeiten«, wandte sich Iome an Unteroffizier Clewes. »Ich werde die Angelegenheit mit meinem Vater besprechen.«
Sie eilte zu den Soldaten. Unterkommandant Dreys lag auf einem Strohsack im grünen Gras. Ein elfenbeinfarbenes Laken bedeckte ihn fast bis zum Hals. Es sah aus, als hätte man aus einem Krug Blut über das Laken gegossen, und aus Dreys' Mundwinkel quoll es schäumend hervor. Sein bleiches Gesicht war schweißgebadet.
Unteroffizier Clewes hatte recht gehabt. Diesen Anblick hätte sich Iome ersparen sollen. All das Blut, der Gestank aufgeschlitzter Eingeweide, der nahe Tod – das alles erfüllte sie mit Ekel.
Ein paar Kinder aus dem Schloß waren früh auf den Beinen und herbeigelaufen, um das Schauspiel zu betrachten. Sie schauten zu Iome auf, Schock und Schmerz in den Augen, so als hofften sie, den ganzen tragischen

Vorfall mit einem Lächeln irgendwie wieder ungeschehen machen zu können.
Iome trat zu einem kleinen Mädchen von neun Jahren, Jenessee, und legte einen Arm um das Kind. »Bitte, schaff die Kleinen von hier fort.«
Zitternd drückte Jenessee Iome kurz an sich, dann tat sie, wie ihr aufgetragen.
Der Arzt beugte sich über Dreys, ohne sich jedoch zu eiligem Handeln gedrängt zu fühlen. Er sah sich den Soldaten nur an. Als er Iome und ihren fragenden Blick bemerkte, schüttelte er lediglich den Kopf. Hier gab es für ihn nichts mehr zu tun.
»Wo steckt der Kräutersammler Binnesman?« fragte Iome, denn der Zauberer war diesem Arzt in jeder Hinsicht überlegen.
»Er ist hinausgegangen – zu den Wiesen, um Pfefferblatt zu sammeln. Vor heute abend ist er nicht zurück.«
Iome schüttelte verzweifelt den Kopf. Ihr Meisterarzt hatte sich einen schrecklichen Moment ausgesucht, um Kräuter für das Vertreiben von Spinnen aus dem Schloß zu sammeln. Doch sie hätte es wissen müssen. Die Nächte wurden zunehmend kälter, und sie selbst hatte sich gestern bei Binnesman über die Spinnen beschwert, die sich in ihren Gemächern vor der Kälte verkrochen.
»Ich fürchte, ich kann nichts tun«, gestand der Arzt. »Ich wage nicht, ihn nochmals zu transportieren, dafür blutet er zu stark. Und die Wunden kann ich nicht vernähen, noch weniger darf ich sie jedoch offen lassen.«
»Ich könnte ihm eine Gabe überlassen«, schlug Chemoise leise vor. »Ich könnte ihm mein Durchhaltevermögen

abgeben.« Es war ein Angebot aus reiner Liebe. Als solches hätte Iome es gerne gewürdigt.
»Und wenn, würde er das begrüßen?« wollte der Arzt wissen. »Angenommen, Ihr sterbt im nächsten Winter am Fieber, dann würde er den Tausch bereuen.«
Es stimmte. Chemoise war ein nettes Mädchen, aber nichts deutete darauf hin, daß sie mehr Durchhaltevermögen besaß als irgend jemand sonst. Im Winter erkältete sie sich und sie bekam leicht blaue Flecken. Trat sie Unterkommandant Dreys ihr Durchhaltevermögen ab, wäre sie danach geschwächt, anfälliger für Seuchen und Krankheiten. Sie wäre nie mehr in der Lage, ein Kind auszutragen, geschweige denn, es zu gebären.
»Nur seine Gaben des Durchhaltevermögens haben ihn so lange am Leben erhalten«, hakte Chemoise grübelnd nach. »Ein wenig mehr – dann überlebt er vielleicht.«
Der Arzt schüttelte den Kopf. »Eine Gabe zu empfangen, selbst eine Gabe des Durchhaltevermögens, bedeutet einen Schock für den Organismus. Das würde ich nicht riskieren. Wir können nur abwarten und sehen, ob er kräftiger wird …«
Chemoise nickte. Sie kniete neben Dreys, wischte das Blut, das in seinem Mundwinkeln Bläschen bildete, mit einem Zipfel ihres grauen Kleides fort. Dreys atmete schwer und füllte seine Lungen mit Luft, als wäre jeder Atemzug sein letzter.
Iome staunte. »Atmet er schon lange so?«
Der Arzt schüttelte kaum merklich den Kopf, damit Chemoise seine Antwort nicht mitbekam. Dreys lag im Sterben.

So hielten sie mehrere Minuten lang über ihn Wache, während Dreys immer heftiger keuchte, weil er keine Luft mehr holen konnte, bis er endlich die Augen aufriß, als erwache er aus einem quälenden Traum.

»Wo?« stieß er hervor, wobei er Chemoise ins Gesicht starrte.

»Wo das Buch ist?« fragte einer der Schloßgardisten. »Wir haben es gefunden – und dem König übergeben.«

Iome wußte nicht, wovon der Gardist sprach. Dann schoß gurgelnd Blut aus Dreys' Mund, er bäumte sich auf, streckte die Hände nach Chemoise aus und ergriff die ihre.

Sein Atem setzte endgültig aus.

Chemoise umklammerte den Kopf des Unterkommandanten, beugte sich tief über ihn und flüsterte leidenschaftlich: »Ich wollte kommen. Ich wollte dich heute morgen treffen ...«

Daraufhin brach sie in Tränen aus. Die Gardisten und der Arzt traten zurück und ließen ihr einige Augenblicke Zeit, um ein paar letzte liebevolle Worte zu sprechen, für den Fall, daß die Seele den toten Körper noch nicht verlassen hatte. Als sie fertig war, erhob sie sich.

Nur Unteroffizier Clewes stand noch immer hinter ihr. Er zog die Streitaxt, salutierte und berührte mit dem von den Klingen gebildeten Kreuz die Spitze seiner Eisenkappe. Er erwies nicht Iome die Ehre, sondern Chemoise.

Anschließend steckte er seine Axt zurück und wiederholte leise seine Worte von vorhin: »Er hat nach Euch gerufen, als er fiel, Chemoise.«

Chemoise kam ein erschreckender Gedanke. Sie hob den Kopf und blickte Unteroffizier Clewes an. »Das ist ein kleines Wunder. Die meisten Männer würden, nachdem sie so verletzt wurden, nur noch einmal keuchen und sich dann selbst benässen.«

Sie benutzte die Wahrheit wie eine offene Hand und wehrte sich damit gegen den Mann, der ihr die schlimme Nachricht überbracht hatte. Dann fügte sie freundlicher hinzu: »Trotzdem danke, Unteroffizier Clewes, für einen gutgemeinten Einfall, einer Dame den Schmerz zu lindern.«

Der Unteroffizier blinzelte zweimal, drehte sich um und steuerte auf das Wachhaus der Gardisten zu.

Iome legte Chemoise die Hand auf die Schulter. »Wir werden ein paar Tücher holen und ihn für das Begräbnis waschen.«

Chemoise starrte sie mit aufgerissenen Augen an, als sei ihr gerade etwas Wichtiges eingefallen. »Nein!« rief sie. »Jemand anderes soll ihn waschen. Es ist egal. Er ist – seine Seele ist nicht mehr dort drin. Kommt, ich weiß, wo sie ist!«

Chemoise rannte zum Königstor los.

Sie führte Iome und ihre Days den Hügel hinunter durch die Märkte, dann vorbei am Außentor zum Stadtgraben. Die Felder jenseits des Stadtgrabens füllten sich bereits mit Händlern, die zum Jahrmarkt gekommen waren. Helle kardinalrote, smaragdgrüne und safrangelbe Seidenzelte standen auf dem Südhügel, oben in der Nähe des Waldrandes, wo Tausende von Maultieren und Pferden aus den Karawanen angepflockt waren.

Hinter dem Stadtgraben bog Chemoise links ab und folgte einem überwachsenen Pfad rings um den Graben zu einem niedrigen Wäldchen auf der Ostseite der Burg. Man hatte vom Wye aus einen Kanal gezogen, um den Graben zu füllen. Dieses Wäldchen stand zwischen Kanal und Fluß.

Von dieser kleinen Erhebung aus konnte man flußaufwärts die vier verbliebenen Bögen der alten Steinbrücke sehen, die einen wie getriebenes Silber glänzenden Fluß überspannte. Hinter der alten Brücke erhob sich die neue – eine, deren Steinmetzarbeiten in weit besserem Zustand waren. Jedoch fehlten ihr die wundervollen Statuen, die die ältere Brücke schmückten und die Heredons Runenlords aus alter Zeit in großen Schlachten darstellten.

Iome hatte sich oft gefragt, wieso ihr Vater die alte Brücke nicht abreißen und die Statuen auf die neue Brücke stellen ließ. Doch als sie sie jetzt betrachtete, verstand sie. Die alten Statuen zerfielen, der Stein war bröckelig, weil er über viele Jahre Licht und Sonne ausgesetzt gewesen war, zinnoberrote, kanariengelbe und mattgrüne Flechten überzogen die Standbilder und zerfraßen sie. Das alte Gemäuer hatte etwas Malerisches, Ehrfurchtgebietendes.

Die Stelle, zu der Chemoise Iome führte, um nach der Seele von Unterkommandant Dreys zu suchen, war sehr still. Das Wasser des Kanals floß träge wie Honig, wie stets im Sommer.

Die hohen Burgmauern überragten das Wäldchen um gut achtzig Fuß, warfen bläuliche Schatten, die das Wasser

des Grabens zu verdunkeln schienen. Nirgends war ein Gurgeln oder Plätschern zu hören. Rosafarbene Wasserlilien blühten im Schatten. Kein Lüftchen regte sich.
Hier wuchs das Gras üppig. Einst hatte eine altersgraue Eiche ihre Blätter ausgebreitet, doch ein Blitz hatte sie getroffen, und die Sonne hatte Stamm und Äste knochenweiß gebleicht. Unter der Eiche bildete eine uralte Herbstrose eine Laube. Ihr Stamm war so dicht wie das Handgelenk eines Schmieds und ihre alten Dornen spitz wie Nägel.
Die Rose kletterte gut dreißig Fuß an der Eiche empor und schuf so eine natürliche Laube. Blüten von reinstem Weiß prangten über Chemoise wie gewaltige Sterne an einem dunkelgrünen Himmel.
Sie ließ sich im Gras nieder. Das satte Grün war plattgedrückt. Iome vermutete, daß es von Liebespaaren als Lager benutzt war.
Die Prinzessin warf einen Blick über die Schulter auf ihre Days. Die dünne Frau stand oberhalb des Wäldchens, gut vierzig Fuß zurück, hielt die Arme verschränkt und den Kopf gesenkt. Und lauschte.
Dann tat Chemoise in der Abgeschiedenheit, die der Rosenstrauch gewährte, etwas höchst Seltsames: Sie legte sich hin und zog das Kleid bis zu den Hüften hoch. Sie lag einfach mit gespreizten Beinen da. Es war eine schockierende Stellung, und Iome war es peinlich. Chemoise sah für alle Welt so aus, als wartete sie darauf, daß ein Liebhaber sie nahm.
An den Flußufern quakten Frösche. Eine Libelle, so blau wie in Indigo getaucht, schwebte dicht an Chemoises

Knie vorbei, verharrte einen Augenblick in der Luft und flog davon.
Die Luft war so ruhig, so still. Es war so wunderschön, daß Iome sich vorstellte, Unterkommandant Dreys' Seele könnte hier sein.
Den ganzen Weg war Chemoise ruhig geblieben, doch plötzlich strömten ihr die Tränen über die langen Wimpern und liefen in Bächen übers Gesicht.
Iome lag neben dem Mädchen, legte ihr einen Arm über die Brust und hielt sie fest, so wie *er* es sicher getan hatte.
»Ihr wart schon einmal hier mit ihm?« fragte Iome.
Chemoise nickte. »Viele Male. Wir wollten uns hier heute in der Dämmerung treffen.« Zuerst fragte sich Iome, wie – wie sie des Nachts vor die Stadttore gelangt waren? Aber natürlich war Dreys Unterkommandant – in der Garde des Königs.
Die Vorstellung war skandalös. Als Iomes Hofdame war es ihre Pflicht, darauf zu achten, daß ihre Herrin rein und unbefleckt blieb. Chemoise würde auf ihre Tugend einen Eid ablegen müssen, sollte Iome sich verloben.
Chemoises Unterlippe begann zu zittern. Sie flüsterte so leise, daß die Days nichts mitbekam: »Er hat mir ein Kind gemacht, glaube ich. Vor sechs Wochen.« Auf das Geständnis hin hob sie die Hand und biß sich auf den Knöchel, als wollte sie sich selber strafen. Durch ihre Schwangerschaft hatte sie Iome entehrt.
Wer würde einem von Chemoise geschworenen Eid glauben, wenn man sehen konnte, daß sie selbst befleckt worden war?
Die Days wußte vielleicht, daß Iome tugendhaft war, die

Frau war jedoch durch ihr Gelübde zum Schweigen verpflichtet. Nie würde sie zu Iomes Lebzeiten auch nur ein Sterbenswörtchen verraten. Erst nach Iomes Tod würde die Days ihre Geschichte der Öffentlichkeit verkünden.

Iome schüttelte bestürzt den Kopf. Zehn Tage. In zehn Tagen hätte Chemoise heiraten sollen, und dann hätte ihr niemand mehr diese Unzüchtigkeit nachweisen können. Durch den Tod ihres Verlobten würde es bald die ganze Stadt wissen.

»Wir können Euch fortschicken«, schlug Iome vor, »zum Gut meines Onkels in Welkshire. Wir werden allen erzählen, daß Ihr frisch verheiratet und jung verwitwet seid. Niemand wird etwas erfahren.«

»Nein!« platzte Chemoise heraus. »Um meinen Ruf mache ich mir keine Sorgen. Sondern um Euren! Wer wird für Euch schwören, wenn Ihr Euch verlobt? Ich werde es nicht tun können!«

»Viele Frauen am Hof können für Euch einspringen«, log Iome. Wenn sie Chemoise fortschickte, warf das womöglich einen Schatten auf ihren eigenen Ruf. So mancher konnte auf den Gedanken kommen, Iome habe ihre Hofdame fortgeschickt, um eine Unbedachtheit zu verbergen.

Über derlei Dinge wollte Iome sich derzeit nicht den Kopf zerbrechen; wie konnte sie über ihren eigenen Ruf nachdenken, während ihre Freundin sosehr litt?

»Vielleicht, vielleicht könntet Ihr bald heiraten?« schlug Chemoise vor. Mit siebzehn wäre Iome gewiß alt genug. »Der Prinz von Internook will Euch. Und dann – habe ich gehört – bringt auch König Orden seinen Sohn zum Hostenfest mit ...«

Iome schnappte erschrocken nach Luft. Endlich brachte der älteste Freund ihres Vaters seinen Sohn mit nach Heredon. Iome wußte sehr wohl, was das bedeutete – und war schockiert, daß man sie nicht vorgewarnt hatte. »Wann habt Ihr das gehört?«

»Vor zwei Tagen«, antwortete Chemoise. »König Orden hat uns Nachricht gegeben. Euer Vater wollte nicht, daß Ihr davon erfahrt. Er ... wollte nicht, daß Ihr Euch aufregt.«

Iome biß sich auf die Lippe. Sie hatte nicht den geringsten Wunsch, mit König Ordens Brut verbunden zu werden – hätte niemals auch nur einen Augenblick mit dem Gedanken gespielt. Jetzt jedoch bat Chemoise sie auf ihre zögernde Art, sich diese Partie zu überlegen.

Wenn Iome Prinz Ordens Antrag annahm, konnte Chemoise ihre Pflicht als Hofdame erfüllen. Solange niemand wußte, daß Chemoise schwanger war, würde ihre eidliche Erklärung zu Iomes Treue nicht angezweifelt werden.

Iome sträubte sich gegen den Gedanken. Es schien ihr ungerecht. Sie würde keiner Ehe zustimmen, nur um ihren Ruf zu retten.

Als der Zorn in ihr aufloderte, erhob sich Iome. »Kommt«, sagte sie. »Wir werden meinen Vater aufsuchen.«

»Warum?« fragte Chemoise.

»Wir werden das diesem Meuchelmörder aus dem Ausland nicht durchgehen lassen! Er wird für seine Untat bezahlen.« Iome hatte sich nicht überlegt, wie sie vorgehen sollte. Aber im Augenblick war sie wütend auf alle, wütend auf ihren Vater, weil er ihr nichts von dem bevorstehenden Antrag erzählt hatte, und auf Chemoise wegen ihrer peinlichen Unbedachtheit. Außerdem war sie empört darüber, daß Raj Ahten Männer nach Heredon entsenden konnte, um Gardisten zu töten – und daß die Kaufleute der Stadt ihren König um Nachsicht bitten durften.

Nun, Iome würde etwas dagegen unternehmen.

Chemoise sah auf. »Bitte, ich muß unbedingt hier bleiben.«

Dann begriff Iome. In einem alten Ammenmärchen hieß es, wenn ein Mann starb, während seine Geliebte mit seinem Kind schwanger ging, konnte die Frau seine Seele in dem noch nicht entwickelten Kind einfangen, damit er wiedergeboren wurde. Chemoise brauchte nur zu bleiben, bis die Sonne über jenem Ort, an dem sie das Kind empfangen hatte, unterging, damit der Geist des Vaters sie fand.

Iome konnte nicht fassen, daß Chemoise einem so alten Märchen Glauben schenkte, wagte aber nicht, dem Mädchen einen solchen Gefallen zu verweigern. Sie unter der Rosenlaube schlafen zu lassen, konnte nichts schaden und führte schlimmstenfalls dazu, daß Chemoise ihr Kind um so mehr liebte.

»Ich werde dafür sorgen, daß Ihr vor Sonnenuntergang zurück seid«, sagte Iome. »Anschließend könnt Ihr noch eine Stunde hierbleiben. Wenn Dreys dann zu Euch kommen kann, wird er es tun. Doch zuerst muß ich mit dem König sprechen.«

Bevor sie mit dem König sprach, wollte Iome mit ihrer Hofdame einen Blick auf Dreys' Mörder werfen.

Der Gewürzhändler war im Verlies unter dem Bergfried der Soldaten angekettet – der einzige Insasse dieses grauenhaften Ortes. Eiserne Fesseln und Käfige hingen von den Steinwänden, und der gesamte Kerker roch nach Tod und alten Zeiten. Riesige Käfer huschten zwischen den Mauern umher. In einer entlegenen Ecke des Verlieses befand sich ein großes Loch, die Oubliette, wo Gefangene aufbewahrt werden konnten. Die Seitenwände des Lochs waren von Urin und Fäkalien verdreckt, denn wer zu diesem entsetzlichen Loch verdammt war, lebte in dem Schmutz, den die Gardisten von oben hineinwarfen.

Dreys' Mörder war mit Händen und Füßen an einen Pfahl gefesselt. Er war ein junger Mann, vielleicht zweiundzwanzig.

Seine Augen waren dunkel, so dunkel wie Iomes, seine Haut dagegen war braun. Er roch nach Anis, Curry, Knoblauch und Olivenöl, wie alle seine Landsleute. Bis auf einen Lendenschurz hatte man ihn ausgezogen. Seine Beine waren gebrochen, sein Kiefer geschwollen. Frische Striemen bedeckten Gesicht und Rippen. Jemand hatte ihm ein Stück aus der Schulter herausgebissen. Er würde es überleben.

Auf seinen dünnen Rippen konnte man in das Fleisch eingebrannte Runen der Macht sehen, weiße Narben, jede ungefähr einen Zoll voneinander entfernt. Fünf Runen der Muskelkraft, drei der Anmut, eine des Durchhaltevermögens, eine der Geisteskraft, eine des Stoffwechsels, eine des Gehörs, zwei der Sehkraft.

Kein Händler in Heredon trug so viele Runen der Macht. Bei diesem Mann handelte es sich um einen Soldaten, einen Meuchelmörder. Iome war sich dessen sicher.
Ein bloßes Gefühl war allerdings noch kein Beweis. Im Süden, wo nach Blutmetall geschürft wurde, war es einfacher, die kostbaren Metalle zu erwerben, um danach den Armen die Gaben abzuhandeln.
Auch wenn Iome bezweifelte, daß dieser Mann ein Kaufmann war, sein Übermaß an Gaben allein konnte ihn nicht überführen.
Chemoise sah dem Gefangenen tief in die Augen, dann schlug sie ihm ins Gesicht.
Die beiden Frauen gingen zum Bergfried des Königs.
König Sylvarresta fanden sie in seinem privaten Audienzzimmer im ersten Stock. Er saß auf einer Bank in der Ecke und unterhielt sich leise mit Iomes Mutter, dem ziemlich ernsten Kanzler Rodderman und dem verängstigten Gildemeister Hollicks.
Die Fußbodendielen waren mit frischen Binsen bestreut, unter die man Melisse und Flohkraut gemengt hatte. Drei Hunde hockten vor dem leeren Kamin. Ein Zimmermädchen polierte die unbenutzten Zangen und Schürhaken. Iomes Days schritt sofort quer durch den Raum und stellte sich abseits, zusammen mit den Days des Königs und der Königin.
Als Iome den Saal betrat, hob ihr Vater erwartungsvoll den Kopf. Sylvarresta war kein eitler Mann. Er trug keine Krone, und sein einziger Schmuck war ein Siegelring, den er an einer Kette um den Hals aufbewahrte. Dennoch

wußte man, daß er ein König war, sobald man in seine grauen Augen blickte.
Mit Gildemeister Hollicks dagegen verhielt es sich ganz anders. Er trug geschmacklos protzige Kleider – ein Hemd mit falschen Ärmeln, eine bunte Hose, eine Weste und einen kurzen Umhang mit Kapuze – und das alles in einem bunten Sammelsurium sich beißender Farben. Als Meister der Färbergilde schrien seine Kleider jede Farbe heraus. Davon abgesehen war Hollicks kein übler Kerl. Er bewies ungewöhnlich gesunden Menschenverstand und hätte als liebenswert gelten können, hätte nicht die Hälfte seines Schnauzers aus seinen unansehnlichen schwarzen Nasenhaaren bestanden.
»Ah«, sagte König Sylvarresta, als er Iome erblickte, »ich dachte schon, es sei jemand anderes. Bist du heute morgen schon einem der Förster begegnet? Waren sie im Burghof?«
»Nein, mein Lord«, antwortete Iome.
Der König nickte und wandte sich leise an Chemoise: »Mein Beileid. Es ist für uns alle ein trauriger Tag. Euer Verlobter war ein vielbewunderter Mann – ein vielversprechender Soldat.«
Chemoise nickte, wobei ihr Gesicht plötzlich wieder erbleichte. Sie machte einen Knicks. »Ich danke Euch, mein Lord.«
»Ihr werdet nicht zulassen, daß dieser Meuchelmörder mit seiner Tat ungeschoren davonkommt, nicht wahr?« fragte Iome. »Ihr hättet ihn längst hinrichten lassen sollen!«
»So versteht doch«, platzte Hollicks mit seiner schrillen Stimme heraus, »Ihr schließt überaus voreilig. Dafür, daß

es sich um etwas anderes als eine unselige Auseinandersetzung in betrunkenem Zustand handelte, fehlt jeder Beweis!«

König Sylvarresta ging zur Tür, die auf den Korridor führte, sah einen Augenblick lang in den Hof, dann schloß er die Tür und sie alle damit ein.

Plötzlich wirkte der Raum dunkel und schattig, denn nur vor zwei kleineren Fenstern standen die hölzernen Läden offen.

König Sylvarresta schritt quer durch den Raum, den Kopf nachdenklich gesenkt. »Trotz Eurer Bitte um Milde, Meister Hollicks – ich weiß, daß dieser Mann ein Spion ist.«

Hollicks täuschte einen ungläubigen Gesichtsausdruck vor. »Habt Ihr Beweise?« fragte er, als hätte er ernstliche Zweifel.

»Während Ihr unterwegs wart, um Eure jammernden Kameraden zu trösten«, sagte König Sylvarresta, »habe ich Kommandant Derrow befohlen, die Spur des Mannes zu verfolgen. Einer meiner Weitseher hat den Mann gestern kurz nach der Dämmerung gesehen. Er saß auf einem Dach in der Stadt, und wir fürchteten, er würde die Gardisten in der Burg des Geweihten zählen. Bereits da haben wir versucht, ihn zu fassen, haben ihn dann aber auf dem Markt verloren. Und nun taucht er heute wieder auf. Das ist kein Zufall. Derrow meinte, der Mann habe sich die ganze Nacht über in keiner Herberge aufgehalten. Statt dessen ist er Dreys von draußen vor den Toren gefolgt, indem er über die äußere Mauer geklettert ist. Er hat Dreys getötet, weil er das hier suchte …« Sylvarresta zog ein schmales, in hellbraunes

Schafsleder gebundenes Buch hervor. »Es ist ein Buch, und zwar ein sehr seltsames Buch.«
Hollicks runzelte die Stirn. Das war ihm neu. Schlimm genug, daß er mit ansehen mußte, wie man den Händler der Spionage beschuldigte. Er wollte nicht noch erleben müssen, wie man Beweise gegen diesen Mann zusammentrug.
»Aha«, meinte Hollicks, »das ist Euer Beweis? Betrunkene neigen zu seltsamem Verhalten, wie Ihr wißt. Mein Stallmeister Wallis klettert jedesmal auf unsere Apfelbäume, wenn ihn der Schnaps im Griff hat. Daß Dreys ein Buch bei sich trug, beweist gar nichts.«
Lord Sylvarresta schüttelte betrübt den Kopf. »Nein, das Buch enthält ein an mich adressiertes Schreiben des Emirs von Tuulistan. Er ist blind, müßt Ihr wissen. Seine Burg wurde von Raj Ahten geschleift, anschließend zwang der Wolflord den Emir, ihm eine Gabe des Augenlichts abzutreten. Der Emir jedoch hat die Geschichte seines Lebens aufgeschrieben und an mich geschickt.«
»Er hat seine eigene Lebensgeschichte geschrieben?« fragte Iome und wunderte sich, daß jemand sich die Mühe machte, wo doch die Days jeden Schritt überwachten und alles aufzeichneten, sobald man gestorben war.
»Ist darin von Schlachten die Rede?« erkundigte sich Hollicks. »Wird irgendwas von Wichtigkeit beschrieben?«
»Von vielen Schlachten«, antwortete der König. »Der Emir beschreibt, wie Raj Ahten seine Verteidigung durchbrochen und Nachbarburgen eingenommen hat. Ich habe erst einen flüchtigen Blick in das Buch werfen können, aber möglicherweise erweist es sich als sehr

wichtig. So wichtig, daß Raj Ahtens Spion sich genötigt fühlte, Dreys umzubringen, um das Buch wieder in seinen Besitz zu bringen.«

»Aber – die Papiere des Mannes sind in Ordnung!« wandte Hollicks ein. »Ihr habt noch immer keinen Beweis gegen ihn! Ein Dutzend Empfehlungsschreiben von verschiedenen Kaufleuten trug er bei sich. Er hat Darlehen, die er zurückzahlen muß! Ich sage Euch, er ist ein Händler!«

»Und er besitzt mehr Gaben als jeder Händler, den Ihr je zu Gesicht bekommen habt«, erwiderte Lord Sylvarresta, »und ihre Zusammenstellung entspricht der eines Kriegers.«

Das schien Hollicks den Wind aus den Segeln zu nehmen. Iomes Vater sagte nachdenklich: »Wißt Ihr, als ich vor zwanzig Jahren nach Süden zog, um der Königin den Hof zu machen, habe ich einmal Schach mit Raj Ahten persönlich gespielt.« Lord Sylvarresta blickte kurz zu seiner Frau hinüber und legte seine Hand tröstend auf Hollicks' Schulter.

Iomes Mutter regte sich unangenehm berührt. Sie wurde nicht gern daran erinnert, daß sie die Nichte des Wolflords war.

»Wißt Ihr, wie er eröffnet hat?« fragte König Sylvarresta.

»Den Königsbauer auf das vierte Feld?« riet Hollicks und wählte die gebräuchlichste Eröffnung.

»Nein. Den Königsritter auf Feld drei vor dem Königszauberer. Eine ungewöhnliche Eröffnung.«

»Ist das von Bedeutung?« fragte Hollicks.

»Genauso hat er das Spiel gespielt. Er ließ seine Bauern

zumeist stehen und griff mit seinen Rittern, den Zauberern, den Türmen und der Königin an – und brachte sogar den König ins Spiel. Statt danach zu trachten, die Mitte des Spielbretts zu beherrschen, griff er mit Figuren an, die seiner Ansicht nach bis in die entlegensten Ecken die Kontrolle an sich reißen konnten.«

König Sylvarresta wartete, daß der Kaufmann die Bedeutung seiner Worte begriff, Hollicks jedoch schien dafür blind. Der König drückte es einfacher aus: »Dieser Gewürzhändler im Verlies – er ist einer von Raj Ahtens Rittern. Die Schwielen an der Innenseite seines Daumens stammen vom jahrelangen Üben mit dem Schwert.«

Hollicks dachte darüber nach. »Ihr glaubt doch nicht etwa, daß Raj Ahten hierher kommt?«

»Oh, er kommt auf jeden Fall«, gab Sylvarresta zurück. »Deswegen haben wir eintausend Ritter sowie Schildknappen und Bogenschützen ausgesandt, um die Burg Dreis zu stärken.« Iomes Vater verschwieg, daß die siebzehn Könige von Rofehavan planten, sich in zwei Monaten zu treffen, um für den Fall von Raj Ahtens Angriff eine gemeinsame Strategie abzusprechen. Offenbar war ihr Vater der Ansicht, dies gehe den Gildemeister nichts an.

Iomes Mutter, Königin Venetta Sylvarresta, hatte Iome einmal erzählt, wie ihr Vetter, der »junge Raj«, im Alter von acht Jahren die Burg ihres Vaters besucht hatte. Venettas Vater hatte ein großes Fest für den Jungen gegeben und sämtliche Kommandanten der Königsgarde, verschiedene Berater und wichtige Kaufleute zu dem Anlaß eingeladen. Als die Speisen aufgetragen wurden, die Tische mit gebratenen Pfauen und Pasteten und Wein beladen wurden, forderte Venettas Vater den jungen Raj Ahten auf, eine Rede zu halten. Daraufhin erhob sich der Junge, drehte sich um und fragte, an Venettas Vater gewandt: »Findet dieses Fest nicht mir zu Ehren statt, als ein Geschenk für mich?«

Venettas Vater hatte geantwortet: »Ganz recht, dies alles geschieht Euch zu Ehren.«

Daraufhin hatte der Junge mit einer ausladenden Handbewegung auf die einhundert Gäste gezeigt. »Wenn dies *mein* Festmahl ist, dann schickt diese Leute fort. Ich werde nicht zulassen, daß sie *mein* Abendessen verspeisen.«

Angewidert zogen die Gäste ab und ließen den Jungen mit mehr Essen zurück, als er in einem Jahr verzehren konnte.

Gewöhnlich sagte Iomes Mutter dann, daß ihr Vater, wäre er klüger gewesen, dem habgierigen Kind damals die Kehle hätte durchschneiden sollen.

Jahrelang hatte Venetta König Sylvarresta von der Notwendigkeit des Erstschlags zu überzeugen versucht, von der Vernichtung Raj Ahtens, solange dieser noch jung war. Aus irgendeinem Grund hatte Iomes Vater nie recht daran geglaubt, daß der Junge alle zweiundzwanzig Königreiche Indhopals erobern würde.

Jetzt bedrängte Iome ihren Vater: »Ihr werdet diesen Spion also töten? Ihr *müßt* auf Gerechtigkeit bestehen.«

Lord Sylvarresta antwortete: »Ich werde Gerechtigkeit verlangen. Raj Ahten wird teuer bezahlen. Aber ich werde den Ritter nicht hinrichten lassen.«

Als er Lord Sylvarrestas Antwort hörte, atmete Hollicks erleichtert auf.
Iome muß einen niedergeschlagenen Eindruck gemacht haben, denn ihr Vater fügte rasch hinzu: »Deine idealistische Lösung für diese Angelegenheit ist löblich, aber kaum durchführbar. Ich werde ihn also bis zur Zahlung eines Lösegeldes gefangenhalten.«
»Eines Lösegeldes?« fragte Hollicks. »Raj Ahten wird niemals zugeben, daß dieser Spion sein Mann ist!«
Iome lächelte, als sie hörte, daß Hollicks endlich eingestand, daß der Mann ein Spion war.
»Natürlich nicht«, erwiderte Lord Sylvarresta. »Doch die indhopalischen Kaufleute behaupten, er sei einer der Ihren. Sie werden das Lösegeld zahlen, um den Jahrmarkt zu retten. In Indhopal ist das übliche Praxis. Es heißt, ein Bauer könne kaum zum Markt gehen, ohne nach Hause zu kommen und festzustellen, daß die Nachbarn seine Schweine als Geiseln genommen haben.«
»Wie könnt Ihr sicher sein, daß sie zahlen?« wollte Iome wissen.
»Weil die Kaufleute den Jahrmarkt retten wollen. Und weil Raj Ahten vermutlich Soldaten im Dunnwald versteckt hält, welche auf die Informationen warten, die dieser Mann ihnen liefern sollte. Zumindest einige der Kaufleute müssen dies wissen. Deshalb haben sie es so eilig, die Freilassung des Mannes zu verlangen – damit es uns nicht gelingt, ein Geständnis aus ihm herauszufoltern.«
»Und wieso, nehmt Ihr an, sollten sich Soldaten im Dunnwald verstecken?« fragte Hollicks.

»Weil ich vor Tagen fünf Förster in den Wald geschickt habe, die vor der Jagd nächste Woche erkunden sollten, wo sich die größten Eber verborgen halten. Keiner von ihnen ist zurückgekommen. Fünf Männer. Wäre es einer gewesen, hätte ich einen Unfall vermutet. Aber das waren vertrauenswürdige Leute. Nichts würde sie davon abhalten, meinen Befehl zu befolgen. Entweder hat man sie gefangengenommen, oder sie wurden getötet. Ich habe Späher ausgesandt, die meine Befürchtungen bestätigen sollen, doch ich denke, wir wissen bereits, was sie finden werden.«

Hollicks erbleichte, als er das hörte.

»Raj Ahtens Soldaten halten sich also im Dunnwald verborgen und müssen innerhalb der nächsten drei Tage angreifen – bevor die Jagd beginnt, da sie sonst entdeckt werden.« König Sylvarresta verschränkte die Hände hinter dem Rücken und ging auf und ab.

»Wird es eine große Schlacht werden, mein Lord?« fragte Hollicks.

Sylvarresta schüttelte den Kopf. »Das bezweifle ich. So spät im Jahr kommt es wahrscheinlich nur zu ein paar Geplänkeln im Vorfeld des eigentlichen Krieges. Ich glaube, wir haben es dort draußen mit einer Bande von Meuchelmördern zu tun. Entweder führen sie, in der Absicht, mich zu schwächen, einen Schlag gegen den Bergfried der Übereigner, oder sie greifen die königliche Familie selbst an.«

»Aber was ist mit uns Kaufleuten?« wollte Hollicks wissen. »Könnten sie nicht ebenso leicht unsere Gutshäuser angreifen? Oh, oh, niemand ist sicher!«

Die Vorstellung, Raj Ahten könnte die Spießbürger angreifen, erschien lächerlich.
Lord Sylvarresta lachte. »Kommt, alter Freund, verriegelt Eure Tür heute nacht, dann habt Ihr nichts zu fürchten. Jetzt jedoch brauche ich Euren Rat. Wir müssen die Höhe des Lösegeldes für diesen ›Kaufmann‹ festlegen. Welchen Schaden, sollen wir sagen, hat er dem König verursacht?«
»Ich würde sagen, eintausend Silberhöker«, antwortete Hollicks.
Iome hatte ihrem Vater zugehört, war seiner Argumentation gefolgt und fand sie ebenso unangreifbar wie unerhört. »Die Idee, diesen Spion bis zur Zahlung eines Lösegeldes festzuhalten, gefällt mir nicht. Das ist … eine Form der Kapitulation. Damit berücksichtigt Ihr ganz gewiß nicht Chemoises Gefühle! Ihr Verlobter wurde ermordet!«
Lord Sylvarresta hob den Kopf und sah Chemoise an, und der Ausdruck in seinen Augen bekam etwas Flehentliches. Chemoises Augen waren getrocknet, und doch schien Iomes Vater noch immer die Traurigkeit zu sehen, die in ihnen brannte. »Es tut mir leid, Chemoise. Ihr vertraut mir doch, nicht wahr? Glaubt Ihr nicht auch, daß ich das Richtige tue? Wenn ich recht behalte, dann habt Ihr den Kopf dieses Mörders bis zum Ende der Woche auf einer Stange – plus eintausend Silberhöker aus dem Lösegeld.«
»Natürlich, ganz wie es Euch beliebt, Mylord«, antwortete Chemoise. Wie könnte sie widersprechen?
»Gut«, sagte Sylvarresta, der Chemoises Worte für bare Münze nahm. »Und nun, Meister Hollicks, wollen wir uns

das Lösegeld überlegen. Eintausend Silberstücke, sagt Ihr? Dann ist es gut, daß Ihr nicht König seid. Wir werden anfangs das Zwanzigfache verlangen – dazu fünfzig Pfund Muskatblüten, fünfzig Pfund Pfeffer und zweitausend Pfund Salz. Und ich werde Blutmetall verlangen. Wieviel haben die Händler dieses Jahr abgewogen?«

»Nun, genau weiß ich das nicht«, zögerte Hollicks, von den unverschämten Forderungen des Königs aufgewühlt.

König Sylvarresta zog fragend die Augenbrauen hoch.

Hollicks wußte, wieviel Blutmetall auf dem Markt war – bis auf die letzte Unze. Zehn Jahre zuvor, als Anerkennung für Hollicks' Dienste für den König, hatte Lord Sylvarresta einer Bitte des Kaufmanns stattgegeben, eine Gabe der Geisteskraft übernehmen zu dürfen. Zwar machte eine Gabe der Geisteskraft den Kaufmann weder klüger noch schöpferischer, noch ließ sie ihn klarer denken, aber diese Gabe ermöglichte es Hollicks, sich unbedeutende Einzelheiten fast fehlerlos einzuprägen.

Die Übernahme einer Gabe der Geisteskraft war wie das Öffnen eines Tores in die Gedankenwelt eines anderen Menschen. Wer eine Gabe der Geisteskraft bekam, besaß plötzlich die Fähigkeit, in eine Gedankenwelt einzutreten und dort aufzubewahren, was immer ihm gefiel, während es demjenigen, der die Gabe abgetreten hatte, verboten war, auch nur einen flüchtigen Blick auf den Inhalt seines eigenen Kopfes zu werfen. Jetzt lagerte Hollicks seine Erinnerungen in den Gedanken seines Übereigners ab.

Und tatsächlich, man erzählte sich, der Gildemeister könne jeden Vertrag zitieren, den er je geschrieben hatte,

Wort für Wort. Hollicks wußte stets auf die Minute genau, wann seine sämtlichen Darlehen fällig wurden. Ganz sicher wußte er, wieviel Blutmetall die Händler aus dem Süden in der letzten Woche mitgebracht hatten. Als Vorstand des Jahrmarkts war es seine Aufgabe, dafür zu sorgen, daß alle Erzeugnisse ordnungsgemäß gewogen wurden und daß die verkauften Erzeugnisse von bester Qualität waren.

»Ich – äh, bislang haben die Händler aus dem Süden erst dreizehn Pfund Blutmetall abgewogen. Sie … sagen, die Minen in Kartish seien dieses Jahr nicht sonderlich ertragreich gewesen …« Genug, um einhundert Zwingeisen herzustellen. Hollicks wand sich, so als könnte Sylvarresta angesichts der Information einen Wutanfall bekommen.

Iomes Vater nickte nachdenklich. »Ich bezweifle, daß Raj Ahten weiß, daß eine solche Menge über seine Grenzen geschafft werden konnte. Mehr werden wir auch nächstes Jahr nicht zu Gesicht bekommen. Fügt also unserer Schadensaufstellung ein Lösegeld von dreißig Pfund Blutmetall hinzu.«

»So viel haben sie nicht!« protestierte Meister Hollicks.

»Sie werden es schon auftreiben«, meinte Lord Sylvarresta. »Wenn sie es ins Land schmuggeln, haben sie heimlich irgendwo etwas versteckt. Und nun geht und benachrichtigt unsere ausländischen Freunde. Erklärt ihnen, der König tobe vor Wut. Drängt auf schnelles Handeln, denn Sylvarresta könne kaum abwarten, endlich Rache zu nehmen. Erklärt ihnen, ich säße zur Zeit in meiner Vorratskammer, ließe mich mit Branntwein vollaufen und schwanke noch, ob ich dem Mann zuerst Geheimnisse herausfoltern oder ihm einfach den Bauch aufschlitzen und ihn mit seinen eigenen Eingeweiden erwürgen soll.«

»Sehr wohl, mein Lord«, erwiderte Hollicks aufgebracht. Der buntscheckige Kaufmann verneigte sich und ging. Der Gedanke an die bevorstehenden Verhandlungen trieb ihm den Schweiß auf die Stirn.

Während dieser ganzen Unterredung hatte der finstere Kanzler Rodderman geschwiegen, hatte auf einer Bank nahe der Königin gesessen und den Gedankenaustausch zwischen dem König und dem Jahrmarktsmeister aufmerksam verfolgt. Als Hollicks ging, sagte der Kanzler: »Euer Ehren, glaubt Ihr, Ihr werdet soviel Lösegeld bekommen?«

Lord Sylvarresta gab schlicht zurück: »Wir wollen es hoffen.«

Iome wußte, wie dringend ihr Vater Geld brauchte. Die Kosten für Rüstungen und Vorräte, die der nahende Krieg forderte, waren erdrückend.

Sylvarresta sah sich um. »Jetzt, Kanzler, holt mir Kommandant Derrow. Wenn ich mich nicht täusche, werden wir heute abend von Meuchelmördern heimgesucht werden. Wir müssen uns vorbereiten, um sie angemessen zu begrüßen.«

Der Kanzler erhob sich steif, rieb sich das Kreuz und ging. Iomes Vater schien tief in Gedanken versunken. Sie wollte gerade das Zimmer verlassen, als ihr ein quälender Gedanke einfiel. »Vater, Euer Schachspiel mit Raj Ahten – wer ist als Sieger daraus hervorgegangen?«

Lord Sylvarresta lächelte anerkennend. »Er.«
Iome schickte sich an zu gehen, da fiel ihr eine weitere beunruhigende Frage ein. »Vater, jetzt, da wir Raj Ahtens Ritter gesehen haben, sollten wir nicht damit rechnen, daß er als nächstes seine Zauberer zieht?«
Der finstere Blick ihres Vaters war Antwort genug.

KAPITEL 4
Wirrbeerenwein

Borenson sah Gaborn ins Gesicht. »Ob ich etwas spüre, Mylord? Was meint Ihr damit? Hunger vielleicht, Erregung? Ich spüre vieles.«

Gaborn konnte das eigenartige Gefühl schlecht beschreiben, das ihn auf dem Markt in Bannisferre überkommen hatte. »Nein, nichts so Gewöhnliches. Es ist, als ob ... die Erde ... vor Erwartung bebt! Oder ...« Plötzlich sah er ein Bild vor seinem inneren Auge. »Es ist ähnlich dem Augenblick, wenn man die Hand an den Pflug legt und man davon ergriffen wird, wie die Saat in der dunklen Erde bald aufgehen wird. Bäume und Felder, die sich endlos bis zum Horizont erstrecken.«

Es war seltsam. Das Bild überwältigte ihn mit einer solchen Macht, daß Gaborn nichts anderes zu sagen wußte. Worte schienen das, was er sah und empfand, nur unzureichend zu erfassen, denn er fühlte buchstäblich, wie seine Hände die abgenutzten Griffe des Pfluges packten, wie sich die Gurte in seinen Rücken drückten, als der Ochse anzog, wie sich die scharfe Schar des Pfluges in das Erdreich grub, es umbrach und Würmer ans Licht brachte. Er schmeckte den metallischen Beigeschmack der Erde auf der Zunge, sah die Felder und Wälder, die sich vor ihm erstreckten. Seine Taschen waren schwer von Saatgut, das nur darauf wartete, ausgesät zu werden.

Ihm war, als erlebte er all diese Dinge auf einmal, und er fragte sich, ob je ein Bauer dieses erregende Gefühl der Erwartung verspürt hatte, das ihn in diesem Augenblick überkam. Um so eigenartiger erschien Gaborn dies alles, da er diese Tätigkeiten nie ausgeübt hatte – nie hatte er sich hinter einen Pflug geschnallt oder sich gebückt, um Setzlinge in den Boden zu pflanzen.

Trotzdem, in diesem Augenblick wünschte er sich, er hätte es getan. Just in dieser Sekunde wünschte er sich, in der Erde zu stehen.

Myrrima blickte in befremdet an. Gaborns Days gab keine Antwort, er spielte den unsichtbaren Beobachter.

Borensons Augen dagegen funkelten amüsiert. »Mylord, ich glaube, Ihr wart heute zuviel an der frischen Luft. Euer Gesicht ist blaß und verschwitzt. Fühlt Ihr Euch nicht wohl?«

»Ich … fühle mich sehr wohl«, antwortete Gaborn und fragte sich, ob er krank war. Ob er verrückt geworden war. Es geschah sehr selten, daß einen Runenlord eine Schwäche befiel. Eine Gabe der Geisteskraft konnte einen Lord mit schlechtem Gedächtnis wiederherstellen, eine Gabe des Durchhaltevermögens konnte einen kränkelnden König aufrichten. Aber Irrsinn …

»Nun denn«, meinte Gaborn, der plötzlich mit seinen Gedanken allein sein wollte, um herauszufinden, was dieses tiefgründige Gefühl des Pflanzens hervorgerufen hatte. »Ich denke, ihr zwei solltet euch heute nachmittag etwas Zeit nehmen und euch kennenlernen.«

»Ich bin Euer Leib, mein Lord!« entgegnete Borenson, nicht gewillt, ihm von der Seite zu weichen. Gaborn konnte die Male an den Fingern abzählen, bei denen Borenson länger als eine Nacht fortgewesen war.

»Und ich werde faul in der Herberge sitzen, mit nichts Gefährlicherem als einem guten Stück Schweinebraten vor mir.«

Borenson konnte kaum ablehnen. Der Anstand verlangte, daß er das Haus der Frau persönlich aufsuchte und um ihre Hand anhielt. Bei einer geistlosen, einfältigen Mutter und ohne einen Vater ließe sich dieser Brauch vielleicht ein wenig verkürzen.

»Seid Ihr sicher? Ich halte das nicht für klug«, sagte Borenson nun todernst. Schließlich befand sich Gaborn, der rechtmäßige Erbe des reichsten Volkes in Rofehavan, in einem fremden Land.

»Geht einfach, ja?« drängte Gaborn die beiden lächelnd. »Wenn es Euch beruhigt, verspreche ich, gleich nach dem Mittagessen auf mein Zimmer zu gehen und die Tür zu verriegeln.«

»Wir werden lange vor der Dunkelheit zurück sein«, versicherte Myrrima.

Gaborn erwiderte: »Nein, ich werde in Erfahrung bringen, wo Euer Haus steht. Ich möchte Eure lieben Schwestern kennenlernen, und Eure Mutter.«

Myrrima bestürmte ihn atemlos: »Über die Himmeroft-Brücke – vier Meilen den Glockenblumenweg entlang, ein graues, einfaches Haus auf einer Wiese.« Sie hätte es ihm nicht zu erklären brauchen. Gaborn hatte Gaben des Geruchssinns von zwanzig Männern übernommen. Er konnte sie über die Witterung verfolgen.

Borenson schüttelte unerbittlich den Kopf. »Nein, ich

werde Euch abholen. Ich lasse nicht zu, daß Ihr allein reitet.«

»Gehabt Euch wohl dann, bis heute nachmittag«, verabschiedete sich Gaborn. Er schaute zu, wie sie durch die Menge davoneilten, Hand in Hand, mit einer gewissen Leichtigkeit im Gang.

Ein paar Augenblicke lang verweilte Gaborn auf dem Markt und sah einem Schausteller zu, der Albinotauben zu allen Arten von Luftkunststückchen abgerichtet hatte, dann schlenderte er durch die gepflasterten Straßen von Bannisferre, stets beharrlich von seinem Days verfolgt.

In der Stadtmitte erhob sich ein Dutzend Gesangshäuser aus Graustein, sechs oder sieben Stockwerke hoch, mit kunstvollen Friesen und Statuen an den Fassaden.

Auf den Stufen eines der Häuser sang eine hübsche junge Frau eine zarte Arie und wurde dabei von Holzbläsern und Harfe begleitet. Eine dichte Menge Bauern strömte zusammen. Die Stimme hallte betörend und fast hypnotisierend von den hohen Häusern aus Stein wider. Natürlich diente diese Darbietung der Werbung. Sie hoffte, Publikum für ihren Auftritt später am Abend anzulocken. Gaborn beschloß, ihn zu besuchen und Borenson und Myrrima mitzunehmen.

Weiter hinten standen dicht gedrängt robuste Badehäuser und Stätten der Leibesertüchtigung. Auf den breiten Promenaden konnten mühelos mehrere Kutschen manövrieren. Elegante Geschäfte legten feines Porzellan, Silberwaren und Waffen für den Edelmann aus.

Bannisferre war eine junge Stadt, weniger als vierhundert Jahre alt. Sie hatte ihren Ursprung in einem Marktflecken, wo die hiesigen Bauern ihre Waren tauschten. Dann hatte man längs der Durkin-Hügel Eisen gefunden. Die Eisenschmiede eröffneten eine Gießerei, und bald schon hatte die Qualität ihrer Erzeugnisse einen wohlhabenden Kundenkreis angezogen, der nach eleganten Unterkünften und Zerstreuung verlangte.

Also war Bannisferre zu einem Zentrum der Handwerkskunst herangewachsen, wo Schmiede Eisen, Silber und Gold verarbeiteten, Keramiker für ihre Emaillemalerei und ihr feines Porzellan bekannt waren und Glasbläser bezaubernde Krüge und Vasen in prächtigen Farben schufen – bis es in der Stadt schließlich von Handwerkern und Künstlern aus allen Lebensbereichen wimmelte. Bannisferre war eine schöne Stadt ganz ohne Unrat. Zur Zeit war sie überall mit den Bildnissen des Erdkönigs geschmückt – elegante Bildnisse aus Holz, die mit liebevoller Sorgfalt bemalt und bekleidet waren. Hier liefen einem keine verwahrlosten Bengel zwischen den Beinen herum. Und die Beamten des Statthalters waren in elegante Ledermäntel mit Goldbrokat gekleidet, so als sollten sie der zusätzlichen Zierde Bannisferres dienen und nicht seinen Gesetzen.

Irgendwie löste der Anblick dieses Ortes in Gaborn plötzlich Trauer aus. Die Verteidigungsanlagen der Stadt erschienen beklagenswert unzureichend. Die Stadt war an einem Fluß errichtet worden, und ihr fehlte der Schutz einer Festung. Eine niedrige Mauer aus Steinen rings um die Stadt würde kaum einem Kavallerieangriff standhalten – und falls doch, dann nur, wenn die Kavallerie keine Kraftpferde ritt. Vielleicht könnten ein paar Soldaten eine Weile in den Gesangshäusern durchhalten, indem sie sich zwischen den Statuen Scharmützel lieferten.

Nein, in einem Krieg würde Bannisferre überrannt und seine Schönheit zerstört werden. Die eleganten Gesangshäuser und die Badehäuser waren aus Stein gebaut, doch der Stein war zur Verzierung bearbeitet worden, nicht zum Zwecke der Verteidigung. Die Türen waren zu breit, die Fenster zu großzügig bemessen. Selbst die Brücken über den Dwindell-Fluß boten genug Platz, daß Kutschen zu viert nebeneinander darüber fahren konnten. Sie waren nicht leicht zu verteidigen.

Gaborn kehrte zum Südmarkt zurück und schlenderte durch die Wolke von Honigbienen in den Schatten seiner Herberge.

Er hatte die Absicht, sein Versprechen Borenson gegenüber zu halten und in Sicherheit zu bleiben. Er suchte sich einen Tisch in einer Ecke, bestellte ein Abendessen, das einem verfeinerten Gaumen angemessen war, und legte die Füße auf den Tisch.

Sein Days nahm ihm gegenüber Platz. Gaborn kam sich vor, als feierte er Borensons großes Glück. Er warf einem herbeieilenden Kellnerjungen, der ein paar Jahre jünger war als er selbst, eine Silbermünze zu. »Bring uns Wein. Irgend etwas Süßes für den Days. Wirrbeeren für mich.«

»Jawohl, Herr«, antwortete der Junge. Gaborn sah sich um. Der Raum war ziemlich leer. Drei Dutzend Stühle, aber nur einige von ihnen besetzt. Auf der anderen Seite saßen zwei Herren von dunkler Gesichtsfarbe und unterhielten sich leise über die jeweiligen Vorzüge verschiedener Gasthäuser in der Stadt. Ein paar Fliegen zogen träge ihre Kreise. Draußen auf dem Markt quiekte ein Schwein.

Gegen Abend würde das Gasthaus sich füllen.

Der Kellnerjunge kehrte mit zwei braunen Tonbechern und zwei Flaschen aus echtem, gelbem Glas zurück – nicht mit den Fellschläuchen, die im Süden benutzt wurden. Jede Flasche trug ein rotes Wachssiegel über dem Verschluß, das mit dem Buchstaben B beschriftet war. Es schien ein feiner Jahrgang zu sein, die Flaschen waren gut abgelagert und mit Staub überzogen. Gaborn war ein so edles Getränk nicht gewöhnt. In Schläuchen aufbewahrter Wein wurde nach sechs Monaten sauer.

Der Junge schenkte jedem einen Becher ein, dann ließ er die Flaschen auf dem Tisch stehen. Auf dem Glas bildeten sich Tröpfchen. So kalt waren sie.

Gaborn betrachtete gedankenverloren die Flaschen, stippte den Finger in den feuchten Staub auf der einen Flasche und probierte ihn. Gute, fette Erde. Gut zum Pflanzen.

Der Days nahm einen Schluck Wein und betrachtete ihn sorgfältig. »Hmmm …«, meinte er. »So etwas Feines habe ich noch nie gekostet.« Innerhalb von Sekunden leerte er den ganzen Becher und überlegte einen Augenblick, bevor er sich einen zweiten einschenkte.

Gaborn starrte den Days einfach nur an. Das hatte er noch nicht gesehen. Der Days war ein so nüchterner Mann – nie trank er im Übermaß. Er trieb sich auch nicht mit Frauen herum oder widmete irgendeiner anderen Form der Zerstreuung Zeit. Er war einzig seinen Vorschriften verpflichtet, das Leben von Königen im Namen der Zeitlords aufzuzeichnen. Da er mit einem anderen Mann gepaart war – jeder hatte dem jeweils anderen eine Gabe der Geisteskraft überlassen –, schlossen die beiden einen Kreis. Beide Männer teilten sich einen Verstand, wußten dieselben Dinge.

Normalerweise führte ein solches Teilen in den Wahnsinn, da beide Menschen um die Kontrolle über den vereinten Verstand rangen. Irgendwo jedoch, in einem Kloster auf den Inseln jenseits von Orwynne, schreibt ein Partner alles auf, was der Days erfuhr. Nur weil die beiden Days die vollkommene Beherrschung ihres Ichs an ihren Orden abgetreten hatten, konnten sie beide überleben.

Daher war es seltsam, mit anzusehen, wie ein Days Wein in sich hineinkippte. Es war ein außergewöhnlich selbstsüchtiger Akt.

Gaborn kostete seinen Wein. Wirrbeerenwein war in Wahrheit nicht aus irgendeiner Beere hergestellt, sondern lediglich aus süßen Trauben, die mit Kräutern behandelt worden waren – wie zum Beispiel Eisenkraut, Nachtkerze und Holunderblüten –, die das Denken anregten und die schädlichen Wirkungen des Alkohols verringerten. Er schmeckte würziger, weniger süß als gewöhnlicher Wein und war nahezu unerschwinglich. Sein Name war ein Scherz: ironischerweise verwirrte Wirrbeerenwein nicht den Verstand, sondern regte ihn an. Wenn man sich berauschte, überlegte Gaborn, dann am besten an Erkenntnis.

Hier im Gasthaus, bei den angenehmen Gerüchen der

Zubereitung von Brot und Schweinefleisch, fühlte Gaborn sich ein wenig wohler. Er nippte ein paarmal an seinem Wein, stellte fest, daß er überraschend gut war, jedoch nicht gleich solches Verlangen auslöste wie der Jahrgang, den der Days in sich hineinschüttete.

Gaborn war trotzdem nach wie vor besorgt. Draußen, vor einer Stunde, hatte er einen Anflug von Macht verspürt. Er hatte gerade seinen Leibwächter verheiratet und sich selbst dazu gratuliert. Doch hier drinnen in der Herberge kam ihm das alles … sonderbar vor. Wie eine impulsive, kindische Handlung.

Auch wenn er eines Tages Herrscher über eines der großen Reiche der Welt sein würde, unter normalen Umständen hätte er seine Stellung nie dazu benutzt, den Ehestifter zu spielen.

Gaborn überlegte. Man hatte ihm die Verantwortung aufgebürdet, eines Tages König zu werden. Aber was für einen König würde er abgeben, wenn er solch törichte Dinge tat?

Im Haus des Verstehens, im Saal des Herzens, hatte Lehrmeister Ibirmarle einmal gesagt: »Nicht einmal ein Runenlord kann über die Dinge des Herzens bestimmen. Und nur ein Narr würde es versuchen.«

Und doch hatte Gaborn Borenson überredet, sich eine Frau zu nehmen.

Was, wenn er sie am Ende haßt? überlegte Gaborn. Wird er sich daran stoßen, was ich getan habe?

Ein so verwirrender Gedanke. Und was war mit Myrrima? Würde sie Borenson lieben?

Der Days machte sich über seinen zweiten Becher Wein

her und leerte ihn trotz seiner Versuche, sich zurückzuhalten, in wenigen Zügen.

»Ich habe doch ein gutes Werk getan, oder?« fragte Gaborn. »Ich meine, Borenson ist ein guter Mann, oder etwa nicht? Er wird sie lieben.«

Der Days lächelte zurückhaltend und beobachtete Gaborn aus zusammengekniffenen Augen. »Bei unsereins gibt es ein Sprichwort: Gute Taten verheißen eine gute Zukunft.«

Gaborn dachte über die Worte »bei unsereins« nach. Die Days waren zwar Menschen, hielten sich aber für etwas Besonderes. Vielleicht hatten sie recht. Ihre Dienste für die Zeitlords verlangten große Opfer. Sie entsagten Heim und Familie und der Ergebenheit an irgendeinem König. Statt dessen studierten diese geheimnisvollen Männer und Frauen die großen Lords, schrieben die *Chroniken*, veröffentlichten darin die Taten aus dem Leben eines Mannes, wenn er starb, und übten in jeder anderen Hinsicht Zurückhaltung bei den üblichen Lastern.

Gaborn traute diesen Beobachtern mit ihren heimlichtuerischen Blicken nicht recht. Sie gaben die Zurückhaltung bei den Angelegenheiten der Menschen nur vor, dessen war Gaborn sicher. Jeder Runenlord wurde von einem Days begleitet, der seine Worte und Taten aufzeichnete. Gelegentlich, wenn zwei Days sich begegneten, berichteten sie einander in verschlüsselten Worten. Gaborns Vorfahren hatten die Days über Generationen hinweg studiert und versucht, ihre Codes zu enträtseln.

Wie zurückhaltend waren sie wirklich? Gaborn vermutete, daß die Days gelegentlich schon Geheimnisse an befeindete Könige verraten hatten.

Wenn die Days als Gruppe sich jedoch in Kriegen auf eine Seite schlugen, hatte weder Gaborn noch sonst wer jemals entscheiden können, wem sie ihre Ergebenheit entgegenbrachten.

Erkennbare Fronten wurden nicht gezogen. Schlechte Könige profitierten von den Spionagediensten der Days ebensooft wie gute. Und kein König konnte ihnen entgehen. Einige Könige hatten versucht, die sich ungefragt einmischenden Days loszuwerden, sei es durch Mord oder durch Verbannung. Aber solche Könige regierten nicht mehr lange. Als Gruppe waren die Days zu mächtig. Jeder König, der es wagte, gegen die Days vorzugehen, würde herausfinden, wieviel Informationen die Days zu enthüllen imstande waren.

Niemand konnte ihnen etwas entgegensetzen. Gaborn würde diesen Mann niemals loswerden.

Wieder kreisten Gaborns Gedanken um Borenson. Der Mann war Soldat, und Soldaten gaben nicht notwendigerweise gute Lords ab, denn sie waren darauf trainiert, alle Schwierigkeiten durch Anwendung von Gewalt zu beseitigen. Gaborns Vater zog es vor, Titel an Kaufleute zu vergeben, die dafür ausgebildet waren, für das, was sie verlangten, im Gegenzug etwas anzubieten. Plötzlich erkannte er, daß der Days seiner Frage ausgewichen war.

»Ich sagte: ›Borenson ist ein guter Mann, oder etwa nicht?‹«

Der Days schaute auf und nickte kaum merklich mit dem Kopf. Der Ordensmann war auf dem besten Weg, sich völlig zu betrinken. Er schenkte sich Wein nach. »Nicht annähernd so gut wie Ihr, Euer Lordschaft. Aber er wird sie durchaus glücklich machen, darauf wette ich.«

Euer Lordschaft. Nicht *mein Lord.*

»Aber er ist ein guter Mann, oder nicht?« fragte Gaborn zum drittenmal und ärgerte sich über das ausweichende Verhalten des Days.

Der Angesprochene blickte zur Seite und begann, undeutlich vor sich hin zu murmeln.

Gaborn schlug so heftig auf den Tisch, daß die Weinflaschen hüpften und die Becher aneinanderstießen. Er brüllte: »Antwortet mir!«

Der Days sperrte überrascht den Mund auf. Er verstand eine Warnung recht wohl. Bald würden Fäuste fliegen. Gaborn verfügte über Gaben der Muskelkraft von drei Männern. Er war zwar klein, trotzdem konnte sein Hieb einen gewöhnlichen Menschen umbringen.

»Www… was spielt das für eine Rolle, Euer Lordschaft?« meinte der Days, plötzlich nüchtern. »Ihr habt Euch nie zuvor um seine Redlichkeit gesorgt. Ihr habt seine Charakterstärke noch nie angezweifelt.«

Damit nahm er einen weiteren Schluck Wein, schien noch mehr zu wollen, besann sich dann jedoch eines Besseren und stellten den Becher behutsam auf den Tisch. Wieso zweifle ich Borensons Charakterstärke an? fragte sich Gaborn, und dann überkam ihn die Antwort: Weil du Wirrbeerenwein getrunken und bemerkt hast, wie der Days der Frage auszuweichen versucht. Weil Myrrima gesagt hat, Prinzessin Iome habe Zweifel an deiner eigenen Redlichkeit, und du dich jetzt sorgst, was andere denken. Weil … weil du weißt, daß jeder Tölpel ein Stück Land erobern kann, es aber eine ganz besondere Sorte von König braucht, wenn er die Herzen seines Volkes erobern will.

Gaborn hatte die Absicht, die Herzen von Iome und ihres Volkes zu erobern. Er wagte aber nicht, die Einzelheiten seines Planes dem Days gegenüber offenzulegen – oder sonst jemandem. Wenn Gaborns Vater, König Orden, erfuhr, was Gaborn vorhatte, versuchte er möglicherweise, ihn daran zu hindern.

Allmählich zwang der Wein Gaborn seinen Willen auf und rückte die Welt ins rechte Licht. Er hatte aber nicht die Absicht, sich von seinen Fragen ablenken zu lassen.

»Beantwortet meine Frage, Days! Was haltet Ihr von Borenson?«

Der Days legte beide Hände auf den Tisch und nahm seinen Mut zusammen. »Wie Ihr wünscht, Euer Lordschaft: Ich fragte Borenson einmal, was sein Lieblingstier sei, und er erzählte mir, er ›bewundere Hunde‹. Ich fragte ihn, weshalb, und er antwortete: ›Ich mag es, sie knurren zu hören. Ich mag es, wie sie Fremde mit sinnloser Feindseligkeit begrüßen.‹«

Gaborn mußte lachen. Das war die für Borenson typische Antwort. Der Mann war in der Tat im Kampf ein Alptraum.

Der Days schien über Gaborns gute Laune erleichtert. Er beugte sich verschwörerisch vor: »Um die Wahrheit zu sagen, Euer Lordschaft, ich glaube, Borenson bewundert bei Hunden noch eine andere Eigenschaft. Eine, die er nicht genannt hat.«

»Die wäre?«
»Ergebenheit.«
Gaborn lachte heftiger. »Borenson ist also ein Hund?«
»Nein. Er trachtete nur danach, einer zu sein. Wenn ich so offen sein darf, fürchte ich, er besitzt all die edelsten Tugenden eines Hundes *bis auf* Ergebenheit.«
»Ihr haltet ihn also nicht für einen guten Mann?«
»Er ist ein Meuchelmörder. Ein Schlächter, Euer Lordschaft. Aus diesem Grund ist er der Kommandant Eurer Garde.«
Das versetzte Gaborn in Wut. Der Days täuschte sich. Der Historiker grinste betrunken und gönnte sich einen weiteren deftigen Schluck, um seinen Mut zu stärken.
Der Days fuhr fort: »Um ganz ehrlich zu sein, keiner Eurer Freunde ist ein sehr guter Mensch, Euer Lordschaft. Ihr schätzt Rechtschaffenheit bei Euren Freunden nicht.«
»Was soll das heißen?« hakte Gaborn sofort nach. Er hatte immer angenommen, seine Freunde verfügten über ein hinnehmbares Maß an Rechtschaffenheit.
»Ganz einfach, Euer Lordschaft«, meinte der Days. »Manche Männer wählen ihre Freunde dem Aussehen nach aus, andere nach Reichtum oder politischem Standpunkt, wieder andere nach gemeinsamen Interessen. Einige wählen Freunde nach ihrer Rechtschaffenheit. Ihr jedoch bewertet solche Eigenschaften nicht sehr hoch.«
Es stimmte, Gaborn hatte Freunde unter den Häßlichen und Machtlosen. Sein engster Freund, Eldon Parris, verkaufte gebratene Kaninchen auf einem öffentlichen

Markt. Außerdem trieb sich Gaborn oft in der Gesellschaft von Menschen herum, die man vielleicht noch am besten als Schurken bezeichnete.

»Wonach suche ich also meine Freunde aus?« wollte Gaborn wissen.

»Weil Ihr jung seid, bewertet Ihr Männer nach ihrem Einblick in das Herz der Menschen, Euer Lordschaft.«

Diese Bemerkung traf Gaborn wie ein Windstoß von einem zugefrorenem See. Sie war verblüffend, erfrischend ehrlich, und, natürlich, offenkundig wahr.

»Mir war nie aufgefallen …«

Der Days lachte. »Das ist einer der sieben Schlüssel zum Verständnis von Beweggründen. Ich fürchte, junger Meister Gaborn, Ihr seid bei der Wahl von Freunden erbärmlich schlecht. Hah! Manchmal stelle ich mir vor, wie es sein wird, wenn Ihr König seid: Ihr werdet Euch mit Exzentrikern umgeben und mit Gelehrten. Sie werden Euch im Handumdrehen dazu gebracht haben, Knoblauchrätsel zu Rate zu ziehen und spitze Schuhe zu tragen! Hah!«

»Sieben Schlüssel? Woher habt Ihr dieses Wissen?« fragte Gaborn.

»Aus dem Saal der Träume«, antwortete der Days. Dann fuhr er plötzlich auf. Er hatte seinen Fehler bemerkt.

Im Haus des Verstehens war der Saal der Träume für Runenlords verboten. Die Geheimnisse, die man dort über die Sehnsüchte und Beweggründe der Menschen erfuhr, wurden von den Gelehrten als zu mächtig erachtet, um sie in die Hände eines Königs zu legen.

Gaborn lächelte triumphierend über diese kleine Pikanterie und erhob sein Glas zu einem Trinkspruch. »Auf die Träume!«

Der Days jedoch wollte nicht mit ihm anstoßen. Aller Wahrscheinlichkeit nach würde der Mann nie wieder in Gaborns Gegenwart trinken.

Aus einer fernen Ecke des Raumes kam eine rattenähnliche Ferrinfrau hervor, in der Hand eines ihrer kleinen Jungtiere. Der Kleine quiekte mit seinem dünnen Stimmchen, doch der Days hörte es nicht. Er besaß nicht Gaborns scharfes Gehör. Alle sechs Brustwarzen der Ferrinfrau waren rot und geschwollen, und um die Schultern hatte sie einen gelben Lumpen gebunden. Sie maß gerade mal einen Fuß, und die Plumpheit ihres Gesichts wurde durch die dicken Wangen noch unterstrichen. Watschelnd näherte sie sich, vom Tageslicht fast geblendet, von hinten dem Days und stopfte ihm das Junge in die Jackentasche.

Die Ferrin waren kein intelligentes Volk. Sie besaßen eine Art Sprache, benutzten ein paar grobe Werkzeuge. Die meisten Menschen betrachteten sie als Ungeziefer. Beharrlich buddelten sich die Ferrin zu den Häusern durch und stahlen Lebensmittel.

Gaborn hatte gehört, bei einer Ferrinfrau sei es üblich, daß sie ihre Jungen auf diese Weise entwöhnte – indem sie ein Gasthaus fand und das Kleine in der Tasche eines Fremden fortschickte. Aber mit eigenen Augen hatte er es noch nie gesehen.

So mancher Mann hätte seinen Dolch nach der Ferrin geworfen. Gaborn lächelte höflich und wendete den Blick ab.

Gut dachte er, soll der Kleine doch den Futterstoff aus der Jacke des Historikers fressen.
Er wartete, bis die Ferrin fertig war.
»Und was ist mit mir?« fragte Gaborn den betrunkenen Days. »Bin ich ein guter Mann?«
»Ihr, Euer Lordschaft, seid eine Seele der Rechtschaffenheit!«
Gaborn schmunzelte. Eine andere Antwort konnte er nicht erwarten. Im Hintergrund des Schankraumes begann ein inkarrischer Sänger, in die Saiten seiner Mandoline zu schlagen und für das Publikum zu üben, das sich später einfinden würde. Gaborn hatte nur selten einen Inkarrer spielen sehen, denn sein Vater ließ sie nicht über die Grenze, daher fand er jetzt Gefallen an der Ablenkung.
Die Haut des Mannes war so hell wie Sahne, sein Haar fiel wie flüssiges Silber herab. Seine Augen glänzten grün wie Eis. Sein Körper war in der Art seines Stammes tätowiert – blaue, stilisierte Reben, die sich seine Beine hinaufrankten, dazu Bilder, die an die Namen seiner Vorfahren und seines Heimatdorfes erinnerten. Auf Knien und Armen befanden sich Bilder von Knoten und anderen magischen Symbolen.
Der Mann sang mit einer rauhen, schmachtenden, sehr kräftigen Stimme. Auf ihre Art war sie wunderschön und ließ erkennen, daß dieser Sänger die »verborgenen Runen der Begabung« trug. Nur Inkarrer meisterten die verborgenen Runen. Und doch gelangen seiner Stimme nicht die himmlischen Töne, die die Virtuosin vor dem Gesangshaus eine Stunde zuvor hervorgebracht hatte. Die

Frau hatte gesungen, um reich und berühmt zu werden, dieser Mann sang nur, um zu unterhalten. Eine großherzige Geste.

Der Days starrte in seinen Becher. Er wußte, daß er zuviel gesagt und keinen Grund hatte, noch etwas hinzuzufügen. »Euer Lordschaft, vielleicht ist es gut so, wenn Ihr bei Euern Freunden keinen Wert auf Rechtschaffenheit legt. Dann wißt Ihr, daß Ihr ihnen nicht vertrauen könnt. Und solltet Ihr weise sein, werdet Ihr Euch auch selbst nicht trauen.«

»Wie das?« fragte Gaborn erstaunt. Jeder Days war mit einem anderen gepaart, daher waren sie nie alleine, kamen nie in die Versuchung, sich selbst zu trauen. Gaborn fragte sich, ob das wirklich ein Vorteil war.

»Männer, die sich für gut halten und nicht versuchen, ihre Seele zu finden, begehen oft die schlimmsten Greueltaten. Nur wenn wir im Glauben, Gutes zu tun, Böses tun, betreiben wir es mit ganzem Herzen.«

Gaborn brummte und dachte nach.

»Wenn ich so offen sein darf, Euer Lordschaft, ich bin froh, daß Ihr Euch in Frage stellt. Männer werden nicht dadurch gut, daß sie gelegentlich eine gute Tat begehen. Ihr müßt Eure Gedanken und Taten immer wieder aufs neue einer Prüfung unterziehen und Eure Rechtschaffenheit hinterfragen.«

Gaborn starrte den dürren Gelehrten an. Die Augen des Mannes wurden glasig, und er konnte seinen Kopf kaum noch aufrecht halten. Sein Denken wirkte etwas klarer als das eines gewöhnlichen Betrunkenen, und er brachte seine Belehrung in freundlichem Tonfall vor. Noch nie hatte ein Days Gaborn einen Rat gegeben. Eine ungewöhnliche Erfahrung.

In diesem Augenblick ging die Tür zum Schankraum auf. Zwei Männer kamen herein, beide von dunkler Gesichtsfarbe, beide braune Augen. Gekleidet war sie wie Kaufleute auf der Reise, allerdings trugen sie Degen an der Seite und hatten lange Messer an ihre Knie gebunden. Der eine Mann lächelte, der andere runzelte die Stirn.

Gaborn mußte an etwas denken, das ihm sein Vater als Kind beigebracht hatte. »Im Land Muyyatin reisen Meuchelmörder immer zu zweit. Sie verständigen sich mit Gesten.« Dann hatte Gaborns Vater ihm den Kode der Meuchelmörder beigebracht. Ein Mann der lächelt, einer, der die Stirn runzelte: *Keine Neuigkeiten, weder gute noch schlechte*.

Gaborns Blick schweifte zu den beiden Männern in der anderes Ecke des Raumes hinüber. Wie er hatten sie einen sicheren Platz ausgesucht, den Rücken zur Wand gedreht.

Einer der Männer in der Ecke kratzte sich am linken Ohr: *Wir haben nichts gehört.*

Die Neuankömmlinge setzten sich an einen der hinteren Tische, ihren Landsleuten gegenüber. Einer legte seine Hände auf den Tisch, die Handflächen nach unten. *Wir warten.*

Allerdings bewegte sich dieser Mann mit einer solch beiläufigen Gewandtheit, die darauf schließen ließ, daß er eine Gabe des Stoffwechsels besaß. Nur wenige besaßen diese Gabe – Krieger, denen man höchstes Vertrauen entgegenbrachte.

Gaborn traute seinen Augen kaum. Die Gesten wirkten so gewöhnlich, so zufällig. Die Beteiligten sahen sich nicht einmal an. Was Gaborn für eine Unterhaltung hielt, hätte ebensogut vollkommen belanglos sein können.
Gaborn blickte sich flüchtig im Raum um. Niemand hier kam als Opfer der Meuchelmörder in Frage – niemand außer ihm. Und doch hatte er das sichere Gefühl, nicht ihr Ziel zu sein. Er war den ganzen Tag inkognito gereist. Bannisferre war voll von reichen Kaufleuten und kleinen Lords – die Meuchelmörder konnten hinter einem von ihnen her sein, oder vielleicht verfolgten sie sogar einen ihrer Landsleute aus dem Süden.
Für einen Kampf gegen solche Männer war Gaborn nicht angemessen gerüstet.

Am Morgen war die Stadt noch scheinbar kühl gewesen, belebend, lebendig, jetzt dagegen hatte die Hitze des Tages die Gerüche verstärkt. Der Gestank verdunstenden Urins der Lasttiere erfüllte den Markt zusammen mit den Gerüchen von Erde und menschlichem Schweiß. In der Enge der Gebäude schien die Luft zu stehen.
Gaborn eilte die Straße zu den Ställen hinunter, wo ein alter Fuhrmann aus Fleeds ihm seinen schwarzbraunen Hengst brachte. Das Pferd schnaubte, als es Gaborn erkannte, nahm den Kopf hoch und hob den blonden Schweif. Es schien ebensowenig wie Gaborn abwarten zu können, aufzubrechen.
Gaborn streichelte seinem Pferd über die Nüstern und untersuchte den Hengst. Er war gut gepflegt worden. Sein Fell war gestriegelt, Schweif und Mähne geflochten.

Selbst die Zähne waren sauber. Sein Bauch war dick, und er kaute noch immer Heu.
Ein paar Augenblicke später führte der Stallmeister das weiße Maultier des Days heraus. Es war zwar kein Kraftpferd, dem man Gaben der Muskelkraft in den Hals eingebrannt hatte, trotzdem war auch das Maultier offensichtlich gut gepflegt worden.
Gaborn blickte immer wieder über die Schulter, suchte nach weiteren Meuchelmördern, konnte aber hier bei den Ställen nichts Außergewöhnliches entdecken.
Gaborn erkundigte sich beim Stallmeister: »Habt Ihr irgendwelche Männer in die Stadt reiten sehen – Männer von dunkler Gesichtsfarbe, die zu zweit unterwegs waren?«
Der Stallmeister nickte nachdenklich, als erstaunte ihn die Frage. »Ja, jetzt, wo Ihr es erwähnt, vier solcher Männer haben ihre Pferde bei mir untergestellt, und ich habe vier weitere Richtung Norden durch die Heugasse reiten sehen.«
»Sieht man hier solche Männer oft?« wollte Gaborn weiter wissen.
Der Stallmeister zog die Augenbrauen hoch. »Um die Wahrheit zu sagen, sie wären mir gar nicht aufgefallen, hättet Ihr nicht davon gesprochen. Aber auch spät gestern abend sind zwei solcher Herren durch die Stadt geritten.«
Gaborn runzelte die Stirn. Meuchelmörder überall entlang der Straße, die nach Norden führte. Wohin? Nach Burg Sylvarresta, einhundert Meilen von hier?
Während er die Stadt verließ, nahm Gaborns Besorgnis

noch zu. Er lenkte seinen schwarzbraunen Hengst über die Himmeroft-Brücke, eine malerische Brücke aus Stein, die den breiten Fluß überspannte. Von ihrem höchsten Punkt konnte er große, braune Forellen sehen, die sich an den tieferen Stellen sonnten und an den seichteren unter den Weiden nach oben kamen, um nach Fliegen zu schnappen. Der Fluß war breit hier, friedlich.

Auf der Brücke bemerkte er keine Anzeichen von Meuchelmördern.

Das Pflaster wich am anderen Ufer einer unbefestigten Straße, die sich durch das Land nach Westen schlängelte. Eine Nebenstraße führte nach Norden. Die Straßen trafen sich im Wald, und in den Wäldern Richtung Norden wuchsen Glockenblumen. So spät in der Saison blühten keine. Nur ein paar abgestorbene Blumen standen noch, verwildert und zu Violett verblaßt. Gaborn bog in den Glockenblumenweg ein und ließ das Pferd laufen. Es war ein Krafthengst, und in seinen Hals waren Gaben des Stoffwechsels, der Muskelkraft, der Anmut und der Geisteskraft eingebrannt, die ihm die Geschwindigkeit von drei, die Kraft und Eleganz von zwei und den Verstand von vier Tieren verliehen. Dem Körperbau nach war der Hengst ein Jagdpferd – ein feuriges Tier, das für das Laufen und Springen auf Waldpfaden gezüchtet worden war. Ein solches Geschöpf war nicht dafür geschaffen, sich in den Ställen Bannisferres auszuruhen und sich mit Hafer vollzufressen.

Auf seinem weißen Maultier, einem böswilligen Geschöpf, das bei jeder Gelegenheit nach Gaborns Hengst schnappte, hatte der Days Mühe, Schritt zu halten.

Dann geschah etwas Seltsames: Gaborn war über Wiesen geritten, auf denen die frisch aufgeschichteten Heuhaufen dicht an den Fluß heranrückten. Und die Wiesen waren ziemlich menschenleer, jetzt, da die Hitze des Tages ihren Höhepunkt erreicht hatte.
Doch als Gaborn drei Meilen außerhalb von Bannisferre die Kuppe eines kleinen Hügels erreichte, sah er sich plötzlich einem niedrigen, dünnen Nebel gegenüber, der die Heuhaufen in Dunst einhüllte.
Es war ein seltsamer Anblick – Nebel, der an einem sonnigen Tag, am frühen Nachmittag, aufkam. Eichen und Heuhaufen ragten aus dem Dunst hervor. Der Nebel hatte eine seltsame Farbe: blau. So etwas hatte er noch nicht gesehen.
Er hielt an. Sein Pferd wieherte, der Anblick machte es nervös. Langsam, schnuppernd ritt Gaborn in die Nebelwand hinein.
Ein seltsamer Geruch lag in der Luft, etwas, das schwer zu bestimmen war. Schwefel, überlegte er. Vielleicht gab es heiße Quellen in der Nähe, und der Nebel stammte von dort. Gaborn gab seinem Pferd die Sporen, trieb es weiter voran, eine weitere halbe Meile vorbei an den Wiesen, und der Dunst wurde zunehmend dichter, bis die Sonne am Himmel nur ein einzelnes gelbes Auge war, das durch den Schleier blinzelte. Krähen schrien in den einsamen Eichen.
Eine Meile weiter vorn erblickte Gaborn im Nebel ein graues Haus. Eine junge Frau mit Haaren, die wie Stroh abstanden, hackte davor Holz. Sie sah auf. Von weitem wirkte ihre Haut so rauh wie grobes Leinen, ihr Gesicht

derb und knochig, ihre Augen gelb und kränklich. Es war eine der Schwestern, die Myrrima ihre Schönheit abgetreten hatten.

Er gab seinem Hengst die Sporen und rief der Frau etwas zu.

Sie erschrak und hob den Arm, um ihr Gesicht zu verbergen.

Gaborn ritt zu ihr hin und blickte mitleidvoll auf sie herab. »Du brauchst dich nicht zu verstecken. Wer sich herabwürdigt, um einen anderen zu erhöhen, ist es wert, geehrt zu werden. Hinter einem häßlichen Gesicht verbirgt sich oft ein gutes Herz.«

»Myrrima ist drinnen«, murmelte das Mädchen. Sie floh ins Haus. Borenson kam rasch heraus, Myrrima am Arm.

»Ein wunderschöner Herbsttag«, meinte Gaborn lächelnd zu Borenson. »Der Wind riecht nach von der Sonne ausgedörrten Weizenfeldern, nach Herbstlaub und … Verrat.«

Borenson betrachtete verwirrt den Nebel. »Ich dachte, es zögen Wolken auf«, sagte er. »Ich hatte keine Ahnung …«

Durch die Pergamentfenster des Hauses hatte er den Dunst kaum erkennen können. Er sog prüfend die Luft ein. Auch Borenson verfügte über einige Gaben. Sein Geruchssinn war schärfer als Gaborns. »Riesen. Frowth-Riesen.«

Er fragte Myrrima: »Gibt es hier viele Riesen?«

»Nein«, meinte sie überrascht. »Ich habe noch nie einen gesehen.«

»Also, ich kann sie riechen. Und zwar viele«, sagte Borenson.

Er sah Gaborn in die Augen. Sie wußten beide, daß etwas Seltsames im Gange war. Gaborn war Stunden vor der verabredeten Zeit gekommen.
Gaborn meinte leise: »In der Stadt sind Meuchelmörder eingetroffen, Muyyatiner. Wenigstens zehn von ihnen sind auf der Straße nach Norden zur Burg Sylvarresta unterwegs, aber auf meinem Weg hierher habe ich keinen gesehen. Wir müssen uns darum kümmern.«
»Ich werde mich darum kümmern«, widersprach Borenson. Gut möglich, daß jemand König Orden eine Falle stellen wollte, denn dessen Gefolge würde morgen die Stadt passieren.
»Wäre ich bei Euch nicht sicherer?« fragte Gaborn.
Borenson überlegte einen Augenblick und nickte. Er war gerade dabei, sein Pferd hinter dem Haus hervorzuholen, als der Days durch den Dunst angeritten kam.
»Wir sind in Kürze zurück«, erklärte Gaborn Myrrima, dann gab er seinem Hengst die Sporen und ritt hinaus auf die Wiese hinter dem Haus. Ihm war nicht wohl dabei, sie allein zurückzulassen, solange Riesen in der Nähe waren. Aber bei ihm und Borenson wäre sie mit Sicherheit größerer Gefahr ausgesetzt.
Eine leichte Brise wehte stöhnend von Norden und trieb den Dunst immer näher. Sie ritten über grüne Wiesen darauf zu. Der Fluß wand sich nach Westen, und schon bald befanden sie sich am Ufer des Dwindell und ritten einen Heupfad entlang.
Längs des Flusses wurde der unnatürliche Nebel dichter, quoll zu einer gewaltigen Wolke auf und machte alles dunkel, so dunkel, daß die Schwalben aufhörten, kurz ins

Wasser einzutauchen, während statt dessen ein paar Fledermäuse bereits auf Insektenjagd gingen. Glühwürmchen stoben wie grüne Funken aus dem Gestrüpp hervor. Das Gras entlang des Flusses war saftig und üppig, aber kurz geschnitten.

Überall in der Gegend hier, in den Auen, hatten die Farmer Heu gemacht. Die Heuhaufen längs des Ufers ragten wie große Felsen aus dem Meer des Nebels hervor, und jedesmal, wenn Gaborn einen aus dem Dunst auftauchen sah, fragte er sich, ob es ein Riese war oder ein Riese sich dahinter verbarg.

Jetzt konnte auch Gaborn die Riesen riechen. Ihr fettiges Haar roch bitter, der Geruch von Moschus und Kot auf ihrer Haut war durchdringend. Schimmel und Flechten wuchsen auf ihren alternden Körpern.

Bis vor einhundertzwanzig Jahren hatte kein Mensch in ganz Rofehavan etwas von Riesen gehört. Dann, eines Winters, war ein Stamm von vierhundert der gewaltigen Kreaturen über das Eis im Norden gekommen – kampfzerschunden, furchteinflößend. Viele von ihnen verwundet.

Die Frowth hatten nie gelernt, sich mit Menschen zu verständigen, und hatten nie berichtet, welch fürchterliche Feinde sie über das Eis getrieben hatten. Aber die Riesen hatten gelernt, bis zu einem gewissen Grad an der Seite von Menschen zu arbeiten – indem sie gewaltige Felsbrocken in den Steinbrüchen schleppten oder Bäume für die Förster. Vor allem die reichen Lords aus Indhopal hatten die großen Kreaturen angeheuert, und mit der Zeit waren die meisten von ihnen nach Süden abgewandert.

Aber überragend waren die Riesen nur in einem Punkt – im Führen von Kriegen.

Gaborn und Borenson erreichten eine kleine Pacht auf einem Hügel am Fluß, unter ein paar Bäumen. Die Fenster der Hütte waren dunkel. Kein Rauch stieg aus dem Kamin. Ein toter Farmer lag halb in der Tür, die Hand ausgestreckt. Sein Kopf lag so, als habe er versucht, danach zu greifen, als er davonrollte. Der kupfrige Geruch von Blut hing schwer in der Luft.

Borenson fluchte, ritt voraus. Der Dunst wurde vorn dichter. Schwerer.

Im grünen Gras fanden sie dampfende menschliche Fußabdrücke. Das Gras unter den Fußabdrücken war verkohlt, tot. Gaborn hatte so etwas noch nie gesehen.

»Flammenweber«, meinte Borenson. »Mächtige. Fünf an der Zahl.«

Natürlich gab es in Mystarria Flammenweber, Hexenmeister, die ein Zimmer wärmen oder ein Holzscheit dazu bringen konnten, Feuer zu fangen. Aber keine so mächtigen, daß sie die Erde, über die sie gingen, verbrennen konnten. Nicht so wie diese hier.

Das hier waren Geschöpfe aus der Legende, Zauberer von solcher Macht, daß sie der Seele der Menschen Geheimnisse entreißen oder grauenhafte Wesen aus dem Jenseits herbeirufen konnten.

Gaborns Herz klopfte. Er sah Borenson an, der plötzlich vorsichtig geworden war. In den nördlichen Königreichen gab es weder solche Flammenweber noch so viele Frowth-Riesen. Sie konnten nur aus dem Süden gekommen sein. Gaborn schmeckte erneut die Luft. Dieser

Nebel, dieser seltsame Nebel, war es ein schlecht getarnter Rauch? Erzeugt von den Flammenwebern? Wie groß war die Armee, die sich darin verbarg?
Unsere Spione haben sich also getäuscht, erkannte Gaborn. Raj Ahten würde nicht bis zum Frühling warten.
Die Fußspuren der Flammenweber führten nach Norden, am Ufer des Dwindell entlang. Raj Ahtens Truppen marschierten offenbar durch die Wälder und versuchten, ihre Stärke geheimzuhalten. Weit würden sie jedoch nicht in den Wald vorstoßen, denn dies war der Dunnwald. Wild, alt und mächtig. Nur wenige Menschen wagten es, bis in sein Herz vorzudringen. Selbst Raj Ahten würde das nicht tun.
Wenn Gaborn die Straße nach Norden nahm, konnte er Sylvarresta in einem halben Tag erreichen.
Aber natürlich war dies der Grund, weshalb die Meuchelmörder die Straße beobachteten, darauf bedacht, jeden abzufangen, der die Absicht hatte, König Sylvarresta zu warnen. Gaborn überlegte, daß es in Anbetracht der Eigenschaften seines Pferdes wahrscheinlich sicherer war, durch die Wälder zu reiten. Schon vergangenes Jahr hatte er im Dunnwald große schwarze Eber gejagt. Er kannte einige der Gefahren.
Die Rieseneber im Wald wurden gelegentlich fast so groß wie Gaborns Hengst, und im Laufe der Jahrhunderte hatten sie gelernt, Reiter anzugreifen. Doch es gab gefährlichere Orte in diesen Wäldern, erzählte man sich – uralte duskinische Ruinen, die von Magie bewacht wurden und von den Seelen derer, die hier gestorben waren. Raj Ahtens Soldaten saßen gewiß auf Schlachtrossen,

schweren Tieren, die für den Kampf in der Wüste und nicht für die Schnelligkeit in den Wäldern gezüchtet wurden.

Aber auf der Route durch die Wälder würde Gaborn einen Tag brauchen, um zu Lord Sylvarresta zu gelangen. Und ein solcher Ritt würde seinen Hengst viel Kraft kosten.

Unterdessen hielt sich Gaborns Vater nicht weit südlich von hier auf. König Orden war, wie es seine Gewohnheit war, zur Herbstjagd nach Norden gekommen, und diesmal befand er sich in Begleitung von über zweitausend Soldaten. Gaborn hatte Iome Sylvarresta in einer Woche offiziell die Ehe versprechen sollen, und Lord Orden hatte ein eindrucksvolles Gefolge für seinen Sohn mitgebracht.

Nun war es durchaus möglich, daß diese Truppen im Kampf benötigt wurden.

Gaborn hob die Hand und formte seine Finger rasch zu einem Signal, wie man es in der Schlacht verwendete. *Zieht Euch zurück. Warnt König Orden.*

Borenson merkte auf und signalisierte: *Wo wollt Ihr hin?*

Sylvarresta warnen.

Nein! Zu gefährlich! antwortete Borenson. *Laßt mich gehen!*

Gaborn schüttelte den Kopf, deutete nach Süden.

Borenson starrte ihn durchdringend an, signalisierte: *Ich werde nach Norden reiten. Zu gefährlich für Euch.*

Das durfte Gaborn aber nicht zulassen. Er hatte sich vorgenommen, einen gewagten Weg zur Macht einzuschlagen, zu versuchen, jene Art Lord zu werden, der die

Herzen der Menschen eroberte. Wie konnte man besser die Herzen des Volkes von Heredon erobern, als wenn man ihnen jetzt zur Hilfe kam?

Ich muß gehen, signalisierte Gaborn mit Nachdruck.

Borenson wollte erneut widersprechen. Gaborn zog ruckartig seinen Degen, zielte kurz und schrammte Borensons Wange. Der Einschnitt war so flach, daß der Soldat ihn sich beim Rasieren hätte zuziehen können.

Gaborn unterdrückte seine Wut. Fast augenblicklich bedauerte er seine überhitzte Tat. Borenson war allerdings klug genug, in einer gefährlichen Situation nicht mit seinem Prinzen zu streiten. Auseinandersetzungen waren Gift. Ein Mann, der glaubt, er sei zum Scheitern verdammt, scheitert gewöhnlich auch. Gaborn würde das Gift der Einwände nicht einnehmen.

Er zeigte mit seinem Schwert nach Süden und sah sowohl den Days als auch Borenson gewichtig an. Mit seiner freien Hand signalisierte er: *Kümmert Euch um Myrrima.* Wenn Raj Ahtens Truppen Bauern niedermetzeln, nur um die Entdeckung ihrer Streitmacht zu verhindern, dann war Myrrima in Gefahr.

Es schien eine ganze Weile zu dauern, bis Borenson eine Entscheidung traf. Gaborn war kein gewöhnlicher Mensch. Mit seinen Gaben der Geistes- und Muskelkraft benahm er sich eher wie ein Mann denn wie ein Kind, und seit dem vergangenen Jahr betrachtete Borenson ihn eher wie einen Ebenbürtigen und nicht mehr wie einen Schutzbefohlenen.

Vielleicht entscheidender war, daß er sich sonst hätte zerreißen müssen. Sowohl König Orden als auch König

Sylvarresta mußten so bald als möglich gewarnt werden. Er konnte nicht in zwei Richtungen gleichzeitig reiten. *Auf der Straße gibt es Meuchelmörder*, erinnerte ihn Gaborn. *Die Wälder sind sicherer. Dort wird mir nichts geschehen.*

Zu Gaborns Überraschung wendete der Days sein Maultier und ritt zurück. Gaborn hatte sich den prüfenden Blicken des Historikers nur selten entziehen können. Allerdings konnte das Maultier des Days nicht mit einem Kraftpferd mithalten. Wenn der Historiker ihm nachritt, käme das für ihn einem Selbstmord gleich.

Unsicher und besorgt machte auch Borenson kehrt. Er griff hinter seinen Sattel, zog seinen Bogen mitsamt Köcher hervor, ließ dann sein Pferd ein Stück zurückgehen und reichte Gaborn die Waffen.

Der junge Mann würde sie gebrauchen können. Er nickte dankbar.

Als sein Leib im Dunst verschwunden war, fuhr sich Gaborn mit der Zunge über die Lippen. Sein Mund war trocken vor Angst. Bereitschaft ist der Vater allen Muts, ermahnte er sich. Ein Lehrsatz aus dem Saal des Herzens. Doch plötzlich schien alles, was er im Haus des Verstehens gelernt hatte … unzureichend.

Er bereitete sich darauf vor, in einen Kampf verwickelt zu werden. Zuerst stieg er vom Pferd, nahm seinen ausgefallenen Federhut ab und warf ihn auf die Erde. Es hatte keinen Sinn, als reicher Kaufmann weiterzureiten. Er mußte wie ein bescheidener Bauernjunge wirken, dem der Schutz von Gaben fehlt.

Er griff in seine Satteltasche, zog einen fleckigen Umhang von grauer Farbe hervor und warf ihn sich über die Schultern. Er spannte die Sehne des Bogens. Eine Streitaxt, um Rüstungen zu durchschlagen, besaß er nicht – nur einen Duelldegen und den Dolch, den er an seinem Knie trug.

Gaborn streckte Arme und Schultern und lockerte seine Muskeln. Er zog den Degen aus der Scheide, dessen Gewichtsverteilung ihm so vertraut war, als wäre er ein Teil seines Körpers, dann ließ er ihn vorsichtig zurückgleiten.

Sein Pferd konnte er nicht tarnen. Das Tier stand viel zu stolz da, wie ein zum Leben erwachtes Geschöpf aus Eisen oder Stein. In seinen Augen blitzte wilde Klugheit auf.

Gaborn sprach leise in das Ohr seines Pferdes. »Wir müssen uns *beeilen*, mein Freund, aber geh *leise.«*

Das Pferd nickte. Gaborn wußte nicht genau, wieviel es verstand. Einer Unterhaltung konnte es nicht folgen. Aber ausgestattet mit Gaben der Geisteskraft von anderen Pferden aus seiner Herde konnte es mehrere einfache Kommandos unterscheiden – was mehr war, als sich von manchen Soldaten behaupten ließ.

Zuerst traute sich Gaborn nicht, das Tier zu reiten. Statt dessen führte er es. Es gab mit Sicherheit Kundschafter, sowohl vor als auch hinter Raj Ahtens Armee. Gaborn hatte nicht die Absicht, als Silhouette im Nebel ein Übungsziel für einen Bogenschützen abzugeben.

Er verfiel in einen leichten Trab, ein Tempo, das er tagelang durchhalten konnte. In dem unnatürlichen Nebel war es auf den Feldern seltsam still.

Feldmäuse huschten davon, wenn er sich näherte, eine einsame Krähe schrie auf einer Eiche. Ein Schwarm Spatzen flog auf. Irgendwo im Wald brüllte eine Kuh, die gemolken werden wollte.

Eine ganze Weile hörte er im Laufen nichts als das trockene Rascheln des sich biegenden Grases und das gedämpfte Stampfen der Hufe seines Pferdes.

Während er in nördlicher Richtung über die Stoppelfelder lief, machte er eine persönliche Bestandsaufnahme. Für einen Runenlord war er nicht mächtig. Er hatte das nie gewollt. Er konnte die Schuld nicht ertragen, den Preis an menschlichem Leid, den er hätte auf sich laden müssen, um Macht zu gewinnen.

Kurz nach seiner Geburt jedoch hatte sein Vater damit begonnen, Gaben für ihn zu erstehen: zwei Gaben der Geisteskraft, zwei der Muskelkraft, drei des Durchhaltevermögens und drei des Reizes. Er besaß die Augen von zweien, die Ohren von dreien. Fünf Gaben der Stimme, zwei der Anmut.

Kein mächtiger Mann. Ein Schwächling im Vergleich zu Raj Ahtens »Unbesiegbaren«. Er hatte keine Gabe des Stoffwechsels. Er trug keine Rüstung. Allerdings weder eine, die ihn schützte, noch eine, die ihn behinderte.

Nein, Gaborn konnte sich nur auf seine Verschlagenheit, seinen Mut und die Schnelligkeit seines Hengstes verlassen.

Er kam an zwei weiteren Häusern vorbei, deren Bewohner getötet worden waren. Beim ersten hielt er an einem Garten an, ließ das Pferd Äpfel von einem Baum fressen und steckte ein paar für sich selbst ein.

Ein Stück hinter dem letzten Haus endeten die Felder an einem Wald aus Eschen, Eichen und Ahornbäumen. Die Grenze zum Dunnwald. Das Laub der Bäume war matt, wie stets im Spätsommer, doch so weit unten im Tal hatte es sich noch nicht verfärbt.

Dem Feldrain folgend witterte er jetzt den Geruch von Leder, von scharf gerittenen Pferden, von geölten Rüstungen. Bislang hatte er niemanden zu Gesicht bekommen.

Gaborn entdeckte einen Weg für die Karren der Holzarbeiter, der in den Wald führte. Bei den ersten Bäumen hielt er an, um den Sattelgurt nachzuziehen und sich so auf einen scharfen Ritt vorzubereiten, als plötzlich Äste knackten.

Gleich hinter dem Waldrand stand ein Frowth-Riese. Das gewaltige Wesen mit bräunlich-gelbem Fell starrte ihn mit aufgerissenen silbrigen Augen an, blinzelte in den Dunst, vielleicht unsicher, ob Gaborn Freund war oder Feind.

Die Sonne stand schräg über dem Wald und warf Balken goldenen Lichts in das Gesicht des Riesen.

Der Riese war zwanzig Fuß groß und acht Fuß breit in den Schultern. Ein Kettenpanzer bedeckte sein dichtes Fell. Als Waffe trug er einen großen Eichenstamm, der von Eisenringen verstärkt wurde. Seine Schnauze war länger als die eines Pferdes, sein Mund voller spitzer Zähne. Das Aussehen der Frowth-Riesen hatte nichts Menschliches an sich.

Der Riese zuckte mit einem kleinen, runden Ohr und entledigte sich auf diese Weise einer Stechmücke. Dann drückte er einen Baum zur Seite und beugte sich blinzelnd vor.

Gaborn war klug genug, sich nicht hastig zu bewegen. Täte er das, würde der Riese ihn als Feind betrachten. Die Tatsache, daß der Riese nicht längst angegriffen hatte, verriet Gaborn etwas – die Kundschafter waren gekleidet wie er, trugen dunkle Umhänge und ritten Kraftpferde.

Der Riese wollte bloß an Gaborn schnuppern und feststellen, ob er Freund war oder Feind. Gaborn roch weder nach Curry, Olivenöl oder Baumwolle wie die anderen Soldaten aus Raj Ahtens Streitkräften.

So oder so, im nächsten Augenblick würde sich sein riesiges Gegenüber auf ihn stürzen.

Gaborn wollte einen Schlag anbringen, doch einen so dicken Kettenpanzer konnte er mit einem Schwert nicht durchdringen. Er durfte sich mit dem Ungeheuer nicht auf einen Kampf mit gezogener Waffe einlassen. Durfte nicht zulassen, daß es einen Warnruf ausstieß. Ein Pfeil würde die Bestie auf der Stelle töten.

Nein, Gaborns beste Möglichkeit bestand darin, den Riesen nahe herankommen und sich bücken zu lassen, um ihn zu beschnuppern, damit Gaborn seinen Degen ziehen und der Bestie die Kehle aufschlitzen konnte. Schnell und lautlos.

Er ließ die Zügel des Pferdes los, als der Riese näherkam, und ließ den Bogen fallen. Der Riese stützte sich wachsam auf seinen Pfahl, beugte sich vor und schnupperte aus zehn Fuß Entfernung. Frowth-Riesen haben keinen scharfen Geruchssinn. Zwischen den Augen maß das

Ungeheuer bestimmt zwei Fuß. Seine breite Nase kräuselte sich beim Schnuppern.

Gaborn roch fauliges Fleisch in seinem Atem und sah getrocknetes Blut, das sein Fell verklebte. Er hatte vor kurzem Aas gefressen.

Er kam einen halben Fuß näher. Gaborn machte einen Schritt nach vorn und gab dabei leise Laute von sich, so als sei er ein befreundeter Soldat, der sich auszuweisen versuchte.

Die Größe der Bestie überwältigte ihn. Neben ihm bin ich ein Nichts. Ein Nichts. Er könnte mich wie ein Neugeborenes in die Höhe heben. Jede der riesigen Pranken war fast so lang wie Gaborn. Es spielte keine Rolle, daß er ein Runenlord war. Diese gewaltigen Pranken konnten ihm die Knochen zerschmettern und die Muskeln zerreißen.

Die silbrigen Augen kamen näher, ein jedes tellergroß. Nicht die Kehle, erkannte Gaborn. Sie war zu weit entfernt für einen Stoß. Ziel nicht auf die Kehle. Das Auge. Die riesigen Silberaugen waren nicht durch eine dicke Haut geschützt.

Das Wesen war alt, sein Gesicht unter dem Fell vernarbt. Eines der ganz alten also, die über das Eis im Norden gekommen waren. Ein ehrwürdiges Wesen. Gaborn hätte gern seine Sprache gesprochen, um irgendeine Möglichkeit zu finden, es zu bestechen.

Der Frowth-Riese ging vorwärts auf die Knie, schnupperte, und seine Augen weiteten sich überrascht.

Gaborn zog seinen Degen und stach zu. Die Klinge bog sich, als sie das Riesenauge traf, glitt hinter die Augenhöhle, tief hinein in das Gehirn des Ungeheuers. Gaborn verdrehte die Klinge mit einem heftigen Ruck, tänzelte zurück, und schlitzte das Auge beim Herausziehen auf. Auf die Menge von Blut, die aus der Wunde schoß, war er nicht vorbereitet.

Der Riese wankte rückwärts und faßte sich ans Auge. In diesem Augenblick erschlaffte sein Unterkiefer. Aufrecht stand er da, torkelte einen Schritt nach links und reckte seine Schnauze in den Himmel.

Selbst im Sterben blökte der Riese noch eine Warnung. Ein tosendes Gebrüll erschütterte den Wald. Rings um Gaborn, im Norden, Süden, Osten und Westen, stimmten Riesen ein Antwortgeheul an.

KAPITEL 5
Im Bergfried der Übereigner

An jenem Abend lag die Stadt unterhalb von Burg Sylvarresta still und ruhig da. Im Laufe des Tages waren Händler aus dem Süden in ungewöhnlich großer Zahl eingetroffen - Karawanen, die kostbare Gewürze und Farben, Elfenbein und Stoffe aus Indhopal brachten.

Leuchtendhelle Seidenpavillons schmückten die Wiesen vor der Burg. Die Lampen im Innern ließen die Zelte erstrahlen wie bunte Edelsteine - Jade, Smaragd, Topas und Saphir.

Von den dunklen, ungemütlichen Burgmauern aus bot das Lager einen wunderschönen, wenn auch verwirrenden Anblick.

Die Gardisten auf den Mauern wußten, daß der »Gewürzhändler« an diesem Tag viel zu schnell freigekauft und der unerhörte Preis, den der König verlangt hatte, zu widerspruchslos akzeptiert worden war. Die Südländer konnten über die Auslösung nicht glücklich sein. Die Gemüter waren erhitzt. Allgemein fürchtete man, die Indhopaler könnten sich erheben.

Mit den Karawanen der Packmaultiere und Pferde war auch etwas Neues und Unglaubliches eingetroffen, etwas, das man in all den Jahrhunderten, in denen Kaufleute aus Indhopal den Jahrmarkt besuchten, noch nicht gesehen hatte:

Elefanten. Vierzehn weiße Elefanten, einer davon mit Runen der Kraft gezeichnet.
Ihr Eigentümer, ein einäugiger Kerl mit zottigem Bart, behauptete, er habe sie gekauft, weil sie eine Rarität seien. In Burg Sylvarresta war jedoch bekannt, daß Kraftelefanten im Krieg oft mit Rüstungen bestückt und als Rammböcke gegen Burgtore eingesetzt wurden.
Und die südländischen Händler hatten zu viele Wachen zum Schutz der Karawanen angeheuert. »Ja, sicherlich«, gaben sie zu, legten die Hände unter dem Kinn aneinander und verneigten sich. »Mit den Banditen in den Hügeln ist es dieses Jahr sehr schlimm. Fast so schlimm wie mit den Greifern in den Bergen!«
In der Tat war es wohl ein schlechtes Jahr, was Greifer anbetraf. Ganze Trupps von ihnen hatten in den Bergen das Grenzgebiet nach Süden verwüstet – in Fleeds und weiter westlich in Orwynne. Soldaten aus Sylvarresta hatten im letzten Frühjahr sogar im Dunnwald Spuren von ihnen gefunden – die ersten seit dreißig Jahren.
Die Bevölkerung von Heredon war daher bereit, über die vielen Wachen in den Karawanen hinwegzusehen, und von Lord Sylvarresta und seinen Männern abgesehen sorgten sich nur wenige wegen der Elefanten in ihrer Mitte.
Nach Sonnenuntergang kam ein kalter Wind auf, und vom Fluß zog Nebel auf. Ein Nebel, der die Stadt in Dunst hüllte, der bis an die Brustwehr der äußeren Mauer herankroch.
Kein Mond schien am Himmel. Nur Sterne. Helle, ewige Diademe, die im Reich der Nacht erstrahlten.

So durfte es nicht überraschen, daß es den Meuchelmördern gelang, unbeobachtet über die äußere Mauer zu gelangen. Vielleicht waren die Männer tagsüber in die Stadt gekommen, hatten sich als Händler ausgegeben und sich dann in irgendeinem Taubenschlag oder dem Stall eines Gutshauses versteckt. Oder vielleicht machten sie sich beim Ersteigen der Mauern auch die Nebelschleier zwischen den Schartenbacken zunutze.

Es war auch keine Überraschung, als ein einsamer Posten auf dem Bergfried des Königs schattenhafte Gestalten erspähte, die, schwarzen Spinnen gleich, in der Nähe des Butterweges über die Königsmauer kletterten.

Der König hatte zusätzliche Posten aufgestellt, die in dieser Richtung Ausschau halten sollten. Tatsächlich spähten Augen aus jeder Schießscharte entlang jedes Turms.

Nein, es war keine Überraschung, daß die Meuchelmörder in jener Nacht versuchten, die Mauer zu ersteigen. Doch selbst die Gardisten waren erstaunt, wie schnell die Meuchelmörder kamen, wie lautlos und wie todbringend. Nur Männer mit Gaben des Stoffwechsels waren in der Lage, sich so rasch zu bewegen, so rasch, daß man, blinzelte man mit den Augen, fast glaubte, man habe sie nicht gesehen. Eine solche Gabe zu übernehmen war Selbstmord: eine Gabe des Stoffwechsels ermöglichte es, daß man sich fast doppelt so schnell bewegte wie ein normaler Mensch, sie ließ den Besitzer aber auch mit doppelter Geschwindigkeit altern.

Als der Weitseher des Königs, Sir Milliam, die Mauerersteigung beobachtete, vermutete er allerdings, daß einige dieser Meuchelmörder sich mit der dreifachen für Menschen üblichen Geschwindigkeit bewegten. Mit solchen Gaben versehene Männer waren nach zehn Jahren verbraucht, nach fünfzehn tot.

Und nur Männer mit übermenschlicher Kraft konnten diese Mauer ersteigen, sich mit Zehen und Fingern Halt suchend in die Spalten des Mauerwerks stemmen. Sir Milliam konnte nicht einmal abschätzen, wie viele Gaben der Muskelkraft ein jeder dieser Meuchelmörder besaß.

Milliam hatte das alles aus dem Innern des Königsturmes beobachtet. Mit Gaben der Sehkraft von sieben Männern war er für diesen Posten bestens geeignet. Jetzt rief er leise an der Tür zum Gemach des Königs: »Mein Lord, die Gäste sind eingetroffen.«

König Sylvarresta hatte mit dem Rücken zur Wand im alten Lieblingslesesessel seines Vaters gesessen, das umfangreiche Werk des Emirs Owatt von Tuulistan studiert und versucht, herauszufinden, welche von Raj Ahtens Schlachttaktiken originell genug waren, daß er, nur um sie geheimzuhalten, seine Meuchelmörder senden würde.

Jetzt blies Sylvarresta seine Lampe aus, trat in den Erker und blickte durch eine klare Scheibe des bunten Glasfensters nach draußen. Das Fenster war so alt, daß das Glas wellig und verzogen und wie geschmolzene Butter zerlaufen war.

Die Meuchelmörder hatten soeben die letzte Verteidigungsmauer von Burg Sylvarresta erreicht, die Mauer des Bergfrieds der Übereigner, in dem jene Menschen untergebracht waren, die dem Haus Sylvarresta für die königliche Familie und deren Soldaten Gaben abgetreten hatten.

Raj Ahtens Meuchler waren also gekommen, um Sylvarrestas Übereigner zu vernichten, diejenigen zu ermorden, deren Verstand, Kraft und Lebensenergie die Truppen des Königs stärkte.

Ein gemeiner, ein niederträchtiger Akt. Die Übereigner konnten sich nicht schützen. Die brillanten jungen Männer, die Gaben der Geisteskraft abgetreten hatten, konnten ihre Rechte nicht mehr von der Linken unterscheiden. Wer Muskelkraft abgetreten hatte, lag jetzt da wie ein Kleinkind, zu schwach, aus seinem Bett zu kriechen. Es war feige, Übereigner umzubringen.

Und doch war es traurigerweise nur zu oft die einfachste Möglichkeit, einen Runenlord anzugreifen. Indem man diejenigen umbrachte, die ihm Kraft und Unterstützung gaben, beraubte man einen Lord seiner Stärke und machte ihn zu einem ganz gewöhnlichen Menschen.

Während der Überfall stattfand, blieb Lord Sylvarresta kaum Zeit, seine Truppen zu postieren. Kurz nach Einbruch der Dunkelheit hatte man kochendes Öl auf den Mauerumgang hinaufgeschleppt. Obwohl die übliche Besatzung von drei Gardisten auf der Brustwehr patrouillierte, hockten, vor den Blicken verborgen, ein Dutzend weitere hinter den Zinnen.

Dennoch mußten die Verteidiger gewarnt werden. Bogenschützen bemannten die Türme, Soldaten, die sich in der Stadt verborgen hielten, mußten benachrichtigt werden, damit sie den Meuchelmördern den Fluchtweg abschneiden konnten.

Hinter seiner bunten Fensterscheibe verfolgte Sylvarresta, wie die Meuchelmörder die halbe Höhe der steinernen Bergfriedmauer erreichten, dann öffnete der König das Fenster und stieß in eine leise, schrille Pfeife.
Wie ein Mann sprangen seine Soldaten auf, gossen Öl die Mauern des Bergfrieds hinunter und warfen die großen Eisenkessel hinterher, sobald sie geleert waren. Das Öl erzielte nicht die gewünschte Wirkung. Es war seit Sonnenuntergang zu sehr abgekühlt, und wenngleich die Meuchelmörder angesichts ihrer Verbrennungen verzweifelt aufschrien und einige in die Tiefe stürzten, als sie von herabstürzenden Kesseln getroffen wurden, krabbelten noch über zwanzig, flink wie Eidechsen, die Mauer hinauf.
Die Gardisten oben auf der Burg der Übereigner zogen ihre Schwerter. Vom Bergfried des Königs aus, einige hundert Schritte entfernt, ließen Bogenschützen ihre Pfeile fliegen. Weitere Meuchelmörder stürzten ab, doch Raj Ahtens verbliebene Ritter legten eine beängstigende Entschlossenheit an den Tag.
Lord Sylvarresta hatte geglaubt, die Meuchelmörder würden fliehen, sobald sie auf Widerstand stießen. Statt dessen beeilten sie sich noch mehr und erreichten die oberen Ränder der Brustwehren, wo mit Stacheln versehener Draht sie aufhielt. Sylvarrestas Soldaten droschen auf die Meuchelmörder ein, so daß ein weiteres Dutzend vom Turm der Burg in die Tiefe fiel.
Dennoch erreichten sieben Meuchelmörder den oberen Rand des Turmes, wo sie ihre unglaublichen Fähigkeiten als Kämpfer voll entfalten konnten. Sie bewegten sich

mit solcher Gewandtheit, daß Sylvarrestas Soldaten sich kaum selbst verteidigen konnten. Trotzdem wurden vier der Angreifer niedergestreckt, wofür jedoch ein Dutzend Verteidiger das Leben lassen mußte.
Die drei letzten Meuchelmörder rannten die Stufen hinunter in den Bergfried der Übereigner – gerade als die Lanzenträger des Königs aus der Wachstube unter den Fallgattern gelaufen kamen.
Die Meuchelmörder schenkten den Gardisten keine Beachtung. Statt dessen sprangen sie an das Gitter, das eines der niedrigeren Fenster des Saals der Übereigner versperrte. Obwohl es sich um massives Eisen handelte, packten zwei Meuchelmörder eine Stange und zogen daran, rissen sie aus der Mauer und brachen dabei zweihundert Pfund schwere, mit Mörtel befestigte Steine heraus.
Der dritte Meuchelmörder stellte sich den Lanzenträgern, bereit, sich zu verteidigen.
Doch die Lanzenträger waren keine gewöhnlichen Soldaten.
Kommandant Derrow und Kommandant Ault liefen Seite an Seite und zu allem entschlossen herbei. Kommandant Ault stieß nach dem Kopf des Meuchelmörders, ein blitzschneller Hieb.
Sein Gegner duckte sich, sein eigenes Kurzschwert schnellte vor und grub sich in Aults behandschuhte Hand. Der Mann war ein dunkles, in schwarze Gewänder gehülltes Ungeheuer, dessen Schnelligkeit verblüffte. Er verlagerte sein Gewicht, bewegte sich so schnell hin und her, daß kein gewöhnlicher Mann einen Treffer hätte

landen können. Er zog ein zweites Messer, seine Hände wirbelten im tödlichen Stil der Tanzenden Arme.

In dieser Sekunde kreischten die Türen zum Bergfried der Übereigner wie von Schmerzen gequält. Die beiden, die durch das Fenster eingedrungen waren, rissen sie von innen auf. Einer schoß heraus.

Kommandant Derrow holte mit seiner Lanze aus wie mit einer Axt. Ein harter Schlag traf den neuen Gegner am Kopf.

Der draußen duckte sich genau, wie Ault es erwartete, und der Kommandant stieß zu. Er rammte dem Mann die Lanze in die Brust, hob sie an und schleuderte den Meuchelmörder in die Höhe und zur Seite.

Ault ließ die Lanze fallen, zog einen langen Dolch und stürzte ins Innere des Bergfrieds der Übereigner.

Drinnen hatte der letzte Meuchelmörder bereits zwei an der Tür postierte Wachen erledigt, war dann, während er fünf oder sechs Übereigner niederstreckte, die hätten im Bett sein sollen, in die Halle gerannt. Den Krummsäbel in der Hand, kniete er noch immer über einem der Opfer.

Ault warf seinen Dolch und traf den Meuchelmörder im Rücken. Ein gewöhnlicher Mann wäre zusammengebrochen. Ein wütender Mann mit großem Durchhaltevermögen hätte sich umgedreht und vor Zorn getobt.

Was der Meuchelmörder jetzt tat, ließ Ault das Mark in den Knochen erstarren.

Der Meuchelmörder drehte sich um, ganz in einen schwarzen Kaftan und schwarze Baumwollhose gehüllt, derweil ein schwarzes Tuch sein Gesicht bedeckte. In seinem Ohr funkelte ein goldener Ring.

Er betrachtete Ault nachdenklich und mit tödlicher Entschlossenheit. Aults Herz raste. Er fragte sich, wie viele Gaben des Durchhaltevermögens ein Mann benötigte, um einen Dolch in seinem Rücken zu ignorieren.
Ein Dutzend Soldaten stürmte durch die zerborstene Tür in den Bergfried der Übereigner. Ault nahm einem toten Posten den Hammer ab.
Der Meuchelmörder blickte dem Kommandanten in die Augen, dann hob er die Hände. Mit starkem Akzent sagte er: »Barbar: so wie du diese Woge von Männern über mich hereinbrechen sehen wirst, so werden die Unbesiegbaren meines Lords über dich hereinbrechen!«
Damit waren Raj Ahtens Elitegruppen gemeint – Männer von großem Durchhaltevermögen, von denen jeder einzelne über wenigstens eine Gabe des Stoffwechsels verfügte. Der Meuchelmörder täuschte einen Angriff vor. Ault wußte jedoch, daß es eine Finte war. Der Mann hatte sich bis in den Bergfried der Übereigner durchgeschlagen, jetzt würde er weiter seiner Pflicht nachgehen und so viele Übereigner wie möglich töten.
Ault machte einen Satz nach vorn und holte mit dem Hammer aus, als der Meuchelmörder sich den Betten der Schlafenden zuwandte. Der Kriegshammer traf den Eindringling am Hals.
»Darauf würde ich an deiner Stelle keine Wetten abschließen«, erwiderte Ault ruhig.

König Sylvarresta spürte den Tod seiner Übereigner, als er die magische Verbindung zu ihnen zu verlieren begann. Es war ein Übelkeit erregendes Gefühl, einer kalten

Schlange gleich, die sich durch sein Innerstes wand. Männer, die ihn mit Geisteskraft ausgestattet hatten, starben, und als Räume der Erinnerung sich für immer schlossen, überkam Sylvarresta plötzlich eine Leere.

Nie würde er erfahren, was er verloren hatte – Erinnerungen an Freunde aus der Kindheit oder an ein Picknick im Wald, Erinnerungen an wichtige Schwertschläge, die er immer wieder mit seinem Vater eingeübt hatte, an einen vollkommenen Sonnenuntergang oder an den Kuß seiner Gemahlin.

Er spürte nur ein Gefühl des Losgerissenwerdens. Die Türen zu den Räumen seiner Erinnerung wurden zugeschlagen. Die Läden vor den Fenstern schlossen sich. Und in seinem Kopf entstand ein Augenblick großer Dunkelheit, das unverkennbare Gefühl des Verlustes.

Während er die Treppen hinabstürzte, um seine Übereigner, wenn nötig, eigenhändig zu beschützen, war ihm, als watete er durch ebendiese Dunkelheit.

Eine Minute darauf erreichte Sylvarresta den Innenhof der Übereigner und zählte seine Verluste. Zehn Posten tot, fünf verwundet. Und fünf Übereigner verloren.

Bei der Untersuchung der Leichen der Muyyatin-Meuchelmörder stellte er fest, daß jeder einzelne übermächtig gewesen war. Dem Anführer, den glücklicherweise ein Kessel an der Außenmauer erwischt hatte, waren über siebzig Runen in seine Haut eingebrannt worden. Viele andere hatten zwanzig Runen oder mehr, was sie Kommandant Derrow ebenbürtig machte.

Fünf seiner Übereigner waren tot. Zwei Herren, die Sylvarresta Geisteskraft zur Verfügung gestellt hatten, zwei, die dem König Sehkraft, und einer, der dem Weitseher des Königs Sehkraft verliehen hatte. Sylvarresta vermutete, daß die Blinden sich sehr wahrscheinlich vor dem Kamin Geschichten erzählt hatten und der Klang ihrer Stimmen die Idioten angelockt hatte.

Sylvarresta konnte noch von Glück sprechen, nachdem die Toten gezählt waren. Es hätte schlimmer kommen können. Wäre es den Meuchelmördern gelungen, weiter in den Bergfried der Übereigner vorzudringen, hätte das verheerende Folgen gehabt.

Und doch kam Lord Sylvarresta nicht umhin, sich zu fragen, was er verloren hatte. Er hatte fünf Gaben der Geisteskraft von fünf Männern besessen. Jetzt hatte er vierzig Prozent all seiner Erinnerungen, seiner jahrelangen Studien verloren. Was hatte er fünf Minuten zuvor gewußt, an das er sich vielleicht in den nächsten Tagen unbedingt erinnern mußte …?

Er betrachtete die Toten nachdenklich. War dieser Überfall der Vorbote des Krieges im nächsten Jahr?

Hatte Raj Ahten Meuchelmörder geschickt, um den König des Nordens anzugreifen und dadurch die Königreiche zu schwächen? Oder war dies Teil eines noch verwegeneren Plans?

Was Sylvarresta im Buch des Emirs gelesen hatte, bereitete ihm Sorgen. Raj Ahten machte sich selten die Mühe, einen Überfall vorzutäuschen. Statt dessen wählte er sich eine Burg aus, schlug mit aller Macht zu, überwältigte seinen Gegner und sicherte seine Stellung, bevor er weiterzog.

Sylvarresta kam es sonderbar vor, daß Raj Ahten sich

Heredon als Ziel ausgesucht haben sollte. Es war nicht Raj Ahtens nächster Nachbar. Es war auch nicht dasjenige Königreich im Norden, das sich am schlechtesten verteidigen ließ.

Er mußte jedoch an das Schachspiel von vor so vielen Jahren denken. Raj Ahtens Bestreben, selbst die entlegenen Ecken des Bretts zu kontrollieren. Heredon lag zwar am Rand von Raj Ahtens Spielbrett, sein Verlust wäre jedoch verheerend: Raj Ahten würde ein Land im Norden einnehmen und dadurch Fleeds und Mystarria zwingen, sich sowohl an Fronten im Norden als auch im Süden zu verteidigen.

Heredon war kein armes Land. Aus Sylvarrestas Schmieden kamen die besten Waffen und Rüstungen in Rofehavan, und das Land war reich an Rindern, die Fleisch lieferten, an Schafen, die Wolle produzierten, an Holz, mit dem man Befestigungen und Kriegsgerät herstellen konnte, und an Untertanen, die Gaben abtraten.

Das alles würde Raj Ahten benötigen, wenn er den Norden einnehmen wollte.

Meine Frau ist seine Cousine, ermahnte sich Sylvarresta. Vielleicht glaubt er, sie sei eine Gefahr für ihn. Weiß der Himmel, Venetta Sylvarresta hätte Raj Ahten vor Jahren im Schlaf erstochen, hätte sie Gelegenheit dazu gehabt.

War dies Teil eines größeren Planes? überlegte Sylvarresta besorgt. Überfälle wie dieser konnten leicht in jeder Burg in Rofehavan stattfinden. Wenn alle Meuchelmörder gleichzeitig zuschlugen, blieb Sylvarresta keine Zeit, die anderen Könige zu warnen.

Er rieb sich in Grübeleien versunken die Augen.

KAPITEL 6
Erinnerungen an ein Lächeln

In den Forsten des Dunnwaldes ritt Prinz Gaborn schweigend durch das Sternenlicht und mied die engen, tief eingeschnittenen Wasserläufe und dunkleren Waldgebiete, wo sich vielleicht seltsame Wesen versammelten.

Die Bäume über ihm waren verdrehte Exemplare ihrer Art mit halbkahlen Ästen. Die gelben Birkenblätter zitterten im Wind wie Finger. Der Laubteppich unter den Hufen seines Pferdes war tief und üppig und sorgte für einen lautlosen Ritt.

Kurz nach Einbruch der Dunkelheit hatten die magischen Nebel sich zu lichten begonnen. Raj Ahten benötigte den Dunst nicht mehr, um sich zu verstecken. Statt dessen leuchteten die Sterne jetzt mit unnatürlicher Klarheit, vielleicht aufgrund irgendeines Zaubers, den Raj Ahtens Flammenweber bewirkt hatten – um der Armee des Wolflords im Wald bei der Orientierung zu helfen.

Seit Stunden hatte Gaborn Raj Ahtens Armee getäuscht und war ihr aus dem Weg gegangen. Es war ihm gelungen, zwei weitere Frowth-Riesen zu töten und einen Kundschafter aus dem Sattel zu schießen. Seit drei Stunden jedoch hatte Gaborn kein Anzeichen mehr gesehen, daß er verfolgt wurde.

Er ritt und wunderte sich. Der Dunnwald war ein altes Waldgebiet, eine in jeder Hinsicht eigenartige Gegend.

Es gab natürlich Geister und magische Teiche. Das Quellgebiet des Wye war angeblich ein solcher Ort, wo in den Tiefen des Gewässers dreihundert Jahre alte Störe lebten, die ebenso klug wie weise waren.

Allerdings waren es nicht sie, über die Gaborn sich wunderte. Es war der legendäre Hang der Wälder zu »Recht« und »Gesetz«. Die Lords des Himmels, erzählte man sich, vermieden es, ihre Wolkenschiffe über diese Wälder zu fliegen. Wenige Gesetzlose waren je hierher vorgedrungen. Natürlich, da war Edmon Tillerman, der als Gesetzloser in den Wald gegangen war, ein Verrückter, der Gaben der Muskel- und Geisteskraft von Bären übernahm, bis er selbst zu einem Geschöpf des Waldes wurde. Den Erzählungen zufolge gab er sein Diebshandwerk auf und wurde mit der Zeit zum Helden – der arme Bauern rächte, denen durch andere Gesetzlose Schaden zugefügt worden war, und der die Geschöpfe des Waldes beschützte.

Er kannte noch seltsamere Geschichten: Die alte Frau, die vor Hunderten von Jahren ermordet und im Dunnwald unter einem Blätterhaufen versteckt worden war, und die dann zu einem Geschöpf aus Holz und Stöcken wurde, das seine Mörder zur Strecke brachte.

Oder was war mit den gewaltigen »Steinmenschen«, die, wie manche sich erzählten, durch diese Wälder streiften? Wesen, die manchmal bis an den Waldrand kamen und von dort nachdenklich nach Süden blickten?

Und warum hatten die alten Duskiner diese Wälder geteilt und so die Schlucht des Leidens geschaffen, diesen gewaltigen Riß im Gefüge der Welt? Und aus welchem

Grund hatten sie die legendären Sieben Aufrechten Steine des Dunnwaldes aufgestellt, die die Welt »aufrecht hielten«?«

Es hatte eine Zeit gegeben, vor Jahrhunderten, wie man sagte, als diese Wälder die Menschen mehr liebten als jetzt. Eine Zeit, als die Menschen sie nach Belieben durchqueren konnten. Jetzt hatte sich eine Stille, eine Schwere unter den Bäumen breitgemacht, als sei der Wald selbst erzürnt und als erwöge er Rache gegen so viele ungebetene Soldaten. Mit Sicherheit würden die Hitze der Flammenweber, die eisenbeschlagenen Hufe der Pferde, die große Zahl der Männer und Riesen einigen Schaden anrichten.

Raj Ahtens Aufmarsch hatte nichts mit den eher vornehmen Jagdgesellschaften gemein, die König Sylvarresta gab und für die der Wald zuvor um Erlaubnis gefragt und ihm das Anpflanzen von Bäumen angeboten wurde. Sylvarrestas Männer brachten ihr eigenes Feuerholz mit und erflehten den Segen von Binnesman, dem Erdwächter, bevor sie in den Wald eindrangen.

Dieser Aufmarsch Raj Ahtens kam eher einer Vergewaltigung gleich. Aber wie konnte sich der Wald wehren?

In dieser Nacht waren die Eulen verstummt, und zweimal hatte Gaborn Hirsche zwischen den Bäumen hindurchspringen sehen, die ihr prächtiges Geweih hin und her schüttelten, als bereiteten sie sich auf einen Kampf vor.

Zu seiner Rechten zog die Armee. Ein Gefühl wie das spannungsgeladene Knistern eines sich zusammenbrauenden Unwetters machte sich unter den Bäumen breit.

Vielleicht ließ der Wald Äste auf die Männer herabfallen, überlegte Gaborn, oder das Laub verschlang sich zu einem festen Dach und legte einen Mantel der Finsternis über den Pfad der Armee. Vielleicht schnappten die Wurzeln nach den Hufen der Pferde und brachten sie zu Fall – auch wenn Gaborn dergleichen Dinge nur aus Märchen kannte.

Aber vermutlich konnte der Wald die Soldaten nicht aufhalten. Nicht, solange die Flammenweber anwesend waren, bereit, für derartige Vergeltungsmaßnahmen Rache zu üben. Nein, der Wald würde den Mißbrauch über sich ergehen lassen müssen.

Stundenlang ritt Gaborn unter den Bäumen her, während eine Schwermut sein Herz befiel, eine Mattigkeit seinen Verstand umnebelte. Es war eine süße Müdigkeit, wie sie der Genuß von gewürztem Wein mit sich bringt, während man an einem Feuer sitzt, oder wie ein von Rauschmitteln hervorgerufener Schlaf vom Mohnblütentrank eines Kräutersammlers.

Gaborn wurden die Lider schwer, und er glaubte, eine Rast verdient zu haben. Im Halbschlaf ritt er einen Kamm hinauf, um einen Gipfel herum und wieder hinunter in ein Tal, wo Brombeersträucher und Geäst jeden Weg versperrten.

Er wurde wütend, zog den Degen und spielte mit dem Gedanken, sich seinen Weg zwischen den Bäumen hindurch freizuschlagen, hielt dann aber inne, als er dicht vor sich Fluchen hörte und das Geräusch eines anderen, eines Mannes mit Rüstung, der sich durch das gleiche Dickicht hackte.

Fast zu spät erkannte er die Quelle der Gefahr. Jemand, den er auf seinem Ritt umgangen hatte.
Die Bäume. Sie stellten ihn auf die Probe, sandten dunkle, unsichtbare Ranken aus, um sein Herz und seinen Verstand zu erkunden.
Gaborn machte im schattigen Wald halt und verhielt sich vollkommen still. Weiter vorn sah er durch die Bäume eine von Raj Ahtens Patrouillen. Ein Dutzend Späher bahnte sich mit Klingen einen Weg durchs Unterholz. Sie zogen in Dunkelheit und Schatten vorüber. Gaborn traute sich nicht einmal zu atmen.
Er holte tief Luft und versuchte eine ganze Weile, seine Gedanken zu sammeln. Kein Leid, wollte er zum Wald sagen. Ich will dir kein Leid zufügen.
Es kostete ihn seine ganze Willensstärke, einfach auf dem Pferd zu sitzen und nicht kopfüber in seinen Untergang hineinzureiten. Ihm brach der Schweiß auf der Stirn aus, seine Hände zitterten, und sein Atem ging in Stößen.
Ich bin dein Freund, wollte er sagen. Spüre mich. Stelle mich auf die Probe. Lange Zeit versuchte er, sich zu öffnen, sein Herz und seinen Verstand, und mit dem Wald in Verbindung zu treten.
Er spürte, wie sich die Gedankenranken langsam bewegten, ihn packten, so wie eine Wurzel vielleicht einen Stein umschließt. Er spürte ihre massive Kraft.
Die Bäume ergriffen ihn, drangen in jeden Teil seines Verstandes vor. Erinnerungen und Ängste aus der Kindheit blitzten vor Gaborns innerem Auge auf – ungewollte Bruchstücke aus Träumen und Erwachsenenphantasien. Jede Hoffnung und Tat, jedes Verlangen.

Dann schließlich begannen die tastenden Ranken sich ebenso langsam wieder zurückzuziehen.
»Hegt keinen Groll gegen mich«, flüsterte Gaborn den Bäumen zu. »Eure Feinde sind auch meine Feinde. Laßt mich sicher passieren, damit ich sie besiege.«
Viele lange Herzschläge später schien die Schwere, die ihn umgab, ein wenig nachzulassen, und Gaborn ließ seine Gedanken schweifen und fing an zu träumen, auch wenn er dank seines Durchhaltevermögens keinen Schlaf brauchte.
Er dachte über den Grund nach, der ihn nach Norden geführt hatte, seinen Wunsch, Iome Sylvarresta aufzusuchen und um ihre Hand anzuhalten.
Im letzten Jahr war er, einer verrückten Eingebung folgend, heimlich zur Sommerjagd nach Heredon gekommen, um sie in Augenschein zu nehmen. Sein Vater reiste jedes Jahr zum Hostenfest, der allherbstlichen Feier jenes großen Tages vor gut sechzehnhundert Jahren, als Heredon Sylvarresta hier eine Greifermagierin aufgespießt und die Ungeheuer aus dem Wald vertrieben hatte. Jetzt ritten die Lords von Heredon jeden September durch den Wald, jagten Rieseneber und übten ebenjene Fertigkeiten mit der Lanze, die zum Sieg über die Greifer geführt hatten.
Gaborn war also in seines Vaters Gefolge zur Jagd gekommen, als sei er ein einfacher Knappe. Die Soldaten seines Vaters wußten natürlich alle, daß er unter ihnen war, doch keiner wagte es, seinen Namen offen auszusprechen oder seine Tarnung auffliegen zu lassen.
Er hatte seine Rolle als Knappe durchaus gut gespielt,

hatte den Soldaten beim Anlegen ihrer Rüstungen für den Lanzenkampf zu Pferd oder für die anderen Turnierspiele geholfen und nachts in Sylvarrestas Ställen geschlafen, wo er sich um die Pferde und die Ausrüstung während der einwöchigen Jagd gekümmert hatte. Aber er hatte auch während des Festes, das das Ende des Hostenfestes einläutete, im Großen Saal bei Tisch sitzen dürfen, wenn auch als einfacher Knappe nur am hinteren Ende, weit entfernt von den Königen, Adligen und Rittern. Dort hatte er offenen Mundes gestaunt, als habe er noch nie in Gegenwart eines fremden Königs gespeist.

Alles nur, um Iome besser von weitem betrachten zu können, ihre dunkel glühenden Augen, ihr Haar, ihre makellos blasse Haut. Sein Vater hatte erzählt, ihr Antlitz sei wunderschön, und die Berichte von Geschichten über Dinge, die sie im Laufe der Jahre gesagt hatte, hatte bei Gaborn das sichere Gefühl hinterlassen, daß sie auch im Herzen genauso liebenswert war. Nichts jedoch hatte ihn so recht auf ihr fürsorgliches Wesen vorbereitet und auf die Zuneigung, die sie im Volk besaß.

Er war in Etikette sehr wohl unterrichtet worden, während jenes Abendessens jedoch lernte er nicht wenig über nördliche Manieren. In Mystarria war es Brauch, seine Hände vor dem Festmahl in einer Schale kalten Wassers zu waschen, hier im Norden wusch man sich beide Hände und das Gesicht in dampfend heißem Wasser. Während man sich im Süden die Hände trocknete, indem man sie sich an seinem Hemd abwischte, wurden hier im Norden weiche Tücher bereitgelegt, die anschließend über die

Knie gebreitet wurden, wo sie dazu dienten, sich das Fett abzuwischen oder sich zu schneuzen.
Im Süden wurden bei Festessen kleine, stumpfe Messer und winzige Gabeln bereitgelegt, so daß niemand die Bestecke, wenn ein Kampf ausbrach, als Waffe benutzen konnte. Hier im Norden jedoch speiste man mit seinem eigenen Besteck.
Der auffälligste Unterschied in den Gebräuchen betraf die Hunde. Im Süden warf man seine Knochen stets über die rechte Schulter, um die Hunde zu füttern. Doch hier, im Großen Saal, blieben alle Hunde draußen, so daß die abgenagten Knochen sich auf den Tellern häuften – in einem äußerst scheußlichen und barbarischen Haufen –, bis die Kinder, die servierten, sie entfernten.
Und noch etwas fiel Gaborn auf. Er hatte es zuerst für einen Brauch des Nordens gehalten, erkannte dagegen bald, daß es eine von Iomes Eigenarten war: In allen Reichen, die Gaborn kannte, war es Dienern bei Tisch nicht erlaubt, zu essen, bevor der König und seine Gäste ihr Festmahl beendet hatten. Da dieses von mittags bis lange in Nacht hinein andauerte – wobei zwischen den Gängen Unterhaltung geboten wurde von Musikanten, Narren und durch Geschicklichkeitsspiele –, aßen die Bediensteten natürlich erst kurz vor Mitternacht.
Während der König und seine Gäste speisten, starrten die Kinder, die servierten, daher sehnsüchtig auf die Puddingspeisen und Kapaune.
Gaborn hatte gierig gegessen und seinen Teller bis zum letzten Bissen geleert – als Zeichen der Anerkennung für das Mahl des Lords. Bald jedoch erkannte er, daß Iome

auf jedem Teller ein, zwei Häppchen übrigließ, und Gaborn fragte sich, ob er in seinen Tischsitten einen Fehler begangen hatte. Er beobachtete Iome: Jedesmal, wenn das Mädchen, das sie bediente – ein Kind von vielleicht neun Jahren –, ihr einen Teller brachte, stand ihm der Hunger ins Gesicht geschrieben.

Iome lächelte dann und bedankte sich bei dem Mädchen, als wäre sie ein Lord oder eine Lady, die ihr eine Gefälligkeit erwies, und nicht bloß eine Dienerin. Dann betrachtete Iome das Gesicht des Serviermädchens und versuchte abzuschätzen, wie wohlschmeckend das Mädchen das Gericht fand. Mochte das Mädchen die Speise sehr, ließ Iome ein paar Bissen liegen, von denen das Mädchen dann auf dem Weg zur Küche naschen konnte.

Daher war Gaborn überrascht, als Iome ein gefülltes Rebhuhn in Orangensoße kaum anrührte, einen Teller kalten, eingelegten Kohls jedoch verschlang, als sei er eine Delikatesse.

Erst beim vierten Gang fiel Gaborn auf, daß der Junge, der ihn bediente – ein Knabe von vier Jahren –, bei der Vorstellung, daß er vor dem späten Abend keinen Bissen abbekommen würde, zunehmend erbleichte.

Als der Junge eine Holzplatte köstlichen, in Wein, Schalotten und Walnüssen gedünsteten Fleisches brachte, winkte Gaborn es fort, so daß der Kleine davon kosten konnte, solange das Fleisch noch warm war.

Zu Gaborns Überraschung bemerkte König Sylvarresta sein Tun und starrte ihn fest an, so, als hätte Gaborn sich einer Beleidigung schuldig gemacht. Als Iome jedoch keine fünf Sekunden später das gleiche tat, kaute Sylvarresta nachdenklich auf seinem Fleisch herum und richtete dann das Wort mit lauter Stimme an seine Tochter: »Ist das Essen nicht nach deinem Geschmack, mein Schatz? Vielleicht sollte man die Köche hereinholen und mit Prügeln strafen, wenn sie dich beleidigt haben.«

Iome war auf den Scherz hin rot geworden. »Ich … nein – das Essen ist zu gut, mein Lord. Ich fürchte, ich bin ein wenig satt. Ihr solltet die Köche eher belohnen als tadeln.«

König Sylvarresta lachte und zwinkerte ihm heimlich zu. Gaborn hatte sich zwar nie zu erkennen gegeben, trotzdem war Sylvarresta seine Anwesenheit vom ersten Tag der Jagd an aufgefallen. Ihr ähnelt euch, hatte das Augenzwinkern des Königs besagt. Ich wäre mit der Ehe einverstanden.

Tatsächlich jedoch hatte Gaborn nach wenigen Eindrücken entschieden, daß er Iome vielleicht gar nicht verdiente. In den Augen des Serviermädchens hatte viel zuviel Verehrung für Iome geglänzt, und wenn die Menschen aus ihrer Umgebung sich unterhielten, sprach aus ihren Worten eine Mischung aus Zuneigung und Respekt, die an Verehrung grenzte. Obwohl Iome damals ein Mädchen von kaum mehr als sechzehn Jahren war, liebten sie, nicht nur jene, die sie am besten kannten. Sie hielten die junge Prinzessin wie einen Schatz in Ehren.

Während Gaborn seine Abreise aus Heredon vorbereitete, hatte sein Vater ihn zu einem privaten Gespräch mit König Sylvarresta mitgenommen.

»So«, hatte König Sylvarresta gesagt, »nun habt Ihr endlich doch meinem Reich einen Besuch abgestattet?«

»Ich hätte dies schon eher getan«, erwiderte Gaborn, »aber meine Ausbildung stand dem im Weg.«
»Ihr werdet nächstes Jahr wiederkommen«, hatte König Sylvarresta gesagt. »Dann etwas offener, hoffe ich.«
»Gewiß, mein Lord«, hatte Gaborn geantwortet. Dabei hatte sein Herz geklopft. »Ich freue mich darauf. Es gibt da eine Angelegenheit, mein Lord, über die wir sprechen müssen.«
Gaborns Vater hatte seine Hand ausgestreckt, ihn am Ellbogen berührt und gewarnt zu schweigen, doch Sylvarresta, die grauen Augen weise und wissend, hatte bloß gelacht. »Nächstes Jahr«, hatte er versprochen.
»Aber die Angelegenheit ist wichtig«, hatte Gaborn gedrängt.
Mit einem mahnenden Blick hatte König Sylvarresta daraufhin geantwortet: »Ihr seid übereifrig, junger Mann. Ihr trefft hier ein und habt es gleich auf meinen größten Schatz abgesehen. Vielleicht wird er einmal Euch gehören. Dennoch werde ich meiner Tochter in dieser Angelegenheit keine Vorschriften machen. Ihr müßt sie für Euch gewinnen. Im nächsten Jahr.«
Der Winter war ihm lang und kalt erschienen, grau und einsam.
Jetzt kam sich Gaborn dabei seltsam vor, nach Norden zu ziehen, weil er eine Frau heiraten wollte, mit der er noch nie ein Wort gewechselt hatte.
Das Sirren einer Bogensehne riß ihn aus seinen Gedanken, gefolgt von gleißendem Brennen im Fleisch seines rechten Arms, als sich ein Pfeil hindurchbohrte.
Gaborn preßte seinem Roß die Fersen in die Flanken. Es

machte einen plötzlichen Satz nach vorn, daß Gaborn nach hinten fiel und sich kaum auf dem unter den Bäumen dahinschießenden Pferd halten konnte.

Die Welt um ihn wurde dunkel. Der Schmerz löschte all seine Gedanken. Er hatte keinerlei Vorstellung, woher der Pfeil gekommen war. Er hatte niemanden gewittert, nichts gehört, was ihn gewarnt hätte.

Fast augenblicklich kam er unter einer dichten Baumgruppe hindurch. Ein finster mit einer Kapuze verhüllter Reiter schleuderte seinen kurzen Bogen zur Seite und zog ein Krummschwert aus der Scheide auf seinem Rücken. Im Vorüberreiten sah Gaborn nur das wütende, mörderische Funkeln in den Augen des Mannes und die Spitze seines zottigen Ziegenbarts.

Dann schoß Gaborn an ihm vorbei, setzte über einen umgestürzten Baum hinweg und wurde zu einem undeutlichen Widerschein im Licht der Sterne. Gaborn zog sich, schwindlig vor Schmerz, im Sattel hoch, spürte, wie das Blut ungehindert aus der klaffenden Wunde an seinem Arm rann. Drei Zoll weiter links, und der Pfeil hätte seine Lunge durchbohrt.

Hinter ihm stieß sein Angreifer ein wolfähnliches Geheul aus und machte sich daran, ihm nachzusetzen. Das Antwortgeheul der Hunde erscholl weit rechts von Gaborn – Kampfhunde, die seine Witterung aufnehmen würden.

Eine volle Stunde ritt er über Hügel, ohne haltzumachen, um seine Wunde zu versorgen. Er hatte sich auf der Rückseite der Armee befunden und versucht, ihre Nachhut zu umgehen. Jetzt wollte er der Verfolgung entgehen, indem er vor der Masse des Heeres nach Westen floh und sich tief ins Herz des Waldes schlug. Während er sich weiter entfernte, wurden die Sterne unnatürlich schwächer, und er fand es schwierig, die Richtung beizubehalten. Wie er vermutet hatte, sammelten die Flammenweber das Licht der Sterne, um den Truppen den Vormarsch zu erleichtern.

In der Hoffnung, seine Verfolger würden denken, er sei entkommen, schwenkte Gaborn daher im Bogen zurück zur Hauptstreitmacht der Armee, geradewegs hinein in die Gefahr. Denn es war ihm noch immer nicht gelungen, die Stärke und Zusammensetzung ihrer Truppen in Erfahrung zu bringen.

Als das Licht der Sterne plötzlich strahlend hell wurde, wußte er, daß er sich der Armee zu weit genähert hatte. Sein Pferd hielt in der Nähe eines Felsenkamms an, in einer geschützten Höhle, von der aus er eine weite, mit Farn bewachsene Fläche überblicken konnte.

In der Ferne gaben die Hunde Laut. Sie hatte seine List durchschaut.

Gaborn richtete sich im Sattel auf und blickte hinunter in die Dunkelheit. Er hatte die Armee auf ihrer Vorderseite im Bogen umrundet. Eine Meile weiter hinten konnte er eine Lücke im Wald erkennen – eine breite, sumpfige Niederung, die sich im Winter in einen gefrorenen See verwandeln würde. Jetzt im Sommer jedoch war das Wasser zurückgewichen und hatte nur hohes Gras zurückgelassen.

Dort entdeckte Gaborn plötzlich ein Licht, als Raj Ahtens Flammenweber aus der Deckung der Fichten hinaustraten. Fünf Personen, nackt bis auf die roten Flammen, die auf ihrer haarlosen Haut züngelten, marschierten in aller Offenheit durch die Niederung. Hinter ihnen und um sie herum sah Gaborn noch etwas – Tiere, die durch die Niederung sprangen, schwarze Schatten, dunkler als jene, die die Fichten warfen. Sie hatten ungefähr die Gestalt von Menschen, oft schienen sie sich jedoch auf alle viere fallen zu lassen und auf den Knöcheln zu laufen.

Affen? rätselte Gaborn. Er hatte gesehen, wie man solche Tiere als Rarität in den Norden mitgebracht hatte. Raj Ahten hatte Frowth-Riesen und Flammenweber in seinem Gefolge, dazu Unbesiegbare und Kampfhunde. Vielleicht war es möglich, Affen Gaben zu übertragen und sie so zu Kriegern zu machen.

Instinktiv jedoch wußte Gaborn, daß er so etwas wie diese Kreaturen noch nicht gesehen hatte. Sie waren größer als Affen. Nomen vielleicht – Geschöpfe, die man nur aus alten Erzählungen kannte. Oder vielleicht ein neuer Schrecken aus dem Innern der Erde. Der zu Tausenden aus dem Wald gekommen war, eine dunkle Flut aus Leibern.

Frowth-Riesen wateten mitten unter ihnen, und Raj Ahtens Unbesiegbare ritten hinter ihnen in ihren blitzenden Rüstungen.

Weit unten im Westen heulten und knurrten Kampfhunde, die seiner Blutspur folgten. Im Schein der Sterne auf dem Pfad erblickte Gaborn flüchtig einen Hund – einen riesigen Mastiff mit einem Eisenhalsband und einer Ledermaske, die sein Gesicht und seine Augen schützte. Der

Anführer der Meute. Er war sicher mit Runen der Macht gezeichnet, damit er schneller und weiter als seine Brüder rennen, Gaborn leichter wittern und mit der übernatürlichen Gerissenheit seiner Art angreifen konnte.

Der Meute würde er nicht entkommen, nicht, solange dieser Hund lebte.

Gaborn legte einen Pfeil auf, den letzten in seinem Köcher. Der zottige Mastiff kam mit unglaublicher Geschwindigkeit den Pfad heraufgerast, gelegentlich sah man seinen Rücken und seinen Kopf auftauchen, wenn er durch niedrigen Farn sprang. Mit Gaben der Muskelkraft und des Stoffwechsels konnten solche Hunde in einer kurzen Weile Meilen zurücklegen.

Gaborn verfolgte seinen Lauf, schätzte ab, wo er aus dem Farn unter ihm herauskommen würde. Zweihundert Schritt weiter unten tauchte der Mastiff mit wütendem Geknurre auf. Seine Maske verlieh ihm im Licht der Sterne etwas Skelettartiges.

Das Tier war nur noch hundert Schritt entfernt, als Gaborn seinen Pfeil abschoß. Der traf sein Ziel, streifte die Ledermaske des Hundes, flog dann schwirrend über den Kopf des Hundes hinweg.

Der Mastiff stürmte weiter.

Gaborn blieb keine Zeit, den Degen aus seiner Scheide zu ziehen.

Der Mastiff sprang. Gaborn sah sein klaffendes Maul, die riesige Schramme auf seiner Stirn, wo der Pfeil das Leder durchdrungen und das Fleisch fortgerissen hatte.

Er warf sich im Sattel nach hinten. Der Mastiff sprang und streifte Gaborns Brust, die Dornen an seinem Halsband schlitzten Gaborns Gewand auf und zerrissen blutig seine Haut.

Der Hengst wieherte erschrocken und setzte über den Hügelkamm hinweg, raste zwischen den Fichten hindurch, während Gaborn versuchte, niedrigen Ästen auszuweichen und sich im Sattel zu halten.

Dann raste sein Roß einen steilen, felsenübersäten Hang hinab. Gaborn schaffte es, seinen Degen zu ziehen, sein Bogen allerdings blieb im Geäst hängen.

Den brauche ich nicht, machte er sich Mut. Ich befinde mich jetzt vor Raj Ahtens Truppen. Ich muß ihnen bloß entkommen.

Er grub die Fersen in die Muskeln des Pferdes, zwang das Tier, sich die Lungen aus dem Leib zu rennen, und hob den Degen, der in der Nacht aufblitzte.

Hier in den Bergen war der Baumbestand lichter geworden, so daß er es zum ersten Mal in vollstem Galopp laufen lassen konnte.

Es sprang über ein Stück Fels hinweg, und Gaborn vernahm ein Knurren an seiner linken Seite.

Der Mastiff hatte ihn erneut eingeholt, rannte zwischen den Hufen des Pferdes.

»Hau ab!« schrie Gaborn. Sein Hengst sprang und trat aus – ein Manöver, das alle Jagdpferde seines Vaters lernen mußten. Es war dafür gedacht, Wölfe oder angreifende Eber zwischen den Hufen des Pferdes zu verscheuchen.

Jetzt bekam der Hund einen eisernen Huf genau auf die Schnauze und jaulte einmal kläffend auf, als sein Genick brach.

Aber auf dem Kamm über ihm hörte Gaborn das Geheul und Geknurre eines weiteren Dutzends Hunde. Er sah hinauf. Reiter in dunklen Überwürfen ritten donnernd hinter den Hunden heran, und ein Mann setzte ein Horn an die Lippen, stieß hinein und rief seine Kameraden zur Jagd.

Zu nah, ich bin zu nah an der Armee, erkannte er.

Doch Raj Ahten ritt nur am Rand des Dunnwaldes entlang, aus Angst, zu nah an die älteren Bäume zu gelangen. Aus gutem Grund.

Letzten Herbst, als Gaborn hier mit seinem Vater und König Sylvarresta gejagt hatte, hatten einhundert Mann sich mit einem Ring aus Lagerfeuern umgeben, sich an einem Festmahl aus gerösteten Kastanien, frischem Wildbret, Pilzen und Glühwein gelabt.

Sir Borenson und Kommandant Derrow hatten ihren Schwertkampf vorgeführt, und die beiden hatten die Menge mit ihrem taktischem Geschick in den Bann gezogen. Borenson war ein Meister der Kampftechnik der Tanzenden Arme, konnte ein Schwert oder eine Axt so schnell in verwirrenden Bewegungsfolgen schwingen, daß man selten mitbekam, wann er zu seinem tödlichen Schlag ansetzte. Kommandant Derrow war eher ein besonnener Kämpfer, der den richtigen Augenblick abwartete, dann mit seinem Speer einen Satz nach vorne machte und einen Mann mit bestechender Präzision in Stücke fetzte.

Gaborns Vater und König Sylvarresta hatten auf der Erde neben einer Lampe Schach gespielt und nicht auf die Schaukämpfe geachtet, als ein Stöhnen durch die Bäume ging, ein so entschieden seltsamer und gespenstischer Klang, daß es Gaborn kalt den Rücken hinunterlief.

Borenson, Derrow und einhundert Gefolgsleute hielten bei dem Geräusch augenblicklich inne. Jemand rief: »Halt! Halt! Niemand rührt sich!«, denn jeder wußte, daß es lebensgefährlich war, die Aufmerksamkeit eines Wichtes auf sich zu lenken.

Gaborn erinnerte sich deutlich, wie Borenson lächelte, wie seine Zähne auf die ihm eigene Art tödlich blitzten, während er schwitzend dastand und den Hang am engen Wasserlauf außerhalb des Lagers hinaufblickte.

Dort ritt eine bleiche Gestalt, ein einzelner Mann auf einem Pferd, und stöhnte wie ein seltsamer Wind, der zwischen den einsamen Felsen hindurchpeitschte. Ein grauer Lichtschein ging von ihm aus.

Gaborn bekam den Wicht nur flüchtig zu Gesicht, und doch klopfte ihm bei diesem Anblick vor Angst das Herz. Er bekam einen trockenen Mund und kam nicht wieder zu Atem.

Er hatte zu seinem Vater hinübergeschaut, um zu sehen, wie dieser reagierte. Sowohl sein Vater als auch König Sylvarresta blieben an ihrem Brett und spielten weiter. Keiner der beiden machte sich auch nur die Mühe, den Kopf zu heben und einen Blick auf den Wicht zu werfen. Doch sein Vater zog einen Zauberer auf dem Brett und schlug einen Bauern. Gaborns Gesicht mußte totenbleich gewesen sein, denn sein Vater lächelte schief und sagte: »Beruhige dich, Gaborn. Kein Prinz aus Mystarria muß die Wichte aus dem Dunnwald fürchten. Wir werden hier geduldet.«

König Sylvarresta hatte freudlos gelacht und sich umgedreht, um Gaborn einen verstohlenen, heimlichen Blick zuzuwerfen, so als teilten sich die beiden Männer einen gemeinsamen Scherz.

Aber Gaborn hatte gespürt, daß es stimmte, daß er irgendwie vor den Wichten sicher war. Es hieß, der König von Heredon habe in alter Zeit über diesen Wald geherrscht, und alle Geschöpfe im Wald hätten ihm gehorcht. Die Könige von Heredon hatten an Größe verloren. Trotzdem fragte Gaborn sich, ob Sylvarresta nicht doch die Wichte des Dunnwalds befehligte.

Jetzt, da ihm die Kampfhunde und die Jäger auf den Fersen waren, hoffte Gaborn, daß es stimmte. Er gab dem Pferd die Sporen, ritt nach Westen, tiefer in den Wald hinein, und rief: »Geister des Waldes, ich bin Gaborn Val Orden, Prinz von Mystarria. Ich flehe Euch an, beschützt mich!«

Noch während er um Hilfe bat, wußte er, wie wenig es nutzen würde. Die Geister der Toten interessierten sich nicht für die Belange Sterblicher. Wenn Gaborn ihre Aufmerksamkeit auf sich lenkte, würden sie lediglich alles daransetzen, daß er ihnen im Leben nach dem Tod Gesellschaft leistete.

Sein Pferd donnerte einen langen Hang hinab, unter den Ästen irgendeiner riesigen Eiche hindurch und in einen Sumpf hinein, wo es durch das brackige Wasser schwimmen mußte, um die Eichen am gegenüberliegenden Ufer zu erreichen.

Gaborn hörte kein gespenstisches Stöhnen, als sein Pferd

das andere Ufer hinaufkletterte, nur das Grunzen und Quieken Hunderter riesiger Schweine, die vor ihm davonrannten, als würden sie gejagt. Er war aus Versehen in ein Rudel Wildschweine geraten. Eines dieser großen, schwarzen, zotteligen Tiere, groß wie sein Pferd, starrte ihn einen Augenblick lang an. Seine elfenbeinernen Hauer waren wie Säbel nach außen gekrümmt, und Gaborn glaubte schon, es wolle sein Pferd aufschlitzen. In letzter Sekunde machte der Eber kehrt und rannte mit den anderen davon.

Gaborn ergriff die Gelegenheit, sein Pferd unter den Bäumen wieder zu Atem kommen zu lassen, dann trieb er es härter an als je zuvor – sprang durch eine Wand aus Binsen über einen steilen Damm hinweg und landete sechzig Fuß weit draußen im Wasser, bevor er an das gegenüberliegende Ufer schwamm.

Kurz nach Mittag am nächsten Tag verließ Gaborn den Dunnwald im Galopp. Verdreckt und blutverschmiert schrie er den Wachen an den Toren der Stadt die Warnung vor dem bevorstehenden Überfall entgegen. Nachdem er seinen Siegelring gezeigt hatte, der ihm als den Prinzen von Mystarria auswies, brachten ihn die Wachen umgehend zu König Sylvarresta.

Der König empfing ihn im Großen Saal, in den er sich bereits mit seinen Ratsmitgliedern zurückgezogen hatte. Gaborn eilte nach vorn, um seine Hände zu ergreifen, doch der König stoppte ihn mit einem Blick. Obwohl Gaborn ihm bereits einmal begegnet war, wirkte Sylvarresta abweisend.

»Mein Lord«, sagte Gaborn mit einer nur leichten Verbeugung, wie es seinem Rang entsprach. »Ich bin gekommen, um Euch vor einem Angriff zu warnen. Raj Ahtens Armeen stehen südlich von hier – im Dunnwald – und rücken rasch näher. Sie müßten bei Einbruch der Dunkelheit eintreffen.«

Ein besorgter, unsicherer Blick huschte über das Gesicht des Königs, er warf Kommandant Ault einen Blick zu und befahl: »Bereitet Euch auf eine Belagerung vor – rasch!«

Manch anderer König hätte sich bezüglich der Einzelheiten auf seine Offiziere verlassen, nicht jedoch Sylvarresta – unsicher, wie Gaborn schien, listete er, wie zur Billigung durch Ault, ausgefallene Einzelheiten auf.

»Schickt ein Kommando durch die Stadt und sorgt dafür, daß die Dächer vor Feuer gesichert werden. Was die Händler aus dem Süden anbetrifft, die draußen ihr Lager aufgeschlagen haben – ich fürchte, wir müssen so unfreundlich sein und ihre Waren beschlagnahmen. Aber vermeidet ein unnötiges Blutbad. Laßt ihnen die Reittiere, damit sie nach Hause ziehen können, und genügend Vorräte, damit sie auf der Reise nicht verhungern. Oh, und tötet die Elefanten draußen vor der Burg. Ich möchte nicht, daß sie unsere Tore niedertrampeln.«

»Jawohl, mein Lord«, antwortete Ault mit sorgenumwölkter Miene, salutierte und eilte hinaus.

Die zu treffenden Maßnahmen wurden in aller Eile beschlossen, und noch im selben Augenblick verabschiedeten sich mehrere andere Ratsmitglieder aus dem Raum. Dennoch hatte Gaborn das Gefühl, daß irgend etwas auf ganz fürchterliche Weise nicht in Ordnung war.

Während die Ratsmitglieder einer nach dem anderen hinausgingen, betrachtete König Sylvarresta Gaborn in der beklemmenden Pause aus sorgenvollen, grauen Augen. »Ich stehe tief in Eurer Schuld, Prinz Gaborn. Wir hatten etwas Ähnliches erwartet, jedoch gehofft, es würde nicht vor dem Frühling soweit kommen. Wir wurden bereits gestern nacht von Raj Ahten angegriffen. Meuchelmörder sind über unsere Übereigner hergefallen. Wir waren allerdings auf sie vorbereitet, daher konnten sie keinen übermäßig großen Schaden anrichten.«

Plötzlich verstand er Sylvarrestas Kälte, seine Unsicherheit. Der König wußte nicht mehr, wer Gaborn war.

Sylvarresta sagte: »Seid gegrüßt, Prinz Orden!«

Er rief über Gaborn hinweg: »Collin, richtet eine Mahlzeit und ein Bad für Prinz Orden, und reinigt seine Kleider. Wir können nicht zulassen, daß er in blutverschmierten Lumpen herumläuft.«

Gaborn war dankbar für die freundliche Aufnahme, dennoch überkam ihn eine entsetzliche Angst. Wenn sich Sylvarresta nicht mehr an mein Gesicht erinnert, was hat er dann noch vergessen? Schlachttaktiken? Verteidigungsmaßnahmen? Natürlich waren sämtliche militärischen Berater des Königs aus ebendiesem Grund zusammengetreten – um ihr Wissen zu koordinieren. Aber würden ihre gemeinsamen Kenntnisse gegen ein Ungeheuer wie Raj Ahten ausreichen?

ZWEITES BUCH

Der 20. Tag im Monat der Ernte:
Ein Tag der Opfer

KAPITEL 7
Vorbereitungen

Bis zum Sonnenuntergang setzte das Volk von Sylvarresta seine Vorkehrungen für die Belagerung fort. Die anfängliche Hysterie über den bevorstehenden Angriff – das Geschrei der Kinder und Bauern, das hektische Treiben, als die Alten und Kranken aus der Stadt geflohen waren – hatte sich gelegt. Jetzt bemannten sichtlich beunruhigte Bauern und Soldaten gleichermaßen die äußere Mauer. In den letzten vierhundert Jahren hatten sich nicht mehr so viele Menschen auf den Mauern versammelt – und etliche, die nicht kämpfen würden, standen aus purer Neugier Wache.

Schweine, Rinder, Schafe und Hühner liefen in den Gassen und auf den kleinen Wiesen herum – verängstigt, orientierungslos. Man hatte sämtliche Tiere von den Höfen draußen in die Stadt getrieben – um die Bewohner während der Belagerung mit Lebensmitteln zu versorgen und Raj Ahtens Truppen gleichzeitig diese Hilfe zu verwehren.

Auf den braunen Feldern außerhalb der Stadt hatten sich die Händler zerstreut. Mitsamt ihren leuchtenden Pavillons und wenig mehr hatte man sie vertrieben. Raj Ahtens Truppen sammelten sich inzwischen oben auf dem Hügel am Rand des Waldes.

Die Verteidiger auf den Burgmauern waren bereit – Bogenschützen und Lanzenträger, Speerwerfer und Artille-

rie. König Sylvarresta hatte Boten zu benachbarten Burgen entsandt und um Unterstützung gebeten.
Doch während der Rest der Burg Sylvarresta den Beginn der Feindseligkeiten erwartete, blieb im Bergfried der Übereigner, dem verborgensten und am besten geschützten Teil der Festung, noch viel zu tun.
Die Wände des Bergfrieds der Übereigner hallten von den Schmerzensschreien der Männer und Frauen wider, die ihrem Lord Gaben darbrachten. Zweihundert Diener und Untertanen Sylvarrestas waren zusammengekommen, um Gaben abzutreten. Während Sylvarrestas Oberster Annektor, Erin Hyde, die Zwingeisen bediente, gingen zwei seiner Lehrlinge prüfend zwischen den Freiwilligen umher und suchten diejenigen heraus, die genügend Körper- und Geisteskraft, Anmut oder Durchhaltevermögen besaßen, um die grausame Härte und die Kosten einer Übereignung von Gaben zu rechtfertigen. Denn wenn ein Lord nach Körperkraft verlangte, dann fand er sie am ehesten bei denen, die sie im Übermaß besaßen.
Ein Ratsmitglied fungierte als Berater für diejenigen, die das Glück hatten, die richtigen Eigenschaften aufzuweisen. Er half des Lesens und Schreibens unkundigen Bauern beim Ausfüllen von Verträgen, in denen als Gegenleistung für die Gaben Sylvarrestas lebenslanger Schutz und Beistand zugesichert wurde.
Unter jenen, die sich eingefunden hatten, um Gaben abzutreten, hielten sich auch die Gönner auf, diejenigen, die gekommen waren, um Freunden oder Verwandten, die schon kurze Zeit später entsetzlich verstümmelt würden, Trost zu spenden.

Und schließlich tummelten sich überall im Hof diejenigen, die ihrem Lord schon vor langer Zeit Gaben abgetreten hatten. Der Bergfried der Übereigner beherbergte bereits an die fünfzehnhundert Übereigner, von denen die meisten gut genug auf den Beinen waren, um der Übereignungszeremonie beizuwohnen.

Iome kannte viele von ihnen gut, denn sie half oft bei der Betreuung alter Übereigner – des blinden Carrocks, eines ihrer Diener, der seine Augen geopfert hatte, des blödsinnigen Mordins, einst ihr Lehrer, der seine Geisteskraft hergegeben hatte – und pflegte die Tauben, Kränkelnden, Häßlichen und jene, die aus Schwäche ans Bett gefesselt waren. Hunderte und Aberhunderte – eine Armee von Gebrechlichen.

In der Mitte dieser Menschenmenge, im Innenhof der Burg, mit einem Blick so brennend wie die Sonne, so erhaben wie der nächtliche Himmel mit seinen Sternen, thronte Lord Sylvarresta persönlich auf einem grauen Fels inmitten eines Meeres aus Gras, die Waffen griffbereit, halb in Rüstung, die Brust nackt.

Wer noch immer darauf wartete, Gaben zu spenden, lag auf niedrigen Feldbetten und wartete darauf, daß Erin Hyde mit seinen Zaubern und Zwingeisen zu ihm kam.

Derweil wanderte zwischen denen, die bereits geopfert hatten, Lord Sylvarrestas oberster Arzt und Kräutersammler Binnesman umher. Er war klein, sein Rücken krumm, er trug ein grünes Gewand, und seine Hände waren von der Arbeit schmutzig. Mit seinem immerwährenden Lächeln im Gesicht sprach er zu den neuen

Übereignern und spendete hier Trost oder ließ dort an einer Duftmedizin schnuppern.
Binnesmans Fertigkeiten waren entlang der Burgmauer sehr gefragt. Die Kraft seiner Kräuter war legendär: seine Teemischungen aus Borretsch, Ysop, Basilikum und anderen Gewürzen vermochten einem Krieger vor einer Schlacht Mut zu machen, verliehen ihm in der Auseinandersetzung Kraft und halfen später beim Verheilen der Wunden.
Doch obwohl er auf den Mauern gebraucht wurde, war seine Anwesenheit hier dringender, denn das Abtreten wichtiger Gaben konnte tödlich verlaufen. Ein großer, derber Kerl, der Lord Sylvarresta Muskelkraft überließ, konnte anschließend zusammenbrechen, weil er möglicherweise so sehr geschwächt war, daß sein Herz einen Augenblick lang aussetzte. Wer eine Gabe der Anmut abgetreten hatte, da er immer gelenkig gewesen war, wand sich unter Umständen plötzlich in Krämpfen, wurde steif wie ein Brett, während seine Lungen nicht in der Lage waren, gleichmäßig Atem zu schöpfen.
Im Augenblick konnte Binnesman nicht auf den Mauern helfen. Er mußte diejenigen am Leben erhalten, die Gaben abgetreten hatten. Sylvarresta hatte nur so lange etwas von den Gaben, solange der Spender nicht verstarb.
Iome selbst half bei den Vorbereitungen, während ihre Days tatenlos aus dem Schatten bei der Burgküche zusah. Im Augenblick kniete die Prinzessin im staubigen Innenhof über einem Feldbett, auf der die Amme lag, die sich von Kindheit an um sie gekümmert hatte. Die kräftige

Frau namens Dewynne schwitzte trotz des kühlen Abends vor Nervosität. Die hohen Festungsmauern legten alles in Schatten.

Sylvarrestas kraftvolle Stimme hallte quer durch den Innenhof: »Dewynne, bist du sicher, daß du das schaffst?«

Dewynne lächelte ihn matt an, ihr Gesicht starr vor Angst. »Wir alle kämpfen mit den Mitteln, die uns gegeben sind«, erwiderte sie leise. Iome hörte die Liebe aus ihren Worten heraus, die Liebe für König Sylvarresta.

Der Oberste Annektor, Erin Hyde, trat, ein Zwingeisen begutachtend, zwischen Dewynne und den König. Der Stab war ein Brandeisen aus rötlichem Blutmetall. Er war einen Fuß lang und mit einer Rune versehen, die man in einen zollbreiten Kreis an einem Ende eingetrieben hatte. Hyde drückte die Rune sachte gegen Dewynnes Unterarm.

Hyde begann seinen Zauberspruch und sprach mit hoher Stimme – seine Worte glichen eher dem zwitschernden Gesang eines Vogels als menschlichen Lauten. Ein Wort folgte so rasch auf das andere, daß Iome sie kaum voneinander unterscheiden konnte – die Annektoren nannten dies einen Gesang der Kraft. In Verbindung mit den Runen, die in das Zwingeisen geschlagen waren, entzog der Gesang einem Übereigner seine Eigenschaft.

Das Symbol auf diesem Zwingeisen erinnerte Iome an einen Adler, der mit einer riesigen Spinne im Schnabel dahinschwebte. Doch die geschwungenen Linien der Rune schwankten in ihrer Stärke, waren in seltsamen, dennoch natürlich wirkenden Winkeln gekrümmt. Das Symbol für Durchhaltevermögen. Dewynne war stets

gesund gewesen – keinen einzigen Tag ihres Lebens hatte sie krank im Bett gelegen. Jetzt benötigte Lord Sylvaresta ihr Durchhaltevermögen in der Schlacht, und zwar dringend, für den Fall, daß er ernsthaft verwundet wurde.
Der Annektor zirpte weiter mit seiner hohen Stimme, dann stieß er plötzlich ein kehliges Knurren aus und gab erdige Laute von sich – wie brodelnde Lava, wie das Brüllen eines wilden Löwen.
Das Ende des Zwingeisens begann zu glühen. Das Blutmetall erblühte von einem matt-rostigen Rosa zu einem grellen Titanweiß.
Dewynne schrie: »Ah, bei den Mächten, tut das weh!« und versuchte, sich gegen die brennende Rune zu sträuben. Der Schweiß lief ihr in Strömen übers Gesicht, als hätte sie heftiges Fieber. Ihr Gesicht war schmerzverzerrt. Ihr Kiefer bebte, und ihr Rücken drückte sich vom Feldbett hoch. Sie begann zu keuchen.
Iome hielt die Frau fest, zwang sie stillzuliegen. Ein kräftiger Soldat packte Dewynnes Arm, damit sie den Kontakt zum Zwingeisen nicht unterbrechen und den Zauber vereiteln konnte.
»Sieh meinen Vater an«, sagte Iome, um Dewynne von den Schmerzen abzulenken. »Sieh deinen Lord an! Er wird dich beschützen. Er liebt dich. Mein Vater hat dich stets geliebt, genau wie du ihn geliebt hast. Er wird dich beschützen. Sieh einfach immer zu deinem Lord hinüber!«
Iome warf dem Annektor einen grimmigen Blick zu, woraufhin dieser ein wenig zur Seite trat und Dewynne freie Sicht gewährte.

»Und ich dachte, es wäre schmerzhaft, ein Kind zu gebären!« schluchzte Dewynne. Trotzdem drehte sie sich um und blickte stolz zu Lord Sylvarresta. Das war auch notwendig. Es war notwendig, daß sie sich erinnerte, warum sie diese Schmerzen durchleiden mußte. Es war notwendig, daß sie dies *wollte*, daß sie ihr Durchhaltevermögen aus freien Stücken aufgab – mehr als alles andere auf der Welt. Und die einzige Möglichkeit, ihre Konzentration auf dieses Verlangen gerichtet zu halten, bestand darin, ihr den Gegenstand ihrer Hingabe vor Augen zu führen.

König Sylvarresta, ein kräftiger Mann Mitte Dreißig, saß mit entblößtem Oberkörper auf einem Stein im Innenhof. Sein langes, kastanienbraunes Haar fiel über seine Schultern, und sein lockiger Bart war säuberlich gestutzt. Gegenwärtig versuchte sein Waffenmeister ihn dazu zu bewegen, ein ledernes Wams anzulegen, doch Sylvarrestas Oberkörper mußte nackt bleiben, damit der Annektor die Runen der Macht anbringen konnte.

Der Kanzler des Königs, Rodderman, verlangte, daß Lord Sylvarresta jetzt auf die Mauer hinaustrat, um seinem Volk Mut zu machen. Wohingegen der alte Weise des Königs, Chamberlain Inglorians, ihn zum Bleiben drängte, damit er so viele Gaben als möglich empfangen konnte.

König Sylvarresta schien dies zu verwirren, er entschloß sich aber zu bleiben. Er sah in Iomes Richtung, begegnete dem Blick der leidenden Dewynne und erwiderte ihn.

Nichts sonst zählte in diesem Moment. Der König achtete weder auf seine Berater noch auf seinen Waffenmeister oder das weithin schallende Durcheinander der Kriegsvorbereitungen. In den Augen des Königs lag unendliche Liebe, unendliche Traurigkeit. Sein Blick verriet Dewynne, daß er wußte, was sie ihm gerade schenkte, daß sie wichtig war. Iome wußte, wie sehr ihr Vater es haßte, andere auszusaugen, um seine Untertanen zu beschützen.

In dieser Sekunde schien in Dewynne irgend etwas vorzugehen, sie mußte den unumgänglichen Augenblick des *Verlangens* erreicht haben, jenen Augenblick, in dem die Übergabe der Eigenschaften stattfinden konnte. Das Knurren des Annektors ging in fordernde Rufe über, als sein Zauber in seiner vollen Kraft entfesselt wurde.

Das weißglühende Blutmetall des Zwingeisens zitterte und wand sich wie eine Schlange in den Händen seines Meisters.

Dewynne schrie unter unvorstellbaren Schmerzen auf. Etwas in ihr schien zusammenzubrechen – als drückte ein zermalmendes Gewicht auf sie herab oder als wäre sie geschrumpft, kleiner geworden.

Der Geruch brennender Haare und versengter Haut stieg in feinen Kringeln auf.

Dewynne krümmte sich, versuchte sich fortzuwinden. Der Unteroffizier, ein Mann von übermenschlicher Kraft, hielt sie fest.

Die Amme wandte sich mit zusammengebissenen Zähnen von Lord Sylvarresta ab. Sie biß sich auf die Zungenspitze, Blut und Speichel tropften ihr vom Kinn.

In diesem Augenblick glaubte Iome in den Augen der Frau allen Schmerz der Welt erkennen zu können.

Dewynne brach bewußtlos zusammen. Alles Durchhaltevermögen war von ihr gewichen, und nun konnte sie die Augen nicht länger offenhalten und hatte den Anstrengungen des Lebens nichts mehr entgegenzusetzen.

Statt dessen glühte die Blutmetallrune weiß und pulsierte. Der Annektor, ein schmalgesichtiger Mann mit einem langen, grauen Ziegenbart, betrachtete kurz die geschmolzene Rune, deren Licht sich in seinen schwarzen Augen widerspiegelte, dann verfiel er in einen Gesang der Freude und des Triumphes.

Er hielt das Zwingeisen mit beiden Händen über seinen Kopf, schwenkte es, so daß eine Spur weißen Lichts, dem Schweif eines Meteors gleich, in der Luft hing. Er verblaßte jedoch nicht. Statt dessen stand das Lichtband greifbar in der Luft. Der Annektor betrachtete es behutsam, so als wollte er seine Breite, sein Gewicht abschätzen.

Dann brach er in einen zirpenden Gesang aus und rannte, wobei er das Lichtband hinter sich herzog, zu Sylvarresta hinüber. Alle Anwesenden hielten inne. Niemand wagte es, dem Licht zu nahe zu kommen, denn dadurch riskierte man die Zerstörung der Verbindung, die genau in diesem Augenblick zwischen dem Lord und dem Übereigner hergestellt werden sollte.

Beim Lord angekommen verbeugte sich der Annektor und legte das weißglühende Blutmetall unterhalb der Brust des Königs an. Dann wurde der Gesang des Annektors leiser, schmeichelnder, und langsam begann das kleine Zwingeisen in seiner Hand sich aufzulösen, wegzubröckeln und wie weiße Asche zu verwehen, wäh-

rend gleichzeitig die weiße Nabelschnur aus Licht erlosch.
Iome hatte seit ihrer Kindheit keine Gabe eines Untertanen mehr entgegengenommen. Sie wußte nicht mehr, was für ein Gefühl das war. Aber ebenso wie das Abtreten einer Gabe beim Spender unsägliche Schmerzen verursachte, so empfand der Empfänger ein unbeschreibliches Glücksgefühl.
Lord Sylvarrestas Augen weiteten sich, und Schweiß brach ihm aus. Doch das war der Glanz der Aufregung, einer fast närrischen, seligen Erregung. Seine Augen strahlten vor Freude, und jeder Zug seines Gesichts, jeder Muskel entspannte sich.
Er besaß den Anstand, nicht zu seufzen, sein Vergnügen nicht allzu deutlich zu zeigen.
In diesem Augenblick stellte sich Binnesman hastig neben Iome und beugte sich vor. Sein Atem roch nach Anis. Sein Gewand war tiefgrün und aus einer seltsamen Faser gewebt, die aussah wie zerstampfte Wurzeln. Es roch stark nach den reinen Kräutern und Gewürzen, die er in seinen Taschen aufbewahrte. In sein Haar war Gras geflochten. Mit seinen dicken, apfelroten Wangen war er zwar kein gutaussehender Mann, trotzdem hatte er etwas sexuell Anziehendes an sich. Iome konnte ihn nicht in ihrer Nähe haben, ohne Erregung zu empfinden, ein entschieden unangenehmes Gefühl. Aber Binnesman war ein Erdwächter, ein Zauberer von großer Kunst – daher war es nur natürlich, wenn seine schöpferischen Kräfte die Menschen in seiner Umgebung beeinflußten, ob er dies beabsichtigte oder nicht.

Er beugte sich vor und fühlte mit schmutzigen Händen an Dewynnes Hals den Puls. Sein Gesicht wirkte ernster und besorgter, als Iome es je gesehen hatte.

»Verdammt soll dieser nutzlose Annektor sein«, murmelte Binnesman leise und suchte tastend nach etwas in seinem erdbefleckten Gewand.

»Was gibt es denn?« hauchte Iome, die es nicht wagte, so laut zu sprechen, daß die anderen es hörten.

»Hyde benutzt eine Scorrel-Version von Gesängen, die den Menschen zuviel entzieht – in der Hoffnung, ich kriege sie schon wieder hin. Dewynne würde keine Stunde überleben, wenn ich nicht hier wäre, und das weiß er!«

Binnesman war ein freundlicher, mitfühlender Mann. Jene Art Mensch, die Mitleid mit noch nicht flügge gewordenen Spatzen hatte, wenn sie aus dem Nest gefallen waren, oder eine Grasschlange gesund pflegte, nachdem sie von einem Ochsenkarren angefahren worden war. Er betrachtete Dewynne aus seinen himmelblauen Augen unter buschigen Brauen hervor.

»Könnt Ihr sie retten?« fragte Iome.

»Vielleicht, vielleicht. Aber ich bezweifle, ob ich sie alle retten kann«, meinte er und deutete mit dem Kopf auf die anderen Übereigner, die auf ihren Feldbetten lagen und von denen einige nach Abtreten einer Gabe um ihr Leben kämpften. »Ich wünschte, Euer Vater hätte den Annektor aus der Weymooth-Schule vom letzten Sommer angeheuert.«

Iome verstand wenig von den verschiedenen Schulen für Annektoren. Die miteinander wetteifernden Weltanschauungen und Meister konnten recht laut werden, wenn es darum ging, die Überlegenheit ihrer Methoden zu preisen. Und nur jemand, der in ihrer Kunst gut bewandert war, konnte wirklich beurteilen, was an einem bestimmten Tag das beste war. Einige Meister-Annektoren taten sich bei der Übertragung bestimmter Gaben hervor. Hyde war ein ausgezeichneter Mann für die Übernahme von Gaben des Gehörs und des Geruchssinns – Gaben, die in einem waldreichen Königreich als äußerst wertvoll erachtet wurden. Doch seine Arbeit bei den Hauptgaben – insbesondere bei der Übernahme von Durchhaltevermögen und Stoffwechsel – fiel im Vergleich dazu ein wenig ab. Wenigstens vergeudete er im Vergleich zu manch anderen Annektoren kein Vermögen an Blutmetall, um Forschungen an Hunden oder Pferden zu betreiben.

Endlich fand Binnesman etwas in seiner Tasche. Er zog ein frisches Kampferblatt hervor, zerdrückte es zwischen den Fingern und klebte Dewynne die beiden Hälften jeweils unter ein Nasenloch. Der Schweiß auf ihrer Oberlippe hielt das Blatt an seinem Platz.

Aus derselben Tasche zog er Lavendelblüten hervor, mehrere braune Samenkörner und andere Kräuter, verteilte sie auf Dewynnes verschwitztem Körper und legte ein paar unter ihre Lippen. Ein erstaunliches Bild. Der alte Zauberer hatte nur zwei Taschen, beide reichlich gefüllt mit Kräutern, dennoch machte er sich nicht die Mühe, in diese Taschen hineinzusehen, sondern schien die Blätter und Blüten durch Tasten zu erkennen.

Iome blickte zu einem anderen Feldbett hinüber. Der

Metzgerlehrling, ein kräftiger Junge namens Orrin, lag dort, bereit, seinem Lord eine Gabe der Muskelkraft abzutreten. Sein Anblick, so voller Mut und Liebe und jugendlicher Kraft, brach ihr fast das Herz. Wenn er jetzt eine Gabe abtrat, würde er sich womöglich für den Rest seines Lebens nicht mehr von diesem Feldbett erheben können. War es nicht ungerecht, ihm das Leben zu nehmen, wo es doch kaum begonnen hatte?

Mit seinen siebzehn Jahren war der Junge nicht älter als Iome. Er hatte keine größeren Gefahren zu befürchten als sie. Eroberte Raj Ahten Heredon, hatte er vermutlich sogar ein besseres Schicksal vor sich, überlegte sie. Wenn ihr Vater getötet wurde, würde der Junge seine Gabe der Muskelkraft zurückerhalten. Da er danach nicht mehr imstande wäre, eine andere Gabe abzutreten, war er danach frei, in Frieden seinem Handwerk nachzugehen. Was dagegen stand Iome bevor, wenn Raj Ahten das Haus Sylvarresta besiegte? Folter? Der Tod?

Nein, der Junge des Metzgers wußte, was er tat, redete Iome sich ein. Er trifft eine weise Wahl, vielleicht die beste, die er kann.

Binnesman murmelte: »So wenig Zeit«, begann, Dewynne mit Heilerde einzuschmieren und berührte ihre Lippen damit. Die Frau begann zu keuchen, als sei jeder Atemzug eine große Anstrengung, und Binnesman half ihr, indem er ihre Brust herunterdrückte.

»Wie kann ich helfen?« fragte Iome flehentlich, aus Angst, die Amme könnte hier sterben, ohne etwas erreicht zu haben.

»Bitte … kommt mir einfach nicht in die Quere«, erwiderte Binnesman in einem Ton, wie ihn Runenlords selten zu hören bekommen. »Ach, das hätte ich beinahe vergessen. Ein junger Mann wünscht Euch zu sprechen – dort oben. Der Prinz von Mystarria.«

Iome sah nach oben zum Wehrgang. Eine steinerne Treppe führte zum Südturm, wo Katapulte darauf harrten, zum Einsatz zu kommen.

Dort oben, in der Spitze des Turmes, konnte sie ihre Hofdame Chemoise erkennen, die ihr hartnäckig winkte. Ein Gardist in schwarzer Tracht folgte ihr.

»Für solchen Unsinn habe ich keine Zeit«, sagte Iome.

»Geh zu ihm«, befahl ihr Vater fünfzig Fuß entfernt. Er benutzte seine Stimmgewalt und sprach so, daß es klang, als hätte er ihr vertraulich ins Ohr geflüstert. Selbst hier im Burghof, bei all dem Lärm und Durcheinander, hatte er ihre leise Bemerkung mitbekommen. »Du weißt, wie lange ich unsere beiden Familien schon vereinen will.«

Er war also gekommen, um ihr die Ehe zu versprechen. Iome hatte das richtige Alter, wenn auch noch keine würdigen Bewerber aufgetreten waren. Die Söhne einiger weniger bedeutender Lords begehrten sie, doch keiner war vermögend genug, um ihrem Vater ebenbürtig zu sein.

Würde Prinz Orden ihr jetzt einen Antrag machen? Jetzt, wo das Königreich derart bedrängt wurde? Nein, er würde ihr keinen Antrag machen, sondern Entschuldigungen vorbringen.

Eine Vergeudung wertvoller Zeit. »Ich bin zu beschäftigt«, entgegnete Iome. »Es gibt zu viel zu tun.«

Ihr Vater starrte sie an, in seinen grauen Augen spiegelte

sich Traurigkeit. Wie gut er aussah. »Du arbeitest schon seit Stunden. Du brauchst eine Pause. Nimm sie dir jetzt. Geh und unterhalte dich mit ihm, eine Stunde lang.«
Sie wollte etwas einwenden, aber der Blick ihres Vaters schien zu sagen: *Sprich jetzt mit ihm. Nichts, was du tun kannst, wird an der bevorstehenden Schlacht etwas ändern.*

KAPITEL 8
Ein günstiger Nachmittag für eine Invasion

Eine Stunde ist nicht genug, sich zu verlieben, aber mehr als eine Stunde stand ihnen an jenem kühlen Herbstabend nicht zur Verfügung.

In besseren Zeiten wäre Iome für das kleine bißchen Zeit, einen Verehrer allein zu treffen, dankbar gewesen. Ihr Vater hatte ihr im Laufe des letzten Winters viel von Gaborn erzählt, ihn in den höchsten Tönen in der Hoffnung gelobt, sie werde ihn, wenn dieser Tag kam, bereitwillig akzeptieren.

Unter normalen Umständen hätte Iome sich Liebe erhofft. Sie hätte ihr Herz auf die Liebe vorbereitet und diese sorgsam gehegt.

An diesem Tag jedoch, als das Königreich ihres Vaters kurz vor dem Fall stand, diente das Zusammentreffen mit dem Sohn von König Orden keinem anderen Zweck als dem, ihre Neugier zu befriedigen.

Hätte sie ihn geliebt? Wenn, dann würde ihr dieses Zusammentreffen nur schmerzlich verdeutlichen, was hätte sein können.

Wahrscheinlicher war, daß sie ihn verabscheut hätte. Schließlich war er ein Orden. Aber mit einem Mann verheiratet zu sein, den sie verabscheute, wäre ein kleines Übel gewesen, verglichen mit dem, was ihnen, wie sie befürchtete, jetzt bevorstand. Im Augenblick war sie sich glühend heiß bewußt, daß sie Gaborn für seine Dienste

an ihrem Volk etwas schuldig war, und sie beschloß, obwohl sie eigentlich nichts mit ihm zu tun haben wollte, ihn herzlich zu behandeln und das Beste daraus zu machen.
Während Iome, dicht gefolgt von ihrer Days, die steinernen Stufen hinaufstieg und ihre Füße über die uralten Steine scharrten, kam Chemoise ihr auf halbem Weg entgegen.
»Er erwartet Euch bereits«, empfing Chemoise sie mit einem steifen Lächeln. Dennoch war eine gewisse Aufregung in den Augen der jungen Frau unverkennbar. Vielleicht hoffte sie, daß Iome ihre Liebe finden würde, und wurde dadurch zu sehr an den Liebhaber erinnert, den sie erst einen Tag zuvor verloren hatte. Das Mädchen war ihre Spielgefährtin gewesen. Iome kannte selbst ihre kleinste Geste. Als Iome kurz den Kopf hob, entspannten sich Chemoises Züge und ihre Augen strahlten. Offenbar gefiel ihr der Prinz.
Iome zwang sich zu lächeln. Ausgerechnet der heutige Tag schien ihr so unpassend, um diese Aufgeregtheit in den Augen des Mädchens leuchten zu sehen. Seit gestern war Chemoise nur noch wie im Nebel herumgelaufen. Der Tod ihres Geliebten hatte ihr einen Schock versetzt, sie beschäftigte sich nurmehr mit Plänen für ihr ungeborenes Kind und vergaß zu essen, bis Iome sie darauf aufmerksam machte.
Im Augenblick wirkte Chemoise, als sei ihr überhaupt nicht bewußt, daß sich ein Krieg ankündigte. Vielleicht sieht sie es tatsächlich nicht, dachte Iome. Das Mädchen konnte so naiv sein. Unterkommandant Dreys hatte sich

einmal über sie lustig gemacht. »Chemoise denkt, Schwertkampf sei so etwas Ähnliches wie das Zerlegen einer Ente, mit dem Unterschied, daß man seinen Gegner nicht verspeist, nachdem man ihn tranchiert hat.«

Sie ergriff Iomes Hände und drängte sie, die Stufen hinaufzusteigen, bis sie im Sonnenlicht standen. Ein gutes Gefühl.

Als sie oben ankamen, stellte Chemoise ihr den Prinz vor. »Prinzessin Iome Sylvarresta, bitte gestattet mir die Ehre, Euch mit Prinz Gaborn Val Orden bekannt zu machen.«

Iome würdigte den Prinz keines Blickes. Dann lief Chemoise zur anderen Seite des Turms, gut achtzig Schritte entfernt, um die beiden nicht weiter zu stören.

Zu Iomes Überraschung schlossen sich die jungen Soldaten, die die Katapulte bemannten, Chemoise an. Iome warf einen kurzen Blick auf die Katapulte und bemerkte den Metallschrot in den Körben. Diese Waffen waren noch nie auf Angreifer gerichtet worden. Sie hatte erst ein einziges Mal gesehen, wie sie zum Einsatz gekommen waren – an einem Festtag, als ihr Vater Brotlaibe, Würste und Mandarinen nach draußen über die Burgmauern zu den Bauern geschleudert hatte.

Iomes Days stand nur wenige Schritte entfernt. Sie sagte: »Prinz Sylvarresta, Euer Days befindet sich gegenwärtig in der Gesellschaft Eures Vaters. Ich werde für diesen Teil Eures Lebens an seiner Stelle als Chronist einspringen.«

Der Prinz erwiderte der Days nichts, auch wenn Iome sein Gewand rascheln hörte, als hätte er genickt.

Sie vermied es, auch nur in die Richtung des Prinzen

zu sehen. Statt dessen lief sie schnell zur anderen Seite des Turmes, setzte sich auf eine Zinne und blickte hinaus über die herbstlichen Felder des Königreichs ihres Vaters.

Iome stellte fest, daß sie leicht zitterte. Sie wollte Gaborn nicht ins Gesicht sehen, ja, sie wagte es nicht. Schließlich war er ein Runenlord und sah vermutlich überaus beeindruckend gut aus. Doch Äußerlichkeiten sollten ihr Bild von ihm nicht beeinträchtigen.

Iome war trotzdem angenehm berührt, als Gaborn zu ihr aufblickte und ihre Schönheit mit einem Seufzer würdigte. Das entlockte ihren Lippen ein dünnes Lächeln. Bestimmt war er im Süden schon eleganteren Frauen begegnet.

Ein leichter Wind kam auf, eine Brise, die den Geruch von den Feuerstellen aus dem Großen Saal unten herantrug. Iome erhob sich von ihrem Platz auf der Zinne, dabei lösten sich kleine Steinchen und fielen achtzig Fuß in die Tiefe. Hähne krähten im Abendlicht, und innerhalb der äußeren Festungsmauern muhten Kühe und riefen nach ihren Melkern.

Überall auf den braunen Feldern außerhalb der Burg standen strohgedeckte Häuser. Desweiteren konnte sie mehrere Dörfer nördlich und östlich entlang des Wye erkennen. Aber sowohl Felder als auch Dörfer waren menschenleer.

Bauern, Händler und Diener, sie alle hatten sich in ihren schwarz-silbernen Trachten gemeinsam mit den Soldaten auf den Stadtmauern eingefunden. Junge und alte Männer mit Bögen und Speeren standen ruhig da. Ein

paar einheimische Händler schlichen über die Wehrgänge und verkauften Pasteten und Huhn, als würde man sich auf einem Jahrmarkt die Turnierspiele anschauen.
Unten, an der äußeren Mauer zur Stadt, hatte man Karren, Fässer und Kisten hinter die Stadttore gestapelt. Wenn Raj Ahten das Tor niederriß, würde das Gerümpel seine Soldaten im inneren Hof aufhalten, wo die Bogenschützen ihres Vaters beträchtlichen Schaden anrichten konnten.
Es war fast dunkel. Krähen und Tauben kreisten über den Eichen- und Eschenwäldern im Süden. Raj Ahtens Armee störte die Vögel immer wieder auf, wenn sie sich zum Schlafen niederlassen wollten.
Dort im Wald erloschen allmählich die herunterbrennenden Lagerfeuer, so daß die Hügel unter ihr vor Rauch zu schwelen und die Bäume in Flammen zu erglühen schienen. Iome konnte unmöglich einschätzen, wie groß Raj Ahtens Armee war, die sich dort verbarg.
Aber Spuren der Eindringlinge gab es überall: Über dem Wald war ein Spionageballon, blau wie ein Rotkehlchenei, aufgestiegen, bemannt mit zwei von Raj Ahtens Leuten. Fast zwei Stunden lang hatte er vierhundert Fuß hoch an einer Leine in der Luft geschwebt. Entlang des Ufers des Wye, der sich als breites Band durch dieses Gelände wand, waren in einer dunklen Reihe zweitausend Schlachtrösser angebunden, die von etwa einhundert Rittern und Knappen versorgt wurden, denen die Aussicht auf einen Angriff keine Sorge zu bereiten schien. Speerträger und zottige Frowth-Riesen standen Wache. Weiter im Inneren des Waldes konnte Iome

Axtschläge hören. Raj Ahtens Männer fällten Bäume für Sturmleitern und Belagerungskatapulte. Tatsächlich erzitterte alle ein, zwei Augenblicke ein Stamm, stürzte kurz darauf um und riß ein Loch ins Blätterdach.

So viele Soldaten, eine so gewaltige Armee kam von Süden heraufmarschiert. Iome staunte noch immer, daß sie keine Vorwarnung gehört hatten. Der Herzog von Longmot hätte die Truppenbewegungen doch bemerken müssen. Sie hoffte nur, daß Raj Ahten unbemerkt von Longmot vorgerückt war. Wenn ja, dann konnte er seine Ritter ihrem König zur Unterstützung senden, sobald man dort von der Belagerung erfahren hatte. Doch Iome witterte Verrat in der Luft und fürchtete, Longmot werde keine Hilfe schicken.

Prinz Orden räusperte sich und versuchte so höflich, ihre Aufmerksamkeit zu erregen. »Eigentlich hätte es eine angenehmere Begegnung zwischen uns werden sollen«, begann er. Seine Stimme klang sanft. »Ich hatte gehofft, Eurem Königreich *freudige* Nachrichten bringen zu können, nicht die Kunde von einer Invasion.«

Als wäre sein Antrag eine freudige Nachricht gewesen! Vermutlich hätten die klügeren unter ihren Untertanen über die Heirat geklagt, auch wenn sie die Notwendigkeit erkennen würden, Heredon an Mystarria zu binden, das reichste Königreich in Rofehavan.

»Ich danke Euch, daß Ihr so schnell geritten seid«, erwiderte Iome. »Sehr freundlich von Euch, ein solches Wagnis einzugehen.«

Prinz Orden trat neben sie und blickte hinaus aufs Land. »Wie lange bleibt uns noch, meint Ihr, bis sie mit dem

Angriff beginnen?« Er klang unbeteiligt, zum Denken zu müde. Ein neugieriger junger Mann, den die Aussicht auf eine Schlacht faszinierte.

»Bei Einbruch der Dämmerung«, sagte sie. »Sie werden nicht wollen, daß jemand aus der Burg hinausschleicht, daher werden sie bald losschlagen.«

In Anbetracht der bekannten Stärke von Raj Ahtens Truppen – den Riesen und Weisen und seinen legendären Schwertkämpfern – würde die Burg ihres Vaters wahrscheinlich am morgigen Tag fallen.

Iome betrachtete Gaborns Rücken flüchtig aus den Augenwinkeln – ein junger Mann, der breite Schultern bekommen würde, wenn er seine volle Körpergröße erreicht hatte. Er hatte langes, dunkles Haar. Er trug ein sauberes, blaues Reisegewand, einen schmalen Degen.

Sie wandte den Blick ab. Nach mehr war ihr nicht zumute. Breitschultrig wie sein Vater. Natürlich wird er blendend aussehen. Schließlich stiehlt er seinen Untertanen Anmut.

Im Gegensatz zu Iome. Während einige Runenlords ihren Untertanen Anmut in großem Maße entzogen und sich damit einen strahlenden Glanz verschafften, um ihr mangelhaftes Äußeres zu kaschieren, war Iome mit natürlicher Schönheit gesegnet. Als sie noch ein kleines Kind war, waren zwei hübsche Mägde vorgetreten und hatten angeboten, die Prinzessin mit ihrer Anmut auszustatten, und ihre Eltern hatten in ihrem Namen zugestimmt. Iome war aber bereits alt genug, um zu begreifen, was die Gaben ihre Untertanen kosteten, und hatte weitere Geschenke abgelehnt.

»Ich würde mich nicht zwischen die Zinnen stellen«, warnte Iome. »Ihr wollte doch nicht gesehen werden.«
»Von Raj Ahten?« fragte Gaborn. »Was würde er hier schon erkennen? Einen jungen Mann, der sich auf einer Turmmauer mit einem Mädchen unterhält.«
»Raj Ahten hat Dutzende Weitseher in seiner Truppe. Sie werden sicher wissen, wann sie eine Prinzessin vor sich haben – oder einen Prinzen.«
»Eine so hübsche Prinzessin wäre unschwer zu erkennen«, gab Gaborn ihr recht, »aber ich bezweifle, ob einer von Raj Ahtens Leuten mich eines zweiten Blickes würdigen würde.«
»Ihr tragt doch das Wappen der Orden, oder nicht?« fragte Iome. Wenn Gaborn glaubte, Raj Ahtens Leute würden einen Prinzen nicht allein an seinem Aussehen erkennen, wollte sie ihm nicht widersprechen. Trotzdem, sie mußte an den grünen Ritter denken, der auf seinen Umhang gestickt war. »Es wäre besser, den innerhalb dieser Mauer nicht zu zeigen.«
Gaborn lachte freudlos in sich hinein. »Ich trage das Gewand eines Eurer Soldaten. Ich werde nicht verraten, daß ich hier bin. Nicht bevor mein Vater eintrifft. Wenn man der Geschichte trauen darf, dann könnte dies eine lange Belagerung werden. Burg Sylvarresta ist seit achthundert Jahren nicht gefallen. Ihr braucht aber nur drei Tage auszuhalten – höchstens. Nur drei Tage!«
Prinz Orden klang zuversichtlich. Sie wollte ihm glauben, wollte seine Gewißheit teilen, daß die vereinten Kräfte der Männer ihres Vaters und der Soldaten von König Orden in der Lage wären, die Riesen und Zauberer von

Raj Ahten zur Umkehr zu zwingen. Orden würde ein großes Geschrei anstimmen und bei seinem Eintreffen die Lords von Heredon lauthals um Hilfe bitten.

Trotz der fünfzig Fuß hohen Außenmauern der Burg, trotz der Tiefe des Grabens von Burg Sylvarresta, trotz der Bogenschützen und der Katapulte auf den Mauern und den in den grasbewachsenen Feldern versteckten Fußangeln schien ein Sieg über Raj Ahten mehr, als man erhoffen durfte. »König Orden ist ein pragmatischer Mann. Wird er überhaupt kommen? Sicher wird er sein Leben nicht für die Verteidigung von Burg Sylvarresta verschwenden wollen!«

Gaborn fühlte sich durch ihren Ton gekränkt. »Er mag in einigen Dingen pragmatisch sein, aber nicht, wenn es um Freundschaft geht. Außerdem ist es richtig, hier zu kämpfen.«

Iome dachte nach. »Verstehe … Natürlich, warum sollte Euer Vater zu Hause kämpfen und zusehen, wie sein eigenes Volk verblutet und stirbt und wie die Mauern seiner eigenen Burg in Stücke fallen, wenn er sich ebensogut hier verteidigen kann?«

Fast hätte Gaborn knurrig geantwortet: »Mein Vater kommt seit fünfzehn Jahren zum Hostenfest hierher. Er hätte auch zu Hause feiern können – oder sonstwo –, aber er kommt hierher! Mag sein, daß mein Vater aus politischen Gründen andere Könige besucht, aber als seinen ›Freund‹ bezeichnet er nur einen.«

Iome hatte nur eine vage Vorstellung, was andere Könige über ihren Vater dachten. Bestimmt nichts Gutes. »Ein weichherziger Narr«, so wurde er genannt. Als Eidgebundener Lord hatte er geschworen, niemals Gaben aus seinem eigenen Volk anzunehmen, es sei denn, sie wurden ihm freiwillig abgetreten. Er hätte sich Gaben erkaufen können – so mancher wäre bereit, die Verwendung seiner Stimme oder seiner Augen zu verkaufen. Aber Sylvarresta wollte sich nicht dazu herablassen, sie zu bezahlen. Natürlich käme ihr Vater nie auf die Idee, den Menschen Gaben mit Gewalt oder durch Erpressung zu stehlen. Er war kein Wolflord, kein Raj Ahten.

Gaborns Vater dagegen war ein Pragmatiker, der Gaben kaufte. Iome erschien er sogar ein wenig mehr zu sein als nur pragmatisch. Er wirkte zwielichtig. Er war zu erfolgreich darin, das Vertrauen minderer Männer zu gewinnen. Er kaufte Gaben viel zu billig und viel zu oft. Iome wußte trotzdem, daß Orden kein Raj Ahten war. Er hatte niemals »das Geschenk eines Bauern« erzwungen, indem er die Muskelkraft des armen Mannes anstelle ausstehender Steuern eintrieb. Und nie hatte er die Liebe eines jungen Mädchens gewonnen und sie dann gebeten, ihm sowohl eine Gabe als auch ihr Herz zu schenken.

»Verzeiht«, sagte Iome, »meine Ungerechtigkeit. Ich bin überreizt. Stets war er ein guter Freund und seinem Volk ein anständiger König. Trotzdem werde ich die Angst nicht los, daß Euer Vater Heredon als Schild mißbrauchen könnte. Und wenn wir unter Raj Ahtens Schlag zusammenbrechen, wird er uns fallenlassen und vom Schlachtfeld fliehen. Zumindest wäre das klug.«

»Dann kennt Ihr meinen Vater nicht«, widersprach Gaborn. Seine Stimme klang so voll, so wohltönend selbstsicher, daß Iome sich fragte, wie viele Gaben der Stimme Gaborn besaß. Wie viele Stumme stehen in Euren Diensten? hätte sie beinahe gefragt, überzeugt, daß es sich wenigstens um ein Dutzend handelte.

»Euer Vater wird sein Leben nicht für unsere Verteidigung fortwerfen. So dumm könnt Ihr unmöglich sein.«

Gaborn gab gekränkt zurück: »Er wird tun, was er tun muß.«

»Ich wünschte, es wäre nicht so«, meinte Iome leise. Fast gegen ihren Willen warf sie einen flüchtigen Blick hinunter in den Bergfried der Übereigner. Drüben vor der gegenüberliegenden Mauer standen die übelriechenden Idioten ihres Vaters. Eine Frau, deren Gehirn so jeder Geisteskraft beraubt war, daß sie ihren Darm nicht mehr unter Kontrolle hatte, wurde von einem Blinden zum Speisesaal geführt. Zusammen wankten die beiden um einen Burschen herum, dessen Stoffwechsel so langsam war, daß er im Laufe eines Tages nur von einem Raum zum anderen schlurfen konnte – und er konnte von Glück reden, daß er sich überhaupt bewegte, denn viele, die ihres Stoffwechsels beraubt worden waren, fielen einfach in einen segensreichen Schlaf und erwachten erst, wenn der Lord, dem sie ihre Gabe übertragen hatten, starb. Der Anblick widerte sie an.

Als Runenlords waren Iome und ihre Familie Erben unentgeltlicher Dienste seitens ihrer Untertanen, wenn auch um einen entsetzlichen Preis.

»Euer Mitgefühl ehrt Euch, Prinzessin Sylvarresta, aber mein Vater hat Eure Respektlosigkeit nicht verdient. Abgesehen von seinem Pragmatismus hat nur wenig anderes unser Königreich während des letzten Dutzends Jahre vor Raj Ahten bewahrt.«

»Das ist nicht ganz richtig«, wandte Iome ein. »Mein Vater hat im Laufe der Jahre Meuchelmörder nach Süden entsandt. Viele unserer intelligentesten Krieger haben ihr Leben gelassen. Andere werden gefangengehalten. Wieviel Zeit wir auch gewonnen haben, bezahlt haben wir sie zum Teil mit dem Blut unserer besten Männer.«

»Natürlich«, stimmte Gaborn mit einer Leichtfertigkeit zu, die verriet, wie wenig er von den Bemühungen ihres Vaters hielt. Sie wußte, daß sein Vater sich seit Jahrzehnten auf diesen Krieg vorbereitet und mehr als jeder andere darum gekämpft hatte, Raj Ahten niederzuringen. Sie merkte auch, daß sie versuchte, Gaborn zu einem Streit zu reizen, allerdings besaß er nicht das Temperament seines Vaters. Iome wollte Gaborn nicht mögen, wollte sich einreden, daß sie unter keinen Umständen imstande gewesen wäre, ihn zu lieben.

Sie war versucht, ihn anzusehen, traute sich aber nicht. Was, wenn sein Gesicht strahlte wie die Sonne? Wenn er unglaublich schön war? Würde ihr das Herz im Brustkorb flattern wie die Flügel einer Motte?

Jenseits der Burgmauern wurde es dunkel. Der rote Widerschein der Feuer im dichten Wald erinnerte Iome an verglühende Scheite – rote Flammen, die unter goldenen und scharlachroten Blättern züngelten. Frowth-Riesen kamen an den Waldrand. Im Zwielicht hätte man sie fast für Heuhaufen halten können – so zottelig waren ihre goldenen Köpfe und Rücken.

»Verzeiht mir mein Gezänk«, sagte Iome. »Ich habe

schlechte Laune. Ihr verdient es nicht, so grob behandelt zu werden. Wenn wir kämpfen wollten, könnten wir vermutlich jederzeit nach unten auf das Schlachtfeld gehen und ein paar von Raj Ahtens Soldaten niedermetzeln.«

»Ihr wollt doch nicht etwa mit in die Schlacht ziehen?« fragte Gaborn. »Versprecht mir das! Raj Ahtens Schwertkämpfer sind keine gewöhnlichen Menschen.«

Iome mußte bei der Vorstellung, am Kampf teilzunehmen, schmunzeln. Sie trug stets einen kleinen Dolch am Bein, unter ihrem Rock, wie viele unbescholtene Damen, und sie wußte ihn zu gebrauchen, Aber eine Fechterin war sie nicht. Sie beschloß, den Prinzen noch ein wenig zu reizen.

»Warum nicht?« erwiderte sie herausfordernd, nur halb im Scherz. »Auf den Burgmauern stehen Bauern und Kaufleute! Ihr Leben bedeutet ihnen ebensoviel wie unseres uns! Sie sind nur mit jenen Gaben ausgestattet, die ihre Mütter ihnen bei der Geburt mitgaben. Ich besitze inzwischen Gaben der Geisteskraft, der Anmut und des Durchhaltevermögens, um mich zu verteidigen. Ich habe vielleicht keinen kräftigen Schwertarm, aber warum sollten ich nicht kämpfen?«

Sie erwartete, daß Gaborn ihr erklärte, wie gefährlich die Schlacht sein würde. Die Frowth-Riesen hätten Muskeln wie aus Eisen. Jeder von Raj Ahtens Soldaten besäße Gaben der Muskelkraft, der Anmut und des Durchhaltevermögens. Darüber hinaus waren sie im Kriegshandwerk ausgebildet.

Doch jetzt merkte Iome, daß sie nicht bereit war, Zugeständnisse an den gesunden Menschenverstand zu machen, denn ihr Einwand war berechtigt. Ihre Untertanen schätzten ihr eigenes Leben tatsächlich ebenso wie sie das ihre. Sie war entschlossen, bei der Verteidigung der Burgmauern zu helfen. Genau wie ihr Vater.

Aber Gaborns Antwort überraschte sie: »Ich will nicht, daß Ihr kämpft, weil es eine Schande wäre, soviel Schönheit dem Tod preiszugeben.«

Iome lachte, klar und rein wie der Ruf eines Ziegenmelkers auf einer Lichtung. »Ich habe mich bislang geweigert, mir Euer Gesicht anzusehen«, sagte sie, »weil ich Angst hatte, mein Herz würde den Kopf überstimmen. Vielleicht hättet Ihr es genauso machen sollen.«

»Es stimmt, Ihr seid wunderschön«, erwiderte Gaborn, »aber ich gehöre nicht zu den jungen Männern, denen beim Anblick eines hübschen Gesichts schwindlig wird.« Wieder diese Stimmgewalt, so einfühlsam. »Nein, es ist Eure Anständigkeit, die ich so anziehend finde.«

Dann sagte Gaborn, vielleicht weil er spürte, daß die Dunkelheit sich ringsum senkte: »Ich will ehrlich sein, Prinzessin Sylvarresta. Es gibt andere Prinzessinnen, mit denen ich mich verbinden könnte, in anderen Königreichen. Haversind am Meer oder Internook.« Er ließ ihr einen Augenblick zum Nachdenken. Beide Königreiche waren ebensogroß wie Heredon – ebenso reich und vielleicht sogar einfacher zu verteidigen, es sei denn, natürlich, man befürchtete eine Invasion vom Meer. Und die Schönheit von Prinzessin Arrooley von Internook war legendär, selbst hier, zwölfhundert Meilen entfernt. »Doch Ihr habt mich neugierig gemach.«

»Ich? Wie das?«

Gaborn antwortete aufrichtig: »Vor ein paar Jahren hatte ich einen Streit mit meinem Vater. Er hatte Vorkehrungen getroffen, um Anmut für mich von einem jungen Fischer zu kaufen. Ich war dagegen. Ihr wißt, wie jene, die ihre Anmut hergeben, sich oft an das Leben klammern. Die Muskeln ihrer Eingeweide können sich nicht strecken, und sie können keine Speisen verdauen. Selten sind sie in der Lage zu laufen. Selbst jeder Versuch, zu sprechen oder die Augen zu schließen, kann schmerzhaft für sie sein. Ich habe gesehen, wie sie dahinsiechen, bis sie nach etwa einem Jahr sterben. Mir scheint, als seien all die Eigenschaften, die man einander weitergeben kann ...

Ich habe mich jedenfalls geweigert, und mein Vater wurde wütend. Ich sagte, es sei unrecht, auf diesem ›schändlichen Tauschgeschäft‹ zu bestehen und Gaben von solchen Untertanen anzunehmen, die so arm an Verstand und weltlichen Gütern waren, daß sie sich glücklich schätzten, die besten Teile von sich an uns abzutreten.

Mein Vater lachte. ›Du hörst dich an wie Iome Sylvarresta. Als ich das letzte Mal an ihrem Tisch speiste, hat sie mich einen unersättlichen Menschen geschimpft – unersättlich nicht, was Essen anbetrifft, sondern unersättlich, weil ich vom Unglück anderer zehre! Ha! Stell dir das vor!‹«

Gaborn klang *genauso* wie der König, als er seinen Vater zitierte. Er hatte wieder alle Ausdruckskraft seiner Stimme eingesetzt.

Iomes Gesicht glühte vor Verlegenheit. Sie war oft hin- und hergerissen gewesen zwischen Bewunderung und Abscheu für König Orden. Er war in mancher Hinsicht eine heldenhafte Gestalt. Mendellas Val Orden war ein mächtiger, entschlossener König, und es ging das Gerücht, daß er sich im Kampf gut schlug. Zwei Jahrzehnte lang hatte er die Königreiche im Norden zusammengehalten. Ein Blick von ihm würde so manchen Möchtegern-Tyrannen einschüchtern, und er konnte mit einer knappen Bemerkung dafür sorgen, daß ein Prinz die Gunst seines eigenen Vaters verlor.

Einige bezeichneten ihn als Königsmacher. Andere nannten ihn den Herrn der Marionetten. In Wahrheit hatte sich Orden nicht ohne Grund zu einem Mann von heroischem Ausmaß hinaufgearbeitet. Gleich den Runenlords aus alter Zeit hatte er zu einem Übermenschen werden müssen, weil seine Feinde Übermenschen waren.

»Verzeiht mir meine Bemerkung«, sagte Iome. »Euer Vater hat es nicht verdient, von einem selbstgerechten siebzehnjährigen Mädchen so verurteilt zu werden.«

»Verzeihen?« erwiderte Prinz Gaborn. »Was gibt es da zu verzeihen? Ich war derselben Ansicht wie Ihr. Vielleicht hatten unsere Vorfahren vor eintausend Jahren einen Grund, sich gegenseitig der Schmach der Zwingeisen zu unterwerfen. Aber die Invasionen der Nomen gehören lange der Vergangenheit an. Der einzige Grund, daß Ihr und ich Runenlords sind, liegt darin, daß wir in dieses ›schändliche Tauschgeschäft‹ hineingeboren wurden! Eure Worte hatten mich so neugierig gemacht, daß ich meinen Vater bat, jedes einzelne zu wiederholen, das

Ihr je in seiner Gegenwart gesprochen habt – sowie die Umstände, unter denen sie gesprochen wurden. Also berichtete er mir, was Ihr mit drei Jahren gesagt hattet, und dann alles Weitere, was er glaubte erzählen zu dürfen.«

Er ließ Iome einen Sekundenbruchteil Zeit, um zu begreifen, was das bedeutete. Lord Orden, wie jeder, der über so kräftige Gaben der Geisteskraft verfügte, konnte sich natürlich an alles erinnern, was er je gesehen hatte, an jedes Wort, das er je gehört hatte, an jede nebensächliche Bemerkung. Mit seinen Gaben des Gehörs konnte Lord Orden eine drei Räume entfernt geflüsterte Bemerkung durch die dicken Mauern einer Burg verfolgen. Als Kind hatte Iome die Machtfülle nie recht verstanden, über die ein erwachsener Runenlord verfügte. Zweifellos hatte sie viele Dinge gesagt, die König Orden niemals hatte hören sollen. Und er wußte alles noch fehlerfrei.

»Nun ja …«, meinte Iome.

»Seid nicht gekränkt«, beruhigte Gaborn sie. »Ihr habt Euch nicht in Verlegenheit gebracht. Mein Vater hat jeden Scherz erzählt, den Ihr gegenüber Lady Chemoise gemacht habt.«

Er deutete mit dem Kopf auf die Hofdame. Iome spürte die Geste eher, als daß sie sie sah. »Schon als Kind fand mein Vater Euch amüsant und großherzig. Ich wollte Euch kennenlernen, mußte aber den rechten Augenblick abwarten. Vergangenes Jahr kam ich im Gefolge meines Vaters zum Hostenfest, damit ich mir Euch ansehen konnte … Ich saß im Großen Saal und habe Euch während des gesamten Festmahls und auch sonst beobachtet.

Ich möchte soweit gehen und behaupten, ich hatte Angst, ich könnte Euch mit meinem starren Blick durchbohren. Ihr habt mich beeindruckt, Iome. Mein Herz habt Ihr im Sturm genommen. Ich habe mir die Menschen in Eurer Nähe angesehen, die Kinder, die Euch bedienten, die Gardisten und die Hofdamen, und bemerkte, wie sie sich nach Eurer Zuneigung sehnten. Am nächsten Morgen, als wir aufbrachen, wurde ich Zeuge, wie sich eine Gruppe von Kindern um Euch scharte, gerade als unsere Karawane aufbrechen wollte. Ihr habt verhindert, daß die Kleinen unter die Hufe der Pferde gerieten. Von Eurem Volk werdet Ihr sehr geliebt, und Ihr erwidert diese Liebe von ganzem Herzen. In sämtlichen Köngreichen Rofehavans gibt es niemanden, der Euch ebenbürtig wäre. Deswegen bin ich gekommen. Ich hatte gehofft, auch ich dürfte, wie alle, die Euch nahe sind, die Hoffnung hegen, eines Tages Eure Zuneigung zu gewinnen.«

Offene Worte. Iome dachte rasch nach. König Orden brachte immer ein oder zwei Dutzend Gefolgsleute zum Festmahl mit in den Großen Saal. Es war nur gerecht, daß die, die an der Jagd teilnahmen, ihren Teil des erlegten Ebers bekamen, der zum Höhepunkt des Festmahls aufgetragen wurde. Iome versuchte sich an die Gesichter der Männer zu erinnern: Mehrere wiesen Narben der Zwingeisen auf und waren demzufolge aus eigenem Recht weniger bedeutende Lords. Prinz Gaborn war vermutlich einer von ihnen gewesen. Und er mußte sehr jung gewesen sein.

Aber Ordens Gardisten und Gefolgsleute waren bis auf den letzten Mann ältere, vertrauenswürdigere Männer.

Orden war klug genug zu wissen, daß die besten Kämpfer selten flinke Jugendliche waren, die beim Gedanken, eine Axt oder ein Schwert zu schwingen, vor Begeisterung ganz außer sich gerieten. Nein, die Besten waren alt – Meister der Technik und der Taktik, die oftmals in der Schlacht keinen Schritt weit wichen, sich kaum zu bewegen schienen und mit tödlicher Genauigkeit zuschlugen.

Orden hatte keinen jungen Mann in seinem Gefolge gehabt. Bis auf … bis auf einen, an den sie sich erinnerte: einen schüchternen Jungen, der am anderen Ende der Tafel gesessen hatte – ein hübscher Junge mit glattem Haar und durchdringenden blauen Augen, die vor Klugheit nur so sprühten, obwohl er mit offenem Mund in die Gegend starrte wie ein gewöhnlicher Mensch. Iome hatte ihn nur für einen Leibdiener gehalten, dem man vertraute, einen Knappen in der Ausbildung vielleicht.

Dieser ganz gewöhnliche Junge konnte doch unmöglich der Prinz des Runenlords gewesen sein! Schon der Gedanke bereitete ihr Unbehagen und ließ ihr Herz klopfen. Iome drehte sich um und sah Prinz Gaborn an, um ihren Verdacht zu bestätigen.

Und mußte lachen. Da stand er, ein einfacher junger Mann mit geradem Rücken, dunklem Haar und diesen klaren blauen Augen. Noch ein Jahr, und er wäre erwachsen. Iome konnte ihre Überraschung kaum verhehlen. Er war … nicht gerade eine eindrucksvolle Erscheinung. Mehr als ein oder zwei Gaben der Anmut besaß er sicherlich nicht.

Gaborn lächelte, entzückt über ihre Freude. »Nun, jetzt

habt Ihr mich gesehen und kennt den Grund für mein Kommen. Hätte ich um Eure Hand angehalten, hättet Ihr sie mir gegeben?«

Iome antwortete ernst, von ganzem Herzen: »Nein.«

Gaborn trat einen Schritt zurück, als hätte sie ihm einen Schlag versetzt, als sei ihre Ablehnung das letzte, womit er gerechnet hatte. »Wie das?«

»Ihr seid ein Fremder. Was weiß ich denn von Euch? Wie kann ich jemanden lieben, den ich nicht kenne?«

»Ihr würdet mein Herz kennenlernen«, versprach Gaborn. »Unsere Väter wünschen eine politische Verbindung, ich dagegen habe mir eine Verbindung ähnlich denkender und empfindender Menschen gewünscht. Ihr werdet feststellen, Lady Sylvarresta, daß Ihr und ich uns … in vielen Punkten ähnlich sind.«

Iome lachte amüsiert. »Ganz ehrlich, Prinz Orden, wärt Ihr gekommen, um mich um die Führerschaft Heredons zu bitten, vielleicht hätte ich damit dienen können. Ihr hingegen hättet mich um mein Herz gebeten, und *das* kann ich keinem Fremden versprechen.«

»Wie ich befürchtet hatte«, gab Gaborn aufrichtig zu. »Und doch sind wir zwei nur durch Zufall Fremde. Hätten wir näher beieinander gelebt, ich glaube, wir hätten es geschafft, uns zu lieben. Kann ich Euch nicht überzeugen, ein Geschenk von mir anzunehmen, das Euch umstimmt?«

»Es gibt nichts, das ich mir wünsche«, sagte Iome, dann begann ihr Herz zu klopfen. Raj Ahtens Armee stand vor ihren Toren. Sie wollte ihn lossein. Sie merkte, daß sie übereilt gesprochen hatte.

»Es gibt bestimmt etwas, das Ihr Euch wünscht, wenn ich auch nicht weiß, was«, hielt Gaborn dagegen. »Ihr lebt hier, versteckt in Eurer Burg in der Nähe der Wälder, und Ihr behauptet, es gäbe nichts, was Ihr Euch wünscht. Und doch habt Ihr ganz sicher Angst. Es gab einmal eine Zeit, als alle Runenlords wie Euer Vater waren, Männer, durch ihren Eid verpflichtet, ihren Mitmenschen zu dienen, Männer, die keine Gaben annahmen außer denen, die freiwillig gegeben wurden. Und jetzt stehen wir hier, in die Ecke gedrängt. Raj Ahten lauert vor Euren Toren. Ringsum nennen sich die Könige des Nordens ›Pragmatiker‹. Sie haben sich dem Gewinnstreben hingegeben und reden sich ein, am Ende bestimmt nicht so zu werden wie Raj Ahten. Ihr seht den Fehler in ihren Behauptungen. Ihr habt die Schwäche meines Vaters erkannt, da wart Ihr wenig älter als ein Kind. Er ist ein großer Mann, aber er hat wie wir alle seine Schwächen. Vielleicht ist es ihm gelungen, sich einen guten Kern zu bewahren, weil sich manchmal Menschen wie Ihr Gehör verschaffen, die ihn vor der Gier warnen. Und deshalb habe ich ein Geschenk für Euch, Prinzessin Sylvarresta, ein Geschenk, das ich gerne hergebe, ohne dafür etwas zu verlangen.«

Er trat entschlossen einen Schritt vor und ergriff ihre Hand. Iome dachte, er würde ihr etwas in die Hand legen, einen wertvollen Stein oder ein Liebesgedicht.

Statt dessen ergriff Gaborn ihre Hand, und sie fühlte die Schwielen auf seiner Handfläche und spürte die Wärme seiner Hand.

Er kniete vor ihr nieder und sprach leise einen Eid, einen

Eid, so alt, daß wenige noch seine Sprache verstanden, einen Eid, der so bindend war und lähmend, daß fast kein Runenlord jemals wagte ihn zu leisten:

»Ich spreche diesen Eid in Eurer Gegenwart, und mein Leben soll Zeugnis dafür sein in jedem Punkt: Ich, Euer Runenlord, schwöre, Euch als Beschützer zu dienen. Ich, Euer Runenlord, bin vor allem anderen Euer Diener. Ich gelobe hiermit, niemals eine Gabe mit Gewalt oder durch Täuschung an mich zu bringen. Noch werde ich dergleichen von jenen kaufen, denen es an Reichtum mangelt. Statt dessen werde ich, sollte es einem Mann an Gold fehlen, ihm dieses gerne überlassen. Nur wer sich mir im Kampf gegen das Böse anschließt, kann mir als Übereigner dienen. So wie der Nebel über dem Meer aufsteigt, so kehrt er auch dorthin zurück.«

Er hatte den Schwur der Eidgebundenen Runenlords gesprochen, einen Schwur, der normalerweise Untertanen gegenüber gesprochen wurde, aber auch Unterlords oder befreundeten Königen gegenüber, die man zu verteidigen beabsichtigte. Das war kein Eid, den man leichtfertig einem einzelnen Menschen leistete. Es war mehr ein feierliches Gelöbnis, mit dem man eine Lebensweise verkündete. Schon der Gedanke ließ Iome schwindlig werden.

Solange Raj Ahten gegen den Norden kämpfte, benötigte das Geschlecht Orden seine ganze Kraft. Daß Gaborn jetzt diesen Eid sprach, zu ihren Ohren, kam … einem Selbstmord gleich.

Von diesem Schuft aus dem Haus Orden hatte Iome dies Größe des Herzens niemals erwartet. Den Eid zu leben würde sich als unerträglich schwer erweisen.
Sie hätte dasselbe nicht getan. Dafür war sie zu … pragmatisch.
Iome stand nur einen kurzen Augenblick mit offenem Mund da. Ihr wurde klar, daß sie gut über ihn gedacht hätte, wenn er ihr den Eid unter einem freundlicheren Himmel geschworen hätte. Aber jetzt, unter diesen Umständen … das war unverantwortlich.
Sie blickte zu ihrer Days hinüber, um zu sehen, wie sie reagierte. Die dünne Frau machte große Augen vor Überraschung.
Iome wandte sich wieder Gaborn zu und merkte, daß sie sich sein Gesicht einprägen wollte, um diesen Augenblick im Gedächtnis festzuhalten.
Eine Stunde genügte nicht, sich zu verlieben, aber eine Stunde war alles, was ihnen zur Verfügung stand. Gaborn hatte ihr Herz in weit kürzerer Zeit erobert und Iome dabei ihr eigenes Herz noch deutlicher vor Augen geführt. Er hatte erkannt, daß sie ihr Volk liebte, und das war auch richtig so. Sie mußte sich trotzdem wundern: Selbst wenn Gaborn diesen Eid als Akt der Liebe für die Menschheit verstand, war es nicht reiner Wahnsinn? Liebte Gaborn seine Ehre mehr als das Leben seines Volkes?
»Ich hasse Euch dafür«, war alles, was sie hervorbrachte.
Genau in diesem Augenblick erhob sich lautes Trommeln aus dem Grund des Tals. Das letzte Licht der Sonne schwand. Zwei Frowth-Riesen am Waldrand schlugen

auf schwere Kupferpauken ein, und aus der Dunkelheit am Rand des Waldes sprengte ein Dutzend scheckiggrauer Pferde unter den Bäumen hervor. Ihre Reiter trugen sämtlich schwarze Kettenhemden unter gelben Umhängen, auf deren Brust die roten Wölfe Raj Ahtens prangten. Der vorderste Reiter trug einen grünen Wimpel an einem langen Speer, die Bitte um eine Unterredung.

Die anderen in der Vorhut trugen sämtlich Äxte und Schilde in der Farbe von Kupfer – eine Ehrengarde mit dem Emblem des Schwerts und dem Stern Indhopals auf ihren Schilden.

Sie trugen alle die gleiche Uniform, das heißt, bis auf einen …

Auf dem letzten Pferd in der Gruppe, in seiner schwarzen Kettenrüstung, den hohen Helm mit Flügeln der weißen Schnee-Eule verziert, ritt Raj Ahten persönlich, und hielt an einen Arm dem Schild, den langstieligen Kriegshammer der Reiter in der anderen Hand.

Wo er ritt, schien er ein Licht zu verströmen, als sei er ein Stern in einer schwarzen, sternenlosen Nacht oder ein bescheidenes Signalboot mit brennenden Leuchtfeuern auf dem Wasser.

Iome konnte die Augen nicht von ihm lassen. Selbst auf diese Entfernung raubte sein Anblick ihr den Atem. Sie konnte seine Gesichtszüge nicht erkennen – denn auf diese Entfernung war er nicht mehr als ein undeutlicher Schemen. Dennoch hatte sie den *Eindruck* großer Schönheit, selbst von hier aus. Und sie wußte, daß es gefährlich war, ihm ins Gesicht zu sehen.

Sie bewunderte seinen Helm mit seinen ausladenden weißen Flügeln. Was wäre das für eine feine Ergänzung meiner Sammlung, dachte sie, wenn Raj Ahtens Schädel mich daraus anlächeln würde.

Hinter ihm folgte auf einer gewöhnlichen braunen Stute der Days des Wolfslords, der Mühe hatte, Schritt zu halten. Iome fragte sich, welche Geheimnisse er wohl zu erzählen wußte …

Unten bei den Toren riefen sich die Sodaten ihres Vaters warnend zu: »Hütet euch vor seinem Gesicht! Hütet euch vor seinem Gesicht!«

Sie sah zu ihren Leuten auf den Mauern hinüber, sah, wie viele ihre Waffen zogen. Kommandant Derrow, der große Gaben an Muskelkraft besaß, lief mit einer Stahlarmbrust, die kein anderer im Königreich spannen konnte, über die Brustwehr, in der Hoffnung, Raj Ahten mit ein paar Bolzen zu treffen.

Wie als Antwort auf die Warnrufe ihrer Soldaten bildete sich über Raj Ahten eine wirbelnde Wolke goldenen Lichts, ein Wirbelwind schwelender Glut, der sich herabsenkte und die Augen vieler auf seine Gesichtszüge lenkte.

Irgendein Flammenwebertrick, erkannte Iome. Raj Ahten wollte, daß ihr Volk ihn ansah.

Aus so großer Entfernung hatte Iome keine Angst vor Raj Ahtens Antlitz. Sie zweifelte, ob seine Schönheit hier ihre Urteilskraft trüben konnte.

Raj Ahten eilte auf die Stadttore zu. Die Pferde seiner Krieger schwärmten mit unglaublicher Geschwindigkeit aus, ritten in Formation und brausten wie ein Sturm über die Felder hinweg, denn dies waren keine gewöhnlichen Tiere. Es waren Kraftpferde. Anführer von Herden, die wie ihre Herren durch die Kunst der Runenlords mit Macht erfüllt waren. Als sie über die im Dämmerlicht liegenden Felder dahinschossen wie Kormorane dicht über dem Meer, versetzte ihr Anblick Iome in Staunen. Noch nie hatte sie so viele Kraftpferde im Gleichschritt galoppieren sehen. Noch nie hatte ihr Auge etwas so Erhabenes erblickt.

Prinz Gaborn lief zum oberen Rand der Treppe und rief zum Bergfried der Übereigner hinunter: »König Sylvaresta, Ihr werdet gebraucht. Raj Ahten wünscht eine Unterredung.«

Iomes Vater begann fluchend seine Rüstung hervorzuholen. Sie schepperte beim Anlegen.

Hinter Raj Ahten, in der Nähe der verlassenen Bauernhöfe überall am Waldrand, begannen Raj Ahtens Truppen aus der Dunkelheit hervorzuströmen. Fünf Flammenweber, so dicht davor, eins mit den Elementen zu werden, daß sie nicht länger Kleidung tragen konnten, leuchteten wie strahlend helle Signallichter, gehüllt in züngelnde Flammen grünen Feuers. Die trockenen Gräser zu ihren Füßen loderten auf.

Als die Krieger aus dem Schatten der Wälder heraustraten, wurde das von den Flammenwebern ausgehende Licht plötzlich von polierten Rüstungen zurückgeworfen und funkelte auf Schwertern.

Mitten unter den Tausenden von Soldaten, die vorrückten, waren noch seltsamere Wesen als Flammenweber zu erkennen.

Die zottigen Frowth-Riesen, zwanzig Fuß hoch bis zur Stirn, stapften unbeholfen in ihren Kettenrüstungen voran und hielten riesige, eisenbeschlagene Knüppel in der Hand. Sie hatten Mühe, sich in Geduld zu fassen und Raj Ahtens Schwertkämpfer auf ihrem Vormarsch nicht niederzutrampeln.

Kampfhunde hielten mit den Riesen Schritt, gewaltige Tiere, Mastiffs, denen man Runen eingebrannt hatte.

Am Waldrand zuckten schwarze Schatten. Pelzige Kreaturen mit dunklen Mähnen sprangen zischend und knurrend in geduckter Haltung auf krallenbewehrten Knöcheln voran, jede einen gewaltigen Speer in der Hand.

»Nomen!« brüllte jemand. »Nomen von jenseits Inkarras!«

Nomen, die Mauern wie Affen erklimmen können sollten. Nomen mit scharfen Zähnen und roten Augen.

Iome hatte noch nie einen gesehen – lebendig. Nur einmal hatte sie einen uralten Pelz gesehen, dem bereits die Haare ausgingen. Sie waren Wesen der Legende.

Nomen. Kein Wunder, daß Raj Ahtens Armee nur bei Tage durch die Wälder zog und nur nachts angriff.

Das alles war natürlich nur Imponiergabe: Raj Ahten, der in seiner ganzen Macht auftrat, mit seinem gesamten Gefolge. Die Stärke seiner Armee war beeindruckend. Sein Reichtum unermeßlich.

Seht ihr mich? schien er zu verkünden. Ihr Menschen aus dem Norden hockt hier in eurem öden Königreich und wißt überhaupt nicht, wie verarmt ihr seid. Seht euch den Wolflord aus dem Süden an. Seht, wie reich ich bin.

Aber Iomes Volk war bereit zu kämpfen. Sie sah, wie

junge und alte Männer auf den Burgmauern die Hefte ihrer Speere fester faßten und sich vergewisserten, ob die neben ihnen abgelegten Pfeile richtig lagen. Ihr Volk würde eine Schlacht liefern. Eine Schlacht, die man vielleicht in der Zukunft folgenden Jahren besingen würde.

In diesem Augenblick war ihr Vater mit dem Ankleiden fertig, ergriff seine Waffen und sprang die Stufen des Turmes hinauf. Sein Days, ein älterer Gelehrter mit weißem Haar, hinkte so schnell wie möglich hinterher.

Iome war auf die Veränderung in ihrem Vater nicht gefaßt. In den vergangenen paar Stunden hatte er sechzig Gaben aus seinem Volk empfangen und damit viel Kraft gewonnen. Sechs Stufen nahm er auf einmal, und das in voller Rüstung. Er bewegte sich wie ein Panther.

Als er oben auf dem Turm ankam, hörten die Frowth-Riesen mit dem Getrommel auf, und Raj Ahtens Armee hielt in einiger Entfernung an, während die wilden Nomen knurrten und fauchten, als könnten sie es kaum erwarten, in die Schlacht zu ziehen.

Lord Raj Ahten selbst stieß einen Ruf aus und zügelte sein Pferd. Er besaß die Gaben der Stimmgewalt von vielen Menschen, und so wurden seine Worte vom Wind deutlich verständlich bis hier herauf auf die Zitadelle getragen. Er klang freundlich und angenehm, ein Widerspruch zu seinem bedrohlichen Auftreten.

»König Sylvarresta, Volk von Heredon!« rief Raj Ahten, seine Stimme glockenhell und wohltönend wie ein Holzblasinstrument. »Laßt uns Freunde sein – nicht Gegner im Kampf. Ich hege keinen Groll gegen euch. Seht euch meine Armee an!« Er breitete die Arme aus. »Ihr könnt sie nicht besiegen. Seht mich an. Ich bin nicht euer Feind. Ihr wollte mich doch bestimmt nicht zwingen, heute nacht hier in der Kälte zu hocken, während ihr neben euren Feuern speist? Öffnet die Tore. Ich werde euer Lord sein, und ihr mein Volk.«

Seine Stimme klang so angenehm, war so überreich an Vernunft und Sanftmut, daß es Iome bald schwergefallen wäre, ihr zu widerstehen.

Und tatsächlich, in diesem Augenblick vernahm sie das Knirschen der Zahnräder am Hauptfallgatter, und die Zugbrücke begann sich zu senken.

Iomes Herz klopfte ihr bis zum Hals. Sie beugte sich vor, schrie: »Nein!« Sie war erstaunt, daß einer ihrer törichten Untertanen, überwältigt von der Schönheit und der Stimme eines Ungeheuers, tat, was dieses verlangte.

Auch König Sylvarresta neben ihr brüllte, befahl seinen Leuten, die Brücke hochzuziehen. Doch sie waren so weit von den Toren entfernt, so weit oben, und der Klang seiner Rufe wurde gedämpft durch das Visier seines Helms. Er riß es hoch, um deutlicher rufen zu können.

Ganz im Einklang mit ihren eigenen Gefühlen der Wut, feuerte Kommandant Derrow unten bei den Toren einen Bolzen ab. Derrows Bolzen flog mit unglaublicher Geschwindigkeit, ein verschwommener Punkt aus schwarzem Eisen, der die Rüstung eines jeden anderen Mannes durchschlagen hätte.

Doch Raj Ahten übertraf ihn noch an Schnelligkeit und Kraft. Der Runenlord griff einfach zu und schnappte sich den Bolzen mitten aus der Luft.

Diese Schnelligkeit. Raj Ahten hatte das Unvorstellbare getan und mehr als eine Gabe des Stoffwechsels angenommen. Selbst von hier aus erkannte sie, daß er sich bestimmt fünf- oder sechsmal so schnell bewegte wie ein normaler Mann. Bei einem Leben in diesem Tempo würde er in wenigen Jahren altern und sterben. Aber zuvor war es gut möglich, daß er die Welt eroberte.

»Augenblick!« rief er und klang dabei wie die Vernunft in Person. »Das lassen wir nicht zu.« Dann, mit gewaltiger Kraft und in einem so sanften Ton, der alle Schutzmechanismen von Iome unterspülte, befahl Raj Ahten: »Legt eure Waffen und eure Rüstungen nieder. Ergebt euch mir!«

Iome fuhr auf, merkte, daß sie nach ihrem Dolch greifen wollte, bereit, ihn über die Mauer zu werfen. Nur Gaborn, der die Hand ausstreckte, um sie zu stoppen, verhinderte, daß sie die Waffe über die Mauer fallen ließ.

Sie bedauerte es augenblicklich, sah, wie töricht es gewesen war, und blickte zu ihrem Vater hinüber, aus Angst, er könnte vielleicht wütend geworden sein. Sie sah, wie er sich abmühte, wie er kämpfte, nicht selbst sein Schwert niederzulegen.

Einen halben Herzschlag lang stand sie da und war entsetzt, wie ihr Volk auf Raj Ahtens Stimme und Schönheit reagierte. Sie befürchtete, daß die, die näher an dem Ungeheuer standen, sich täuschen ließen.

Mit einem Aufschrei wie bei einer Jubelfeier begann ihr Volk Bögen und Waffen über die Burgmauern zu schleudern. Schwerter und Sicheln fielen zusammen mit Helmen und Schilden in dem Burggraben. Die Katapulte auf der Südmauer landeten klatschend im Wasser, eine Gischtfontäne spritzte auf. Der Jubel ihres Volkes war beinahe ohrenbetäubend, man möchte meinen, Raj Ahten sei als ihr Retter und nicht als ihr Vernichter gekommen. In diesem Augenblick wurden die Stadttore weit aufgerissen.

Einige der ergebensten Soldaten des Hauses Sylvarresta stemmten sich in der Hoffnung dagegen, die Tore wieder zu schließen. Kommandant Derrow schwang seine Stahlarmbrust wie eine Keule und wehrte Stadtbewohner ab. Einigen Kriegern mit großem Mut, aber wenig Geschick gelang es, von ihren Stellungen auf den Mauern hinunterzusteigen. Als sie laut zu protestieren begannen, wurden sie von den Umstehenden gepackt. Auf den Mauern brach Streit aus. Iome sah mehrere Männer der Stadtgarde, die über die Mauern in den Tod geworfen wurden.

Von hier aus konnte Iome die Schönheit von Raj Ahtens Gesicht nicht erkennen. Von hier aus minderte der Wind bestimmt das Betörende in seiner Stimme.

Hier auf der Burgmauer konnte sie, obwohl sie begriff, daß ihre Stadt verloren war, nicht recht glauben, was sie mit eigenen Augen sah.

Sie war verblüfft. Jemals so erschüttert zu sein, hatte sie sich niemals vorstellen können.

Die Zugbrücke senkte sich. Die Fallgatter gingen hoch. Das innere Tor wurde geöffnet.

Burg Sylvarresta fiel, ohne daß der Gegner einen einzigen Mann Verlust zu beklagen hatte.

Unter Jubelrufen ritt Raj Ahten in den inneren Hof gleich

innerhalb der Großen Mauer ein, während Iomes Volk die Karren und Fässer, die überall in diesem Bereich herumlagen, zur Seite räumte. Hühner flatterten vor dem Wolflord davon.

Wie habe ich so blind sein können? staunte Iome. Wie ist es möglich, daß ich die Gefahr nicht erkannt habe?

Augenblicke zuvor hatte Iome noch immer gehofft, ihrem Vater möge es gelingen, Raj Ahten Widerstand zu leisten.

Wie einfältig ich bin.

Neben ihr rief ihr Vater seinen Leuten zu, sie sollten sich ergeben. Er wollte nicht mit ansehen müssen, wie sie starben.

Der frische Abendwind wehte seine Worte fort.

Schockiert blickte Iome in das Gesicht ihres Vaters, sah, daß er blaß und erschüttert war, geschlagen, verzweifelt.

Die Stimme meines Vaters klingt so trocken und zerbrechlich wie verwehte Asche, dachte Iome. Er ist ein Nichts vor Raj Ahten. Wir alle sind ein Nichts.

Das hätte sie nicht für möglich gehalten.

Raj Ahten beugte sich im Sattel vor, eine kaum merkliche Bewegung. Aus dieser Entfernung war sein Gesicht in ihrem Blickfeld nicht größer als ein funkelndes Sandkorn am Strand. Sie bildete sich ein, daß er wunderschön war. Er wirkte jung und freundlich. Seine Rüstung trug er mit größerer Selbstverständlichkeit als andere Männer ihre Kleider, und Iome betrachtete ihn staunend. Gerüchten zufolge besaß er Gaben der Muskelkraft von tausend Männern. Hätte er nicht befürchten müssen, sich die

Knochen zu brechen, hätte er die Mauern hinaufspringen und einen Mann in seiner Rüstung wie einen Pfirsich zerteilen können.

Im Kampf war er nahezu unbesiegbar. Mit seinen Gaben an Geisteskraft – Hunderte von Weisen und Generälen hatten diese an ihn abgetreten – konnte ihn kein Schwertkämpfer überraschen. Seine Gaben des Stoffwechsels erlaubten ihm, den Innenhof zu überqueren und zwischen verblüfften Gardisten hindurchzuschleichen wie ein unaufhaltsamer, kaum zu erkennender Schatten. Und da er genügend Gaben des Durchhaltevermögens besaß, hielt er fast jedem Hieb im Kampf stand.

All seinen Absichten und Zielen zum Trotz war Raj Ahten nicht einmal mehr ein Mensch. Er war zu einer Naturgewalt geworden.

Eine, die entschlossen war, sich die Welt zu unterwerfen. Er brauchte keine Armee, die ihn unterstützte, keine Kraftelefanten oder zottigen Frowth-Riesen, um die Palasttore niederzureißen. Keine Flammenweber, die die Dächer der Stadt in Brand steckten.

Das alles waren kleine Schrecken, Scheinmanöver. Den Zecken ähnlich, die das Fell eines Riesen befielen.

»Wir können nicht kämpfen«, flüsterte ihr Vater. »Nein, wir können nicht kämpfen.«

Neben ihr keuchte Gaborn unregelmäßig. Er rückte so nahe an sie heran, daß Iome seine Wärme neben ihrem Gesicht spürte.

Sie fühlte sich losgelöst von ihrem Körper, während sie zusah, wie sich unten die Geschehnisse entwickelten.

Menschen rannten in den Innenhof, versuchten sich in die Nähe des neuen Lords zu drängen, ihres Lords, der sie alle vernichten würde.

Iome hatte Raj Ahten gefürchtet wie den Tod, aber auch sie mußte feststellen, daß sie ihn willkommen hieß. Die Macht seiner Stimmgewalt zwang sie dazu.

Prinz Gaborn Val Orden flüsterte: »Euer Volk hat nicht den Willen, Widerstand zu leisten. Mein Beileid aus dem Hause Sylvarresta – Eurem Vater und Euch selbst – für den Verlust Eures Königreichs.«

»Danke«, sagte Iome mit schwacher, abwesender Stimme.

Gaborn wandte sich an König Sylvarresta. »Mein Lord, kann ich irgend etwas tun?« Gaborn sah Iome an. Vielleicht hatte er die Hoffnung, sie von hier fortzuschaffen.

Ihr Vater, noch immer erschüttert, drehte sich zu dem Prinzen um. »Tun? Ihr seid noch ein Knabe. Was könntet Ihr denn tun?«

Iomes Gedanken rasten. Sie fragte sich, ob Gaborn ihr bei der Flucht helfen konnte. Aber nein, das konnte sie sich nicht vorstellen. Sicher wußte Raj Ahten, daß sie sich in der Burg befand. Die Königsfamilie wurde beobachtet. Wenn Gaborn versuchte, mit ihr zu fliehen, würde Raj Ahten sie gewiß zur Strecke bringen. Er konnte bestenfalls sich selbst retten. Raj Ahten wußte nicht, daß der Prinz sich auf diesem Gelände befand.

Offenbar war König Sylvarresta zu dem gleichen Schluß gelangt. »Wenn Ihr es schafft, aus der Burg herauszukommen, überbringt Eurem Vater einen Gruß von mir. Sagt ihm, ich bedauere, daß wir nicht mehr zusammen jagen werden. Vielleicht kann er mein Volk rächen.«

Ihr Vater griff unter seinen Brustharnisch und zog einen Lederbeutel hervor, der ein kleines Buch enthielt. »Einer meiner Männer wurde bei dem Versuch, mir dies zu bringen, ermordet. Das Buch enthält Schriften des Emirs von Tuulistan. Größtenteils beschäftigt es sich mit philosophischen Betrachtungen und Poesie – es enthält aber auch Berichte über Raj Ahtens Schlachten. Ich glaube, der Emir wollte, daß ich etwas daraus lerne, aber ich habe noch nicht herausgefunden, was. Werdet Ihr dafür sorgen, daß Euer Vater es bekommt?«

Gaborn nahm den Lederbeutel entgegen und steckte ihn ein.

»Und jetzt, Prinz Orden, solltet Ihr besser aufbrechen, bevor Raj Ahten erfährt, daß Ihr hier seid. In Anbetracht des gegenwärtigen Zustandes meiner ergebenen Untertanen wird es nicht lange dauern, bis dies geschieht.«

»Dann verabschiede ich mich jetzt, zu meinem Bedauern.« Gaborn verbeugte sich vor dem König.

Zu Iomes Überraschung trat er entschlossen vor und gab ihr einen Kuß auf die Wange. Erstaunt stellte sie fest, wie heftig ihr Herz auf seine Berührung reagierte. Gaborn sah sie leidenschaftlich an und sagte leise, mit Nachdruck in der Stimme: »Bleibt tapfer. Raj Ahten benutzt die Menschen. Er vernichtet sie nicht. *Ich* bin Euer Beschützer. Ich *werde* zurückkommen und Euch holen.«

Schwungvoll machte er kehrt, eilte zur Treppe und lief dabei so leise, daß sie seine Füße nicht über den Stein scharren hörte. Wären ihr rasendes Herz und die Wärme auf ihrer Wange, wo er sie geküßt hatte, nicht gewesen, hätte sie fast geglaubt, er sei nur eine Einbildung.

Kommandant Ault schloß sich Gaborn an und folgte ihm hinunter in den Innenhof.

Wie will er fliehen, fragte sie sich, solange Raj Ahtens Wachen die Stadt beobachten?

Sie blickte hinunter auf seinen sich entfernenden Rücken, auf seinen blauen, flatternden Umhang, während Gaborn sich einen Weg durch das Gedränge aus Blinden, Tauben, Idioten und anderen verkrüppelten Übereignern des Hauses Sylvarresta bahnte. Er war nicht groß. Vielleicht gelang es einem Jungen, aus der Burg zu fliehen, ohne daß man ihm Beachtung schenkte.

Wie seltsam, überlegte sie, zu glauben, daß ich ihn liebe. Fast wagte sie zu hoffen, daß sie tatsächlich eines Tages heiraten würden.

Aber natürlich, Prinz Orden hatte sich alleine retten müssen, denn sie hatte ihm nichts mehr zu bieten. Dumpf wurde ihr bewußt, daß dieser Tag nicht anders hätte enden können.

Vielleicht denken wir beide nüchterner, als wir es wahrhaben wollen, ging es ihr durch den Kopf.

»Auf Wiedersehen, mein Lord«, sprach sie leise Gaborns sich entfernender Gestalt hinterher und fügte einen alten Segensspruch für Reisende hinzu: »Mögen die Glorien jeden Eurer Schritte lenken.«

Sie drehte sich wieder um und blickte auf Raj Ahten hinab, der feixend seinen neuen Untertanen zuwinkte. Sein gescheckter grauer Hengst schritt stolz durch die gepflasterten Straßen, und die Bauern machten ihm freimütig Platz, während ihr Jubel lauter und lauter aufbrandete. Er war bereits hinter die zweite Verteidigungslinie der Stadt vorgedrungen, vorbei am Markttor. Er sprengte hinauf durch die Straßen und verschwand für einen Moment aus Iomes Blick.

Plötzlich stand Chemoise neben ihr. Die Prinzessin schluckte und fragte sich, was Raj Ahten ihr antun würde. Würde man sie töten? Foltern? Entehren?

Oder würde er ihr irgendeinen Posten überlassen, wo er ihren Vater als Herrscher regieren ließ? Auch das schien möglich.

Man konnte nur hoffen.

Unten bog Raj Ahten plötzlich um eine Ecke und war jetzt nur noch vierhundert Schritt entfernt.

Sie konnte sein Gesicht unter den geschwungenen weißen Flügeln seines Helms erkennen – die reine Haut, das glänzend schwarze Haar, die leidenschaftslosen, braunen Augen. Gutaussehend, sehr gutaussehend. So perfekt geformt, als hätten Liebe und Güte sein Gesicht geschaffen.

Er schaute zu Iome hoch. Weil sie so schön war, wie nur eine Prinzessin der Runenlords schön sein konnte, gewöhnte sich Iome zunehmend an die manchmal gierigen Blicke von Männern. Sie wußte, wie sehr ihr Antlitz einen Mann erregen konnte.

Doch von allen Raubtierblicken, die ihr je zuteil geworden waren, ließ sich nichts mit dem vergleichen, was sich für sie in Raj Ahtens Augen offenbarte.

KAPITEL 9
Der Garten des Zauberers

Gaborn flog die Stufen des Bergfrieds der Übereigner fast hinunter, bahnte sich seinen Weg durch das Gedränge im Innenhof an den stinkenden Idioten und Krüppeln vorbei.

Kommandant Ault lief neben ihm. »Junger Herr, bitte geht in die Küchen für die Übereigner und wartet dort, bis ich Euch jemanden schicke. In Kürze wird es dunkel sein. Wir werden einen Weg finden, Euch nach Einbruch der Nacht über irgendeine Mauer zu schaffen.«

Gaborn nickte. »Danke, Sir Ault.«

Seit Stunden wußte er, daß er aus der Burg Sylvarresta fliehen mußte, aber er hatte nicht gedacht, daß es so bald losgehen würde. Er hatte angenommen, daß die Verteidiger der Burg dem Angreifer eine große Schlacht liefern würden. Die Burgmauern waren schließlich stark und hoch genug, um Raj Ahtens Armee in Schach zu halten. Er hatte etwas schlafen wollen. Während der vergangenen drei Tage war er fast überhaupt nicht dazu gekommen. In Wahrheit brauchte er fast keinen Schlaf. Als Kind hatte er drei Gaben des Durchhaltevermögens bekommen, und glücklicherweise lebten jene noch, die sie ihm abgetreten hatten. Daher war Gaborn wie alle, die über ein großes Durchhaltevermögen verfügten, in der Lage, auf dem Rücken eines Pferdes seinen Verstand zur Ruhe kommen zu lassen, während er sich wie in einem Wachtraum bewegte. Dennoch brauchte er manchmal ein Nickerchen.

Essen war eine andere Geschichte. Selbst ein Runenlord mit großem Durchhaltevermögen brauchte Nahrung. Im Augenblick krampfte Gaborns Magen sich zusammen. Aber ihm blieb fast keine Zeit mehr.

Schlimmer noch, er war verwundet – nichts Ernsthaftes, doch der Pfeil hatte seine rechte Schulter durchbohrt. Seinen Schwertarm. Er hatte ihn verbunden und gesäubert, aber das verdammte Ding pochte und brannte.

Gaborn hatte keine Zeit, sich ums Essen oder um seinen Arm zu kümmern. Was er im Augenblick brauchte, war eine Tarnung.

Er hatte einen von Raj Ahtens Kundschaftern getötet und drei seiner Frowth-Riesen. Seine Pfeile hatten ein halbes Dutzend Kampfhunde erledigt.

Raj Ahtens Reiter würden sich an Gaborn rächen wollen. Er saß in der Klemme. Er war keineswegs sicher, ob ihm die Flucht überhaupt gelang, selbst wenn er eine Stunde wartete, bis es völlig dunkel war. Gaborn verfügte über zwei Gaben des Geruchssinns, doch war das nichts im Vergleich zu den Nasen einiger Soldaten von Raj Ahten, die feiner waren als die eines Hundes. Sie würden ihn aufspüren.

Bei aller Zuversicht, die er gegenüber Iome an den Tag gelegt hatte, hatte Gaborn fürchterliche Angst.

Trotzdem ging er die Dinge eines nach dem anderen an. Er roch Essen, das in den Küchen der Übereigner zubereitet wurde, und rannte durch eine breite Bohlentür. Ihr Messinggriff fühlte sich lose an in seiner Hand.

Er fand sich nicht in der Küche wieder, sondern im breiten Eingang des Speisesaals. Rechts von der Tür konnte er, vorbei an mehreren schweren Balken, in die Küchen hineinblicken, wo die Feuer wie Schachtöfen brannten. Mehrere gerupfte Gänse hingen neben Käse, Knoblauchzöpfen, geräucherten Aalen und Würsten von den Deckenbalken herab. In einem der Kessel dicht am Feuer hörte er eine Suppe köcheln. Der Duft von Estragon, Basilikum und Rosmarin hing in der Luft. Zwischen ihm und den Küchen befand sich ein Arbeitstisch, und dort stand ein junges, blindes Mädchen und legte Eier, Steckrüben und Zwiebeln auf eine riesige Metallplatte. Unten, zu ihren Füßen, spielte eine gelbbraune Katze mit einer verängstigten Maus.

Weiter vorn weitete sich der Raum zu den dicken, von Alter und Schmutz schwarzen Plankentafeln mit Bänken zu beiden Seiten. Auf allen Tischen brannten kleine Öllampen.

Die Bäcker und Köche von Burg Sylvarresta waren fleißig bei der Arbeit, luden Brotlaibe und Schalen mit Früchten auf die Tische und belegten Platten mit Fleisch. Während die übrigen Gefolgsleute Sylvarrestas zu den Mauern gerannt waren, um die erwartete Schlacht zu begaffen, wußten die Köche hier, worin ihre Pflicht bestand: in der Sorge um die armen Teufel, die dem Hause Sylvarresta Gaben abgetreten hatten.

Wie in den meisten Küchen für Übereigner bestand das Personal größtenteils aus denen, die selbst Gaben abgetreten hatten: die Häßlichen, die ihre Schönheit aufgegeben hatten, bedienten an den Tischen und waren in

den Küchen tonangebend. Die Stummen und Tauben hielten die Bäckereien in Betrieb. Die Blinden und jene, die weder Geruchs- noch Tastsinn besaßen, fegten die Dielenböden und schrubbten die verschmorten Kessel.
Gaborn bemerkte sofort, wie still es in der Küche zuging. Obwohl ein Dutzend Menschen geschäftig durcheinanderlief, sprach, von einer knappen Order da und dort abgesehen, niemand. Diese Menschen hatten fürchterliche Angst.
Ein buntes Durcheinander von Gerüchen lag in der Luft. Frisches Fleisch und frisches Brot wetteiferten mit dem Gestank von schimmelndem Käse, verschüttetem Wein und ranzigem Fett. Es war eine schaurige Zusammenstellung, trotzdem lief Gaborn das Wasser im Munde zusammen.
Er eilte in den Speisesaal. Ein schmaler Gang dahinter führte zu den Backöfen. Gaborn roch frisches, duftendes Brot, das noch dampfte.
Er schnappte sich einen heißen Laib vom Tisch, womit er sich den finsteren Blick einer Dienstmagd einhandelte. Trotzdem bediente er sich bei dem Essen, als wäre es seines, und warf ihr einen Blick zu, der besagte: »Das gehört mir.«
Das arme Ding hatte dem stummen Tadel nichts entgegenzusetzen und lief davon. Sie hielt die Arme eng am Körper, vorsichtig wie all jene, die eine Gabe des Tastsinns abgegeben haben. Gaborn nahm sich ein Messer und schnitt einen Schenkel von einer Gans, die auf einem anderen Teller lag. Er schob den Dolch in den Gürtel seines Waffenrocks und stopfte sich soviel Fleisch wie

möglich in den Mund. Danach entkorkte er eine Flasche Wein, die auf dem Tisch stand, spülte das Gänsefleisch hinunter und war überrascht von der Qualität des Weins. Einer der roten Jagdhunde des Königs hatte faul unter dem Tisch gelegen. Er sah Gaborn essen, kam hoch, ließ sich mit erwartungsvollem Blick in den Augen zu Gaborns Füßen nieder und wedelte beiläufig mit dem Schwanz über den Boden.

Gaborn warf ihm den Gänseknochen zu, an dem noch Fleisch hing, dann schnappte er sich einen weiteren Laib Brot und fing an zu essen.

Die ganze Zeit über rasten seine Gedanken. Zwar sollte jemand kommen, der ihn aus der Burg führen sollte, trotzdem wußte er, daß es nicht einfach werden würde. Außerdem wollte er sich nicht gänzlich auf andere verlassen. Er ging verschiedene Pläne durch. Burg Sylvarresta besaß einen Burggraben, einen Fluß, der an der Ostmauer entlangfloß, und ein Wasserrad für den Getreidemühlenantrieb.

An der Mühle gab es bestimmt ein Bootshaus, von wo aus die königliche Familie Ruderpartien unternahm. Oft führte von der Burg zum Bootshaus ein unterirdischer Gang.

Aber das wurde bestimmt von Raj Ahtens Truppen genau beobachtet. Der Wolflord hatte Nomen bei sich, die im Dunkeln sehen konnten. Dieser Fluchtweg versprach wenig Aussicht auf Erfolg.

Vielleicht gab es einen Abwasserkanal für das Küchenpersonal, der mit dem Fluß verbunden war. Aber das war unwahrscheinlich. Aus den Küchen wanderte niemals etwas in den Abfall. Knochen wurden an die Hunde des Königs verfüttert. Gemüsereste und Tierinnereien kamen zu den Schweinen, Häute zu den Gerbern. Was übrigblieb, war für die Gärten.

Gaborn mußte durch den Fluß fliehen. Der Versuch, über Land zu entkommen, war zu riskant. Die Kampfhunde würden ihn aufspüren.

Und er konnte nicht bleiben, konnte sich nicht über Nacht in der Burg verstecken. Er mußte bald verschwinden. Sobald es dunkel und ruhig wurde in der Stadt, würden Raj Ahtens Jäger, von Rache getrieben, nach ihm zu suchen beginnen.

Die hübsche Dienstmagd kam mit einer anderen Flasche Wein und Brot und Fleisch zurück, als Ersatz für das, was Gaborn genommen hatte.

Gaborn sprach sie von hinten an. »Entschuldige. Ich bin Prinz Orden. Ich muß zum Fluß. Kennst du einen Weg, den ich nehmen kann?« Fast augenblicklich kam er sich dumm vor. Ich hätte ihr meinen Namen nicht sagen sollen, dachte er. Doch er hatte es für nötig gehalten, ihr die Art seiner mißlichen Lage nachdrücklich klarzumachen – und ihr seinen Namen zu verraten, war dazu der schnellste Weg.

Das Mädchen sah ihn an, das Licht der Lampen spiegelte sich in ihren braunen Augen. Gaborn fragte sich, wieso sie sich ihrer Gefühle beraubt hatte. Eine fehlgeschlagene Liebesaffäre, der Wunsch, nie wieder zu berühren oder berührt zu werden? Das Leben konnte nicht einfach sein für sie. Wer Gaben des Tastsinns abtrat, fühlte weder Wärme noch Kälte, weder Schmerz noch Wonne. Alle

Sinne stumpften ein wenig ab – Gehör, Augenlicht und Geruchssinn.

Aus diesem Grund war das Leben für diese Menschen so leer, als wären sie opiumsüchtig. Oft verbrannten oder schnitten sie sich, ohne es zu merken. In der Kälte des Winters war es möglich, daß sie Frostbeulen bekamen und sie ertrugen, ohne eine Träne zu vergießen.

Gaborn wußte nicht, wem sie ihre Gabe des Tastsinns überlassen hatte – ob der König sie erhalten hatte, die Königin oder Iome. Er war jedoch sicher, daß König Sylvarresta umgebracht werden würde. Wahrscheinlich innerhalb der nächsten Stunden, noch vor der Morgendämmerung. Es sei denn, Raj Ahten wollte den Mann zuerst noch foltern.

Würde dieses arme Ding heute abend vor einem Feuer sitzen und auf die erste Berührung von Wärme auf ihrer Haut warten? Oder würde sie draußen im kalten Nebel stehen und spüren, wie er ihr übers Gesicht spielte? Das Leben konnte nicht einfach sein für sie.

»Es gibt einen Weg nach hinten raus«, erklärte sie. Ihre Stimme klang überraschend rauh und angenehm. »Der Bäckerpfad führt hinunter zur Mühle. Es gibt dort ein paar niedrige Birken, die weit übers Wasser reichen. Ihr könntet es vielleicht schaffen.«

»Danke«, sagte Gaborn.

Er machte kehrt und wollte nach draußen in den Innenhof gehen. Er würde Burg Sylvarresta verlassen, aber er mußte Raj Ahten noch einen Schlag versetzen. Er hatte Dutzende Zwingeisen auf dem Rasen liegen sehen, dort, wo die Annektoren vor kurzem noch gearbeitet hatten.

Die Zwingeisen, geschmiedet aus wertvollem Blutmetall aus den Hügeln von Kartish, bestanden aus einem Metallgemisch, von dem man glaubte, daß es aus menschlichem Blut gewonnen wurde. Gaborn durfte nicht zulassen, daß sie Raj Ahten in die Finger fielen.

Gaborn wollte sich gerade umdrehen und gehen, als die Magd ihm auf die Schulter tippte und fragte: »Nehmt Ihr mich mit?«

Gaborn sah die Angst in ihren Augen. »Ich würde schon«, antwortete er leise, »wenn ich glaubte, es würde etwas nützen. Gut möglich, daß du hier sicherer bist.« Seiner Erfahrung nach waren Übereigner selten besonders mutig. Sie gehörten nicht zu der Sorte von Menschen, die zupackten und das Leben an sich rissen. Sie dienten ihren Lords, aber passiv. Er wußte nicht, ob dieses Mädchen die seelische Stärke zur Flucht besaß.

»Wenn sie die Königin töten«, sagte sie, »werden sich die Soldaten … an mir vergehen. Ihr wißt, wie sie sich an gefangenen Übereignern rächen.«

Jetzt begriff Gaborn, weshalb sie ihre Gefühle aufgegeben hatte, warum sie fürchtete, berührt und noch einmal verletzt zu werden. Sie hatte Angst vor einer Vergewaltigung.

Sie hatte recht. Gut möglich, daß Raj Ahtens Soldaten ihr Leid zufügen würden. Diese Menschen, die zu schwach waren, um sich auf den Beinen zu halten, oder deren Stoffwechsel so langsam war, daß sie nicht mehr als fünfmal in der Stunde blinzeln konnten – sie alle waren ein Teil ihres Runenlords. Sie waren seine unsichtbaren Anhängsel, die Quelle seiner Macht. Indem sie ihren Lord

stützten, leisteten sie den Feinden ihres Lords Widerstand.
Wenn König Sylvarresta getötet wurde, entgingen auch diese armen Geschöpfe der Vergeltung nicht.
Gaborn wollte der Magd sagen, daß er sie nicht mitnehmen könne. Wollte ihr erklären, wie gefährlich die Reise werden würde. Für sie jedoch bestand das größere Risiko darin, hier im Bergfried der Übereigner zu bleiben.
»Ich habe vor, durch den Fluß hinauszuschwimmen«, antwortete Gaborn. »Kannst du schwimmen?«
Das arme Ding nickte. »Ein wenig.« Sie zitterte bei dem Gedanken an das, was sie plante, bekam plötzlich solche Angst, daß ihr Kiefer bebte. Tränen traten ihr in die Augen. Schwimmen zu können, wurde hier in Heredon nicht hoch geachtet, in Mystarria hatte Gaborn jedoch die Feinheiten dieser Kunst von Wasserzauberern gelernt. Noch immer ließ er Zauber über sich sprechen, die verhindern sollten, daß er ertrank.
Gaborn beugte sich zu ihr und drückte ihre Hand. »Sei jetzt tapfer. Du wirst es schaffen.«
Er machte kehrt und wollte gehen, und sie folgte ihm und nahm im Hinausrennen einen Laib Brot für sich mit. In der Tür schnappte sie sich einen Wanderstab und einen alten Schal, umwickelte ihren Kopf damit und lief hinaus.
An einem Pflock, wo der Wanderstab gehangen hatte, entdeckte Gaborn einen Bäckerkittel, ein Kleidungsstück, das zu warm war, um in der Nähe der Öfen getragen zu werden. Die Bäcker zogen sich beim Backen bezeichnenderweise bis auf einen Lendenschurz aus.

Gaborn zog den Kittel über, ein schmutziges Etwas, das nach Hefe und dem Schweiß eines fremden Mannes stank. An seinen Platz hängte er Sylvarrestas elegantes, blaues Gewand.

Jetzt sah er aus wie ein zum Haus gehöriger Bediensteter – wenn man von seinem Degen und seinem Dolch absah. Daran war nichts zu ändern. Er würde sie brauchen.

So eilte er in den Hof, um die Zwingeisen einzusammeln. Der klare Abendhimmel war dunkel geworden. Im Hof waren die Schatten inzwischen überraschend tief. Wachen brachten Fackeln aus dem Wachraum herbei, um den Innenhof zu beleuchten.

Als Gaborn aus der Tür heraustrat, bemerkte er seinen Fehler. Die großen Holztore zum Bergfried der Übereigner standen offen, und Raj Ahtens Gefechtsgarde war gerade hereingeritten, Männer, denen selbst der zufälligste Beobachter ansah, daß sie sich mit erhöhter Geschwindigkeit bewegten, Krieger mit so vielen Gaben, daß Gaborn im Vergleich zu ihnen ein Nichts war. Lord Sylvarrestas Übereigner waren im gesamten Innenhof zusammengelaufen und starrten voller Bestürzung Raj Ahtens Truppen an.

Der Wolfslord selbst verließ soeben mit Sylvarresta und Iome die Burg.

Gaborn ließ den Blick über den Boden des Hofes wandern. Die Zwingeisen, die er hatte einsammeln wollen, waren verschwunden. Gestohlen.

Ein Soldat der Garde durchbohrte ihn mit seinem Blick. Gaborns Herz klopfte heftig. Er wich zurück und versuch-

te sich die Lehren aus dem Haus des Verstehens in Erinnerung zu rufen.
Ein armer Teufel. Ich bin ein armer Teufel, wollte er mit seinem ganzen Körper sagen. Einer dieser elendigen Krüppel in den Diensten von Lord Sylvarresta. Doch der Degen, den er trug, erzählte eine ganz andere Geschichte.
Ein Stummer? Ein Tauber, der immer noch darauf hoffte, zu kämpfen?
Er trat einen Schritt nach hinten, weiter in die Schatten hinein, zog die rechte Schulter hoch, ließ seinen Arm hängen, starrte zu Boden und sperrte den Mund wie ein Idiot auf.
»Du da!« sprach ihn der Gardist an und gab seinem Hengst die Sporen. »Wie ist dein Name?«
Gaborn sah die Übereigner rings um sich an, als wüßte er nicht recht, ob er gemeint war. Alle waren unbewaffnet. Er konnte nicht darauf hoffen, sich unter sie zu mischen.
Gaborn setzte ein idiotisches Grinsen auf und senkte den Blick. In einem Bergfried der Übereigner traf man gelegentlich eine Sorte Mensch an, welche über keine Gaben verfügten, die es sich ihnen abzunehmen lohnte, welche ihren Lord jedoch liebten und ihm daher dienten, so gut sie eben konnten. Einen solchen wollte er versuchen zu spielen.
Blinzelnd grinste Gaborn zu dem Soldaten hoch und deutete mit einem Finger auf dessen Krafthengst. »Ah! Was für ein hübsches Pferd!«
»Ich habe dich nach deinem Namen gefragt!« herrschte

der Soldat ihn an. Er gab mit einem leichten taifanischen Akzent an.

»Aleson«, antwortete Gaborn. »Aleson, der Eiferer.« Er sprach das Wort »Eiferer« aus, als sei es der Titel eines Lords. In Wirklichkeit war dies der Name, den man jemandem gab, der als Übereigner abgewiesen worden war, weil man ihn für wertlos hielt. Er fummelte an seinen Degen herum, als wollte er ihn ziehen. »Ich … ich werde einmal Ritter sein.«

Gaborn gelang es, den Degen halb so zu ziehen, als wollte er ihn zeigen, dann schob er ihn in die Scheide zurück. Der Soldat würde guten Stahl erkennen, wenn er ihm unterkam.

Da, schon hatte er seine Verkleidung. Ein schwachsinniger Junge, der einen Degen trug, um damit anzugeben.

In diesem Augenblick rollte ein schwerer Karren durch die Fallgatter, ein offener Wagen voller Männer in Gewändern mit Kapuzen – Männern, denen schlaff das Kinn herabhing. Den leeren Augen einiger nach hatte man ihnen den Verstand abgenommen. Andere waren so schwach, nachdem sie ihre Muskelkraft abgetreten hatten, daß sie sich nicht erheben konnten, sondern nur erschöpft dalagen. Ihre Arme baumelten über den Wagenrand. Manchen waren nach der Übertragung ihrer Anmut so verkrampft, daß jeder Muskel sich zusammengezogen zu haben schien – ihr Rücken war gekrümmt, Finger und Zehen zu nutzlosen Klauen verbogen.

Raj Ahten schaffte seine eigenen Übereigner in die Burg. Der Karren wurde von vier gewaltigen Zugpferden gezogen. Die Hengste der Ehrengarde tänzelten und schlugen

aus. Für so viele Tiere war hier auf dem Hof kaum Platz, jedenfalls solange die Übereigner herumstanden und glotzten.
»Ein schöner Degen, Junge«, brummte der Gardist in Gaborns Richtung, während sein Pferd vor dem Karren scheute. »Paß auf, daß du dich nicht damit schneidest!«
Mit diesen Worten galt Gaborn als entlassen. Der Soldat hatte Mühe, dem Karren auszuweichen, ohne dabei einen der Herumstehenden zu zerquetschen.
Gaborn schlurfte nach vorn. Er wußte, der sicherste Weg, jemanden loszuwerden, war, sich ihm mit allen Mitteln aufzudrängen. »Ach, er ist nicht scharf. Wollt Ihr mal sehen?«
Der Karren hielt, und Gaborn entdeckte ganz hinten drin Iomes Hofdame, Chemoise, die dort einen der Übereigner umschlungen hielt. »Vater, Vater …«, weinte sie. Da wußte Gaborn, daß dies nicht einfach irgendwelche Übereigner von Raj Ahten waren, sondern gefangene Ritter, die man als Kriegsbeute zurück in ihre Heimat brachte. Er beobachtete die junge Frau und ihren Vater, wünschte sich, er könnte sie retten. Wünschte sich, er könnte das gesamte Königreich retten. Euch auch, schwor er stumm, benommen. Wenn ich es schaffen kann, werde ich euch ebenfalls retten.
Aus dem Schatten neben ihm tauchte ein schwerer Kerl mit schmutzigem Gewand auf. Er knurrte: »Aleson, du stinkender Narr! Steh nicht im Weg herum. Du hast die Nachttöpfe der Übereigner nicht geleert, wie ich dir aufgetragen habe! Komm jetzt mit und mach deine Arbeit. Laß die guten Männer in Ruhe.«

Zu seiner Überraschung drückte ihm der Mann zwei Eimer mit Fäkalien in die Hand, dann versetzte er ihm mit der flachen Hand einen Schlag auf den Hinterkopf. Die Eimer stanken. Für jemanden mit Gaben des Geruchssinns war der Gestank unerträglich. Gaborn unterdrückte sein Bedürfnis, sich zu übergeben, verdrehte den Hals und bedachte den Mann mit einem wütenden Blick. Der Mann war stämmig, hatte buschige Brauen, einen kurzen braunen, grau durchsetzten Bart. Im Schatten wirkte er wie irgendeiner der Übereigner in ihren schmutzigen Gewändern, doch Gaborn erkannte ihn: Sylvarrestas Kräutersammler, ein mächtiger Zauberer, der Erdwächter Binnesman.

»Trag sie hinüber in den Garten für mich, bevor es zu dunkel wird«, fauchte ihn der Kräutersammler an, »sonst bekommst du eine Abreibung, aber schlimmer als beim letzten Mal!«

Gaborn begriff. Der Kräutersammler wußte, daß Raj Ahtens Späher seine Witterung aufgenommen hatten. Aber kein Mann mit Gaben des Geruchssinns würde diesen Eimern zu nahe kommen.

Gaborn hielt die Luft an und nahm die Eimer in die Hand.

»Stoß dir im Dunkeln nicht die Zehen an. Kann ich dich keinen Augenblick aus den Augen lassen?« fauchte Binnesman. Er hielt die Stimme gesenkt, als wollte er verhindern, daß jemand lauschte, dabei wußte er sehr gut, daß jeder Soldat in Raj Ahtens Garde über genug Gaben des Gehörs verfügte, um sogar auf diese Entfernung noch Gaborns Herz schlagen zu hören.

Binnesman führte ihn nach hinten zu den Küchen. Sie

begegneten der Küchenmagd. »Gut, Ihr habt ihn gefunden!« meinte sie leise zu Binnesman.

Der Kräutersammler nickte bloß, hob warnend den Zeigefinger – sie solle nicht sprechen –, dann führte er die beiden durch ein kleines Eisengatter aus dem Bergfried der Übereigner heraus und über einen ausgetretenen Pfad in einen Garten. Den Kräutergarten des Kochs.

Längs der Südmauer des Gartens wuchsen ein paar dunkelgrüne Kletterpflanzen, die sich die steinerne Mauer hinaufrankten. Binnesman blieb stehen und begann Blätter abzupflücken. Im schwindenden Licht erkannte Gaborn die schmalen, spatenförmigen Blätter von Hundstod.

Nachdem er eine Handvoll gepflückt hatte, rollte Binnesman sie zwischen den Fingern und zerdrückte sie. Für einen gewöhnlichen Menschen besaß Hundstod nur einen leicht unangenehmen Geruch, für Hunde aber war es Gift. Sie mieden es. Darüber hinaus war Binnesman ein meisterhafter Zauberer, der die Wirkung seiner Kräuter noch verstärken konnte.

Was Gaborn in diesem Augenblick roch, war unbeschreiblich – ein öliger, alptraumhafter Gestank, der einem die Innereien zusammenzog wie das fleischgewordene Böse. Tatsächlich füllte ein Bild Gaborns Gedanken – als hätte plötzlich eine Riesenspinne hier ein mörderisches Netz über den Pfad gesponnen. Tödlich. Todbringend. Gaborn bekam eine Ahnung davon, wie das Zeug einem Hund zusetzen mußte.

Der Kräutersammler verstreute die Blätter auf dem Boden und verrieb etwas davon auf Gaborns Sohlen.

Damit fertig, führte er Gaborn durch den Garten des Kochs, wobei er die anderen Kräuter nicht beachtete. Sie sprangen über eine niedrige Mauer und erreichten die Königsmauer – die zweite Verteidigungslinie der Stadt.
Binnesman führte Gaborn eine schmale Straße entlang, die Königsmauer auf der einen und die Rückseiten der Geschäfte der Kaufleute auf der anderen Seite, bis sie an ein Gittertor kamen, so klein, daß sich ein normaler Mensch ducken mußte, um hindurchzugelangen. Zwei Gardisten hielten neben dem Tor in der steinernen Mauer Wache. Auf eine Geste von Binnesman hin zog einer von ihnen einen Schlüssel hervor und öffnete das Eisentor.
Gaborn setzte die stinkenden Eimer mit Fäkalien ab, denn er wollte die Last loswerden, aber Binnesman zischte ihn an: »Nimm sie mit!«
Die Gardisten ließen die drei hindurch. Draußen vor der Mauer befand sich der königliche Garten, üppiger und prächtiger als alle, die Gaborn je gesehen hatte. Im nun offenen Gelände sah man im fahlen Mondlicht besser als zuvor im Schatten der engen Straßen.
Doch der Begriff »Garten« schien nicht recht zu passen. Die Pflanzen, die hier wuchsen, waren weder übermäßig gepflegt noch in Reihen gesetzt. Statt dessen wuchsen sie überall in wilder Fülle und großer Vielfalt, als sei der Boden so lebendig, daß er gar nicht anders konnte, denn sie alle in so großer Zahl an sich zu binden.
Seltsame Sträucher mit Blüten wie weiße Sterne verschlangen sich über ihren Köpfen zu einem Bogen, und Kletterpflanzen rankten sich an der gesamten steinernen Gartenmauer entlang, als wollten sie fliehen.

Der Garten breitete sich eine halbe Meile weit in alle Richtungen aus. Eine Wiese voller Blumen lag direkt vor ihnen, dahinter ein kleiner Hügel mit Fichten und fremdartigen Bäumen aus dem Süden und Osten.

Das war höchst eigentümlich: Orangen- und Zitronenbäume wuchsen an einem warmen Teich, Bäume, die den Winter hier nicht hätten überleben dürfen.

Hinter ihnen sah Gaborn andere Bäume mit seltsamen, haarähnlichen Blättern und langen Wedeln und verdrehten roten Ästen, die den nächtlichen Himmel zu durchharken schienen.

Durch die Wiese plätscherte ein kleiner Bach. Eine Hirschfamilie trank dort an einem kleinen Teich. Die fahlen Umrisse von Blumen und Kräutern schossen überall üppig blühend hervor.

Im Osten und im Westen erhoben sich exotische Wälder. Selbst so spät am Abend, nach Sonnenuntergang, war die Luft vom Summen der Bienen erfüllt.

Gaborn atmete tief ein, und es schien, als strömten die Gerüche aller Wälder, aller Blumen- und Kräutergärten auf einmal in seine Lungen. Er hatte das Gefühl, diesen Duft für immer bei sich behalten zu können, und er schien jede Faser seines Seins zu kräftigen.

Alle Mattheit, aller Schmerz der vergangenen Tage wurde aus ihm herausgespült. Der Duft des Gartens war schwer. Berauschend.

Bis zu diesem Augenblick, überlegte er, hatte er nie wirklich gelebt. Er verspürte kein Verlangen fortzugehen, hatte es nicht eilig aufzubrechen. Es war nicht so, als hörte die Zeit hier auf zu existieren. Nein, eher verspürte er ein Gefühl von … Sicherheit. Als beschützte ihn das Land vor seinen Feinden, so wie es Binnesmans Pflanzen vor den Verheerungen des Winters schützte.

Binnesman bückte sich, streifte seine Schuhe ab und machte Gaborn und der Dienstmagd ein Zeichen, dasselbe zu tun.

Dies mußte der Garten des Zauberers sein, der sagenumwitterte Garten, den Binnesman, wie manche behaupteten, nur höchst selten verließ.

Vier Jahre zuvor, nach dem Tod des alten Zauberers Yarrow, hatten einige Gelehrte im Haus des Verstehens gewollt, daß Binnesman die Stellung des Lehrmeisters im Haus der Erdkräfte übernehme. Es handelte sich um eine Stellung von solchem Ansehen, die kaum ein Zauberer jemals abgelehnt hatte. Doch dann hatte Binnesman ein Kräuterbuch veröffentlicht und darin Kräuter beschrieben, die der Menschheit nützlich waren. Ein Erdwächter namens Hoewell hatte das Kräuterbuch kritisiert und behauptet, es enthalte zahlreiche Irrtümer; Binnesman habe mehrere seltene Kräuter falsch identifiziert und Abbildungen von Wegerich verkehrt herum hängend gezeichnet, zudem behaupte er, Safran – ein geheimnisvolles und wertvolles Gewürz, das von Inseln weit im Süden importiert wurde – stamme von einer bestimmten Blumensorte, wo doch in Wirklichkeit jeder wisse, daß es sich um eine Mischung aus Pollen handelte, die man aus den Schnäbeln nistender Kolibris gewann.

Einige schlugen sich auf Binnesmans Seite, Hoewell jedoch war nicht nur ein meisterhafter Gelehrter, sondern auch ein skrupelloser Intrigant. Irgendwie war es ihm gelungen, eine Zahl weniger bekannter Kräutersammler zu demütigen und zu verstimmen, obwohl seine magischen Kräfte, da er der Ausbildung nach Erdwächter war, der Schaffung magischer Gegenstände dienten – ein Gebiet, das nichts mit Kräutern zu tun hatte. Dennoch brachte er durch seine hinterlistigen Winkelzüge eine Reihe prominenter Gelehrter auf seine Seite.

Binnesman hatte die Stellung als Lehrmeister im Saal der Erdkräfte also nie bekommen. Nun behaupteten manche Leute, Binnesman habe das Angebot aus Schamgefühl nicht angenommen, andere, daß seine Ernennung nie bestätigt worden sei. In Gaborns Augen deuteten Lügen und Gerüchte darauf hin, daß Hoewell an die Öffentlichkeit gegangen war, um sich selbst ins beste Licht zu rücken.

Dennoch wurde ein Gerücht laut, das sich hartnäckiger hielt als alle anderen, und dieses glaubte Gaborn: im Haus des Verstehens tuschelten einige gute Männer hinter vorgehaltener Hand, daß Binnesman, trotz der Eingaben vieler Gelehrter, sich weigere, nach Mystarria zu kommen, ganz gleich, welchen einflußreichen Posten man ihm bot. Er wolle seinen geliebten Garten nicht verlassen.

Als Gaborn die exotischen Bäume sah, den Duft der seltenen Gewürze und Honigblumen im Wind schmeckte, verstand er. Dies war Binnesmans Lebenswerk. Dies war sein Meisterstück.

Binnesman stieß noch einmal mit dem Fuß gegen Gaborns Stiefel. Das Dienstmädchen hatte ihre Schuhe bereits ausgezogen. »Verzeiht mir, Euer Lordschaft«, sagte Binnesman, »aber Ihr müßt Eure Schuhe ausziehen. Dies ist kein gewöhnlicher Erdboden.«

Wie benommen tat Gaborn, was man von ihm verlangte, und zog seine Stiefel aus.

Er stand auf und wollte nichts weiter, als einen ganzen Tag durch diese Gärten wandern, um die exotischen Düfte in sich aufzusaugen.

Der Kräutersammler wies mit einem bedeutungsvollen Nicken auf die Eimer mit Fäkalien. Gaborn nahm seine ekelhafte Last auf, und so zogen sie los und schlenderten über einen Teppich aus Rosmarin und Minze, der einen sanften, reinigenden Duft absonderte, wenn ihre Sohlen die Blätter zerdrückten.

Nun führte Binnesman Gaborn über die Wiese, vorbei an den Hirschen, die nur den alten Erdwächter verwundert ansahen. Sie erreichten einen besonderen Vogelbeerbaum, einen Baum, der außergewöhnlich groß war und einen perfekten Kegel bildete. Er betrachtete ihn einen Augenblick, dann sagte er: »Hier ist es.«

Er grub ein kleines Loch in das lockere Erdreich unter dem Baum, gab Gaborn ein Zeichen, die Eimer zu bringen.

Dann leerte Binnesman sie in die Grube. Etwas schepperte. Mitten im Kot entdeckte Gaborn dunkle Gegenstände aus Metall.

Erschrocken erkannte er Sylvarrestas Zwingeisen.

»Kommt«, meinte Binnesman, »wir dürfen nicht zulassen, daß sie Raj Ahten in die Hände fallen.« Er sammelte die Zwingeisen ein, legte sie in die Eimer zurück, ohne auf den Unrat an seinen Händen zu achten. Dann ging er fünfzig Schritte weit zum Bach, wo Forellen nach Mücken schnappten und klatschend aufs Wasser fielen. Binnesman stieg in den Bach hinein, spülte die Zwingeisen eines nach dem anderen ab und legte sie dann zusammen ans Ufer. Sechsundfünfzig Stück. Die Sonne war vor fast einer Stunde untergegangen, und die Zwingeisen sahen aus, als wären sie lediglich dunkle Schatten auf dem Boden.

Nachdem Binnesman fertig war, riß Gaborn einen Streifen Stoff von seinem Kittel und wickelte die Zwingeisen zu einem Bündel zusammen.

In diesem Augenblick hob er den Kopf und ertappte Binnesman dabei, wie er ihn, im Zwielicht blinzelnd, musterte. Der Kräutersammler wirkte gedankenverloren. Sein fleischiges Kinn war heruntergesackt. Er war nicht groß, hatte aber breite Schultern, war kräftig.

»Danke«, sagte Gaborn, »daß Ihr die Zwingeisen gerettet habt.«

Binnesman reagierte nicht auf seine Worte, sondern sah Gaborn nur an, als könne er hinter seine Augen blicken oder als wolle er sich jeden Zug seines Gesichts einprägen.

»Und«, meinte Binnesman nach einer ganzen Weile, »wer seid Ihr?«

Gaborn lachte stillvergnügt in sich hinein. »Wißt Ihr das nicht?«

»Lord Ordens Sohn«, murmelte Binnesman. »Aber wer seid Ihr sonst noch? Welche Verpflichtungen seid Ihr eingegangen? Ein Mann wird durch seine Verpflichtungen bestimmt.«

Die Art, wie der Erdwächter das Wort »Verpflichtungen« aussprach, erfüllte Gaborn mit kalter Furcht. Er hatte das sichere Gefühl, daß Binnesman den Eid meinte, den er Prinzessin Sylvarresta an diesem Abend geleistet hatte. Oder vielleicht meinte er auch die Versprechungen, die Gaborn dem Küchenmädchen gemacht hatte, die Versprechungen, sie zu retten, oder den stillen Eid, den er Chemoise und ihrem Vater geschworen hatte. Und irgendwie hatte er das Gefühl, daß diese Verpflichtungen den Kräutersammler kränken könnten. Er blickte zur Küchenmagd hinüber, die mit gefalteten Händen dastand, als hätte sie Angst, etwas anzufassen.

»Ich bin ein Runenlord. Ein Eidgebundener Runenlord.«

»Hmmm …«, murmelte Binnesman. »Das genügt wohl, nehme ich an. Ihr habt Euch einer größeren Sache verschrieben als Eurer Person. Und warum seid Ihr hier? Warum seid Ihr jetzt auf Burg Sylvarresta, statt nächste Woche, wenn Euer Vater erwartet wird?«

Gaborns Antwort war einfach. »Er hat mich vorausgeschickt. Er wollte, daß ich das Königreich kennenlerne, mich in das Land mit seinen Menschen verliebe, genau wie er.«

Binnesman nickte nachdenklich, strich sich durch den Bart. »Und wie gefällt es Euch? Wie gefällt Euch dieses Land?«

Gaborn wollte sagen, daß er es bewunderte, daß er das Königreich über alle Maßen schön fand, stark und nahezu makellos, doch Binnesman sprach mit einem Unterton in seiner Stimme, legte einen solchen Respekt in das Wort *Land*, daß Gaborn spürte, sie sprachen nicht über dasselbe. Vielleicht aber doch. War dieser Garten nicht auch ein Teil von Heredon? Waren die exotischen, in den entlegenen Ecken der Welt gesammelten Bäume nicht Teil Heredons?

»Ich fand es bewundernswert.«

»Hm«, brummte Binnesman und warf einen Blick auf die Sträucher und die Bäume um ihn herum. »Das hier wird die Nacht nicht überdauern. Die Flammenweber, müßt Ihr wissen. Ihre Magie ist zerstörerisch, meine bewahrend. Sie dienen dem Feuer, und ihr Meister wird sie nur dann wieder menschliche Gestalt annehmen lassen, wenn sie den Flammen Nahrung geben. Was wäre besser geeignet als dieser Garten?«

»Und Ihr? Werden sie Euch töten?« fragte Gaborn.

»Das ... steht nicht in ihrer Macht«, antwortete Binnesman. »Wir stehen an einem Wechsel der Jahreszeiten. Bald wird sich mein Gewand rot färben.«

Gaborn überlegte, ob er das wörtlich meinte. Das Gewand des alten Mannes war von einem tiefen Grün, der Farbe des Laubs im Hochsommer. Konnte es von selbst die Farbe wechseln? »Ihr könntet mich begleiten«, bot Gaborn an. »Ich könnte Euch bei der Flucht helfen.«

Binnesman schüttelte den Kopf. »Ich habe keinen Grund zu fliehen. Ich verfüge über einige Fertigkeiten als Arzt. Raj Ahten wird wollen, daß ich in seine Dienste trete.«

»Werdet Ihr es tun?«

Binnesman erwiderte leise: »Ich bin andere Verpflichtungen eingegangen.« Er sprach das Wort »Verpflichtungen« mit dem gleichen seltsamen Respekt im Tonfall aus, den er auch bei dem Wort »Land« benutzt hatte. »Aber Ihr, Gaborn Val Orden, müßt fliehen.«

In diesem Augenblick vernahm Gaborn fernes Bellen, Knurren und heiseres Gekläff von Kampfhunden.

Binnesmans Augen zuckten. »Habt keine Angst vor ihnen. Die Hunde können meine Sperre nicht durchbrechen. Die es versuchen, werden sterben.«

In seiner Stimme lag eine gewisse Traurigkeit. Es tat ihm weh, die Mastiffs zu töten. Ächzend stieg er aus dem Bach, mit hängenden Schultern, als sei er besorgt. Zu Gaborns Überraschung bückte sich der Zauberer in der fast völligen Dunkelheit, pflückte eine Kletterpflanze am Rand des Wassers und bat Gaborn: »Macht Euren rechten Arm frei. Ich spüre die eiternde Wunde dort.«

Gaborn tat wie gebeten, und Binnesman legte die Blätter auf die Wunde und hielt sie mit der Hand dort fest. Sofort begannen die Blätter, Hitze und Schmerz herauszuziehen. Vorsichtig rollte Gaborn den Ärmel wieder herunter, so daß das Hemd den Blätterumschlag festhielt.

Im Plauderton fragte Binnesman sowohl Gaborn als auch die Küchenmagd: »Wie fühlt Ihr euch? Müde? Angespannt? Hungrig?«

Er schlenderte über die Wiese los, bückte sich im Gehen dann und wann und pflückte ein Blättchen hier und eine Blüte dort. Gaborn staunte, daß er sie in der Dunkelheit überhaupt fand, doch es war, als hätte sich der Zauberer ihren Standort eingeprägt und wüßte genau, wo jede einzelne von ihnen wuchs. Eben noch hatte er Gaborns Füße mit Zitronengras eingerieben, kurz darauf mit etwas Würzigerem. Er pflückte drei Borretschblüten, deren blaue Blätter schwach im Dunkeln leuchteten, faßte jede der fünfblättrigen Blüten vorsichtig mit den Fingern und zog dann so daran, daß die schwarzen Staubfäden an den Blütenblättern hängenblieben. Er sagte Gaborn, er solle die honigsüßen Blütenblätter essen. Gaborn folgte seiner Aufforderung, dabei spürte er, wie ein plötzliche Woge der Ruhe von ihm Besitz ergriff, eine vollkommene Furchtlosigkeit, die er unter solch bedrückenden äußeren Umständen nie für möglich gehalten hätte.

Der Kräutersammler gab dem Küchenmädchen ebenfalls Borretschblüten und dazu ein wenig Rosmarin, um die Müdigkeit zu bekämpfen.

Dann schlenderte Binnesman gemächlich zu einem grasbewachsenen Hang, bückte sich und brach den Stengel einer blühenden Pflanze ab. »Augentrost«, erklärte er leise und nahm den Stengel in die Hand. Ein duftender, öliger Saft tropfte heraus, und Binnesman zog damit eine Linie über Gaborns Stirn sowie über seine Wangen.

Plötzlich schienen die nächtlichen Schatten nicht mehr so tief zu sein, und Gaborn staunte. Er hatte Gaben des Augenlichts empfangen und konnte recht gut im Dunkeln sehen, aber so etwas hatte er sich nie träumen lassen: In einem einzigen Moment schien der Kräutersammler ein weiteres halbes Dutzend Gaben hinzugefügt zu haben. Doch Gaborn merkte, daß er nicht wirklich mehr Licht sah. Statt dessen war ihm, wenn er etwas anschaute, das er sonst vielleicht erst nach minutenlangem Blinzeln und genauem Hinsehen im Dunkeln erkannt hätte, als verspüre er keinerlei Anstrengung, sondern könne Formen und Farben sofort unterscheiden.

Er blickte zum Wald hinüber und entdeckte dort eine dunkle Gestalt – einen Mann, der sich zwischen den Bäumen versteckte. Ein großer Mann in voller Rüstung. Kräftig. Ohne den Augentrost hätte er den Mann überhaupt nicht gesehen. Er fragte sich, was der Kerl wohl machte, und doch wußte er ... daß er dort hingehörte.

Nachdem Binnesman das Kraut der Küchenmagd verabreicht hattc, trug er ihr leise auf: »Steck dir diesen Stengel in die Tasche. Vielleicht mußt du noch vor dem Morgengrauen frischen Saft auftragen.«

Jetzt erkannte Gaborn, daß der Kräutersammler nicht einfach nur hatte plaudern wollen, als er sich nach ihrem Befinden erkundigt hatte, daß sich dieser Zauberer vielleicht nie zu müßigen Plaudereien herabließ. Er bereitete Gaborn und die Magd auf ihre Flucht in der Dunkelheit vor. Das Verreiben von Blättern auf der Haut würde seinen Geruch verändern und die Verfolger abschütteln. Andere Kräuter würden seine Fähigkeiten verbessern.

Das alles dauerte weniger als drei Minuten, und mehrmals setzte der Kräutersammler zu noch eindringlicheren Fragen an. An die Magd gerichtet erkundigte er sich: »Und, wie müde bist du jetzt? Schlägt dein Herz zu schnell nach dem Borretsch? Ich könnte dir Schädelkapp geben, aber ich möchte dich nicht überfordern.« Und manchmal sprach er schnell und gab Gaborn Befehle. »Bewahrt diese Mohnsamen in der Tasche auf und kaut sie, wenn Ihr verwundet seid. Das wird den Schmerz betäuben.«

Daraufhin brachte er sie zum Waldrand, wo drei dunkle Bäume mit knorrigen Ästen in die Höhe ragten wie große

Tiere mit astdürren Fingern und moosbewachsenen Gliedern und eine dunkle Höhle bildeten, die eine kleine Lichtung umschloß. Gaborn fühlte sich hier bedrückt und beengt. Irgendwie überkam ihn in der Nähe der Bäume das Gefühl, als solle er beobachtet und abgeurteilt und wenig später fortgeschickt werden. Die Erde umgab ihn hier überall, das spürte er – im Boden unter seinen Füßen, in den Bäumen, die ihn umstanden und fast verdeckten. Er roch sie im Boden, im Humus des Laubs, in den lebenden Bäumen.

Auf der Lichtung, zwischen den vielen kleinen Sträuchern, die sich auf der kleinen Erhebung dicht drängten, blieb Binnesman stehen. »Hier haben wir Gartenraute«, sagte er. »In der Dämmerung geerntet ist es von einigem medizinischen und kulinarischen Wert, wenn man es aber gleich nach der Hitze des Tages erntet, ist es ein starkes Reizmittel: wenn Euch die Jäger aus dem Windschatten angreifen, Gaborn, werft es ihnen in die Augen oder in die Flammen – der Rauch eines solchen Feuers ist höchst gefährlich.«

Gaborn traute sich nicht, es anzufassen. Er brauchte sich den Büschen bloß zu nähern, da fühlte er Beklemmung in der Brust, und seine Augen tränten. Binnesman jedoch ging zu einem niedrigen Strauch, an dem ein paar welke, gelbe Blüten hingen. Er zupfte ein paar Blätter ab, ohne Schaden davonzutragen.

Die Küchenmagd wagte sich ebenfalls nicht nah heran. Obwohl sie nichts spürte, war sie vorsichtig geworden.

Der Kräutersammler drehte sich zu Gaborn um und meinte leise: »Ihr braucht Euch nicht davor zu fürchten.«

Aber Gaborn wußte es besser.
Binnesman langte zum Boden hinunter. »Hier.« Er hob etwas fette, lehmige Erde auf und legte sie Gaborn in die Hand.
»Ich möchte, daß Ihr eine Verpflichtung eingeht«, sagte Binnesman in jenem besonderen Tonfall, der Gaborn verriet, daß dies ernst war, daß viel von seiner Antwort abhing. Er betonte jedes Wort ernst und feierlich, fast wie einen Sprechgesang.
All die Geschehnisse hatten Gaborn benommen gemacht und eingeschüchtert. Jetzt, da er die Erde in die Hand nahm, kam es ihm fast so vor, als ginge ein heftiger Ruck durch den Boden unter seinen Füßen. Plötzlich war er so müde. Die Erde lag enorm schwer in seiner Hand, so als enthielte sie versteckte Steine von gewaltigem Gewicht.
Der Zauberer hat recht, dachte Gaborn. Das ist kein gewöhnlicher Boden.
»Sprecht mir nach: Ich, Gaborn Val Orden, gelobe Euch, daß ich der Erde niemals Schaden zufügen werde, daß ich mich in den düsteren Zeiten, die da kommen, der Erhaltung eines Samenkorns der Menschlichkeit verschreibe.«
Binnesman blickte Gaborn fest in die Augen, ohne zu blinzeln, und wartete mit angehaltenem Atem, daß Gaborn den Eid sprach.
Gaborn zitterte innerlich. Er spürte die Erde in seiner Hand, spürte … ein Kribbeln im Hintergrund seines Bewußtseins, die Gegenwart von etwas Mächtigem.
Es war die gleiche Gegenwart, die er gestern wahrgenom-

men hatte, in Bannisferre, wo er plötzlich den Drang verspürt hatte, seinen Leibwächter Borenson zu bitten, die hübsche Myrrima zu heiraten.

Nur daß diese Gegenwart sich nun viel stärker aufdrängte. Als würden sich Felsen bewegen und Bäume atmen. Eine eigenartige Kraft pulsierte unter seinen Füßen, die Erde schien voller Erwartung zu erbeben. Ja, er spürte – durch seine nackten Füße hindurch –, wie die Kraft der Erde unter ihm aufstieg.

Und plötzlich wurde Gaborn klar, daß er seit Tagen zu diesem Ziel hier unterwegs gewesen war. Hatte sein Vater ihm nicht gesagt, er solle hierherkommen und lernen, das Land zu lieben? Hatte irgendeine Macht seinen Vater angehalten, ebendiese Worte zu sprechen?

Und im Gasthaus in Bannisferre, wo Gaborn den Wirrbeerenwein getrunken hatte, den besten Wein, den er je gekostet hatte, den Wein mit dem Buchstaben B auf dem Siegel, da hatte er diese Kraft ebenfalls gespürt. Gaborn wußte jetzt, wußte es, ohne daß er fragen mußte, daß diese Flasche Wein von Binnesman stammte. Wie sonst hätte sie eine so unglaubliche Wirkung zeigen können?

Gaborn hatte Angst, den Eid des Zauberers zu leisten, ein Diener der Erde zu werden. Was mußte er dafür tun? Würde er ein Erdwächter werden wie Binnesman? Gaborn hatte bereits andere Eide geleistet, Eide, die ihm heilig waren. Und Myrrima hatte gesagt, er lege nicht leicht Eide ab.

»Ich schwöre«, sagte er zu Binnesman.

Binnesman lachte still in sich hinein. »Nein, Ihr Narr.

Schwört nicht mir, schwört der Erde, die Ihr in der Hand haltet und die sich unter Euren Füßen befindet. Sprecht den ganzen Eid.«

Gaborn öffnete den Mund, sich qualvoll bewußt, wie der Kräutersammler an seinen Lippen hing. Dieser Eid war bedeutsamer, als er sich vorzustellen vermochte. Er fragte sich, wie er gleichzeitig seinen Eid auf die Erde und auch den auf Iome halten konnte.

»Ich …«, setzte Gaborn an, doch die Erde erzitterte unter seinen Füßen. Ringsum auf den Feldern und in den Wäldern schien alles vollkommen still zu werden. Kein Wind regte sich, kein Tier gab einen Laut von sich. Die dunklen Bäume um ihn herum schienen noch höher aufzuragen und alles Licht auszusperren.

Dunkelheit, Dunkelheit. Ich bin unter der Erde, dachte Gaborn.

Er sah sich staunend um, denn bis zu diesem Augenblick hatte er geglaubt, die Nacht sei still. Jetzt herrschte absolute Stille über dem Antlitz der Erde, und er hatte das Gefühl, als käme ein fremdes und mächtiges Etwas auf ihn zugeschossen.

Binnesmans Reaktion bestand darin, daß er von der Gartenraute zurücktrat und sich erstaunt umsah. Die Erde warf sich in der Nähe seiner Füße auf, der grasbewachsene Boden teilte sich, als zerreiße ein riesiger Schleier.

Und aus dem Gebüsch am Waldrand tauchte ein Mann auf, eine schwarze Gestalt, die aus dem Dunkel hervortrat. Gaborn hatte seine Umrisse Augenblicke zuvor erkannt, hatte seinen Schatten gesehen, gleich nachdem ihm der Augentrost verabreicht worden war, aber er hätte nie vermutet, daß das Geschöpf tatsächlich in Erscheinung treten würde.

Denn das war kein Sterblicher. Es war eher ein Geschöpf aus Staub, geformt aus der lehmigen schwarzen Erde. Winzige Staubflöckchen und Steinchen hingen zusammen und bildeten seine Gesichtszüge.

Gaborn erkannte die Gestalt wieder. Raj Ahten kam auf ihn zu. Oder, richtiger, ein Wesen aus Staub in der Gestalt von Raj Ahten schritt aus dem Wald hervor, mitsamt der Rüstung, dem herrisch-finsteren Blick, dem hohen Helm mit den ausladenden Eulenflügeln, der schwarz war wie Onyx.

Gaborn erstarrte augenblicklich vor Entsetzen, fragte sich, was diese Offenbarung wohl zu bedeuten hatte. Er sah zu Binnesman hinüber, doch der Zauberer hatte sich erstaunt zurückgezogen.

Das Geschöpf aus Staub starrte auf Gaborn herab und zeigte einen Ausdruck leicht spöttischer Verachtung. In den dichter werdenden Schatten des Waldes hätte ein zufälliger Beobachter es für einen Menschen halten können, hätte ihm nicht jegliche Farbe gefehlt. Jede Braue, jeder Fingernagel, jeder Gesichtszug und jede Faser seiner Kleidung schien perfekt nachgebildet.

Dann sprach der Erdgeist.

Das Geschöpf aus Staub bewegte den Mund nicht. Stattdessen schienen die Worte von überall ringsum zu kommen. Seine Stimme war der Klang des Windes, der seufzend über eine Wiese streicht oder der zwischen einsamen Gipfeln hindurchpfeift. Das Stöhnen von Steinen, die durch einen Bach kullern oder einen Hang hinabrollen.

Gaborn verstand nichts von alledem, wenn er auch erkannte, daß es eine Ansprache war. Binnesman lauschte aufmerksam und übersetzte: »Er fragt Euch, Gaborn: ›Willst du einen Eid auf mich schwören, Menschensohn?‹«

Die seltsamen Geräusche wurden fortgesetzt, und Binnesman dachte einen Augenblick lang nach, bevor er hinzufügte: »Du sagst, du liebst das Land. Aber würdest du einen Eid auf mich in Ehren halten, selbst wenn ich das Gesicht eines Feindes hätte?«

Gaborn sah Binnesman nach Antwort suchend an, und der Zauberer nickte und drängte ihn, den Erdgeist direkt anzusprechen.

So etwas wie dieses Geschöpf hatte Gaborn noch nie gesehen, hatte noch nie davon erzählen hören. Der Erdgeist hatte ihn aufgesucht, hatte dafür eine Gestalt gewählt, die Gaborn sehen und verstehen konnte. Manche Menschen behaupteten, sie könnten ins Feuer sehen und das Angesicht der Macht dahinter erblicken, Gaborn fand jedoch oft, daß das Feuer dasjenige aller Elemente war, dem man sich am ehesten nähern konnte, der Luft dagegen am schlechtesten. Er hatte nie vernommen, daß die Erde sich auf diese Art offenbarte.

»Ich liebe das Land«, erwiderte Gaborn schließlich.

Das seltsame Gelärme weit entfernter Geräusche wurde wieder lauter. »Wie kannst du lieben, was du nicht begreifst?«

»Ich liebe, was ich begreife, und das übrige werde ich

vermutlich auch lieben«, versuchte Gaborn wahrheitsgemäß zu antworten.

Der Erdgeist lächelte spöttisch. Felsbrocken polterten. Binnesman sagte: »Eines Tages wirst du mich verstehen, wenn dein Körper sich mit meinem verbindet. Fürchtest du diesen Tag?«

Der Tod. Der Erdgeist wollte wissen, ob er den Tod fürchtete.

»Ja.« Gaborn wagte nicht zu lügen.

»Dann kannst du mich nicht von ganzem Herzen lieben«, sprach der Erdgeist leise. »Wirst du mir trotzdem helfen?«

Raj Ahten. Das Wesen glich so sehr Raj Ahten. Gaborn wußte, was der Erdgeist von ihm erwartete. Etwas mehr, als das Leben mit beiden Armen zu umschließen. Etwas mehr, als einem Menschen zu dienen. Er sollte Tod und Verfall in die Arme schließen und die Gesamtheit dessen, das die Erde ausmachte.

Seltsames war auf dem Gesicht des Erdgeistes zu sehen, Gefühle, die nicht menschlich waren. Gaborn blickte in diese Augen, und Bilder strömten in seinen Kopf: eine Wiese weit südlich von Bannisferre, wo weiße Steine wie Zähne aus dem grünen Gras hervorragten, die malerischen, purpurnen Berge von Alcair, wie man sie in der Ferne südlich der Heimat sehen konnte. Doch da war noch mehr – weite Spalten, Höhlen und Schluchten tief unterhalb der Erde, Orte, die er nie betreten hatte. Bunte Erdschichten und Tonnen formlosen, dunklen Feldgesteins, so tief unter der Erde, daß kein Mensch das alles erfassen oder nur ansatzweise begreifen konnte. Edelsteine und Schlamm und Blätter, die auf dem Waldboden zwischen den Gebeinen von Menschen verfaulten. Der Geruch von Schwefel und Asche, Gras und Blut. Flüsse, die an den dunklen Orten der Welt tosten und schäumten, und endlose Meere, die auf dem Antlitz der Erde lagen wie Freudentränen.

Du kannst mich nicht kennen, wollte ihm der Erdgeist damit sagen. Du kannst mich nicht verstehen. Du siehst nur Oberflächen. Obwohl du mich zum Verbündeten willst, werde ich auch dein Feind sein müssen.

Gaborn wog jedes einzelne Wort des Eides gründlich ab und fragte sich, ob er ihn würde halten können.

»Warum wollt Ihr, daß ich diesen Eid ablege?« fragte Gaborn. »Was bedeutet das, der Erde niemals Schaden zuzufügen? Was bedeutet es, einen Samen der Menschlichkeit zu bewahren?«

Diesmal zögerte Binnesman nicht, als er die Antwort des Erdgeistes übersetzte, die eher ein Seufzen des Windes war denn ein Grollen. »Du wirst nicht versuchen, meine Pläne zu durchkreuzen«, sagte der Erdgeist und lehnte sich beiläufig nach hinten an den Stamm eines dunklen Baumes, der ihn wie eine hohle Hand zu halten schien. »Du wirst versuchen, zu verstehen, was ich will, zu erkennen, wie du der Erde am besten dienst.«

»In welcher Eigenschaft?« fragte Gaborn, der genauer wissen wollte, was der Erdgeist wünschte.

Tumultartiger Lärm. Binnesman runzelte nachdenklich die Stirn, während er nach Worten suchte. »... Da du mich nicht verstehen kannst«, antwortete der Erdgeist, »kann ich dich auch nicht verstehen. Doch soviel weiß ich: du liebst dein Volk, du setzt dich für sein Wohlergehen ein. Du bist bestrebt, Menschen zu retten. Es gab einmal eine Zeit, als die Feuerfrau den Erdgeist liebte, und die Sonne rückte näher an mich heran. Diese Zeit ist vergangen. In diesen dunklen Zeiten also muß ich andere rufen, für meine Sachen zu streiten. Ich bitte dich, einen kläglichen Rest der Menschheit zu retten.«

Gaborn pochte das Herz. »Retten? Wovor?«

Ein Zischen wurden zwischen den Bäumen laut. »Vor dem Feuer. Die ganze Natur ist aus dem Gleichgewicht geraten. Das, was du ›die Erste Kraft‹ nennst, wurde vor langer Zeit zurückgezogen, doch jetzt wird sie wieder erwachen und todbringend über die Welt hinwegfegen. Es liegt in der Natur des Feuers, ständig nach Nahrung zu suchen und zu wachsen. Es wird viel Zerstörung anrichten.«

Gaborn hatte genug über Zauberei gelernt, um zu wissen, daß sich zwar alle Kräfte verbanden, um Leben zu erzeugen, das Bündnis der Kräfte jedoch brüchig war, da verschiedene Kräfte verschiedene Formen des Lebens bevorzugten. Die Luft liebte Vögel, während das Wasser Fische liebte, die Erde liebte Pflanzen und die Wesen, die über ihr Antlitz krabbelten. Das Feuer schien ausschließlich Schlangen zu lieben und die Geschöpfe der Unterwelt. Luft und Feuer waren instabil. Die Erde selbst war ein Beschützer und verband sich mit dem Wasser, um die Natur zu hüten.

Sofort folgerte Gaborn: Ich bin ein Runenlord, Prinz von Mystarria – eines Volkes, dessen Stärke in der Magie des Wassers liegt – und ich liebe das Land. Deshalb

versucht der Erdgeist, mich zu seinem Verbündeten zu machen.
»Du erbittest meine Hilfe«, sagte Gaborn, »und nur ein Narr würde sich weigern, deine Bitte abzulehnen. Du willst, daß ich jemanden rette, und das will ich auch gerne tun. Aber was bietest du mir dafür?«
Felsbrocken polterten, und in der Nähe entwich Dampf aus dem Boden, als der Erdgeist lachte. Binnesman dagegen lachte nicht, sondern übersetzte: »Ich habe dich nur darum gebeten, ein Samenkorn der Menschlichkeit zu retten. Falls du Erfolg hast, wird die Tat selbst deine Belohnung sein. Du wirst diejenigen retten, die du für liebenswert hältst.«
»Falls ich Erfolg habe?« fragte Gaborn.
Ein einsamer Wind pfiff durch die Bäume. »Früher gab es auf dem Land die Toth. Es gab die Duskiner ... Am Ende dieser finsteren Zeit wird auch die Menschheit nur eine Erinnerung sein.«
Gaborn spürte, wie ihm fast das Herz erstarrte. Er hatte geglaubt, der Erdgeist wollte, daß Gaborn ihm half, das Volk von Heredon vor Raj Ahten zu retten. Doch es stand etwas Gefährlicheres als ein Krieg zwischen zwei Völkern bevor – etwas weitaus Zerstörerisches.
»Was wird geschehen?« wollte Gaborn wissen.
Der Wind pfiff, während der Erdgeist leise weitersprach. Eine Weile runzelte Binnesman bloß die Stirn, dann antwortete er wie zu sich selbst. »Ich kann Euch nicht erklären, Gaborn, was der Erdgeist sagt. Es ist zu kompliziert, um es zu übersetzen. Selbst der Erdgeist kennt die Antwort nicht vollständig. Nur die Lords der Zeit

sehen die Zukunft, und selbst dem Erdgeist bleibt sie verborgen. Der Erdgeist spürt weitgehende Zerstörung. Der Himmel wird schwarz sein von Rauch, und alles wird verbrennen. Die Sonne wird im Zenith nur schwach leuchten, rot wie Blut. Meere werden in Asche ersticken ... Ich – es ist zuviel, ich kann es nicht entwirren.«

Daraufhin verstummte der Zauberer, und Gaborn sah, daß sein Gesicht aschfahl war, so, als kostete es sogar ihn ungeheure Kraft, sich einen Reim auf die Worte des Erdgeistes zu machen. Oder aber die Dinge, die er erfahren hatte, hatten Binnesman bis ins Mark erschreckt, so daß er nicht weitersprechen konnte.

Gaborn wußte nicht, wie er den Eid halten sollte. Doch ganz gleich, was er dafür tun mußte, er mußte ihn leisten. Er ließ sich auf die Knie fallen und schwor: »Ich, Gaborn Val Orden, gelobe Euch, daß ich der Erde niemals Schaden zufügen werde, daß ich mich in den düsteren Zeiten, die da kommen, der Erhaltung eines Samenkorns der Menschlichkeit verschreibe.«

Er zitterte am ganzen Körper. Der Mann aus Staub beugte sich vor, bis sein Helm fast Gaborns Stirn berührte. Das Geräusch des Windes flüsterte in Gaborns Ohr, und die Erde grollte unheilvoll.

Binnesman sprach mit krächzender Stimme die Worte: »Ich werde Euch beim Wort nehmen, auch wenn Ihr mich mit der Zeit verfluchen werdet.«

Der Erdgeist hob zwei Finger aus Staub, den Mittel- und den Zeigefinger seiner linken Hand, berührte Gaborns Stirn und zeichnete eine Rune auf sie.

Daraufhin legte der Erdgeist ihm die beiden Finger an die Lippen.

Gaborn öffnete den Mund. Der Erdgeist steckte die Finger hinein. Gaborn biß zu, schmeckte saubere Erde auf der Zunge.

In diesem Augenblick fielen die feinen Haarfäden aus Staub von dem Geschöpf ab, seine Muskeln erschlafften, und es sank zu einem Haufen Staub auf dem Boden zusammen.

Sofort ließ die erdrückende Gegenwart der Erdkraft nach. Noch immer schien schwaches Licht durch die Bäume, und Gaborn atmete tief durch.

Als Binnesman sich das nächste Mal bewegte, war sein Gesicht fahl, und der Zauberer blickte ehrfurchtsvoll auf den Haufen Staub. Respektvoll steckte er einen Finger hinein und kostete den Staub.

Er nahm noch eine weitere Prise, sprenkelte sie erst über Gaborns linke Schulter, dann über seine rechte, und sang dazu: »Die Erde heile, die Erde verstecke dich, die Erde mache dich zu ihresgleichen! – Und jetzt, Gaborn Val Orden«, sprach Binnesman leise und legte Gaborn die Hände auf die Schultern, »nenne ich Euch einen wahrhaft Erdgeborenen. So wie Ihr dem Land helft, wird es auch Euch helfen.«

Noch immer konnte Gaborn hier auf der Lichtung Gartenraute riechen, doch jetzt kribbelte ihm der kräftige Geruch nur noch in der Nase. Er ging zu dem Strauch, liebkoste eine verblaßte gelbe Blüte und riß ein paar Blätter von den Ästen.

Gaborn blickte hinüber, sah, daß Binnesman ihn anstarrte, während sich so etwas wie Scheu in seine Züge eingegraben hatte. »Ihr benötigt nicht soviel, um ein ganzes Dorf auszulöschen. Kommt jetzt, die Zeit ist knapp!«

Der Zauberer rollte die Gartenrautenblätter zwischen seinen Fingern, und als er die Hand öffnete, waren die Blätter zu Staub zerfallen. Binnesman nahm einen Beutel von seinem Hals, ließ die zerbröckelten Blätter hineinfallen und hängte ihn Gaborn um.

Widerwillig nahm Gaborn ihn entgegen: er wollte hundert Fragen stellen. Aber als er diesen wilden, verflochtenen Garten betreten hatte, hatte er ein Gefühl von Sicherheit verspürt, das Gefühl, beschützt zu werden. Jetzt bemerkte er, daß die Zeit knapp wurde, und er empfand Dringlichkeit. Für Fragen blieb keine Zeit mehr.

Die Küchenmagd hatte die ganze Zeit über am Rand der Lichtung gestanden. Ihr Gesicht offenbarte Entsetzen. Binnesman führte sie und Gaborn den Hügel hinunter zur Südmauer des Gartens. Sie eilten einen schmalen Pfad entlang, wobei Gaborn die Zwingeisen mit der einen, dem Griff seines Degens mit der anderen Hand umklammert hielt.

Er fühlte sich so seltsam. So benommen. Er wollte sich ausruhen, brauchte Zeit, um sich die Dinge durch den Kopf gehen zu lassen.

Als sie die andere Seite der Wiese im Schatten der exotischen Bäume erreicht hatten, hörte Gaborn hinter ihnen Rufe. Er blickte zurück.

Inzwischen war es fast stockdunkel geworden. Gaborn bemerkte die Lichter, die jetzt in den Wachtürmen des

Bergfrieds der Übereigner, im Turm der Krieger und in den Gemächern des Königs selbst brannten. Ein paar vereinzelte Sterne waren am Himmel zu sehen. Das überraschte ihn, denn der Augentrost unterstützte sein Sehvermögen auf eine Weise, daß es überhaupt nicht Nacht zu sein schien.
Oben auf dem Hügel jedoch, hinter ihnen auf dem Pfad und weit heller als alle anderen Lichter, kam ein feuriger Mann in Sicht. Die grünen Flammen flackerten über seine Schultern wie Schlangenzungen, die die glatte Haut seines haarlosen Schädels leckten.
Der Flammenweber befand sich noch hinter dem Tor, das Gaborn vor wenigen Minuten passiert hatte. Die Gardisten hatten sich verdrückt, und der Feuerzauberer streckte eine Hand aus. Ein Strahl aus Sonnenlicht schien gierig von seinen Fingern hervorzuschießen, und das Eisentor verbog sich und schmolz. Der Flammenweber betrat den Garten.
Hinter ihm folgten Späher. Männer in dunklen Gewändern, die Gaborns Witterung aufnehmen wollten.
»Beeilt euch!« zischte Binnesman. Wären es gewöhnliche Männer gewesen, hätte Gaborn keine Angst gehabt. Doch hierbei handelte es sich nicht um einen Kampf zwischen einfachen Sterblichen, in den er verwickelt war. Dies war das Feuer, das ihm nach dem Leben trachtete.
Dann liefen sie durch den Wald, über morastiges Gelände am Bach entlang. Bereits ein paar zweihundert Schritte den Hügel hinunter mündete der Wasserlauf in den Wye, und dort hoffte Gaborn eine Fluchtmöglichkeit zu finden. Die Magd und der Zauberer konnten mit seinem Tempo

nicht mithalten. Er sprang über ein paar niedrige Sträucher hinweg, und ein paar Augenblicke später erreichten sie eine kleine Kate mit weißgetünchtem, lehmbeworfenem Flechtwerk und einem Strohdach.

»Ich muß gehen und mein Saatgut retten«, zischte Binnesman. »Rowan, du kennst den Weg zur Mühle. Nimm Gaborn mit. Möge die Erde stets mit euch sein!«

»Kommt!« forderte ihn Rowan, die Magd, auf. »Hier entlang.«

Sie packte seinen Ärmel und zog ihn eine gepflasterte Straße entlang. Gaborn tat, was man von ihm verlangte, und lief mit einem wiedererwachten Gefühl der Dringlichkeit weiter.

In den Wiesen hinter sich hörte er Rufe. Noch immer hatte er seine Stiefel in der Hand und wurde sich mit jedem Schritt schmerzlich bewußt, daß er sie anziehen mußte, während Rowan ohne Schuhwerk unbekümmert über das holprige Pflaster lief, ohne etwas zu spüren.

Noch im Laufen staunte er ... war voll von Verwunderung und unfähig, all das zu begreifen, was gerade geschehen war. Er wollte stehenbleiben, sich Zeit zum Nachdenken nehmen. Aber er wußte, im Augenblick war das zu gefährlich.

Am Rand des Gartens meinte Gaborn zu Rowan: »Warte, warte! Zieh deine Schuhe an, bevor du dir die Füße verletzt.«

Rowan blieb stehen, zog ihre Schuhe an, während Gaborn seine Stiefel überstreifte, dann liefen sie noch schneller weiter.

Sie rannte zum Gartentor hinaus, eine Straße entlang zu

den Stallungen des Königs, einem gewaltigen Gebäude aus frischem Holz, und riß eine der Türen auf.

Ein Stallbursche, der gleich hinter der Tür im Haus schlief, schrie erschrocken auf, doch Gaborn und Rowan rannten weiter, vorbei an den Boxen der Pferde. Hier, in Bauchgurten von der Decke herabhängend, befanden sich Dutzende der Übereignerpferde des Königs – Pferde, die ihrer Geistes- oder Körperkraft beraubt worden waren, ihrer Widerstandskraft oder ihres Stoffwechsels, damit die Kraftpferde des Königs über größere Stärke verfügten.

Rowan eilte an den Pferdeboxen vorüber und floh dann zur Hintertür hinaus. Hier wand sich ein Bach, derselbe, der auch den Garten des Zauberers durchquerte, durch einen morastigen Pferch, wo Pferde verängstigt stampften und wieherten. Der Wasserlauf floß unter einer hohen Steinmauer hindurch, der äußeren Mauer der Verteidigungsanlagen der Stadt.

Gaborn konnte das Bauwerk, das gut fünfzig Fuß hoch war, nicht ersteigen. Statt dessen zwängte Rowan sich unter der Mauer hindurch, wo die Steine über die Jahre verwittert waren. Das Schlupfloch war eng, zu eng für einen Krieger in Rüstung, aber das schlanke Mädchen und Gaborn quetschten sich hindurch und wurden dabei von dem eiskalten Wasser durchnäßt.

Von hier aus stürzte der Bach bergab, eine steile Böschung hinunter. Ringsumher am Ufer wuchsen hohe Weidensträucher.

Gaborn schaute nach oben. Direkt über ihnen war ein Bogenschütze postiert. Der blickte nach unten, sah sie

fliehen und wandte sich in die entgegengesetzte Richtung ab.
Man hatte das Gelände hier, in der Nähe der Mauern, offen gelassen, damit die Bogenschützen, wenn nötig, von oben freies Schußfeld hatten. Gaborn hätte niemals von hier aus in die Burg hineinschleichen können – nicht ohne bemerkt zu werden.
Unterhalb der Weiden wurde der Hang sehr steil, führte in einen tiefen Birken- und Erlenwald hinein, der so dunkel war, daß Gaborn kaum etwas erkennen konnte. Es war jedoch nur ein kleines Wäldchen, ein kleiner, dreieckiger Hain, kaum vierhundert Schritte lang und zweihundert Schritte breit.
Nun konnte Gaborn zwischen den Bäumen den Fluß erkennen, breit und dunkel, und hörte seine leise gurgelnde Stimme.
Er blieb stehen, packte Rowan am Unterarm, damit sie anhielt. Auf der anderen Seite des Flusses bewegte sich etwas: Nomen und Frowth-Riesen, die in der Dunkelheit ihr Lager aufschlugen. Die Nomen waren schwarze gedrungene Schatten inmitten des Getreidefeldes, die mit den Klauen scharrten. Gaborn wußte, daß sie ihre Beute mit Vorliebe im Schein der Sterne aus den Bäumen ansprangen und des Nachts gut sehen konnten, aber ihm war nicht klar, wie gut.
Als die Nomen vor tausend Jahren vom Meer aus in das Land eingefallen waren, hatten die Runenlords sie dezimiert, waren sogar soweit gegangen, in ihr finsteres Land jenseits des Caroll-Meeres zu segeln, um sie zu vernichten. Ihre Schlachtrufe waren längst verstummt. Sie waren

nie leidenschaftliche Krieger gewesen, aber im Dunkeln waren sie gerissene Kämpfer. Heutzutage galten sie als Wesen der Legende.

Dennoch, es ging das Gerücht, daß Nomen die Hest-Berge jenseits von Inkarra bewohnten und daß sie manchmal Kinder raubten, um sie zu fressen. Die Inkarrer waren offenbar nie recht imstande gewesen, die letzten dieser Geschöpfe aus den Regenwäldern zu vertreiben. Gaborn wußte nicht, wieviel er von diesen Geschichten glauben sollte. Vielleicht konnten die Nomen ihn sogar jetzt, in diesem Augenblick, sehen.

Nach links hin wurde der Wald jedoch dichter – und Gaborn konnte einen breiten Molendamm aus Steinen erkennen. Die Mühle. Ihr riesiges Schaufelrad machte einen Höllenlärm mit seinem Gemahle und dem Klatschen des Wassers.

»Laß mich vorgehen«, flüsterte er. Langsam wie ein Aal schob er sich jetzt auf dem Bauch kriechend durch die Weiden, denn er wollte die Aufmerksamkeit der Nomen auf der anderen Flußseite nicht auf sich lenken, bis er den Schutz des Waldes erreicht hatte.

Sie befanden sich auf einer steilen Uferböschung, von der man nach Westen den Wye und im Süden den Burggraben überblicken konnte. Gaborn wußte, bereits hier, in diesem kleinen Wäldchen, konnte Raj Ahten Soldaten postiert haben.

Er nahm sich Zeit, während er Rowan tiefer in die Waldung hineinführte, vorsichtig darauf bedacht, keinen Zweig knacken zu lassen.

Oben auf den Hügeln hinter ihm, im Herzen der Burg

Sylvarresta, hörte er ferne, verzweifelte Schreie. Vielleicht war ein Kampf ausgebrochen.

Andere Rufe aus der Nähe vermischten sich mit dem Lärm, Rufe von Jägern, die brüllten: »Da entlang! Seht dort drüben nach! Ihm nach!« Raj Ahtens Spurenleser suchten direkt auf der anderen Seite der Mauer nach ihnen.

Gaborn kroch eine steile Bodenwelle hinunter und hielt sich in der Nähe der Bäume, bis er und Rowan den Fluß fast erreicht hatten.

Von dort, aus dem Schatten heraus, beobachtete er das gegenüberliegende Ufer.

Auf dem Hügel oberhalb von ihm war Feuer ausgebrochen, ein gewaltiges Feuer. Er roch Rauch. Die Wiesen in Binnesmans Garten standen jetzt bestimmt in Flammen, und seine Bäume ebenfalls. Gaborn kam es vor wie das Spiel des Lichts bei einem glühenden Sonnenaufgang.

Auf der anderen Seite des Flusses erkannte er Riesen, altersgraue Wesen mit zottigen Mähnen, in deren silbrigen Augen sich der tanzende Widerschein der lodernden Flammen spiegelte. Zwischen ihnen liefen Nomen umher, nackt – ihr dunkles Fell bot Schutz genug. Schatten. Sie sahen aus wie Schatten, die ihre Augen vor dem grellen Licht des Feuers schützten.

So spät im Sommer schien der Fluß flach zu sein. Obwohl der Herbst kurz bevorstand, war in den vergangenen Wochen wenig Regen gefallen. Gaborn befürchtete, daß die Nomen ihn sehen würden, ganz gleich wie tief er in das Wasser eintauchte. Im Augenblick jedoch machte es den Eindruck, als würde die ganze Stadt in Flammen aufgehen, und die Nomen waren geblendet.

Gaborn drückte sich in die Schatten. Er und Rowan kletterten langsam bergab. Bei jedem Schritt wies Gaborn sie auf Äste hin, denen es auszuweichen galt.

Dann hörte er einen Ast knacken. Er wirbelte herum, zog seinen Degen. Einer von Raj Ahtens Jägern stand auf der Bodenwelle über ihnen, halbverdeckt von Bäumen, eingerahmt vom Schein des Feuers aus dem brennenden Garten des Zauberers.

Der Mann ging nicht auf Gaborn und Rowan los, sondern stand nur stumm da und vertraute darauf, daß die Nacht ihn verbarg. Rowan hatte bei dem Geräusch innegehalten und schaute den kleinen Hügel hinauf. Sie konnte den Kerl nicht sehen.

Er trug ein dunkles Gewand mit Kapuze und hatte ein Schwert in der Hand. Als Harnisch trug er eine lackierte Lederweste. Nur der Augentrost, den Binnesman Gaborn gegeben hatte, ermöglichte es ihm, den Jäger zu erkennen. Er wußte nicht, welche Gaben der Mann besaß und wie stark oder schnell er womöglich war.

Der Jäger war sicher ebenso vor Gaborns Fähigkeiten auf der Hut.

Gaborn suchte den Wald zur Rechten des Mannes ab, so als hätte er ihn nicht gesehen. Nach einer ganzen Weile drehte er ihm den Rücken zu und beobachtete das gegenüberliegende Ufer.

Er legte das Bündel Zwingeisen auf den Boden, dann stand er einen Augenblick lang da, tat, als kratze er sich, und zog dabei den Dolch mit seiner linken Hand aus seinem Gürtel. Er behielt das Heft in der Hand, die Klinge flach ans Handgelenk gepreßt, damit sie verborgen blieb.

Dann lauschte er einfach nur. Das Mühlenrad machte einen Lärm wie Felsen, die polternd einen Hang hinabrutschen, und Gaborn konnte fernes Rufen hören, vielleicht von den Menschen, die das Feuer in der Stadt bekämpften. »Wir warten hier«, teilte er Rowan mit.

Er hielt den Atem an, als der Jäger näher kam. Verstohlen, ein Schleicher, aber schnell. Der Mann besaß eine Gabe des Stoffwechsels.

Gaborn durfte nicht riskieren, daß der Mann einen Warnruf ausstieß und die Aufmerksamkeit der Nomen am anderen Ufer auf sich lenkte.

Er wartete, bis der Mann ganz nahe war, nur noch zwanzig Fuß entfernt. Leise knackte ein Zweig. Gaborn gab vor, es nicht zu hören. Wartete eine halbe Sekunde. Er besaß keine Gabe des Stoffwechsels. Er bewegte sich mit der Schnelligkeit der Jugend, doch dem Kraftkrieger war er nicht gewachsen.

Daher wartete er weiter, bis er vermutete, daß der Jäger auf seine Füße starrte und sich darauf konzentrierte, jedes Geräusch zu vermeiden, dann wirbelte Gaborn herum und sprang leise an Rowan vorbei.

Der Jäger riß das Schwert nach oben, so schnell, daß es nur verschwommen zu sehen war. Er nahm Kampfhaltung ein – Knie leicht angewinkelt, die Schwertspitze nach vorn gerichtet. Gaborn war an Tempo unterlegen. Aber nicht an Gerissenheit.

Er schleuderte seinen Dolch aus zehn Fuß Entfernung,

und der Knauf traf den Mann auf der Nase. In diesem Sekundenbruchteil, als der Jäger abgelenkt war und er die Spitze seines Schwertes angehoben hatte, stürzte Gaborn vor und landete einen vernichtenden Schlag gegen das Knie des Jägers, der seine Patellasehne durchtrennte.

Der Jäger versuchte zu parieren, senkte das Schwert, zu spät jedoch, denn in der Rückwärtsbewegung riß Gaborn die Klinge hoch und schlitzte dem Krieger die Kehle auf. Der Jäger machte einen Satz nach vorn, noch nicht wissend, daß er bereits tot war. Gaborn drehte sich von dem Schwert fort, spürte, wie es ihn links am Brustkorb streifte. Ein brennender Schmerz loderte auf, und Gaborn drückte das Schwert des Kriegers mit seinem Degen zur Seite und tänzelte zurück.

Der Kehle des Jägers entwich ein gurgelnder Laut, er wankte einen Schritt vor. Blut spritzte aus seinem Hals, eine Fontäne, die im Rhythmus seines Herzschlags sprudelte.

Gaborn wußte, daß der Mann unmöglich noch viel länger überleben konnte, und wich zurück – aus Angst, eine weitere Verletzung davonzutragen. Er stolperte über eine Wurzel, lag halb aufgestützt auf dem Boden, die Degenspitze immer noch nach oben gerichtet, um etwaige Angriffe zu parieren.

Als das Blut aus dem Gehirn des Jägers wich, blickte er sich eine halbe Sekunde lang benommen um. Er griff nach einem jungen Baum, verfehlte ihn. Ließ sein Schwert fallen und kippte vornüber.

Gaborn stach dem Mann in die Brust, als er stürzte, und

hielt den Toten auf diese Weise einen Augenblick lang aufrecht. Er war darum bemüht, daß das Scharmützel geräuschlos blieb, bezweifelte jedoch, ob den Nomen am anderen Ufer das Klirren der Waffen entgangen war.

Gaborn zog seine Klinge zurück und beobachtete den kleinen Hügel oben. Er konnte keine weiteren Männer Raj Ahtens entdecken, und im stillen dankte er Binnesman für die Kräuter, die seinen Geruch überdeckten.

Daraufhin betastete er seine Rippen. Die Blutung war nicht stark. Nicht so stark jedenfalls, wie er befürchtet hatte.

Rowan keuchte vor Angst. Während er zu ihr hinunterkletterte, sah sie ihn in der Dunkelheit an, als hätte sie Angst, seine Wunde könnte tödlich sein.

Er richtete sich, um sie zu beruhigen, ein wenig höher auf, dann führte er sie die steile Uferböschung hinab zu der Stelle, wo der Fluß mit dem Burggraben zusammentraf. Der Feuerschein über ihm war noch heller geworden. Die Nomen standen aufrecht am gegenüberliegenden Ufer und blickten besorgt in seine Richtung. Sie hatten tatsächlich das Klirren der Waffen gehört, doch solange die Flammen sie blendeten, solange Gaborn und Rowan sich im Schatten versteckten, suchten die Nomen vergeblich. Vielleicht verwirrte sie das Geräusch des Mühlenrads flußaufwärts, vielleicht waren sie unsicher, ob es im Wald zu einem Kampf gekommen war. Keiner schien den Wunsch zu hegen, dem Fluß tapfer, aber halb blind kämpfend, die Stirn zu bieten. Es hieß, die Nomen hätten Angst vor Wasser.

Gaborn watete zwischen Weidensträuchern bis zur Hüfte

ins Wasser hinein und blickte den Fluß hinab. Rowan verschluckte sich vor Angst.

Drei Frowth-Riesen stiegen an der Biegung des Flusses bis zu den Knien ins Wasser. Einer hielt eine brennende Fackel in die Höhe, während die anderen beiden dastanden, ihre riesigen Eichenstangen wie Speere haltend. Sie linsten ins Wasser wie Fischer und warteten nur darauf, daß jemand zu fliehen versuchte.

Der Feuerschein, der die Nomen blendete, erleichterte den Riesen das Sehen. Einen Augenblick lang nur betrachtete sie Gaborn aufmerksam. Das Wasser konnte nicht tiefer sein als drei Fuß. Ausgeschlossen, daß er und Rowan es schaffen würden.

Plötzlich keuchte Rowan gequält, krümmte sich und hielt sich den Bauch.

KAPITEL 10
Das Gesicht des Bösen

Iome stand auf dem Südturm des Bergfrieds der Übereigner, als Raj Ahten und seine Garde vor die Tore geritten kamen. Draußen über den Feldern brach die Nacht herein, und die Flammenweber hatten sich auf den Weg in die Stadt gemacht. Sie schritten über das trockene Gras. In ihrem Gefolge war ein kleiner Steppenbrand entstanden, doch zu Iomes Überraschung brannte er nicht unkontrolliert. Statt dessen erlosch das Feuer zweihundert Schritte hinter ihnen, so daß die Flammenweber wie Kometen wirkten, die einen Schweif aus erlöschendem Feuer hinter sich herzogen.

Gleich danach kam ein großer, mit Männern in Gewändern beladener Karren aus dem Wald und holperte über die zerfurchte Straße, die von der Burg in den Dunnwald führte.

Auch Raj Ahtens legendäre Unbesiegbare marschierten in die Stadt ein, in zwanzig Reihen zu je einhundert Mann.

Andere wiederum blieben draußen in der Ebene zurück. Die zottigen Frowth-Riesen blieben in der Nähe der Baumreihen und schlichen am Fluß entlang, während die finsteren Nomen, mit nackten Körpern, schwärzer als die Nacht, auf den Feldern hockten und die Burg umzingelten. Ihnen würden niemand entrinnen.

Man mußte den Gardisten auf dem Bergfried der Übereigner zugute halten, daß sie Raj Ahten die hölzernen Tore nicht augenblicklich öffneten. Als der Wolflord sich seinen Weg durch die Straßen der Stadt zu diesem bestbewachten Teil der Burganlage bahnte, blieben die Gardisten standhaft.

Sie warteten ab, bis König Sylvarresta mit Iome an seiner Seite, Hand in Hand, vom Turm herabstieg. Zwei Days folgten ihnen unmittelbar, Chemoise hinkte ein wenig hinterher.

Gut, dachte Iome. Soll der Wolflord getrost noch ein wenig draußen vor den Toren stehen und dem wahren Lord Sylvarresta seine Aufwartung machen. Ein kleiner Trost für das, was sich, wie sie wußte, nun ereignen würde.

Nach außen hin konnte Iome im Gesicht ihres Vaters zwar keine Spur von Angst entdecken, aber er hielt ihre Hand zu fest und drückte sie in Todesfurcht.

Kurz darauf verließen sie den Turm und standen vor den Toren des Bergfrieds. Die Gardisten hier stellten die besten Krieger des Königreiches dar, denn dies war das Heiligtum, das Herzstück von Sylvarrestas Macht. Wurde ein Übereigner getötet, schrumpfte diese.

In ihrer schwarz-silbernen Tracht sahen die Gardisten elegant aus.

Als Lord Sylvarresta forschen Schritts auf sie zuging, zogen die Männer ihre Schwerter, die Spitzen zu Boden gesenkt. Auf der anderen Seite der Mauer konnte man durch die Fallgitter Raj Ahten sehen.

»Mein Lord?« fragte Kommandant Ault. Er war bereit, bis zum Tod zu kämpfen, sollte Iomes Vater dies verlangen. Oder den König und Iome zu erschlagen, um sie vor dem qualvollen Ende zu bewahren, das Iome befürchtete.

»Steckt sie weg«, sagte Sylvarresta mit vor Unschlüssigkeit schwankender Stimme.

»Habt Ihr Befehle?« fragte Ault.

Iomes Herz klopfte. Sie hatte Angst, ihr Vater könnte ihn bitten, sie gleich jetzt zu töten, damit sie dem Feind nicht in die Hände fielen.

Es hatte unter den Lords in Rofehavan eine lange, heftiger Auseinandersetzung gegeben, wie man sich unter solchen Umständen verhalten sollte. Oft versuchte ein Eroberer denen, die er besiegt hatte, Gaben abzunehmen. Dadurch gewann er zusätzliche Kraft. Dabei war Raj Ahten schon jetzt zu mächtig. Einige hielten es für nobler, das Ende selbst herbeizuführen, als sich der Willkürherrschaft zu unterwerfen.

Andere dagegen behaupteten, man habe die Pflicht, weiterzuleben und darauf zu hoffen, seinem Volk zu einem späteren Zeitpunkt dienen zu können. Iomes Vater hatte sich in diesem Punkt lange nicht entscheiden können. Als er dann vor zwei Tagen zwei Gaben der Geisteskraft verloren hatte, war der König vorsichtig geworden. Was er vergessen hatte, bereitete ihm große Sorgen. Er befürchtete, Fehler zu machen.

König Sylvarresta betrachtete zärtlich seine Tochter. »Das Leben«, meinte er leise, »ist so schön. Meinst du nicht auch?«

Iome nickte stumm.

Er fuhr leise fort: »Das Leben, Iome … ist eigenartig und

schön, voller Wunder, selbst in den dunkelsten Stunden. Davon war ich stets überzeugt. Man muß sich für das Leben entscheiden, wenn man die Möglichkeit dazu hat. Laß uns weiterleben, in der Hoffnung, unserem Volk damit zu dienen.«
Iome zitterte. Sie hatte Angst, daß er die falsche Wahl getroffen hatte, und befürchtete, ihr Tod und der ihres Vaters würden ihrem Volk mehr nützen.
Der König wandte sich an Ault. »Öffnet das Tor. Und bringt uns ein paar Laternen. Wir werden etwas Licht benötigen.«
Der stämmige Kommandant nickte ernst. Iome sah ihm an den Augen an, daß er lieber sterben als mit ansehen wollte, wie Sylvarresta sein Königreich verlor. Er war mit der Entscheidung des Königs nicht einverstanden.
Aber sie wußte, ihr Vater hatte das Gefühl, richtig zu handeln.
Ault salutierte und tippte mit der flachen Seite seines Schwertes an seine eiserne Kappe. *Ihr werdet immer mein Lord sein*, besagte die Geste.
König Sylvarresta nickte ihm kurz zu. Die Wachen entriegelten die Tore, jede packte einen Griff und stieß die Flügel nach außen auf.
Der Eroberer saß auf seinem grauen Hengst mit weißen Flecken auf dem Bauch. Er war umringt von seinen Wachen. Sein Days, ein großer, herrischer Mann mit ergrauenden Schläfen, wartete hinter ihm. Die Pferde des Wolflords waren große, edle Tiere. Iome hatte bereits von dieser Rasse gehört, aber noch nie eines gesehen. Sie wurden Prachtpferde genannt und aus dem fast sagen-

haften Königreich Toth jenseits des Caroll-Meeres importiert.

Raj Ahten selbst sah königlich aus. Seine schwarze Rüstung bedeckte seinen Körper wie glitzernde Schuppen, die ausladenden Eulenflügel auf seinem Helm lenkten das Auge auf sein Gesicht. Er blickte den König und Iome ohne jede Rührung an.

Seine Züge waren weder alt noch jung, weder richtig männlich oder weiblich, wie es bei den Menschen üblich war, die viele Gaben der Anmut von Personen beiderlei Geschlechts übernommen hatten. Und doch war er wunderschön, auf so brutale Art wunderschön, daß Iomes Herz sich danach verzehrte, in seine schwarzen Augen zu blicken. Er hatte ein Gesicht, das man vergötterte, ein Gesicht, für das man starb. Sein Kopf schwankte kaum merklich von einer Seite zur anderen, wie oft bei jenen, die viele Gaben des Stoffwechsels besaßen.

»Sylvarresta«, sagte er von seinem Pferd herab, und ließ alle Titel weg, »ist es nicht üblich, daß man sich vor seinem Lord verbeugt?«

Raj Ahtens Stimme war von einer solchen Kraft, daß Iome sich fast so fühlte, als hätte man ihr die Beine unterm Körper weggetreten. Sie hatte keinerlei Kontrolle über sich und fiel nieder, um sich als Opfer auszuweisen, obwohl eine Stimme in ihrem Hinterkopf flüsterte: Töte ihn, bevor er dich tötet.

Iomes Vater fiel auf ein Knie und rief: »Verzeiht, mein Lord. Willkommen auf Burg Sylvarresta.«

»Sie heißt jetzt Burg Raj«, verbesserte Raj Ahten.

Hinter Iome war ein metallisches Klirren zu hören, als die

Wachen des Bergfrieds eine Laterne aus dem Wachzimmer brachten.

Raj Ahten schaute sie einen Moment aus starren Augen an, während der Schein des Feuers sich in seinen Augen spiegelte, dann sprang er leichtfüßig vom Pferd. Er ging auf Sylvarresta zu.

Er war groß, dieser Wolflord, einen halben Kopf größer als der König, dabei hatte sie ihren Vater immer für einen hochgewachsenen Mann gehalten.

In diesem Augenblick packte Iome eine fürchterliche Angst. Sie wußte nicht, was sie zu erwarten hatte. Raj Ahten konnte mit einer kaum erkennbaren Bewegung sein Schwert herausreißen und sie beide enthaupten. Sie hätte nicht einmal Zeit, zurückzuweichen.

Man vermochte unmöglich zu ahnen, was dieser Mann plante. Im Laufe der letzten paar Jahre hatte er sämtliche Königreiche des Südens in Indhopal erobert und in erschreckendem Tempo an Macht gewonnen. Er konnte in seiner Freundlichkeit großzügig sein und unmenschlich in seiner Grausamkeit.

Nachdem der Sultan von Aven in seinem Winterpalast in Shemnarvalle in die Enge getrieben worden war, so erzählte man sich, habe Raj Ahten seine Frauen und Kinder in ihrem Sommerwohnsitz gefangengenommen und damit gedroht, die Söhne des Sultans über die Mauern des Palastes zu katapultieren. Der Sultan habe darauf reagiert, indem er sich auf die Palastmauer gestellt, sich in den Schritt gefaßt und gerufen habe: »Nur zu, ich verfüge über Hammer und Amboß, um bessere Söhne zu zeugen!« Der Sultan hatte viele Söhne, und es hieß, in jener Nacht, als sie alle bei lebendigem Leib verbrannt wurden, gellten ihre grauenhaften Schreie durch die Dunkelheit, denn Raj Ahten habe gewartet, bis das Geschrei der Knaben nachgelassen hätte, dann erst habe er die lichterloh brennenden Körper über die Burgmauern katapultiert. Der Sultan wollte sich zwar nicht ergeben, doch seine Königliche Leibwache habe die Schreie nicht mehr ausgehalten, also hätten seine eigenen Leute die Tore geöffnet. Als Raj Ahten dann eingeritten sei, habe er beschlossen, an dem Sultan ein Exempel zu statuieren. Was danach geschehen sei, konnte Iome nicht sagen. In zivilisierten Ländern wurde über solche Dinge nicht gesprochen.

Man wußte jedoch, daß Raj Ahten über die Könige, die er besiegte, bereits zu Gericht saß, noch bevor er seine Kriege überhaupt begann. Er hatte eine klare Vorstellung, wen er umbringen, wen er versklaven und wen er zur Reue zwingen würde.

Iomes Herz klopfte. Ihr Vater war ein Eidgebundener Lord, ein Mann von Anstand und Ehre. Ihrer Ansicht nach war er der einfühlsamste Herrscher aller Königreiche in Rofehavan.

Und Raj Ahten war der finsterste Eroberer, der seit achthundert Jahren auf Erden wandelte. Er behandelte keinen König als seinesgleichen und betrachtete alle Welt als seine Untertanen. Die beiden konnten sich den Thron von Heredon unmöglich teilen.

Raj Ahten zog den Kriegshammer, wie ihn Reiter trugen, aus dem Futteral auf seinem Rücken. Es war ein Ding mit langem Griff, fast so groß wie er selbst.

Er stemmte ihn auf das Pflaster zu seinen Füßen, verschränkte die Hände auf seinem Heft, stützte sein Kinn auf einen Knöchel und zeigte ein amüsiertes Lächeln.
»Es gibt da einiges, was zwischen uns steht, zwischen Euch und mir, Sylvarresta«, sagte Raj Ahten. »Meinungsverschiedenheiten.«
Er deutete mit einem Nicken auf die Straße hinter sich. »Sind das Eure Leute?«
Der riesige Karren, den Iome über die Felder hatte holpern sehen, hielt jetzt zwischen den Geschäften aus grauem Mauerwerk an. Im Wagen saßen Männer – alles Soldaten, wie man an ihren harten Gesichtern erkennen konnte. Als sie sich der Laterne näherten, erkannte Iome zu ihrem Entsetzen einige von ihnen wieder – Unteroffizier Deliphon, Waffenmeister Skallary. Gesichter, die sie seit Jahren nicht gesehen hatte.
Chemoise, die hinter Iome stand, stockte der Atem. Sie stieß einen Schrei aus und stürzte vor. Ihr Vater, Eremon Vottania Solette, lag ganz hinten im Wagen, ein zerstörter Mann, der nicht mal mit den Augen blinzelte. Sein Rücken war grausam gekrümmt, und seine zerschundenen Hände zu nutzlosen Fäusten geballt. Sein Gesicht war schmerzverzerrt, sämtliche Muskeln steif und starr wie in der Totenstarre. Iome lief Chemoise ein paar Schritte weit hinterher, doch näher traute sie sich nicht an Raj Ahten heran.
Aber selbst aus dreißig Schritt Entfernung konnte sie den Gestank und Schmutz der Männer riechen. Viele starrten leer und blöde vor sich hin. Einigen hing das Kinn vor Erschöpfung schlaff herab. Jedem der Soldaten war eine

der »Hauptgaben« – Geistes- oder Muskelkraft, Anmut, Stoffwechsel oder Durchhaltevermögen – genommen, wodurch man sie unschädlich gemacht hatte.

Als Chemoise ihren Vater weinend an die Brust drückte, stellte Ault sich mit einer flackernden Fackel neben sie. Die Gesichter im Wagen wirkten im schwankenden Licht entsetzlich bleich.

»Die meisten von ihnen waren einmal meine Leute«, räumte König Sylvarresta vorsichtig ein. »Ich habe sie aber aus meinen Diensten entlassen. Es sind freie Soldaten, Unabhängige Ritter. Ich bin nicht ihr Lord.«

Sein Leugnen klang wenig überzeugend. Zwar waren alle Männer im Wagen Unabhängige Ritter, Ritter, die sich mit einem Eid dazu verpflichtet hatten, alle Wolflords wie Raj Ahten zu vernichten. Und obwohl man der Ansicht war, daß ein solcher Eid alle anderen Treueide an einen einzelnen Lord außer Kraft setzte, war es in Wahrheit so, daß Iomes Vater als Schutzherr dieser Ritter galt – er hatte sie mit Geld und Waffen unterstützt, die auf ihrem Ritterzug gegen Raj Ahten benötigt wurden. Wenn er jetzt die Verantwortung für ihr Tun abstritt, kam dies einem Bogenschützen gleich, der sich weigerte, die Schuld für den Schaden eines Pfeils zu übernehmen, nachdem dieser seinen Bogen verlassen hatte.

Raj Ahten akzeptierte die Ausrede des Königs nicht. Ein gequälter Ausdruck huschte über sein Gesicht, und er sah einen Augenblick lang zur Seite. Iome spürte, wie ihr Herz aussetzte, als sie Tränen in seinen Augen glitzern sah.

»Ihr habt mir großes Unrecht angetan«, sagte Raj Ahten. »Eure Meuchelmörder haben meine Übereigner umgebracht, meinen eigenen Neffen abgeschlachtet und einige hingerichtet, die ich als gute Freunde betrachtet habe – als gute Diener.«

Der Klang seiner Stimme gab Iome ein Gefühl der Schuld, überwältigender Schuld. Sie kam sich vor wie ein Kind, das man dabei erwischt hatte, wie es ein junges Kätzchen quält.

Es schmerzte sie um so mehr, als Iome sah, daß Raj Ahtens Schmerz echt war. Raj Ahten hatte seine Übereigner geliebt.

Nein, sagte eine Stimme in ihrem Hinterkopf, das stimmt nicht. Er will nur, daß du das glaubst. Es ist nur ein Trick, der geübte Einsatz seiner Stimmgewalt. Er liebt nur die Macht, die sein Volk ihm überläßt. Und doch fand sie es schwierig, an ihrer Skepsis festzuhalten.

»Gehen wir in den Thronsaal«, sagte Raj Ahten. »Ihr laßt mir keine Wahl in dieser Angelegenheit, als herzukommen und die Differenzen aus der Welt zu schaffen. Es betrübt mich, daß wir die Bedingungen einer … Kapitulation besprechen müssen.«

König Sylvarresta nickte und hielt den Kopf gesenkt. Schweißperlen bildeten sich auf seiner Stirn. Iome fiel das Atmen wieder leichter. Sie würden miteinander reden. Nur reden. Sie wagte auf Milde zu hoffen.

Auf einen Blick von Raj Ahten ritt seine Leibwache in den Bergfried der Übereigner ein und führte sein Pferd in den Innenhof, während der Wolflord selbst den Weg zum Bergfried des Königs zu Fuß zurücklegte.

Iome folgte ihrem Vater wie betäubt. Das grobe Pflaster unter den Sohlen ihrer Pantoffeln fühlte sich unbehaglich hart an. Chemoise blieb zurück, ging hinter dem Wagen her in den Innenhof des Bergfrieds der Übereigner, hielt die Hand ihres Vaters und flüsterte Eremon Vottania Solette beruhigende Worte zu.

Iome, ihr Vater und die drei Days, sie alle folgte Raj Ahten über den Markt, die reichste Straße von Heredon, vorbei an den eleganten Geschäften, wo Silber und Edelsteine, Porzellan und feines Tuch feilgeboten wurden, hinunter zum Turm des Königs.

Man hatte die Laternen im Turm bereits angezündet. Es war, wie Iome zugeben mußte, ein häßliches Gebäude. Ein gewaltiger, rechteckiger Block, sechs Stockwerke hoch, ohne jeden Zierat bis auf die granitenen Statuen vergangener Könige, die im Kreis das Fundament umstanden. Die Statuen selbst waren enorme Gebilde, jede sechzehn Fuß hoch. Längs der Dachrinnen oben auf dem Turm hatte man Akrotere und Wasserspeier in den Stein gehauen, doch die Figuren waren so klein, daß man sie vom Boden aus kaum erkennen konnte.

Iome wäre am liebsten davongelaufen, in eine Gasse hineingerannt, und hätte versucht, sich hinter einer der Kühe zu verstecken, die sich dort zur Nachtruhe hingelegt hatten. So heftig klopfte ihr Herz.

Als sie die Schwelle zum Bergfried des Königs überschritt, wäre sie fast in Ohnmacht gefallen. Ihr Vater drückte ihre Hand, half ihr, sich auf den Beinen zu halten. Iome wollte sich übergeben, statt dessen sah sie sich dann jedoch ihrem Vater die breite Treppe hinauf hinterhergehen, fünf Stockwerke hoch, bis sie die Gemächer des Königs erreicht hatten.

Raj Ahten führte sie durch das Audienzzimmer in den riesigen Thronsaal. Die Throne des Königs und der Königin waren aus lackiertem Holz gefertigt und mit scharlachroter Seide gepolstert. Goldene Filigranarbeiten schmückten die Blätter, die man in die Armlehnen und Beine der Sessel geschnitzt hatte. Es waren wenig eindrucksvolle Verzierungen. Sylvarresta hatte bessere Throne in der Mansarde eingelagert. Doch der Saal, in dem zwei Reihen mannshoher Erkerfenster nach Norden, Süden und Westen hinausgingen, war riesig. Zwei Laternen brannten zu jeder Seite des Throns, und in dem großen Kamin tanzte ein kleines Feuer.

Der Wolflord, der sich in seiner Rüstung sichtlich wohl fühlte, nahm auf dem Thron des Königs Platz.

Er nickte Lord Sylvarresta zu. »Ich hoffe, meiner Cousine Venetta geht es gut? Holt sie! Nehmt Euch einen Augenblick Zeit, Euch zu erfrischen. Wir werden eine Audienz abhalten, sobald Ihr Euch ein wenig wohler fühlt.« Er deutete mit einem Wink auf Sylvarrestas Rüstung, ein Befehl, daß er sie ablegen solle.

König Sylvarresta nickte, was kein Zeichen dafür war, daß er verstanden hatte, eher ein unterwürfiges Beugen des Kopfes, dann machte er sich zu den königlichen Gemächern auf. Iome hatte solche Angst, daß sie ihm folgte, statt in ihr eigenes Gemach zu gehen.

Weder der Days des Königs noch die von Iome folgten ihnen. Die Days zeichneten jede öffentliche Bewegung ihrer Lords auf, doch wagten sie es nicht, das

Heiligtum des Schlafgemachs eines Runenlords zu entweihen.

Statt dessen hielt Raj Ahtens Days mit denen der königlichen Familie eine Versammlung in einem alten Alkoven draußen vor dem Schlafgemach ab, wo Gardisten und Diener oftmals auf ihren Lord warteten. Die Days blieben dort kurz stehen und unterhielten sich mit verschlüsselten Worten. Das geschah oft, wenn Days aus verfeindeten Königreichen zusammenkamen. Iome verstand ihre Geheimsprache nicht und verschloß vor ihrem Geschnatter einfach die Tür des Schlafgemachs.

Im Zimmer des Königs saß Königin Venetta Sylvarresta, bekleidet mit den feinsten königlichen Gewändern, in einem Sessel und starrte aus den Fenstern, die nach Süden hinausgingen.

Sie war eitel – und mit zehn Gaben der Anmut weitaus schöner als Iome. Venetta hatte schwarzes Haar und einen olivfarbenen Teint wie Raj Ahten – beider Teint war dunkler als Iomes. Die Juwelen in Venettas Krone reichten nicht an die zwanglose Schönheit ihres Gesichts heran. Ihr Zepter lag auf ihrem Schoß, ein goldener Stab mit einer perlenbesetzten Kugel an einem Ende.

»Damit«, sagte sie, ohne sich umzudrehen, »ist dein Königreich verloren.« Sie klang verletzter, als Iome sie je gehört hatte.

Ihr Vater zog seine gepanzerten Handschuhe aus und warf sie auf das riesige Himmelbett.

»Ich habe dir gesagt, du würdest verlieren«, fuhr Königin Sylvarresta fort. »Du warst zu weich, um es zu halten. Es war nur eine Frage der Zeit.« Weitere quälende Worte, anders als alles, was Iome je von ihrer Mutter vernommen hatte. Anders, so kam es Iome vor, als alles, was sie je gesagt hatte.

König Sylvarresta schnallte seinen Helm ab, warf ihn neben die Handschuhe, dann rüttelte er an den Nieten seiner Armschienen. »Ich bedaure nicht, was ich getan habe«, sagte er. »Unser Volk ist vergleichsweise friedvoll.«

»Aber ohne Verbündete, ohne einen starken König, der es beschützt«, sagte Iomes Mutter. »Wieviel Frieden hast du dem Volk wirklich geben können?«

Die Bitterkeit ihrer Worte verblüffte Iome. Ihre Mutter hatte immer gesetzt gewirkt, wie eine ruhige Stütze ihres Mannes.

»Ich habe dem Volk gegeben, was ich konnte«, antwortete ihr Vater.

»Und die Menschen lieben uns im Gegenzug wenig genug. Wärst du mehr ein Lord gewesen, erhöbe es sich zu deiner Verteidigung. Dein Volk würde an deiner Seite kämpfen, auch wenn es keine Hoffnung sähe.«

Iome half ihrem Vater, seinen Schulterschutz abzustreifen, dann die hinteren Schienen seiner Oberarme. Augenblicke später lag sein Brustpanzer auf dem Bett. Erst jetzt bemerkte Iome, wie ihr Vater die Rüstung ausbreitete, einem stählernen Mann gleich, der mit dem Gesicht nach unten lag und in der tiefen Matratze zu ersticken drohte.

Venetta hatte recht. König Sylvarresta waren nie der Respekt und die Bewunderung zuteil geworden, die er verdient hatte. Ein Eidgebundener Runenlord hätte

Gefolgsleute anziehen sollen, hätte den Respekt seines Volkes verdient gehabt.
Statt dessen gingen die Menschen, die Gaben abtraten, zu fremden Königen, wie König Orden, wo sie ihre Fähigkeiten zu einem besseren Preis verkaufen konnten. Ein König wie Sylvarresta erhielt selten die Unterstützung, die er brauchte, es sei denn, ein Wolflord wie Raj Ahten kam des Wegs. Erst in der Auseinandersetzung mit einem Thronräuber, der sich seine Gaben durch Erpressung verschaffte, scharten sich die guten Menschen unter dem Banner eines Königs wie Sylvarresta zusammen.
Natürlich war dies der Grund, weshalb Raj Ahten hier zuerst angriff, erkannte Iome, wo er doch andere Königreiche hätte verwüsten können, die viel näher lagen.
»Habt Ihr mich verstanden, mein Lord?« meinte Venetta. »Ich rede schlecht von Euch.«
»Ich habe dich gehört«, antwortete Lord Sylvarresta, »und liebe dich noch immer.«
Da drehte Iomes Mutter sich um, das Gesicht voller Tränen der Liebe, den Mund schmerzlich zusammengepreßt. Sie sah aus wie eine junge Frau. Wie ein treuer Hund, der unter großen Schmerzen leidet und nach dem Herrchen schnappt, das ihn zu retten versucht, so hatte Iomes Mutter ihren Gemahl attackiert, und jetzt sah Iome, wie leid es ihr tat.
»Ich liebe dich auf ewig«, erwiderte Venetta. »Du bist tausendmal mehr ein König, als mein niederträchtiger Cousin dies jemals sein kann.«
König Sylvarresta streifte sein Kettenhemd ab und stand

in seinem Lederwams da. Er warf Iome einen vielsagenden Blick zu. Die Prinzessin ging hinaus und ließ ihren Eltern ihre Ungestörtheit.

Sie wagte nicht, in den Thronsaal zurückzukehren. Nicht, solange Raj Ahten sich dort befand. Also wartete sie im Alkoven vor ihres Vaters Tür und lauschte dem aufgeregten Gespräch der Days. Früher wären hier Gardisten und Diener über Nacht postiert gewesen, doch Lord Sylvarresta hätte beides nicht gewollt. Dennoch war der kleine Raum mit seinen Bänken groß genug für Iome und die Days.

Mehrere Minuten später verließen Iomes Eltern ihr Gemach. Ihre Mutter trug noch immer ihre Prunkgewänder, ihr Vater ein königliches Gewand und einen entschlossenen Ausdruck im Gesicht.

Im Vorübergehen flüsterte Venetta Iome zu: »Vergiß nie, wer du bist.«

Ihre Mutter war fest entschlossen, die Rolle der Königin bis zum Ende durchzustehen.

Iome folgte ihnen zurück in das Audienzzimmer.

Zu ihrer Überraschung hatten sich zwei von Raj Ahtens Unbesiegbaren zu ihm gesellt. Sie standen rechts und links vom Thron. Die drei boten ein imposantes Bild.

Lord Sylvarresta trat bis zum Rand des leuchtendroten Teppichs vor dem Thron vor. Er beugte ein Knie und neigte seinen Kopf. »Jas Laren Sylvarresta, zu Euren Diensten, Lord. Und ich überbringe, wie verlangt, meine Gattin, Eure geliebte Cousine Venetta Moshan Sylvarresta«.

Lady Sylvarresta sah zu, wie ihr Gatte sich verbeugte,

blieb einen Augenblick unschlüssig stehen, dann verneigte sie sich leicht, wobei sie den Wolflord aus wachsamen Augen beobachtete.

Als ihr Kopf dem Boden am nächsten war, sprang Raj Ahten vor, so daß sein Körper kaum zu erkennen war, und zog das Kurzschwert aus der Scheide.

Venettas Krone, von Raj Ahtens Schwert von ihrem Kopf gerissen, flog in hohem Bogen davon und prallte klirrend von der steinernen Decke ab.

»Ihr seid anmaßend!« warnte Raj Ahten sie.

Iomes Mutter starrte den Wolflord an.

»Ich bin noch immer Königin«, brachte sie zu ihrer Verteidigung vor.

»Darüber zu entscheiden liegt bei mir«, entgegnete Raj Ahten. Er bohrte das Schwert in die Polsterung des Thrones der Königin und ließ es dort stecken, als er sich wieder setzte. Darauf zog er seine Handschuhe aus und warf sie neben sich ebenfalls auf ihren Thron. Er umfaßte die Armlehnen seines Sessels und verriet, so dachte Iome, einen Hauch von Nervosität. Er wollte etwas von ihnen. Er brauchte etwas. Das konnte sie sehen.

»Ich war mit Euch mehr als geduldig. Ihr, Jas Laren Sylvarresta, habt Ritter finanziert, die mich grundlos angegriffen haben. Ich bin gekommen, um dafür zu sorgen, daß solche Überfalle aufhören. Ich verlange … einen entsprechenden Tribut.«

Iomes Vater schwieg einen Augenblick lang. Ihre Mutter kniete neben dem Thron. »Was wollt Ihr von uns?« fragte Lord Sylvarresta schließlich.

»Die Zusage, daß Ihr mich nie wieder angreifen werdet.«

»Ihr habt mein Wort«, erklärte Sylvarresta. Jetzt hob er den Kopf und konzentrierte sich ganz auf den Wolflord.

Raj Ahten sagte bedeutungsschwanger: »Ich danke Euch. Ich nehme Euren Eid durchaus nicht auf die leichte Schulter. Ihr wart Eurem Volk ein ehrenwerter Lord, Sylvarresta. Ein unparteiischer Lord. Euer Reich ist ordentlich und wohlhabend. Euer Volk besitzt viele Gaben, die es mir überlassen kann. Wären die Zeiten nicht so finster, ich wäre gerne bereit zu glauben, daß Ihr und ich Verbündete sein könnten. Aber ... mächtige Feinde ziehen südlich unserer Grenzen ihre Truppen zusammen.«

»Inkarrer?« fragte Lord Sylvarresta.

Raj Ahten tat dies mit einer Handbewegung ab. »Schlimmer. Greifer. Die Lords der Unterwelt haben sich dreißig Jahre lang vermehrt wie Karnickel. Sie haben die Wälder Denhams kahlgeschlagen. Sie haben die Nomen aus ihren heiligen Stätten in den Bergen vertrieben. In nicht allzu ferner Zukunft werden sie uns angreifen. Ich habe die Absicht, ihnen Einhalt zu gebieten. Dazu brauche ich Eure Hilfe, Lord Sylvarresta, ja, die Hilfe aller Königreiche aus dem Norden. Ich bin entschlossen, die Führung zu übernehmen.«

Iome war verwirrt. Ihr Vater war offensichtlich ebenso durcheinander.

»Wir könnten sie besiegen!« sagte Lord Sylvarresta. »Die Königreiche des Nordens würden sich zu einem solchen Zweck zusammenschließen. Ihr braucht in diesen Krieg nicht allein zu ziehen!«

»Und wer soll Eure Armeen dann anführen?« wollte Raj

Ahten wissen. »Ihr? König Orden? Ich? So dumm könnt Ihr nicht sein.«

Iomes Vater schien den Mut zu verlieren. Der Wolflord hatte recht. Niemand konnte die Königreiche des Nordens führen. Es gab zu viele kleinmütige Eifersüchteleien und alte Rivalitäten. Wenn Orden eine Armee nach Süden führte, bliebe jemand zurück, um seine geschwächten Städte anzugreifen.

Und erst recht würde niemand Raj Ahten trauen, dem Wolflord. Seit Hunderten von Jahren hatten die Runenlords jeden Führer angegriffen, der nach zuviel Macht strebte und seine Hände zu weit ausstreckte. In früheren Zeiten hatten gewisse Räuber in ihrer Gier nach jedem Machtzuwachs, den sie bekommen konnten, die Zwingeisen dazu benutzt, Gaben von Wölfen zu übernehmen, und waren so als Wolflords bekannt geworden.

Männer, die einen ungeheuren Geruchssinn, ein unglaubliches Gehör wünschten, erhielten oft Gaben von Welpen, denn Hunde überließen sie ihnen gewöhnlich bereitwillig und verlangten anschließend nicht viel an Versorgung. Sogar Durchhaltevermögen oder Muskelkraft von Mastiffs, die eigens für diesen Zweck gezüchtet wurden, waren schon übertragen worden.

Doch Männer, die Gaben von Hunden akzeptierten, wurden selbst zu Untermenschen, wurden teils zum Tier. Daher bekam die beschönigende Bezeichnung Wolflord einen spöttischen Beigeschmack, da so mancher Mann mit geringer Moral so genannt wurde, einschließlich solcher Herrscher wie Raj Ahten, die nie eine Gabe von einem Hund erhalten hatten.

Kein König aus dem Norden würde sich Raj Ahten anschließen. Männer, die sich den Namen Wolflord einhandelten, wurden zu Außenseitern. Ehrenwerte Lords waren verpflichtet, die Unabhängigen Ritter bei ihren Kriegen und Auftragsmorden zu finanzieren. Ähnlich den Wölfen, die man im Schafspferch ertappte, gewährte man Wolflords keine Gnade.

»Das muß nicht so sein«, meinte Sylvarresta. »Es gibt andere Wege, diesen Krieg zu führen. Eine kleine Abordnung von Rittern aus jedem Königreich …«

»Es muß so sein«, unterbrach ihn Raj Ahten. »Ihr wagt es, mir in diesem Punkt zu widersprechen? Ich habe tausend Gaben der Geisteskraft, Ihr dagegen …«, sein Blick zuckte für einen Sekundenbruchteil zu Lord Sylvarrestas Augen, um seine Intelligenz abzuschätzen, »… nur zwei.«

Es hätte geraten sein können, überlegte Iome, doch sie wußte es besser. Es gab ein Sprichwort: »Ein weiser König beansprucht nicht alle Geisteskraft für sich, sondern gesteht auch seinen Beratern Weisheit zu.« Im Norden hielt man es für unrentabel, mehr als vier Gaben der Geisteskraft zu übernehmen. Ein Lord, der dies tat, erinnerte sich an alles, was er je gehört, je gesehen, je empfunden hatte. Sylvarresta hätte niemals mehr als vier übernommen. Doch wie hatte Raj Ahten erkannt, daß Iomes Vater nur über zwei aktive Gaben verfügte?

Raj Ahtens Behauptung, er habe Geisteskräfte von tausend Menschen erhalten, raubte Iome den Atem. So etwas überstieg ihr Vorstellungsvermögen. Einige Lords schworen darauf, daß ein paar Gaben Geisteskraft mehr einem Runenlord einige Vorteile brachten – zusätzlichen Erfindungsreichtum oder tiefere Einsichten.

Raj Ahten faltete die Hände. »Ich habe über die Greifer nachgedacht – wie sie sich in unserem Königreich in kleinen Enklaven breitmachen, jede davon mit einer neuen Magierin. Die Plage ist weit verbreitet. Und nun, Sylvarresta, verlange ich, trotz aller friedfertiger Beteuerungen Eurerseits, mehr von Euch. Zieht Euch aus!«

Ungeschickt vor Nervosität, mit der Grazie eines abgerichteten Bären, löste Lord Sylvarresta die Schärpe seines Gewandes und ließ die mitternachtsblaue Seide von den Schultern gleiten, bis seine haarige Brust nackt war. Unter seiner rechten Brustwarze waren die roten Narben der Zwingeisen zu sehen, dem Zahnabdruck einer Geliebten gleich. Raj Ahten hatte Sylvarrestas Stärken mit einem Blick erfaßt.

»Eure Geisteskraft, Sylvarresta. Ich werde Eure Geisteskraft übernehmen.«

Iomes Vater schien in sich zusammenzusinken, fiel auf beide Knie. Er wußte, wie es sein würde: er würde sich in die Hosen machen, seinen Namen nicht mehr wissen, weder Frau noch Kinder noch seine besten Freunde wiedererkennen. Er hatte während des vergangenen Tages bereits einen deutlichen Verlust verspürt, als ihm Erinnerungen verlorengegangen waren. Er schüttelte den Kopf.

»Soll das heißen, Ihr wollt sie mir nicht überlassen, oder Ihr könnt es nicht?« fragte Raj Ahten.

Lord Sylvarresta breitete die Hände aus, schüttelte unfähig zu sprechen den Kopf.

»Ihr wollt nicht? Aber Ihr müßt!« meinte Raj Ahten.
»Ich kann nicht!« jammerte Iomes Vater. »Nehmt statt dessen mein Leben.«
»Ich will Euren Tod nicht«, beharrte Raj Ahten. »Welchen Wert hat der für mich? Aber Eure Geisteskraft!«
»Ich kann nicht!« sagte Sylvarresta.
Einem Feind eine Gabe zu überlassen, war eine Sache, Raj Ahten jedoch würde mehr rauben als Sylvarrestas Geisteskraft. Da Sylvarresta bereits mit Gaben ausgestattet war, würde Raj Ahten König Sylvarresta zu einem *Vektor* machen.
Ein Mensch konnte in seinem Leben nur eine einzige Gabe abtreten, und wenn diese Gabe übertragen war, erzeugte sie einen magischen Kanal, eine Verbindung zwischen Lord und Untertan, die nur durch den Tod unterbrochen werden konnte. Starb der Lord, fiel die Gabe wieder an ihren Spender zurück. Starb der Untertan, verlor der Lord die Eigenschaft, die er hinzugewonnen hatte.
Wenn aber ein Mann wie Sylvarresta seine Geisteskraft an Raj Ahten abtrat, dann gab er nicht nur seine eigene ab, sondern auch all jene, die er von seinen noch lebenden Übereignern übernommen hatte, dazu alle, die er in Zukunft vielleicht noch erhielt. Als Vektor wurde Sylvarresta eine lebende Zuleitung. Er trat Raj Ahten die Geisteskraft ab, die er erhalten hatte, und konnte möglicherweise sogar dazu benutzt werden, die Geisteskraft Hunderter anderer auf Raj Ahten zu lenken.
»Ihr könnt sie mir sehr wohl überlassen, vorausgesetzt, der Anreiz stimmt«, versicherte ihm Raj Ahten. »Was ist

mit Euren Leuten? Ihr sorgt Euch um sie, nicht wahr? Ihr habt Diener und Freunde, denen Ihr vertraut, unter Euren Übereignern. Mit Eurem Opfer könntet Ihr sie retten. Wenn ich Euch töten muß, werde ich Eure Übereigner nicht am Leben lassen – Männer und Frauen, die keine Gaben mehr zu bieten haben, Männer und Frauen, die sich vielleicht an mir rächen wollen.«

»Ich kann nicht!« wiederholte Sylvarresta.

»Nicht einmal, um das Leben von einhundert Untertanen zu erkaufen, von eintausend?«

Iome fand es widerlich. Sie haßte die geladene Stille, die folgte. Raj Ahten mußte die Gabe freiwillig bekommen. Manche Lords versuchten sich der nötigen Bereitschaft durch Liebe zu versichern, andere, indem sie Profit versprachen. Raj Ahten benutzte Erpressung.

»Was ist mit Eurer wunderschönen Frau – meiner Cousine?« fragte Raj Ahten. »Was ist mit ihr? Würdet Ihr die Gabe abgeben, um ihr Leben zu erkaufen? Ihre geistige Gesundheit? Bestimmt werdet Ihr nicht wollen, daß ein so liebenswertes Geschöpf mißbraucht wird.«

»Tu es nicht!« rief Iomes Mutter. »Mich wird er nicht brechen!«

»Ihr könntet ihr das Leben retten. Sie würde es nicht nur behalten, sie würde sogar auf dem Thron bleiben und als Regentin und mein Stellvertreter herrschen. Auf dem Thron, den sie so liebt.«

Lord Sylvarresta drehte sich mit bebendem Kinn zu seiner Königin um. Er nickte zögernd.

»Nein!« schrie Venetta Sylvarresta. Im selben Augenblick wirbelte sie herum und rannte los. Iome glaubte, sie

würde gegen die Wand prallen, doch zu spät erkannte sie, daß sie nicht auf die Wand zuhielt, sondern auf die mannshohen Fenster hinter den Days.
Plötzlich, schneller, als das Auge dies erfassen konnte, war Raj Ahten neben ihr und hielt ihren rechten Arm fest. Venetta wehrte sich gegen seinen Griff.
Sie wandte sich mit verzerrtem Gesicht zu ihm um. »Bitte!« flehte sie und packte Raj Ahtens Handgelenk.
Dann, plötzlich, drückte sie zu, bohrte ihre Fingernägel in die Haut des Wolflords, bis Blut hervortrat. Mit einem triumphierenden Schrei sah sie Raj Ahten in die Augen. Venetta rief ihren Gatten zu: »Jetzt siehst du, wie man einen Wolflord tötet, mein Geliebter!«
Plötzlich fiel Iome der klare Lack auf den Fingernägeln ein, und sie begriff – die Seelenqual der Königin war vorgetäuscht, ein Trick, um Raj Ahten zu sich zu locken, damit sie ihm die vergifteten Fingernägel ins Fleisch bohren konnte.
Venetta wich, ihre blutverschmierten Fingernägel in die Höhe haltend, einen Schritt zurück, so als wollte sie diese Raj Ahten zeigen, bevor er zusammenbrach.
Raj Ahten hob seinen rechten Arm, starrte bestürzt auf das rechte Handgelenk. Das Blut dort verfärbte sich schwarz, und das Gelenk begann entsetzlich anzuschwellen.
Er hob die Hand wie zum Trotz und blickte Venetta mehrere Herzschläge lang in die Augen, bis sie vor Angst erblaßte.
Iome betrachtete den Arm. Die blutigen Schnitte in Raj Ahtens Handgelenk waren in Sekundenschnelle narben-

los verheilt, und unter der schwarzen Verfärbung kam nun wieder die natürliche Farbe zum Vorschein.
Wie viele Gaben des Durchhaltevermögens besaß der Wolflord? Wie viele des Stoffwechsels? Iome hatte noch nie solche Heilkraft gesehen, hatte nur in Legenden davon gehört.
Raj Ahten lächelte, ein furchteinflößendes Raubtiergrinsen.
»Nun, dir kann ich also nicht vertrauen, Venetta«, seufzte er leise. »Ich bin ein sentimentaler Mensch. Ich hatte gehofft, Mitglieder der Familie verschonen zu können.«
Er versetzte ihr mit dem Handrücken den Schlag eines Wolflords. Venettas Kopf gab unter der Wucht des Hiebes nach, Blut spritzte in die Luft, und ihr Genick brach. Der Hieb schleuderte sie ein Dutzend Schritte weit zurück, wo sie in das Glas des Erkerfensters krachte.
Mit lautem Scheppern flog sie hindurch, dabei verfing sich das Gewicht ihres toten Körpers in den langen, roten Vorhängen, und eine halbe Sekunde lang schien sie reglos in der Nachtluft zu stehen, bevor sie fünf Stockwerke tief aufs Pflaster stürzte.
Ihr Leichnam schlug klatschend auf die breiten Pflastersteine unten im Innenhof.
Iome stand unter Schock.
Ihr Vater stieß einen Schrei aus, und Raj Ahten starrte verdrießlich die zersplitterten Scheiben aus buntem Glas an, die roten Vorhänge, die sich in der steifer werdenden Brise wiegten.
Raj Ahten sagte: »Mein Beileid, Sylvarresta. Ihr seht, ich hatte keine andere Wahl. Natürlich gibt es immer Leute,

die glauben, es sei einfacher, zu töten oder zu sterben als zu dienen. Und sie haben recht. Der Tod erfordert keine Mühe.«

Iome fühlte sich, als hätte man ihr das Herz zerrissen. Ihr Vater hockte bloß auf gebeugten Knien da und zitterte.

»Nun«, fuhr Raj Ahten fort, »wir waren gerade dabei, einen Handel abzuschließen. Ich will Eure Geisteskraft. Mir nützen ein paar weitere Gaben davon wenig. Aber Ihr gewinnt dadurch sehr viel. Gebt mir Eure Geisteskraft, und Eure Tochter Iome wird an Eurer Stelle als Regentin herrschen. Einverstanden?«

Iomes Vater schluchzte, nickte dumpf. »Holt also Eure Zwingeisen. Laßt mich diesen Tag und meinen Verlust vergessen und mich wieder zum Kind werden.«

Er trat seine Gabe ab, damit seine Tochter weiterlebte.

In diesem Augenblick kniete Iome ein weiteres Mal nieder. Sie hatte fürchterliche Angst. Sie konnte keinen klaren Gedanken fassen. Was sollte sie tun? *Vergiß nie, wer du bist,* hatte ihre Mutter gesagt. Aber was bedeutete das? Ich bin eine Prinzessin, eine Dienerin meines Volkes, überlegte sie. Soll ich Raj Ahten angreifen und meiner Mutter durch das Fenster folgen? Was wäre dadurch gewonnen?

Als Regentin besäße sie einiges an Macht. Im geheimen konnte sie Raj Ahten noch immer ihr Leben lang bekämpfen und ihrem Volk damit ein gewisses Maß an Glück und Freiheit schenken.

Gewiß war dies der Grund, weshalb ihr Vater noch lebte, warum er sich nicht entschloß, in den Tod zu gehen wie ihre Mutter.

Iomes Herz klopfte, und ihr fiel nichts ein, was sie hätte tun können, ihr kam kein Plan in den Sinn, der Hoffnung versprach, aber sie erinnerte sich an Gaborns Gesicht von vorhin. An das Versprechen aus seinem Mund. »Ich bin ein Runenlord. Ich werde zurückkommen und dich holen.«

Aber was vermochte Gaborn schon zu tun? Er konnte kaum gegen Raj Ahten antreten und darauf hoffen, den Wolflord aus dem Süden zu besiegen.

Und doch mußte Iome hoffen, mußte an etwas glauben.

Raj Ahten nickte einem seiner Leibwächter zu. »Ruf die Annektoren.«

Augenblicke später betraten Raj Ahtens Annektoren den Raum. Kleine, grausame Männer in safrangelben Gewändern. Einer trug ein Zwingeisen auf einem Kissen aus Samt.

Raj Ahtens Annektoren waren geübte Meister ihres Handwerks. Einer begann mit der Zauberformel, der andere hielt Lord Sylvarresta fest und geleitete ihn durch die Prozedur. »Seht Eure Tochter an, Sir«, sagte er mit hartem kartischem Akzent. »Ihr tut dies für sie. Für sie. Sie ist alles. Sie ist es, die Ihr liebt. Ihr tut es für sie.«

Iome stand benommen vor ihm und hörte die Schreie ihres Vaters, als das Zwingeisen heißer wurde. Sie tupfte ihm den Schweiß von der Stirn, während das Metall sich plötzlich verbog, als sei es lebendig. Sie blickte ihm in seine klaren, grauen Augen, indes das Zwingeisen ihm die Gabe entzog, ihm die Intelligenz aussaugte, bis sie sah, daß er sich nicht mehr an ihren Namen erinnern konnte, sondern nur noch schrie in irrer Qual.

Als er den letzten Schmerzensschrei ausstieß, fing sie selber an zu schluchzen und brach auf der Stelle zusammen. Dann gingen die Annektoren mit dem weißglühenden Zwingeisen, das ein Lichtband hinter sich herzog, zu Raj Ahten hinüber. Dieser setzte seinen Helm ab, so daß ihm das lange Haar um die Schultern fiel, und öffnete sein Lederwams, um seine muskulöse Brust freizulegen. Sie war mit einer Unmenge von Narben übersät, war dermaßen von Zwingeisen gezeichnet, daß Iome nur ein paar kleine Spuren unverletzter Haut dazwischen erkennen konnte.

Während er die Gabe entgegennahm, lehnte sich Raj Ahten im Thron zurück, mit vor Glückseligkeit glasigen Augen beobachtete er Iome genau.

Sie wollte sich wütend auf ihn stürzen, mit ihren Fäusten auf ihn einschlagen, traute sich jedoch nicht, saß nur am Kopf ihres Vaters, strich ihm das Haar zurück und versuchte, ihn zu trösten.

Der König öffnete die Augen, als er für eine halbe Sekunde das Bewußtsein wiedererlangte, starrte offenen Mundes hoch zu Iome und schien zu überlegen, welch seltsames und schönes Geschöpf er vor sich sah. »Gaaa«, brüllte er, dann breitete sich eine Pfütze aus Urin auf dem Teppich unter ihm aus.

»Vater, Vater«, flüsterte Iome und küßte ihn in der Hoffnung, er werde mit der Zeit wenigstens begreifen, daß sie ihn liebte.

Mit ihren Zauberformeln fertig, verließen die Annektoren den Raum. Raj Ahten langte zu seinem Schwert hinüber und zog es aus dem Thron der Königin.

»Komm, nimm deinen Platz neben mir ein«, forderte er sie auf. Wieder sah sie die unverhohlene Lust in seinem Gesicht und wußte nicht, ob ihn nach ihrem Körper oder nach ihren Gaben gelüstete.

Iome war schon auf halbem Weg zum Thron, da bemerkte sie, daß er die Macht seiner Stimme benutzt hatte, um ihr zu befehlen. Es ärgerte sie, auf diese Weise beeinflußt zu werden.

Sie setzte sich auf den Thron, versuchte, Raj Ahten nicht ins Gesicht, in das unfaßbar ansehnliche Gesicht zu blicken.

»Begreifst du, warum ich das tun muß?« fragte er.

Iome antwortete nicht.

»Eines Tages wirst du mir dankbar sein.« Raj Ahten blickte sie einen Augenblick lang offen an. »Hast du im Haus des Verstehens studiert, oder hast du die Chroniken gelesen?«

Iome nickte. Sie hatte die Chroniken gelesen – zumindest ausgewählte Passagen.

»Hast du den Namen Daylan Hammer gehört?«

Ja, das hatte sie. »Ihr meint den Krieger?«

»Die Verfasser der Chroniken nannten ihn die ›Summe aller Menschen‹. Vor sechzehnhundertachtundachtzig Jahren besiegte er hier auf dem Gebiet von Rofehavan die Toth-Invasoren und ihre Zauberer. Er besiegte sie fast ganz allein. Er besaß so viele Gaben des Durchhaltevermögens, daß, wenn ein Schwert sein Herz durchbohrte, dieses beim Herausziehen der Klinge bereits wieder verheilte. Weißt du, wie viele Gaben dafür nötig sind?«

Iome schüttelte den Kopf.

»Aber ich«, sagte Raj Ahten und zog sein Hemd hoch. »Versuch es, wenn du magst.«

Iome hatte ihren Dolch unter ihren Röcken festgebunden. Sie zögerte nur einen Augenblick. Es schien teuflisch, doch vielleicht bekam sie nie wieder Gelegenheit, den Mann zu erstechen.

Sie zog ihn heraus, sah dem Wolflord in die Augen. Raj Ahten beobachtete sie siegesgewiß. Sie stieß ihm den Dolch zwischen die Rippen, sah den Schmerz in seinen Augen, hörte, wie er ein erschrockenes Keuchen von sich gab. Sie drehte die Klinge, doch es floß kein Blut an der Kehle entlang. Nur ein dünner, rötlicher Film sickerte an der Stelle hervor, wo der Stahl in das Fleisch eingedrungen war. Sie zog den Dolch heraus.

Die Wunde schloß sich mit dem Herausziehen der blutverschmierten Klinge.

»Siehst du?« meinte Raj Ahten. »Weder das Gift deiner Mutter noch dein Dolch können mir etwas anhaben. Nie hat es unter den Runenlords einen gegeben, der Daylan ebenbürtig war. Bis heute. In meinem Land erzählt man sich, er brauchte keine Gaben mehr zu übernehmen, als er genug davon empfangen hatte. Die Liebe seines Volkes stützte und durchströmte ihn. Wenn seine Übereigner starben, blieb seine Macht erhalten – unvermindert.«

Das hatte sie nirgendwo gelesen. Es widersprach ihrem Verständnis der Kunst der Runenlords. Und doch hoffte sie, daß es stimmte. Sie hoffte, daß so etwas möglich war, daß Raj Ahten eines Tages aufhören würde, Menschen wie ihren Vater auszusaugen.

»Ich glaube«, fuhr Raj Ahten leise fort, »ich habe es fast geschafft. Ich denke, ich werde sein wie er und die Greifer ohne den Verlust von fünfzig Millionen Menschenleben besiegen, was bei jedem anderen Vorgehen der Fall sein würde.«

Iome sah ihm in die Augen, wollte ihn hassen für das, was er getan hatte. Ihr Vater lag in seinem eigenen Urin auf dem Boden zu ihren Füßen. Aber Iome blickte Raj Ahten ins Gesicht und konnte ihn nicht hassen. Er wirkte so … aufrichtig. So wunderschön.

Nun streckte er die Hand aus, strich ihr übers Haar, und sie wagte nicht, den Kopf zurückzuziehen. Sie fragte sich, ob er versuchen würde, sie zu verführen. Und sie überlegte, ob sie die Kraft hätte, sich gegen ihn zu wehren, falls er das tat.

»So süß. Wärst du nicht mit mir verwandt, würde ich dich zur Frau nehmen. Aber ich fürchte, das verbietet der Anstand. Nun, Iome, mußt auch du deinen Teil tun und mir helfen, die Greifer zu besiegen. Du wirst mir deine Anmut überlassen.«

Iome klopfte das Herz. Sie stellte sich vor, wie es sein würde – mit Haut so rauh wie Leder, mit dünnem, stumpfem Haar, das ihr ausfiel. Sie dachte daran, wie die Adern an ihren Beinen hervortreten würden. Der trockene Geruch ihres Atems. Wie es sein würde, abstoßend auszusehen und zu riechen – einfach abstoßend zu sein. Doch das war längst noch nicht der ganze Schrecken. Anmut war mehr als Schönheit, mehr als körperliche Lieblichkeit. Zum einen zeigte sie sich gewiß in der äußeren Gestalt, in der Farbe der Haut, dem Glanz des

Haars, dem Licht, das in den Augen leuchtete. Zum anderen offenbarte sie sich als Haltung, als Ausgeglichenheit, Entschlossenheit. Der Kern lag oft im Vertrauen eines Menschen zu sich selbst, in seiner Liebe zu sich selbst.

Je nach Grausamkeit des beteiligten Annektors konnte ihr all dies entzogen werden, und zurückbleiben würde eine neue Übereignerin, die nicht nur häßlich war, sondern sich auch vor selbst ekelte.

Iome schüttelte den Kopf. Sie mußte Raj Ahten mit allen zur Verfügung stehenden Mitteln bekämpfen. Und doch kam ihr nichts in den Sinn, keine Möglichkeit, sich zu wehren.

»Komm, Kind«, sagte Raj Ahten aalglatt. »Was würdest du mit all deiner Schönheit machen, wenn ich sie dir ließe? Irgendeinen Prinzen in dein Bett locken? Was für ein jämmerliches Begehren. Du könntest es tun. Aber anschließend würdest du es dein Leben lang bedauern. Du hast gesehen, wie Männer dich mit Lust in den Augen ansehen. Du hast gesehen, wie sie starren, wie sie dich fortwährend begehren. Du würdest es bestimmt leid werden.«

Als er es so ausdrückte, mit solch seidiger Stimme aussprach, fühlte sich Iome ganz elend. Es erschien ihr gemein und egoistisch, schön sein zu wollen.

»In der Wüste nahe dem Ort, wo ich geboren wurde«, erzählte Raj Ahten, »steht ein großes Denkmal, eine Statue, dreihundert Fuß hoch, halb umgestürzt im Sand. Es ist die Statue eines längst vergessenen Königs, dem der Wind das Gesicht abgeschliffen hat. Auf einem

Spruchband zu seinen Füßen steht in einer alten Sprache geschrieben: ›Alle verneigen ihr Haupt vor dem Großen Ozyvarius, der die Welt regiert und dessen Königreich niemals untergehen soll!‹ Doch sämtliche Schriftgelehrten der Welt vermögen mir nicht zu sagen, wer dieser König war oder vor wie langer Zeit er regiert hat. Wir waren immer so vergängliche Geschöpfe«, meinte Raj Ahten leise. »Unser Sein war stets nur von begrenzter Dauer. Zusammen aber, Iome, können wir mehr sein als das.«

Die Sehnsucht in seiner Stimme, das Verlangen, raubte Iome fast den Verstand. Sie war fast bereit, ihm ihre Schönheit zu überlassen. Doch eine klügere Stimme in ihrem Hinterkopf widersprach. »Nein, ich würde sterben, ich wäre ein Nichts.«

»Du würdest nicht sterben«, betörte sie Raj Ahten. »Wenn ich die Summe aller Menschen bin, wird deine Schönheit in mir weiterleben. Ein Teil von dir würde ewig überdauern, um geliebt und bewundert zu werden.«

»Nein!« rief Iome entsetzt.

Raj Ahten sah zu Boden, wo Lord Sylvarresta noch immer als übelriechendes Häufchen Elend lag. »Nicht einmal, um *ihm* das Leben zu retten?«

Da wußte sie es. Sie wußte, daß ihr Vater ihr raten würde, sich auf diesen Handel nicht einzulassen. »Nein«, erwiderte Iome schaudernd.

»Es ist grauenhaft, einen Idioten den Folterern zu überlassen. All die Qualen, die dein Vater zu erleiden hätte, ohne je zu begreifen, warum, ohne je zu wissen, daß es je so etwas gibt wie den Tod, der ihm Erleichterung verschaffen könnte, während die Folterknechte jedesmal deinen Namen aussprechen, wenn sie ihn mit glühenden Eisen berühren, so daß er mit der Zeit schon bei der Erwähnung deines Namens vor Schmerzen schreien wird. Es wäre wirklich entsetzlich.«

Die Grausamkeit, die dieser Idee innewohnte, ließ Iome betäubt zurück. Sie sah Raj Ahten an, während ihr das Herz brach. Sie konnte nicht ja sagen.

Der Wolflord nickte einem seiner Männer zu. »Bring das Mädchen rein.«

Die Wache verließ den Saal und kehrte kurz darauf mit Chemoise zurück. Mit Chemoise, die eigentlich im Bergfried der Übereigner hätte sein sollen, wo sie ihren Vater tröstete. Mit Chemoise, die in dieser Woche schon so viel durchgemacht, so viel an den Eroberer verloren hatte.

Woher ahnte Raj Ahten, was Iome für ihre geliebte Freundin empfand? Hatte sie das Mädchen mit einem Blick verraten?

Chemoise hatte die Augen vor Angst weit aufgerissen. Sie fing vor Entsetzen an zu schluchzen, als sie den König auf dem Boden liegen sah. Kreischte, als Raj Ahtens Mann sie an der zerbrochene Fenster führte und dort Anstalten machte, sie hinauszuwerfen.

Iome stockte der Atem, als sie mit ansehen mußte, wie ihre Freundin aus Kindertagen vor Furcht zu stammeln begann. Zwei Menschenleben. Raj Ahten würde zwei Menschen umbringen – das Mädchen und ihr ungeborenes Kind.

Chemoise, vergib mir den Verrat, wollte Iome sagen.

Denn sie wußte aus tiefster Seele, daß es falsch war, sich zu ergeben. Hätte sich niemals jemand aufgegeben, Raj Ahten wäre längst tot. Aber wie wenig nutzte es ihm, wenn sie ihm ihre Anmut überließ, während es ihren Nächsten das Leben retten würde.

»Ich kann *Euch* keine Gabe überlassen«, beharrte Iome, unfähig, den Ekel in ihrer Stimme zu verbergen. Sie konnte sie ihm nicht überlassen. Nicht ihm persönlich.

»Wenn nicht mir, dann einem Vektor«, erbot sich Raj Ahten.

Irgend etwas in Iomes Herz löste sich. Ein Ausgleich war gefunden. Sie wollte ihre Schönheit abtreten – für ihren Vater, für Chemoise. Solange sie sie nicht Raj Ahten geben mußte. Mit brechender Stimme sagte sie: »Dann holt Euer Zwingeisen.«

Augenblicke später hatte man die Zwingeisen herbeigeschafft, zusammen mit einer erbärmlichen Frau, die ihre Anmut abgegeben hatte. Iome betrachtete also das alte Weib in dem schmutziggrauen Gewand und sah, was aus ihr werden würde. Sie hatte Mühe zu erkennen, welche Schönheit dort einmal verborgen gewesen war.

Dann setzten die Beschwörungen ein. Iome beobachtete Chemoise, die immer noch auf dem Rand des Fenstersimses verharrte, und wünschte im stillen ihre Schönheit fort, wünschte, etwas Schönes und ewig Kostbares damit zu erkaufen. Das Leben einer Freundin und des Kindes, das sie in sich trug.

Es knisterte in der Dunkelheit, und ein winziges, flatterndes Band phosphoreszierenden Feuers entstand, als der

Annektor zu ihr kam und ihr das Zwingeisen unter dem Halsansatz, fast auf ihrem Busen, auflegte.
Einen halben Augenblick lang geschah nichts, und jemand murmelte: »Für deine Freundin. Tu es für deine Freundin.«
Iome nickte, und der Schweiß lief ihr in Strömen übers Gesicht. Sie hielt Chemoises Bild vor ihrem inneren Auge fest, wie sie ein Kind im Arm hält und es liebkost.
Dann spürte sie den unsäglichen Schmerz des Zwingeisens, öffnete die Augen, sah, wie die Haut an ihren Händen trocken wurde und riß, als verbrenne sie in infernalischer Hitze. An ihren Handgelenken traten die Adern wie Wurzeln hervor, und ihre Fingernägel wurden spröde wie Kalk.
Ihre festen, jungen Brüste erschlafften, und sie griff nach ihnen, spürte bitterlich den Verlust. Jetzt bedauerte sie den Handel, doch es war zu spät. Sie kam sich vor … als stünde sie im Fluß, und der Sand zu ihren Füßen würde fortgeschwemmt und sie unterspült. Alles, was ihr gehört hatte, all ihre Schönheit, ihr ganzer Reiz, strömte aus ihr heraus und hinein in das Zwingeisen.
Ihr glänzendes Haar verdorrte und kräuselte sich, Würmern gleich, auf ihrem Kopf.
Iome schrie vor Schmerz und Entsetzen, und noch immer strömte es aus ihr heraus. Einen Augenblick lang schien es, als blickte sie in die Vergessenheit, als betrachtete sie sich voller Ekel, als begreife sie zum allerersten Mal in ihrem Leben, daß sie ein Nichts war und immer gewesen war, ein Niemand. Sie hatte Angst, zu schreien, weil sie befürchtete, andere könnten es ihr übelnehmen.

Das ist gelogen. Das schlage ich Euch ab, rief sie Raj Ahten im Geiste zu. Meine Schönheit könnt Ihr haben, aber ich werde mich damit nie zufriedengeben.
Und dann bewegte sie sich vom Abgrund fort und fühlte sich nur noch … allein. Vollkommen allein, mit sich und unsäglichen Schmerzen.
Irgendwie gelang ihr ein seltenes Kunststück: sie fiel angesichts der Unerbittlichkeit des Zwingeisens nicht in Ohnmacht, auch wenn es ihr vorkam, als würde ihr gesamter Körper von den Flammen verschlungen.

KAPITEL 11
Verpflichtungen

Kaltes, schwarzes Flußwasser umspülte Gaborns Hüften wie eine Totenhand, die versuchte, ihn flußabwärts zu ziehen. Rowan, die in der Dunkelheit am Ufer direkt über ihm hockte, stöhnte laut vor Schmerzen und krümmte sich.

»Was ist?« flüsterte Gaborn, der kaum wagte, die Lippen zu öffnen.

»Die Königin – sie ist tot«, wimmerte Rowan.

Dann begriff er. Nach Jahren der verlorenen Gefühle, Jahren der Abgestumpftheit, stürzte die ganze Welt der Empfindungen auf Rowan ein – die Kälte des Wassers und der Nacht, die Schmerzen ihrer zerschundenen Füße, die Müdigkeit nach einem harten Arbeitstag, und zahllose andere, kleine Verletzungen.

Wer eine Gabe des Tastsinns hergab, fühlte, sobald die Sinne zurückkehrten, die Welt neu, wie zum allerersten Mal. Das konnte ein ungeheurer, mitunter tödlicher Schock sein, denn die Empfindungen waren plötzlich zwanzigmal stärker als zuvor. Gaborn machte sich Sorgen um die junge Frau und darum, ob sie weiter würde reisen können. Das Wasser hier war gräßlich kalt. Ganz sicher konnte er nicht hoffen, Rowan hindurchzuschaffen.

Aber schlimmer noch, wenn die Königin tot war, befürchtete Gaborn, daß Raj Ahten auch die anderen Mitglieder der königlichen Familie ermorden würde – König Sylvarresta und Iome.

Verpflichtungen. Gaborn war zu viele Verpflichtungen eingegangen. Und die überforderten ihn nun. Er hatte die Verantwortung für Rowan übernommen und traute sich nicht, sie durch den Fluß zu tragen. Aber er hatte auch versprochen, zu Iome zurückzukehren und sie zu retten. Gaborn wollte im Fluß niederknien und sich die brennende Wunde an seinen Rippen kühlen lassen. Eine leichte Brise wiegte die Äste der Erlen und Birken über ihm. Hier im tiefen Schatten konnte er sehen, wie sich der gelblichrote Widerschein des Feuers weiter oben auf dem Wasser flußabwärts spiegelte.

Binnesmans Garten stand in Flammen. Am gegenüberliegenden Ufer grunzten die Nomen, Schatten im Dunkeln, die hin und her liefen und versuchten, Gaborn ausfindig zu machen. Solange er sich jedoch nicht bewegte, war er hier im Dickicht gut versteckt. Die Frowth-Riesen durchstöberten die Untiefen weiter flußabwärts. Wäre er allein gewesen, wäre er vermutlich von hier fortgeschwommen, von Burg Sylvarresta geflohen und hätte seinem Vater die Nachricht von ihrem Fall überbringen können. Er war ein schneller Schwimmer. Das Wasser war zwar flach, trotzdem glaubte er, daß er es schaffen würde. Aber mit Rowan zusammen war es aussichtslos.

Ihm bot sich keine Möglichkeit, den Umkreis der Burg Sylvarresta zu verlassen.

Ich habe es Iome geschworen, erinnerte er sich. Ich habe einen Eid geleistet. Sie steht unter meinem Schutz. Zum einen, weil er ein Runenlord war, zum anderen jetzt auch als Teil seines Eides an die Erde. Beides waren Schwüre, die er nicht ohne weiteres brechen konnte.

Einen Tag zuvor, auf dem Markt in Bannisferre, hatte Myrrima ihn dafür getadelt, daß er nicht leicht Verpflichtungen einging. Sie hatte recht. Er traute sich nicht.

»Was ist ein Runenlord anderes«, hatte seine Mutter ihm als Kind beigebracht, »denn ein Mann, der ein Versprechen hält? Deine Untertanen überlassen dir Gaben, und du gewährst ihnen dafür Schutz. Sie überlassen dir Geisteskraft, und du führst sie weise. Sie geben dir Muskelkraft, und du kämpfst wie ein Greifer. Sie statten dich mit Durchhaltevermögen aus, und du arbeitest hart für sie. Du lebst für sie. Und wenn du sie so liebst, wie du solltest, stirbst du auch für sie. Kein Untertan wird eine Gabe an einen Runenlord verschwenden, der nur für sich selber lebt.«

Das waren die Worte, die Königin Orden ihren Sohn gelehrt hatte. Sie war eine starke Frau gewesen, die Gaborn gezeigt hatte, daß sich unter der harten Schale seines Vaters ein Mann von festen Prinzipien verbarg. Ja, es stimmte, in den vergangenen Jahren hatte König Orden den Armen Gaben abgekauft. Doch während einige dieses Verhalten moralisch für bedenklich hielten und dahinter pure Ausbeutung vermuteten, hatte König Orden dies anders gesehen. Er hatte gesagt: »Manche Menschen lieben Geld mehr als ihre Nächsten. Warum sollte man diese Schwäche nicht zum eigenen Vorteil nutzen?«

In der Tat, warum nicht? Es war ein gutes Argument von einem Mann, der in seinem Königreich alles zum Besseren führen wollte. In den vergangenen drei Jahren aber hatte sein Vater diesen Brauch aufgegeben und aufgehört, Gaben von den Armen entgegenzunehmen. Er hatte Gaborn erklärt: »Ich habe mich geirrt. Ich würde fortfahren wie bisher, wäre ich nur klug genug, die Motive anderer Menschen einschätzen zu können.« Die Armen aber, die darauf aus waren, Gaben zu verkaufen, hatten dafür gewöhnlich viele Gründe: selbst die feigsten unter ihnen legten eine Liebe für Familie und Anverwandte an den Tag, die sie adelte, daher konnten sie sich einbilden, durch ihre Tat einen Akt der Selbstaufopferung zu begehen. Doch dann gab es auch die verzweifelten Armen, die, die keinen anderen Ausweg aus der Armut sahen. »Kauft mein Gehör«, hatte ein Bauer Gaborns Vater einst nach der großen Flut vor vier Jahren angefleht. »Was brauche ich meine Ohren, wenn ich nichts anderes höre als das Schreien hungriger Kinder?«

Die Welt war voller verzweifelter Geschöpfe, voller Menschen, die aus dem einen oder anderen Grund das Leben aufgegeben hatten. Gaborns Vater hatte das Gehör des Bauern nicht angenommen. Statt dessen hatte er den Mann für den Winter mit Vorräten versorgt, ihm Holz und Arbeiter für den Wiederaufbau seines Hauses zur Verfügung gestellt und dazu Saatgut für das Bestellen der Felder im kommenden Frühjahr.

Hoffnung. Er hatte dem Mann Hoffnung gegeben. Gaborn fragte sich, welche Meinung Iome von ihrem Vater hätte, wenn sie von dieser Geschichte wüßte. Vielleicht würde sie besser über ihn denken. Er hoffte, daß sie das noch erlebte.

Gaborn sah zwischen den Stämmen der Bäume, schwarzen Balken vor dunklem Hintergrund, nach oben. Der Blick hinüber zur Stadt, zu den Burgmauern, erfüllte ihn mit Verzweiflung.

Ich kann wenig tun, um Raj Ahten zu bekämpfen, überlegte er. Es stimmte, er konnte sich vielleicht in der Stadt verstecken, vielleicht da und dort einen Soldaten hinterrücks überfallen. Aber wie lange würde er durchhalten? Wie lange würde es dauern, bevor er gefaßt wurde?

Lange nicht.

Aber was bin ich meinen Untergebenen für eine Hilfe, wenn ich jetzt davonlaufe? überlegte Gaborn. Er hätte mehr tun sollen. Er hätte versuchen sollen, Iome zu retten, und Binnesman … und all die anderen.

Sicher, sein Vater mußte erfahren, daß Burg Sylvarresta gefallen war, und er mußte wissen, auf welche Weise sie eingenommen worden war.

Außerdem zog es Gaborn nach Hause. Wie sehr er die Stärke der Menschen in Heredon auch bewunderte – die stattlichen Gebäude aus Stein mit ihren hohen Decken, die so kühl und luftig waren, die Lustgärten hinter jeder Ecke –, war ihm dieser Ort dennoch nicht vertraut.

Acht Jahre lang war Gaborn nur selten im Palast gewesen, hatte fast seine ganze Zeit gut fünfzig Meilen von zu Hause entfernt verbracht, im Haus des Verstehens mit seinen resoluten Lehrern und karg möblierten Schlafsälen. Er hatte sich darauf gefreut, nach dieser Reise nach Hause zu kommen. Seit Jahren schon sehnte er sich danach, in dem großen, mit Baumwolle gestopften Bett seiner Kindheit zu schlafen, aufzuwachen und den Morgenwind zu spüren, der von den Weizenfeldern durch seine Spitzenvorhänge hereinwehte.

Er hatte sich vorgestellt, den Winter über gut zu essen, Schlachttaktiken bei seinem Vater zu studieren, sich mit den Soldaten aus der Wache zu duellieren. Borenson hatte versprochen, ihm einige der besseren Bierschänken in Mystarria zu zeigen. Und dann war da Iome, deren Beliebtheit beim Volk ihn verführt hatte, wie keine andere dies konnte. Er hatte gehofft, sie mit nach Hause zu nehmen.

So viel Gutes hatte er sich vorgestellt.

Gaborn wollte nach Hause. Dieser Wunsch, umsorgt zu werden, sorgenfrei zu leben, als wäre er ein Kind, war natürlich närrisch.

Sehr wohl erinnerte er sich, wie er als Kind im Garten unter Haselnußsträuchern mit seinem alten, rotfelligen Hund Kaninchen gejagt hatte. Er erinnerte sich an Tage, an denen sein Vater ihn zum Forellenfischen im Tauflutbach mitgenommen hatte, wo sich die Trauerweiden tief über das Wasser neigten und grüne Spannerlarven an seidenen Fäden von den Weidenästen herabhingen, als wollten sie die Forellen necken. Damals schien das Leben ein endloser Sommer zu sein.

Aber Gaborn konnte nicht zurück.

Schon die Vorstellung, Burg Sylvarresta lebend zu verlassen, ließ ihn verzweifeln.

Im Augenblick sah er keinen überzeugenden Grund, von hier zu fliehen. Gaborns Vater würde früh genug vom Fall der Burg erfahren. Bauern würden die Geschichte überall herumerzählen. König Orden war auf dem Weg hierher. Drei Tage vielleicht noch. Morgen würde er davon hören.

Nein, Gaborn brauchte seinen Vater nicht zu warnen. Er mußte Rowan in Sicherheit bringen, an einen warmen Ort, wo sie sich auskurieren konnte. Er mußte Iome helfen. Und er war eine noch größere Verpflichtung eingegangen.

Er hatte einen Schwur geleistet, der Erde niemals Schaden zuzufügen. Der Eid sollte leicht zu halten sein, überlegte er, schließlich wollte er der Erde nichts Böses. Doch während er darüber nachdachte, fragte er sich, welchen Zweck dieser Eid hatte. Zur Zeit brannten die Flammenweber Binnesmans Garten nieder. War Gaborn verpflichtet, gegen sie vorzugehen und sie daran zu hindern?

Fragend horchte er tief in sein Herz hinein, versuchte den Willen der Erde in dieser Angelegenheit zu ergründen.

Plötzlich wurde das Feuer auf dem Hügel heller, oder vielleicht wurde der Widerschein jetzt auch von den Rauchwolken im Himmel zurückgeworfen. Der Geruch des süßen Qualms waren ekelerregend. Jenseits des Flusses bellte ein Nomen. Andere hörte Gaborn knurren. Es hieß, Nomen hätten Angst vor Wasser. Er hoffte, daß diese groß genug war, damit sie auf der Suche nach ihm nicht durch den Fluß schwammen.

Was den Garten anbetraf, so spürte Gaborn nichts. Weder das Verlangen, den Brand zu löschen, noch ihn einfach hinzunehmen. Hätte Binnesman darum kämpfen wollen, hätte er es ganz bestimmt getan.

Gaborn stapfte leise aus dem Wasser heraus und ging zu Rowan, die immer noch unter den Weiden kauerte.
Er legte den Arm um sie, hielt sie fest und fragte sich, was sie tun, wo sie sich verstecken sollten. Er wünschte sich, er könnte in diesem Augenblick im Boden versinken, wünschte sich ein tiefes Loch, in das er kriechen konnte. Und er spürte … daß dieser Wunsch rechtens war, spürte, daß die Erde ihn auf diese Weise beschützen würde.
»Kennst du einen Platz hier in der Stadt, wo wir uns verstecken können, Rowan? Einen Keller, eine Höhle?«
»Verstecken? Schwimmen wir nicht hinüber?«
»Das Wasser ist zu flach und zu kalt. Man kann nicht darin schwimmen.« Gaborn fuhr sich mit der Zunge über die Lippen. »Ich werde hierbleiben und so gut es geht gegen Raj Ahten kämpfen. Er hat Soldaten und Übereigner hier. Am besten kann ich ihm einen Schlag versetzen, wenn ich bleibe.«
Rowan schmiegte sich an ihn, suchte nach Wärme. Ihre Zähne klapperten. Er spürte quälend ihren weichen Busen an seiner Brust, ihr Haar, das an seine Wange wehte. Sie zitterte, vielleicht mehr, weil sie fror, als vor Angst. Sie war beim Kriechen durch den Fluß naß geworden, und sie besaß nicht Gaborns Durchhaltevermögen, um sich gegen die Kälte zu schützen.
»Ihr bleibt, weil Ihr Angst um mich habt«, sagte sie leise mit klappernden Zähnen. »Aber ich kann nicht hierbleiben. Raj Ahten wird eine Überprüfung der Bücher verlangen …«
Für einen neuen König war es selbstverständlich, daß er

eine Überprüfung seines Volkes vornahm, um festzustellen, wer dem Königreich Geld schuldete. Natürlich würden Raj Ahtens Annektoren anwesend sein und nach möglichen Übereignern Ausschau halten. Es war anzunehmen, daß Raj Ahtens Männer Rowan folterten, wenn sie erfuhren, daß Rowan eine Übereignerin der toten Königin gewesen war.

»Vielleicht«, antwortete Gaborn. »Darüber können wir uns später Sorgen machen. Zunächst müssen wir uns verstecken. Also erzähl mir, wo es einen Ort gibt, wo ein starker Geruch herrscht.«

»Die Gewürzkeller«, erklärte Rowan leise. »Oben bei den Stallungen des Königs.«

»Ein Keller?« hakte Gaborn nach, der spürte, daß dies genau der richtige Ort war. Dorthin hätte ihn auch der Erdgeist geführt.

»Im Sommer lagert Binnesman Kräuter ein, die er verkaufen will, und zum Fest kauft der König noch andere hinzu. Der Keller ist zur Zeit mit vielen Kisten vollgestellt. Er befindet sich auf dem Hügel, oberhalb der Stallungen.«

Gaborn staunte. Sie brauchten sich nicht weit in die Burganlage hineinzuwagen und würden den Weg zurückgehen, den sie gekommen waren, um die Witterung zu verwischen. »Was ist mit den Wächtern? Gewürze sind kostbar.«

Rowan schüttelte den Kopf. »Der Sohn des Kochs schläft in einem Zimmer über dem Keller. Aber er – nun, er ist dafür bekannt, daß ihn selbst ein Gewitter nicht weckt.«

Gaborn hob das kleine Bündel Zwingeisen auf und hatte Mühe, sie in den weiten Taschen seines Gewandes unterzubringen. Der Keller schien das richtige Versteck zu sein. Ein verschwiegener Ort, wo sein Geruch überdeckt wurde.

»Gehen wir«, sagte er, kletterte jedoch nicht geradewegs die Böschung hinauf. Statt dessen hob er Rowan hoch, trug sie hinunter zum Fluß und begann, geduckt im flachen Wasser flußaufwärts zu schleichen, um seine Witterung zu verbergen.

Er hielt sich nahe dem Schilf. Vor ihm wurde die Strömung schnell. Ein kleiner Kanal zweigte vom Fluß ab und führte zum Burggraben. Die Ufer längs waren hoch gebaut worden, so daß Gaborn, als er ihn erreicht hatte, gut geschützt durch die flachen Stellen waten konnte, bis er unmittelbar unter das donnernde Mühlrad geriet, das klatschte und knarrte. Zu seiner Rechten befand sich eine Mauer aus Stein, die den kleinen Kanal für die Mühle vom Hauptlauf des Flusses und seinem breiten Umlenkdamm abteilte. Zu seiner Linken stand die Mühle, neben der ein steiler Pfad hinauf zur Burg führte.

Gaborn hielt einen Augenblick inne. Vorwärts ging es nicht weiter, er mußte jetzt das Ufer hinaufsteigen, dann den Pfad nach oben zwischen den Bäumen hindurch zurück zur Burgmauer nehmen.

Er drehte sich um und begann das Ufer hinaufzuklettern. Das Gras hier war braun und abgestorben.

Genau vor sich sah er einen Ferrin, einen wilden, kleinen rattengesichtigen Mann mit einem spitzen Stock, der auch als Speer zu benutzen war. Er stand genau vor dem Mühlenhaus. Er bewachte, Gaborn den Rücken zugewandt, ein Loch im Fundament.

Während Gaborn ihn beobachtete, huschte ein zweiter Ferrin aus dem Loch und trug einen kleinen Beutel in der Hand. Sie hatten Mehl vom Fußboden der Mühle gestohlen, wahrscheinlich nicht mehr als das, was auf dem Boden zusammengekehrt wurde. Doch für einen Ferrin war das ein gefährliches Unterfangen. Viele waren schon für weniger getötet worden.

Bevor er sich zu voller Größe erhob und die kleinen Geschöpfe erschreckte, vergewisserte sich Gaborn flußabwärts, ob er auch nicht verfolgt wurde. Seine Augen waren genau auf gleicher Höhe mit den Grasspitzen.

Und tatsächlich – am Rand des Wassers, unter den Bäumen, bewegten sich sechs Soldaten – Soldaten mit Schwertern und Bögen. Einer trug ein Kettenhemd. Raj Ahtens Späher hatten also seine Fährte wieder aufgenommen.

Gaborn klammerte sich seitlich an die Böschung und versteckte sich im hohen Gras. Zwei lange Minuten beobachtete er die Soldaten. Sie hatten ihren toten Kameraden gefunden und waren Gaborns und Rowans Witterung zum Flußufer gefolgt.

Mehrere Männer blickten flußabwärts. Natürlich hatten sie erwartet, daß er flußabwärts gehen, an den Riesen vorbeischwimmen würde, um in die relative Sicherheit des Dunnwalds zu gelangen. Es schien das einzig Vernünftige zu sein, was Gaborn hätte tun können. Da er aus der Burganlage geflohen war, erwarteten sie bestimmt nicht, daß er wieder zurückschleichen würde.

Wenn sie ihn in den Dunnwald hinein verfolgten, würden

sie dort überall auf seine Witterung stoßen, schließlich war Gaborn am Vormittag hindurchgeritten.
Doch der Bursche im Kettenhemd starrte angestrengt in Richtung Mühle. Für Gaborn kam der Wind von vorn. Er glaubte nicht, daß der Mann ihn riechen konnte. Aber vielleicht war er einfach vorsichtig.
Oder er hatte den Ferrin oberhalb von Gaborn gesehen. Der Ferrin war von dunkelbrauner Farbe, hinter ihm befand sich grüner Stein. Wenn er sich nur bewegte, damit der Späher unten das Tier deutlicher erkennen konnte.
Während seiner Jahre im Haus des Verstehens hatte Gaborn sich nicht die Mühe gemacht, im Saal der Sprachen zu studieren. Über seine eigene Sprache, Rofehavanisch, hinaus sprach er nur Indhopalisch. Sobald er ein paar mehr Gaben der Geisteskraft besäße und ihm diese Dinge leichter fielen, das hatte er geplant, wollte er ein Sprachenstudium anschließen.
Allerdings hatte er an kalten Winterabenden mit gewissen, nicht geziemenden Freunden des öfteren eine Bierschänke aufgesucht. Einer von ihnen, ein kleiner Taschendieb, hatte ein Ferrinpaar für die Suche nach Münzen abgerichtet, die er gegen Nahrung eintauschte. Die kleinen Wesen konnten die Münzen von überall herhaben – verlorengegangene Münzen, die auf die Straße gefallen waren, Münzen, die sie vom Fußboden in Geschäften gestohlen hatten, oder von den Augen der Toten in Gräbern.
Dieser Freund hatte ein paar Brocken der Ferrinsprache gesprochen, eine sehr ungehobelte Sprache, die aus schrillen Pfeiftönen und Knurrgeräuschen bestand. Ga-

born besaß genügend Gaben der Stimme, um sie nachzuahmen.
Jetzt pfiff er. »Essen. Ich habe Essen.«
Über ihm drehte sich der Ferrin erschrocken um. »Was? Was?« knurrte er. »Ich höre dich.« Die Formulierung *Ich höre dich* enthielt oft die Bitte, der Sprecher möge dasselbe wiederholen. Die Ferrin orteten andere ihrer Art gewöhnlich mittels ihrer pfeifenden Rufe.
»Essen. Ich habe Essen«, pfiff Gaborn freundlich. Das war bereits ein volles Zehntel des gesamten Ferrinwortschatzes, den Gaborn beherrschte.
Aus dem Wald oberhalb der Mühle pfiff ein Dutzend Stimmen zur Antwort: »Ich höre dich. Ich höre dich«, worauf etliche Ausdrücke folgten, die Gaborn nicht verstand. Vielleicht sprachen diese Ferrin einen anderen Dialekt, denn viele ihrer Kreisch- und Knurrlaute klangen vertraut. Er glaubte zu hören, wie das Wort »Komm« mehrere Male wiederholt wurde.
Dann plötzlich flitzte ein Dutzend Ferrin auf den Pflastersteinen des Mühlenhauses herum. Sie kamen aus den Bäumen. Dort oben hatten sich mehr Ferrin versteckt gehalten, als Gaborn gesehen hatte.
Sie reckten ihre kleinen Schnauzen in die Luft, näherten sich Gaborn vorsichtig und knurrten: »Was? Essen?«
Gaborn warf einen Blick flußabwärts, fragte sich, wie der Späher reagierte. Der Mann im Kettenhemd konnte die Ferrin jetzt erkennen, ein ganzes Dutzend, das um das Fundament der Mühle herumlief. Dem gesunden Menschenverstand zufolge hätten die Ferrin, wenn Gaborn in der Nähe gewesen wäre, auseinanderlaufen müssen.

Nach kurzem Zögern deutete der Mann mit seinem Breitschwert auf das Flußufer, während er seinen Leuten Befehle zurief. Wegen des donnernden Wasserrades, das ihm in den Ohren dröhnte, konnte Gaborn ihn nicht verstehen. Kurz darauf jedoch liefen alle sechs Soldaten bergauf unter die Bäume und schwenkten in südlicher Richtung ab.

Als Gaborn sicher war, daß sie fort waren und keine neugierigen Augen in seine Richtung blickten, trug er Rowan die Böschung hinauf.

KAPITEL 12
Angebote

Chemoise Solette fühlte sich wie betäubt. Mit anzusehen, daß ihre beste Freundin Iome ihre Anmut verlor, entsetzte sie bis auf den Grund ihrer Seele.

Nachdem Raj Ahten mit der Prinzessin fertig war, drehte er sich zu ihr um und sah ihr fest in die Augen. Seine Nasenflügel weiteten sich, als er sie musterte.

»Du bist ein wunderschönes junges Ding«, sagte Raj Ahten leise. »Werde meine Dienerin.«

Chemoise konnte den Ekel nicht verbergen, den sie bei diesen Worten empfand. Iome lag noch immer auf dem Boden, benommen, kaum bei Bewußtsein. Ihr eigener Vater hockte noch immer auf dem Karren im Bergfried der Übereigner, wo die Annektoren Chemoise gefangengenommen hatten.

Sie gab keine Antwort. Raj Ahten lächelte schwach.

Er konnte keine Gabe von einer Frau übernehmen, die ihn so sehr haßte, und seine Stimme konnte Chemoise nicht betören. Aber er konnte ihr andere Dinge nehmen.

Er ließ seinen Blick zu ihrer Taille hinunterwandern, als stünde sie nackt vor ihm. »Bringt sie fürs erste in den Bergfried der Übereigner. Sie soll sich um ihren König und ihre Prinzessin kümmern.«

Ein grausiges Frösteln beschlich Chemoise, und sie wagte zu hoffen, daß Raj Ahten sie im Bergfried vergessen würde.

Ein Wächter packte Iome also am Ellbogen, zerrte sie die schmale Treppe hinunter, die aus dem großen Saal hinausführte, die Straße entlang zum Bergfried der Übereigner hinauf und stieß sie durch das Fallgitter. Dort sprach er ein paar Worte auf indhopalisch mit den Wachen, die dort gerade postiert worden waren. Die anderen Männer feixten wissend.
Chemoise eilte zurück zu ihrem Vater, den man in die Halle der Übereigner geschleppt hatte und der jetzt auf einer sauberen Pritsche lag.
Sein Anblick war eine schmerzliche Erfahrung für sie, denn diese Wunde saß tief und hatte viele Jahre lang geschwärt.
Chemoises Vater, Eremon Vottania Solette, war ein Unabhängiger Ritter, der sich durch Eid dazu verpflichtet hatte, den Wolflord Raj Ahten zu stürzen. Es war ein Eid, den zu leisten ihm vor sieben Jahren nicht leichtgefallen war – an jenem Tag, als er Sylvarrestas Dienste verließ, um über die frühlingsgrünen Felder in das ferne Königreich Aven zu reiten.
Es war ein Eid, für den er fast alles hatte aufgeben müssen. Chemoise wußte noch, wie aufrecht er im Sattel gesessen hatte, wie stolz er gewesen war. Er war ein großer Krieger gewesen, und das neunjährige Mädchen hatte ihn für unbesiegbar gehalten.
Jetzt rochen seine Kleider nach schimmeligem Stroh und säuerlichem Schweiß. Seine Muskeln krampften sich sinnlos zusammen, das Kinn stieß an die Brust. Sie besorgte einen Lappen und etwas Wasser und begann ihn zu waschen. Er schrie vor Schmerzen, als sie seinen

Knöchel streifte. Sie untersuchte ihn, sah, daß beide Beine entsetzlich zugerichtet waren. Die Haut an seinen Knöcheln war rot, die Haare abgescheuert.

Raj Ahten hatte ihn in den vergangenen sechs Jahren in Ketten gehalten. Eine solche Behandlung der Übereigner war beispiellos. Sie staunte, daß er Jahre derartiger Mißhandlung überhaupt überlebt hatte. Hier im Norden wurden Übereigner verwöhnt, geehrt, liebevoll behandelt. Gerüchten zufolge benutzte Raj Ahten inzwischen Sklaven, um seinen Bedarf an Übereignern zu decken.

Während Chemoise darauf wartete, daß die Köche Brühe aus der Küche brachten, hielt sie einfach nur seine Hand und küßte sie immer wieder. Er starrte aus gequälten Augen zu ihr hoch, unfähig zu blinzeln.

Sie hörte einen Schrei aus dem Bergfried des Königs – jemand trat gerade eine Gabe ab. Um sich von dem Klagen abzulenken, fing sie leise an zu sprechen. »Ich bin so froh, Vater, daß du hier bist. Darauf habe ich so lange gewartet.«

Die Haut um seine Augen verzog sich zu einem traurigen Lächeln, und er atmete schwer.

Sie wußte nicht, wie sie ihm ihre Schwangerschaft erklären sollte. Sie wollte, daß er glücklich war, daß er glaubte, in ihrem Leben sei alles in Ordnung. Wie sie schwanger geworden war und die Prinzessin entehrt hatte, mochte sie ihm nicht erzählen. Sie hatte gehofft, ihr Vater würde die Wahrheit niemals erfahren müssen, und daß der schöne Schein ihm ein wenig Frieden bescherte.

»Ich bin jetzt verheiratet, Vater«, sagte sie leise, »mit Unterkommandant Dreys von der Palastgarde. Er war noch ein Junge, als du aufgebrochen bist. Kannst du dich noch an ihn erinnern?«

Ihr Vater drehte das Gesicht zur Seite, ein halbes Kopfschütteln. »Er ist ein guter Mann, so freundlich. Der König hat ihm Land hier in der Nähe der Stadt geschenkt.« Chemoise fragte sich, ob sie nicht zu dick auftrug. Unterkommandanten erhielten selten Grundbesitz. »Dort leben wir zusammen mit seiner Mutter und seinen Schwestern. Wir bekommen ein Kind, er und ich. Es wächst bereits in meinem Bauch.«

Sie konnte ihm nicht die Wahrheit sagen, daß der Vater ihres Kindes durch die Hand Raj Ahtens gefallen war, konnte ihm nicht sagen, wie sie losgezogen war, um seinen Geist an jenen Ort zu rufen, wo sie ihn so viele Nächte geliebt und damit Schande über ihre Familie und die Prinzessin gebracht hatte. Sie traute sich nicht, ihm zu sagen, wie Dreys' Wicht an jenem Abend zu ihr gekommen war, ein kalter Schatten, der jetzt in ihr steckte.

In jener Nacht jedoch, als sie die ersten unruhigen Bewegungen des Kindes in sich gespürte hatte, war es ihr wie ein Wunder vorgekommen.

Chemoise ergriff die Hand ihres Vaters, die zu einer Faust verkrampft war, strich seine Finger glatt, öffnete sie nach Jahren, in denen sie unnütz herumgelegen hatte. Ihr Vater drückte ihre Hand, ein Zeichen der Zuneigung und Dankbarkeit, aber er drückte zu fest. Wegen mehrerer Gaben der Muskelkraft hatte er einen Griff wie ein Schraubstock.

Zuerst versuchte Chemoise, nicht darauf zu achten. Doch

er wurde zu fest. Leise sagte sie: »Vater, drück nicht so fest zu.«

Seine Finger zogen sich vor Angst noch mehr zusammen, und er versuchte, den Arm zurückzuziehen, um den Griff zu lockern. Wer Gaben der Anmut abgetreten hatte, konnte sich nicht entspannen, konnte seine Muskeln nicht so einfach strecken. Er packte ihre Hand noch schmerzhafter, so daß Chemoise sich auf die Lippe biß.

»Bitte …«, flehte sie und fragte sich, ob ihr Vater vielleicht irgendwoher wußte, daß sie gelogen hatte, und sie bestrafen wollte.

Eremon Solette verzog entschuldigend das Gesicht, mühte sich nach Kräften ab, sich zu entkrampfen, seine Muskeln zu lockern, Chemoise loszulassen. Eine Minute lang gelang ihm nichts weiter, als daß er sie noch fester hielt, dann spürte Chemoise, wie sein Griff allmählich nachließ.

Die Köche hatten noch immer nicht die Brühe für diejenigen vorbeigebracht, die Gaben des Stoffwechsels abgetreten hatten. Etwas Festeres konnte Chemoises Vater bestimmt nicht essen. Seine weiche Bauchmuskulatur ließ sich nicht richtig zusammenziehen.

»Vater«, jammerte Chemoise, »ich habe so lange gewartet. Ich habe mich so nach dir gesehnt … wenn du nur sprechen könntest, wenn du mir nur erzählen könntest, was passiert ist.«

Eremon Solette war in Aven gefangengenommen worden, in der Nähe von Raj Ahtens Winterpalast am Meer. Er war den weißen Turm hinaufgeklettert, wo dünne

Vorhänge aus Lavendel im Wind wehten, und hatte sich in einem von Jasminduft erfüllten Raum wiedergefunden, in dem zahlreiche dunkelhaarige Frauen auf Polstern schliefen, nackt bis auf die dünnen Schleier, die ihre Haut verhüllten. Raj Ahtens Harem.

Auf einem Sandelholztisch lag eine Wasserpfeife aus Messing, aus der sich acht Schläuche wie die Tentakel eines Oktopus hervorwanden. Kugeln gerollten grünlichschwarzen Opiums im Kopf der Pfeife waren zu Asche verbrannt. Er gestattete sich, einen Augenblick lang stehenzubleiben und die Schönheiten zu seinen Füßen zu bewundern.

In goldenen Pfannen rings um die Betten glühten Kohlen, die den Raum angenehm warm hielten. Der süße Duft der Frauen hätte in diesem Raum paradiesisch wirken können, wäre da nicht der beißende Geruch des Opiums gewesen.

Aus einem angrenzenden Zimmer hatte er das wirre, schrille Lachen einer Frau gehört, Laute der Lust. Plötzlich packte ihn die wilde Hoffnung, er könnte Raj Ahten übermannen, solange er nackt und abgelenkt war.

Doch als er so dastand, leise seinen langen Dolch aus der Scheide zog, ganz in Schwarz gekleidet, mit dem Rücken zur Wand, wachte ein junges Mädchen auf und sah, wie er sich hinter den dünnen Vorhängen versteckte.

Eremon hatte versucht, sie zum Schweigen zu bringen, war hervorgesprungen, um ihr das Messer in die Kehle zu stoßen, doch sie war ihm mit einem Schrei zuvorgekommen.

Ein kleiner Eunuchenwächter sprang, aus dem Schlaf

geschreckt, aus einem Alkoven hervor und schlug mit einem Knüppel auf Eremon ein.
Der Name des Eunuchen lautete Salim al Daub, ein massiger Kerl mit den für Eunuchen üblichen Rundungen, der weiblichen Stimme und den sanften braunen Augen eines Rehs.
Als Belohnung für die Ergreifung des Meuchelmörders machte Raj Ahten Salim ein prächtiges Geschenk. Er bot Salim eine Gabe der Anmut an, von Eremon höchstpersönlich. Eremon hatte geglaubt, lieber sterben zu wollen, als Raj Ahtens Haremswächter eine Gabe abzutreten, insgeheim jedoch hegte er zwei Hoffnungen. Die erste große Hoffnung bestand darin, daß er eines Tages nach Heredon zurückkehren und seine Tochter wiedersehen würde.
Er starrte sie an. Sie war so schön geworden wie ihre Mutter. Er konnte nicht anders, er mußte weinen, als er sah, daß sein größter Wunsch in Erfüllung gegangen war.

Chemoise bemerkte, wie sich die Augen ihres Vaters mit Tränen füllten. Er schnappte keuchend nach Luft, hatte Mühe, vom einen Augenblick zum anderen am Leben zu bleiben, war unfähig, sich soweit zu entspannen, um seine Lungen mit Luft zu füllen. Sie fragte sich, wie er das sechs lange Jahre hatte durchhalten können.
»Geht es dir gut?« fragte sie. »Was kann ich für dich tun?«
Lange mühte er sich ab, um zwei Worte hervorzubringen, »Töte … uns.«

DRITTES BUCH

Der 21. Tag im Monat der Ernte:
Ein Tag der Täuschungen

KAPITEL 13
Der pragmatische König Orden

Dreißig Meilen südlich von Burg Sylvarresta erhob sich ein hoher Felsen mit dem Namen Tor Hollick vierhundert Fuß hoch über dem Dunnwald, und von seinen Klippen hatte man einen weiten Blick.

Einst, vor langer Zeit, hatte hier eine Festung gestanden, doch von der war kaum ein Stein auf dem anderen geblieben. Viele waren fortgeschleppt worden, um Wohnhäuser zu bauen.

König Mendellas Draken Orden hockte unbequem auf einer abgebröckelten, mit Flechten überwucherten Säule und starrte in die Ferne, hinweg über die welligen Hügel und die Wipfel der Bäume, die sich im Nachtwind regten. Sein Umhang aus schwerem grünem, mit Gold durchwirktem Seidenstoff flatterte in der leichten Brise. Eine Tasse viel zu süßen Tees wärmte ihm die Hände. Über ihm in der Luft kreisten ein paar Graaks auf ledernen Schwingen, die in der Nähe nisteten und leise in das Dunkel riefen. Ihre fledermausähnlichen Körper wirkten vor den Sternen riesengroß.

König Orden beachtete sie nicht. Seine Aufmerksamkeit galt etwas anderem. Auf einem Hügel in der Ferne brannte ein Feuer. Stand Burg Sylvarresta in Flammen? Orden fand schon den Gedanken entsetzlich. Es war mehr als ein Stich ins Herz, es war ein Schmerz, der vom Verstand auf die Seele übergriff. Mit den Jahren hatte er dieses Land und seinen König liebgewonnen. Vielleicht liebte er es zu sehr. Er ritt jetzt geradewegs in die Gefahr hinein.

Nach Aussagen von Ordens Spähern hatte Raj Ahten die Stadt gegen Mittag erreicht. Es müßte dem Wolflord möglich gewesen sein, einen Blitzangriff in die Wege zu leiten, um die Burg niederzubrennen.

Angesichts des leuchtenden Himmels befürchtete Orden das Schlimmste.

Zweitausend Soldaten lagerten im Wald unterhalb seines Ausgucks. Nach einem Tagesmarsch in unglaublich forschem Schritt waren seine Leute erschöpft. Borenson war, nachdem er Gaborn verlassen hatte, rasch zu seinem König geritten. Es war eine schwierige Flucht gewesen – Borenson hatte unterwegs vier Meuchelmörder erledigen müssen.

König Orden merkte, wie sein Herz beim Gedanken an seinen Sohn dort in der brennenden Burg zu rasen begann. Er wollte einen Spion einschleusen und herausfinden, wo Gaborn sich befand und wie es ihm ergangen war. Er wollte die Burg angreifen und seinen Sohn retten. Hätte ihm sein steiniger Aussichtspunkt Platz dafür gelassen, wäre er aufgesprungen und hin- und hergelaufen.

Nein, er konnte nichts weiter tun, als sich über Gaborn aufzuregen. Ein so draufgängerischer, so eigenwilliger Junge. Und doch so hoffnungslos dumm. Glaubte der Junge wirklich, Raj Ahten hätte es nur auf die Burg abgesehen? Der Wolflord wußte bestimmt, daß Orden jedes Jahr zur Jagd hierher kam. Und der Schlüssel für

die Eroberung des Nordens war die Vernichtung der Familie Orden.
Nein, diese ganze Eskapade war wenig mehr als eine Falle. Eine Löwenjagd nach Art des Südens, mit Treibern in den Büschen und den Speerträgern irgendwo dahinter. Schlau von Raj Ahten, auf den Busch zu klopfen und Burg Sylvarresta als Ablenkungsmanöver einzunehmen. Orden hatte bereits Späher nach Süden und Osten ausgesandt, in der Hoffnung, jene Speerträger ausfindig zu machen, die ihm vielleicht schon jetzt den Rückweg versperrten. Sicher wurde jeder noch so kleine Pfad bewacht. Wenn Raj Ahten seine Sache gut machte, gelang es ihm vielleicht sogar, die Familie Orden auszulöschen und obendrein noch Heredon zu bezwingen. König Orden erwartete frühestens vor Ablauf eines Tages Nachricht von seinen Kundschaftern.
Es war tollkühn von Gaborn, nach Sylvarresta zu gehen, tollkühn und sehr mutig.
Aber König Orden war schon seit langem Sylvarrestas Freund und er wußte, hätten die Dinge anders gelegen und hätte er als erster erfahren, daß Jas Laren Sylvarresta in Not war, wäre er scharf geritten, um an der Seite seines alten Kameraden zu kämpfen.
Jetzt mußte Orden sich damit zufriedengeben, aus der Ferne zuzusehen, wie die Stadt brannte, und auf Berichte warten. Er hatte sechs Späher auf guten Kraftpferden losgeschickt. Das Warten würde nicht lange dauern. Seine Soldaten und ihre Pferde brauchten zwar die Ruhepause, Mendellas aber würde in dieser Nacht nicht schlafen, vielleicht in vielen kommenden Nächten nicht.

Bei gut vierzig Gaben des Durchhaltevermögens brauchte er nie wieder zu schlafen, wenn er nicht wollte.

Raj Ahten würde heute nacht ebenfalls ganz gewiß nicht schlafen.

Auf dem Felsen über ihm saßen Ordens Days und der seines Sohnes. König Orden schaute verwundert zu den Männern hoch. Wieso ging Gaborns Days nicht zu ihm? Wenn sich sein Sohn auf Burg Sylvarresta befand, dann sollte er ihm dorthin folgen. Er würde wissen, wenn ein anderer Days Gaborn entdeckte. Aber vielleicht spielte der Aufenthaltsort des Jungen auch keine Rolle. Vielleicht war sein Sohn gefangengenommen worden oder tot.

Während er auf die Rückkehr seiner Späher wartete und seine Gedanken schweifen ließ, dachte er an die Verteidigungsanlagen seiner Heimat. Manchmal hatte König Orden ... eine Ahnung ... von Gefahr. Dann spürte er die Anwesenheit von Greifern an seiner Südgrenze. Sein Vater hatte ihm als Kind erzählt, diese Ahnungen seien das Erbe der Könige, ein Geburtsrecht. Jetzt grübelte er darüber, spürte aber nichts.

Die Festungen an seiner Grenze kamen ihm in den Sinn. Waren sie sicher?

Wenig später traf ein Späher mit Nachrichten bei König Orden ein. Sylvarresta war tatsächlich gefallen – kampflos bei Sonnenuntergang eingenommen worden.

Es war schlimmer, als Orden befürchtet hatte. Nach dieser Nachricht nahm König Orden ein Mitteilungskästchen aus lackiertem Eichenholz zur Hand, das in seinem Gürtel gesteckt hatte. Es handelte sich um eine Botschaft an

König Sylvarresta, verschlossen mit dem Siegel des Herzogs von Longmot.

König Ordens Späher hatten Longmots Boten bei Tagesanbruch abgefangen, wenn abgefangen der richtige Ausdruck war. Genauer gesagt hatten Ordens Späher den Mann tot aufgefunden. Seine Leiche war versteckt im Gebüsch neben der Straße, den Mann hatte der Pfeil eines Meuchelmörders getötet. Ordens Späher hätten das Mitteilungskästchen niemals gefunden, wenn die Leiche nicht so gestunken hätte.

Die Gegend wimmelte von Meuchelmördern, die paarweise längs der Straße postiert waren.

Unter normalen Umständen hätte Orden die Geheimhaltung der beteiligten Parteien respektiert und das Kästchen Sylvarresta persönlich überbracht. Doch Sylvarresta war gestürzt, und Orden befürchtete, daß Longmot Schlimmes mitzuteilen hatte. Vielleicht wurde auch er belagert. Neben Burg Sylvarresta war dies die größte Festung in ganz Heredon. Zwar standen neunzehn weitere Festungsanlagen über das ganze Königreich verteilt, doch diese bewachten nur kleinere Städte und Dörfer. Fünf der Festungen waren nur unbedeutende Burgen, die strategisch nur geringen Wert besaßen und einer feindlichen Belagerung allenfalls wenige Tage standzuhalten vermochten.

König Orden brach also das Wachssiegel auf dem Kästchen auf, zog die feine, gelbe Pergamentrolle heraus, rollte sie auseinander und las im Licht der Sterne. Das unverkennbar in sehr großer Hast verfaßte Schriftstück stammte offensichtlich von der Hand einer Frau:

An Seine Majestät, den rechtmäßigen Herrscher Jas Laren Sylvarresta! Mit allerhöchstem Respekt und besten Wünschen, von seiner ergebensten Untertanin, der Herzogin Emmadine Ot Laren.

Geliebter Onkel! Ihr werdet verraten. Ohne mein Wissen hat mein Gatte Euch verkauft und Raj Ahtens Streitkräften die Erlaubnis erteilt, den Dunnwald zu durchqueren. Offenbar hoffte mein Gatte, an Eurer Statt als Herrscher zu regieren, sollte Heredon fallen.

Vor zwei Abenden jedoch war Raj Ahten persönlich mit einer mächtigen Armee hier. Mein Gatte befahl, die Zugbrücke für ihn herunterzulassen, und hielt unsere Soldaten zurück.

In einer einzigen, langen Nacht übernahm Raj Ahten von vielen Gaben. Er zahlte den Verrat meines Gatten zurück, indem er ihn an seinen Eingeweiden an das Eisengitter vor seinem eigenen Schlafzimmer aufhängte.

Raj Ahten ist nicht so unklug, einem Verräter zu trauen.

Was mich betrifft, so hat er mich schlecht behandelt, indem er mich so benutzt hat, wie nur ein Mann seine Ehefrau gebrauchen soll. Dann zwang er mich, ihm eine Gabe der Anmut zu überlassen, und ließ einen Statthalter, einige Gelehrte und eine kleine Armee zurück, die die Stadt in seiner Abwesenheit unterjochen sollen.

Seit zwei Tagen versucht sein Regent, dieses Land auszusaugen und Gaben zu Hunderten entgegenzunehmen. Es kümmert ihn wenig, ob die, die ihm Gaben über-

lassen, überleben oder nicht. So viele Übereigner liegen aufgeschichtet im Burghof, daß sich niemand um sie kümmern kann. Mich selbst benutzte er als Vektor, um Hunderten von Frauen ihre Anmut abzunehmen, während meine Söhne, Wren und Dru, obwohl sie noch richtige Kinder sind, jetzt Durchhaltevermögen und Anmut an den Wolflord weiterleiten.

Erst vor einer Stunde gelang es unseren Dienern und ein paar Wachen, sich aufzulehnen und unsere Peiniger zu überwältigen. Es war ein blutiger Kampf.

Aber nicht alles war umsonst. Wir haben vierzigtausend Zwingeisen erbeutet!

An dieser Stelle hielt Mendellas Orden inne, denn plötzlich stockte ihm der Atem. Er erhob sich und fühlte sich kraftlos.

Vierzigtausend Zwingeisen! Das hatte es noch nie gegeben! In allen Königreichen des Nordens zusammen waren in zwanzig Jahren nicht so viele Gaben übereignet worden. Orden blickte zu dem Dayspaar hinauf, das auf dem Felsen über ihm hockte. Diese Männer wußten, daß die Zwingeisen dort versteckt waren. Bei den Mächten, Orden hätte gerne ein Hundertstel von dem geahnt, was den Days mit Sicherheit an Wissen zur Verfügung stand.

Raj Ahten war ein Narr, einen so großen Besitz an einem einzigen Ort aufzubewahren. Denn jemand würde diese Zwingeisen stehlen.

Bei den Mächten, ich werde sie stehlen! überlegte Orden.

Es sei denn, es war eine Falle! Hatte Raj Ahten wirklich geglaubt, er könnte Longmot halten?
Orden wurde nachdenklich. Wenn man in eine fremde Burg eindrang, Hauptgaben von der gesamten königlichen Familie, den besten Soldaten, übernahm, konnte man seine Feinde in einer einzigen Nacht überwältigen, ihrer Kraft berauben und sie am Boden zerstört und besiegt zurücklassen.
Die Herzogin hatte gesagt, es seien die Hausdiener gewesen, denen es gelungen war, sich aufzulehnen – und kaum Soldaten. Ihre Soldaten waren also tot – oder ihrer Gaben entledigt. Vielleicht war es keine Falle.
Raj Ahten hatte darauf vertraut, daß seine Leute den Schatz für ihn in Longmot bereithielten – eine hervorragende Burg, mit erstaunlichen Verteidigungsanlagen. Welcher Ort wäre zur Aufbewahrung so vieler Zwingeisen besser geeignet? Und von dort aus hätte er das edle Metall nach Burg Sylvarresta gebracht, um seine Feinde auszusaugen. Wahrscheinlich befanden sich in Wirklichkeit schon etliche in seinem Besitz.
Lord Orden las weiter:

Ich nehme an, diese Zwingeisen sind für Euch in diesem Krieg von großem Nutzen. Inzwischen nähert sich eine Besatzerarmee von Süden her. Offiziellen Verlautbarungen zufolge müßte sie in drei Tagen hier eintreffen.
Ich habe zu Groverman und Dreis geschickt und um Unterstützung gebeten. Ich glaube, mit ihrer Hilfe können wir einer Belagerung standhalten.

Der Wolflord hat mir keine Palastgarde hiergelassen, keine Soldaten. Die abgetretenen Gaben werden mittels meiner Söhne an Raj Ahten weitergeleitet.
Raj Ahten befindet sich auf dem Weg zu Euch nach Burg Sylvarresta. Ich glaube nicht, daß er Euch bis zum Vorabend des Hostenfestes erreichen kann.
Er ist gefährlich. Er besitzt so viele Gaben der Anmut, daß er wie die Sonne strahlt. Seit Jahrzehnten schon war Longmot das Zuhause vieler eitler Frauen, die alle hofften, schöner zu sein als ihre nächsten Mitmenschen. Ihre Schönheit wird über mich weitergeleitet.
Ich werde Eure Feinde nicht unterstützen.
In zwei Tagen werden alle, die in Longmot Gaben übereignet haben, durch meine Hand sterben. Es betrübt mich, daß ich meine eigenen Söhne töten muß, doch nur dadurch kann ich genügend Soldaten wiederherstellen, um die Stadt zu verteidigen.
Die Zwingeisen habe ich versteckt. Sie liegen begraben unter dem Tulpenfeld in Gut Bredsfor.
Vermutlich werdet Ihr mich nicht mehr wiedersehen, nicht lebend. Ich übergebe Kommandant Cedrick Tempest von der Wache vorübergehend die Befehlsgewalt über Longmot.
Mein Gatte hängt immer noch an seinem Eisengitter, erwürgt von einem Seil aus seinen eigenen Eingeweiden. Ich werde den Schurken nicht abschneiden. Hätte ich vorher von seinem Verrat erfahren, hätte ich ihn nicht so freundlich behandelt.

Ich gehe jetzt und wetze ein Messer. Sollte ich scheitern, wißt Ihr, was zu tun ist.

Eure ergebene Nichte
Herzogin Emmadine Ot Laren

Mendellas Orden las den Brief klopfenden Herzens und legte ihn dann zur Seite. *Ihr wißt, was zu tun ist.* Der uralte Hilferuf all derer, die gezwungen werden, als Vektoren zu dienen: Tötet mich, wenn ich mich nicht selbst töten kann.

König Orden war der Herzogin oft begegnet. Sie war ihm stets wie eine unscheinbare, kleine Dame vorgekommen, die zu schüchtern war für große Taten.

Es gehörte eine starke Frau dazu, sich selbst und ihre Kinder umzubringen. Aber Mendellas wußte, es gab einen Augenblick, da konnte man keinen anderen Weg gehen. Raj Ahten hatte also die Soldaten über die königliche Familie vektoriert und gezwungen, Hauptgaben abzutreten, so daß sie nicht in der Lage waren, jemals wieder zu kämpfen – es sei denn, die königliche Familie wurde getötet.

Die Herzogin würde ihre Pflicht tun und ihre Kinder ermorden müssen, um das Königreich zu retten. Eine üble Angelegenheit. König Orden hoffte nur, daß sein eigener Sohn nicht Raj Ahten in die Hände fiel. Orden glaubte, stark genug zu sein, seinen eigenen Sohn zu töten, sollte die Notwendigkeit entstehen.

Trotzdem graute ihm davor.

Mendellas drehte den Brief um und las das Datum. Der

20. Tag im Monat der Ernte. Geschrieben vor fast zwei Tagen, über einhundert Meilen von hier entfernt.

Die Herzogin erwartete nicht, daß Raj Ahten Burg Sylvarresta vor übermorgen erreichte. Also würde sie sich im Morgengrauen umbringen, bevor die Besatzerarmee eintraf.

Schade, daß sie sich nicht heute morgen umgebracht hatte. Ihr Opfer hätte sich für Lord Sylvarresta von einigem Nutzen erwiesen.

Orden kritzelte hastig einen Brief an den Herzog Groverman und an den Grafen Dreis – jene Lords, deren Burgen Longmot am nächsten standen, und bat beide, Hilfe zu schicken und diese zur selben Zeit von Nachbarn zu erbitten. Die Herzogin hatte diese Lords zwar bereits um Hilfe ersucht, trotzdem fürchtete Orden, daß ihre Boten das gleiche Schicksal ereilt haben könnte wie jenen Mann, den er an der Straße gefunden hatte. Um sicherzugehen, daß sie kamen, erklärte er ganz offen, Raj Ahten habe einen großen Schatz in Longmot zurückgelassen.

»Borenson!« rief König Orden, als er fertig war. Der Leib seines Sohnes saß auf einem Felsen über ihm, nur ein paar Fuß unter den verflochtenen Zweigen des Graaknests.

»Was gibt es, mein Lord?« fragte er und kletterte zu Mendellas hinunter.

»Ich habe einen Auftrag für Euch, einen gefährlichen Auftrag.«

»Gut«, meinte Borenson, noch immer mit Begeisterung in der Stimme. Im Schein der Sterne ließ er sich neben dem König nieder. Er war einen ganzen Kopf größer als der Lord, sein Haar quoll unter dem Helm hervor und fiel ihm über die Schultern. Es war nicht richtig, daß Untertanen so groß waren. Erwartungsvoll sah er den König an.

»Ich führe fünfhundert Mann nach Süden, zur Burg Longmot – jetzt gleich. Eintausend weitere werden bei Sonnenaufgang folgen. Ich möchte, daß Ihr jetzt gleich fünfhundert Mann mitnehmt. Unsere Späher berichten, daß sich ein paar tausend Nomen in den Wäldern bei Burg Sylvarresta aufhalten. Wenn Ihr schnell reitet, könnt Ihr bei Sonnenaufgang draußen vor der Burganlage auf sie stoßen und den Männern Gelegenheit geben, ihr Können mit dem Bogen zu üben.

Laßt Eure Truppen in den Wäldern. Der Wolflord wird nicht wagen, aus der Burg Verstärkung zu schicken, solange er Eure Zahl nicht abschätzen kann. Sollte er trotzdem angreifen, zieht Euch geschickt zurück und reitet nach Longmot. Gegen Mittag sollen sich Eure Leute ohnehin nach dort zurückziehen.

Offenbar hat die Herzogin von Longmot alle Hände voll zu tun. Raj Ahten hat ihre Burg eingenommen und von ihrem Volk Hunderte Gaben geraubt. Sie plant, sich im Morgengrauen umzubringen – sich und alle anderen, die Übereigner für Raj Ahten sind. Offenbar hat sie einen großen Schatz erbeutet. Ich muß also zu ihr und sie von ihrer Last befreien. Daher möchte ich, daß Ihr mir den Wolflord vom Hals haltet.«

Mendellas überlegte seinen nächsten Zug. Er kannte diese Wälder gut, hatte er doch während der letzten zwanzig Jahre oft im Dunnwald gejagt. Dieses Wissen mußte er sich zunutze machen.

»Ich werde die Brücke bei Hayworth zerstören, was immer das nützen wird. Ihr werdet also Eure Männer zur Wildschweinfurt schicken – zur schmalen Schlucht unterhalb der Furt. Dort werdet Ihr Euch in den Hinterhalt legen. Sobald Raj Ahtens Truppen dort durchkommen, werden Eure Männer angreifen – Felsbrocken von oben auf sie herabwerfen, Pfeile abschießen, das Ostende der Schlucht in Brand stecken. Aber gebt nur dann Befehl, die Schwerter zu ziehen, wenn Ihr müßt. Anschließend werden Eure Soldaten im Eilritt nach Longmot reiten. Habt Ihr verstanden? Ihr habt lediglich die Aufgabe, den Wolflord zu verfolgen und ihm in Geplänkeln möglichst großen Schaden zuzufügen, um ihn dadurch aufzuhalten.«

Borensons Lächeln war noch breiter geworden, mittlerweile grinste er wie irre. Es war praktisch ein Selbstmordkommando. Mendellas fragte sich, wieso dieses Vorhaben ihn so entzückte. Sehnte sich der Mann nach dem Tod, oder war es lediglich die Herausforderung, die ihn so in Begeisterung versetzte?

»Leider werdet Ihr nicht bei Euren Soldaten sein.«

»Nein?« Borensons Lächeln geriet ins Wanken.

»Nein. Für Euch habe ich einen noch tollkühneren Plan. Morgen gegen Mittag, während Eure Soldaten sich in den Hinterhalt legen, möchte ich, daß Ihr persönlich – und zwar allein – zur Burg Sylvarresta reitet und Raj Ahten eine Botschaft überbringt.«

Borenson fing wieder an zu grinsen, doch nicht mehr so

irre und unbekümmert wie zuvor. Statt dessen wirkte er noch entschlossener. Auf seine Stirn traten Schweißperlen.

»Seid grob, beleidigt Raj Ahten, so gut Ihr könnt. Sagt ihm, ich hätte Longmot eingenommen. Als Beweis meiner Tat erklärt ihm, ich hätte seine Übereigner dort im Morgengrauen umgebracht …«

Borenson schluckte.

»Sorgt dafür, daß er glaubt, ich hätte vierzigtausend Zwingeisen in meinen Besitz gebracht und eine gute Verwendung für sie gefunden. Erklärt ihm, ich sei bereit, ihm … fünftausend davon wieder zu verkaufen. Teilt ihm mit, er kenne den Preis.«

»Der wäre?« fragte Borenson.

»Nennt ihn nicht«, antwortete Mendellas. »Wenn er meinen Sohn hat, wird er ihn mir anbieten. Wenn er meinen Sohn nicht hat, dann wird er denken, Ihr sprecht von Lord Sylvarrestas Familie, und wird den König anbieten. Ganz gleich, welche Geisel angeboten wird, prüft deren Zustand, bevor Ihr aufbrecht. Stellt fest, ob Raj Ahten Gaborn – oder Lord Sylvarresta – gezwungen hat, eine Gabe abzutreten. Vermutlich wird er die königliche Familie als Vektoren für die Hauptgaben benutzen. In fünfzehn Stunden könnte er dann leicht Hunderte solcher Gaben entgegennehmen. Wenn dem so ist, wißt Ihr, was Ihr zu tun habt.«

»Verzeihung …« fragte Borenson.

»Ihr habt richtig gehört. Ihr wißt, was Ihr zu tun habt.«

Borenson lachte, fast wie ein Hüsteln, doch da war kein Lächeln mehr in seinem Gesicht, kein vergnügtes Funkeln mehr in seinen Augen. Sein Gesicht war hart geworden, teilnahmslos, und seine Stimme hatte einen ungläubigen Unterton. »Ihr wollt, daß ich König Sylvarresta töte, oder gar Euren Sohn?«

Oben stieß einer der Graaks einen Ruf aus und segelte tief vorbei. Es hatte eine Zeit in Mendellas' Leben gegeben, als er so klein war, da er eines dieser riesigen Reptilien reiten konnte. Als Junge von sechs Jahren, mit einem Gewicht von fünfzig Pfund, hatte sein Vater ihn zusammen mit anderen Himmelsstürmern weite Reisen auf den Rücken zahmer Graaks machen lassen. Nur Jungen mit Gaben der Muskelkraft, des Verstandes, des Durchhaltevermögens und der Anmut waren für solche Reisen geeignet.

Als sein Sohn ein Himmelsstürmer geworden war, hatte er ihn trotzdem niemals eine weite Reise machen lassen, um Botschaften zu überbringen. Er war zu sehr darauf bedacht, seinen Sohn zu behüten. Er liebte den Jungen zu sehr. Er hatte gehofft, der Junge hätte Zeit, aufzuwachsen, ein wenig Reife zu erlangen – ein Vorteil, der unter Runenlords nur allzu selten war, denn notwendigerweise waren sie gezwungen, Gaben des Stoffwechsels zu übernehmen und lange vor ihrer Zeit zu altern.

Es gab noch immer einiges, das König Orden seinem Sohn beibringen mußte – die Kunst der Diplomatie, der Strategie und Intrige –, das man nicht im Haus des Verstehens lernen konnte.

Zudem war sein eigener Vater gefangengenommen worden, als Orden noch ein kleiner Junge war, und anschließend gezwungen worden, einem Wolflord aus der

Ödnis im Süden Gaben abzutreten. Freunde hatten seinen Vater vor diesem Schicksal bewahrt – mit dem Schwert. Borenson konnte nicht wissen, wie sehr es schmerzte, diesen Befehl zu erteilen. König Orden war entschlossen, daß seine Männer es nie erfahren sollten. Gaborn hatte wegen seines weichen Herzens den Tod verdient.
Mendellas klopfte dem Krieger verständnisvoll auf die Schulter. Borenson zitterte. Es war hart, sich von Gaborns geschworenem Beschützer in seinen Meuchelmörder zu verwandeln. »Ihr habt mich richtig verstanden. Wenn Raj Ahten Eure Nachricht erhält, wird er sofort nach Longmot eilen, um mich in einer Schlacht zu stellen. Er wird bei Sonnenaufgang Hunderte von Übereignern in Burg Sylvarresta haben – Übereigner, die er in so großer Hast nicht nach Süden schaffen kann, Übereigner, die er nicht ausreichend bewachen kann. Ich will, daß Ihr, sobald Raj Ahten aufgebrochen ist, auf Sylvarresta in den Bergfried der Übereigner geht und alle erschlagt, die dort zurückgelassen wurden.«
Mittlerweile war das Lächeln des hochgewachsenen Kriegers vollends erloschen. »Ihr seht doch ein, daß es getan werden muß? Gut möglich, daß mein Leben, Euer Leben, das Leben aller in Mystarria – all derer, die Ihr kennt und liebt – davon abhängt. Wir dürfen keine Schwäche zeigen. Wir können uns keine Barmherzigkeit erlauben!«
Aus einem Beutel an seiner Hüfte zog König Orden ein kleines Elfenbeinfläschchen hervor. Darin waren die Nebel von den Feldern Mystarrias eingefangen. Ordens Wasserzauberer hatte gesagt, das Fläschchen enthalte genug Nebel, um, wenn nötig, eine ganze Armee zu

verstecken. Möglicherweise war dieser Zauber von Nutzen. Orden reichte ihm den kunstvoll gearbeiteten Gegenstand und überlegte, ob er dem Mann auch seinen goldenen Schild mitgeben sollte. Der war mit einem mächtigen Zauber zur Abwehr von Wasser verstärkt. Der König hatte ihn als Verlobungsgeschenk für Sylvarresta mitgenommen. Jetzt überlegte er, ob er den Schild womöglich selbst brauchen würde.

Er dachte nach. Er wollte Sylvarresta nicht töten. Doch wenn der sich Raj Ahten unterworfen hatte, war dies seine Pflicht. Die Könige von Rofehavan mußten wissen, daß niemand dem Wolflord Gaben ungestraft überlassen durfte. Nicht einmal Ordens bester Freund.

»Wenn sie dem Feind dienen, werden wir unseren Freunden, unseren Verwandten antun, was wir ihnen antun müssen«, meinte Orden, ebenso an sich selbst wie an Borenson gerichtet. »Das ist unsere Pflicht. Wir befinden uns im Krieg.«

KAPITEL 14
Ein Zauberer in Ketten

Kurz vor Sonnenaufgang kündigte das Geräusch zahlreicher klirrender Ketten Binnesmans Ankunft im Audienzzimmer des Königs ab. Wenig später schleiften die Wachen den Kräutersammler unter Iomes Augen vor Raj Ahten.

Sie verkroch sich schaudernd in einer dunklen Ecke, aus Angst, irgendwie könnte Binnesmans Blick auf sie fallen und ihn dann ihre bloße Anwesenheit mit Ekel erfüllen. Während der letzten Stunden hatte sie Zeit gehabt, die Rune der Macht zu untersuchen, die man ihr in die Haut auf ihrem Arm gebrannt hatte. Sie war kompliziert, entsetzlich, und sie versuchte ihr viel mehr als Schönheit zu entziehen, nämlich den Stolz und die Hoffnung. Obwohl sie gegen den Einfluß der Rune ankämpfte, obwohl sie Raj Ahten diese Gunst versagte, kam sie sich immer noch untermenschlich vor. Wie bloßes Gelumpe in der Ecke.

Einer Legende zufolge hatte der Annektor Phedrosh vor langer Zeit eine Rune des Willens geschaffen, ein Symbol, das seinen Opfern den Verstand entzog. Hätte Raj Ahten ein solches magisches Symbol in die Rune einarbeiten lassen, mit der Iome gezeichnet worden war, sie hätte sich ihm nicht verweigern können.

Jetzt war sie dankbar, daß Phedrosh diese Rune der Macht und das Geheimnis ihrer Herstellung vernichtet hatte, bevor er nach Inkarra geflohen war.

Binnesman wurde unter dem Gerassel seiner Ketten in den Raum gezerrt. Kräftige Eisen fesselten Binnesman von Kopf bis Fuß. Zwei Wachen schleiften ihn grob über den Dielenboden und warfen ihn Raj Ahten vor die Füße. Vier der Flammenweber des Wolflords gingen neben dem Kräutersammler, alle haarlos und von dunkler Haut. Drei jung aussehende Männer und eine einzelne Frau, alle mit jenem seltsam tanzenden Licht in den Augen, wie es nur Flammenweber zeigten. Die männlichen hatten safrangelbe Seidengewänder angelegt, die Frau einen dunkelroten Überwurf.

Als die Frau, die voranging, näherkam, spürte Iome die Hitze ihrer Haut, eine trockene Hitze. Ihr Fleisch erschien ihr wie ein angewärmter Stein, den man sich in einer kalten Nacht ins Bett legt.

Ihre Kraft spürte Iome auf andere Weise: Eine fieberhafte Lust ging mit ihr einher, gemischt mit einer seltsamen geistigen Erregung. Diese Lust war vollkommen anders als die derbe Sinnlichkeit, die Iome in Binnesmans Gegenwart verspürte – ein Verlangen, Kinder zu gebären, das Saugen kleiner Lippen an den Brüsten zu spüren. Nein, die Flammenweber strahlten das verzehrende Verlangen aus, zu vergewaltigen, zu nehmen, verkörperten einen richtungslosen Zorn, der von einem scharfen Intellekt beherrscht wurde.

Der arme Binnesman war ein verdrecktes Wrack. Von Kopf bis Fuß mit rußiger Asche bedeckt, verrieten seine himmelblauen Augen dennoch keine Furcht, als er den Kopf hob.

Du solltest dich aber fürchten, dachte Iome. Das solltest du. Niemand konnte Raj Ahten widerstehen, dem Glanz seines Gesichts, der Macht seiner Stimme. In den vergangenen Stunden hatte sie Dinge gesehen, die für sie unvorstellbar gewesen waren: zweihundert Gardisten ihres Vaters hatten Gaben abgetreten. Die meisten brauchten nicht lange überredet zu werden. Ein Blick in Raj Ahtens Gesicht, ein aufmunterndes Wort, und sie opferten sich.

Nur wenige dachten gar an Widerstand. Kommandant Derrow von der Palastgarde bat darum, auf den Treueschwur an Raj Ahten verzichten zu dürfen, indem er vorbrachte, er sei durch einen Eid der Familie Sylvarresta verpflichtet. Daher bat er darum, als Wächter in der Burg der Übereigner dienen zu dürfen, und wies darauf hin, daß andere große Familien jetzt Meuchelmörder aussenden würden, um Sylvarresta zu erledigen. Raj Ahten war einverstanden, jedoch nur unter der Bedingung, daß Derrow eine kleinere Gabe spendete, eine des Gehörs.

Einem anderen jedoch, der die gleiche Vergünstigung erbat, wurde eine üble Behandlung zuteil. Kommandant Ault verweigerte sich dem Wolflord völlig, verfluchte ihn und wünschte ihm den Tod.

Raj Ahten hatte die Beschimpfungen mit Geduld und einem Lächeln über sich ergehen lassen, anschließend jedoch ergriff die Frau in Dunkelrot ganz zart die Hand des Kommandanten. Ihre Augen blitzten lachend auf, als der Kommandant von Kopf bis Fuß in Flammen aufging und einfach nur dastand, schrie und sich wand, während die Flammen sein Fleisch verzehrten, seine Rüstung zum Schmelzen brachten. Der Raum hallte von seinen Schreien wider. Der Gestank verkohlten Fleisches hing noch jetzt an den Wänden des Raumes.

Man legte Aults verkohlte Leiche unten vor den Eingang zum Bergfried des Königs.

Daher kamen die Menschen aus Burg Sylvarresta nun also voller Demut an, nahmen vor ihrem neuen Lord Aufstellung und brachten ihre Huldigungen dar. Raj Ahten sprach ruhig zu ihnen, derweil sein Gesicht wie eine Sonne strahlte und seine Stimme so unerschütterlich erklang wie das Meer.

Die ganze Nacht über hatten Raj Ahtens Truppen die reichsten der ortsansässigen Kaufleute in die Burg verschleppt. Sie hatten es auf Gold und Gaben abgesehen. Die Menschen überließen dem Wolflord was immer er verlangte, würden alles hergeben, was sie besaßen.

Auf diese Weise hatte Raj Ahten schließlich den Namen jenes jungen Mannes erfahren. Dieser hatte auf dem Weg zu König Sylvarresta, den er vor der bevorstehenden Invasion warnen wollte, einige seiner Riesen und Kundschafter sowie ein Dutzend Mastiffs getötet. Selbst in diesem Augenblick noch durchstreiften Raj Ahtens Spurenleser den Dunnwald auf der Suche nach dem jungen Prinz Orden.

König Sylvarresta hockte auf dem Boden zu Raj Ahtens Füßen. Man hatte seinen Hals an ein Bein des Throns gebunden, und Sylvarresta zerrte mit der ganzen Naivität eines jungen Kätzchens immer wieder an dem Seil und versuchte es entzweizubeißen. Auf die Idee, sich loszubinden, kam er nicht. Iome betrachtete ihren Vater, und selbst sie mußte Raj Ahtens Pracht anerkennen. Seine

Anmut beeindruckte sie so sehr, daß sie es irgendwie passend fand, wie ihr Vater dort hockte. Andere Herrscher hielten sich Hunde oder große Katzen als Haustiere zu ihren Füßen. Raj Ahten jedoch war mehr als ein gewöhnlicher Herrscher. Er hatte es verdient, daß ihm Könige zu Füßen saßen.

Neben Raj Ahten stand seine persönliche Leibwache, zwei Berater und der fünfte seiner Flammenweber, eine Frau, deren bloße Anwesenheit Iome erzittern ließ, denn sie konnte ihre Macht spüren. Sie trug ein mitternachtsblaues Gewand, das locker über ihrem nackten Körper zusammengebunden war. Und jetzt stand sie vor einer silbernen Kohlenpfanne, einer großen Schale auf einem Postament, in die sie Zweige und brennendes Holz gelegt hatte. Die grünlichen Flammen loderten gut drei, vier Fuß über der Pfanne.

Die Frau hatte an jenem Abend ein einziges Mal mit einem leidenschaftlich leuchtenden Vergnügen in den Augen von ihrer Kohlenpfanne aufgesehen und zu Raj Ahten gesagt: »Gute Neuigkeiten, o Leuchtender. Wie es scheint, haben Eure Meuchelmörder König Gareth Arrooley von Internook erschlagen. Sein Licht leuchtet nicht mehr in der Erde.«

Iome war entsetzt, als sie das hörte. Raj Ahten griff also mehr als einen König des Nordens gleichzeitig an. Sie fragte sich, wie weit seine Pläne reichten. Vielleicht sind wir alle Narren im Vergleich mit ihm, überlegte sie – so einfältig wie mein Vater, der zu seinen Füßen angebunden ist.

Jetzt blickte Raj Ahten im Schein der Kohlenpfanne der

Feuerdeuterin auf Binnesman herab und kratzte sich nachdenklich den Bart.

»Wie lautet Euer Name?« fragte Raj Ahten.

Der Zauberer sah auf. »Mein Name ist Binnesman.«

»Aha, Binnesman. Eure Arbeit ist mir gut bekannt. Ich habe Eure Kräuterbücher gelesen.« Raj Ahten lächelte ihn an, geduldig, schaute zur Feuerdeuterin. »Du läßt ihn in Ketten herbringen. Das möchte ich nicht. Er erscheint mir harmlos.«

Die Flammenweberin neben ihm sah Binnesman wie in Trance an, die Augen ziellos, sie starrte an ihm vorbei, als wollte sie allen Mut zusammennehmen, ihn zu töten.

»Durchaus harmlos, Euer Lordschaft«, antwortete Binnesman mit kraftvoller Stimme. Er hockte zwar noch immer auf allen vieren, doch er blickte den Wolflord gleichgültig an.

»Ihr dürft Euch erheben«, sagte Raj Ahten.

Binnesman nickte, kam umständlich auf die Beine, obwohl seine Ketten ihn in eine gebückte Stellung zwangen, so daß er den Kopf nicht aufrichten konnte. Jetzt sah Iome noch deutlicher, daß er Fesseln an den Füßen trug, daß seine Hände in Handschellen steckten und eine kurze, schwere Eisenkette von den Fußfesseln zu Handschellen und Hals führte. Binnesman kümmerte die gekrümmte Haltung nicht. Er hatte sich so viele Jahre über Pflanzen gebeugt, daß sein Rücken krumm geworden war.

»Hütet Euch vor ihm, mein Lord«, meinte die Feuerdeuterin neben Raj Ahten leise. »Er besitzt große Macht.«

»Wohl kaum«, erwiderte Binnesman mißbilligend. »Ihr habt meinen Garten zerstört, die Arbeit von Meistergärtnern über fünfhundert Jahre hinweg. Die Kräuter und Gewürze, die ich geerntet hätte, sind allesamt verloren. Ihr seid als praktisch denkender Mann bekannt, Raj Ahten. Ihr wißt doch sicher, daß diese Dinge von nicht geringem Nutzen waren!«
Raj Ahten lächelte ziemlich amüsiert. »Tut mir leid, daß meine Magier Euren Garten zerstört haben. Aber Euch haben wir nicht zerstört, oder? Ihr könnt einen neuen Garten anlegen. Ich besitze selber ein paar hervorragende Gärten in der Nähe meiner Häuser und Paläste im Süden. Bäume aus den entlegenen Gebieten der Welt, fruchtbare Erde, reichlich Wasser.«
Binnesman schüttelte den Kopf. »Niemals. Ich werde niemals einen anderen Garten haben können als den, den Ihr niedergebrannt habt. Er war mein Herz. Versteht Ihr …?« Er krallte die Hand in sein Gewand.
Raj Ahten neigte sich vor. »Tut mir leid. Es war notwendig, Euch die Flügel zu stutzen, Erdwächter.« Er sprach den Titel ernst aus, mit mehr Achtung, als er jedem anderen an diesem Abend entgegengebracht hatte. »Und dennoch, Meister Binnesman, wollte ich Euch wirklich keinen Schaden zufügen. Es gibt wenige angesehene Erdwächter auf der Welt, und ich habe die Wirksamkeit der Kräuter getestet, die ein jeder von Euch anbaut, habe die Salben und Aufgüsse geprüft, die Ihr liefert. Ihr, Binnesman, seid der Meister Eures Faches, dessen bin ich sicher. Ihr verdient mehr Ehre, als man Euch gewährt. Ihr solltet als Lehrmeister im Saal der Erdkräfte im Haus des

Verstehens dienen – und nicht dieser Schwindler Hoewell.«

Iome staunte. Selbst im fernen Indhopal hatte Raj Ahten von den Leistungen des Zauberers vernommen. Der Wolflord schien über den Norden im Bild zu sein.

Binnesman sah ihn unter seinen buschigen Brauen hervor an. Sein faltiges Gesicht wirkte weise, und nach Jahren des Lächelns verlieh es ihm ein sanftes, gütiges Aussehen. Doch in seinem Blick lag keine Freundlichkeit. Iome hatte ihn mit diesem berechnenden Blick in seinem Garten Käfer zerquetschen sehen. »Die Ehrungen der Menschen interessieren mich nicht.«

»Was interessiert Euch dann?« wollte Raj Ahten wissen. Als er keine Antwort erhielt, fügte er leise hinzu: »Werdet Ihr mir dienen?«

Auf seinen Tonfall, die kaum merkliche Veränderung im Klang seiner Stimme hin hätte sich so manch anderer Mann in den Staub geworfen.

»Ich diene keinem König«, gab Binnesman zurück.

»Ihr habt Sylvarresta gedient«, erinnerte ihn Raj Ahten sachte. »Genau wie er jetzt mir dient.«

»Sylvarresta war mein Freund und nie mein Herr.«

»Ihr habt seinem Volk gedient. Ihr habt ihm als Freund gedient.«

»Ich diene der Erde und allen Menschen auf ihr, Lord Raj.«

»Werdet Ihr Euch mir also verschreiben?«

Binnesman bedachte ihn mit einem tadelnden Blick, so, als sei Raj Ahten ein Kind, das man bei einer Freveltat erwischt, obwohl es dies eigentlich besser wissen müßte.

»Wünscht Ihr meine Dienste als Mann oder als Zauberer?«

»Als Zauberer.«

»Dann, Lord Raj, kann ich leider keinen Schwur leisten, Euch zu dienen, denn das würde meine Kräfte mindern.«

»Wie das?« fragte Raj Ahten.

»Ich habe geschworen, der Erde zu dienen, und niemandem sonst«, sagte Binnesman. »Ich diene ebenso den Bäumen in der Stunde ihrer Not wie dem Fuchs und dem Hasen. Ich diene Menschen nicht mit mehr oder weniger Hingabe als anderen Geschöpfen. Bräche ich aber meinen Schwur, der Erde zu dienen, und trachtete ich statt dessen danach, Euch zu dienen, würden meine Kräfte versiegen. Es gibt viele Menschen, die Euch dienen oder sich selbst in Eurem Interesse, Raj Ahten. Gebt Euch mit ihnen zufrieden!«

Iome staunte über Binnesmans Worte. Er log, das wußte sie. Er diente eher den Menschen als den Tieren. Einmal hatte er ihr erklärt, dies sei seine Schwäche, diese eigenartige Liebe zu den Menschen. In seinen Augen machte ihn das seines Meistertitels unwürdig. Iome befürchtete, Raj Ahten könnte die Lügen durchschauen und den Zauberer bestrafen.

Raj Ahten sah starren Blickes auf ihn hinab. Das makellose Gesicht des Wolflords war ungetrübt, und Iome kam es so vor, als sei es voller Freundlichkeit.

Binnesman sagte leise: »Wißt Ihr, als Runenlord müßt Ihr Euch um Eure Übereigner kümmern, sonst verhungern sie mit der Zeit oder werden krank. Wenn sie sterben, verliert Ihr die Kraft, die Ihr aus ihnen zieht. Das gleiche

Prinzip gilt auch für mich … oder für Eure Flammenweber. Seht Ihr, wie sie das Feuer schüren, weil sie wissen, daß sie im Gegenzug Kraft daraus gewinnen?«

»Mein Lord«, sagte die Flammenweberin neben Raj Ahten leise, »erlaubt, daß ich ihn töte. Die Flammen zeigen, daß er eine Gefahr darstellt. Er hat Prinz Orden geholfen, aus seinem Garten zu fliehen. Er unterstützt Eure Feinde. Das Licht in seinem Innern ist gegen Euch.«

Raj Ahten berührte die Hand der Flammenweberin, beruhigte sie und fragte: »Ist das wahr? Habt Ihr dem Prinz zur Flucht verholfen?«

Antwortet ihm nicht, wollte Iome rufen. Antwortet nicht. Doch Binnesman zuckte nur die Achseln. »Er war verwundet. Ich habe die Wunde versorgt, wie ich es bei jedem Kaninchen oder einer Krähe gemacht hätte. Dann habe ich ihm den Weg in den Dunnwald gezeigt, damit er sich verstecken kann.«

»Weshalb?« fragte Raj Ahten.

»Weil Eure Soldaten ihn töten wollten«, erwiderte der Kräutersammler. »Ich diene dem Leben, so wie Ihr zweifellos dem Tod dient.«

»Ich diene nicht dem Tod. Ich diene der Menschheit«, sagte Raj Ahten ruhig. Er kniff kaum merklich die Augen zusammen, doch sein Gesicht wirkte plötzlich härter, leidenschaftsloser.

»Feuer verzehrt«, erklärte Binnesman. »Wenn Ihr Euch mit so vielen Flammenwebern umgebt, spürt Ihr sicher diesen Sog, ihr Verlangen, zu vernichten. Es hat Euch in seiner Gewalt.«

Raj Ahten lehnte sich gelangweilt zurück. »Feuer erhellt

auch und enthüllt«, meinte er. »Es wärmt uns in kalter Nacht. In den richtigen Händen kann es ein Werkzeug des Guten sein, sogar der Heilkunst. Die Hellen und die Glorien sind Geschöpfe der Flamme. Das Leben stammt ebenso aus dem Feuer wie aus der Erde.«

»Ja, es kann ein Werkzeug des Guten sein. Aber nicht jetzt. Nicht in der Zeit, die kommt. Ganz sicher werden keine Wesen des helleren Lichts erscheinen und tun, was Ihr verlangt«, widersprach Binnesman. »Ich glaube, Ihr tätet besser daran, Euch von diesen … Kräften loszusagen. Andere Magier würden Euch besser dienen.« Er deutete mit einer beiläufigen Handbewegung auf die Flammenweber.

»Ihr werdet mir also dienen?« fragte Raj Ahten. »Ihr werdet meine Armeen mit Kräutern und Salben versorgen?« Er lächelte, und das Lächeln schien den Raum zu erhellen. Binnesman wird ihm sicher helfen, dachte Iome.

»Kräuter für die Kranken und die Verwundeten?« fragte Binnesman. »Das kann ich guten Gewissens tun. Aber ich werde Euch nicht dienen.«

Raj Ahten nickte sichtlich enttäuscht. Binnesmans Ergebenheit wäre ihm von großem Nutzen gewesen.

»Mein Lord«, zischte die Flammenweberin und blickte von der Kohlenpfanne zu Raj Ahten, »er spricht nicht die Wahrheit! Er dient sehr wohl einem König! Ich sehe einen Mann in meinen Flammen, einen gesichtslosen Mann mit einer Krone! Ein König kommt, ein König, der Euch vernichten kann!«

Raj Ahten betrachtete den Kräutersammler aufmerksam, beugte sich wieder vor, während die grünen Flammen aus der Kohlenpfanne über sein Gesicht spielten. »Meine Feuerdeuterin sieht eine Vision in den Flammen«, sagte er leise. »Verratet mir, Binnesman, hat die Erde Euch auch solche Einblicke gewährt? Gibt es einen König, der mich vernichten kann?«

Binnesman richtete sich auf, so gut es mit den Ketten ging, und verschränkte die Arme. Er hatte die Hände zu Fäusten geballt. »Ich bin kein Freund der Zeitlords und kenne die Zukunft nicht. Ich blicke nicht in polierte Steine. Aber Ihr habt Euch viele Feinde gemacht.«

»Aber es gibt einen König, dem Ihr dient?«

Binnesman stand lange da, in Gedanken versunken, die Stirn in Falten. Fast glaubte Iome, der Kräutersammler werde nicht antworten, doch dann begann er zu murmeln: »Holz und Stein, Holz und Stein, sind nur mein Fleisch, meine Knochen. Metall, Blut, Holz und Stein, dem bin ich versprochen.«

»Was?« fragte Raj Ahten, der die Worte sicher gehört haben mußte.

»Ich diene niemandem. Aber es wird ein König kommen, Euer Lordschaft, ein König, den die Erde anerkennt. Vor vierzehn Tagen hat er den Boden Heredons betreten. Ich weiß dies nur, weil ich nachts, als ich auf den Feldern schlief, die Steine habe flüstern hören. Eine Stimme rief nach mir, so klar wie eine Lerche: ›Der neue König der Erde kommt. Er ist bereits im Land!‹«

»Tötet ihn!« begannen die Flammenweber allesamt auf diese überraschende Enthüllung hin zu schreien. »Er dient Eurem Feind!«

Raj Ahten versuchte, ihr Gejammere mit erhobener Hand

zum Verstummen zu bringen, und fragte: »Wer ist dieser König?« Seine Augen glühten. Die Flammenweber forderten weiter lautstark Binnesmans Tod. Iome befürchtete, Raj Ahten könnte ihrem Ersuchen nachkommen. Das Licht in den Augen der Flammenweberin wurde strahlender, und sie hob die Faust und ließ sie auflodern. Noch ein Augenblick, und Raj Ahtens Wünsche spielten keine Rolle mehr. Die Flammenweber würden Binnesman töten.

Iome versuchte den Kräutersammler zu retten und schrie: »Es ist Orden. König Orden hat unsere Grenze vor zwei Wochen überschritten!«

Genau in diesem Augenblick fielen die Ketten, die Binnesman gehalten hatten, von ihm ab, sowohl an den Händen als auch an den Füßen, und Binnesman öffnete seine Fäuste, warf etwas in die Luft …

Gelbe Blumenblüten, welke Wurzeln und trockene Blätter, die im grünen Licht flirrten.

Die Flammenweber schrien entsetzt auf und wichen zurück.

Die Kohlenpfanne erlosch. Tatsächlich gingen augenblicklich sämtliche Laternen im Saal aus, und nur der Schein der Sterne, der durch die Erkerfenster hereinfiel, erhellte den Raum.

Als ihre Augen sich an das Dämmerlicht gewöhnt hatten, sah Iome sich verblüfft um. Die Flammenweber waren allesamt wie vom Blitz getroffen von Binnesman fortgeschleudert worden. Wie benommen lagen sie da, blickten um sich, ohne etwas zu sehen, und wimmerten vor Schmerzen.

Plötzlich füllte sich der Raum mit einem frischen, prickelnden Geruch, als hätte der Wind den Duft einer fernen Wiese hereingetragen. Binnesman stand erhobenen Hauptes und aufrecht da und blickte Raj Ahten unter buschigen Brauen hervor zornig an. Die Fuß- und Handschellen, die er getragen hatte, lagen jetzt zu seinen Füßen, noch immer fest geschlossen. Es war, als wären seine Glieder einfach durch sie hindurchgedrungen.

Die Flammenweber lagen zwar benommen und verletzt zu Binnesmans Füßen, Iome dagegen hatte während des Angriffs nichts gespürt. Eine Blüte hatte ihr Gesicht gestreift, war dann zu Boden gefallen, weiter nichts.

Raj Ahten starrte den Kräutersammler leicht erbost an und umklammerte die Lehnen des Throns. »Was habt Ihr getan?« fragte er sanft und gleichmütig im Schein der Sterne.

»Ich werde nicht hinnehmen, daß Eure Flammenweber mich töten«, sagte Binnesman. »Ich habe sie vorübergehend geschwächt, mehr nicht. Wenn Ihr mich nun entschuldigen wollt, Euer Lordschaft, ich bin sehr beschäftigt. Ihr wolltet doch Kräuter für Eure Armeen?« Der Zauberer drehte sich um und wollte gehen.

»Stimmt es, daß Ihr König Orden unterstützt? Werdet Ihr an seiner Seite kämpfen?«

Binnesman warf dem Wolflord einen Blick über seine Schulter zu und schüttelte in gespieltem Entsetzen den Kopf. »Ich will nicht gegen Euch kämpfen«, betonte er. »Ich habe noch nie einem Mann das Leben genommen. Ihr seid den Kräften der Erde gegenüber gleichgültig, Raj Ahten. Der große Baum des Lebens breitet seine Äste über

Euch aus, und die Blätter raunen Euch zu, aber Ihr hört das Rascheln nicht. Statt dessen schlaft Ihr einfach zwischen seinen Wurzeln und träumt von Eroberungen. Richtet Euer Augenmerk auf das Bewahren. Euer Volk braucht Euch. Ich hege noch Hoffnung für Euch, Raj Ahten. Eines Tages könnte ich Euch vielleicht als meinen Freund betrachten.«

Raj Ahten musterte den alten Zauberer eine Weile. »Was müßte geschehen, damit Ihr und ich Freunde werden?«

Binnesman sagte: »Schwört einen Eid auf die Erde, daß Ihr ihr keinen Schaden zufügen werdet. Schwört, daß Ihr Euch bemühen werdet, ein Samenkorn der Menschlichkeit zu bewahren.«

»Und was haben diese Eide zu bedeuten?« fragte Raj Ahten.

»Löst Euch von den Flammenwebern, die die Erde vernichten wollen. Achtet das Leben – alles Leben, das pflanzliche und das tierische. Eßt von den Pflanzen, ohne sie zu zerstören, jagt nur die Tiere, die Ihr braucht. Vernichtet kein Geschöpf sinnlos, sei es ein Tier oder ein Mensch. Zieht Eure Armeen aus diesem Krieg zurück, den Ihr angezettelt habt. An Euren südlichen Grenzen stehen Greifer. Ihnen solltet Ihr Euch entgegenstellen.«

Raj Ahten saß eine ganze Weile auf dem Thron und starrte Binnesman nur an. In diesem Augenblick kam ein Diener mit einer neuen Laterne aus dem Vorraum hereingeeilt, deren Licht auf das Gesicht des Wolflords fiel. Er wirkte nachdenklich.

Iome konnte das Verlangen in Raj Ahtens Augen sehen, und fast glaubte sie, er werde den Eid leisten.

Doch als der Diener mit der Laterne näherkam, erschien es Iome, als flackerte seine Entschlossenheit wie das Züngeln des Feuers. »Ich schwöre, die Menschheit vor den Greifern zu beschützen – zu ihrem Wohl«, sagte Raj Ahten. »Ich … tue nur, was ich tun muß …!«

»Ihr tut nichts dergleichen!« schrie Binnesman. »Hört Euch doch an: Ihr habt so viele Gaben der Stimme übernommen, daß Ihr Euch beim Sprechen selbst von Euren eigenen wahnsinnigen Argumenten überzeugt. Ihr täuscht Euch selbst!«

Iomes Herz klopfte, denn plötzlich erkannte sie, daß der Kräutersammler recht hatte. Raj Ahten ließ sich vom Klang seiner eigenen Stimme beeinflussen. Sie wäre nie auf die Idee gekommen, daß so etwas möglich war.

Binnesman rief: »Aber – noch ist Zeit, sich zu besinnen – noch! Legt diese wahnsinnigen Vorstellungen ab. Wagt nicht, diese Menschen zu berauben und Euch selber gut zu nennen!«

Er machte kehrt und verließ gemächlich den Raum, wirkte dabei in jeder Hinsicht wie ein alter und gebeugter Mann. Dennoch verriet sein Gang keine Furcht, ganz so, als hätte er das Verhör geführt, überlegte Iome, und als hätte er Raj Ahten in Ketten in diesen Raum geschleift.

Damit war er fort.

Iome sah es mit Erstaunen, denn niemand sonst hatte sich an diesem Abend einfach so entschieden, sich aus Raj Ahtens Gegenwart zu entfernen, und sie befürchtete, Raj Ahten könnte versuchen, den alten Mann einzusperren oder ihn in seine Dienste zu zwingen.

Doch der Wolflord blieb nachdenklich und blickte in den dunklen Korridor, durch den der alte Mann hinausgegangen war.

Augenblicke später, als die Flammenweber das Bewußtsein wiedererlangten, kam eine Wache in den königlichen Saal gelaufen und verkündete, der Kräutersammler sei soeben draußen vor den Stadttoren gesehen worden, wo er quer über die Felder Richtung Dunnwald hinke. »Unsere Bogenschützen auf der Mauer hätten ihn erschießen können«, meinte der Mann, »doch wir wußten nicht, wie Ihr Euch in dieser Angelegenheit entschieden hattet. Die Nomen lagern auf den Feldern, aber keiner hat ihn aufgehalten. Soll ich Männer losschicken, die ihn zurückholen?«

Raj Ahten runzelte die Stirn. Die Zeit schien viel zu kurz, als daß ein Mann diese Räume hätte verlassen und aus der Burg fliehen können. Und ebenso befremdlich war, daß kein einziger von Raj Ahtens gut ausgebildeten Soldaten den alten Mann aufgehalten hatte.

»Hat er den Waldrand schon erreicht?« fragte Raj Ahten.

»Jawohl, Mylord.«

»Was hat er wohl vor?« überlegte Raj Ahten laut. Er erhob sich hastig, weiterhin nachdenklich. Dann fügte er hinzu: »Schicke einen Trupp Jäger los, die ihn aufspüren sollen – wenn sie können.«

Aber Iome wußte, daß es zu spät war. Binnesman hatte die Wälder erreicht, den Dunnwald, den uralten Wald, einen Brennpunkt der Erdkräfte. Selbst die besten unter Raj Ahtens Jägern konnten die Spur eines Erdwächters nicht durch den Dunnwald verfolgen.

KAPITEL 15
Poetik

Als die Spurenleser verschwunden waren, bahnte sich Gaborn, Rowan in den Armen, seinen Weg an der Mühle vorbei. Für einen jungen Mann mit drei Gaben der Muskelkraft war sie keine große Last, und er erkannte, daß es einen weiteren Vorteil hatte, wenn er sie trug: sie würde auf dem Boden keine Geruchsspuren hinterlassen. Es ist schwierig, einem Mann nachzuspüren, der soeben einen Fluß verlassen hat. Seine Körperfette werden abgewaschen, so daß er schwerer zu riechen ist, sobald er trockenen Boden betritt. Gaborn wollte nur seine kleinen Duftspuren hinterlassen.

Die Ferrin sahen ihn kommen, als er sich die Böschung des Mühlenkanals hinaufmühte, knurrten ängstlich und huschten in Deckung.

»Essen, Essen«, sagte er leise, denn diese Geschöpfe hatten ihm einen Gefallen getan. Wie groß dieser Gefallen war, würden sie nie erfahren. Gaborn hatte nur wenig, was er ihnen geben konnte, daher hob er, als er die Mühle erreicht hatte, den Riegel vor der Eingangstür an und ging hinein. Ein Kornkasten oberhalb des Mühlsteins war mit Weizen gefüllt. Gaborn öffnete den Kasten, drehte sich um und blickte hinter sich. Die Ferrin standen draußen unmittelbar vor der Tür, die Augen im Dunkeln weit aufgerissen. Eine kleine graubraune Ferrinfrau rieb sich nervös die Pfoten und schnupperte.

»Ich gebe Essen«, pfiff er leise.

»Ich höre dich«, zirpte sie als Antwort.

Gaborn ging langsam an ihnen vorbei und ließ die Ferrin draußen dicht vor der Tür stehen. Sie warteten, blinzelten ihn nervös an, hatten Angst, die Mühle unter seinen Blicken zu betreten.

Er eilte auf dem Pfad unter den Bäumen hinauf zur Burg, dann kroch er an der Baumgrenze entlang, bis er den kleinen Bach erreichte, der sich durch die Weidensträucher wand.

Dort stapfte er leise durch den Morast. Der Himmel über dem Hügel war jetzt rot, und die Bogenschützen auf der Burgmauer zeichneten sich klar und deutlich vor dem Himmel ab. Er betrachtete das Feuer, Binnesmans brennenden Garten. Asche wehte träge durch die Luft.

Gaborn kroch unbeobachtet durch die Weidensträucher bis an die Burgmauer heran. Dort setzte er Rowan ab und quetschte sich zuerst hindurch, durch das eiskalte Wasser, dann wartete er auf Rowan. Sie wand sich unter der Mauer hindurch und biß die Zähne gegen den Schmerz zusammen, den das eiskalte Wasser bei ihr hervorrief. Hinter der Maueröffnung kam sie wankend auf die Knie, dann kippte sie bewußtlos vornüber.

Er fing sie auf und legte sie neben dem Bach ins Gras. Er zog seinen dreckigen Umhang aus, wickelte sie, sowenig Wärme er auch spendete, darin ein, dann hob er sie hoch und suchte sich einen Weg durch die Straßen.

Durch die Straßen zu gehen war ein eigenartiges Gefühl. Binnesmans Garten stand in Flammen, mittlerweile schossen die Flammen achtzig Fuß hoch in den Himmel. In der Burganlage wimmelte es von Menschen, die schreiend hin und her rannten, aus Angst, das Feuer könnte sich ausbreiten.

Auf der Straße, die zu den Stallungen führte, liefen Dutzende von Menschen an Gaborn vorbei, viele von ihnen mit Eimern, die sie zum Bach hinunterschleppten, um die strohgedeckten Dächer der Katen mit Wasser zu besprühen und sie so vor dem Funkenflug zu schützen.

Doch von all den Menschen, die er passierte, fragte ihn keiner nach dem Namen oder versuchte zu erfahren, wieso er eine bewußtlose Frau mit sich herumtrug. Beschützt die Erde mich, fragte er sich, oder ist das in dieser Nacht ein so gewohnter Anblick, daß es niemandem auffällt?

Gaborn fand den Gewürzkeller nach Rowans Beschreibung. Es war ein recht großes Gebäude, eine Art Lagerhaus, dessen Rückseite in den Hang hineingegraben worden war. Eine Laderampe an der breiten Vorderseite hatte genau die Höhe eines Karrens.

Gaborn öffnete vorsichtig die Tür, die in einen Vorraum führte. Der Geruch von Gewürzen schlug ihm entgegen – trocknende Knoblauchknollen und Zwiebeln, Petersilie und Basilikum, Zitronenmelisse und Minze, Geranien, Zaubernuß und hundert andere. Angeblich schlief der Sohn des Kochs hier, und in einer Ecke lag tatsächlich ein Strohsack mit einer Decke darüber, doch von dem Jungen war keine Spur zu sehen. In einer Nacht wie dieser, wo Soldaten in der Stadt unterwegs waren und ein gewaltiges Feuer brannte, war der Junge wahrscheinlich bei Freunden.

Auf der anderen Seite des Vorraums befand sich eine Mauer aus Stein und Mörtel. Dorthin trug Gaborn Rowan und öffnete die Tür ganz weit. Dahinter sah er einen riesigen Lagerraum. In der Nähe der Mauer hing eine heruntergebrannte Laterne neben einer Flasche mit Öl und ein paar Ersatzlaternen. Gaborn füllte Öl in eine Ersatzlaterne und zündete den Docht an, so daß er leuchtend hell brannte. Dann stockte ihm der Atem.

Er hatte gewußt, daß der König mit Gewürzen handelte, aber nicht geahnt, in welchem Umfang. Der Lagerraum war bis zum Rand mit Kisten und Säcken vollgestellt. Weiter links standen die gewöhnlichen Küchengewürze in riesigen Behältern, genug, um die Burg das ganze Jahr über zu versorgen. Vorne standen kleinere Fässer mit Binnesmans medizinischen Kräutern und Ölen zum Abtransport bereit. Weit rechts lagen Tausende von Weinflaschen neben Fässern mit Bier, Whiskey und Rum.

Der Lagerraum reichte sicher einhundert Fuß tief in den Hang hinein.

Ein bedrohliches Durcheinander von Gerüchen breitete sich aus – getrocknete Gewürze, frische Gewürze, Staub und Moder. Gaborn wußte, er hatte ein sicheres Versteck gefunden. Hier unter der Erde, in den entlegenen Lagern unterhalb des Hügels, konnte ihn kein Jäger aufspüren.

Er schloß die große Tür, begab sich mit einer Laterne in eine entlegene Ecke des Kellers, stapelte ein paar Kisten aufeinander, um ein kleines Versteck zu bauen, dann legte er Rowan dahinter ab.

Er ließ sich neben ihr nieder, wärmte sie mit seinem Körper, und eine Weile schlief er an ihren Rücken geschmiegt.

Als er aufwachte, hatte Rowan sich umgedreht und sah ihm in die Augen. Er spürte einen Druck auf seinen Lippen und merkte, daß sie ihn gerade wachgeküßt hatte. Sie atmete leise.

Rowan hatte dunkle Haut, dichtes, glänzendes, schwarzes Haar und ein sanftes, einfühlsames Gesicht. Schön war sie nicht, entschied er, allenfalls hübsch. Nicht wie Iome oder gar Myrrima. Diese beiden waren mit Gaben gesegnet, die sie zu etwas Übermenschlichem machten. Die beiden hatten Gesichter, die einen Mann seinen Namen vergessen lassen oder ihn jahrelang verfolgen konnten, wenn er nur einen flüchtigen Blick auf sie geworfen hatte.

Sie küßte ihn abermals sanft und sagte leise: »Danke.«

»Wofür?« fragte Gaborn.

»Daß Ihr mich warmgehalten habt. Daß Ihr mich mitgenommen habt.« Sie schmiegte sich enger an ihn, breitete sein Gewand über sie beide aus. »Ich habe mich nie so … lebendig gefühlt … wie jetzt in diesem Augenblick.« Sie nahm seine Hand, legte sie an ihre Wange und wollte, daß er sie streichelte.

Gaborn traute sich nicht. Er wußte, was sie wollte. Sie war soeben für die Welt der Empfindungen wiedererweckt worden. Sie sehnte sich nach seinen Zärtlichkeiten – nach der Wärme seines Körpers, seinen Berührungen.

»Ich glaube nicht, daß … ich das tun sollte«, meinte Gaborn und drehte ihr den Rücken zu. Er spürte, wie sie sich verletzt und verlegen versteifte.
Er blieb einen Augenblick lang liegen, ohne auf sie zu achten, dann griff er in die Tasche seines Hemdes und zog das Buch hervor, das König Sylvarresta ihm zuvor am selben Tag gegeben hatte. *Die Chronik von Vhindyn ibn Owatt, Emir von Tuulistan.*
Der schafslederne Einband war weich und neu. Die Tinte roch frisch. Gaborn schlug das Buch auf und befürchtete, er würde die Sprache nicht lesen können. Doch der Emir hatte es bereits übersetzt.
Auf das Deckblatt hatte er mit ausladender, kräftiger Hand geschrieben:

Meinem geliebten Bruder in Rechtschaffenheit,
König Jas Laren Sylvarresta, zum Gruß!

Achtzehn Jahre ist es jetzt her, daß wir in der Oase nahe Binya zusammen zu Abend gegessen haben, trotzdem denke ich oft liebevoll an Euch. Es waren harte Jahre, voller Schwierigkeiten. Ich überreiche Euch ein letztes Geschenk: dieses Buch.
Ich bitte Euch, zeigt es nur jenen, denen Ihr vertrauen könnt.

Die Warnung versetzte Gaborn in Erstaunen. Am unteren Seitenrand war dem Emir der Platz ausgegangen, und er hatte auf eine Unterschrift verzichtet.
Er machte sich bereit, das Buch auswendig zu lernen. Mit

zwei Gaben der Geisteskraft war dies ein kühnes Unterfangen, aber nicht unmöglich.
Er las schnell. Die ersten zehn Kapitel erzählten vom Leben des Emirs – von seiner Jugend, seiner Ehe und den familiären Bindungen, den Einzelheiten der Gesetze, die er verfaßt hatte, seinen Taten. Die nächsten zehn erzählten von zehn Schlachten, die Raj Ahten geschlagen hatte, Feldzüge gegen ganze Königsgeschlechter.
Der Wolflord begann zuerst die kleineren Familien aus Indhopal zu vernichten, die er am meisten verabscheute. Es war nicht sein Ziel, Burgen einzunehmen oder eine Stadt bankrott zu machen, sondern ganze Ahnenreihen zu dezimieren. Denn im Süden verlangte der Ehrenkodex, daß man seine Verwandten rächte.
Umgeben von den Reitern aus Deyazz griff er in der einen Stadt einen Palast an, metzelte dann die Übereignerpferde derer hin, die der Stadt zur Hilfe kommen konnten, während er an einer anderen Front zusätzlich Kinder als Geiseln nahm. Er überwältigte seine Widersacher mit mehreren Attacken zur gleichen Zeit.
Gaborn erkannte rasch, daß Raj Ahten ein Meister der Täuschung war. Stets konnte man ein Messer in seiner rechten Hand aufblitzen sehen, während seine Linke mit etwas anderem beschäftigt war. Eine kleine Armee belagerte einen Königspalast in einem Land, während fünf weitere sich in die Eingeweide irgendeines Lords zwei Königreiche entfernt verbissen.
Schließlich erkannte er das Handlungsmuster dieser Angriffe. Das versetzte ihm einen fürchterlichen Schreck. Raj Ahten hatte Burg Sylvarresta mit nicht mehr als

seiner Anmut und weniger als siebentausend Rittern und Soldaten eingenommen. Sicher, er hatte die Unbesiegbaren mitgebracht, das Herzstück seiner Armee. Und doch blieben viele Fragen unbeantwortet. Raj Ahten hatte Millionen von Soldaten, die sich auf sein Kommando in Marsch setzen konnten.

Wo waren sie?

Gaborn las und staunte. Die Erzählungen über Raj Ahtens Schlachten enthielten kein geheimes Wissen. Der Emir legte Raj Ahtens Taktiken offen, aber ein guter Spion hätte genauso viele Informationen zusammentragen können.

Danach überflog er die Gedichte des Emirs, fand sie fad und ohne Kraft, reine Knittelverse, in denen jede Zeile auf einem vollen Reim endete, jede Zeile ein perfektes Versmaß aufwies.

Einige Gedichte waren Sonette, die dem Leser einschärften, eine bestimmte Tugend anzustreben, so wie die Gedichte, die man kleinen Kindern zum Lesenlernen gibt.

Doch nicht immer reimte der Emir in den Sonetten makellos. Manchmal schloß er mit einem Nichtreim, und beim schnellen Lesen hatte er das Gefühl, als sprängen ihm die Nichtreime ins Gesicht.

Gaborn mußte erst zehn Seiten lesen, bevor er zum erstenmal über einen dieser Nichtreime stolperte – in einem seltsamen Gedicht, einer Form, die *vermindertes Sonett* genannt wurde.

Gaborn konzentrierte sich jetzt auf dieses Gedicht, denn es trug Sylvarrestas Namen im Titel.

Ein Sonett für Sylvarresta

Über die nächtliche Wüste streicht der Wind,
Der wirbelnde Sand macht der Sterne Glanz blind.
Am Feuer ruhen wir auf Kissen, lesen
In den Büchern mächtiger Philosophie.
Oh, hier finden die Sterblichen Verstehen,
Männer, die lieben und in den Tod gehen.

Er stellte die Worte in jeder Zeile um und versuchte Sätze zu bilden, die eine verborgene Bedeutung enthielten. Gaborn wunderte sich über die Worte. Er sehnte sich nach den Zeiten zurück, als Menschen aus dem Norden offen durch Indhopal hatten reisen können. Erst kürzlich hatte er gehört, wie ein Händler diesen Zeiten mit den Worten nachtrauerte: »Früher gab es viele gute Menschen in Indhopal. Jetzt, so scheint es, sind sie alle tot – oder man hat sie durch Schrecken ins Unheil getrieben.«

Fünf Gedichte später stieß Gaborn auf ein weiteres Gedicht in der gleichen Form, hier jedoch fielen die Nichtreime in die ersten beiden Zeilen.

Gaborn dachte an die Nichtreime im vorangegangenen Gedicht zurück: »Lesen, Philosophie.« Und nun die Nichtreime hier: »Hinter, Rücken.«

Er blätterte rasch die folgenden fünf Seiten durch, entdeckte einen weiteren Nichtreim mit den Worten: »Saal, der Träume.«

»Lies Philosophie hinter dem Rücken. Saal der Träume«, murmelte er. Sein Herz klopfte. Die Lehren, die die Days im Saal der Träume lernten, waren für Menschen wie Gaborn verboten. Die Days würden diese Chronik sicherlich vernichten, wenn sie dahinterkämen, daß der Emir solches Wissen unter den Runenlords verbreitete.

Daher die Warnung des Emirs: »Zeige es nur denen, denen du vertrauen kannst.«

In den Rest des Buches warf er nur einen flüchtigen Blick. Der letzte Abschnitt war philosophischen Betrachtungen gewidmet – Abhandlungen über das »Wesen eines guten Prinzen«, in denen zukünftige Könige angehalten wurden, auf ihre Manieren zu achten und ihren Vätern nicht die Kehlen aufzuschlitzen, während sie darauf warteten, daß der alte Herr wegstarb.

Vorder- und Rückseite sowie der Buchrücken waren aus festem Leder, das mit einem weicheren Umschlag aus Schafsleder vernäht war.

Er sah sich um. Er hatte stundenlang gelesen. Rowan lag reglos da und atmete wie eine Schlafende.

Gaborn zog ein Messer heraus, zerschnitt die Fäden, die den Umschlag mit dem Buch verbanden.

Seit Generationen hatten sich seine Vorfahren gefragt, welche Lehren im Saal der Träume unterrichtet wurden. Ein Mann war gestorben, als er dieses Buch nach Sylvaresta hatte bringen wollen. Wahrscheinlich ohne Grund. Irgendein Spion hatte erfahren, daß es aus Tuulistan unterwegs war, und angenommen, daß darin vor Raj Ahtens Invasionsplänen gewarnt wurde. Also hatte der Spion einen Unschuldigen ermordet.

Doch Gaborn befürchtete – auch wenn dies vermutlich kaum vernünftig klang –, daß man auch ihn umbringen

würde, sollten die Days je dahinterkommen, daß er diese Lehren gelesen hatte.
Aus dem hinteren Buchdeckel fielen fünf dünne Blätter mit einem kleinen Diagramm und dem folgenden Brief heraus:

Mein lieber Sylvarresta!
Erinnert Ihr Euch noch an Binya, als wir über jene Männer sprachen, die gegen mich rebellierten und behaupteten, ich hätte mir ihre Brunnen einverleibt, um mein Vieh zu tränken? Man hatte mir beigebracht, als Prinz gehöre alles Land in meinem Reich mir, wie auch die Menschen darauf. Diese Dinge standen mir per Geburtsrecht zu, wurden mir von den Mächten gewährt. Also plante ich, die Männer für ihren Diebstahl zu bestrafen.
Ihr jedoch trugt mir auf, statt dessen mein Vieh zu schlachten, denn Ihr wart der Ansicht, jeder Mann sei auf seinem Land ein Lord, und das Leben meiner Tiere solle meinem Volk zugute kommen, nicht umgekehrt. Ihr sagtet, Runenlords könnten nur dann herrschen, wenn das Volk uns liebt und uns dient. Von ihm hängt es ab, ob wir regieren.
Eure Ansichten schienen wundersam exotisch, jedoch ich beugte mich Eurer Weisheit. Seitdem habe ich Jahre damit verbracht, darüber nachzudenken, was gerecht ist und was nicht.
Wir beide haben schon Bruchstücke von verbotenen Lehrsätzen aus dem Saal der Träume gehört, in letzter Zeit jedoch habe ich etwas höchst Geheimnisvolles von

dort erfahren. Ich überlasse Euch dieses Diagramm als Anleitung:

Die drei Sphären des Menschen:

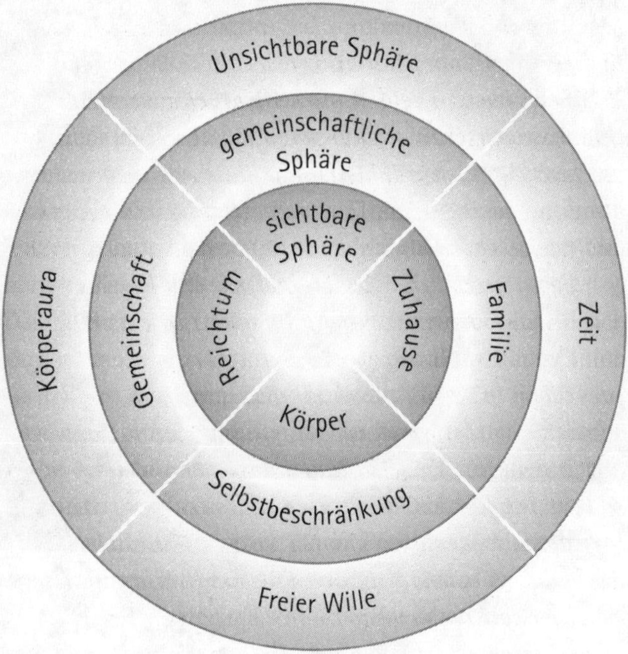

Im Saal der Träume bringt man den Days bei, selbst der häßlichste Spatz wisse, daß er ein Lord der Lüfte ist, und er im Herzen ahnt, daß ihm alles gehört, auf das sein Auge fällt.

In diesem Saal wird gelehrt, daß alle Menschen gleich sind. Jeder Mensch definiert sich als sein eigener Lord und erbt das Geburtsrecht dreier Sphären. Der sichtbaren Sphäre jener Dinge, die wir sehen und berühren können, der gemeinschaftlichen Sphäre, die aus unseren Beziehungen zu anderen besteht, und der unsichtbaren Sphäre – Bereiche, die wir nicht sehen können, die wir aber dennoch schützen.
Während manche lehren, daß die Mächte über Gut und Böse entscheiden, Könige in ihrer Autorität bestätigen oder Veränderungen der Zeit und den Umständen entsprechend festlegen, so sagen die Days, das Verständnis für Gut und Böse sei uns angeboren, und die gerechten Gesetze der Menschheit stünden in unseren Herzen geschrieben. Sie lehren, die drei Sphären seien das einzige Mittel, mit dem die Menschheit Gut und Böse unterscheidet.
Verletzt ein Mann unsere Sphäre, trachtet er danach, uns unser Geburtsrecht zu nehmen, so nennen wir ihn ›böse‹. Trachtet ein Mann nach unserem Besitz oder Leben, greift er unsere Familie, unsere Ehre oder unsere Gemeinschaft an, hat er es auf unseren freien Willen abgesehen, dürfen wir uns zu Recht verteidigen.
Andererseits beschreiben die Days Güte als freiwillige Vergrößerung der Sphäre eines anderen. Schenkt Ihr mir Geld oder Besitz, laßt Ihr mir eine Ehre zuteil werden oder fordert Ihr mich auf, Euer Freund zu sein, seid Ihr hilfsbereit, dann bezeichne ich Euch als gut.

Diese Lehren der Days sind in ihren Folgerungen so anders als das, was ich von meinem Vater gelernt habe. Der lehrte mich, die Mächte hätten mich zum Lord meines Reiches bestimmt. Es war mein Recht, daher konnte ich mir eines jeden Mannes Besitz aneignen, die Liebe einer jeden Frau – denn diese Dinge gehörten mir.
Jetzt bin ich verwirrt. Ich halte daran fest, was mein Vater mich lehrte, doch in meinem Herzen spüre ich, daß dies nicht richtig ist.
Ich fürchte, alter Freund, wir unterliegen dem Urteil der Days, und dieses Diagramm gibt den Maßstab vor, an dem wir gemessen werden. Ich weiß, wie sie uns beeinflussen wollen – denn nach ihrem eigenen Maßstab wäre es ›böse‹, uns zu töten.
In einigen Büchern steht, die Glorien hätten die Lords mit den Days gepaart – in alter Zeit jedoch wurden die Days ›die Hüter der Träumer‹ genannt. So frage ich mich also: Ist es möglich, daß die Days uns auf seltsame Art beeinflussen wollen? Beeinflussen sie unser Hoffen und Streben? Seltsam genug, daß sie die Chronik unseres Lebens schreiben – doch stimmt die Chronik überhaupt? Haben die Helden, deren Nachahmung wir anstreben, überhaupt existiert? Waren diese Männer nach ihrem eigenen Verständnis Helden? Oder wollen die Days die Wahrheit zu Zwecken manipulieren, die wir nicht einmal ahnen?
Also habe ich heimlich diese Chronik geschrieben und Euch geschickt. Ich werde alt. Mein Leben neigt sich dem Ende zu. Wenn ich sterbe und die Days die

Geschichte meines Lebens niederschreiben, möchte ich, daß Ihr die beiden Chroniken vergleicht. Welchen Abschnitt meines Lebens werden die Days auslassen? Welchen Abschnitt werden sie beschönigen?

Lebt wohl,
mein Bruder in Rechtschaffenheit.

Gaborn las das Schriftstück mehrmals. Die Lehren der Days wirkten nicht besonders tiefgründig. In Wahrheit wirkten sie eher einleuchtend und geradeaus. Er sah keinen Grund, wieso sie geheimgehalten werden sollten, schon gar nicht vor den Runenlords.

Trotzdem hütete der Emir diese Schriften und fürchtete eine nicht näher zu benennende Vergeltung.

Gaborn wußte aber, daß kleine Dinge manchmal sehr mächtig sein konnten. Als Kind von fünf Jahren hatte er oft versucht, die riesigen Hellebarden hochzuheben, die die Gardisten seines Vaters in die Fallgatter bohrten. In diesem Alter hatte er die erste Gabe an Muskelkraft bekommen, und gleich darauf war er hinausgegangen und konnte den Spieß nun mühelos hochheben und schwenken. Eine einzige Gabe der Kraft schien eine ungeheure Sache. Jetzt, als Runenlord, wußte er, daß es gar nichts war.

Dennoch erstaunten ihn diese Lehren. Beim Lesen dieser Lehren aus dem Saal der Träume fragte er sich, ob es möglich war, nach den Maßstäben der Days ein »guter« Runenlord zu sein. Wer Gaben übereignete, bedauerte dies gewöhnlich nach kurzer Zeit. Doch war die Gabe einmal übernommen, konnte dies nicht mehr rückgängig gemacht werden. Von diesem Augenblick an wurde jede Gabe, die ein Runenlord besaß, von den Days als Übertretung angesehen.

So fragte sich Gaborn, ob irgendwelche annehmbaren Umstände existierten, unter denen es Rechtens war, daß jemand eine Gabe abtrat. Vielleicht, wenn zwei Menschen ihre Kräfte vereinen wollten, um gegen ein mächtiges Unheil anzukämpfen. Das war jedoch nur möglich, wenn er und sein Übereigner sich einig waren.

Doch im Kern der Lehren der Days gab es ein Konzept, das er kaum begriff: jedermann ist ein Lord. Alle Menschen sind gleich.

Gaborn stammte von *Erden Geboren* selbst ab, der Leben gab und nahm, den die Erde selbst zum König ernannt hatte. Wenn die Mächte einen Mann dem anderen vorzogen, dann konnte man die Menschen nicht als gleich betrachten. Er fragte sich, wo der Ausgleich lag, glaubte, daß er kurz davor stand, erleuchtet zu werden.

Er hatte sich immer als rechtmäßigen Lord seines Volkes betrachtet. Aber er war auch sein Diener. Es war die Pflicht eines Runenlords, seine Untertanen zu beschützen, sie mit seinem Leben zu verteidigen.

Die Days waren der Ansicht, alle Menschen seien Lords. Hieß das, daß niemand ein gewöhnlicher Mensch war? Hatte Gaborn damit kein Anrecht auf den Rang eines Lords?

Während der letzten Tage hatte er darüber nachgedacht, ob er ein guter Prinz sei. Er hatte sich mit dieser Frage abgequält, jedoch keine endgültige, eindeutige Antwort

gefunden. Nun versuchte Gaborn, die Lehren der Days und ihre Folgerungen auf die Welt zu übertragen.
Während er so auf dem Kellerboden lag, begannen diese Thesen, sein Denken für alle Zeit zu verändern.
Was den Selbstschutz anbelangte, fragte sich Gaborn, wie konnte er sich selber schützen, ohne die Sphären eines anderen zu verletzen? Dem Diagramm zufolge wies der äußere Ring, der Ring der unsichtbaren Sphäre, Unterteilungen auf, die sich im Vagen hielten. Wo endete die Körperaura eines Mannes, wo begann die eines anderen?
Vielleicht, überlegte Gaborn, gab es eine Liste allgemein gültiger Reaktionen. Wenn jemand deine unsichtbare Sphäre verletzt, sollst du ihn warnen. Einfach mit ihm sprechen. Wenn er aber deine gemeinschaftliche Sphäre verletzt, wenn er es, sagen wir, darauf abgesehen hat, deinen Ruf zu ruinieren, mußt du den Fall anderen vortragen und diese Person öffentlich zur Rechenschaft ziehen.
Versucht aber jemand, deine sichtbare Sphäre zu verletzen, wenn er beabsichtigt, dich zu töten oder deinen Besitz zu rauben, dann sah Gaborn keinen anderen Ausweg, als zu den Waffen zu greifen.
Vielleicht war das die Antwort. Ihm schien es, als würden die Sphären zunehmend persönlicher, je weiter man sich vom äußeren Kreis auf den inneren zubewegte. Die Verteidigung der privateren Sphäre verlangte also nach einem wirkungsvolleren Vorgehen.
Aber wäre das gut? Wie kam hierbei Güte ins Spiel? Eine maßvolle Reaktion schien gerade in dieser Hinsicht an-

gebracht, doch das Diagramm legte Gaborn nahe, daß Gerechtigkeit und Tugend nicht dasselbe waren. Ein guter Mensch vergrößerte die Sphären von anderen, schützte nicht bloß seine eigene. Daher mußte man sich bei der Ausübung von Gerechtigkeit entscheiden: War es in einer bestimmten Situation besser, ein gerechter Mann zu sein oder ein guter?

Gebe ich dem Mann etwas, der mich beraubt? Lobe ich den Mann, der mich verleumdet?

Wenn Gaborn gut sein wollte, blieb ihm kaum etwas anderes übrig. Aber wenn er ein Beschützer seines Volkes sein wollte, war das nicht ebenso gut? Und wenn er danach trachtete, sein Volk zu schützen, konnte er es sich nicht leisten, tugendhaft zu sein.

Diese Lehren waren verwirrend. Vielleicht verbargen sie ihre Theorien aus Mitleid vor den Runenlords. Nach den Maßstäben der Days war es schwer für einen Mann, tugendhaft zu sein. Raj Ahten hat es auf mein Reich abgesehen. Ihren Maßstäben zufolge müßte ich es ihm, wäre ich »gut«, schenken.

Vielleicht bestand die größere Tugend eines Lords darin, unabhängig zu sein?

Er fragte sich, ob die Days selbst überhaupt den tieferen Sinn ihres Diagramms begriffen. Möglicherweise waren es nicht drei Sphärenkreise, sondern mehr. Vielleicht konnte er, wenn er die einzelnen Typen innerhalb der Sphären umgruppierte, so daß neun Kreise entstanden, besser abschätzen, wie man auf die Verletzung eines von ihnen reagieren sollte.

Er dachte über Raj Ahten nach. Der Wolflord verletzte

die Sphären der Menschen auf jeder Ebene. Er nahm ihnen ihren Besitz und ihr Zuhause, zerstörte Familien, mordete, vergewaltigte und nahm Sklaven.

Gaborn mußte sich und sein Volk vor dieser Bestie schützen, die die Welt verwüsten würde. Aber er konnte Raj Ahten nicht einfach Angst einjagen, konnte den Mann weder einschüchtern noch vernünftig mit ihm sprechen oder ihn entmutigen, indem er ihn beim Volk bloßstellte.

Gaborn konnte nur eines zur Rettung seines Volkes tun: einen Weg finden, Raj Ahten zu töten.

Er lauschte aufmerksam auf die Erde, ob dies ihr Wille sei, spürte jedoch keine Reaktion – kein Beben des Bodens und kein brennendes Verlangen in seinem Herzen.

Zur Zeit kam er nicht an den Wolflord heran. Raj Ahten war zu mächtig. Trotzdem glaubte Gaborn ihm nachspionieren und vielleicht herausfinden zu können, wie er ihn am besten verwunden konnte. Vielleicht besaß sein Feind besonders geschätzte Übereigner, die ihn begleiteten, oder vielleicht trieb ein bestimmter Berater den Wolflord unablässig zu Eroberungen an.

Eventuell konnte Gaborn Derartiges aufdecken. Aber zuerst mußte er näher an ihn heran. Er mußte einen Weg in die inneren Bereiche der Burganlage finden.

Ob die Erde wohl einverstanden damit wäre? Soll ich gegen Raj Ahten kämpfen? Breche ich meinen Eid, wenn ich es tue?

Es schien ein guter, ein gewagter Plan zu sein, dem Wolflord nachzuspionieren, seine Schwächen in Erfahrung zu bringen. Gaborn hatte sich bereits eine Art Tarnung in der Burg der Übereigner verschafft, als Aleson der Eiferer.

Wenn sie kurz nach Tagesanbruch ans Tor des Bergfrieds der Übereigner gingen und ein paar Gewürze mitnähmen, konnten sie sich vielleicht Einlaß verschaffen.

Die ganze Nacht über lag Gaborn wach und grübelte …

Die Sonne ging rosa im Osten auf, und fröstelnd schlichen sich Gaborn und Rowan am frühen Morgen aus dem Gewürzlager, kleine Päckchen mit Petersilie und Pfefferminze in der Hand. Vom Fluß kroch Bodennebel hoch, über die Mauern hinweg, und legte sich wie eine Decke über die Felder. Die aufgehende Sonne färbte den dichten Dunst golden.

Draußen vor der Tür blieb Gaborn stehen und schmeckte den Nebel. Er hatte den eigenartigen, durchdringenden Geruch von Meersalz, der eigentlich gar nicht hätte dasein sollen. Fast hörte er die Möwen schreien und sah Schiffe, die aus dem Hafen ausliefen. Er löste in ihm eine Sehnsucht nach der Heimat aus – Gaborn glaubte aber, daß er sich den Geruch nur einbildete.

Die morgendlichen Geräusche unterschieden sich nicht von anderen Tagen. Noch immer irrten Rinder und Schafe in der Burganlage umher, ihr Muhen und Blöken erfüllte die Luft. In ihren Nestern zwischen den Schornsteinen der Häuser krächzten lauthals Dohlen. Der Schmiedehammer klirrte, und aus der Küche des Bergfrieds der Soldaten konnte man riechen, wie frisches Brot gebacken wurde. Doch über dem üppigen Duft des Essens, sogar über dem Meeresdunst, lag der beißende Geruch verbrannter Gräser.

Gaborn hatte keine Angst, entdeckt zu werden. Er und Rowan waren wie gewöhnliche Menschen gekleidet, wie anonyme Bewohner der Burganlage.

Das Mädchen führte ihn eine nebelverhangene Straße hinauf, bis sie eine alte Hütte erreichten, nahe der Stelle, wo der Garten des Zauberers gelegen hatte. Wein kletterte die Rückwand der Hütte hinauf. Nur ein kurzer Frost war nötig, um den Trauben ihre Süße zu geben.

Die beiden schlugen sich den Bauch mit den Weinbeeren voll, denn sie wußten nicht, was sie an diesem Tag noch zu essen bekommen würden. Als jemand in der Klause hustete, erhob sich Gaborn, bereit, zu verschwinden. Jemand polterte in der Kate herum und humpelte, auf einen Stock gestützt, hin und her. Es war nur eine Frage der Zeit, bis der Bewohner nach draußen kam.

Gaborn zog Rowan hoch, als auf den Feldern südlich der Burg Jagdhörner erschollen.

Dem scheppernden Klang der Hörner folgte augenblicklich ein Grunzen und Kreischen. Gaborn stieg den Hügel ein wenig höher hinauf, um über die Mauer auf die nebelverhangenen Felder blicken zu können. Der Fluß lag im Osten, die Äcker dahinter. Die Bäume des Dunnwalds standen auf einer Anhöhe auf der anderen Talseite im Süden.

Am Waldrand des Südhanges sah er plötzlich eine Bewegung im Dunst: das Blinken von stählernen Rüstungen, Spitzenhauben, erhobenen Lanzen. Reiter eilten am Waldrand entlang, flogen im leichten Galopp dahin.

Vor ihnen rannten über tausend Nomen, schwarze Schatten, die sich schwerfällig entsetzt kreischend und heulend auf allen vieren über den Erdboden fortbewegten. Die Nomen flohen aus dem Wald, hielten, halb geblendet vom Tageslicht, auf die Burg zu.

Da – Gaborn entdeckte an der mitternachtsblauen Tracht des Hauses Orden den grünen Ritter.

Er konnte es nicht fassen – sein Vater griff die Burganlage an.

Nein! wollte er brüllen.

Der Angriff war Selbstmord. Sein Vater hatte nur ein paar Mann als Gefolge mitgebracht. Sie waren als leichte Eskorte mitgekommen – reiner Zierat – und auf einen Krieg nicht vorbereitet! Sie hatten keine Katapulte dabei, keine Zauberer, keine Wurfgeschütze.

Als Gaborn das erkannte, wurde ihm klar, daß es kaum eine Rolle spielte. Sein Vater wußte, daß er sich in der Burg Sylvarresta befand, und die Festung war gefallen. Sein Vater würde alles tun, was er für nötig hielt, um seinen Sohn wiederzubekommen.

Diese Erkenntnis, die Vorstellung, daß er mit seiner Dickköpfigkeit, seiner Dummheit plötzlich das Leben so vieler Menschen in Gefahr brachte, erfüllte Gaborn mit Schuldgefühlen und Entsetzen.

Auch wenn die Soldaten seines Vaters nur als »Zierat« mitgekommen waren, wie Zierat kämpften sie nicht. Die Pferde stürzten sich den Hang hinab, wühlten den Nebel auf, ihre Reiter hatten die Äxte hoch erhoben. Er sah Nomen vor den Klingen der Ritter davonrennen. Sie kreischten vor Entsetzen, ihre gelben Fänge klafften weit auseinander. Einige Nomen drehten sich um und stemmten die Knäufe ihrer Speere in den Morast.

Die Ritter seines Vaters stürmten auf gepanzerten Pferden voran, Lanzen zersplitterten, Äxte senkten sich, Blut und Schlamm und Fell füllte die Luft, dazu das Geheul der Nomen, die Schreie der Sterbenden.

Von Süden her hörte er das Donnern von Hufen. Hunderte von Stimmen erhoben sich zu einem einzigen Schrei, dem Schlachtruf: »Orden! Orden, der Tapfere!«

Als Antwort ertönte von Osten ein gewaltiges Gebrüll. Ein Truppenkontingent aus Frowth-Riesen stürmte über die Felder auf der anderen Seite des Flusses, hielt von den östlichen Feldern aus auf den Dunnwald zu – achtzig Riesen, die sich schwerfällig wie Hügel durch den Nebel bewegten.

Von den Burgmauern wurden die Rufe der Wachen und der Klang von Hörnern herübergetragen, die Raj Ahtens Soldaten aus ihren Betten scheuchten und in die Schlacht beorderten. Gaborn hatte Angst, der Wolflord könnte seine Ritter auf das Schlachtfeld schicken. Haus Orden besaß höchstens ein Truppenkontingent von zweitausend Mann, es sei denn, seinem Vater war es gelungen, Verstärkung von einer der kleineren Burgen Sylvarrestas mitzubringen.

Die Befürchtung erwies sich als grundlos. Er hörte die Rufe am Südtor und das Klirren der Ketten, als die Zugbrücke hastig hochgezogen wurde. Der Nebel im Tal war so dicht, daß Gaborn nicht erkennen konnte, ob einer der Nomen es über die Brücke schaffte.

Dann erkannte er, daß Raj Ahten jetzt keinen Ausfall

machen würde. Gut möglich, daß er nicht abschätzen konnte, wie groß die Streitmacht war, die Orden mitgebracht hatte. Griff er an, würde er möglicherweise von einer großen Streitmacht in den Hinterhalt gelockt, der er nicht standhalten konnte. Schließlich war es eine übliche Taktik, die Verteidiger einer Burg durch scheinbar unterlegene Angreifer herauszulocken.

Von Osten her wehte ein ungünstiger Wind, und plötzlich verdichtete sich der Nebel. Gaborn konnte von der Schlacht nichts mehr erkennen. Selbst die Riesen gingen im Dunst unter.

Aber er hörte das angsterfüllte Wiehern von Pferden und die Schlachtrufe des Hauses Orden. Vom Hügel auf der anderen Talseite klangen Hörner herüber – zwei kurze Stöße, ein langer. Der Befehl, sich neu zu formieren.

»Komm!« forderte Gaborn Rowan auf und ergriff ihre Hand. Zusammen rannten sie die Straße hoch.

In der Stadt herrschte Chaos. Raj Ahtens Soldaten warfen eilig ihre Rüstungen über und eilten zu den Stadttoren. Während Gaborn und Rowan zur Königspforte liefen, zu den Fallgattern, durch die man in das Geschäftsviertel kam, ließen die Soldaten gerade das Gatter herunter. Sie befahlen ihnen, zurückzubleiben.

In diesem Augenblick kamen über fünfhundert Soldaten vom Bergfried des Königs heruntergerannt und versuchten, die äußere Mauer zu erreichen. Eine kleine Herde aufgeschreckten Viehs stob in dem Versuch zu fliehen vor ihnen mal in diese, mal in jene Richtung auseinander.

In diesem Durcheinander schulterten Gaborn und Rowan ihre Bündel mit Gewürzen und rannten durch das Fallgatter auf den Marktplatz.

Das Marktviertel wurde nicht verteidigt. Raj Ahtens Männer hatten noch keinen Plan gefaßt, wie sie sich gegen den Angriff wehren wollten.

Keiner von Raj Ahtens Soldaten war bestimmten Türmen zugeteilt. Gaborn beobachtete die Mauer und sah Dutzende von Männern an die Katapulte eilen, andere bemannten die Türme an den Ecken der Burg – doch Raj Ahtens Truppen waren dünn gesät. Einige stürmten auf die äußere Mauer zu, andere besetzten die Wehrgänge im Bergfried der Übereigner.

Praktisch niemand bemannte den zweiten Verteidigungswall, die Königsmauer.

Unten auf der Ebene vermischten sich die Schreie der Nomen, das Wiehern der sterbenden Pferde und das Gebrüll der Riesen mit den Schlachtgesängen der Ritter des Hauses Orden. Ihre tiefen Stimmen besangen die Herrlichkeit des Krieges.

Gaborns Vater hatte stets darauf bestanden, daß jeder Krieger aus seiner persönlichen Leibgarde drei Gaben der Stimme besaß, damit Befehle mühelos über das Schlachtfeld gerufen und weitergegeben werden konnten. Doch so, aus dichtem Nebel aufsteigend, hatte Gaborn den Totengesang der Krieger des Hauses Orden noch nie gehört. Die Wucht ihres Liedes erschütterte Burg Sylvarresta bis ins Mauerwerk und hallte von Hang zu Hang. Es war ein Gesang, der dem Gegner das Grauen in die Herzen pflanzen sollte.

«Kämpft voller Ehre, kämpft voller Glut,
Ihr mächtigen Männer von Orden!
Schlagt Eure Feinde auf den Feldern voll Blut,
Ihr blutigen Männer von Orden!«

Sterbende Pferde wieherten laut im Todeskampf – und zwar viele Pferde. Gaborn begriff erst, was geschah, als er sah, daß Raj Ahtens Reittiere noch immer auf dem gegenüberliegenden Hang angebunden waren. Die Truppen seines Vaters schlachteten die Rösser des Wolflords ab!

Gaborn und Rowan machten auf der gepflasterten Straße zweihundert Schritt unterhalb des Bergfrieds des Königs halt, ließen den Blick über das nebelverhangene Grün schweifen und versuchten, die Schlacht zu verfolgen, irgend etwas zu erkennen, als Gaborn plötzlich mehrere Soldaten bemerkte, die an ihm vorüberrannten.

Er drehte sich um, gerade als ein stämmiger Soldat ihn auf die Seite stieß und brüllte: »Aus dem Weg!«

Und da, in einem schwarzen Schuppenpanzer, die weißen Eulenflügel weit geschwungen auf seinem schwarzen Helm, eilte Raj Ahten zusammen mit seiner Leibgarde vorbei, mit seinen Beratern und seinem Days. Drei erschöpfte Flammenweber liefen neben ihm her.

Fast hätte Gaborn nach dem Degen gegriffen, um auf den Runenlord einzuschlagen, doch er wußte, das wäre töricht. Er drehte sich um, da ihm die Zornesröte ins Gesicht stieg.

Raj Ahten stürmte auf Armeslänge an ihm vorbei und brüllte seinen Wachen Befehle auf indhopalisch zu:

»Macht eure Leute und Pferde bereit! Ihr Flammenweber – zu den Mauern. Schickt Feuerschnüre von hier bis in die Wälder, damit wir in dem Nebel etwas sehen können. Ich leite den Gegenangriff! Verdammt sei dieser unverschämte Orden!«

»Das ist kein natürlicher Nebel«, meinte ein Flammenweber, »sondern der Nebel eines Wasserzauberers.«

»Rahjim, wollt Ihr mir weismachen, Ihr hättet Angst vor einem jungen Wasserzauberer, dem noch nicht mal Kiemen wachsen?« höhnte Raj Ahten. »Von Euch erwarte ich mehr. Dieser Nebel wird Orden ebensoviel schaden, wie er ihm nützt.«

Der Zauberer schüttelte besorgt den Kopf. »Irgendeine Macht kämpft gegen uns. Ich spüre es!«

Gaborn hätte die Hand ausstrecken und den Wolflord berühren, ihm den Kopf abschlagen können, aber er verhielt sich ruhig. Diese Gelegenheit vorbeistreichen lassen zu müssen, war bedrückend. Während Raj Ahten und seine Soldaten die Marktstraße hinunterstürzten, versuchte er ungeschickt, seinen Degen zu ziehen.

»Nicht!« zischte Rowan, packte sein Handgelenk und drückte die Klinge in die Scheide zurück.

Sie hatte recht. Doch als er sich die Straße genau besah, stellte er fest, daß dies der perfekte Platz für einen Hinterhalt war. Normalerweise öffneten die Läden erst in zwei Stunden – und dieser Tag war alles andere als normal. Vielleicht machten sie überhaupt nicht auf.

Die Marktstraße bog nach Südwesten ab, so daß man trotz der Nähe zum Bergfried des Königs und der inneren Verteidigungsanlagen der Stadt weder von den Mauern oben noch von denen unten gesehen werden konnte. Die dreistöckigen Gebäude aus Stein machten dies unmöglich.

Gaborn blieb stehen. Die morgendlichen Schatten waren noch immer tief, die Straße menschenleer. Er überlegte, ob er warten sollte, bis Raj Ahten die gepflasterte Straße wieder hinaufkäme.

Er blickte hinauf zum Bergfried des Königs.

Eine Frau kam auf ihn zugerannt, eine Frau in einem mitternachtsblauen Gewand, das unschicklich verknotet war und ihre spitzen Brüste halb entblößte. In ihrer rechten Hand trug sie eine silberne Kette mit einer kleinen Metallkugel, in der man Weihrauch schwelen ließ. Der Weihrauch in der Kugel jedoch brannte lichterloh. Lichter tanzten irre in ihren dunklen Augen, und ihr Kopf war kahl. Ihre Körperhaltung war von einer solchen Autorität, daß Gaborn wußte, sie mußte jemand Wichtiges sein.

Erst als sie ihn fast erreicht hatte, spürte er ihre Hitze – das trockene Brennen unter ihrer Haut – und wußte, daß sie eine Flammenweberin war.

Die Frau blieb mit einem Ruck stehen, sah ihn an, als erkenne sie ihn wieder. »Du!« rief die Flammenweberin.

Er überlegte nicht. Er wußte mit jeder Faser seines Seins, daß sie sein Feind war. In einer fließenden Bewegung zog er seine Klinge, riß sie nach oben und trennte der Frau den Kopf vom Rumpf.

Rowan japste erschrocken auf, schlug sich die Hand vor den Mund und wich zurück.

Einen Sekundenbruchteil lang blieb die Frau stehen, den

Weihrauchbrenner in der Hand, während ihr Kopf nach hinten flog.
Dann verwandelte sich ihr ganzer Körper in eine grüne Flammensäule, die zum Himmel hinaufschoß. Ihre Hitze ließ die Steine zu ihren Füßen schreiend protestieren, verbrannte ihren Leib im Bruchteil einer Sekunde, und Gaborn spürte, wie seine Brauen sich kräuselten und versengt wurden. Die Klinge des Degens ging in Flammen auf, als wäre sie mit einem Fluch belegt, und das Feuer raste die blutverschmierte Klinge hinauf zum Griff, woraufhin Gaborn das Ding zu Boden schleuderte.
Obendrein fühlte er sich irgendwie genötigt, seine Scheide abzureißen und sie ebenfalls zu Boden zu schleudern – als könnte sie wegen ihrer langen Verbindung mit dem Degen ebenfalls in Flammen aufgehen.
Zu spät erkannte er seinen Fehler, die Flammenweberin getötet zu haben.
Eine mächtige Flammenweberin kann nicht getötet werden. Man kann sie entleiben, und mit der Zeit wird sie sich auflösen und eins mit ihrem Element werden. Aber gibt es eine Zeitspanne, einen Augenblick der Bewußtheit zwischen Tod und Auflösung, in der die volle Kraft einer Flammenweberin freigesetzt wird, in der sie sich mit dem Element, dem sie diente, verbindet.
Gaborn wankte zurück und riß Rowan mit sich. Selbst im Tod trachtete die Flammenweberin danach, ihre menschliche Form zu wahren, so daß im einen Augenblick eine gewaltige Feuersäule in den Himmel stieg und im nächsten eine riesige Frau aus Flammen, gut achtzig Fuß groß, Gestalt anzunehmen begann.

Das Inferno formte sich zu einem Körper – einer wundersam kompakten Ansammlung topas- und smaragdfarbener Flammen – mit perfekt gestalteten Wangen und Augen. Die kleinen Brüste und festen Muskeln ihrer Beine, all das wurde mit bewundernswerter Genauigkeit reproduziert. Sie stand da wie verwirrt, blickte blind nach Süden und nach Osten, von wo der Lärm der Schlacht herüberwehte.

Die Urgewalt der Flammenweberin streckte neugierig die Hand aus und berührte den Dachfirst eines alten Ladengeschäfts auf der Marktstraße. Als sie mit der feurigen Hand Halt gefunden hatte, schmolz das Blei des Daches und begann, geschmolzen aus den Regenrinnen abzulaufen.

Dies war ein wohlhabendes Viertel, und viele der Läden besaßen große Glasfenster, die unter der sengenden Hitze zerplatzten. Türen und Schilder aus Holz loderten auf.

Doch die Urgewalt war nicht bei vollem Bewußtsein. Die Flammenweberin hatte vielleicht noch gar nicht mitbekommen, daß man sie ermordet hatte. Noch war er ein paar Augenblicke sicher, so hoffte Gaborn.

Dann würde sie ihn angreifen.

»Lauf!« zischte Gaborn und zog Rowan mit.

Doch die stand da, erschüttert, entsetzt, denn die heftige Hitze hatte sie erfaßt und setzte ihr mehr zu als ihm. Rowan schrie vor Schmerz, ihre neuerwachten Nerven litten unter der Nähe der Urgewalt.

Links von ihm befand sich ein Porzellanladen. Gaborn hoffte, daß er einen Hintereingang hatte, als er den Arm hob und, Kopf voran, durch die Glasscheibe sprang.

Glassplitter regneten auf ihn herab, und er fühlte Schnittwunden auf seiner Stirn, wagte aber nicht stehenzubleiben, um die Verletzungen zu untersuchen. Er packte Rowan, zog sie durch das Chaos und rannte in den hinteren Teil des Ladens, zerrte Rowan zu einer kleinen Tür, die in eine Werkstatt führte, und drehte sich so zeitig um, daß er sah, wie eine feurig-grüne Hand durch das Ladenfenster nach ihnen griff.

Ein grüner Finger berührte Rowans Rücken, und die junge Frau stieß einen Schrei aus, der ihm durch Mark und Bein ging, als das Feuer sie durchbohrte wie ein Schwert. Eine lange Flammenzunge trat durch ihren Bauch aus.

Der gequälte Blick in ihren Augen, ihr entsetzlicher Todesschrei überraschte Gaborn, und er ließ ihre Hand los. Ihm war, als würde das Gewebe seines Hirns zerrissen. Doch konnte er nichts mehr für sie tun.

So rannte er durch die Tür hinaus, schlug sie krachend hinter sich zu, stürmte in eine Werkstatt. Überall lagen Meißel und Schnitzmesser eines Holzschnitzers herum, und Späne lagen verstreut auf dem Fußboden.

Warum sie? fragte sich Gaborn. Wieso hat die Urgewalt sie angegriffen und nicht mich?

Es gab hier eine von innen verriegelte Hintertür. Er warf den Riegel zurück und spürte, wie eine Wand aus Hitze ihn von hinten jagte. Er rannte hinaus in die Gasse.

Schon wollte er nach links in eine Sackgasse, entschied sich dann aber für die andere Richtung. Er rannte in eine schmale Straße mit Geschäften, gerade mal zwölf Fuß breit.

Gaborn fühlte sich allein gelassen, verletzt, er mußte an Rowans Gesicht denken, an ihren Tod. Er hatte sie nur beschützen wollen und statt dessen umgebracht. Noch immer konnte er es kaum fassen, wollte zurück, um sie zu holen.

Er bog um die nächste Ecke.

Zwei von Raj Ahtens Schwertkämpfern standen keine zwanzig Fuß von Gaborn entfernt, die Augen ängstlich aufgerissen. Beide stolperten rückwärts, wollten, blind gegen Gaborn, fliehen.

Gaborn drehte sich um, wollte sehen, was sie anstarrten. Die Urgewalt der Flammenweberin war auf ein Dach gestiegen, das sic jetzt ritt wie einen Liebhaber. Überall aus dem Dach schossen Flammen hoch, ein entsetzliches Inferno aus erstickendem Qualm, der schwarz wie die Nacht hervorquoll.

Die Urgewalt verlor ihre weibliche Gestalt – die Flammen züngelten gierig, reckten sich in jede Richtung, um alles zu zerstören. Wenn eine Flamme ein Gebäude berührte, nahm die Urgewalt an Kraft und Größe zu und verlor dabei zunehmend ihre menschliche Gestalt.

Das feurige Weiß in ihren Augen zuckte umher, suchte alle Richtungen ab. Hier gab es einen Marktplatz, den man in Brand setzen konnte – dahinten die hölzernen Stände des ärmeren Marktes. Nach Osten hin lagen die Stallungen und im Süden der nebelverhangene Dunnwald, wo sich Todesangst und Entsetzen in lauten Schreien Luft verschafften.

Ihr Blick ging über Gaborn hinweg und schien sich auf die Soldaten, eine Armeslänge entfernt, zu konzentrie-

ren. Die beiden rannten davon. Gaborn stand nur einfach da, aus Angst, die Urgewalt könnte wie ein Wicht durch Bewegung angelockt werden.
Dann sah die Urgewalt nach hinten zu den niedrigen Hügeln des Dunnwaldes, dessen Bäume aus dem Nebel ragten. Der Leckerbissen war zu köstlich, als daß die Urgewalt ihn sich hätte entgehen lassen können. Die Flammenweberin verwandelte sich in ein gefräßiges Ungeheuer, einen Verschlinger. Die steinernen Gebäude des Marktes boten wenig Nahrung.
Sie streckte die Hand aus, umschloß einen Glockenturm und zog sich senkrecht hoch, dann raste sie, die Beine aus Flammen über den Dächern spreizend, auf den Wald zu.
Unten wurden Schreie des Entsetzens laut, als sie die Fallgatter der Königspforte erreichte. Soldaten, die die Türme zu beiden Seiten des Torwegs bemannten, gingen bei ihrem Näherkommen in Flammen auf, fielen als brennende Körper zu Boden, wie Fleischbrocken, die am Spieß eines Lagerfeuers schmorten.
Freund, Feind, Baum oder Haus – die Urgewalt der Flammenweberin scherte sich nicht darum, was sie verschlang. Um eine bessere Sicht zu haben, kletterte Gaborn eine Außentreppe hinter einer Schenke hoch. Dort hockte er sich gleich unter der Traufe eines Daches hin. Die steinernen Türme zu beiden Seiten des Fallgatters wurden rissig und schwarz vor Hitze, als die Urgewalt vorüberzog. Die eisernen Stäbe des Fallgatters schmolzen.
Als sie in den unteren Innenhof weitereilte, zu den

Stadttoren, erhoben sich Hunderte von Stimmen wie ein Mann und brüllten Furcht und Grauen heraus.
Bei den äußeren Toren angekommen, verlor die Flammenweberin vollends ihre menschliche Gestalt und verwandelte sich statt dessen in eine schleichende Feuersäule. Sie erklomm die Stadtmauer gleich oberhalb der Zugbrücke und stand einen Augenblick über den Türmen, vielleicht aus Angst vor dem Burggraben. Ein Gesicht flackerte in den Flammen auf, das Gesicht einer Frau, das sich sehnsuchtsvoll nach den hölzernen Hütten im unteren Teil der Stadt umsah, unten beim Butterweg.
Dann sprangen die Flammen über die Mauer, über den Burggraben hinweg und rasten über die Felder auf den Dunnwald zu.
Gaborn wurde sich wieder des fernen Schlachtlärms bewußt, der Hörner der Soldaten seines Vaters, die auf den nebeligen Feldern zum Rückzug bliesen. Sein Herz hatte so laut geklopft, daß er eine halbe Minute lang kein anderes Geräusch wahrgenommen hatte.
Die hellen Flammen der Urgewalt loderten auf und zerrissen die Nebeldecke. In diesem Licht sah Gaborn – als würden sie von einem Blitz beleuchtet – drei Soldaten mitten unter den Nomen kämpfen, sah, wie sie ihre riesigen Reiteräxte über den Köpfen schwangen, in wütendem Kampf gefangen.
Dann waren die Soldaten verschwunden, vom Feuer verzehrt. Die Urgewalt begann, über die Ebene hinwegzufegen, so gierig auf trockenes Gras und Holz und Menschenleben, daß sie vollkommen darin aufzugehen,

das Bewußtsein zu verlieren und nichts weiter als ein Feuerstrom zu werden schien, der über die Felder raste. Gaborn wurde übel. Als die Urgewalt Rowan berührt hatte, war es ihm fast so vorgekommen, als hätte sie auch ihn durchbohrt. Jetzt hörte er verzweifelte Rufe von den Feldern, die sich mit den Schreien der Verletzten und Sterbenden hier auf Burg Sylvarresta mischten. Er wurde Rowans letzten, erschütterten Blick nicht los. Fast ein Blick des Verrats.

Er wußte nicht, ob es gut gewesen war oder schlecht, die Flammenweberin zu erschlagen. Er mußte an Rowans Gesicht denken, an die Flammen, die sie durchbohrt hatten. Das Töten der Flammenweberin war ungestüm gewesen – beinahe ein Reflex, der irgendwie richtig schien und dennoch böse Folgen hatte.

Zur Zeit verhinderten die Feuerwände, die über den Feldern aufstiegen, daß Raj Ahten Burg Sylvarresta verlassen und seine Männer in die Schlacht schicken konnte. Vielleicht ist das der rettende Glücksfall für meine Männer, dachte Gaborn.

Möglicherweise auch nicht. Gaborn hatte keine Ahnung, wie viele seiner Soldaten in diesem Feuersturm umgekommen waren. Er hoffte nur, daß die Männer die feurige Urgewalt bei diesem Nebel auf den Burgmauern hatten sehen können und geflohen waren.

Im Innern der Burganlage lagen überall Tote und Sterbende. Dutzende, vielleicht Hunderte von Raj Ahtens Soldaten waren in den Flammen verbrannt. Die Fallgatter der Königspforte waren geschmolzen.

Die riesige Zugbrücke aus Eichenholz zum äußeren Tor

brannte unter Gaborns Augen lichterloh, von den Türmen seitlich davon waren nur Ruinen geblieben. Der Mechanismus zum Heben und Senken der Brücke war im Chaos der Verwüstung geschmolzen.
Mit einem einzigen zerstörerischen Hieb seines Degens hatte Gaborn die Verteidigung von Burg Sylvarresta unmöglich gemacht.
Wenn sein Vater die Absicht hatte, jetzt, heute, anzugreifen, dann hätte er einen Zugang in die Burg.
Gaborn bemerkte eine winzige Gestalt oben auf der Mauer, die über die Feuerwände nach draußen blickte – die Gestalt eines Mannes in schwarzer Rüstung, dessen weiße Eulenschwingen seines Helms nach hinten geschwungen waren.
Einen langstieligen Kriegshammer in die Höhe reckend, rief er mit einer Stimme von tausend Mann, so daß seine Worte klar von den Hügeln widerhallten und die Burgmauern erzittern ließen: »Mendellas Draken Orden: ich werde dich und deine Brut töten!«
Gaborn floh von seinem Ausguck oben auf der Treppe und verschwand in der nächsten Gasse.

KAPITEL 16
Die Finte

Borenson war auf seinem Ritt von Tor Hollick hierher sehr nachdenklich geworden. Die bevorstehende Schlacht war es nicht, die ihn beschäftigte. Sondern Myrrima, die Frau, der er in Bannisferre die Ehe versprochen hatte. Vor zwei Tagen hatte er sie, ihre Schwestern und ihre Mutter in die Stadt gebracht, um zu verhindern, daß ihnen etwas zustieß, solange Raj Ahten durch die Lande zog und alles verwüstete.

Myrrima hatte die Umstände verkraftet, ohne mit der Wimper zu zucken. Sie würde eine brauchbare Soldatenfrau abgeben.

In den wenigen, von Zärtlichkeit erfüllten Stunden mit dieser Frau hatte sich Borenson tief und unwiderruflich verliebt. Es war nicht nur ihre Schönheit, obwohl er die durchaus schätzte. Es war alles an ihr – ihr verschmitzt berechnendes Auftreten, ihre zupackende Art, die unerschrockene Lust, die in ihren Augen blitzte, als sie mit ihm zum Haus ihrer Mutter ritt.

Sie hatte sich tatsächlich umgedreht und ihm ins Gesicht gelächelt, die dunklen Augen reinste Unschuld, als sie fragte: »Sir Borenson, ich nehme an, Ihr seid ein Mann, der Gaben des Durchhaltevermögens besitzt?«

»Zehn sogar«, hatte er geprahlt.

Darauf setzte sie eine finstere Miene auf und zog die Augenbrauen hoch. »Das könnte interessant werden. Wie ich gehört habe, entdecken junge Frauen in der Hochzeitsnacht oft, daß das große Durchhaltevermögen eines Soldaten auch noch für etwas anderes gut ist, als zu verhindern, daß er den Wunden aus der Schlacht erliegt. Stimmt das?«

Borenson hatte stammelnd nach einer Antwort gesucht. Er hätte sich nie träumen lassen, daß eine so liebreizende Frau ihn so offen nach seinen Fähigkeiten im Bett fragen könnte. Bevor er eine Antwort hervorbringen konnte, schnitt sie ihm das Wort ab: »Ich mag die Farbe Rot an Euch. Sie steht Euch sehr gut zu Gesicht.« Er errötete noch heftiger und war froh, als sie den Blick abwandte.

Mehr als einmal war er davon überzeugt gewesen, daß die Liebe ihm nicht vergönnt sei. Doch diesmal verhielt es sich anders. Er war kein mondsüchtiges Kalb, das des Nachts nach irgendeiner jungen Kuh schrie. Das hier fühlte sich … richtig an. Sie zu lieben, fühlte sich richtig an, bis zum Grund seines Herzens.

Er hatte zum erstenmal gespürt, daß er sich verliebt hatte, als er losritt, um König Orden vor der Invasion zu warnen. Im schärfsten Galopp war er über eine Straße dahingeritten und an drei entzückenden jungen Frauen vorübergekommen, die am Wegrand Beeren pflückten. Eines der Mädchen hatte ihm verführerisch zugelächelt, doch war er so in Gedanken an Myrrima vertieft gewesen, daß ihm erst zehn Meilen später auffiel, daß er nicht zurückgelächelt hatte.

So verrückt war er geworden.

Auf seinem Ritt zur Burg Sylvarresta hatte er Myrrima aus seinen Gedanken verbannt, indem er sich immer wieder sagte: Je eher ich diesen Kampf beende, desto früher kann ich zu ihr zurück.

Ein gutes Stück vor Erreichen der Festung waren sie immer häufiger auf Raj Ahtens Späher gestoßen, auf Jägertrupps von fünf oder zehn Mann, die die Straßen überwachten. Seine Bogenschützen hatten die Männer frohgemut niedergemacht, während Borenson seinen Angriff auf die Nomen plante.

Am Wye macht er halt und öffnete das Fläschchen mit Nebel, das König Orden ihm gegeben hatte. Er hatte Mühe, es festzuhalten, da ein heftiger Nebelsturm heulend aus dem Flaschenhals entwich.

Weil er das Fläschchen über Wasser entkorkt hatte, bildete es doppelt soviel Nebel als gewöhnlich, und er konnte die Hälfte des Inhalts für später aufsparen.

Als sich aber der Geruch von Meeresnebel in den Tälern rings um Burg Sylvarresta verbreitete, schmeckte Borenson das Salz in der Luft und dachte an die Heimat, dachte daran, wie es wäre, Myrrima auf sein neues Rittergut in der Drewberry-Marsch zu führen. Er kannte den Besitz – ein elegantes Gutshaus mit einem Kamin im Schlafgemach.

Rasch verscheuchte er derartige Gedanken und gab seinen Bogenschützen den Befehl, die Bögen zu bespannen und durch den morgendlichen Wald anzugreifen. Fünf Minuten später stießen seine Leute auf die Nomen, die in den Bäumen schliefen. Pfeile sirrten, und Nomen fielen wie faules Obst von den Eichen des Dunnwalds – einige von ihnen waren tot, andere suchten Zuflucht in der Burg.

Seine Männer galoppierten brüllend über das grasbedeckte Hügelland und trieben Nomen vor sich her, eine große Masse schwarzen Fells, gebleckter Fänge und roter Augen, in denen Angst und Wut aufloderten.
Borenson lachte stets im Kampf, wie man ihm berichtet hatte. Ihm selbst fiel es jedoch nur selten auf. Es war eine Form der Verstellung, die er in jungen Jahren gelernt hatte, als Poll, der Knappe, ihn immerfort schlug. Der ältere Junge hatte immer gelacht, wenn er Hiebe austeilte, und als Borenson alt genug war, um selbst zu bestrafen, hatte er sich das Lachen ebenfalls angewöhnt. Es löste bei so manchem Widersacher Angst und Schrecken aus, andere versetzte es in Wut. Wie auch immer, es brachte seine Gegner dazu, Fehler zu begehen, während es seinen Kameraden Mut machte.
So fand er sich inmitten der Ebene wieder, in dichtem Nebel, umringt von einem Dutzend Nomen mit ihrem schwarzen Fell und ihren roten Augen. Die Geschöpfe zischten und knurrten.
Er ließ seinen Kriegshammer kreisen, parierte Schläge mit seinem Schild, setzte sein Pferd ein, das wild ausschlug und um sich trat und so die Angreifer zur Seite trieb.
Versunken in das rhythmische Auf und Nieder des Kriegshammers war er überrascht, als plötzlich zu seiner Linken eine gewaltige Feuerwand durch den Nebel raste. Er brüllte, sein Pferd solle sich zurückziehen, um sein Leben rennen. Es war schließlich ein Krafthengst und konnte schneller rennen als der Wind.
Doch dann drehte sich die Feuerwand, streckte die Tentakel nach ihnen aus wie ein lebendiges Ungeheuer, das

sie alle zu fassen kriegen wollte. Die Nomen sahen ihr Ende nahen, und einer packte Borensons Fuß und versuchte, ihn von seinem Roß zu ziehen.

Er drosch mit seinem Hammer auf den Gegner ein. Wenn Borenson starb, konnte er die Nachricht nicht überbringen, die König Orden ihm für Raj Ahten mitgegeben hatte. Er schlug dem Nomen den Kriegshammer ins Gesicht, trat den Kerl fort, und sein Pferd schoß durch den Nebel.

Borenson raste über die Ebene und brüllte: »Orden, Orden!«, damit sich seine Leute neu formierten. Das Feuer jagte hinter ihm her, schlanken Fingern gleich, die zupacken und zerreißen wollten.

Dann galoppierte er unter die dunklen Bäume.

Als das Feuer die Eichen erreichte, zögerte es, als sei es ... unsicher. Es erfaßte eine große Eiche und ließ sie in Flammen aufgehen. Borenson war offenbar vergessen.

Nur ein halbes Dutzend Soldaten schaffte es zusammen mit Borenson zurück in den Wald, er hatte jedoch Dutzende von anderen gesehen, die von den Flammen auseinandergetrieben und in den Nebel hineingejagt worden waren.

Mehrere lange Minuten wartete er, daß seine Männer sich neu formierten, und hoffte, daß sie sich in Sicherheit befanden. Hier zwischen den Bäumen fühlte er sich sicher und geborgen. Die Blätter hingen über ihm, schlossen sich um ihn. Hüllten ihn ein wie ein Gewand. Die Äste waren Schilde gegen Pfeil und Kralle, eine Wand, die die Flammen bremste.

Unten aus dem Tal im Nebel hörte er einen ungeheuren

Schrei – Raj Ahten schleuderte Haus Orden Morddrohungen entgegen. Borenson kannte den Grund dafür nicht. Die Tatsache jedoch, daß der Wolflord so außer sich vor Zorn war, machte ihn trunken vor Freude.

Er stieß in sein Kriegshorn und forderte seine Soldaten auf, sich neu zu formieren. Minuten später hatten sich vierhundert Mann von überall aus dem Tal vor Burg Sylvarresta eingefunden. Einige brachten alarmierende Neuigkeiten von Frowth-Riesen östlich der Burg. Andere meinten, die Nomen sammelten sich und versuchten, die Burgtore zu erreichen. Andere Krieger hatten Nomen tiefer in die Wälder gejagt und sie mit Erfolg niedergehetzt. Einige Männer hatten sich damit beschäftigt, Raj Ahtens Pferde zu töten. Die gesamte Schlacht wurde verrückt, geriet aus den Fugen, und Borenson wünschte sich jetzt, er hätte das Schlachtfeld nicht mit Nebel überzogen.

Er überlegte, was zu tun war. Wahrscheinlich wäre es das Sicherste, im Wald zu bleiben und die letzten der Nomen zu jagen. Doch im Nebel wartete verlockendere Beute.

»Also gut«, befahl er. »Wir werden vor der Burg einen Schwenk nach Westen machen. Lanzenträger voran, sie sollen sich der Riesen annehmen. Bogenschützen an die Flanken, um die Nomen aus dem Weg zu räumen.«

Die Luft füllte sich mit Rauch von den Bränden auf den Feldern und im Wald weiter unten.

Die Ritter von Orden bildeten Schlachtreihen, stürmten durch die Bäume hinunter auf das östlich gelegene Feld.

Borenson hatte keine Lanze, hielt sich also in der Mitte der Meute, nahe der vordersten Reihe, damit er dirigieren konnte.

Während sein Pferd durch den Nebel donnerte, sah Borenson zu seiner Linken einen gewaltigen Riesen aufragen, einen zottigen Berg im dichten Nebel. Zwei Lanzenträger schwenkten herum und ritten krachend in ihn hinein.

Das verletzte Ungeheuer brüllte auf, schlug mit seinen gewaltigen Krallen um sich, riß ein Schlachtroß zu Boden, als sei es ein kleiner Hund, und biß einen Krieger mit seinen ungeheuren Zähnen in zwei Teile.

Dann war Borenson an diesem Kampf vorbei. Ein paar Bogenschützen hatten sich in das Handgemenge geworfen.

Zwei weitere Riesen kamen durch den Nebel gewatet. Nomen hatten sich mit neu gefaßtem Mut in ihrem Schlepptau versammelt. Zwanzig von Borensons Rittern schwenkten in ihre Richtung ab. Sein Herz schlug wie ein Hammer. Ein Riese brüllte vor Wut und rief nach seinen Freunden.

Eine gewaltige Horde aus Riesen und Nomen kam gemeinsam angestürmt, dunkle Berge, gefolgt von einer schwarzen Woge aus Speerwerfern. Aus den Kehlen der Ungeheuer erscholl ein triumphierender Schrei.

Fast wäre Borenson das Herz stehengeblieben. Denn mitten unter ihnen ritten Hunderte von Soldaten mit Messingschilden. An ihrer Spitze schwenkte ein riesiger Krieger in schwarzem Schuppenpanzer und einem Helm mit weißen Eulenschwingen einen gewaltigen Kriegshammer und stieß mit der Stimme von eintausend Mann einen Schlachtruf aus. »Kuanzaya!«

Der Kerl erfüllte Borensons Herz mit Entsetzen, denn er trug die Rüstung und die Waffen eines Königs.

Raj Ahten hatte sein Visier hochgeschoben, und er war überraschenderweise der bestaussehende Mann, den Borenson je gesehen hatte. Das unglaubliche Volumen der Stimme des Wolflords brachte Borensons Pferd mitten im Schritt zum Stolpern. Durch den Schlachtruf blöde vor Angst, war es unfähig zu entscheiden, ob es zurückweichen oder abschwenken sollte. Borenson brüllte es an anzugreifen, doch Raj Ahtens Stimme war so trommelfellzerreißend gewesen, daß sie möglicherweise das Gehör des Tieres zerstört hatte.

Das Pferd kam trampelnd zum Stehen, sträubte sich gegen die Zügel, versuchte sich gegen Borensons Willen zu drehen. Es gelang Borenson, das Tier zum Feind herumzureißen. Dann waren sie im Zentrum der Schlacht. Seine Lanzenträger fielen wütend über die Riesen her, wodurch die Kavallerie gefährlich ausgedünnt wurde; Bogenschützen feuerten einen Pfeilhagel ab, während Borenson angestrengt versuchte, Raj Ahten anzugreifen. Sein Roß weigerte sich, in die Nähe des Mannes vorzudringen, wollte fliehen. Es rannte nach links, und plötzlich stellte Borenson fest, daß er mitten unter Riesen in das dichteste Kampfgetümmel stürmte. In diesem Moment flog Raj Ahten vorbei und hob und senkte den Kriegshammer mit unfaßbarer Geschwindigkeit, während er eine blutige Schneise durch die Reihen der Angreifer bahnte.

Ein Riese mit einer gewaltigen Eisenstange stürzte sich aus dem Nebel auf Borenson. Borenson tauchte unter dem Hieb weg, floh vorbei an dem Riesen mitten in ein dichtes Gedränge zischender und fauchender Nomen und war froh, als er einen einzelnen Soldaten mitten unter ihnen entdeckte. Mehrere Riesen stapften auf der Suche nach dem Zentrum der Schlacht an ihm vorbei.

Irgendwo hinter Borenson stieß einer seiner Unterkommandanten in sein Kriegshorn und blies verzweifelt zum Rückzug.

Borenson hob Hammer und Schild. Er lachte leise in sich hinein und kämpfte derweil um sein Leben.

KAPITEL 17
Im Grabmal der Königin

Drei Stunden nach dem erhabenen Morgenrot stand Iome auf dem Bergfried der Übereigner und beobachtete, wie Raj Ahten und eintausend seiner Unbesiegbaren in die Burg zurückritten, zusammen mit Dutzenden von Frowth-Riesen und Hunderten von Kampfhunden – unter Hurragebrüll und fröhlichem Jubel. Die Hitze hatte den Nebel über den grasbewachsenen Hügeln aufgelöst, doch noch immer hingen ein paar Schwaden in den Schatten des Dunnwalds.

Offenbar war der Wolflord ein großes Risiko eingegangen, da er sich auf ein Scharmützel am Waldrand mit Ordens Soldaten eingelassen hatte, aber es war ihm gelungen, sie entweder zu töten oder auseinanderzutreiben.

Raj Ahtens Männer ritten scharf, die Waffen zum Salut erhoben.

Chemoise hatte Iome beim ersten Zeichen eines Angriffs hier auf den Bergfried der Übereigner gebracht – »Zu Eurem Schutz«, wie sie behauptete.

Draußen auf den Feldern brannten noch die Reste von so manchem Zelt und manchem Bauernhof, und ein verheerendes Feuer, das mittlerweile vom Ostwind weiter angefacht wurde, wütete zwei Meilen von der Burg entfernt durch den Dunnwald.

Eine Zeitlang hatten sich die Flammen gewunden, als wären sie ein lebendiges Wesen – Ranken schossen in alle Richtungen, rupften hier einen Baum aus, brachten dort einen Heustapel zur Explosion, verschlangen gefräßig ein Haus.

Die lodernden Brände im Innern der Burg waren erloschen, denn die Flammenweber hatten ihnen die Kraft entzogen. Raj Ahten schickte zwar Männer auf die Straßen, um den Mörder seiner Flammenweberin zu suchen, seiner geliebten Feuerdeuterin, allerdings mit geringem Erfolg. Die Urgewalt hatte den größten Teil der Marktstraße niedergebrannt und dabei jeden Hinweis auf die Identität ihres Mörders vernichtet.

Inmitten der verkohlten und rauchenden Trümmer vor den Toren von Burg Sylvarresta waren zahlreiche Spuren der Zerstörung zu erkennen. Eintausend Nomen waren in der Nähe des Burggrabens verbrannt, wo sie versucht hatten, Ordens Rittern Widerstand zu leisten. Ordens gefallene Ritter konnte man ebenfalls dazurechnen – etwa zweihundert verschmorte Fleischklumpen, die einmal Soldaten in blinkender Rüstung gewesen waren und die dichtgedrängt in rauchenden Haufen entlang der Schlachtlinie lagen.

Hundert weitere Nomen lagen verstreut am Waldrand, wo die Schlacht offenbar zuerst heftig und schwer getobt hatte. Von den Bäumen dort waren nur verkohlte Skelette geblieben.

Drei Dutzend Frowth-Riesen lagen mit abgesengtem Haar über das Schlachtfeld verteilt. So hatte Iome sie sich nicht vorgestellt, als sie nun die rosige Haut, ihre lange Schnauze wie die eines Kamels und die ungeheure Größe ihrer Krallen sah. Von oben auf der Burg der Übereigner ähnelten sie ungestalten haarlosen Mäusen. Einige tote Riesen hielten noch immer Ritter und Pferde in den Pranken.

Raj Ahtens Pferde waren tot, waren zusammen mit zahlreichen Wachen, die am Waldrand postiert gewesen waren, niedergemetzelt worden.

Doch jetzt feierten seine Männer einen Sieg, eine gewonnene Schlacht.

Iome wußte nicht, ob sie sich über Raj Ahtens Sieg freuen oder um Orden trauern sollte.

Sie war jetzt eine Übereignerin von Raj Ahten. Iome mußte nicht sosehr Raj Ahten fürchten, als vielmehr die Ermordung durch andere Könige oder Unabhängige Ritter, die gegen den Wolflord kämpften.

Chemoise stand neben ihr, ließ den Blick über die abgeflammten Felder wandern und verfolgte mit Tränen in den Augen, wie Raj Ahtens Truppen zur Burg ritten. Noch immer lag Rauch über der Asche, und bis oben auf dem Hügel hin brannten überall Baumstümpfe.

Warum weinte Chemoise? fragte sich Iome. Dann merkte sie, daß auch ihr die Tränen in den Augen standen.

Sie verstand. Chemoise weinte, weil die Welt schwarz geworden war – schwarze Felder, schwarze Wälder. Schwarze Zeiten standen bevor. Sie raffte ihren Kapuzenumhang fester um sich, versteckte ihr Gesicht. Der schwere Wollstoff kam ihr vor wie ein nur dürftiger Schutz.

Ein paar Soldaten warteten im unteren Burghof. Raj Ahten ritt vom Schlachtfeld auf die Stadttore zu, um sich mit seinen Beratern und den Flammenwebern zu treffen.

Selbst die Frowth-Riesen duckten sich durch die Ausfallpforten der Tore und betraten schutzsuchend den unteren Innenhof.

In den Hügeln nach Süden erscholl ein Jagdhorn, gefolgt von einem anderen weiter östlich, dann noch einem. Ein paar Nachzügler aus Ordens Armee vielleicht, die einander Zeichen gaben.

Iome wartete darauf, daß Raj Ahtens Männer kehrtmachen, hinausreiten und die Überlebenden niedermachen würden. Angesichts seiner Truppenstärke verstand sie nicht, wieso so viele seiner Männer hier in der Burg blieben. Es sei denn, auf dem Schlachtfeld war etwas geschehen, das sie nicht hatte sehen können. Vielleicht fürchtete Raj Ahten um seine eigenen Leute. Waren sie doch schwächer, als sie vermutete. Der Wolflord hatten offenbar Angst, Ordens Soldaten weiter zu verfolgen, denn er wußte sehr wohl, daß er in einen Hinterhalt gelockt werden konnte.

Raj Ahtens Weisheit überstieg die von Iome bei weitem. Wenn er Angst hatte, dann vielleicht aus gutem Grund. Gestern hatte Gaborn ihr erzählt, König Orden könne bald mit Verstärkung in der Burg eintreffen.

Sie hatte dem keine große Beachtung geschenkt. Orden brachte oft ein paar hundert Mann in seinem Gefolge mit. Was konnten die schon ausrichten?

Aber Gaborn glaubte offenbar, die Streitmacht sei stark genug, um Raj Ahten ernstlich zu bedrängen. Er hatte die Zahl der Soldaten seines Vaters nie genannt, wie ihr jetzt auffiel. Das war klug. Die Familie Sylvarresta konnte nichts verraten, was sie nicht wußte.

Iome warf einen flüchtigen Blick auf ihre Days, die zusammen mit der Days ihrer Mutter ein paar Schritte entfernt saß und die verbrannten Felder beobachtete. Die Days wußten, wie viele Männer Orden mitgebracht hatte, kannten jeden Zug, den der König machte. So oder so verfolgten sie die Bewegungen der Armeen jedoch nur wie Figuren auf einem Schachbrett.
Wie viele Männer hatte Orden dieses Jahr zum Hostenfest mitgebracht? Eintausend? Fünftausend?
Mystarria war ein reiches Land und dicht besiedelt. König Orden hatte seinen Sohn zu einem Eheversprechen mitgebracht. Bei derartigen Eheversprechen war es für eine königliche Familie üblich, ihren Reichtum zu zeigen, Soldaten antreten zu lassen und die Ritter zu freundschaftlichen Wettkämpfen einzuladen.
Orden hatte gewiß viele seiner besten Leute bereitstehen. Fünfhundert vielleicht.
Aber Orden neigte auch zu Pomp, zu eitler Selbstdarstellung. Also doppelt so viele.
Die Krieger Mystarrias waren leidenschaftlich. Von klein auf übten ihre Bogenschützen, vom Pferd aus zu schießen. Die Tapferkeit ihrer Ritter mit ihren langgriffigen Reiteräxten und Kriegshämmern war legendär.
Vielleicht hielt die Legende von den Kriegern Mystarrias Raj Ahten in Schach, weshalb er nicht wagte, die Burg noch einmal zu verlassen.
Iome verfolgte das Geschehen eine ganze Weile lang. Niemand sonst kehrte in die Burg zurück – kein einziger schwarzfelliger Nomen.
Trotzig erschollen jetzt in den bewaldeten Hügeln sowohl

im Osten als auch im Süden und Westen Schlachthörner, schmetterten aus einem Dutzend Richtungen, verkündeten Angriffe, riefen neue Verbände herbei.

Ordens Ritter, die in den Wäldern weiter gegen Nomen kämpften. Für diese Krieger würde es ein langer, harter Tag werden.

Unten am Stadttor drehte sich Raj Ahten im Sattel um und warf einen letzten Blick über die Felder, so als spielte er mit dem Gedanken, erneut hinauszureiten. Dann rückte er in die Stadt ein, und seine Leute schlossen die zerstörte Zugbrücke, so gut das noch möglich war.

Das Leben nahm seinen Gang. Vom Turm aus konnte Iome einen großen Teil der Stadt überblicken. Unten beim Bergfried der Soldaten stöberten Frauen und Kinder nach Eiern, die aufgescheuchte Hühner zurückgelassen hatten. Der Müller mahlte am Fluß Weizen. Der Duft der Kochfeuer vermengte sich mit dem Rauch und der Asche des Krieges. Iomes Magen schnürte sich zusammen.

Als sie der Meinung war, daß sie lange genug von der Mauer aus zugesehen hatte, stieg sie, gefolgt von ihrer Days, hinunter in den Innenhof des Bergfrieds der Übereigner. Die Days ihrer Mutter stand auf dem Turm und betrachtete die Felder.

Ihr Vater saß in der Sonne und spielte mit einem Welpen, der knurrend an seiner Hand herumkaute. Er hatte sich beschmutzt, als Iome auf der Mauer stand, also machte sie sich mit einem Eimer und einem Lappen an die Arbeit und wusch ihn. Er sträubte sich nicht dagegen, starrte ihr bloß in das verunstaltete Gesicht, von ihrer Häßlichkeit eingeschüchtert, ohne zu wissen, wer sie war.

Er sah gut aus wie immer, seine Gaben der Anmut waren ihm erhalten geblieben. Dazu war er kräftiger als je zuvor. Ein Herkules mit dem Verstand eines Kindes. Während sie ihm den Kot abwusch, lag König Sylvarresta da, sah sie aus großen Augen an, machte blökende Geräusche und sabberte. Unschuldig lächelnd freute er sich über sein neu entdecktes Vergnügen.
Iome wäre fast in Tränen ausgebrochen. Zwölf Stunden. Ihr Vater hatte seine Gaben vor fast zwölf Stunden abgetreten. Es war eine kritische Zeit, dieser erste Tag – die schlimmste für ihn. Wer Hauptgaben abgetreten hatte, durchlebte eine Spanne, während der er ernsthaft gefährdet war. Die Annektoren nannten es »Schock der Übereignung«. Wer seine Geisteskraft abtrat, vergaß manchmal das Atmen, oder sein Herz vergaß, wie es zu schlagen hatte. Aber wenn er diesen ersten Tag überlebte, gewann er vielleicht einen kleinen Teil seiner Geisteskraft zurück. Irgendwie würde sein Körper einen winzigen Bruchteil davon für sich beanspruchen, genug, daß es zum Überleben reichte. Im Augenblick befand sich ihr Vater im Zustand allergrößter Schwäche und Hilflosigkeit, später an diesem Tag jedoch würde es vielleicht ein »Erwachen« geben, einen Augenblick, in dem die Gabe zwischen Lord und Untertan sich festigte, und er einen kleinen Teil seines Verstandes zurückgewann.
Erfreulicherweise waren ihrem Vater die schlimmsten Auswirkungen des »Schocks der Übereignung« erspart geblieben. Jetzt, da zwölf Stunden vorüber waren, konnte sie hoffen. Wenn er die Gabe nicht von ganzem Herzen abgetreten hatte, wenn das Zwingeisen nicht völlig per-

fekt war, wenn der Annektor seine Zaubersprüche nicht exakt gesprochen hatte – dann erinnerte er sich vielleicht sogar an ihren Namen.

Also sang Iome ihrem Vater leise etwas vor, während sie ihn säuberte und danach anzog. Er verriet zwar durch nichts, ob er sie wiedererkannte, aber ihr Gesang brachte ihn zum Lächeln.

Selbst wenn er sich niemals erinnert, wer ich bin, sagte sich Iome, lohnt sich das Lied. Mit der Zeit findet er vielleicht Gefallen an meinem Gesang.

Bevor sie ihn fertig anzog, legte sie ihm unter seinem Hemd eine Windel aus Stoff an.

Der Innenhof des Bergfrieds der Übereigner war voller hinfälliger Männer und Frauen, Menschen, die am Abend zuvor Gaben abgetreten hatten. Der Zustrom hatte die Verwalter überfordert. Als Iome und Chemoise mit ihren Vätern fertig waren, kümmerten sie sich um andere – Soldaten, die der Familie Sylvarresta seit ihrer Kindheit treu gedient hatten.

Die Köche machten das Frühstück fertig, und Iome verteilte große Teller mit Brombeergebäck unter den Übereignern. Sie kniete nieder, um eine junge Frau zu wecken, die unter einer grünen Decke in der Sonne geschlafen hatte, eine Soldatin namens Cleas, die sie auf vielen Reisen in die Berge begleitet hatte.

Frauen dienten selten als Wachen. Noch seltener dienten sie als Kriegerinnen an der Front. Cleas jedoch hatte in ihrem Leben beides getan. Sie besaß Gaben der Muskelkraft von acht Männern und hatte zu den besten Schwertmeistern in Sylvarrestas Diensten gehört. Raj

Ahten hatte sich ein Vergnügen daraus gemacht, ihr die Stärke zu rauben. Jetzt atmete Cleas nicht mehr. Irgendwann während der Nacht war sie zu schwach geworden, um Luft zu holen.
Iome war bei diesem Anblick weh ums Herz. Sie wußte nicht, ob sie wütend oder dankbar sein sollte. Durch Cleas' Tod waren fünfzehn Menschen, die ihr Gaben abgetreten hatten, plötzlich wieder vollständig geworden, was dem übervollen Bergfried der Übereigner etwas von seiner Enge nahm. Aber Iome hatte einen geliebten Menschen verloren. Ihre Kehle schnürte sich zusammen.
Sie kniete weinend über Cleas und sah sich um. Ihre Days stand da und beobachtete sie. Iome erwartete, daß die Frau so kühl und leidenschaftslos wäre wie immer, das kleine, spitze Gesicht schmallippig und leer. Statt dessen entdeckte sie in ihrem Gesicht Anzeichen des Mitleids.
»Sie war eine gute Frau, eine gute Kriegerin«, sagte Iome.
»Ja, es ist ein fürchterlicher Verlust«, stimmte die Days zu.
»Werdet Ihr mir helfen, sie zu den Gräbern zu schaffen?« fragte Iome. »Ich kenne eine Gruft, einen Ort zu Ehren der Gardisten. Wir werden sie zu meiner Mutter legen.«
Die Days nickte schwach. An einem so düsteren Tag rührte diese kleine Geste Iome sehr. Sie war dankbar.
Also fütterte sie die Übereigner zu Ende, dann besorgten sie und ihre Days sich eine Bahre, breiteten eine Decke als Leichentuch über Cleas, trugen sie zur Südmauer des Bergfrieds und setzten sie neben fünf weiteren verhüllten Bahren auf der Erde ab – auf vieren davon lagen Übereigner, die die Nacht nicht überlebt hatten.

Unter dem letzten Leichentuch aus Sackleinen lag Iomes Mutter, Venetta. Ein schmales, goldenes Diadem ruhte auf ihrer Brust und kennzeichnete den Leichnam der Königin. Eine schwarzweiße Springspinne war auf der Jagd nach einer herumsummenden Schmeißfliege auf das Diadem gekrabbelt.

Iome hatte das Gesicht ihrer Mutter seit ihrem Ableben nicht mehr gesehen und traute sich kaum, das Leichentuch zurückzuziehen und einen Blick darauf zu werfen. Doch mußte sie wissen, ob man sich der Leiche ihrer Mutter geziemend angenommen hatte.

Den ganzen Morgen über war sie dieser Pflicht ausgewichen.

In der Nacht war Kanzler Rodderman gekommen, der sich um die Vorkehrungen für Venettas Begräbnis kümmerte. Seitdem hatte Iome ihn nicht mehr gesehen. Vielleicht hatte er außerhalb des Bergfrieds der Königs zu tun. Sie vermutete jedoch, daß er beschlossen hatte, es wäre das beste, Raj Ahten nicht über den Weg zu laufen. Gut möglich, daß Rodderman sich sogar vor seinen Pflichten bei der Herrichtung des Leichnams gedrückt hatte.

Raj Ahtens Männer hatten die Tote in den Bergfried der Übereigner geschafft. Der Wolflord hatte sie nicht im großen Saal lassen wollen, obwohl es der Brauch eigentlich verlangte, daß sie am Morgen aufgebahrt wurde, damit die Untertanen sich von ihr verabschieden konnten. Die Königin, für alle sichtbar tot auf einer Bahre, hätte möglicherweise Unruhe in der Stadt hervorgerufen.

Statt dessen hatte man sie einsam innerhalb der hohen und engen Mauern des innersten Bergfrieds untergebracht, wo nur die Übereigner sie zu Gesicht bekommen würden.
Iome zog das Leichentuch aus Sackleinen zurück.
Das Gesicht ihrer Mutter war anders, als sie es in Erinnerung hatte. Abgesehen von der entstellenden Wunde war es, als blickte man in das Gesicht einer Fremden. Venetta hatte sechs Gaben der Anmut besessen und war bestimmt eine große Schönheit gewesen. Im Tod jedoch war diese Schönheit von ihr gewichen. Graue Strähnen hatten sich unter ihre schwarzen Locken gemischt. Ihre Augen wirkten dunkel und eingefallen. Die Züge ihres weichen Gesichts waren hart und alt geworden.
Man hatte die Frau auf der Bahre gewaschen, doch die klaffende Wunde auf ihrer linken Gesichtshälfte, wo Raj Ahtens Siegelring die Haut aufgerissen hatte, und die Kerbe in ihrem Schädel, wo ihr Kopf auf die Pflastersteine getroffen hatte, waren nicht verdeckt worden.
Die Frau unter dem Leichentuch erschien ihr wie eine Fremde.
Nein, Raj Ahten hatte keinen Grund, die Untertanen zu fürchten. Wegen des Todes dieser alten Frau würden sie sich nicht erheben.
Iome ging zum Fallgatter, zum Kommandanten der Garde, einem kleinen Mann mit Schnauzer und in voller Rüstung, mit einem Helm mit Silberprägung. Es kam ihr seltsam vor, daß Ault und Derrow fort waren, nachdem sie so viele Jahre an diesem Burgtor Wache gehalten hatten.

»Sir, ich bitte um die Erlaubnis, die Toten zur Grabstätte des Königs zu bringen«, sagte Iome und hielt den Atem an.

»Die Burg wird angegriffen«, sagte der Kommandant barsch mit schwerem taifanischem Akzent. »Das wäre im Augenblick nicht sicher.«

Sie widerstand dem Drang, sich davonzustehlen. Natürlich wollte sie den Kommandanten nicht gegen sich aufbringen, aber sie empfand es als ihre heilige Pflicht, ihre Mutter zu begraben, dieser Frau wenigstens einen letzten Akt der Würde zu erweisen. »Die Burg wird nicht angegriffen.« Iome versuchte vernünftig zu klingen. »Sondern nur ein paar Nomen in den Wäldern.« Mit einer Handbewegung zeigte sie hinaus auf das verbrannte Schlachtfeld vor der Stadt. »Und wenn Orden angreifen sollte, würdet Ihr ihn schon eine halbe Meile vorher kommen sehen. Außerdem müßte er die äußere Mauer durchbrechen. Es ist unwahrscheinlich, daß jemand bis in den Bergfried der Übereigner vordringt.«

Der kleine Mann hörte ihr mit zur Seite geneigtem Kopf aufmerksam zu. Iome wußte nicht, ob er sie verstand. Vielleicht hatte sie zu schnell gesprochen. Sie hätte ihn auf chaltisch ansprechen können, bezweifelte aber, daß er das verstand.

»Nein«, erwiderte der kleine Mann.

»Dann soll ihr Geist an Euch Rache nehmen, denn mich trifft keine Schuld. Ich möchte nicht von einem Runenlord verfolgt werden.«

In den Augen des kleinen Mannes blitzte Angst auf. Angeblich machten die Geister toter Runenlords mehr

Ärger als die meisten anderen – vor allem, wenn sie eines gewaltsamen Todes gestorben waren. Iome hatte zwar keine Angst vor dem Schatten ihrer Mutter, dieser kleine taifanische Kommandant jedoch stammte aus einem Land, in dem solcher Aberglauben weit ernster genommen wurde.

»Beeilt Euch«, sagte der Kommandant. »Geht schon. Jetzt gleich. Aber nehmt Euch nicht mehr als eine halbe Stunde Zeit.«

»Danke«, sagte sie und streckte die Hand aus, um ihn aus Dankbarkeit zu berühren. Der Kommandant schreckte vor ihr zurück.

Iome rief Chemoise und ihre Days. »Rasch, wir brauchen Träger für die Bahren – und einige Totengewänder.«

Chemoise lief in die Küchen, holte einige der taubstummen Bäcker, den Metzger und seinen Lehrling, Küchenhilfen ohne Geruchssinn. In wenigen Augenblicken waren zwei Dutzend Menschen da, die halfen, die Bahren zu tragen.

Der Metzger wankte hinüber in den Saal der Übereigner und kam mit einem Armvoll schwarzer Baumwolltotenkleider mit großen Kapuzen und langen Ärmeln wieder heraus.

Die Bahrenträger legten jeder eines der Totenkleider an, damit die Geister in den Gräbern wußten, daß sie nicht als Grabräuber kamen. Am Saum eines jeden Gewandes befand sich ein silbernes Glöckchen, dessen Läuten böse Geister vertrieb.

Nachdem sie fertig waren, gingen sie zu den Bahren hinüber und machten sich daran, die Toten zum

Fallgatter hinüberzutragen. Iome übernahm den vorderen rechten Griff an der Bahre ihrer Mutter, wo ihr Platz war.

Danach legten sich der Kommandant und sein Unteroffizier ins Zeug, zogen rasch das Fallgatter hoch und scheuchten sie mit einer Warnung aus der Burg. »In zwanzig Minuten – nicht mehr – seid ihr zurück!«

Iome wußte, daß die Zeit nicht reichen würde, um die Leichen an ihren Platz zu schaffen und den Toten die tröstlichen Grablieder zu singen, sie nickte trotzdem, nur um den Kommandanten zu beschwichtigen.

Dann begannen sie, die Leichen hinter den Bergfried der Übereigner zu tragen, in eine bewaldete Senke, zum Grabmal des Königs.

Iome hatte noch nie so hart gearbeitet. Sie war daher kaum zweihundert Schritte vom Tor entfernt, hinter der Ecke zur Fußstraße, als sie sich dabei ertappte, wie sie, klopfenden Herzens und schweißnaß, die anderen bat, kurz haltzumachen.

Es war fast Mittag. Wie sie da in der strahlenden Sonne stand, die Luft voller Aschegeruch, schoß aus dem Schatten unter einer Marktmarkise ein verdreckter, junger Buckliger mit großkapuzigem Gewand hervor.

Sie wußte augenblicklich, daß es Binnesman sein mußte. Sie spürte die Kraft der Erde, die er verströmte, und fragte sich, was ihn zurückgelockt hatte und wieso der Zauberer nach ihr suchte.

Der Bucklige schlich sich an Iome heran, drängte sie einen Schritt zurück. »Erlaubt, daß der alte Aleson Euch dabei zur Hand geht, junge Frau«, sagte er leise, wobei er seine Kapuze ein Stück zurückstrich, und griff nach dem rechten vorderen Griff der Bahre.

Es war gar nicht Binnesman. Iome war überrascht, unter der dicken Schmutzschicht Gaborns Gesicht zu erkennen. Ihr klopfte das Herz. Irgend etwas war im Gange. Aus irgendeinem Grund hatte es Gaborn nicht bis draußen vor die Burgtore geschafft und brauchte ihre Hilfe. Und irgendwie schien es ihr, als wäre er in den letzten Stunden gewachsen.

Iome zog ihre Kapuze tiefer herunter, um ihr Gesicht zu verdecken. Einen Augenblick lang hatte sie wieder das Gefühl, als raubte ihr jemand allen Stolz und Mut. Der in Raj Ahtens Zwingeisen eingearbeitete Zauber versuchte noch immer, ihr jegliches Selbstwertgefühl zu nehmen. Wieder und wieder sprach sie leise in Gedanken einen Satz wie eine Litanei vor sich hin: Das verweigere ich Euch, das verweigere ich Euch.

Die Vorstellung jedoch, daß Gaborn sie wiedererkennen könnte, war für sie unerträglich. Sie überließ ihm die Bahre und ging dann neben ihm her, als die Bahrenträger eine Gasse überquerten und die schmale Straße hinuntergingen, die zu den Grabmalen führte.

Die Grabmale der Familie Sylvarresta bestanden aus Hunderten kleiner, steinerner Mausoleen, allesamt knochenweiß getüncht, die inmitten eines kleinen, geschützten Wäldchens aus Kirschbäumen standen. Viele der Mausoleen war so gebaut, daß sie wie kleine Paläste aussahen, mit absurd hohen Spitztürmen und Statuen der toten Könige und Königinnen vor den Toren eines jeden winzigen Palastes. Andere Mausoleen, die treuen Gefolgsleuten und Gardisten vorbehalten waren, waren schlichte Steingebäude.

Als sie den Schutz des Wäldchens erreichten, setzten die Träger ihre Last ab. Gaborn sagte leise zu Iome: »Ich bin es, Gaborn Val Orden, Prinz von Mystarria. Tut mir leid, Euch zu bedrängen, aber ich habe mich die ganze Nacht versteckt und muß etwas in Erfahrung bringen. Könnt Ihr mir sagen, wie es der Familie Sylvarresta ergangen ist?«

Erschrocken stellte Iome fest, daß Gaborn sie nicht mehr erkannte – nicht jetzt, wo ihre Schönheit dahin war, ihre Haut rauh wie Borke. Hinter ihr hatte Iomes Days ihr Gesicht und ihr Historikerinnengewand unter dem Totenkleid verborgen und sah aus wie irgendeine anonyme Sargträgerin.

Sie wollte nicht, daß Gaborn erfuhr, wer sie war. Die Vorstellung, in seinen Augen häßlich zu sein, war für sie unerträglich. Aber noch eine zweite Befürchtung machte ihr das Herz schwer, denn es gab einen noch viel zwingenderen Grund, ihre Identität geheimzuhalten: Gaborn könnte sich gezwungen sehen, sie zu töten. Schließlich war sie die Übereignerin eines feindlichen Königs.

Iome sprach mit gesenkter, verängstigter Stimme, in der Hoffnung, sich auf diese Weise verstellen zu können. »Wißt Ihr nicht mal, wessen Leiche Ihr hier tragt? Die Königin ist tot. Aber der König lebt. Er hat Raj Ahten seine Geisteskraft überlassen.«

Gaborn packte Iomes Arm. »Und die Prinzessin?«

»Es geht ihr gut. Man hat sie vor die Wahl gestellt, entweder zu sterben oder weiterzuleben und ihrem Volk als Statthalterin zu dienen. Man hat sie ebenfalls gezwungen, eine Gabe abzutreten.«

»Welche Gabe?« fragte Gaborn. Er hielt den Atem an, das Entsetzen stand ihm ins Gesicht geschrieben und schlug auf seine Stimme über.

Iome erwog, die Wahrheit zu sagen und ihre Identität preiszugeben, konnte es aber nicht übers Herz bringen. »Sie hat ihre Sehkraft abgetreten.«

Gaborn verstummte. Unvermittelt hob er die Bahre wieder an, gab das Zeichen zum Ende der Pause und machte sich erneut zwischen den Gräbern hindurch auf den Weg. Iome führte ihn und die Bahrenträger zum Grabmal ihrer Eltern, das von klassischer Bauart war. Neun Marmortürme erhoben sich über dem winzigen Palast, draußen vor seiner Tür standen Statuen von König Sylvarresta und seiner Frau – Standbilder, die kurz nach ihrer Hochzeit vor achtzehn Jahren aus weißem Marmor gehauen worden waren. Iome gab den Bahrenträgern ein Zeichen, auch Cleas in das Grabmal zu tragen. Sie war eine treue Gardistin gewesen, daher war es nur gerecht, daß sie neben ihrer Königin bestattet wurde.

Iome roch den Tod und Rosen, als sie das schattige Grabmal betraten. Dutzende von Skeletten treuer Gefolgsleute lagen im Grabmal, die Knochen grau und schimmelig. Vergangene Nacht jedoch hatte jemand leuchtendrote Rosenblüten auf dem Fußboden des Grabmals verstreut, um den Geruch erträglicher zu machen.

Gaborn trug Königin Sylvarresta zu ihrem Sarkophag im Sanktuarium, dem hintersten Teil der Gruft. Es war ein roter Sandsteinkasten, in dessen Deckel man ihr Bildnis und ihren Namen gemeißelt hatte. Die Decke über dem Sanktuarium war eine Platte aus Marmor, so dünn, daß das Licht sich darin brach und auf den Sarkophag darunter fiel.

In dieser hinteren Ecke strömte durch winzige Schlitze Luft ins Grabmal, so daß der Geruch des Todes nicht bis hierhin gelangte.

Es kostete Gaborn und zwei Bäcker größte Mühe, den Deckel des Sarkophags zurückzuschieben und den leeren Sarg freizulegen. Dann legten sie die Königin an ihren Platz und wollten gerade den Deckel auf den Kasten schieben, als Iome sie bat innezuhalten, damit sie eine Weile hineinschauen konnte.

Die Träger brachten Cleas zu einem steinernen Wandfach, schoben die Gebeine irgendeines königlichen Gardisten aus einem längst vergangenen Jahrzehnt nach hinten und legte Cleas an deren Platz.

Sie hatten weder Cleas' Rüstung noch ihre Waffen dabei, also entwendete ein Bäcker einem Skelett ganz in der Nähe einen Kriegshammer, drückte ihn auf Cleas' Brust und faltete ihre Hände um den Griff.

Gaborn stand eine Minute im trüben Licht und betrachtete die schimmeligen Toten, von denen viele noch in Rüstungen steckten und Waffen auf der Brust hielten. Der Raum war zwar nur klein – gerade vierzig Fuß lang und zwanzig breit –, trotzdem hatte man fünf Reihen Steinfächer in die Wände geschlagen. Manche lagen hier seit über zwanzig Jahren begraben. Überall lagen Finger- und Zehenknochen verstreut auf dem Boden, die Ratten dorthin verschleppt hatten.

Gaborn zog ein Gesicht, als wollte er eine Frage stellen.
»Ihr könnt hier offen sprechen«, erklärte Iome, noch immer neben dem Sarg ihrer Mutter kniend. »Die Träger sind entweder stumm oder taub und auf die Familie Sylvarresta eingeschworen. Niemand hier wird Euch verraten.«
»Ihr beerdigt Eure Toten im Haus Sylvarresta zusammen mit ihren Waffen?« fragte Gaborn überrascht.
Iome nickte.
Er schien entzückt, sah aus, als wollte er einen Leichnam berauben. »In Mystarria vermachen wir die hervorragenden Waffen und Rüstungen den Lebenden, damit sie weiter sinnvolle Verwendung finden.«
»In Mystarria gibt es wohl nicht so viele Schmiede«, entgegnete Iome trocken.
Gaborn fragte: »Dann hat wohl niemand etwas dagegen, wenn ich mir eine Waffe ausborge? Meine ging im Feuer zugrunde.«
»Wer weiß schon, was die Toten kränkt?«
Gaborn nahm sich die Waffe nicht sofort. Statt dessen ging er nervös auf und ab. »Sie befindet sich also«, sagte er schließlich leise, »im Bergfried der Übereigner?«
Iome zögerte mit der Antwort. Gaborn hatte nicht gesagt, wen er mit »sie« meinte. Er war ganz offensichtlich aufgeregt. »Heute morgen kam die Prinzessin in den Bergfried und hat ihren Vater gewaschen und gefüttert. Raj Ahtens Wachen haben sie während des Angriffs zur sicheren Verwahrung dort untergebracht. Sie kann jedoch jederzeit fort. Ich glaube, sie bewohnt noch

immer ihr Gemach im Bergfried des Königs, wo sich ihre Dienerinnen um sie kümmern.«

Gaborn biß sich auf die Lippe, beschleunigte seine Schritte, dachte angestrengt nach. »Könnt Ihr ihr eine Nachricht von mir überbringen?«

»Das dürfte nicht schwer sein«, antwortete Iome.

»Sagt ihr, Haus Orden habe geschworen, sie zu schützen. Sagt ihr, daß ich Raj Ahten töten werde, daß sie mir eines Tages wieder gegenüberstehen wird, und zwar nicht als Übereignerin.«

»Bitte ... versucht es erst gar nicht«, erwiderte Iome und unterdrückte ein Schluchzen. Ihre Stimme brach, und sie fürchtete, Gaborn könnte es mitbekommen und ihre Tarnung durchschauen.

»Versuchen? Was?« fragte Gaborn.

»Raj Ahten zu töten«, sagte sie mit Nachdruck. »Königin Sylvarresta hat ihn mit vergifteten Fingernägeln verletzt und doch hat er den Angriff überlebt. Es heißt, die Wunde eines Schwertes, das man ihm durchs Herz stößt, sei verheilt, bevor die Klinge wieder rausgezogen wird.«

»Es muß eine Möglichkeit geben, ihn zu töten«, hielt Gaborn dagegen.

»Ihr werdet gezwungen sein, die Familie Sylvarresta umzubringen, denn sowohl der König als auch seine Tochter sind jetzt Übereigner Raj Ahtens. Lord Sylvarresta selbst hat gestern nacht achtzig Gaben der Geisteskraft empfangen, alle als Vektor für Raj Ahten.«

Gaborn machte kehrt, ging zur Tür des Grabmals, starrte hinauf in die Sonne und dachte nach.

»Ich werde weder meine Freunde töten«, erklärte Gaborn,

»noch ihre Übereigner. Wenn sie Gaben abgetreten haben, dann nicht freiwillig. Sie sind nicht meine Feinde.«
Iome war überrascht. Es war üblich, ja, ein notwendiges Übel, die Übereigner eines Feindes zu töten. Nur wenige Runenlords würden sich dieser ungeliebten Pflicht entziehen. Hoffte Gaborn etwa, er könne Menschen überleben lassen, nur weil sie keine bösen Absichten hegten?
Sie sagte: »Selbst wenn Ihr die Familie Sylvarresta verschont, selbst wenn Ihr Euch statt dessen anderen Familien zuwendet, andere Könige tötet, so sind diese ebenfalls unschuldig. Auch sie haben es verdient weiterzuleben. Sie lieben den Wolflord nicht.«
»Es muß eine Möglichkeit geben, Raj Ahten zu beseitigen, ohne andere Menschen zu töten«, erklärte Gaborn. »Eine Enthauptung.«
Iome wußte keinen Rat. Eine Enthauptung war der sicherste Weg, sich des Todes eines mächtigen Wolflords zu vergewissern, Planung und Ausführung waren jedoch zwei völlig unterschiedliche Dinge. »Und wer soll ihn enthaupten? Ihr etwa?«
Er drehte sich zu ihr um. »Ich könnte es versuchen, wenn ich nahe genug an ihn herankomme. Verratet mir, ist der Kräutersammler Binnesman wohlauf? Ich muß ihn sprechen.«
»Er ist fort«, berichtete sie. »In der Nacht ist er verschwunden. Raj Ahtens Leute haben ihn gesehen … am Waldrand.«
Von allen möglichen Antworten versetzte ihn diese womöglich am meisten in Angst und Schrecken.
»Gut«, meinte Gaborn, »dann muß ich meine Pläne än-

dern. Wenn sich der Zauberer im Wald aufhält, kann ich ihn vielleicht dort finden. Danke für die Information, Lady …?«

»Prenta«, erwiderte Iome leise. »Prenta Vass.«

Gaborn ergriff ihre Hand, küßte sie – einen winzigen Augenblick zu lange –, schnupperte ganz leicht an ihrem parfümierten Handgelenk, und Iome stockte das Herz. Ihre Stimme hatte nicht versagt, da war sie sicher – ihre Stimme hatte er nicht wiedererkannt. Aber ihr Parfüm? Er sah ihr durchdringend in die Augen, und obwohl um seine Lippen ein leiser Zweifel spielte, sagte er nichts. Iome riß sich los, wandte klopfenden Herzens ihr Gesicht ab, aus Angst, sie könnte ertappt worden sein.

Sie wußte, daß sie häßlich war, daß jedes bißchen Schönheit von ihr abgefallen war. Ihre gelben Augen, ihre faltige Haut waren abstoßend genug. Doch ihr Gesicht war nichts verglichen mit dem Grauen, das sie in ihrem Innern spürte, diesem heimtückischen Selbsthaß.

Ganz sicher lehnte er sie ab. Bestimmt würde er sich von ihr abwenden. Statt dessen kam er herum, um sie genauer betrachten zu können.

Hatte Gaborn sie wiedererkannt? Er schaute sie schweigend an, versuchte die Züge jener Frau wiederzufinden, die er gestern noch gesehen hatte. Er hatte aber nicht die Absicht, sie in Verlegenheit zu bringen, indem er die Tatsachen offen aussprach. Iome ertrug den Blick nicht und hob eine Hand, hinter der sie sich vor diesen Augen verbarg.

»Versteckt Euch nicht vor mir, Prenta Vass«, sagte Gaborn voller Mitgefühl, griff nach ihrer Hand und zog sie herunter. Er hatte ihren Namen zögernd ausgesprochen Er wußte, wer sie war. »Ihr seid wunderschön, selbst jetzt. Gibt es eine Möglichkeit, wie ich Euch helfen kann?«

Iomes Days trat hinter Gaborn nervös von einem Fuß auf den anderen, und die Bäcker verließen so plötzlich die Gruft, als sei ihnen soeben eingefallen, daß sie woanders etwas Wichtiges zu erledigen hatten. Iome wollte in Tränen ausbrechen, sich ihm in die Arme werfen. Sie stand nur da und zitterte. »Nein. Keine.«

Gaborn schluckte hart. »Könnt Ihr der Prinzessin noch eine Nachricht von mir überbringen?«

»Was denn?«

»Sagt Ihr … daß sie mich bis in meine Träume verfolgt. Daß ihre Schönheit in meiner Erinnerung unauslöschlich ist. Sagt ihr, ich hätte gehofft, sie zu retten, hätte gehofft, ihr irgendwie ein wenig helfen zu können – und vielleicht habe ich sogar ein wenig Gutes angerichtet – ich habe eine mächtige Flammenweberin getötet. Mein Vater ist hergekommen, weil ich hier bin – wenn auch vielleicht ein wenig spät. Sagt Ihr, ich sei die Nacht über in Burg Sylvarresta geblieben, müsse jetzt aber fort. Die Soldaten meines Vaters suchen in den Wäldern nach mir. Ich traue mich nicht, noch länger hierzubleiben. Ich werde versuchen, die Wälder zu erreichen, bevor mein Vater die Stadt angreift.«

Iome nickte.

»Werdet Ihr mich begleiten?« fragte Gaborn. Er starrte sie an, und nun wußte sie ohne jeden Zweifel, daß er sie wiedererkannt hatte. Nicht Verachtung war es, die in seinen Augen abzulesen war, sondern Schmerz, und soviel Zärtlichkeit, daß sie sich danach sehnte, ihm in die Arme zu fallen. Sie wagte nicht, sich zu bewegen.

Ihre Augen füllten sich mit Tränen. »Begleiten? Und meinen Vater zurücklassen? Nein.«

»Raj Ahten wird ihm nichts tun«.

»Sicherlich«, antwortete Iome. »Ich – weiß nicht, was ich denken soll. Raj Ahten ist nicht durch und durch böse, nicht, wie ich befürchtet hatte. Binnesman erhofft sich ein wenig Gutes von ihm.«

»›Wenn man dem vollkommen Bösen ins Gesicht sieht, erscheint es einem wunderschön‹«, zitierte Gaborn ein altes Sprichwort der Runenlords.

»Er sagt, er will die Greifer bekämpfen, die Menschheit zu unserem Schutz vereinen.«

»Und wenn der Krieg gewonnen ist, kann der Wolflord Euch dann Eure Gaben zurückgeben? Wird er sein eigenes Leben opfern, damit alle, die ihrer Gaben beraubt wurden, sie zurückerhalten, wie der Gute König Herron es getan hat? Ich glaube kaum. Er wird sie behalten.«

»Das könnt Ihr nicht wissen«, entgegnete Iome.

»Doch«, beharrte Gaborn. »Raj Ahten hat sein wahres Wesen entlarvt. Er hat weder vor Euch noch vor sonst jemand Respekt. Er wird Euch alles nehmen, was Ihr habt, nichts wird er Euch lassen.«

»Wie könnt Ihr da so gewiß sein? Binnesman schien zu wollen, daß er sich ändert. Er hat gehofft, den Wolflord überzeugen zu können, sich von den Flammenwebern zu befreien.«

»Glaubt Ihr, er werde das tun? Ihr bringt es fertig, hier

zu stehen, am Grab Eurer lieben Mutter, und zu glauben, Raj Ahten besäße auch nur einen Funken Anstand?«

»Wenn er spricht, wenn man in sein Gesicht sieht ...«

»Iome«, sagte Gaborn, »wie könnt Ihr an Raj Ahtens Bosheit zweifeln? Was habt Ihr, daß er Euch noch nicht wegzunehmen versucht hat? Euren Körper? Eure Familie? Euer Zuhause? Eure Freiheit? Euren Besitz? Eure Stellung? Euer Land? Er hat Euer Leben zerstört und hätte Euch totschlagen können, denn er will Euch alles nehmen, was Ihr besitzt und was Ihr Euch je erhofft habt. Was muß er Euch noch antun, damit Ihr wißt, daß er böse ist? Was noch?«

Iome fand keine Worte.

»Ich werde dem Bastard den Kopf abschlagen«, beschloß Gaborn. »Ich werde einen Weg finden, aber zuerst müssen wir lebend hier rauskommen. Werdet Ihr mich begleiten, wenn ich Euren Vater ebenfalls aus der Stadt schaffe?«

Er ergriff ihre Hand, und als er sie berührte, verflog alle Dunkelheit. Iomes Herz klopfte. Sie traute sich fast nicht, ihrem Glück zu trauen, denn als sie ihm in die Augen sah, verschwanden all ihre Ängste, all ihr Selbsthaß, das Gefühl, häßlich zu sein. Es war, als wäre er ein lebender Glücksbringer, der eine Veränderung bis in ihr Herz bewirkte. Eine Festung aus Stein, dachte sie. Eine Stätte der Geborgenheit.

»Bitte«, flehte er und setzte die ganze Kraft seiner Stimme ein.

Sie nickte benommen. »Ich komme mit.«

Gaborn drückte ihre Hand. Ihr Herz flatterte, als er sagte:

»Ich weiß zwar nicht wie, aber ich werde Euch und Euren Vater aus dem Bergfried der Übereigner holen – bald.«
Wieder spürte Iome diese sinnliche Erregung, diese Sehnsucht, die sie mit Binnesmans Gegenwart verband. Ihr Herz klopfte. Gerade eben hatte er sie zärtlich festgehalten, als besäße sie noch immer ihre Anmut, als wäre sie noch immer wunderschön.
Er machte kehrt, nahm einer Leiche das Kurzschwert ab und steckte es in die Falten seines Gewandes. Dann verließ er schnell das Grabmal, und für einen kurzen Augenblick verdeckte sein Schatten das kalte Licht der Sonne.
Während er davonging, wagte sie fast nicht zu glauben, daß er sie holen und retten würde. Doch ein warmes Gefühl der Gewißheit erfüllte sie. Ja, er würde wiederkommen.
Als er fort war, meinte ihre Days: »Vor dem solltet Ihr Euch in acht nehmen.«
»Warum?«
»Er könnte Euch das Herz brechen.«
Iome kam nicht umhin, in der Stimme der Days einen seltsamen Unterton zu bemerken. Sie klang respektvoll. Iome hatte fürchterliche Angst. Wenn Raj Ahten sie bei ihrem Fluchtversuch ergriff, würde er ihr keine Gnade zeigen. Trotzdem wußte sie, ihr Herz schlug nicht aus Angst, sondern aus einem anderen Grund. Sie legte ihre Hand auf die linke Brust und versuchte, es zu beruhigen. Ich glaube, er hat es schon gebrochen, dachte sie bei sich.

KAPITEL 18
Duell der Täuschungen

Zwei Stunden, nachdem Gaborn Iome bei den Grabmalen zurückgelassen hatte, ritt Borenson zu den zerstörten Toren von Burg Sylvarresta hinauf. Eine Waffenstillstandsfahne flatterte an der Lanze eines toten Nomens. Er zwang sich zu lächeln.

Seine Muskeln schmerzten, und seine Rüstung war blutverschmiert. Er ritt jetzt das frische Pferd eines Kameraden, der nie mehr reiten würde.

Es würde auf ein geistiges Kräftemessen mit Raj Ahten hinauslaufen, ein Spiel, das er nicht spielen wollte. Das Glück war ihm nicht hold gewesen. Die meisten seiner Krieger waren erschlagen. Für jeden kleinen Sieg hatte er teuer bezahlt. Dem größten Teil der Armee des Wolflords hatte er die Pferde genommen, und es war ihm gelungen, eine Schar von Frowth-Riesen zu erschlagen und zu vertreiben – während ein weiteres Dutzend dieser Wesen in diesem wahnwitzigen Feuer umgekommen war. Viele von Raj Ahtens Unbesiegbaren hatten Borensons Männer in den Wald hinein verfolgt, und jetzt steckten sie besiegt so voller Pfeile, daß sie stachelig wie Igel aussahen.

Aber Borenson hatte keinen eindeutigen Sieg davongetragen, trotz schwerer Feindverluste. Raj Ahten hatte die Verfolgung von Borensons Männern aufgegeben, als sie tiefer in den Wald eindrangen, denn er hatte Angst vor einem Hinterhalt. Teils hatte Borenson gehofft, der

Wolflord würde die Herausforderung der Wälder annehmen, wo seine eigenen Leute, dessen war er sicher, im Vorteil wären.
Borenson hatte allerdings auch gewollt, daß Raj Ahten den Hinterhalt fürchtete. Es war ihm wichtig, ihn glauben zu machen, der Wald stecke voller Soldaten. König Orden hatte gesagt, man könne auch einen Mann von großer Geisteskraft überlisten, denn »selbst des weisesten Mannes Pläne sind nur so gut wie seine Information«.
So kam es, daß Borenson zu den Toren von Burg Sylvarresta hinaufritt und sein Pferd am Graben zügelte. Und dabei lächelte.
Auf der rußgeschwärzten Mauer über den zerstörten Tortürmen schwenkte einer von Raj Ahtens Soldaten seine Lanze dreimal über dem Kopf und winkte ihm, in die Burg zu kommen. Die Zugbrücke war heruntergelassen, ihr Mechanismus und die Ketten geschmolzen. Eine Seite der Zugbrücke war so verkohlt, daß sie ein Loch hatte, groß genug, daß ein Mann mit Pferd hindurchfallen konnte.
Da er seine Botschaft nicht unter vier Augen überbringen wollte, blieb er, wo er war, und rief: »Mir ist nicht nach Schwimmen, nicht in dieser Rüstung. Raj Ahten, ich habe eine Nachricht für Euch! Zeigt Ihr Euch mir, oder wollt Ihr Euch hinter diesen Mauern verstecken?«
Es schien Wahnsinn, den Wolflord der Feigheit zu bezichtigen, doch Borenson war längst zu der Überzeugung gelangt, daß geistige Gesundheit in einer Welt des Irrsinns keine Tugend war.
Nachdem sich zwanzig Sekunden lang nichts geregt

hatte, rief Borenson erneut: »Raj Ahten, im Süden nennt man Euch den Wolflord. Mein Lord meint jedoch, Ihr seid kein Wolf, sondern der Abkömmling eines gewöhnlichen Windhundes, und daß Ihr nicht die natürliche Veranlagung des Menschen habt, sondern statt dessen Hündinnen zugeneigt seid. Was sagt Ihr dazu?«

Plötzlich stand Raj Ahten oben auf der Mauer, strahlend wie die Sonne, die weißen Eulenschwingen seines Helms weit ausladend. Er blickte gebieterisch nach unten. Die Beleidigungen brachten ihn nicht aus der Ruhe.

»Werdet mein Diener«, sagte er sanft und so verführerisch, daß Borenson beinahe von seinem Pferd gesprungen und auf die Knie gefallen wäre.

Aber er erkannte die Wirkung der Stimmgewalt sofort und konnte sie überhören. Wer sich von der Kraft der Stimme beeinflussen läßt, wird kaum Kommandant in Ordens Garde.

»Euer Diener, der Ihr den ganzen Morgen von diesen Mauern herabbellt und meinen Lord mit Drohungen überschüttet? Ihr müßt verrückt sein!« entgegnete Borenson. Er spie auf den Boden. »Ich fürchte, man gewinnt nichts, wenn man Euch dient. Ihr habt nicht mehr lange zu leben.«

»Ihr sagt, Ihr habt eine Nachricht?« fragte Raj Ahten. Borenson fand, der Wolflord war ein wenig zu sehr darauf erpicht, der Flut der Beleidigungen ein Ende zu machen.

Er tat, als ließe er seinen Blick lange über die Soldaten auf den Burgmauern hinwegwandern. Tausende von Bogenschützen standen dort, dazu viele mit Spieß und

Schwert. Und auf den Wehrgängen hinter ihnen sah er Bewohner von Burg Sylvarresta – neugierige Jungs, die es kaum erwarten konnten, seine Nachricht zu hören. Ein paar Bauern, Kaufleute und Händler standen jetzt bereit, die Mauern für Raj Ahten ebenso energisch zu verteidigen, wie sie am Abend zuvor bereit gestanden hatten, für Sylvarresta zu kämpfen.

Borenson war sich in aller Deutlichkeit bewußt, daß seine Nachricht diesen Soldaten und Städtern mehr bedeutete als Raj Ahten. Eine unheilverkündende Nachricht, die unter vier Augen überbracht wurde, konnte vielleicht den Anführer demoralisieren. Dieselbe Nachricht vor einer Armee übermittelt, konnte ein ganzes Volk zerrütten.

»Eine sehr kleine Armee, um so fern der Heimat in der Falle zu sitzen«, sagte Borenson, als dächte er laut vor sich hin. Dabei rief er laut genug, daß die Männer auf den fernen Mauern ihn hören konnten.

»Es ist eine hervorragende Armee«, erwiderte Raj Ahten. »Gut genug für Euresgleichen.«

»Durchaus«, konterte Borenson. »Ich kann sie nur empfehlen. Eure Männer sind in den Wäldern heute morgen gut gestorben. Sie haben fast so gut gekämpft wie erwartet.«

Raj Ahtens Augen blitzten auf. Es war Borenson gelungen, seine Wut anzustacheln. Vielleicht war das doch nicht so klug, überlegte Borenson.

»Genug davon«, sagte Raj Ahten. »Eure Männer sind ebenfalls gut gestorben. Wenn Ihr einen Wettkampf wollt, um zu sehen, wessen Männer besser sterben, dann muß ich gestehen, Eure Männer werden gewinnen, denn ich habe heute genug von ihnen getötet. Und jetzt sagt, was Ihr mitzuteilen habt. Oder seid Ihr nur gekommen, um meine Geduld auf die Probe zu stellen?«

Borenson zog eine Augenbraue hoch und zuckte die Achseln. »Meine Nachricht lautet wie folgt: König Mendellas Orden hat vor zwei Tagen Burg Longmot eingenommen!«

Er wartete einen Augenblick, bis die Nachricht ihre Wirkung tat, dann fügte er hinzu: »Ihr habt zwar eine Besatzerstreitmacht ausgesandt, um diesen Felsbrocken zu halten, König Orden bittet mich aber, Euch mitzuteilen, daß Eure Verstärkungen bis auf den letzten Mann aufgerieben wurden.«

Diese Nachricht erschütterte die Verteidiger auf den Burgmauern. Raj Ahtens Männer sahen einander an und überlegten, wie sie reagieren sollten.

»Ihr lügt«, entgegnete Raj Ahten ruhig.

»Ihr beschuldigt mich der Lüge?« sagte Borenson, der seine Stimmbegabung nach bestem Vermögen einsetzte und versuchte, rechtschaffen und empört zu klingen. »Ihr wißt, daß es die Wahrheit ist. Prüft zum Beweis Euer eigenes Empfinden. Heute früh im Morgengrauen hat Lord Sylvarresta alle getötet, die Euch Gaben abgetreten hatten. Ihr habt den Angriff gespürt. Ihr habt seine Rache gespürt. Das könnt Ihr nicht bestreiten! Und nun werde ich Euch verraten, wie es gemacht wurde: Wir haben uns vor dreieinhalb Wochen in Marsch gesetzt«, sagte Borenson aufrichtig und nannte den Zeitraum, seit er Mystarria verlassen hatte, und rechnete dann aus, wann Raj Ahtens

Truppen sich in Marsch gesetzt haben mußten. »Kurz nachdem wir Nachricht von Eurem Aufbruch im Süden erhalten hatten. Zu diesem Zeitpunkt sandte mein König Orden Nachricht in alle entlegenen Ecken von Rofehavan und stellte damit seine Falle für diesen Welpen von Wolflord auf. Jetzt, Raj Ahten, steckt Euer Kopf in der Schlinge, und schon bald werdet Ihr merken, daß Ihr im Begriff seid zu ersticken – an Eurer Gier!«

Jetzt tuschelten die Männer auf den Mauern untereinander, sahen einander bestürzt an, und Borenson ahnte, was sie wissen wollten. »Ihr fragt Euch, woher mein Lord wußte, daß Ihr Heredon angreifen würdet?« meinte Borenson achselzuckend. »Mein Lord weiß vieles. Er hat durch die Spione, die an Eurer Seite arbeiten, von Euren Plänen erfahren.«

Borenson sah bedeutungsvoll zu den Beratern und Magiern hinüber, die neben Raj Ahten standen, und konnte sein Schmunzeln kaum unterdrücken. Dann ließ er den Blick auf dem herrisch dreinblickenden Days ruhen. Vielleicht traute Raj Ahten diesen Männern tatsächlich noch, von nun an aber, vermutete Borenson, trauten sie sich jedoch gegenseitig nicht mehr über den Weg.

Der Wolflord lachte über Borensons List stillvergnügt in sich hinein und konterte mit Worten, die Entsetzen in Borensons Herz auslösten. »Lord Orden hat Euch also geschickt, um Nachricht über seinen Sohn einzuholen. Keine Sorge, der junge Mann steht für ein Lösegeld bereit. Welches Angebot schlägt Orden vor?«

Borenson holte tief Luft und sah verzweifelt zu den

Burgmauern hinüber. Er hatte den Auftrag, ein Lösegeld für einen ungenannten Freund zu bieten, damit Raj Ahten die Namen jener preisgab, die er gefangenhielt. Doch Raj Ahten hatte sein Spiel durchschaut. Dennoch hoffte er, den Wolflord mit seinen nächsten Worten weiter zu entmutigen. »Ich habe nicht den Auftrag, irgend etwas anzubieten – solange ich den Prinzen nicht untersucht habe.«

Raj Ahten lächelte amüsiert. »Wenn König Orden nicht in der Lage ist, seinen Sohn im Auge zu behalten, werde ich ihm die Freude nicht machen. Außerdem würde Euch nicht gefallen, was Ihr zu sehen bekämt.«

Borenson staunte. Das Spiel wurde kompliziert, komplizierter, als ihm lieb war. Wenn Raj Ahten Gaborn tatsächlich gefangenhielt, dann hätte er nicht zögern dürfen, den jungen Mann zu zeigen. Es sei denn, er hatte den jungen Prinzen tatsächlich ermordet.

Aber wenn Raj Ahten den Prinzen nicht gefangengenommen hatte, dann hatte Borenson mit seinem Eingeständnis, das Tauschobjekt untersuchen zu müssen, dem Wolflord gegenüber zugegeben, daß auch er Gaborns Aufenthaltsort nicht kannte.

Zu spät erkannte Borenson, daß er von den Vorgaben abgewichen war, die König Orden für ihn erdacht hatte. Er bemühte sich zu sehr, gerissen zu sein und seinem Lord einen Vorteil zu verschaffen. Gut möglich, daß er dadurch seine ganze Mission gefährdete.

Das Gesicht vor Scham erglühend, ließ Borenson sein Pferd drehen und ritt davon. Er bezweifelte, daß Raj Ahten ihn gehen lassen würde. Der Wolflord mußte in

Angst und Schrecken versetzt werden, mußte sich fragen, ob König Orden die Zwingeisen in Longmot erbeutet hatte. Mußte sich fragen, wie viele von ihnen als Lösegeld angeboten werden würden.

»Wartet!« rief Raj Ahten Borenson hinterher.

Borenson sah sich um.

»Was bietet Ihr, wenn ich Euch den Prinzen zeige?«

Borenson schwieg, denn im Augenblick hatte er Angst zu sprechen, daher ließ er nur sein Pferd langsamer gehen.

Borenson ritt zweihundert Schritt weit, sich völlig bewußt, daß diese Begegnung einen ungünstigen Ausgang nehmen konnte. Er befand sich noch immer in Reichweite der Burg, und auf den Mauern standen Raj Ahtens Zauberer. Der Wolflord würde ihn nicht entkommen lassen, ohne zu versuchen, ihm Informationen zu entlocken.

Und so fragte sich Borenson abermals: Wenn Raj Ahten den Prinzen in seiner Gewalt hatte, wieso zeigte er ihn dann nicht?

Borenson ließ sein Pferd wenden, blickte hinauf in Raj Ahtens finstere Augen. »Gaborn hat unser Lager gestern abend sicher erreicht«, log er unverschämt, »und ich fürchte, ich kann kein Lösegeld mehr anbieten. Ich bin nur gekommen, um die Nachricht zu überbringen.«

Sein Gegner zeigte keinerlei Regung. Doch die erschrokkenen, unentschlossenen Gesichter seiner Berater sprachen Bände. Borenson erfüllte das sichere Gefühl, richtig geraten zu haben – Raj Ahten hatte den Prinzen nicht in seiner Gewalt. Er mußte an ein paar Späher denken, die seine Männer vergangene Nacht getötet hatten, und an einen weiteren Spähtrupp, mit dem seine Männer sich eine Stunde zuvor ein Gefecht geliefert hatten. Warum sonst sollten so viele Soldaten durch den Wald streifen?

»Wie auch immer«, fuhr Borenson fort, »die Familie Sylvarresta ist ein alter und angesehener Verbündeter meines Lords. Ich kann Euch ein Angebot für die Übergabe der Familie des Königs machen.«

»Das wäre?« fragte Raj Ahten.

Borenson entfernte sich immer weiter von den Vorgaben Lord Ordens. »Einhundert Zwingeisen für jedes Mitglied der königlichen Familie.«

Jetzt lachte Raj Ahten, lachte vor Erleichterung und voller Verachtung. Hier im Norden, wo das Blutmetall in den vergangenen zehn Jahren so knapp gewesen war, mochten dreihundert Zwingeisen wie eine königliche Summe erscheinen. Für Raj Ahten jedoch, der vierzigtausend Zwingeisen auf Longmot versteckt hatte, war dies nichts. Er glaubte nicht länger, daß Orden Burg Longmot eingenommen hatte, genau wie Borenson es beabsichtigte.

»Überdenkt das Angebot gut, bevor Ihr mich verspottet und verlacht«, meinte Borenson. Jetzt war die Zeit gekommen, den Wolflord auf die Folter zu spannen. Selbstsicher sagte Borenson: »Lord Orden hat vierzigtausend Zwingeisen in Longmot erbeutet und beschäftigt seit zwei Tagen ein halbes Dutzend Annektoren damit, sie einem nützlichen Zweck zuzuführen. Für einen so reichen Mann wie Euch ist der Verlust von vierzigtausend Zwingeisen vielleicht eine Kleinigkeit – trotzdem wird mein Lord sein Lösegeldangebot für den König und die königliche Familie nicht erhöhen. Was nützen ihm diese Menschen, wenn sie Euch als Übereigner dienen? Einhundert Zwingeisen für jeden, nicht mehr!«

Borenson beobachtete, wie Raj Ahtens Berater auf diese Nachricht hin zu zittern begannen, und empfand eine tiefe Befriedigung darüber, auch wenn Raj Ahten selber unerschütterlich dastand, während ihm langsam das Blut aus dem Gesicht wich.

»Ihr lügt«, rief Raj Ahten, der sich keine Angst anmerken ließ. »Der Prinz ist nicht bei euch. Ihr habt auch keine Zwingeisen. Und es gibt keinen Spion. Ich weiß, welches Spiel Ihr spielt, Bote, und Eure List macht mir keine Angst. Ihr seid mir bloß … lästig.«

Raj Ahten versuchte lediglich, seine Truppen durch den Einsatz seiner Stimmgewalt aufzurichten. Doch der Schaden war bereits entstanden. Verglichen mit den schmerzlichen Neuigkeiten, die Borenson mitgebracht hatte, klang Raj Ahtens Leugnen hohl und vergeblich.

Und doch befürchtete Borenson, Raj Ahten könnte ihn durchschauen. Er spürte eine nagende innere Unruhe.

Borenson gab seinem Pferd die Sporen und jagte es über das verbrannte Gras draußen vor der Burg. Da und dort stiegen noch immer kleine Rauchwölkchen vom Boden auf. Als er sich sicher außerhalb der Reichweite der Bogenschützen glaubte, ließ er sein Roß wenden.

»Raj Ahten«, rief er, »mein Lord bittet Euch, ihn bei Longmot zu treffen, wenn Ihr Euch dorthin wagt. Bringt jeden Narren mit, der sterben will – Eure fünftausend gegen seine fünfzig! Dort, das schwört er, wird er kein

Pardon geben und Euch fertigmachen wie den kleinen bösartigen Köter, der Ihr seid!«

Er hob seinen Arm als Zeichen, und draußen, jenseits der Hügel im Wald, stießen seine Männer die Kriegshörner, kurz und abgehackt, und forderten alle Einheiten auf, sich neu zu formieren.

Lord Orden hatte zweihundert Hörner auf diese Unternehmung mitgenommen, denn ursprünglich hatten seine Männer sie in den Hügeln erklingen lassen sollen, sobald Prinz Orden Iomes Hand errungen hätte.

In Zeiten des Krieges jedoch wurden solche Hörner nur an die Kommandanten von je einhundert Mann ausgegeben. Raj Ahten wußte dies ganz sicher, und Borenson hoffte nur, daß das Gehör des Wolflords scharf genug war, die Anzahl der Hörner unterscheiden zu können.

Es wäre gut, wenn Raj Ahten glaubte, daß Borensons achtzig Überlebende achttausend waren.

KAPITEL 19
Die Prüfung

Raj Ahtens ergebenster Berater Jureem verfolgte mit zusammengekniffenen Augen, wie sein Herr auf den verbrannten Mauern von Burg Sylvarresta stand, während Borenson davonritt. Das Gesicht seines Herrn erstrahlte in Schönheit, schien fast von innen heraus zu leuchten. Ein Gesicht, so strahlend – es war das Licht der Welt. Die schauderhaften Neuigkeiten schienen Raj Ahten kalt zu lassen.

Jureem aber spürte, daß er vor Angst zitterte. Auch wenn sein Herr es abstritt, er wußte, irgend etwas stimmte nicht. Er war auf seine Phantasie angewiesen, denn sein Herr vertraute sich ihm nur noch selten an, fragte ihn nur noch selten um Rat.

Jahrelang waren diese Nordmenschen seinem Herrn ein Dorn im Fleisch gewesen, hatten sie ihre Unabhängigen Ritter ausgesandt, um seine Übereigner hinterhältig zu ermorden. Raj Ahtens geliebte Schwester war in seinen Armen an einer Wunde gestorben, die ihr ein Unabhängiger Ritter beigebracht hatte. Mit den Jahren hatte er gelernt, diese blaßhäutigen Nordmenschen zu verabscheuen – bis jetzt, da Raj Ahten ihre Gaben übernahm und Wege ersann, sie auszunutzen, schien er nichts für sie zu empfinden. Keine Reue, kein Mitleid, kein menschliches Mitgefühl.

Und jetzt das.

Zur Zeit jedoch wurde Jureem von anderen Sorgen gequält. Er wäre am liebsten nach Longmot gelaufen, um festzustellen, ob Borenson die Wahrheit sprach. Er wollte dem Mann zu gern einen Pfeil in den Rücken schießen. Er wünschte, Borenson hätte nie den Mund aufgemacht. Zudem hatten Raj Ahtens Flammenweber in ihren Feuern Visionen eines Königs gesehen, eines Königs, der ihn vernichten konnte. König Orden.

Und nun hatte sich auch noch Zauberer Binnesman Raj Ahtens Feind angeschlossen.

Jureem hielt die Hände zu Fäusten geballt, versuchte zu vermeiden, daß andere mitbekamen, wie sie zitterten. Er hatte geglaubt, dic Familie Orden auszumerzen wäre einfach. Jetzt schien sich die Angelegenheit doch komplizierter zu gestalten.

Kein Buch enthielt genug Worte, um die Intrigen wiederzugeben, die sein Herr, Raj Ahten, gesponnen hatte. Jureem verstand sie selbst nur zum Teil. Traditionsgemäß kam König Orden zur Jagd hierher nach Burg Sylvarresta und brachte in seinem Gefolge nur wenige hundert Soldaten mit.

Dieses Jahr hatte der Prinz ein Alter erreicht, in dem, entschied Raj Ahten, wohl auch er mitkam. Und so hatte er seine Falle aufgebaut, Burg Sylvarresta mit ein paar Soldaten gestürmt, in der Hoffnung, König Orden nach Süden zu locken, wo Raj Ahtens Truppen, die sich entlang der Straße nach Mystarria versteckten, König Orden und seinen Sohn niedermetzeln würden. Zog der König nicht nach Süden, würden Raj Ahtens Späher ihn schließlich stellen.

Es war nur einer von hundert in Gang gesetzten Plänen. Noch an diesem Tag würden Dutzende von Meuchelmördertrupps zuschlagen. Armeen marschierten gegen Festungen im Westen und im Süden. Andernorts würden Armeen einfach ihren Vormarsch stoppen, in Wäldern oder in den Bergen untertauchen und so wesentliche Streitkräfte in irgendeiner Festung binden oder sie von ihren beabsichtigten Zielen fortlocken.

Jureem wußte, darin lag das Kernstück des Planes seines Herrn, nämlich sowohl Orden als auch Sylvarresta zu stürzen.

Jetzt jedoch warnten unheilverkündende Vorzeichen davor. Die Feuerdeuterin hatte einen König gesehen, der das Große Licht Indhopals vernichten konnte.

Raj Ahten hatte sich selbst angreifbar gemacht. Er hatte weniger als eintausend Zwingeisen mit nach Burg Sylvarresta gebracht, und über die Hälfte davon war vergangene Nacht verbraucht worden. Er hatte vierzigtausend Zwingeisen auf Longmot zurückgelassen, das stimmte, und er hatte angenommen, das Blutmetall sei dort sicher. Longmot war eine mächtige Burganlage, mit hohen und durch magische Zauber gefestigten Mauern. Zwar war die Zahl von Raj Ahtens Truppen in Longmot klein gewesen, doch ihre Zahl hatte bald vergrößert werden sollen.

Die Zeitspanne, während der jemand Longmot hätte angreifen können, war sehr kurz gewesen. Mit seinen Verteidigungsanlagen hätte Longmot imstande sein müssen, jedem kleineren Angriff von Burgen in der Nähe aus standzuhalten. Die Burgen Groverman und Dreis waren beide von Longmot aus innerhalb von drei Tagesritten zu erreichen. Doch Raj Ahtens Spähtrupps hatten ihm versichert, die Garnisonen dort seien klein. Jureems Spione hatten in keiner der Burgen Truppen von Orden gesehen.

Seine Spione hatten lediglich berichtet, Orden habe ein »größeres Gefolge als erwartet« zur Feier des Hostenfests mitgebracht und außerhalb des Dorfes Hazan, an der Südgrenze von Heredon, sein Lager aufgeschlagen. Das Gefolge bestand höchstens aus dreihundert Mann – Knappen, Köche und Marketender eingeschlossen. Es war eine große Streitmacht, größer als die, die Raj Ahten hatte einsetzen wollen. Normalerweise war Ordens Gefolge für die Jagd nicht so groß.

Jetzt jedoch hatten die Späher berichtet, gestern abend seien mehr als zweitausend Ritter auf Burg Sylvarresta zugeritten. Wie war das möglich? Brachte Orden zwei Armeen mit, eine, um Longmot anzugreifen, die andere, um nach Norden zu reiten?

Zwei Tage. Jureem hatte seit zwei Tagen nichts mehr aus Longmot gehört. Er hätte einen Lagebericht erhalten sollen. Jureem vermutete, daß die Burg gefallen war. Irgendwie war es König Orden gelungen, die Festung einzunehmen.

Der Bote hatte von fünfzigtausend Mann gesprochen. Fünfzigtausend? Die Zahl machte Jureem nervös, denn sie schien zu nahe an jener Zahl von Rittern zu liegen, die Orden seiner Schätzung nach im nächsten Frühling gegen seinen Herrn aufbieten würde – vorausgesetzt, Orden entging der Falle. Lord Orden konnte eine Viertelmillion Ritter zusammenziehen, würde jedoch nie mit einer auch nur annähernd so großen Zahl angreifen. Er würde nicht wagen, seine Burgen ohne Schutz zurückzulassen.

Gut durchdachte Pläne, die alle kurz vor dem Scheitern standen. Raj Ahten mußte den Norden einnehmen, und das schnell. Seit Jahren schon sanken die Erträge der Blutmetallminen von Kartish. Mitte des Winters würden sie erschöpft sein.

Nur in Inkarra konnte er sich weiteres Blutmetall verschaffen. Es hieß, daß die Minen dort ertragreich seien.

Doch keinem Lord aus Rofehavan oder Indhopal war es je gelungen, nach Inkarra einzumarschieren. Die Zauberer dort waren nicht mächtig, aber zahlreich. Die Inkarrer hatten sich Schlachttaktiken angeeignet, die dem Gelände dort sehr gut angepaßt waren – überfallartige Angriffe in den Hügeln auf stämmigen, kleinen Ponys. Außerdem waren die Inkarrer nur zu besiegen, wenn man gleichzeitig über die Hohen Lords des Arr triumphierte.

Das schlimmste war: vor langer Zeit war ein gewisser Meisterannektor namens Tovil von Rofehavan nach Inkarra geflohen und hatte dort eine neue Schule zur Erforschung der Zwingeisen ins Leben gerufen. Nun waren erstaunliche Entdeckungen gemacht worden, Entdeckungen, die kein anderer Zauberer je hatte wiederholen können. In Inkarra hatte man Zwingeisen entwickelt, die keine Narben hinterließen, so daß es möglich war, anhand des Males die Form einer Rune der Macht zu erkennen. Diese Zwingeisen übertrugen Talente und Fähigkeiten von einer Person zur anderen.

In all den Jahren des Ausspionierens war es den Lords aus Rofehavan und Indhopal nie gelungen, sich die Entdeckungen der Inkarrer anzueignen.
Jedesmal, wenn ein Lord aus dem Norden versucht hatte, in den Süden vorzudringen, hatte er schnell erkennen müssen, daß die Südländer ihn nicht nur bekämpften – sie stellten seinen Feinden auch Zwingeisen zur Verfügung.
Deshalb hatte kein Lord jemals Inkarra einnehmen, ihm seinen Reichtum rauben, in seine Geheimnisse eindringen können.
Jureem wußte, Raj Ahten mußte bald handeln. Er mußte die Könige aus dem Norden ausnehmen, sie unterjochen und dann weiterziehen. Durchaus möglich, daß Daylan Hammer in Zeiten, die längst Legende waren, Gaben des Willens und Talents übernommen hatte, daß dies ein unverzichtbarer Bestandteil dessen war, was Raj Ahten benötigte, bevor er zur Summe aller Menschen werden konnte.
Jureem war stolz darauf, sich nicht leicht täuschen zu lassen. Er vermutete stark, daß Borenson eine verworrene, auf einer Teilwahrheit fußende Geschichte erzählt hatte, die reichlich mit Lügen verwoben war. Wenn Jureem sich jedoch die Nachricht durch den Kopf gehen ließ, die Borenson überbracht hatte, war verdammt schwer festzustellen, wo die Tatsachen endeten und die Lüge begann.
Nach längerem Nachdenken auf der Burgmauer sah Raj Ahten zur Seite, zu Jureem. »Meine Berater, laßt uns gehen«, sagte er. Der Wolflord ersuchte Jureem oder

Feykaald nur noch selten um Rat. Diese Aufforderung ließ auf die Besorgtheit seines Herrn schließen.
Sie verließen die Burgmauer und waren noch nicht weit gegangen, als sie die Menschenmenge hinter sich gelassen hatten.
»Feykaald«, fragte der Wolflord den ältesten seiner Berater, »was meint Ihr: Hat König Orden seinen Sohn bei sich?«
»Natürlich nicht«, zischte Feykaald. »Der Bote war zu verwirrt, zu verängstigt, als Ihr das erste Mal das Lösegeld erwähnt habt. Der Bote steckte voller Lügen. Er hat kein einziges wahres Wort gesprochen.«
»Ich stimme zu, daß Orden seinen Sohn noch nicht bei sich hat, aber auch wenn das Auftreten des Boten ihn als Lügner ausweist, so hat er doch das eine oder andere wahre Wort gesprochen.«
»Er hat seinen Sohn nicht bei sich«, pflichtete Jureem ihm bei, während er sich jede Feinheit der Stimme des Boten, jeden Gesichtsausdruck noch einmal vor Augen rief.
»Einverstanden«, meinte Raj Ahten. »Was ist mit Longmot?«
»Er kann es unmöglich erobert habe?« fauchte Feykaald augenblicklich.
»Er hat es aber getan«, erwiderte Raj Ahten, dessen Stimme nichts von der Besorgnis verriet, die diese Tatsache in ihm hervorgerufen haben mußte. Jureem stockte bei dem Gedanken fast das Herz.
»Größtes aller Lichter«, sagte Jureem, »da muß ich Euch widersprechen. Das Verhalten des Boten hat eindeutig gezeigt, daß auch dies gelogen war. Orden muß ein Narr

sein, einen so armseligen Lügner mit einem solchen Auftrag loszuschicken!«

»Es ist nicht das Verhalten des Boten, das mich überzeugt hat«, gab Raj Ahten daraufhin zurück. »Ich habe im Morgengrauen ein Schwindelgefühl verspürt. Ein Teil der Jugend hat mich verlassen, dessen bin ich sicher. Viele hundert Übereigner sind gestorben, und ihre Gaben sind verloren. Ich bin ganz sicher.«

So viele Gaben zu verlieren war ein harter Schlag, eine angsteinflößende Wunde. Jureem jedoch besorgte dies nicht. In fernen südlichen Ländern suchten Raj Ahtens Annektoren eifrig neue Übereigner für ihn. Es waren Männer mit einem hohen Maß an Anmut und Stimmgewalt, die andere in seine Dienste locken und ihnen die Zwingeisen ansetzen konnten. Raj Ahten befand sich in einem Zustand ständiger Veränderung und gewann in erstaunlichem Tempo an Körper- und Geisteskraft, an Anmut und Durchhaltevermögen. Jureem wußte längst nicht mehr, wie viele tausend Menschen seinem Lord als Übereigner dienten. Er wußte nur, daß sein Lord Tag für Tag an Macht gewann. Noch war nicht zu erkennen, was aus seinem Lord werden würde, sobald er die Summe aller Menschen war.

An diesem Morgen jedoch hatte er einen Rückschlag erlitten.

In ein oder zwei Tagen würde Raj Ahtens Besatzungsarmee eintreffen, einhunderttausend Mann stark, und die Burg belagern. Mit einer so großen Armee konnte Orden unmöglich gerechnet haben.

Zur selben Zeit würden drei Armeen in das Königreich

Orwynne im Westen einmarschieren, und König Theros Val Orwynne würde, hatte er erst einmal erkannt, daß sich die Zange um ihn geschlossen hatte, kaum eine andere Wahl bleiben, als sich entweder zu ergeben oder für eine Belagerung einzuigeln. Er würde Orden auf Longmot keine Hilfe schicken können.

Inzwischen hatten Saboteure in Fleeds damit begonnen, die Kornvorräte für die Stallungen des Hohen Königs Connal zu vergiften und so die Reiterstämme an ihren grimmigen Kavallerieattacken zu hindern.

Nein, Orden hatte mit Sicherheit fürchterliche Angst. Also schickte er diesen kleinen kläffenden Boten los, der Raj Ahten anblaffen sollte.

»Vielleicht«, meinte Jureem, »hat Orden Longmot eingenommen, kann es aber nicht halten.« Wenn Raj Ahten dagegen recht hatte, wenn Longmot gefallen war und es dieser Bote geschafft hatte, während seines ganzen Vortrags Unehrlichkeit zu heucheln, war es dann vielleicht doch möglich, daß er in jedem Punkt die Wahrheit gesprochen hatte?

Jetzt sprach Raj Ahten das aus, was Jureem am meisten fürchtete. »Haben wir einen Spion in unserer Mitte?«

Jureem überlegte, sah keinen anderen Weg, wie sich erklären ließ, daß Orden von Raj Ahtens Angriff auf Heredon erfahren hatte. Orden hätte auch nicht von den auf Longmot versteckten Zwingeisen wissen dürfen, oder davon, daß die Burg unterbesetzt war.

Sofort befürchtete Jureem, er könnte selbst das Problem gewesen sein. Hatte er einem seiner Liebhaber gegenüber etwas davon erwähnt? Hatte vor Dienern oder Fremden etwas fallenlassen? Ein unbedachtes Wort ins falsche Ohr gesprochen?

Schon möglich, daß ich es war, dachte Jureem. Er hatte gegenüber einem seiner Liebhaber, einem Pferdekenner, der ausgezeichnete Hengste züchtete, geäußert, er habe Angst, Longmot unterbesetzt zurückzulassen. Aber hatte er die Zwingeisen erwähnt? Nein, mit keinem Wort.

Er blickte zur Seite. Feykaald war seit vielen Jahren bei Raj Ahten. Jureem vertraute dem Mann. Was die Flammenweber anbetraf, so scherten sie sich nicht um Raj Ahten. Sie dienten den Flammen der Urgewalt und würden dem Wolflord nur so lange folgen, wie er ihnen Krieg versprach, ihnen versprach, ihren Meister zu nähren.

Diese Männer waren also gewiß keine Spione. Natürlich konnte einer der Kommandanten ein Verräter sein. Aber wie? Wie hätte selbst ein Spion Orden so schnell von der Gelegenheit auf Longmot in Kenntnis setzen können?

Nein, es war der Days, der große Mann mit dem ergrauenden Haar und dem wie gemeißelten, herrischen Gesichtsausdruck, der Jureem die größten Sorgen bereitete. Er hätte Orden in dieser Schlacht helfen können. Nur er.

Jureem hatte diesen Augenblick schon seit langem befürchtet. Die Days behaupteten von sich, sie seien unparteiisch und würden nie einem Lord gegen einen anderen helfen. Dies hätte eine Einmischung in die Angelegenheiten der Menschen bedeutet, ein Verhalten, das, so die Days, die Lords der Zeit nicht hinnehmen würden. Daher beschränkten sie sich auf die Aufzeichnung der Ereignisse – aber Jureem hatte zu viele Gerüchte gehört, zu viele Anspielungen auf skrupellose Machenschaften in der Vergangenheit. Jahrelang hatte Raj Ahten an Macht gewonnen, bis er den Punkt erreicht hatte, wo die Days, wie Jureem argwöhnte, sich gegen ihn verschworen.

Seiner Ansicht nach stellten die Days auf ihre Art eine viel größere Gefahr dar als die nicht bezwingbaren Unabhängigen Ritter.

Der Days war natürlich über Raj Ahtens Tun informiert. Er hatte lange vorher gewußt, daß Raj Ahten plante, Longmot anzugreifen, hatte gewußt, daß er die Burg ohne ausreichende Truppen zurückgelassen hatte. Der Zwilling des Days', der Mann oder die Frau, der seinen Geist in dem Kloster oben im Norden teilte, wußte natürlich ebenfalls, was geschehen war. Und was ein Days erfahren hatte, konnte schnell an andere weitergegeben werden.

Jureem konnte sich gerade noch zurückhalten, nicht herumzuwirbeln und dem Days die Eingeweide herauszureißen.

»Ich glaube, wir werden verraten, mein Lord«, sagte Jureem mit einem flüchtigen Blick auf den Days. »Wenn ich auch nicht weiß, wie.« Sein Herr hatte die verdeckte Anschuldigung bemerkt.

Doch was konnte sein Herr tun? Wenn Jureem den Days fälschlicherweise beschuldigte und ihn erschlug, konnte das die Sache noch verschlimmern. Sämtliche Days würden sich ganz offen gegen Raj Ahten stellen und jedem seine Geheimnisse verraten.

Andererseits, wenn Jureem den Days nicht erschlug, blieb der Spion im Lager.

Raj Ahten hielt im Gehen inne.

»Was werden wir jetzt tun?« frage Feykaald und rang die Hände. Sie ragten unter seinem türkisfarbenen Seidengewand hervor wie knorrige Äste eines Baumes.

»Was meint Ihr, was wir tun sollen?« fragte Raj Ahten. »Ihr seid mein Berater, Feykaald. Also beratet mich.«

»Wir sollten General Suh eine Nachricht schicken«, schlug Feykaald leise vor, »und seine Armeen als Verstärkung zu uns umlenken, statt ihn Orwynne angreifen zu lassen.«

Feykaald war alt und besaß viel Erfahrung. Dank seiner Vorsicht hatte er lange überlebt. Aber Jureem wußte, wie oft sich Raj Ahten weniger vorsichtige Ratschläge wünschte. Der Wolflord hatte an Macht gewonnen, weil er auf Jureem gehört hatte.

Er beugte sein Ohr zu ihm hinüber. »Und was würdet Ihr tun?«

Jureem senkte den Kopf. Er sprach, als dächte er laut nach. »Verzeiht mir, Gesegnetes Licht, wenn ich in dieser Angelegenheit nicht ganz so beunruhigt scheine.« Er warf Feykaald einen argwöhnischen Blick zu. »Mag sein, König Orden hat tatsächlich Eure Zwingeisen erbeutet, aber bei wem will er sie einsetzen? Ihr habt auf Longmot bereits jedem, der es wert war, seine Gaben abgenommen. Von der dortigen Bevölkerung hat Orden nichts zu erwarten. Demnach kann er nur von seinen Kriegern Gaben übernehmen: eine unglückliche Geschichte – denn mit jeder Gabe, die er erhält, schwächt er seine eigene Armee.«

»Was schlagt Ihr also vor?«

»Geht nach Longmot und holt Euch Eure Zwingeisen zurück!« Das war natürlich die einzig mögliche Antwort. Raj Ahten konnte es sich schlecht leisten, auf Verstärkung zu warten. Das würde Orden bloß Zeit geben, sich entweder mit dem Schatz aus dem Staub zu machen oder selbst Verstärkung herbeizurufen.

Die Antwort brachte Raj Ahten zum Schmunzeln. Es war riskant, das wußte Jureem. Vielleicht wollte Orden sie aus Burg Sylvarresta heraus und in einen Hinterhalt locken. Aber das ganze Leben bestand aus Risiken. Und Raj Ahten konnte sich schlecht erlauben, die Hände in den Schoß zu legen.

Er hatte sechs Gaben des Stoffwechsels übernommen. Dadurch war er in der Lage, die Pläne der Meuchelmörder zu durchkreuzen, die es immer wieder auf ihn abgesehen hatten.

Doch die Übernahme so vieler Gaben barg eine große Gefahr – die Aussicht auf einen frühen Tod. Gaben des Stoffwechsels konnten als Waffe gegen ihren Besitzer dienen. Tatsächlich war, der Legende nach, in einem Fall ein Übereigner, der einem großen König eine Gabe des Stoffwechsels überlassen hatte, von den Feinden dieses Königs entführt worden. Daraufhin hatten die Feinde dem Übereigner Hunderte von Gaben des Stoffwechsels zugeführt und ihn in einen Vektor verwandelt, so daß der König in wenigen Wochen an Altersschwäche starb. Aus diesem Grund hatte Raj Ahten alle seine Gaben des

Stoffwechsels durch einen einzigen Übereigner vektoriert, einen Mann, den er stets in seiner Nähe behielt, für den Fall, daß er den Mann töten und die Verbindung kappen mußte.

Wenige Könige wagten, mehr als eine oder zwei Gaben des Stoffwechsels zu übernehmen. Mit seinen sechs konnte Raj Ahten schneller laufen als jeder andere Mann. Doch er alterte auch sechsmal schneller. Und obwohl Jureems Herr viele tausend Gaben des Durchhaltevermögens besaß und mit unglaublicher Anmut altern würde, so wußte Jureem doch, daß der menschliche Körper so beschaffen war, daß er mit der Zeit verschliß. Sein Herr war zweiunddreißig Jahre alt, wegen seiner vielen Gaben des Stoffwechsels jedoch war er um sehr viel mehr gealtert. Körperlich war er Anfang Neunzig.

Raj Ahten konnte weder hoffen, viel länger als bis zum biologischen Alter von einhundertzehn Jahren zu leben, noch konnte er ohne seine Gaben überleben.

Erst wenige Jahre zuvor hatte Raj Ahten den unglückseligen Fehler begangen, einige seiner Übereigner zu erschlagen, um seinen Alterungsprozeß zu bremsen. Bereits eine Woche später jedoch hatte ein Meuchelmörder aus dem Norden den Wolflord beinahe getötet. Seitdem war Raj Ahten gezwungen, diese einsame Last des schnellen Stoffwechsels geduldig zu ertragen.

Drei Jahre. Er mußte die Welt einen, um innerhalb dreier Jahre zur Summe aller Menschen zu werden, oder er würde sterben. Ein Jahr, den Norden zu einigen. Zwei, den Süden einzunehmen. Wenn Jureems Herr starb, konnte leicht die Hoffnung der gesamten Menschheit mit ihm sterben. So mächtig waren die Greifer.

»Wir ziehen also nach Longmot«, sagte Raj Ahten. »Was ist mit Ordens Armee im Dunnwald?«

»Mit welcher Armee?« fragte Jureem, wegen vieler kleiner Hinweise sicher, daß keine große Gefahr drohte. »Habt Ihr eine Armee gesehen? Ich habe gehört, wie Hörner im Wald geblasen wurden, aber habe ich eintausend Pferde wiehern hören? Nein! Ordens Nebel diente lediglich dazu, seine Schwäche zu verbergen.«

Jureem schaute mit zusammengekniffenen Augen zu seinem Gebieter hoch. Seine Fettleibigkeit, sein kahler Kopf ließen ihn wie einen Einfaltspinsel aussehen, doch Raj Ahten wußte schon seit langem, daß sein Berater in jeder Hinsicht so gefährlich war wie eine Kobra. Jureem ertappte sich, wie er vorschlug: »Ihr habt zwanzig Legionen, die auf Longmot zumarschieren – eine Armee, der Orden nichts entgegenzusetzen hat, nicht, wenn Ihr an unserer Spitze kämpft. Wir müssen die Burg einnehmen!«

Raj Ahten nickte ernst. Diese vierzigtausend Zwingeisen standen für die Arbeit Tausender Minenarbeiter und Handwerker in den vergangenen drei Jahren. Ein großes Vorkommen an Bluterz, das jetzt erschöpft war. Sie waren unersetzlich.

»Die Männer sollen sich zum Abmarsch vorbereiten«, befahl Raj Ahten. »Wir werden Sylvarrestas Schatzkammer plündern und uns die nötigen Lebensmittel in den Dörfern besorgen, durch die wir kommen. In einer Stunde brechen wir auf.«

»Und die Pferde, Mylord?« fragte Feykaald. »Wir werden Pferde brauchen.«

»Unsere Soldaten besitzen genügend Gaben, die meisten brauchen keine Pferde«, erwiderte Raj Ahten. »Pferde müssen verpflegt werden und brauchen mehr Ruhe als ein Soldat. Meine Krieger werden zu Fuß nach Longmot gehen. Wir werden Pferde benutzen, wo immer wir können. Wir nehmen an Tieren mit, was wir hier in den Ställen finden.«

Einhundertsechzig Meilen. Jureem wußte, daß Raj Ahten diese Entfernung in wenigen Stunden zu Fuß zurücklegen konnte, die meisten seiner Bogenschützen dürften aber kaum mehr als eine Gabe des Stoffwechsels besitzen. Solche Soldaten brauchten mindestens einen Tag bis nach Longmot.

Der Wolflord würde seine Nomen zurücklassen müssen. Sie wären auf dem Marsch nur hinderlich. Die Riesen und die Kampfhunde hielten eine solche Tortur jedoch aus.

»Aber«, bedrängte ihn Feykaald, »was wird aus Euren Übereignern hier? Ihr habt zweitausend im Bergfried. Wir haben weder ausreichend Pferde, um sie zu transportieren, noch genug Wachen, um alle zu beschützen.« Auch er hatte sein Augenmerk auf die Logistik gerichtet.

Raj Ahtens Antwort war entmutigend. »Wir lassen keine Krieger hier, die den Bergfried der Übereigner bewachen.«

»Was?« fragte Feykaald. »Ihr fordert Orden geradezu zum Angriff auf. Man wird Eure Übereigner töten!«

»Natürlich«, sagte Raj Ahten. »Aber wenigstens dient ihr Tod einem höheren Zweck.«

»Einem höheren Zweck? Welchem höheren Zweck sollte ihr Tod dienen?« fragte Feykaald verwirrt.
Doch plötzlich erkannte Jureem den Plan in seiner ganzen Grausamkeit und Größe: »Ihre Ermordung wird die Parteilichkeit fördern«, folgerte Jureem. »Jahrelang haben die Völker im Norden sich gegen uns zusammengeschlossen. Aber wenn Orden Sylvarrestas Übereigner tötet – was er muß –, wenn er seinen ältesten und treuesten Freund vernichtet, was gewinnt er dadurch? Vielleicht schwächt er uns ein paar Tage lang, doch sich selbst schwächt er für immer. Selbst wenn er mit den Zwingeisen entkommen sollte, werden die Lords des Nordens Orden fürchten. Mancher hier in Heredon wird über ihn erzürnt sein, sich vielleicht sogar an ihm rächen wollen. All das wird gegen die Familie Orden arbeiten – und die Vernichtung von Orden ist der Schlüssel für die Übernahme des Nordens.«
»Ihr seid äußerst weise«, stellte Feykaald leise mit ehrfurchtsvoller Stimme fest und warf erst Raj Ahten, dann Jureem einen flüchtigen Blick zu.
Doch die Verschwendung betrübte Jureem. So viele Menschen gingen durchs Leben, zufrieden damit, nichts zu tun und nichts zu sein. Es war klug, von solchen Menschen Gaben zu übernehmen, sie einer Bestimmung zuzuführen. Aber das Leben der Übereigner auf diese Weise zu vergeuden – das war eine große Schande.

Jureem und Feykaald riefen ein paar knappe Befehle, und Augenblicke später erwachte die Burg zum Leben. Die

Truppen bereiteten sich auf den Abmarsch vor. Überall wimmelte es von Soldaten.

Raj Ahten, der mit seinen Gedanken allein sein wollte, machte sich auf den Weg durch die schmalen, gepflasterten Straßen, ging an den Stallungen des Königs vorüber – einigen neuen Gebäuden aus Holz, die zwei Stockwerke hoch waren. Im oberen Stock waren Heu und Getreide untergebracht. Im Erdgeschoß die Pferde.

Seine Leute waren überall, beanspruchten die besten Hengste, die sie fanden, für sich, brüllten den Stallburschen Befehle zu.

Im Vorübergehen blickte Raj Ahten in mehrere offenstehende Türen hinein. Einige Übereignerpferde waren in Ställen untergebracht, viele von ihnen hingen in Schlingen, wo die Stallmeister die unglücklichen Tiere hegten und pflegten. Schwalben schossen, aufgeregt pfeifend, durch die offenen Türen ein und aus.

In den Stallungen kam ungeheure Geschäftigkeit auf. Nicht nur Sylvarrestas Pferde waren hier untergebracht, sondern auch einige von Raj Ahtens edleren Tieren hatte man am vergangenen Abend hier eingestellt, damit sie von den Stallmeistern des Wolflords versorgt werden konnten.

Er besaß genügend gute Schlachtrösser, um eine stattliche Kavallerie zu versorgen.

Raj Ahten betrat geduckt den letzten Stall. Der Geruch von Mist und Pferdeschweiß hing in der Luft. Mit seinem überentwickelten Geruchssinn reagierte er äußerst empfindlich auf einen solchen Gestank. Sein Stallmeister wusch die Pferde des Gebieters zweimal täglich mit

Lavendelwasser und Petersilie, um diese ekelhaften Gerüche abzumildern.
Vorne in den Stallungen stand neben einer Pferdebox ein Junge mit dunklem Haar. Er hatte einem Kraftpferd das Zaumzeug angelegt – einem guten, nach der Zahl seiner Runen zu urteilen –, striegelte es gerade und machte es sattelfertig. Mehrere ebenso vortreffliche Pferde warteten daneben. Der Junge war im Gesicht zu blaß, um einer von Raj Ahtens Stallburschen zu sein, er mußte von Sylvarresta übernommen worden sein.
Als Raj Ahten hereinkam, drehte er sich um und schaute nervös über die Schulter.
»Du!« meinte Raj Ahten zu dem Jungen. »Bring die Pferde zum Tor und gib sie nicht aus der Hand. Die besten hältst du für die Berater Feykaald und Jureem hier zurück – für keinen anderen. Verstanden?« Er deutete auf Jureem, welcher gleich draußen vor der Tür stand, und der nickte dem Jungen knapp zu.
Der Stallbursche nickte ebenfalls, warf dem Pferd einen kleinen Jagdsattel über und lief glotzend und verängstigt rasch an Raj Ahten und seinen Beratern vorbei.
Manchmal hatte Raj Ahten diese Wirkung auf Menschen. Er mußte lächeln. Von hinten kam ihm der Junge bekannt vor. Doch plötzlich empfand er eine gewisse Verschwommenheit, eine Unklarheit der Gedanken, als er versuchte, sich zu erinnern. Dann hatte er es – er hatte den Jungen vorhin auf der Straße gesehen.
Aber nein, jetzt wußte er es wieder, das war nicht der Junge gewesen. Sondern bloß eine Statue, die aussah wie er. Der Stallbursche führte die Pferde aus dem Stall, be-

gann, die Sättel festzugurten und die Schnallen zuzuziehen, band, knapp außer Hörweite, die Satteltaschen fest. Als er mit seinem Days im dunklen Stall allein war, wirbelte Raj Ahten herum und packte ihn an der Kehle. Der Mann war ihm zwei Schritte weiter zurück als üblich gefolgt. Vielleicht weil er sich schuldig fühlte, vielleicht aus Angst.

»Was wißt Ihr über diesen Angriff auf Longmot?« fragte Raj Ahten und hob den Days am Hals vom Boden. »Wer hat mich verraten?«

»Ich, arrrgh, nicht!« erwiderte der Days. Der Mann packte Raj Ahtens Handgelenk mit beiden Händen, versuchte, nicht zu ersticken. Die Angst stand ihm ins Gesicht geschrieben. Schweißperlen traten ihm auf die Stirn.

»Ich glaube Euch nicht«, zischte Raj Ahten. »Nur Ihr konntet mich verraten – Ihr oder einer Euresgleichen.«

»Nein!« keuchte der Days. »Wir, äh, wir ergreifen in Staatsdingen niemals Partei. Dies ist ... Eure Angelegenheit.«

Raj Ahten sah ihm ins Gesicht. Der Days wirkte verängstigt und erschrocken.

Raj Ahten hielt ihn fest, mit Muskeln stark wie Stahl aus dem Norden, und überlegte, ob er dem Mann das Genick brechen sollte. Vielleicht erzählte der Days die Wahrheit, aber eine Gefahr stellte er nach wie vor dar. Er hätte den Kerl am liebsten zertreten, hätte sich am liebsten von dieser Plage befreit. Doch tat er dies, würden sich sämtliche Days der Welt verschwören und seine Geheimnisse an seine Feinde verraten – die Zahl seiner Armeen, die Aufenthaltsorte seiner versteckten Übereigner.

Raj Ahten setzte den Days ab und knurrte: »Ich behalte Euch im Auge!«
»Genau wie ich Euch«, antwortete der Days und rieb sich den wunden Hals.
Der Wolflord drehte sich um und verließ den Stall. Der Kommandant seiner Garde hatte gesagt, Gaborn Val Orden habe einen der Späher des Wolflords hier in der Nähe erschlagen. Demnach konnte man sicherlich der Witterung des Prinzen folgen.
Raj Ahten besaß Gaben des Geruchssinns von über eintausend Menschen. Die meisten seiner Späher hatten Gaben des Geruchssinns von Hunden übernommen und fürchteten daher den Hundstod, den der Prinz bei sich trug.
»Wohin geht Ihr, mein Lord?« fragte Jureem.
»Prinz Orden hinterher«, entschied Raj Ahten. Seine Männer hätten mit den Vorbereitungen für den Marsch noch einige Zeit zu tun. Bei seinen Gaben des Stoffwechsels konnte Raj Ahten die Zeit damit verbringen, etwas Sinnvolles zu machen, während die anderen arbeiteten. »Er ist vielleicht noch in der Stadt. Manche Aufgaben soll man nicht geringeren Männern überlassen.«

KAPITEL 20
Ein Prinz wird entlarvt

Ach was, Befehl ist Befehl! Seine Lordschaft hat mich beauftragt, den König und sein Töchterchen auf vernünftige Pferde zu setzen – und wenn ich sie im Sattel festbinden muß! Der Karren ist auf einem so langen Marsch durch die Wälder zu langsam«, sagte Gaborn, wobei er einen Akzent aus Fleeds vortäuschte.

Die besten Pferdekenner kamen aus Fleeds, und er wollte die Rolle eines Stallburschen spielen, dem man vertraute. Er saß auf seinem Hengst und blickte im Hof des Bergfrieds der Übereigner auf den Kommandanten hinunter. Die Wachen hatten das Fallgatter hochgezogen und waren eifrig damit beschäftigt, einen großen, geschlossenen Karren mit Übereignern vollzuladen, die sie hier auf Burg Sylvarresta hinzugewonnen hatten – jene, die als Vektoren für Raj Ahten tätig werden sollten –, darunter auch König Sylvarresta.

»Mir hat er gesagt, von denen hier keinen!« erwiderte der Kommandant in seinem harten taifanischen Akzent und sah sich nervös um. Seine Männer hatten ihre Posten verlassen, um die Küchen nach Proviant zu durchsuchen. Ein paar Offiziere plünderten Sylvarrestas Schatzkammer, andere schlugen unten auf der Marktstraße die Fenster der Geschäfte ein. Jede Minute, die der Kommandant sich mit Gaborn unterhielt, bedeutete eine Minute weniger, um sich die Taschen vollzustopfen.

»Ach, was weiß denn ich«, gab Gaborn zurück.

Er machte kehrt und wollte losreiten, versetzte seinem Pferd einen leichten Stoß mit den Fersen und riß die vier Pferde herum, die er an der Leine hatte. Es war ein heikler Augenblick. Gaborns Pferd wurde unruhig, legte die Ohren an, rollte mit den Augen. Mehrere Soldaten kamen zum Bergfried der Übereigner gerannt, um beim Plündern der Schatzkammer zu helfen. Gaborns Hengst schreckte vor jedem zurück, der sich vorbeidrängte, riskierte einen kleinen Tritt gegen einen Mann. Einer der angebundenen Hengste reagierte auf die plötzliche Bewegung und bockte. Gaborn sprach leise beruhigende Worte, um zu verhindern, daß die ganze Gruppe durchging.

In den letzten Minuten hatten sich die Straßen plötzlich mit Menschen gefüllt – eine ganze Horde von Raj Ahtens Leuten war zum Zeughaus und zu den Stallungen gerannt, um sich Vorräte, Waffen und Pferde zu greifen, und Händler liefen panisch herum, um ihren Besitz vor den Plünderern zu schützen.

»Halt!« rief der Kommandant, bevor Gaborn die Pferde wenden konnte. »Ich setze den König auf das Pferd. Welches ist für ihn?«

Gaborn verdrehte die Augen, als sei die Antwort offenkundig. Wäre er tatsächlich ein Stallbursche gewesen, dann hätte er gewußt, welches Pferd am ruhigsten bleiben, welches verhindern würde, daß der schwachsinnige König herunterfiel. Wie die Dinge lagen, fürchtete er jedoch, daß alle fünf Pferde jeden Augenblick durchgehen konnten. Seinen eigenen Hengst, auf dem er tags zuvor in die Stadt geritten war, hatte man darauf trainiert, die Soldaten des Wolflords an ihrem Waffenrock zu erkennen und nach ihnen zu beißen und zu treten. Umringt von Soldaten warf sein Hengst den Kopf hin und her und trat ständig unruhig von einem Bein aufs andere. Sein Gebaren machte die anderen Tiere nervös.

»Ach, wer weiß das heute schon?« meinte Gaborn. »Ich wittere ein Unwetter. Sie sind alle ein bißchen unruhig.«

Er betrachtete die Pferde. In Wahrheit schien die Unruhe zwei Tieren eher weniger zuzusetzen.

»Binde den König auf ›Erhebung‹ fest, und laß uns hoffen, daß er nicht stürzt!« Gaborn tätschelte ein rötlichgraues Pferd, erfand den Namen des Tieres einer spontanen Eingebung folgend. »Die Prinzessin sitzt auf seiner Schwester hier, ›Vergeltung‹. Ihre Days sollen von mir aus auf den unruhigen Pferden reiten und auf dem Allerwertesten landen. Ach, und achtet auf den Bauchgurt am Sattel des Königs. Er lockert sich. Und ›Todesgeläut‹ hier laßt Ihr am besten ganz hinten gehen. Sie tritt aus.«

Gaborn reichte dem Kommandanten die Zügel der vier Pferde, drehte sich um und wollte gehen.

»Warte!« rief der Kommandant, wie Gaborn erwartet hatte. Gelangweilt blickte er über die Schulter.

»Du setzt den König auf das Pferd! Du setzt alle auf die Pferde. Ich will, daß du sie eigenhändig durch das Tor schaffst!«

»Ich hab' zu tun!« wandte Gaborn ein. Wenn man sich eine Arbeit sichern will, ist es manchmal das beste, so zu tun, als wollte man sie nicht. »Ich will zusehen, wie die Soldaten abziehen.«

»Und zwar sofort!« brüllte der Kommandant.

Gaborn zuckte die Achseln, drängte die Pferde durch das Fallgatter in den Innenhof des Bergfrieds der Übereigner neben den großen Karren.

Bislang war es niemandem gelungen, die Kraftpferde zu überreden, den Karren zu ziehen, daher stand der Wagen einfach bloß da, und seine Deichsel lag auf dem Boden. Gaborn warf einen Blick in den Wagen und versuchte, Iome nicht zu sehr anzustarren. Er wischte sich den Schweiß mit dem Ärmel aus der Stirn, dann stieg er ab und half ihr beim Aufsteigen. Er hatte keine Ahnung, ob sie reiten konnte, und war erleichtert, als sie ohne Schwierigkeiten auf dem Pferd saß und wie selbstverständlich nach den Zügeln griff.

Mit dem sabbernden König war es schwieriger. Seine Augen füllten sich mit Angst, und er schrie und klammerte sich sofort mit beiden Händen an den Hals des Pferdes, nachdem Gaborn ihn in den Sattel bugsiert hatte. Anschließend versuchte er, sich hinuntergleiten zu lassen. Der König war zwar früher ein ausgezeichneter Reiter gewesen, aber davon war jetzt nichts mehr geblieben. Gaborn wurde klar, daß er den Mann buchstäblich am Sattelknauf würde festbinden müssen.

Er nahm also eine seiner Führungsleinen und tat genau das, schlang dem König das Seil zweimal um die Hüfte, dann band er ihn vorne am Sattelknauf und hinten an den Halterungen für die Satteltaschen fest.

Sein Herz klopfte. Er ging ein wahnsinniges Risiko ein:

Iome konnte reiten, der König aber stellte zweifellos ein Problem dar. Gaborn hatte vor, den König und Iome durch das Stadttor zu bringen, dann in den Wald zu galoppieren, wo Ordens Truppen ihn beschützen konnten. Jedenfalls hoffte er, die Bogenschützen würden es nicht wagen, den König zu erschießen. Als Vektor war er für Raj Ahten zu wertvoll.

Am meisten fürchtete Gaborn, Raj Ahtens Soldaten könnten sie zu Pferd verfolgen.

Zum Glück schienen das Gejammere und die grotesken Klammerversuche des Königs die Pferde eher neugierig zu machen als zu verängstigen. Als er den König sicher im Sattel angebunden hatte, begann Sylvarresta sich mehr dafür zu interessieren, das Pferd zu streicheln und zu liebkosen, als sich selber abzuwerfen.

Raj Ahten beugte sich über den blutgetränkten Boden und nahm in dem Birkenwäldchen Gaborns Witterung auf. Auf dem Kamm oben standen seine Berater und zwei Soldaten in der Mittagssonne.

Aber hier im schattigen Wald suchte Raj Ahten ganz allein, so wie nur er dies konnte.

»Das ist die Stelle!« rief einer seiner Kommandanten. Aber der Erdboden roch nur noch nach Schimmel und Humus und trockenem Laub. Es hatte Asche geregnet von den Feuern, die den Garten des Zauberers verbrannt hatten, und die hatte die Witterung verdorben. Dazu lag der scharfe Geruch von Soldatenblut in der Luft.

Der Prinz war durch den verwüsteten Garten des Kräutersammlers gegangen, damit sein Körpergeruch von Rosmarin, Jasmin, Gräsern und anderen schweren Duftstoffen überdeckt wurde. Raj Ahtens eigene Männer waren vergangene Nacht hier im Dutzend vorübergetrampelt und hatten die Fährte noch zusätzlich verwischt.

Je mehr er die Luft prüfend einsog, desto flüchtiger schien die Witterung.

Trotzdem – keiner von Raj Ahtens Jagdhunden konnte so gut Spuren verfolgen wie er selbst. Der Wolflord kniete also vorsichtig schnuppernd im Lehm nieder, verwarf so manche Witterung und suchte die heraus, die auf Gaborn hinwies. Er kroch vorwärts, suchte nach irgendeiner Spur zwischen den Bäumen. Vielleicht hatte der junge Mann einen Kletterahorn gestreift oder den Stamm einer Erle berührt. Wenn, dann würde seine Witterung an der Stelle haften.

Raj Ahten fand in der Nähe des Blutes keine Witterung, aber er fand etwas, das fast ebenso interessant war: den erdigen Moschusgeruch eines Mädchens, einer Magd, die in der Küche arbeitete. Seltsam, daß keiner seiner Jäger dies erwähnt hatte. Vielleicht hatte es nichts zu bedeuten, vielleicht begleitete das Mädchen den Prinzen aber auch.

Plötzlich richtete sich Raj Ahten erschrocken auf. Ein halbes Dutzend Finken in einem nahen Baum ergriff auf die Bewegung hin die Flucht. Er lauschte auf einen sanften Wind, der durch die Bäume wehte. Er erkannte die Witterung des Mädchens wieder, hatte sie schon einmal gerochen …

Heute morgen.

Sie war ihm auf der Marktstraße begegnet, unmittelbar vor dem Bergfried der Übereigner.

Raj Ahten besaß Gaben der Geisteskraft von über tausend Menschen. Er erinnerte sich an jeden Schlag seines Herzens, an jedes Wort, das man je zu ihm gesagt hatte. Er sah die Frau jetzt vor sich, zumindest ihren Hinterkopf. Ein wohlgeformtes junges Ding in einem Gewand mit Kapuze. Ihr langes Haar war dunkelbraun. Sie hatte neben einer Statue aus grauem Stein gestanden. Wieder überkam ihn ein seltsames Gefühl – eine eigenartige Verschwommenheit der Gedanken.

Doch – nein! erkannte er plötzlich. Das konnte keine Statue gewesen sein. Die Gestalt hatte sich bewegt. Aber als er daran vorbeigelaufen war, hatte er den Eindruck von Stein gehabt.

Er versuchte, sich an das Gesicht der Statue zu erinnern, sie sich als lebendes Fleisch vorzustellen. Die Statue eines Jungen – eines gesichtslosen, unauffällig aussehenden Knaben in einem schmutzigen Gewand.

Sie hatten auf der Straße nahe der Stelle gestanden, wo seine Feuerdeuterin getötet worden war.

Halt – jetzt hatte Raj Ahten sie – die Witterung. Er erinnerte sich an den Geruch der beiden. Hielt ihn in seinen Gedanken fest. Ja, er war hier im Wald. Und er hatte ihn im Stall gerochen. Der junge Mann, den er im Stall gesehen hatte, vor wenigen Minuten.

Raj Ahten konnte sich an alles erinnern, was er in vielen Jahren gesehen hatte. Jetzt versuchte er das Gesicht des Jungen hervorzuholen, ihn sich dort in den Stallungen vorzustellen.

Statt dessen sah er das Bild eines großen Baumes mitten im Wald in der Abenddämmerung, so gewaltig, daß seine schwankenden Äste nach den Sternen zu greifen schienen.

Unter diesem Baum war es so friedlich, wenn man ihn so betrachtete, daß Raj Ahten die Hände hob und spürte, wie die Wärme des Sternenlichts seine Hände berührte und sie durchdrang.

Er sehnte sich danach, dieser Baum zu sein, der sich im Wind wiegte. Ungerührt, nicht zu bewegen. Nichts als Stamm und Wurzeln, die von zahllosen vorüberkriechenden Würmern sanft gestreift wurden. Tief atmend. Vögel segelten zwischen den Ästen hindurch, nisteten in den Astgabeln, pickten nach Futter und nach Würmern, die sich in den Falten seiner Rinde verbargen.

Raj Ahten stand mit angehaltenem Atem inmitten der Bäume des Waldes, blickte auf seine kleineren Brüder herab, kostete den Wind, der ziellos über ihn hinweg und durch ihn hindurch strich. Alle Sorgen verschwanden. Alles Hoffen und Streben verblaßte. Ein Baum, ganz friedlich und still.

Wenn man so für immer stehenbleiben könnte!

Ein Feuer flammte in seinem Stamm auf.

Raj Ahten öffnete die Augen. Einer seiner Flammenweber betrachtete ihn durchdringend, stieß ihn mit seinem heißen Finger an.

»Mein Lord, was tut Ihr da? Ihr steht jetzt schon seit fünf Minuten hier!«

Raj Ahten holte überrascht tief Luft, betrachtete die Bäume rings um ihn, fühlte sich plötzlich beklommen. »Ich ... Gaborn ist noch immer hier in der Stadt«, erklärte er. Aber er konnte den Jungen nicht beschreiben, konnte sein Gesicht nicht erkennen. Er konzentrierte sich und sah in rascher Folge einen Stein, einen einsamen Berg, eine enge Schlucht.

Warum kann ich sein Gesicht nicht sehen? wunderte er sich.

Dann blickte er hinauf in die Bäume ringsum und wußte es. Eine kleine Baumreihe, schmal, längs des Flusses. Ein Finger des Dunnwaldes. Aber trotzdem mächtig.

»Steck diesen Wald in Brand«, trug er dem Flammenweber auf.

Raj Ahten lief zu den Stadttoren und hoffte, er würde nicht zu spät kommen.

Der Schweiß lief Gaborn in Strömen übers Gesicht, während er die Pferde durch den unteren Innenhof trieb. Fünfhundert Ritter waren draußen vor den Toren in ständiger Bewegung. Ihre Schlachtrösser trugen die elegantesten Rüstungen, die Sylvarrestas Schmiede herstellen konnten.

Weitere tausend Bogenschützen standen nahe der Mauern mit gespannten Bögen bereit, für den Fall, daß eine Armee aus dem Wald hervorstürmte.

Dennoch nahm die Tatsache, daß so viele Männer die Burg bereits verlassen hatten, dem Gedränge nichts von seiner Enge. Die Tausende von Soldaten waren keinesfalls allein unterwegs – Knappen, Köche, Waffenmeister, Schneider, Träger, Pfeilmacher, Huren, Wäscherinnen – sie alle bevölkerten die Straßen. Raj Ahten hatte siebentausend Soldaten in seiner Legion, sein Lager aber beherbergte zusätzlich tausend Gefolgsleute.

Stallmeister striegelten die Pferde im Innenhof. Kinder liefen zwischen den Pferden umher. Zwei Kühe waren den Butterweg heruntergelaufen und stapften jetzt durch die Menge.

In dem ganzen Durcheinander ritt Gaborn, das Pferd von Iome, das ihres Vaters und die der beiden Days hinter sich herziehend, aus der Burganlage heraus, darum bemüht, daß die Pferde nicht nach jedem Soldaten bissen oder traten, der die roten Wölfe Raj Ahtens auf seinem Schild oder Wappenrock trug.

Ein dunkelgesichtiger Unterkommandant schnappte sich die Zügel von Gaborns Pferd und brüllte: »Her mit dem Pferd, Junge. Ich will es!«

»Raj Ahten hat mir aufgetragen, die Zügel nicht aus der Hand zu geben«, meinte Gaborn. »Es ist für Jureem.«

Der Unterkommandant zog die Hand zurück, als hätte er sich verbrannt, und betrachtete sehnsuchtsvoll das Pferd.

Gaborn ritt durch die dichtgedrängte Menge aus Leibern zu den Scharen von Soldaten hinüber, die sich auf dem verkohlten Grasland vor Burg Sylvarresta sammelten. Er nahm das Pferd des Königs scharf an die Leine und sah sich um.

Der schwachsinnige König lächelte jeden an und winkte allen zu, wobei er den Mund vor Freude weit aufriß. Gaborns Roß watete mit seinem mürrischen Wesen durch die Menschenmassen und schlug eine Bresche für die nachfolgenden Pferde. Die Days von Iome und König Sylvarresta folgten dichtauf.

In der Nähe des abgebrannten Tores drängte alles über die beschädigte Zugbrücke. Eine Seite war von den

Flammen der Urgewalt fast zerstört, allerdings flüchtig repariert worden.

»Macht Platz für die Pferde des Königs! Achtung, die Pferde des Königs!« brüllte Gaborn, fast ein wenig überrascht, daß die Männer ihm den Weg freimachten.

Er ließ den Blick über die Soldaten schweifen, als er unter dem Portal hindurchritt. Überall bewachten Bogenschützen die äußere Mauer. Die meisten Fußsoldaten aber hatten ihre Posten verlassen.

Dann war er auf einmal unter dem Hauptbogen. Gaborn traute der zerstörten Brücke nicht ganz zu, das Gewicht der Reiter mitsamt den Tieren zu tragen. Man hatte ein paar Planken über die Lücke geworfen, aber die sahen äußerst dünn aus, daher stieg er ab und hieß Iome dasselbe tun. Was den König anbetraf, so ließ er den Mann auf dem Pferd und führte vorsichtig jedes Tier einzeln hinüber, dann mischte er sich unter das Gedränge der Soldaten, die im verbrannten Gras hin und her liefen.

Raj Ahtens Krieger beobachteten nervös die Hügel, konnten es kaum erwarten, aufzubrechen. Die Truppen rückten eng zusammen, wie Männer es tun, wenn sie Angst haben. Der Klang von König Ordens Jagdhörnern vor weniger als einer Stunde hatte sie in eine düstere Stimmung versetzt.

Iome überquerte die Brücke, und Gaborn half ihr in den Sattel zurück, dann führte er ihr Roß über die unbefestigte Straße und hielt dabei die Zügel seines eigenen Pferdes, als sei er nur ein Stallbursche, der die Tiere ablieferte.

Plötzlich erhob sich hinter ihm ein Durcheinander. Eine kräftige Stimme rief: »Ihr da, Prinz Orden!«
Gaborn war mit einem Satz auf dem Pferd, gab dem Tier mit einem Tritt die Sporen, brüllte: »Wild, los!« Sein Pferd machte einen solchen Satz nach vorn, daß er fast aus dem Sattel gefallen wäre.
Er hatte für sie die Pferde aus Sylvarrestas Stall besorgt, in der Annahme, sie seien für die Jagd ausgebildet. Auf sein Kommando liefen die Tiere los wie der Wind. Man hatte sie für den Wald und für die Hatz gezüchtet, stark in den Beinen, kräftig in der Brust.
Ein Soldat schaltete schnell und warf sich ihm in den Weg, die Kriegsaxt halb gezogen. »Tritt zu!« brüllte Gaborn, und sein Pferd bäumte sich auf, trat mit einem Vorderfuß aus und zerschmetterte dem Krieger mit der Kante seines Eisenhufs den Kopf.
Von oben auf der Burgmauer brüllte Raj Ahten: »Stoppt sie! Haltet sie fest, bevor sie den Wald erreichen!« Seine Stimme hallte von den Hügeln wider.
Dann hatte er die Felder erreicht. Iome galoppierte schreiend neben ihm her, die Zügel ihres Vaters Pferds fest in der verkrampften Hand.
Das Dayspaar hinter ihnen war nicht vorgestürmt. Ein Soldat packte den Days des Königs am Saum seines Gewandes und zerrte den Mann herunter, als sein Pferd bockte. Drei weitere gesellten sich dazu. Iomes Days, eine schmächtige Frau mit strichförmigem Mund, ließ ihr Pferd in dem Durcheinander tänzeln und griff augenblicklich an.
Dutzende von Rittern gaben ihren Pferden die Sporen,

schweren Schlachtrössern, die für den Kampf ausgebildet waren. Gaborn hatte keine Angst vor ihnen. Unter dem erdrückenden Gewicht ihrer Rüstung und ihrer gepanzerten Reiter würden die Pferde wahrscheinlich zurückfallen. Aber es waren dennoch Kraftpferde von übernatürlicher Kraft und Ausdauer.

Er drehte sich kurz um, rief Iome zu, sie solle schneller reiten. Er hatte nur ein kurzes Schwert – nicht viel, um gegen solche Männer zu bestehen.

Viele Bogenschützen auf den Burgmauern besaßen aus Stahl gefertigte Langbogen, die tausend Schritt weit schießen konnten. Niemand konnte auf eine solche Entfernung genau zielen, doch ein glücklicher Treffer konnte ebenso leicht töten wie ein gezielter.

Sein Pferd galoppierte so fließend – ihm war, als sei es ein Geschöpf aus Wind, das unter ihm zum Leben erwacht war und dessen Hufe rhythmisch schlugen. Der Hengst stellte die Ohren nach vorn und hob, froh, aus dem Stall befreit zu sein und wie ein Sturm über den Boden hinwegzufegen, zufrieden seinen Schweif.

Der Wald schien auf Gaborn zuzufliegen.

Ein Pfeil pfiff an Gaborns Hals vorbei, streifte das Ohr des Tieres.

Hinter ihm schrie ein Pferd vor Schmerzen, und Gaborn sah sich kurz um, sah, wie es, einen Pfeil im Hals, strauchelte. Iomes Days saß darauf, den Mund zu einem überraschten Rund verzogen. Sie überschlug sich, flog über den Kopf des Tieres – in ihrem Rücken steckte ein schwarzer Pfeil – und stürzte kopfüber in das verkohlte Feld.

Ein halbes Dutzend Bogenschützen hatten abgezogen, die Pfeile senkten sich in hohem Bogen auf Gaborn. Er schrie: »Rechts, los!« Wie ein Mann schwenkten alle übriggebliebenen Pferde ab, tauchten unter der Flugbahn der Pfeile hinweg.

»Feuer einstellen, Bogenschützen!« tobte Raj Ahten. Seine dummen Bogenschützen würden am Ende noch seine Übereigner töten.

Fünf Dutzend Ritter hetzten über die verbrannten, mit toten Nomen und Frowths übersäten Felder auf die nahen Hügel zu, wo abgebrannte Bäume ihre verdrehten Äste in den Himmel reckten. Wenn die Ritter den Prinzen nicht einfingen, bevor er den Wald erreichte, dann würde Gaborn, so vermutete Raj Ahten, bei König Ordens Streitkräften Unterschlupf finden. Oder schlimmer, die Wälder selbst würden den Jungen beschützen.

Wie um Raj Ahtens Verdacht zu bestätigen, erscholl ein einzelnes Kriegshorn aus dem Wald – ein hoher, einsamer Ton, von der Anhöhe des ersten Hügels. Ein Signal für Ordens Männer zum Angriff.

Wer wußte, wie viele Ritter sich dort versteckten?

Zwei Flammenweber rannten zu Raj Ahten, der oben auf der Mauer stand. Die haarlosen Männer sprangen neben ihn, die Hitze, die von ihren Körpern aufstieg, brodelte wie ein Inferno.

Der Wolflord zeigte bloß hinaus auf die Felder. Er konnte das Gesicht des Jungen nicht sehen. Selbst als Gaborn sich umdrehte, konnte er aus irgendeinem Grund das Antlitz des Jungen nicht erkennen. Aber er kannte den

Rücken, die Gestalt. »Rahjim, seht Ihr den jungen Mann, der sich zurückfallen läßt und sich zum Kampf bereit macht? Verbrennt ihn!«

Ein zufriedenes Licht leuchtete in den dunklen Augen des Flammenwebers auf. Rahjim atmete nervös aus, Rauch trat aus seinen Nasenlöchern hervor. »Ja, Großmächtiger.«

Rahjim zeichnete mit dem Finger eine Rune der Feuermacht in die Luft, dann hob er die Hand und griff eine halbe Sekunde lang nach der Sonne, die hoch am Himmel strahlte. Plötzlich verdunkelte sich der Himmel, als er das Sonnenlicht zu Fasern bündelte, zu Fäden, geschmolzener Seide gleich, und sie zu energiegeladenen Seilen gedreht herunterzog, bis sie sich in seiner Hand sammelten – dann war seine Hand voll geschmolzener Flammen.

Rahjim hielt das Feuer einen Sekundenbruchteil fest – lange genug, um einen passenden Brennpunkt zu finden. Dann schleuderte er es mit aller Macht hinaus.

Gaborn fiel nach vorne, als ihn ein Stoß aus Wind und Energie in den Rücken traf und er plötzlich ein Brennen spürte. Er fragte sich, ob ihn ein Pfeil getroffen hatte, und bemerkte, daß sein Rock in Flammen stand.

Einer von Raj Ahtens Rittern hetzte sein Pferd neben Iome und versuchte, ihre Zügel zu greifen.

Gaborn zerriß den schmutzigen, verrotteten Stoff, der ihn umhüllte, warf das lichterloh brennende Ding gerade rechtzeitig in die Luft, um zu sehen, wie die Lumpen in Flammen aufgingen. Vermutlich hatte nur der Schlamm auf seinem Umhang verhindert, daß er in dieser kostbaren halben Sekunde verbrannte. Das Kleidungsstück fiel über den Kopf des Schlachtrosses von Iomes Verfolger, verfing sich am Helm des Pferdes. Es wirkte fast wie ein Zaubertrick.

Das Pferd wieherte erschrocken, strauchelte, warf seinen Reiter ab.

Der Prinz blickte über die Schulter zurück. Er war jetzt Hunderte von Schritten von den Flammenwebern entfernt – außer Reichweite ihrer gefährlichsten Zauber.

Der Flammenweber hatte sein Ziel mit seiner ersten Attacke verfehlt und würde nun versuchen, seine Macht durch rasende Wut unter Beweis zu stellen.

Oben auf dem Hügel, weiter vorn auf der gewundenen Straße, erscholl zum zweiten Mal ein Kriegshorn, das König Ordens Soldaten zum Sturm rief. Wenn König Orden angriff, würde Raj Ahten erfahren, wie wenig Soldaten Gaborns Vater in Wirklichkeit zur Verfügung standen.

Der Himmel verdunkelte sich ein zweites Mal, doch diesmal währte die Dunkelheit länger. Gaborn drehte sich um, sah den Flammenweber mit erhobenen Armen. Eine Kugel aus Feuer, leuchtend hell und geschmolzen wie die Sonne, formte sich zwischen seinen Fingern.

Gaborn drückte das Gesicht dicht an das Pferd, roch den Pferdeschweiß, den süßlichen Duft des Fells.

Vorne schwenkte die Straße nach Osten, obwohl sie bald nach Süden führen würde. Sie war breit und zu dieser Jahreszeit voller Staub. Weiter vorne führte sie vorbei an einigen verbrannten Bäumen in den verheißungsvollen Schutz des dahinterliegenden Waldes. Dort war das

Kriegshorn erklungen. Aber wenn Gaborn die Straße hier verließ und sich geradeaus hielt, würde er die Bäume schneller erreichen.

Einmal im Wald, außer Sicht der Flammenweber, wäre er sicherer.

»Rechts, los!« brüllte er und drängte das Pferd von der Straße herunter. Iomes Pferd gehorchte seinem Kommando, und der König folgte ihr. Wegen des plötzlichen Schwenks schrie Sylvarresta vor Angst auf und klammerte sich an den Hals seines Pferdes. Gaborn ließ sein Pferd wie einen Hasen eine Böschung hinaufpreschen und schoß über schwarzverbranntes, geschlagenes Holz hinweg.

Links von Gaborn flog die Feuerkugel vorbei – nachdem sie sich bis zur Größe eines kleinen Karrens ausgeweitet und über die Entfernung an Kraft verloren hatte.

Das Getöse aus Hitze und Licht schlug krachend in den verkohlten Waldboden ein und explodierte. Schwarze Asche und Feuer rangen miteinander in der Luft.

Dann galoppierte Gaborn zwischen schwarzen Baumstämmen hindurch, tanzte durch die Bäume, benutzte sie, um seinen Rücken zu decken. Selbst abgestorben boten sie noch einiges an Schutz.

Raj Ahtens Reiter stürmten hinterher, Männer, die in den Sprachen des Südens lauthals fluchten. Auf ihren Gesichtern zeichnete sich Wut ab.

Allein die Tatsache, daß er kein Hemd trug, nichts, was ihn schützte außer seiner Haut, erinnerte Gaborn an Binnesmans Kräuter in dem Beutel an seinem Hals.

Gartenraute.

Er packte den Beutel, riß ihn sich vom Hals und schwenkte das Ding durch die Luft. Die pulverisierten Blätter standen in der Luft wie eine Wolke.
Die Wirkung war verheerend.
Die Reiter, die auf diese Wolke aus Gartenraute trafen, fingen heftig an zu husten. Pferde wieherten vor Schmerz, stolperten und stürzten. Männer fluchten. Metall schepperte. Gaborn sah sich um.
Ein Dutzend Ritter lag röchelnd auf dem schwarzverbrannten Hang. Die anderen waren alle von ihren ohne ersichtlichen Grund gestürzten Kameraden abgeschwenkt. Die meisten hatten es für klug gehalten, sich vor dem hartnäckig ertönenden Kriegshorn zurückzuziehen, denn nun ritten sie in vollem Tempo zurück nach Burg Sylvarresta.
Gaborn erklomm eine kleine Anhöhe und sah, daß die unbefestigte Straße sich durch ein schmales Tal wand.
Zwischen den schwarzen Bäumen oben nahe des Grats saß ein einzelner einsamer Krieger auf einem nicht gepanzerten grauen Pferd. Er trug seinen Schild am linken Arm – ein kleines, rundes Ding, nicht viel größer als ein Teller.
Borenson, der auf ihn wartete. Weiße Zähne blitzten unter seinem roten Bart auf, als der große Leibwächter seinen Prinzen lächelnd begrüßte. Gaborn hätte nie geglaubt, daß er sich so freuen würde, den grünen Ritter der Familie Orden auf dem Schild eines Kriegers zu erblicken.
Sein Leib setzte das Kriegshorn erneut an die Lippen,

blies zum Angriff und jagte Gaborn entgegen. Seine Stute setzte über den Leichnam eines Frowth-Riesen hinweg, stürzte den Hang hinunter.

»Bogenschützen, spannen!« brüllte Borenson, eine offenkundige Finte. Jenseits des Tales gab es nichts als verkohlte Bäume und Steine. Der Krieger zog eine langstielige Streitaxt aus der Hülle an seinem Sattel, schwenkte sie über dem Kopf und galoppierte donnernd an Gaborn vorbei, um dem Prinzen Deckung zu geben.

Nur einer von Raj Ahtens Reitern hatte sich über den Grat hinweggetraut und kam ihm entgegengestürmt.

Ein riesiger Kerl auf einem schwarzen Pferd – die weiße Kriegslanze in der Schwebe, ein Speer aus Licht. Gaborn blickte noch in der derselben halben Sekunde zurück, in der er sein Pferd herumriß.

Der Ritter trug ein schwarzes Kettenhemd unter einem goldfarbenen Wappenrock. Seine elfenbeinfarbene Lanze war blutverschmiert.

Auf den hohen Helm des Ritters waren weiße Schwingen aufgemalt, die zu erkennen gaben, daß er kein gewöhnlicher Soldat war – sondern der Kommandant von Raj Ahtens Garde, ein Unbesiegbarer mit nicht weniger als fünfzig Gaben.

Borenson konnte es mit dem Mann unmöglich aufnehmen.

Dennoch gab er seinem Pferd die Sporen, um dem Krieger entgegenzureiten, während seine Stute mit jedem Trampeln ihrer Hufe Erde in die Höhe schleuderte.

Dann dämmerte es Gaborn: die Truppen seines Vaters waren geflohen, würden ihm nicht zu Hilfe kommen.

Borenson mußte diesen Ritter töten, mochte es ihn auch das Leben kosten, damit Raj Ahten nicht die Wahrheit erfuhr.
Gaborn zog das Kurzschwert aus dem Gürtel an seiner Hüfte.
Der Unbesiegbare stürmte den Hang hinunter, die Lanze im Anschlag, so reglos wie die Sonne am Himmel.
Borenson hob seine Streitaxt hoch. Das Klügste wäre jetzt, seinen Schwung genau abzumessen und die Lanze zu parieren, bevor sie seine Rüstung durchbohrte.
Doch dies war ein Kraftritter, und Gaborn wußte nicht, welche Art von Kräften oder Fähigkeiten der Unbesiegbare besaß. Auf seine Kampftaktik war er nicht vorbereitet.
Als es so aussah, als würde Borenson getroffen werden, rief er: »Fortt« Sein Pferd machte einen Satz und trat aus.
Der Unbesiegbare bohrte seine Lanze in den Hals des Pferdes. Erst jetzt erkannte Gaborn, daß es sich um eine »gesplintete« Lanze handelte – eine Lanze, die mit Hilfe eines Splints am Kampfhandschuh des Kriegers befestigt war. Die Splinte waren im Kampf mit Gegnern in Rüstungen nützlich, denn sie verhinderten, daß die Lanze dem Ritter entglitt, sobald sie auf Metall stieß.
Leider war es unmöglich, die Lanze loszulassen, ohne zuvor die schweren Stahlsplinte zu entfernen, mit denen sie am Handschuh befestigt war. Als die Lanze sich jetzt in das Fleisch und die Knochen des Pferdes bohrte, war das Gewicht so groß, daß der Arm des Ritters zurück und nach oben gerissen wurde, schließlich brach, und die

Knochen splitterten, als seine Lanze unter dem enormen Gewicht nachgab.
Der Unbesiegbare brüllte vor Wut. Sein nutzloser rechter Arm hing fest an der gebrochenen Lanze.
Er griff mit der Linken nach seiner Keule, als Borenson von seinem Pferd heruntersprang und seine brandgefährliche Axt mit solcher Wucht schleuderte, daß sie das Kettenhemd des Unbesiegbaren durchschlug, sein ledernes Wams durchteilte und sich ihre Klinge in die Vertiefung unterhalb seiner Kehle grub.
Borenson sprang seiner Waffe hinterher und erwischte den Ritter krachend mit der vollen Wucht seines Schildes. Die beiden wälzten sich über den Rücken des Pferdes und landeten in der Asche.
Derart heftige Hiebe hätten einen normalen Mann getötet, doch Raj Ahtens blutrünstiger Unbesiegbarer brüllte einen Schlachtruf und stieß Borenson ein paar Schritte weit den Hang hinunter.
Der Unbesiegbare sprang auf die Füße und zog seine Keule. Gaborn fragte sich, ob der Ritter seinem Namen gerecht wurde, denn er schien wahrhaftig unbesiegbar. Einige dieser Ritter besaßen über zwanzig Gaben des Durchhaltevermögens und erholten sich fast nach jedem Treffer.
Der Mann stürzte vor und war dabei kaum zu erkennen. Borenson lag auf dem Rücken. Er trat zu, rammte dem Ritter seinen beschlagenen Stiefel in den Knöchel. Der Knochen knackte wie eine zerbrechende Achse.
Sein Gegner schwang seine Keule. Borenson versuchte, den Hieb mit dem Rand seines Schildes abzublocken. Der

Schild zerknautschte unter der Wucht, und der untere Rand bohrte sich in Borensons Unterleib.
Der Leibwächter stöhnte.
Gaborns Pferd flog den Hang hinauf und hatte den Kampfplatz fast erreicht.
Der Prinz warf sich vom Rücken seines Pferdes. Der Unbesiegbare wirbelte herum, um sich ihm zu stellen. Der kräftige Mann holte mit seiner Keule aus und wollte Gaborn mit deren Eisendornen zerschmettern.
Der Ganzkopfhelm des Unbesiegbaren schränkte sein Gesichtsfeld ein, so daß er Gaborn erst sehen konnte, als er sich ganz gedreht hatte. Noch während er sich drehte, zielte Gaborn mit dem Schwert auf die Augenschlitze im Visier des Mannes.
Die Klinge glitt mit einem Übelkeit erregenden, dumpfen Geräusch hinein, und Gaborn ließ sich nach vorn fallen, wodurch er den Ritter nach hinten stieß und seinen Schädel durchbohrte.
Er landete auf dem gepanzerten Ritter, blieb einen Augenblick lang atemlos liegen. Keuchte. Er sah dem Unbesiegbaren in die Augen, um sich zu vergewissern, daß er tot war.
Die schmale Klinge war bis zum Griff in den Augenschlitz eingedrungen, hatte den Schädel des Unbesiegbaren durchbohrt und war auf der Rückseite seines Helms wieder herausgetreten. Nicht einmal ein Unbesiegbarer konnte eine solche Wunde überleben. Dieser hier war erschlafft wie eine Qualle auf dem Strand.
Gaborn blickte schockiert auf. Ihm war durchaus bewußt, wie nahe er dem Tod gewesen war.

Rasch hatte er sich wieder beruhigt, tastete sich nach Wunden ab und blickte den Hügel hinauf, aus Angst, ein weiterer Ritter könnte heruntergestürmt kommen. Er versuchte, sein Schwert aus dem Helm des Unbesiegbaren herauszureißen. Die Klinge ließ sich nicht bewegen.

Gaborn drückte sich auf Hände und Knie hoch und starrte Borenson keuchend an. Der wälzte sich auf den Bauch und übergab sich auf die verbrannte Erde.

»Schönes Wiedersehen, mein Freund«, meinte Gaborn lächelnd. Ihm war, als lächelte er zum erstenmal seit Wochen, dabei hatte er sich erst zwei Tage zuvor von Borenson getrennt.

Borenson spie auf den Boden, säuberte seinen Mund und erwiderte das Lächeln.

»Ich glaube wirklich, Ihr solltet machen, daß Ihr von hier verschwindet, bevor Raj Ahten die Straße heruntergeritten kommt.«

»Ich freue mich auch, Euch wiederzusehen«, antwortete Gaborn.

»Ich meine es ernst«, brummte Borenson. »Er wird Euch nicht so einfach entkommen lassen. Ist Euch nicht klar, daß er den ganzen weiten Weg gemacht hat, nur um das Geschlecht der Orden auszulöschen?«

KAPITEL 21
Abschied

Im Bergfried der Übereigner mühte sich Chemoise unter Stöhnen ab, ihrem Vater von seinem Bett aus Stroh und getrocknetem Lavendel aufzuhelfen, dann schleppte sie ihn hinaus auf das grüne Gras des Innenhofs, damit er für seine Reise zurück in den Süden in den großen Karren klettern konnte.

Nein, es war nicht sein Gewicht, das es so schwer machte, ihn zu stützen. Es war die Art, wie er sich festhielt, sich verbissen an ihre Schultern klammerte, seine kräftigen Finger wie Krallen in ihre Haut grub, unfähig, seine Beine so weit zu entspannen, daß er laufen konnte.

Ihr kam es vor, als hätte sie ihn schon vor Jahren im Stich gelassen, als sie ihn nach Süden hatte gehen lassen, um gegen Raj Ahten zu kämpfen. Sie hatte befürchtet, er würde nicht zurückkommen, würde getötet werden. Sie hatte gehofft, ihre Sorgen wären lediglich die Ängste eines Kindes. Jetzt jedoch, nach seinen Jahren als Gefangener, glaubte Chemoise, damals schon eine Vorahnung gehabt zu haben, vielleicht eine kalte Gewißheit, die ihr von ihren Ahnen jenseits des Grabes übermittelt worden war. Daher hatte sie jetzt nicht nur ihren Vater zu tragen, sondern auch an der ganzen Last ihres Versagens all die Jahre zuvor, einer Last, die sich irgendwie mit dem Gefühl der Unzulänglichkeit vermischte, weil sie schwanger war. Sie, die Hofdame der Prinzessin.

Der Große Westsaal im Bergfried der Übereigner war gewaltig, drei Stockwerke hoch, jede Nacht schliefen dort fünfzehnhundert Männer. Glattgescheuerte Dielen aus Walnußholz bedeckten die Böden, und jede Wand hatte einen riesigen Kamin, damit der Saal den ganzen Winter über angenehm warm gehalten werden konnte. Der Große Ostsaal auf der gegenüberliegenden Seite des Innenhofs beherbergte ein Drittel so viele Frauen.

»Wohin …?« fragte Chemoises Vater, als sie ihn an den Reihen der Pritschen vorbeischleppte, auf denen die Übereigner lagen.

»Nach Süden, nach Longmot, glaube ich«, antwortete Chemoise. »Raj Ahten hat befohlen, dich dorthin zu bringen.«

»Nach Süden«, wiederholte ihr Vater mit einem besorgten Flüstern.

Chemoise mühte sich ab, ihren Vater an einem Mann vorbeizutragen, der in sein Bett gemacht hatte. Hätte sie Zeit gehabt, sie hätte sich um den Mann gekümmert. Doch der Karren würden jeden Augenblick abfahren, und sie durfte nicht riskieren, daß sie von ihrem Vater getrennt wurde.

»Du … kommst mit?« fragte ihr Vater.

»Aber sicher«, antwortete Chemoise. Eigentlich konnte sie ihm das nicht versprechen. Sie war der Gnade von Raj Ahtens Männern ausgeliefert und konnte nur darauf hoffen, daß man sie für ihren Vater sorgen lassen würde. Sie werden es erlauben, redete sie sich ein. Übereigner waren auf Pfleger angewiesen.

»Nein!« brummte ihr Vater. Er gab den Versuch zu gehen

auf, zog plötzlich die Beine nach und lehnte sich mit seinem ganzen Gewicht auf sie, was sie zur Seite wanken ließ. Sie fing das Gewicht auf und versuchte ihn gegen seinen Willen weiterzutragen.

»Laß … sterben!« stieß er wütend hervor. »Hol … hol Gift. Krank werden. Laß … uns sterben.«

Sein Flehen bereitete ihr Sorgen. Es war seine einzige Möglichkeit, sich gegen Raj Ahten zur Wehr zu setzen. Aber Chemoise ertrug den Gedanken nicht, diese Männer zu töten, obwohl sie wußte, wie grausam das Leben, angekettet an einen dreckigen Fußboden, für sie sein würde. Sie mußte darauf hoffen, daß ihr Vater eines Tages gesund und von seiner Schande befreit wiederkommen würde.

Also nahm sie ihren Vater in den Arm und schleppte ihn durch die große Eichentür ins Freie. Der frische Wind roch nach Regen. Überall wimmelte es von Raj Ahtens Soldaten, die es auf die Schatzkammer des Königs und auf die Waffenkammer über den Küchen abgesehen hatten. Unten auf der Straße hörte sie Glas zerbrechen und Händler rufen.

Sie schleppte ihren Vater zu dem riesigen, geschlossenen Karren im Innenhof. Seiten und Dach des Karrens bestanden aus dicken Eichenplanken, und ein kleines Gitter ließ frische Luft und Licht herein. Eine von Raj Ahtens Wachen packte ihren Vater an den Schultern und wuchtete ihn mit ebensowenig Behutsamkeit auf den Karren wie einen Sack Getreide.

»Endlich, der letzte«, stöhnte der Soldat mit starkem muyyatinischem Akzent.

»Ja«, bestätigte sie. Alle Vektoren des Raj befanden sich im Karren. Der Mann drehte sich um.
Chemoise blickte durch das Tor mit den Fallgattern die Straße hinunter und erschrak. Iome, König Sylvarresta, zwei Days und Prinz Orden ritten auf eleganten Pferden die Marktstraße hinunter auf die Stadttore zu.
Sie wollte mit ihnen reiten oder ihnen einen Segen nachrufen, der ihnen auf ihrem Weg helfen sollte.
Sie wartete, während der Soldat ihren Vater durch die Tür bugsierte. Dabei geriet der Karren in Bewegung. Vorn ließen ein paar Fuhrleute gekonnt vier schwere Pferde rückwärts in das Geschirr gehen und machten sie an der Deichsel fest.
Chemoise kletterte die Stufen des Karrens hinauf und sah hinein. Vierzehn Übereigner lagen in dem dunklen Wagen auf Stroh. Es stank unerträglich nach altem Schweiß und Urin, die sich in die Fußbodenbretter und Wände eingefressen hatten. Sie suchte nach einem Platz, wo sie sich zwischen den erniedrigten Männern – den Blinden, den Tauben, den Blöden – niederlassen konnte. Genau in diesem Augenblick sah der Soldat, der ihren Vater auf das Stroh legte, Chemoise über seine Schulter hinweg an.
»Nein! Du nicht!« schrie er, kam rasch hoch und stieß sie von der Karrentür zurück.
»Aber – mein Vater! Dort liegt mein Vater!« jammerte Chemoise.
»Nein! Du kommst nicht mit«, entgegnete er und schob sie hinaus.
Chemoise versuchte, auf der Leiter hinter sich Halt zu finden. Der Gardist stieß sie weiter nach unten.

Sie fiel und landete hart auf der festgetretenen Erde des Innenhofs.

»Militär. Nur für Militär«, erklärte der Soldat mit einer endgültigen Bewegung.

»Warte!« rief Chemoise. »Da drinnen ist mein Vater!«

Der Mann starrte sie an, als sei ihm die Liebe einer Tochter für ihren Vater völlig unverständlich.

Dann legte er warnend seine Hand auf den Griff des gebogenen Dolches in seinem Gürtel. Chemoise wußte, vernünftige Worte oder Mitleid waren nicht zu erwarten.

Mit einem Ruf und einem Pfiff scheuchte der Fahrer des riesigen Karrens die Pferde aus dem Bergfried der Übereigner. Vor und hinter dem Karren liefen Soldaten.

Chemoise konnte dem Wagen nicht nach Longmot folgen. Sie wußte, daß sie ihren Vater nie wiedersehen würde.

KAPITEL 22
Eine schwere Entscheidung

Als Borenson Gaborn anlächelte und sah, wie der Prinz plötzlich begriff, daß Raj Ahten in erster Linie gekommen war, um ihn und seinen Vater umzubringen, legte sich ein schwarzer Schatten über sein Gemüt – eine Wolke der Verzweiflung.

Er sah König Sylvarresta an und redete sich ein: *Ich bin nicht der Tod. Ich bin nicht der Zerstörer.*

Er hatte sich stets bemüht, ein guter Soldat zu sein. Obwohl er sich seinen Lebensunterhalt mit dem Schwert verdiente, machte ihm das Töten keinen Spaß. Er kämpfte, weil er andere beschützen wollte – weil er seinen Freunden das Leben erhalten, und nicht, weil er es seinen Feinden nehmen wollte. Selbst seine Waffenkameraden verstanden das nicht. Er lächelte zwar im Kampf, aber nicht aus Freude oder Gier nach Blut. Er tat es, weil er schon seit langem wußte, daß dieses weltentrückte Lächeln eine fürchterliche Angst in die Herzen seiner Feinde pflanzte.

Sein Lord hatte ihm einen klaren Auftrag erteilt: Raj Ahtens Übereigner zu töten, auch wenn diese vielleicht die ältesten und geschätztesten Freunde seines Herrn waren, selbst wenn der Übereigner der Sohn des Königs war.

Borenson erkannte mit einem Blick, daß Lord Sylvarresta eine Gabe abgetreten hatte. Der schwachsinnige König wußte nicht mal mehr, wie man auf einem Pferd saß. Er beugte sich, unzusammenhängend stammelnd, die Augen vor Angst aufgerissen, nach vorn, war jedoch am Knauf seines Sattels festgebunden.

Dort neben dem König, vermutete Borenson, ritt entweder Iome oder die Königin – er konnte nicht genau sagen, wer die Frau war, aller Anmut beraubt, ihre Haut so rauh wie Leder. Nicht wiederzuerkennen.

Ich bin nicht der Tod, redete sich Borenson ein, obwohl er wußte, diesen beiden würde er den Tod bringen müssen. Ihm wurde schlecht bei dem Gedanken.

Ich habe an der Tafel des Königs gespeist, redete Borenson sich ein und mußte dabei an die vergangenen Jahre denken, als Orden das Hostenfest zusammen mit Sylvarresta gefeiert hatte. Stets hatte es am Tisch kräftig nach gebratenem Schwein, jungem Wein und Pastinaken geduftet – nach frischem Brot mit Honig und Orangen aus Mystarria. Sylvarresta zeigte sich stets großzügig mit seinem Wein und ungezwungen in seinen Späßen.

Hätte Borenson den König rangmäßig nicht als viel zu weit über ihm stehend betrachtet, er hätte ihn als »Freund« bezeichnet.

Auf der Insel Thwynn, wo Borenson geboren war, standen die Regeln der Gastfreundschaft fest: jemanden zu berauben oder umzubringen, der einem zu essen gab, galt als heimtückisch. Wer so etwas tat, dem wurde bei seiner Hinrichtung keinerlei Gnade gewährt. Einmal hatte Borenson gesehen, wie ein Mann fast gesteinigt worden wäre, nur weil er seinen Gastgeber beleidigt hatte.

Borenson war in der Hoffnung hergeritten, die Befehle seines Lords nicht ausführen zu müssen, da der Bergfried der Übereigner zu gut bewacht sein und er keine Chance haben würde, sich dort Zutritt zu verschaffen. Er hatte geglaubt, König Sylvarresta würde sich weigern, Raj Ahten eine Gabe abzutreten.

Iome. Jetzt erkannte Borenson die Prinzessin – nicht an ihren Gesichtszügen, sondern an ihrem zarten Körperbau. Er erinnerte sich an einen Abend vor sieben Jahren, als es spät geworden war und er im Bergfried des Königs mit einem Becher Glühwein vor einem prasselnden Feuer gesessen hatte, während Orden und Sylvarresta sich gegenseitig Anekdoten von längst vergangenen Jagdpartien erzählt hatten. Damals war die junge Iome vom lauten Lachen unter ihrem Zimmer aufgewacht und heruntergekommen, um zuzuhören.

Zu Borensons Überraschung hatte die Prinzessin das Zimmer betreten und sich ihm auf den Schoß gesetzt, wo sie die Füße ans Feuer halten konnte. Sie hatte sich weder den Schoß des Königs ausgesucht noch den eines Mannes aus des Königs Garde. Ihn hatte sie sich ausgesucht, einfach vor dem Feuer gesessen und verträumt in seinen roten Bart geschaut. Sogar als Kind war sie schon wunderschön gewesen, und er hatte geglaubt, sie beschützen zu müssen, und sich vorgestellt, eines Tages selbst eine so wundervolle Tochter zu haben.

Jetzt lächelte Borenson Gaborn zu und versuchte, seine Wut, seinen Selbsthaß angesichts der Pflicht, die er zu erledigen hatte, zu unterdrücken.

Das Schlachtroß des toten Feindes war den Hang hinuntergelaufen, stand jetzt mit gespitzten Ohren da und verfolgte ruhig das Geschehen. Iome ritt zu ihm hin, sprach leise ein paar Worte und nahm seine Zügel. Das Schlachtroß wollte nach ihr schnappen. Iome versetzte ihm einen Schlag auf das gepanzerte Gesicht und gab ihm so zu verstehen, wer das Sagen hatte. Sie brachte das Pferd zu Borenson.

Steif hockte sie im Sattel, als sie sich näherte. Ihre gelb gewordenen Augen waren voller Angst. Sie sagte: »Hier, Sir Borenson.«

Borenson griff nicht sofort nach den Zügeln. Als sie sich vorbeugte, war sie in seiner Reichweite. Er hätte ihr mit seiner gepanzerten Faust ins Gesicht schlagen, ihr das Genick brechen können, ohne eine Waffe ziehen zu müssen. Doch da stand sie nun, bot ihm ihre Hilfe an, war wieder seine Gastgeberin. Er richtete sich auf, unfähig, zuzuschlagen.

»Als Ihr Raj Ahten heute aus Burg Sylvarresta gelockt habt«, sagte sie, »habt Ihr meinem Volk einen großen Dienst erwiesen.«

In Borenson keimte eine vage Hoffnung. Es schien denkbar, daß sie Raj Ahten nicht als Vektor diente, daß sie ihm nur eine Gabe abgetreten hatte und daher keine größere Gefahr für König Orden darstellte. Damit hätte er einen Vorwand, sie zu verschonen.

Klopfenden Herzens nahm er die Zügel des Pferdes. Der Hengst wehrte sich nicht, scheute nicht vor der fremden Rüstung. Er wedelte mit seinem geflochtenen Schweif und vertrieb die Fliegen.

»Danke, Prinzessin«, sagte Borenson schweren Herzens.

Er wollte sagen: Ich habe Befehl, Euch zu töten. Ich wünschte, ich wäre Euch nie begegnet. Allerdings mußte er sich über Gaborns Plan wundern. Vielleicht hatte der Prinz einen Grund dafür, daß er den König und Iome herausgeschafft hatte, einen Grund, den Borenson nicht erkannte.

Er wandte sich ab. »Sie sind vor einer Stunde losgeritten. Wir sind allein hier.« Dies war nicht die Zeit für lange Plaudereien. Er holte seine Waffen von dem toten Pferd, schnallte sie auf das Schlachtroß des Feindes und stieg auf.

Sie hasteten durch die verkohlten Wälder hinunter zur Straße, folgten dieser dann im Galopp über einen verbrannten Hügel nach dem anderen, bis sie vor sich ein paar grüne Bäume sahen, die Schutz verhießen.

Neben einem gurgelnden Bach am Rand des Waldes ließ Gaborn haltmachen. Auch ein Kraftpferd, dem man Runen der Macht in Hals und Brust gebrannt hatte, mußte hin und wieder Atem schöpfen und etwas trinken.

Außerdem lag ein Soldat des Hauses Orden im Gras am Ufer des Baches. Aus dem blutenden Hals des Soldaten ragte der schwarze Speer eines Nomen. Eine schauerliche Mahnung, daß die kleine Gruppe zwar bald den Wald erreicht haben würde, aber noch immer nicht in Sicherheit war.

Es stimmte, Borenson und seine Männer hatten den ganzen Vormittag Jagd auf Nomen gemacht und den Trupp auseinandergetrieben. Aber Nomen waren gerissene nachtaktive Jäger und kämpften gewöhnlich in

kleinen Gruppen. Es gab also bestimmt noch welche hier in den Wäldern, die sich in den Schatten versteckten und umherstreiften.
Während die Pferde tranken, stieg Gaborn ab und untersuchte die Leiche des Soldaten. Er klappte das Visier des Mannes auf.
»Torin. Der arme Kerl«, brummte Borenson. Er war ein guter Soldat gewesen, außerordentlich geschickt mit dem Morgenstern.
Torin trug die übliche Kleidung eines Kriegers aus Mystarria, einen schwarzen Kettenpanzer über einem Wams aus Schaffell. Ein dunkelblauer Wappenrock über dem Kettenpanzer trug das Wappen von Mystarria, den grünen Ritter – das Gesicht eines Mannes mit Blättern anstelle von Haar. Gaborn zeichnete die Umrisse des grünen Ritters auf Torins Wappenrock nach.
»Wundervolle Farben«, meinte Gaborn leise. »Die schönsten, die ein Mann tragen kann.« Er ging daran, die Leiche auszuziehen. »Das ist schon die zweite, die ich heute fleddern muß«, beklagte er sich, keineswegs erfreut über die Aussicht.
»Ihr verleiht dem Gewerbe neue Würde, mein Lord«, sagte Borenson, der nicht über das Problem sprechen wollte, das ihn beschäftigte. Er betrachtete Iome und spürte das Entsetzen in ihrer Körperhaltung.
Sie wußte, was er zu tun hatte. Sogar sie wußte Bescheid. Gaborn aber schien es nicht zu bemerken. War er verrückt? Oder einfach nur unreif? Wie kam er darauf, Raj Ahten mit einer Frau und einem Idioten in seiner Obhut entkommen zu können? Selbst die besten Pferde nützten

gar nichts, wenn man sie nicht reiten konnte – und Sylvarresta war dazu ganz offenkundig nicht imstande.

»Wo ist mein Vater?« fragte er, während er den Toten weiter entkleidete.

»Könnt Ihr Euch das nicht denken?« erwiderte Gaborn, der auf die Frage nicht vorbereitet war. »In diesem Augenblick, würde ich sagen, befindet er sich fünfzig Meilen von Longmot entfernt und hofft, bis kurz vor Einbruch der Dämmerung dort einzutreffen. Raj Ahten hat dort vierzigtausend Zwingeisen auf Gut Bredsfor vergraben. Wißt Ihr, wo das ist?«

Gaborn schüttelte den Kopf.

»Drei Meilen südlich der Burg«, erklärte Borenson. »Ein graues Gebäude mit einem Dach aus Blei und zwei Seitenflügeln. Wir haben eine Nachricht von Herzogin Laren abgefangen, in der es heißt, Raj Ahten erwartet, daß eine Armee Longmot innerhalb von ein, zwei Tagen erreicht. Euer Vater hofft, vor ihm bei dem Schatz zu sein.«

»Weiß Raj Ahten das?« fragte Gaborn, der gerade den Kettenpanzer von der Leiche gelöst hatte. »Deswegen bricht er auf? Um die Zwingeisen wieder in seinen Besitz zu bringen?«

Gaborn hielt das offenkundig für tollkühn. Verärgert schnürte er den Wams des Toten auf. Borenson fragte sich, was den Mann beschäftigte. Begriff er nicht, daß Sylvarresta erschlagen werden mußte? Was ging bloß im Kopf des Jungen vor?

»Euer Vater hatte gehofft, den Wolflord davon überzeugen zu können, daß Longmot vor zwei Tagen eingenommen wurde«, berichtete Borenson, »und daß er seitdem Tag und Nacht Gaben übernommen hat.«

»Ein verzweifeltes Täuschungsmanöver«, sagte der Prinz, der das Wams aus Schafsfell inspizierte und peinlich genau auf Flöhe und Läuse untersuchte. Aber falls Torin unter Flöhen gelitten hatte, dann wären sie bei Erkalten der Leiche alle davongehüpft.

Gaborn zog das Wams über und legte das Kettenhemd und den Wappenrock an – alles war ihm ein wenig zu groß. Neben Torins Hand lag ein kleiner Schild – eine Zielscheibe aus Holz, mit einer dünnen Messingschicht beschlagen, später dunkelblau angemalt. Der untere Rand des Schildes war scharf geschliffen und konnte einem Mann wie ein Messer die Kehle durchtrennen, wenn man damit zuschlug. Normalerweise trug nur ein Mann mit einer Gabe des Stoffwechsels einen so kleinen Schild. Schnell geführt, diente er zugleich als Waffe. Er nahm den Schild an sich.

»Was ist mit Raj Ahten?« fragte Borenson. »Ich sehe, daß er marschbereit ist, aber wird er nach Longmot ziehen?«

Gaborn sagte: »Wie Vater gehofft hat, wird er noch in dieser Stunde losmarschieren.«

Borenson nickte. Die Sonne schien ihm in die blauen Augen, und er lächelte. Es war kein Lächeln der Erleichterung. Sondern ein gezwungenes, sein Kampflächeln.

»Verratet mir«, meinte Borenson halb flüsternd, »wohin bringt Ihr sie?« Er deutet mit einem Nicken auf Iome und ihren schwachsinnigen Vater.

»Nach Longmot. Ich habe mir die besten Pferde aus dem

Stall des Königs genommen. Wir können die Burg bis Einbruch der Nacht erreichen.«

Vielleicht – wenn Eure Schutzbefohlenen reiten könnten, wollte Borenson sagen. Er befeuchtete sich die Lippen und sagte leise: »Der Weg ist weit und beschwerlich. Vielleicht laßt Ihr Sylvarresta besser hier, mein Lord.« Er tat, als sei dies ein gutgemeinter Vorschlag, und versuchte, den harten Unterton in seiner Stimme zu unterdrücken.

»Nach all der Mühe, die es mich gekostet hat, sie Raj Ahten abzunehmen?« meinte Gaborn.

»Spielt mir nicht den Narren vor«, fuhr Borenson auf und hob zornig die Stimme. Sein Gesicht war erhitzt, und er wand sich am ganzen Körper. »Sylvarresta war lange Zeit Euer Freund, aber jetzt dient er dem Wolflord. Wie viele Gaben der Geisteskraft leitet Sylvarresta an Raj Ahten weiter? Und wie viele Gaben der Anmut die Prinzessin?«

»Das spielt keine Rolle«, gab Gaborn zurück. »Ich töte keine Freunde!«

Borenson hielt einen Augenblick inne, versuchte den Zorn zu unterdrücken, der in ihm hochkam. Kann sich selbst ein Prinz soviel Großzügigkeit erlauben? wollte er brüllen. Er wagte jedoch nicht, die Beleidigung laut auszusprechen. Statt dessen widersprach er: »Sie sind keine Freunde mehr. Sie dienen Raj Ahten.«

Gaborn schüttelte den Kopf. »Sie dienen vielleicht als Vektoren, aber sie haben sich entschieden zu leben, damit sie durch ihr Überleben ihrem Volk dienen können.«

»Indem sie zulassen, daß Raj Ahten Mystarria zerstört? Täuscht Euch nicht, mein Lord. Sie dienen Eurem Feind.

Eurem Feind, dem Eures Vaters und Mystarrias – und meinen Feinden auch! Es ist ein passives Dienen, wohl wahr – aber sie dienen ihm nicht weniger, als wären sie Krieger!«

Wie Borenson sie manchmal beneidete – die Übereigner, die wie fettes Vieh wohlbehütet vom Reichtum ihres Lords lebten.

Der Prinz mußte doch erkennen, daß Borenson seinem Lord nicht weniger diente und Tag und Nacht sein Bestes gab. Borenson schwitzte und blutete und litt. Er hatte eine Gabe des Stoffwechsels übernommen, so daß er im Zeitraum eines Jahres für zwei alterte. Eigentlich war er zwar erst zwanzig, kaum älter als Gaborn, aber das Haar auf seinem Schädel war bereits ausgefallen, und graue Strähnen durchzogen seinen rötlichen Bart. Das Leben rauschte an ihm vorbei, als treibe er, das vorüberziehende Ufer stets vor Augen, in einem Boot dahin, unfähig, etwas zu fassen, sich an etwas festzuhalten.

Derweil die Menschen Übereigner wegen ihres »Opfers« bewunderten. Borensons Vater hatte einem der Kommandanten des Königs eine Gabe des Stoffwechsels überlassen und hatte daher die letzten zwanzig Jahre in einem zauberhaften Schlummer verbracht. Es kam ihm vor wie Betrug – daß sein Vater jung blieb und an nichts litt, während der Mann, dem er die Gabe abgetreten hatte, alt wurde und dahinschwand. Welches Opfer hatte sein Vater denn gebracht?

Nein, es waren Männer wie Borenson, die am meisten für ihre Lords litten, nicht irgendwelche verdammten Übereigner, die Angst vor dem Leben hatten.

»Ihr müßt sie töten«, drängte er.

»Ich kann nicht«, antwortete Gaborn.

»Bei allen fürchterlichen Mächten, dann laßt es mich tun!« brummte Borenson. Er langte nach seiner Axt, wollte sie aus ihrem Futteral ziehen, blickte zu König Sylvarresta hinüber. Iome hatte das Scharren des Axtgriffs auf dem Leder gehört, war bei dem Geräusch zusammengezuckt und starrte Borenson an.

»Haltet ein«, sagte Gaborn ruhig. »Dies ist ein Befehl. Sie stehen unter meinem Schutz. Meinem Schutz, zu dem ich durch einen Eid verpflichtet bin.«

Ein Windstoß wehte Asche über die Erde.

»Und ich habe Befehl, Raj Ahtens Übereigner zu töten.«

»Ich widerrufe den Befehl«, sagte Gaborn entschlossen.

»Das könnt Ihr nicht!« sagte Borenson und richtete sich auf. »Es ist der Befehl Eures Vaters, und Eurer kann seinen nicht aufheben! Euer Vater hat einen Befehl erteilt – einen schweren, um den mich bestimmt niemand beneidet. Aber ich muß ihn ausführen. Ich werde König Orden dienen, auch wenn Ihr es nicht tut!«

Borenson wollte keinen Streit. Er liebte Gaborn wie einen Bruder. Aber er wußte nicht, wie er der Familie Orden treu sein sollte, wenn Prinz und König in dieser Angelegenheit nicht einer Meinung waren.

In der Ferne, dort, wo Burg Sylvarresta lag, erscholl der hohe Ton der Schlachthörner aus dem Süden – Raj Ahten ließ seine Truppen in Marschordnung Aufstellung nehmen. Borensons Herz klopfte. Seine Leute hatten die Armee aufhalten sollen, dabei flüchteten sie in diesem

Augenblick zur Wildschweinfurt, wo sie wenig würden ausrichten können.

Borenson schob seine Axt in ihre Halterung zurück, zog sein Horn und stieß zweimal lang hinein und zweimal kurz. Der Ruf, die Waffen bereitzumachen. Raj Ahtens Truppen würden nicht nach Longmot eilen, wenn sie jeden Augenblick mit einem Hinterhalt rechnen mußten. Fast wünschte Borenson, daß seine Truppen noch hier wären, damit er die Männer hätte, um zu kämpfen.

Hier am Waldrand fühlte er sich ungeschützt. Gaborn nahm dem toten Torin den Helm ab und setzte ihn sich auf.

»Hört zu, Borenson: Wenn wir vierzigtausend Zwingeisen haben, braucht mein Vater seine Freunde nicht zu töten. Er kann Raj Ahten erschlagen und Sylvarresta wieder in sein Amt einsetzen, wo er hingehört.«

»Da gibt es ein beängstigendes ›Wenn‹«, meinte Borenson. »Können wir das riskieren? Was, wenn Raj Ahten Euren Vater tötet? Indem Ihr Sylvarresta verschont, sprecht Ihr womöglich das Todesurteil über Euren eigenen Vater.«

Gaborn erbleichte. Der Junge mußte die Gefahr doch sehen. Bestimmt wußte er, was in diesem Kampf auf dem Spiel stand. Doch nein, erkannte Borenson, der Junge war zu naiv. »So weit würde ich es nie kommen lassen.«

Borenson verdrehte die Augen und biß die Zähne aufeinander.

»Ich auch nicht«, meinte Iome vom Bach aus, wo ihr Pferd stand. »Eher würde ich mich selbst umbringen als mit ansehen, wie ein anderer meinetwegen zu Schaden kommt.«

Borenson hatte versucht, seine Stimme gedämpft zu halten, damit sie nichts mitbekam, aber natürlich war er im Zorn immer lauter geworden. Er überlegte. Just in diesem Augenblick befand sich König Orden mit eintausendfünfhundert Kriegern im Eilmarsch auf dem Weg nach Longmot. Man hatte Botschaften zu den beiden Burgen in der Nähe geschickt und um Unterstützung gebeten. Vor Einbruch der Dämmerung würden sich wahrscheinlich drei- oder viertausend Mann in Longmot einfinden.

Raj Ahten jedoch würde, sobald seine Verstärkung aus dem Süden eingetroffen war, an der Spitze einer gewaltigen Armee stehen.

König Orden mußte diese Zwingeisen in seinen Besitz bringen und sich, sobald er sie hatte, in Longmot verschanzen. Keine Burg im ganzen Reich war besser geeignet, einer Belagerung standzuhalten.

Verzweifelte Zeiten verlangten nach verzweifelten Taten. Aller Wahrscheinlichkeit nach besaß Raj Ahten so viele Gaben von seiner Bevölkerung im Süden, daß es für Orden keinen Vorteil brächte, wenn Borenson König Sylvarresta und Iome tötete. Davon jedenfalls schien Gaborn überzeugt zu sein.

Andererseits waren die Zeiten unsicher. Orden und andere Könige hatten Meuchelmörder nach Süden geschickt. Vielleicht sähen sogar Verräter im eigenen Land in Raj Ahtens Abwesenheit eine perfekte Gelegenheit, nach der Macht zu greifen. Man durfte nicht die Möglichkeit außer Betracht lassen, daß die Gaben, die Raj Ahten hier in Heredon übernommen hatte, für ihn jederzeit lebenswichtig werden konnten.

Nein, er mußte diese Vektoren töten. Borenson seufzte. Schweren Herzens zog er die Streitaxt. Trieb sein Pferd vorwärts.

Gaborn bekam das Pferd an den Zügeln zu fassen. »Haltet Euch von ihnen fern«, knurrte er in einem Ton, den Borenson noch nie von dem Prinzen gehört hatte.

»Ich habe eine Pflicht zu erfüllen«, erwiderte Borenson bedauernd. Er wollte es nicht tun, hatte die Angelegenheit aber so überzeugend vertreten, daß er jetzt selbst glaubte, es tun zu müssen.

»Und ich habe die Pflicht, Iome und ihren Vater zu beschützen«, sagte Gaborn, »als Eidgebundener Lord.«

»Als Eidgebundener Lord?« Borenson stockte der Atem. »Nein! Ihr Narr!« Jetzt verstand er. Gaborn hatte sich während der letzten zwei Wochen ihrer Reise nach Heredon so zurückhaltend benommen. Zum erstenmal in seinem Leben war er so verschlossen gewesen.

»Es ist wahr«, sagte Gaborn. »Ich habe Iome einen Eid geschworen.«

»Wer war Zeuge?« stellte Borenson die erste Frage, die ihm in den Sinn kam.

»Iome und ihre Hofdame.« Borenson fragte sich, ob sich dieser Eid geheimhalten ließ. Vielleicht konnte er den Schaden wiedergutmachen, wenn er die Zeugen tötete. »Und ihre Days.«

Borenson stemmte die Axt auf seinen Sattelknauf und sah König Sylvarresta streng an. Wer wußte, wie weit die

Nachricht schon vorgedrungen war? Zu Iomes Hofdamen, zum Berater des Königs, bis nach ganz Heredon? Er konnte Gaborns Tat nicht verheimlichen.
Der Prinz hatte etwa Ungestümes im Blick. Welcher Mut! Dieser kleine Narr! dachte Borenson. Er will gegen mich antreten. Würde er wirklich deswegen mit mir kämpfen? Doch er wußte, es stimmte. Den Schutzeid zu leisten war eine ernste Angelegenheit, eine heilige sogar.
Er überlegte. Die Hand gegen den Prinzen zu erheben, wagte er nicht. Das wäre Verrat. Selbst wenn er Ordens Befehle in jedem anderen Punkt befolgte, konnte er für eine handgreifliche Bedrohung des Prinzen hingerichtet werden.
Gaborn hatte Borensons Augen beobachtet, und jetzt traute er sich mit der Bemerkung vor: »Wenn Ihr nicht zulaßt, daß ich den Befehl meines Vaters rückgängig mache, dann befehle ich Euch folgendes: Wartet noch mit der Ausführung. Wartet, bis wir Longmot erreicht und ich mit meinem Vater gesprochen habe.«
Gut möglich, daß Gaborn die Burg vor Borenson erreichte. Dann könnte der König diese verworrene Angelegenheit klären.
Er schloß die Augen und senkte den Kopf zum Zeichen seines Einverständnisses. »Wie Ihr befehlt, mein Lord«, sagte er. Doch dann überkam ihn ein fürchterliches Schuldgefühl. Man hatte ihm befohlen, die Übereigner auf Burg Sylvarresta zu töten, und wenn er den König und Iome jetzt erschlug, würde er dadurch das Leben anderer schonen. Er würde all jene verschonen, deren Gaben über diese zwei weitergeleitet wurden.

Aber Sylvarresta umzubringen, wäre grausam. Borenson wollte keinen Freund töten, ganz gleich, was ihn das kostete. Außerdem wagte er nicht, die Waffe gegen seinen Prinzen zu erheben.
Bruchstückhaft stürzten die Argumente auf Borenson ein. Er hob den Kopf und sah König Sylvarresta an, der inzwischen nicht mehr so angstvoll stöhnte. Ein Eichelhäher stieg wie ein blauer Strich über dem Kopf des Königs auf.
Aber wenn ich diese beiden nicht töte, wieviel andere muß ich dann im Bergfried der Übereigner umbringen? Wie viele Gaben hat Sylvarresta übernommen? Ist das Leben dieser zwei mehr wert als das Leben ihrer Übereigner?
Was haben sie denn Schlimmes getan? Kein einziger im Bergfried würde mit Absicht auch nur einen faulen Apfel auf jemanden aus unserem Volk werfen. Trotzdem verliehen sie Raj Ahten allein durch ihre Existenz Macht.
Borenson schloß die Augen und biß gedankenversunken die Zähne aufeinander. Tränen traten ihm in die Augen.
Ihr werdet mich dazu bringen, jeden zu töten, der über die beiden vektoriert wird, dessen Gaben über die beiden weitergeleitet werden, erkannte Borenson. Das war seine einzige Möglichkeit. Er liebte seinen Prinzen, hatte ihm stets treu gedient.
Ich werde es tun, dachte Borenson, auch wenn ich mich danach für immer hassen werde. Ich werde es für Euch tun.
Nein! schrie eine leise Stimme in ihm. Er öffnete die Augen und starrte Gaborn hart an. Der ließ die Zügel von

Borensons Pferd los, stand verdrossen da, als wäre er noch immer bereit, seinen Leibwächter aus dem Sattel zu zerren, sollte dies nötig werden.

»Nehmt sie in Frieden mit, mein Lord«, sagte Borenson und versuchte, sich die Traurigkeit nicht anmerken zu lassen. Sofort entspannte sich Gaborn.

»Ich werde eine Waffe brauchen«, sagte der Prinz. »Könnt Ihr mir eine borgen?« Abgesehen von dem Speer in Torins Kehle war nichts griffbereit.

An dem Schlachtroß, das Borenson ritt, hing von seinem Vorbesitzer ein Reiterhammer mitsamt Futteral. Eine grobschlächtige Waffe. Er wußte, daß Gaborn einen Degen bevorzugte, denn er schlug und stieß gerne blitzschnell zu. Doch der Hammer hatte seine Vorzüge: gegen einen Gegner in Rüstung eingesetzt, ließ sich leicht das Kettenhemd durchschlagen oder ein Helm zertrümmern. Ein Degen konnte in einer solchen Auseinandersetzung leicht zerbrechen.

Borenson nahm den Hammer und warf ihn Gaborn zu. Die Entscheidung fiel ihm noch immer nicht leicht. Selbst jetzt noch konnte er sich kaum zurückhalten, auf Sylvarresta loszugehen. Ich bin nicht der Tod, versuchte Borenson sich einzureden. Ich bin nicht der Tod. Es ist nicht meine Pflicht, gegen meinen Prinzen zu kämpfen und Könige zu töten.

»Beeilt Euch auf dem Weg nach Longmot«, seufzte Borenson schließlich. »Ich rieche ein Unwetter. Es wird Eure Witterung verdecken, Eure Verfolgung erschweren. Nehmt zuerst die Hauptstraße nach Süden, aber folgt ihr nicht die ganze Strecke – die Hayworth-Brücke ist niedergebrannt. Reitet statt dessen durch den Wald, bis Ihr die Ardamom-Berge erreicht, dann biegt genau nach Süden ab zur Wildschweinfurt. Wißt Ihr, wo das ist?«

Gaborn schüttelte den Kopf. Natürlich wußte er das nicht.

»Ich weiß es!« rief Iome. Borenson musterte sie. Kühl war sie, voller Selbstvertrauen, trotz ihrer Häßlichkeit. Die Prinzessin zeigte jetzt keine Angst mehr. Wenigstens wußte sie, wie man auf einem Pferd saß.

Borenson drängte sein Schlachtroß einen Schritt nach vorn, zog den Langspeer aus Torins Hals, brach ihn ab und warf der Prinzessin das Ende mit der Klinge zu. Sie fing es mit einer Hand auf.

»Werdet Ihr uns nicht begleiten?« fragte Gaborn.

Begreift er nicht, was ich tun muß? dachte Borenson bei sich. Nein, entschied er, Gaborn weiß es nicht. Er hatte ihm noch nicht anvertraut, daß er plante, jeden Übereigner in der Burg zu töten. Aber der Junge hätte seine Absicht doch erkennen müssen.

Nein, entschied Borenson. Gaborn wußte wirklich nicht, was er plante. So naiv war der Junge. Hätte der Prinz auch nur die geringste Ahnung von seinen Plänen, würde er zweifellos versuchen, ihn daran zu hindern.

Aber das durfte Borenson nicht zulassen. Ich mache das allein, dachte er. Ich nehme dieses Unheil auf mich, beflecke meine Hände mit Blut, damit Ihr es nicht zu tun braucht.

»Ich habe andere Pflichten«, antwortete er und schüttelte den Kopf. Er beschwichtigte den Prinzen mit einer Lüge. »Ich werde Raj Ahtens Armee beschatten und mich vergewissern, daß er kein unerwartetes Ziel angreift.«

Um die Wahrheit zu sagen, ein Teil von ihm wollte Gaborn begleiten und ihn sicher durch die Wälder bringen. Der Prinz würde Hilfe brauchen. Aber Borenson traute sich nicht zu, ihn auch nur eine Stunde lang zu führen. Jeden Augenblick konnte ihn der Drang überwältigen, auf Gaborn loszugehen und den guten König Sylvarresta umzubringen.

»Wenn es dadurch leichter für Euch wird«, sagte Gaborn, »werde ich meinem Vater, sobald ich Longmot erreicht habe, mitteilen, ich sei Euch im Wald nicht begegnet. Er braucht es nicht zu wissen.«

Borenson nickte benommen.

KAPITEL 23
Die Jagd beginnt

Raj Ahten stand über seinem toten Unbesiegbaren und ballte die Hände zu Fäusten. Unten im Tal marschierte seine Armee nach Longmot. Die Bogenschützen trabten über die gewundene Straße, in ihren bunten Waffenröcken sahen sie aus wie eine goldene Schlange, die sich durch den dunklen Wald windet.

Sein Berater Jureem kniete mit verdrecktem Gewand über dem gefallenen Soldaten und untersuchte die Spuren in der Asche. Es gehörte keine Kunst dazu, zu erkennen, was geschehen war: ein einzelner Mann. Ein Mann hatte den Unbesiegbaren seines Herrn erschlagen, dann sein Pferd gestohlen und war mit Gaborn, König Sylvarresta und dessen Tochter davongeritten. Er erkannte den toten Hengst wieder, der nicht weit entfernt auf dem Boden lag. Das Tier von Ordens hochmütigem Boten.

Ihm wurde schlecht, als er das sah. Hätten ein paar mehr Soldaten die Verfolgung fortgesetzt, wäre Gaborn ihnen sicher in die Hände gefallen.

»Sie sind nur zu fünft«, meinte Feykaald. »Sie reiten eher querfeldein als über die Straße. Wir könnten Spurenleser losschicken – ein Dutzend oder so. Solange Ordens Soldaten aber noch im Wald sind, sollten wir sie vielleicht einfach ziehenlassen.«

Raj Ahten befeuchtete sich die Lippen. Jureem bemerkte, daß Feykaald nicht einmal zählen konnte. Auf dem Pfad ritten nur vier Personen. Sein Herr hatte bereits zwei Späher durch Gaborn verloren, dazu Kampfhunde, Riesen, eine Feuerdeuterin – und jetzt einen Unbesiegbaren. Prinz Orden schien nur ein junger Bursche zu sein, aber allmählich fragte sich Jureem, ob er nicht insgeheim eine große Zahl Gaben übernommen hatte.

Raj Ahtens Männer hatten König Ordens Sprößling schon mehrmals falsch eingeschätzt. Nach den Reittieren zu urteilen, die Gaborn ausgewählt hatte, schien es, als wolle er in die Wälder hineinreiten und die Hauptstraße meiden.

Aber warum? Weil er Raj Ahtens Armee in eine Falle locken wollte? Hatte der Junge Soldaten im Wald versteckt?

Oder hatte er einfach Angst, auf der Straße zu bleiben? Der Wolflord hatte noch ein paar starke Kraftpferde in seinem Troß, ausgezeichnete, für die Ebene und die Wüste gezüchtete Tiere, jedes mit einem Stammbaum, der Jahrhunderte zurückreichte. Vielleicht wußte der Junge, daß seine Pferde denen des Wolflords in ebenem Gelände nicht davonlaufen konnten.

Gaborns Bergjäger dagegen, die ohne Rüstung liefen, mit ihren festen Knochen und kräftigen Beinen, würden in diesem Gelände kaum einzuholen sein. Jureem vermutete, daß Orden und Iome diese Wälder weit besser kannten als selbst der bestunterrichtete Spion.

Jureem atmete stockend durch und berechnete, wie viele Männer er losschicken sollte. Gaborn Val Orden wäre eine hervorragende Geisel, wenn die Dinge in Longmot tatsächlich so standen wie erwartet.

Mittlerweile war es zwar still im Wald, doch wenig mehr als eine Stunde zuvor hatte Jureem gehört, wie Ordens Kriegshörner im Wald geblasen wurden.

Aller Wahrscheinlichkeit nach hatte Gaborn bereits die Soldaten seines Vaters erreicht. Trotzdem … er konnte ihn nicht einfach ziehen lassen. Die Vorstellung, daß er entkam, erzeugte in Jureem einen glühenden Zorn. Sinnlos, kochend.

»Wir sollten Männer losschicken, um den Jungen aufzuspüren«, schlug er vor. »Vielleicht einhundert unserer besten Späher?«

Raj Ahten drückte den Rücken durch. »Nein. Holt zwanzig meiner besten Unbesiegbaren und nehmt ihren Pferden die Rüstungen ab. Außerdem sollen zwanzig Mastiffs die Spur des Prinzen verfolgen.«

»Ganz wie Ihr wünscht, mein Lord«, erwiderte Jureem und drehte sich um, als wollte er der unten marschierenden Armee die Befehle zubrüllen. Doch dann kam ihm eine Idee. »Wer von Euren Kommandanten soll die Führung übernehmen?«

»Das werde ich persönlich tun«, antwortete Raj Ahten. »Die Verfolgung des Prinzen dürfte eine interessante Abwechslung bieten.«

Jureem warf ihm kurz einen Seitenblick zu, machte ein finsteres Gesicht und zog eine Augenbraue hoch. Er verbeugte sich ergeben. »Haltet Ihr das für klug, mein Lord? Andere könnten ihn ebenfalls verfolgen. Selbst ich werde mitreiten.« Der Gedanke an den Ritt und die

Schmerzen in seinem Hinterteil, die er würde ertragen müssen, ließ ihn zögern.

»Vielleicht könnten ihn auch andere verfolgen«, sagte Raj Ahten, »aber niemand auf dieser Welt wird ihm so auf den Fersen sein wie ich.«

Danksagung

Mein Dank gilt allen, die mir bei diesem Buch geholfen haben. Hervorheben möchte ich Jonathan und Laurel Langford, die es nicht nur einmal, sondern zweimal gelesen und mit detaillierten Anmerkungen versehen haben. Darüber hinaus möchte ich meinen Lektoren bei Tor für ihren Einsatz und ihren Rat danken – David Hartwell, Tad Dembenksi und Tom Doherty. Zu wertvollen Ideen verhalfen mir die Mitglieder meiner Schreibgruppe Pilgrimage: Lee Allred, Russell Asplund, Virginia Baker, Scott Bronson, Michael Carr, Grant Avery Morgan, Scott Parkin, Ken Rand und Bruce Thatcher. Weiterhin geht mein Dank an Les Pardew, Paul Brown III, Sandy Stratton, John Myler und Dave Hewitt.

Insbesondere möchte ich mich jedoch bei meiner Frau Mary bedanken, und bei meinen Kindern, die ohne ihren Dad auskommen mußten, solange ich mit dem Schreiben dieses Buches beschäftigt war.